CARMEN
MAYER

# DAS AWAREN-AMULETT

W0186106

HISTORISCHER
ROMAN

MAXIMUM

Alle Rechte vorbehalten, insbesondere das Recht der mechanischen, elektronischen oder fotografischen Vervielfältigung, der Einspeicherung und Verarbeitung in elektronischen Systemen, des Nachdrucks in Zeitschriften oder Zeitungen, des öffentlichen Vortrags, der Verfilmung oder Dramatisierung, der Übertragung durch Rundfunk, Fernsehen oder Video, auch einzelner Text- oder Bildteile.
Alle Akteure des Romans sind fiktiv, Ähnlichkeiten mit lebenden oder verstorbenen Personen wären rein zufällig und sind vom Autor nicht beabsichtigt.

Copyright © 2020 by Maximum Verlags GmbH
Hauptstraße 33
27299 Langwedel
www.maximum-verlag.de

1. Auflage 2020

Satz/Layout: Alin Mattfeldt
Covergestaltung: Alin Mattfeldt
E-Book: Mirjam Hecht

Druck: CPI - Clausen & Bosse, Leck
Made in Germany
ISBN 978-3-948346-14-0

GEMEINDEBÜCHEREI
FELDKIRCHEN-WESTERHAM

SL
Maye
Band 1

Carmen Mayer

# Das Awaren-Amulett

01212561
emeindebuecherei Feldkirchen-W.
AUSGESONDERT

Österreich zu Beginn des Dreißigjährigen Krieges. Kaiser Ferdinand II will die Bevölkerung seines Landes um jeden Preis rekatholisieren.

Johannes, ein junger Protestant, verliert bei einem brutalen Überfall katholischer Söldner auf ein Seitental der Enns seine Eltern; seine geliebte Schwester wird verschleppt. Bei der Leiche seiner Mutter findet er ein seltsames Amulett, das er als Andenken mitnimmt.

Schon kurz darauf gerät er in die Wirren der Bauernaufstände im Land ob der Enns.

Johannes muss das grausame Frankenburger Würfelspiel, bei dem die Männer gezwungen werden, um ihr Leben zu würfeln, mit ansehen. Er entkommt mit viel Glück, sein Amulett wird gestohlen. Alles scheint verloren.

Als er dann unerwartet seinen alten Lehrmeister wieder trifft, den konvertierten Mönch Anselm, flieht er mit ihm zunächst nach Nürnberg, dann ins protestantische Württemberg.

In der ehemaligen evangelischen Klosterschule Maulbronn erfährt er, welches Geheimnis sich hinter seinem Amulett verbirgt …

Eine Hexe soll ganz in der Nähe mit diesem Amulett großes Unheil angerichtet haben. Wird es ihm gelingen, die einzige Verbindung zu seiner Familie zurückzuerlangen?

*Carmen Mayer erzählt in „Das Awaren-Amulett" die Geschichte um den Dreißigjährigen Krieg weiter. Mit „Die Trossfrau" hat sie bereits das Schicksal der jungen Magdalena beschrieben.*

*Für Elisabeth, Katharina, Johanna, Sophia und Sarah*

# Prolog

*Im Tal der Alcmona, anno domini 796*

Die Silhouette des Mannes stand wie gemeißelt gegen das wabernde Weiß des aufziehenden Nebels, der langsam das Tal der Alcmona heraufkroch. Als sich eine Hand auf seine Schulter legte, erschauerte Bertulf.

„Es ist Zeit zu gehen", sagte eine weibliche Stimme leise.

Der Mann entspannte sich, griff nach der Hand auf seiner Schulter und drückte sie. Dann führte er die Frau hinunter in eine kleine Senke, in der einige seiner Getreuen auf sie warteten.

„Leb wohl, Ada. Unsere Wege trennen sich hier." Er küsste ihre Stirn. „Gott wird seine Hand über dich und unsere Mutter halten. Ihr seid zwei starke Frauen und werdet euren Weg auch ohne mich finden und gehen können."

Als er in ihre fragend auf ihn gerichteten Augen sah, fügte er noch an: „Vor Karl seid ihr sicher. Er hat nicht nur Freunde."

„Und was ist mit dir, mein Bruder?"

„Um mich ist mir nicht bang."

„Wenn du zu deiner Liebsten gehst, grüße sie ganz herzlich von mir. Sie wäre mir sicherlich eine teure Freundin geworden, würden unsere Wege sich nicht nur für eine so kurze Zeit gekreuzt haben."

Ada legte ein letztes Mal ihre Hände auf seine Schultern.

„Leb wohl, Bertulf. Gott beschütze dich."

Sie wandte sich um und ließ sich von einem Begleiter auf das bereitstehende Pferd helfen. Dann gab sie das Zeichen zum Aufbruch, ohne sich noch einmal nach ihrem Bruder umzusehen. Zwei Männer ritten voraus, vier folgten der Prinzessin. Schon nach wenigen Hufschlägen wurden sie vom Nebel verschluckt.

Bertulf ließ sich erschöpft am Fuß einer Buche nieder, tief in Gedanken versunken.

Karl.

Sein Onkel.

Als Siebenjähriger zusammen mit seinem knapp drei Jahre jüngeren Bruder Karlaman von Papst Stephan II. in der Abtei Saint-Denis zum König des Fränkischen Reiches Gesalbter.

Mächtiger.

Großer.

Edler.

Heroischer.

Oder doch nur Brudermörder, Schlächter ganzer Völker, Sklave seiner Gier nach Macht und Ansehen?

Weiberheld und trotz seiner hohen Bildung nicht einmal des Lesens und Schreibens mächtig?

Das alles mochte im Auge des Betrachters liegen. Bertulf hatte seine eigene Meinung dazu, und die schmeichelte König Karl keinesfalls.

Der junge Mann konnte sich trotz seiner finsteren Gedanken eines Gefühls des Triumphes nicht erwehren. Vor wenigen Tagen hatte er Karls Männern einen Teil der Beute aus dem Schatz der Awaren abgenommen. Bertulf ahnte, nein, er hoffte, dass sein Onkel vor Wut darüber schäumen würde. Jede Unze Gold war vom König bereits verplant gewesen, sollte dem hohen Herrn nutzen, sein Ansehen weiter auszubauen. Ob ihm jetzt reichen würde, was übrig geblieben war, stand in den Sternen.

Aber nicht nur der Verlust des Goldes würde den König in Rage versetzen. Vielmehr würde er die Dreistigkeit eines einfachen Diebes nicht verkraften, der ihm zeigte, wie verwundbar, wie besiegbar er in Wirklichkeit war, was sich unter dem groß aufgezogenen Königsmantel verbarg: ein ganz gewöhnlicher Mensch.

Karl würde über kurz oder lang herausfinden, wer hinter dem klug eingefädelten Raubzug steckte. Er würde Bertulf nachstellen lassen, bis er die Schneide seines Schwertes eigenhändig über den Hals seines Neffen ziehen konnte, wie er es bereits vorgehabt hatte, als jener noch ein Säugling war. Dieses Risiko ging der Prinz bewusst ein. Denn spätestens dann würde die Welt erkennen, wer dieser König tatsächlich war: Nicht nur einfach ein Mensch, sondern ein skrupelloser, machtgieriger Mann.

Einer, der über Leichen ging. Sogar über die Leichen seines Bruders und dessen Nachkommen.

Schied Bertulfs Vater Karlaman am 4. Dezember 771 nicht durch Gift aus dem Leben, das ihm auf Geheiß seines Bruders in den Wein geträufelt worden war? Die Wassersucht soll er gehabt haben, wurde behauptet. War das nicht eine Krankheit, die bestenfalls Greise befiel? Karlaman zählte am Tag seines Todes noch nicht einmal einundzwanzig Lenze! Niemand hatte zuvor etwas von einer lebensbedrohlichen Krankheit bei ihm bemerkt, und er hatte auch über nichts dergleichen geklagt.

Bertulfs älterer Bruder Pippin hätte nach dem Tod seines Vaters über den südöstlichen Teil des Frankenlandes regieren sollen. Doch dazu kam es nicht, da sich König Karl noch während der Trauerfeierlichkeiten daran machte, über die Ländereien seines toten Bruders zu verfügen. Eine mögliche Änderung dieser Situation durch Karlaman Wohlgesonnene wusste Karl zu verhindern: Er nötigte Papst Hadrian wenig später, die Bitte seiner Schwägerin und des mit ihr befreundeten Königs Desiderius abzuschlagen, die Kinder seines Bruders zu Königen zu salben. Unter welchen Umständen dies geschah, mochten spätere Geschichtsschreiber deuten.

Bertulf konnte sich nur allzu gut an die aufgewühlte Reaktion seiner Mutter und des lombardischen Königs erinnern, zu dem sie geflüchtet waren – und an die hinter vorgehaltener Hand getuschelten Mutmaßungen, die König Karl Bestechung und Verrat unterstellten.

Dass Desiderius auf Karl nicht gut zu sprechen war und die fränkische Königin in seine Obhut nahm, mochte im Übrigen daran liegen, dass jener kommentarlos Desiderius' Tochter an den väterlichen Hof zurückschickte. Karl hatte nach kurzer Ehezeit mit ihr beschlossen, sich eine andere Frau zu nehmen. Diese Entscheidung sollte in ein unbeschreibliches Desaster münden, an dessen Ende die Gefangennahme und lebenslange Inhaftierung des lombardischen Königs in einem fränkischen Kloster stand.

Bertulf fuhr sich mit der Hand über die Stirn, als könne er dadurch die düsteren Gedanken vertreiben, die ihn seit seiner Kindheit verfolgten. Aber sie blieben hartnäckig, ließen sich nicht einfach wegwischen.

Er erinnerte sich daran, wie ihm einer der ehemaligen Getreuen seines Vaters berichtete, dass König Karl seinem Bruder am Totenbett nur einen kurzen Blick geschenkt, dessen junger Witwe nicht einmal die Hand zum Trost gereicht habe. Da sei etwas in den Augen Karls gewesen, das dem Mann Angst einflößte. Todesangst.

Wenn die Nachkommen seines Bruders ihre Erbschaft bereits jetzt anträten, ließ Karl demzufolge die erstaunte Trauergemeinde wissen, würden sich andere, unfähige Leute um die Regierungsgeschäfte kümmern, bis die Kinder erwachsen waren. Man wisse ja, dass solcherlei noch nie gutgetan habe.

So jedenfalls berichtete jener alte Mann, was er beobachtet hatte, und Bertulf sah keinen Grund, weshalb er daran zweifeln sollte.

Mit ‚andere' meinte Karl vermutlich seine Schwägerin, die junge Witwe Gerberga, Bertulfs Mutter. Der Onkel schien Angst davor gehabt zu haben, dass der Brudermord aufgedeckt würde, wenn Gerberga als Verwalterin der Rechte ihrer Kinder die Möglichkeit dazu gehabt hätte.

Gerberga floh aus gutem Grund wenige Tage nach der Beisetzung Karlamans zusammen mit ihm, dem wenige Wochen alten Säugling, seiner Schwester Ada und seinem älteren Bruder Pippin zu König Desiderius, der ihnen helfend die Hand entgegenstreckte.

Karl wollte die Welt beherrschen, und dazu war ihm jedes Mittel recht. Da war die Sippe des toten Bruders nur im Weg, den es zu ebnen galt. Koste es, was es wolle.

Bertulfs Schwester Ada wurde seit ihrer Kindheit immer wieder von demselben Traum gequält, in dem sie die Worte ihres sterbenden Vaters hörte: „Ada, mein Kind, der Tod wurde mir in einem goldenen Becher gereicht."

Sie konnte später nur ahnen, was damit gemeint war.

Ada.

Ada war wie ihre beiden Brüder überzeugt davon, den Tod des Vaters eines Tages sühnen zu müssen. Auf ihre Weise.

Jetzt hatten sie ihren lang gehegten Plan endlich umsetzen können. Ein Plan, der nicht nur den Raub des awarischen Goldes einschloss, sondern hinter dem noch etwas weitaus Größeres stand. Etwas, das König Karl nicht einmal ansatzweise wissen konnte.

Pippin.

Pippin lag seit einigen Wochen in einem Spital in der Nähe von Rom. Er hatte sich eine üble Verletzung zugezogen, die er dort auskurieren wollte.

Bertulf würde nie wieder von ihm und den beiden Frauen hören.

Er schob seine finsteren Gedanken beiseite. Es galt, den eingeschlagenen Weg weiterzugehen, nach vorne zu schauen.

Ada würde von seinen Getreuen zu Abt Adalbrand gebracht werden, in dessen Obhut sie und ihre Mutter vor möglichen Nachstellungen des Königs sicher waren.

Karl lebte ohnehin in Glauben und Hoffnung, dass die Familie seines Bruders seit der Einnahme Veronas vor mehr als zwei Jahrzehnten nicht mehr am Leben war.

Aber Karl hatte fürwahr nicht nur Freunde.

Der Prinz würde das für seine Zwecke zu nutzen wissen.

Bertulf richtete sich müde auf und warf einen letzten Blick auf das Kleinod in seiner Hand. Es war das einzige Stück aus dem vergrabenen Schatz, das er zurückbehalten hatte.

Er drückte seine Lippen auf die geheimnisvollen Schriftzeichen, fuhr mit den Fingerspitzen die Konturen des magischen Tieres auf der Vorderseite nach. Er wollte das wundervoll gearbeitete Amulett als Zeichen seiner aufrichtigen Liebe in die Hand der Frau zurücklegen, deren Volk König Karl beinahe ausgelöscht hatte. Mit ihr zusammen und den versprengten Resten dieses Volkes würde er ein Heer aufstellen und gegen den Onkel ziehen. Der sollte dieses Volk nicht umsonst zerschlagen haben wie die anderen Völker, die nur noch in Ausnahmefällen wagten, sich gegen ihn zu erheben. Die Männer, die um die geliebte Fürstentochter noch übrig geblieben waren, würden weitere Verbündete finden und mit ihm zusammen den Mann in die Knie zwingen, der sie in ein gemeinsames Schicksal gedrängt hatte, indem er versuchte, sie mitsamt ihren Familien auszurotten. Mit dem Gold, das Karl den Awaren geraubt hatte, und das er, Bertulf, ihnen eines Tages wieder zurückgab, würde er seine Mitstreiter reichlich belohnen.

Jetzt galt es, die Frau seines Herzens aufzusuchen, die sich mit ihrem kleinen Gefolge in einem Nebental jenes Flusses versteckt hielt, der Enisa genannt wurde. Bislang war er die anerkannte Grenze zu Baiern gewesen. Aber dieses Land war inzwischen, wie so viele andere, in fränkische, in Karls Hände geraten.

Eines Tages würde er zurückkehren und den Schatz heben.

Er würde zusammen mit der awarischen Fürstentochter Grundlage sein für eine neue Welt.

Eine, in der Männer wie Karl keinen Platz hatten.

Es sollte alles ganz anders kommen.

# 1

Der Regen tropfte schwer von den Bäumen, bildete Rinnsale und kleine Pfützen zwischen den braunen Blättern, und versickerte schließlich leise glucksend im aufgeweichten Waldboden. Dichter Nebel waberte langsam talaufwärts, kroch zwischen Gestrüpp und Felsen immer weiter in den Wald und die schroff aufragenden Felsen hinein und schluckte jedes Geräusch. Modriger Pilzgeruch vermischte sich mit brandigem Gestank, dem Duft der letzten würzigen Kräuter am Gehölzrand und dem Hauch von Angst, der dem Jungen folgte.

Eine ohrenbetäubende Explosion riss ihn fast von den Beinen.

Er wusste, was das bedeutete.

Was es für sie bedeutete.

*

Die Menschen in den kleinen Seitentälern des Geseis, dem wilden Teil der Enns zwischen Admont und Hieflau, hatten sich von der frühherbstlichen Stille noch nie täuschen lassen. Jeder kannte die Vorboten der gewaltigen Herbststürme, die seit Menschengedenken in den Bergen tobten, die an den Hausdächern rüttelten, Mensch und Vieh ängstigten. Stürme, die riesige Bäume wie dünne Reiser umknicken konnten, dass sie krachend über die Felsen herunterbrachen, sich über die tosend zu Tal stürzenden Bäche legten und deren Wasser bedrohlich anstauten.

Die Leute wussten um die strengen Winter, die den stürmischen Herbstwettern folgten, und sorgten bereits in den Spätsommern für trockenes Holz und dafür, dass für den Ernstfall alle Ritzen und Löcher ihrer Häuser zugestopft und dicht waren, dass die Dächer hielten.

Besonders schlimm war der Hunger, der jeden der strengen Winter unweigerlich begleitete, vor allem in den vergangenen Jahren. Missernten hatten Land und Leute ausgezehrt, die Lebensmittel waren oftmals bereits im Sommer knapp - aber im Winter reichte es kaum noch für eine einzige warme Mahlzeit am Tag.

Dazu kam, dass die Steuerlasten erdrückend geworden waren. Schmerzhaft vor allem für die einfachen Leute, für Bauern, Tagelöhner und Handwerker. Der Kaiser brauchte Geld für seine Kriegszüge, das er nicht selbst aufbringen konnte. Seitdem das Land ob der Enns 1620 als Pfand für seine großzügige finanzielle Unterstützung an Herzog Maximilian von Baiern verpfändet worden war, wurden sogar noch Abgaben für den Unterhalt der Besatzungstruppen erhoben. Die Soldaten des bairischen Herzogs hatten das Land förmlich überschwemmt, und quälten die Menschen in jeder denkbaren Weise, ohne dafür zur Rechenschaft gezogen zu werden.

Im Gegenteil.

Kaiser Ferdinand billigte das Vorgehen der herzoglichen Spießgesellen, die seinen Befehl zur Rekatholisierung der überwiegend protestantischen Bevölkerung des Landes unterstützten. Er ließ sie gewähren und hoffte, das widerspenstige Volk auf diese Weise einschüchtern und sich und seinem Willen unterwerfen zu können.

Der Kaiser mochte diesen ungeheuerlichen Kraftakt in weiten Teilen seines Landes zuwege gebracht haben, aber im Land ob der Enns stieß er auf eisernen Widerstand. Die Menschen dort ließen sich nicht vorschreiben, welcher Religion sie angehören sollten.

Katholisch werden? Die Anordnungen des Klerus

befolgen, ihrem Fressen, Saufen und Huren zusehen und dafür auch noch bezahlen müssen? Ihren unverständlichen, weil lateinisch genuschelten Predigten lauschen? Beichtzettel an Ostern abholen? Sich bespitzeln, frönen, gängeln lassen von diesem selbstgefälligen, scheinheiligen Gesindel? Niemals!

Noch bissen die Leute im Land ob der Enns die Zähne zusammen und hielten still.

Aber das würde sich bald ändern.

*

Ein kurzes Knacken durchbrach die Stille. Der Junge verharrte erschrocken in geduckter Haltung, angestrengt nach allen Seiten lauschend.

Aber nichts rührte sich.

Johannes hastete vorsichtig und behände wie eine Katze weiter bergan. Er war sich im Klaren darüber, wie gefährlich sein Weg zu dieser Jahreszeit war. Der Boden war mit nassem Laub bedeckt, auf dem man unversehens ausglitt. Er hatte sich oft genug verletzt, wenn er zwischen den Bäumen am Bachufer entlanglief, einem entlaufenen Schaf, einer vorwitzigen Ziege auf der Spur, die sich von den übrigen abgesondert hatten.

Bei einer dieser Gelegenheiten hatte Johannes eine Höhle in einem der steil aufragenden Felsen entdeckt, die den Bergbach begleiteten. Sie war jetzt sein Ziel. Er musste sich beeilen, um rechtzeitig vor Einbruch der Dunkelheit zu seinem Versteck zu gelangen.

Keuchend und immer wieder auf allen Vieren vorwärts hastend erreichte er über ein schmales Geröllfeld schließlich den Felsen. Mit klammen Fingern hielt sich der Junge an der unsicheren Steinwand fest, schob sich Stück für Stück nach oben, immer darauf bedacht, mit den dünn beschuhten Füßen festen Halt zu finden. Es gab keine Möglichkeit, auch nur einen Fußbreit unter sich zu erkennen. Er musste sich ganz an den Fels gedrückt aufwärts bewegen, wenn er nicht Gefahr laufen wollte, eine unbedachte Bewegung zu machen und in die Tiefe zu stürzen.

Erschöpft und mit blutenden Händen erreichte er den engen Durchschlupf und ließ sich entkräftet auf den Boden sinken.

Lange Zeit war er unfähig, die schmerzenden Arme und Beine zu bewegen.

Als er einigermaßen zu Atem gekommen war, hatte sich stockfinstere Nacht ausgebreitet. Johannes wischte sich mit dem Ärmel über das verschwitzte Gesicht. Jetzt war er zunächst einmal in Sicherheit. Hierher kamen sie heute Nacht nicht, und der Regen, der die nebelig-rauchige Stille abgelöst hatte, würde seine Spuren bis morgen verwischt haben, sollten sie ihm gefolgt sein.

Er zog sein aus grobem, hellem Wollstoff geschneidertes Hemd fest um sich, knöpfte sein Wams zu und schob seine Hose sorgfältig über die Beine. Dann rollte er sich auf dem Boden zusammen und schlief erschöpft ein.

Mitten in der Nacht erwachte Johannes frierend. Ein wütender Wind rüttelte in den Kronen der Bäume vor der Höhle. Johannes kroch zum Eingang und lauschte mit angehaltenem Atem in die Dunkelheit hinaus.

Der Wind trieb erbarmungslos eiskalten Regen vor sich her, den er dem Jungen wie spitze Nadeln ins Gesicht sprühte. Noch immer stank es nach Verbranntem. Johannes spürte Übelkeit in sich aufsteigen. Er zog sich rasch wieder zurück.

In der Höhle war es ungemütlich kalt, aber wenigstens trocken. Weil sie zum Eingang hin etwas abknickte, war der Wind nicht allzu sehr zu spüren. Allerdings hatte sich klamme Feuchtigkeit in den Kleidern des Jungen festgesetzt, dass sie ihn kaum noch wärmten.

Johannes kauerte sich eng zusammen und lauschte zitternd und mit vor Kälte klappernden Zähnen auf das Heulen des Windes. Schlafen konnte er nicht mehr.

Steif gefroren und benommen rappelte er sich in der Dämmerung des neuen Tages auf und warf einen vorsichtigen Blick hinaus. Nichts rührte sich. Der Wind hatte sich gelegt. Inzwischen schloss erneut dichter Nebel das Tälchen ein.

Mit eiskalten Fingern nestelte Johannes seinen mitgebrachten Stoffbeutel auf und kippte den Inhalt auf einen flachen Stein. Ein Restchen Brot, ein paar getrocknete Pilze, Apfelringe und ein wenig Käse kamen zum Vorschein: der Rest des Proviants, den er am vergangenen Morgen eingesteckt und nicht aufgegessen hatte. Hastig stopfte er sich das Wenige in den Mund, da er nicht wusste, wann er jemals wieder etwas zu essen bekommen würde.

Er zog sein feuchtes Wams wieder eng um sich und überlegte, wie es weitergehen sollte. In der Eile hatte er keine Zeit gehabt, sich darüber Gedanken zu machen.

Plötzlich überkam ihn eine Traurigkeit, die ihm den Hals zuschnürte, dass er glaubte, ersticken zu müssen. Er sank schluchzend auf den Boden und verbarg den Kopf in den Armen. Seine Erinnerung gaukelte ihm vor, wieder zu Hause zu sein, auf seinem Strohlager zu liegen. Das erneut einsetzende Prasseln des Regens draußen verwandelte sich in das Prasseln des Herdfeuers im Hause seiner Familie.

*

*Der Vater arbeitete, so weit Johannes zurückdenken konnte, als Holzknecht für die Köhlereien in und um Hieflau. Wie die anderen Männer der Passen blieb auch er sechs Tage in der Woche im Holzschlag und kehrte erst am Samstagabend nach Hause zurück. Meistens war es schon reichlich spät, wenn der Vater zur Tür hereinkam. Weil er recht müde und hungrig war, wollte er nur etwas essen, sich gründlich waschen und dann schlafen gehen.*

*Ihr Zuhause war eine alte Mühle. Sie stammte noch vom Großvater und war nach dessen Tod an seine Tochter übergegangen. Der Grundbesitz gehörte dem Kloster Admont, und dass Anna mit ihrer Familie weiter dort leben konnte, kostete sie jährlich einen gerade noch akzeptablen Batzen Geld.*

*Der Mühle wegen waren deren Bewohner unter dem Hausnamen Mühlhäusler bekannt.*

*Das kleine Dorf an der Mündung des Bergbaches in die Enns kannte Johannes gut. Eng zwischen den Fluss und den daran anschließenden Berg eingezwängt, bestand es nur aus wenigen Holzhäusern.*

*Jeden Sonntag gingen sie die gute halbe Stunde hinunter in die kleine protestantische Kirche: Johannes, der Vater, die Mutter und Johannes' kleine Schwester Elisabeth. Jeremias Mitterer, ein konvertierter Mönch aus dem Kloster Admont, hatte sich dort eine kleine Prädikantenstelle eingerichtet. Er wurde von seiner protestantischen Gemeinde vor allem deshalb geschätzt, weil er noch immer gewisse Verbindungen pflegte, durch die er seine Schäfchen über die wichtigsten Veränderungen im Land auf dem Laufenden halten konnte.*

*Johannes' Mutter Anna war zwar streng, was die täglichen Dinge betraf, darüber hinaus jedoch sehr liebevoll und niemals laut. Schon gar nicht bediente sie sich zur Bekräftigung ihres Willens der Flüche und Ausdrücke, die Johannes von anderen Weibern kannte.*

*Die Mutter unterschied sich ohnehin in vielen Dingen von den anderen Frauen seiner Umgebung. Sie war von zierlicher Gestalt, hatte trotz der täglichen Mühsal einen auffallend aufrechten Gang, ein rundes Gesicht und große, klarblaue Augen, die in aufregendem*

*Kontrast zu ihren dichten, dunklen Haaren standen.*

*Johannes war nur zwei Jahre älter als die Schwester, aber er hatte sich um sie gekümmert, seit er denken konnte. Manchmal neckte er sie damit, dass er sechs Tage in der Woche den Vater ersetzte. Was seiner Meinung nach bedeutete, dass sie ihm ohne Widerspruch zu gehorchen hatte. Elisabeth bekam dann jedes Mal einen wutroten Kopf, dass ihre braunen Zöpfe wie kleine Mäuseschwänzchen abstanden, und ihre wasserblauen Augen wie zwei große, funkelnde Edelsteine aussahen.*

*Der Junge hatte niemals in seinem Leben einen Edelstein gesehen. Er kannte sie nur aus Geschichten, die er während der Jahrmärkte von den umherziehenden Gauklern hörte, welche ihre Erzählungen mit Bildern und Musik begleiteten. Da sah er dann die schönsten Frauen und die tapfersten und berühmtesten Männer der Welt auf bunte Tafeln gemalt. Die Damen auf diesen Bildern trugen edles Geschmeide und wunderschöne Kleider, die Männer die feinsten Hemden unter einem bestickten Wams, bunte Hosen und kniehohe Stiefel. Johannes kümmerte es nicht, welches Schicksal sie ereilt oder welch unfassbares Glück oder Unglück sie getroffen hatte. Er nahm nur die Bilder wahr und träumte seine eigenen Geschichten hinein.*

*Elisabeth war eine richtige kleine Persönlichkeit, soweit es die ‚gute Ordnung' zuließ. Manchmal schon hatte der Herr Prädikant Jeremias Mitterer die Mutter gescholten, weil sie der Kleinen durchließ, Dinge infrage zu stellen, die zum Donnerwetter noch mal von keinem Frauenzimmer infrage zu stellen waren. Weiberleute seien dazu da, sich dem Manne zu unterwerfen („Schon in der Bibel steht es: Der Kopf der Frau sei ihr Mann! Sie sei ihrem Manne untertan, wie auch der Körper unter dem Kopfe stehe und nicht umgekehrt!"), sich um ihn, seine Kinder, sein Heim und das Wohl der Familie und um sonst gar nichts zu kümmern. Sie hätten Kinder zu gebären und großzuziehen, aber nicht das Recht, dauernd Fragen zu stellen, die nicht einmal die Männer stellten. Wohin kämen wir denn, wenn alle Weiber sich so aufführten? Hoffärtige und neugierige Weiber seien dem Herrn, dem Allmächtigen, ein Gräuel!*

*„Glaubt Ihr wirklich", fragte die Mutter einmal ungerührt zurück, „der Herrgott hätte unsere Elisabeth so geschaffen, wie sie nun mal ist, wenn er es anders lieber gesehen hätte?"*

*„Solche Frauensleute sind erschaffen worden, um Seine Herde zu prüfen", antwortete der Prädikant stirnrunzelnd.*

*„Hat nicht sogar unser Herr Jesus eine Frau neben sich geduldet, die kein unbescholtenes Leben führte?", fragte die Mutter zurück.*

*„Nun, wir alle wissen, dass nicht nur unser Herrgott, sondern auch sein Widersacher …"*

*„Den hat doch wohl auch unser allmächtiger Herrgott erschaffen, oder etwa nicht?", hielt die Mutter dagegen.*

*Jeremias Mitterer holte mehrmals tief Luft und ließ sie dann grollend stehen.*

*Betrachtete sich Johannes im Wasserspiegel seiner Waschschüssel, konnte er kaum Ähnlichkeit zwischen sich und den beiden Weiberleuten finden, dafür aber umso mehr zum Vater, dessen Gesichtszüge sich Jahr für Jahr deutlicher im Antlitz des Sohnes erkennen ließen. Beide hatten sie braune Augen unter buschigen Brauen in einem schmalen Gesicht mit langer Nase. Ihre Haare waren glatt und dunkel, ihr Mund schmal. Sie waren nicht sehr groß, dafür kräftig gewachsen und mit zäher Ausdauer gesegnet.*

*Was seine Schwester betraf, so würde er dafür sorgen, dass sie nicht hierbleiben musste. Sie sollte keinen der Burschen aus dem Tälchen oder vom Dorf unten an der Enns zum Manne nehmen müssen, der ihr jedes Jahr ein Kind machte, das wiederum höchstens ein halbes Jahr alt werden würde. Ein Mann, der nicht genug Geld verdiente, um sie anständig einkleiden zu können, oder der sie und ihre Bälger sogar hungern lassen musste.*

*Nein. Elisabeth sollte eine vornehme Frau werden wie das Veverl aus Admont, das in Graz mit einem Salzhändler verheiratet war. Sie sollte auch nicht ständig mit einem dicken Bauch herumlaufen müssen wie die Schwestern seines Freundes Jakob. Kaum einer ihrer Säuglinge lebte länger als ein paar Wochen, und trotzdem liefen wenigstens ein Dutzend rotznasiger, plärrender Bälger auf dem Hof herum, von dem keiner so recht zu wissen schien, wem er denn nun eigentlich gehörte.*

*Wenn Johannes beim Nachbarn auf dem Hof war, um die Ziegen abzugeben, die er für ihn gehütet hatte, machte er jedes Mal, dass er schnell wieder fortkam. Der Alte hatte schon einmal im Rausch versucht, ihn windelweich zu prügeln, weil angeblich seine Lieblingsziege dürrer nach Hause gekommen sei, als er sie ihm anvertraut habe. Johannes entkam ihm nur deshalb, weil sein Freund Jakob den dicken Ziegenbock auf den Vater gehetzt hatte, der diesem mit gesenktem Kopf einen so deftigen Stoß gegen die Rippen versetzte, dass der Alte wie ein nasser Sack umfiel und im Dreck lag. Dort schlief er sofort röhrend wie ein brunftiger Hirsch ein.*

*Einmal erwischte Johannes ihn im Schafstall dabei, wie er sich besoffen und mit offenem Hosenladen an seiner ältesten Tochter zu schaffen machte, die er zuvor grün und blau geprügelt hatte.*

*„Was stierst du mich so an, du Hurensohn?“, hatte er ihn mit glasigen Augen angeschnauzt, ohne von dem armen Mädchen abzulassen, das er grob an eine der Stallwände drückte. „Die ist so gut wie jede andere auch. Dafür sind sie doch da, die Weiber! Darauf kommst du schon auch noch.“*

*Johannes hatte sich voller Entsetzen abgewandt und war vom Hof gerannt, als wäre der Leibhaftige hinter ihm her.*

*Unten am Wasser stieß er auf Jakob, der mürrisch Steine in den Bach warf.*

*„Er ist der leibhaftige Satan!“, schrie Johannes ihm von Weitem zu. „Weißt du, was er deiner Schwester angetan hat?“*

*„Der Alte?“ Jakob zuckte die Schultern. Dann drehte er sich um und packte den atemlos vor ihm stehenden Johannes unvermittelt an dessen Hemd. „Ich werde zu den Söldnern gehen. Beim nächsten Jahrmarkt lasse ich mich von den Werbern mitnehmen!“, schrie er. „Die nehmen jeden, der nur will.“*

*„Was willst du denn bei den Söldnern?“, fragte Johannes entsetzt.*

*„Die nehmen doch keine Kinder!"*

*„Ich bin elf Jahre alt!", hielt Jakob dem Freund wütend entgegen.*

*Johannes schwieg und versuchte, seine Gedanken zu ordnen.*

*„Die Kerle sind auch nicht besser als dein Alter", sagte er schließlich, weil ihm nichts weiter einfiel.*

*Jakob schob die Unterlippe vor. Der Rotz lief ihm herunter und sein Gesicht war völlig verschmiert und verschwollen.*

*Längere Zeit schwiegen die beiden Jungen. Johannes hoffte, das alles sei lediglich dummes Zeug, das der Freund jetzt nur sagte, um von seiner eigenen Situation abzulenken.*

Das war lange her, und vieles war inzwischen geschehen. Johannes konnte damals nicht ahnen, unter welchen Umständen er den Freund eines Tages verlieren würde.

# 2

Johannes rieb sich fröstelnd Arme und Beine und hoffte, dass sie auf diese Weise wieder warm würden. Aber die Kälte war tief in ihn hineingekrochen und saß so fest, dass seine Zähne klapperten. Er schüttelte die Gedanken an das Vergangene ab. Das war ein für alle Mal verloren. Er würde nichts davon zurückholen können.

Seine Erinnerungen stimmten ihn unendlich traurig. Doch noch weitere Gedanken quälten ihn.

Wenn er in der Mühle geblieben wäre …

Vielleicht hätte er das Unglück verhindern können.

Vielleicht wäre er jetzt tot wie die anderen.

Er war hier.

Er hatte sie im Stich gelassen.

Er war ein elender Feigling.

Noch einmal ging er zum Höhleneingang, versuchte, das feuchtkalte Weiß davor mit allen Sinnen zu durchdringen - vergebens. Nur das Tropfen von den Bäumen war zu hören, deren Kronen bis zum Eingang der Höhle heraufragten, sonst nichts.

Als er nach einem mühsamen Abstieg den schmalen, steinigen Weg erreicht hatte, der entweder nach rechts den Berg hinauf zur Hütte eines Einsiedlers oder nach links talwärts zur Mühle führte, zauderte er einen Augenblick, welche Richtung er einschlagen sollte. Nach unten zur Mühle oder nach oben zur Hütte?

Was auch immer sein Verstand ihm einzuflüstern versuchte: Etwas zwang ihn, sich nach links zu wenden und bergab zu laufen. Er glaubte, das Klappern des Mühlrades zu hören, und blieb mehr als einmal lauschend stehen, weil er Stimmen zu vernehmen meinte.

Es war jedoch weder jemand zu sehen noch deutlich zu hören.

Aber es war noch immer etwas zu riechen.

Es roch nach verkohltem, feucht gewordenem Holz. Nach kaltem Rauch. Nach …

Tränen stiegen ihm in die Augen, liefen die blassen Wangen hinunter. Seine Beine bewegten sich mechanisch. Er spürte weder die Steine unter den dünnen Sohlen noch kümmerte er sich darum, dass er mehrmals rutschte und fast gefallen wäre. Je näher er der Mühle kam, umso deutlicher drang ihm der unverkennbare Geruch in die Nase, der ihm sagte, was er vorfinden würde.

Da war die Weggabelung. Der Fußweg traf in spitzem Winkel auf einen Ochsenweg, und genau gegenüber begann das Anwesen der Nachbarn.

Johannes verharrte einen Augenblick lauschend, konnte aber nichts mehr hören. Kein Klappern. Keine Stimmen.

Der Nebelschleier hatte sich etwas gehoben und gab den Blick frei auf das Nachbargrundstück. Der Junge erstarrte. Das verkohlte Gebäude sah aus wie das vermodernde Gerippe eines verendeten Tieres. Der Zaun, der das Grundstück zum Weg hin begrenzt hatte, grinste ihn an wie eine lückenhafte Zahnreihe.

Johannes lief weiter wie in Trance, erreichte das schief in den Angeln hängende Tor zum Anwesen der Mühle und sah im selben Augenblick, dass es sie nicht mehr gab. Man hatte Feuer gelegt, das Mehl war explodiert, hatte die Mauern gesprengt, die Steine ringsum verstreut, das Holz bersten lassen.

Der laute Knall vom gestrigen Abend.

Das Klappern, das ihn den Weg herunter begleitet hatte, kam von lose hängenden Balken, die sich hin und wieder im Wind bewegten.

Er stand reglos da und nahm nur schemenhaft in sich auf, was der Nebel ihn sehen ließ. Aber es reichte, um ihn wie einen Blinden taumelnd den Weg zurücklaufen zu lassen, den er zuvor gekommen war.

Johannes erreichte die Hütte des Einsiedlers, ohne richtig zu wissen, wie. Anselm war nicht da, das konnte er sofort sehen, weil der Laden vor dem einzigen Fenster lag und kein Rauch aus dem kleinen Schornstein quoll. Da der Mönch öfter für einige Zeit verschwand, war das an und für sich nichts Außergewöhnliches.

Sein Instinkt ließ Johannes jedoch zunächst einen Bogen um die Hütte schlagen und den Felsenkeller suchen, in dem Bruder Anselms Vorräte sein mussten. Ja, er hatte auch Hunger. Aber mehr noch als das hatte er Angst. Zum ersten Mal in seinem Leben hatte er panische Angst. Deshalb wagte er auch nicht, in der Hütte zu übernachten, wo sie ihn sehr schnell fänden, wenn sie nach ihm suchen sollten.

Er verkroch sich in Anselms Vorratskeller, ohne die bereithängende Laterne anzuzünden. Dort verharrte er lange Zeit beinahe regungslos, bis er sicher sein konnte, dass niemand ihm gefolgt war. Dann erst begann er, vorsichtig tastend nach etwas Essbarem zu suchen.

Was er fand, hätte für längere Zeit ausgereicht, aber er konnte keinen Bissen hinunterkriegen.

So lehnte er sich gegen die gepolsterte, mit Rupfensäcken verhängte Steinwand und heulte hemmungslos.

Nach einer endlos scheinenden Zeit drückte er vorsichtig die Luke auf, die sein Versteck nach oben abschloss, und warf einen prüfenden Blick hinaus. Es dämmerte bereits. Der Nebel hatte sich verzogen. Der Wind war stärker geworden und trieb kalten Regen fast waagerecht vor sich her.

Aufmerksam beobachtete er die Hütte des Einsiedlers und die Umgebung bis zum Waldrand, bevor er sich aus seinem Unterschlupf herauswagte. Der Boden war aufgeweicht, aber er konnte keinerlei Spuren entdecken, die darauf hingewiesen hätten, dass sich in der Nacht jemand hier herumgetrieben hatte. So schlich er sich zur Hüttentür, lauschte angestrengt und öffnete sie dann vorsichtig.

Das Innere sah verlassen aus. Die hölzernen Borde befanden sich noch an der Wand, Anselms Bücher jedoch fehlten. Die Feuerstelle war unversehrt aber kalt, Kessel und Pfannen hingen sauber gescheuert an der Wand. Tisch, Hocker und die Bettstatt des Einsiedlers waren leer, der Fußboden war gefegt. Es sah ganz so aus, als warte die Einsiedelei auf einen neuen Bewohner, nicht auf die sonst übliche Rückkehr des alten Mönchs nach einer längeren Reise.

Johannes lehnte sich erschöpft an die Wand und überlegte, weshalb Bruder Anselm sie bei seinem Weggehen dieses Mal so gründlich aufgeräumt, den Felsenkeller aber gelassen hatte, wie er war. Es schien ihm viel wichtiger gewesen zu sein, zerlesene Bücher und ein paar Tiegel mit Salben und Heiltinkturen mitzunehmen.

Nichts davon hatte er zurückgelassen. Nicht das kleinste Krümelchen zerstoßener Kräuter, kein Schmalz, keine Tinktur. Bruder Anselms größter Schatz war zusammen mit ihm und der Ledertasche verschwunden, die er nie aus der Hand gab.

Was mochte das bedeuten?

Johannes verließ die Hütte und warf noch einen Blick in das Gärtlein, auf das Bruder Anselm immer so stolz gewesen war. Es war sorgfältig umgegraben worden und zeigte dem Jungen, dass der Mönch keinesfalls in Eile aufgebrochen war, sondern seinen Auszug sorgfältig vorbereitet hatte. Im Gegensatz zu vergangenen Zeiten schien sein Weggehen dieses Mal für längere Zeit geplant gewesen zu sein. Oder tatsächlich für immer.

Aber wohin war er gegangen?

Warum hatte er nichts davon gesagt?

Johannes hatte ihn doch selber erst wenige Zeit zuvor verlassen, um in der Winterpause dem Vater zur Hand zu gehen. Da hätte der Mönch doch etwas verlauten lassen können.

Er verstand es nicht.

Im strömenden Regen machte sich Johannes schließlich erneut auf den Weg talwärts. Das Tosen des Gebirgsbaches und das Rauschen des Regens übertönten jedes weitere Geräusch. Johannes glaubte, dazwischen immer wieder die johlenden Stimmen und das heisere Lachen der Kerle zu hören, die in zerstörerischer Wut Gegenwart und Zukunft seiner Familie und der Nachbarn in Schutt und Asche gelegt hatten.

Schließlich nahm er seinen ganzen Mut zusammen und kletterte über die rutschig gewordenen Trümmer der ehemaligen Mühle, die bis auf den Weg verstreut lagen.

Das Mühlrad schien sich hilflos an einen Mauerstumpf zu krallen und ragte zur Hälfte in das tosende Wasser des Baches. Lange würde es nicht mehr halten und mitgerissen werden. Johannes erinnerte sich daran, wie stolz der Vater erst vor wenigen Wochen noch darauf gewesen war, die arg mitgenommenen Schaufeln wieder instand setzen und das Mahlwerk damit antreiben zu können.

Zwischen Steinbrocken und dampfendem Holz fand er ein paar Scherben von Mutters Geschirr und die verkohlten Reste der einfachen Möbel, die sich im Haus befunden hatten.

Ob die Mordbrenner wussten, was geschieht, wenn Mehl Feuer fängt?

Der Vater hatte einige Tage zuvor einen Teil des Mehls nach Hieflau zu den Bauern gebracht. So war nicht allzu viel davon in der Mühle geblieben, aber doch genug, um durch die Wucht der Explosion alles zu vernichten, was sich in unmittelbarer Nähe befand.

Aber wo war seine Familie?

Der Junge hoffte, dass sie sich rechtzeitig in Sicherheit gebracht hatten. Seine Nase sagte ihm jedoch etwas anderes. Johannes legte seinen Arm vors Gesicht, um den schrecklich stinkenden Rauch nicht einatmen zu müssen, der an einigen Stellen immer noch aus den Trümmern kroch und sich über die Ruine gelegt hatte.

Was er die ganze Zeit über gewusst, aber nicht an sich herankommen hatte lassen, wurde zur grausamen Gewissheit. Denn plötzlich entdeckte der Junge eine verkohlte Hand, die zwischen ein paar zerborstenen Mauerresten herausragte. Entsetzt schrie er auf, räumte fieberhaft mit bloßen Händen Asche und Steine zur Seite.

Die Hand gehörte seiner Mutter. Anna. Ihre Leiche lag dort, wo sich gestern noch ihre Schlafstatt befunden hatte. Entsetzt sank er auf die Knie und vergrub das Gesicht in den von Ruß und Asche geschwärzten, aufgeschundenen Händen. Ein verzweifelter Schrei löste sich aus seiner Kehle.

„Mutter!“

Es gab weder eine Schaufel noch sonst etwas, womit er ein Grab für Anna ausheben konnte. Außerdem befürchtete er, ihre Überreste würden auseinanderfallen, sobald er sie berührte. Also begann er langsam, den Leichnam an Ort und Stelle wieder mit Steinen zu bedecken, und seine Mutter ihrem Frieden zu überlassen. Plötzlich aber stutzte er. Unter den verbrannten Resten ihres Gewandes entdeckte er etwas, das wie eine Münze aussah, die er niemals zuvor gesehen hatte. Sie war mit einer verkohlten Kruste und Asche überzogen. Auch die Männer, die Haus und Hof niedergebrannt und seine Mutter umgebracht hatten, schienen nichts von dem Kleinod bemerkt zu haben. Sie hätten es ihr sonst grob vom Hals gerissen.

Johannes schaute sich nachdenklich um.

Es gab doch nichts zu holen bei ihnen! Oder bei den Nachbarn! Nichts, wofür es sich lohnte, Menschen umzubringen, ihr Heim zu brandschatzen. Was waren das nur für Kreaturen, die so etwas taten?

Er schaute wieder auf die Überreste seiner Mutter hinunter, hätte sie so gerne ein letztes Mal umarmt. Jetzt war sie nur noch ein verbrannter Haufen Fleisch, der übel stank und nichts mehr mit der Frau zu tun hatte, die sie einmal gewesen war.

Zunächst wollte Johannes der Toten lassen, was ihr im Leben so wichtig gewesen war, dass sie es vor den Augen anderer verborgen gehalten hatte. Dann aber fiel ihm ein, dass er weder Geld noch sonstige Mittel besaß, mit denen er die nächste Zeit überleben konnte. Verkaufen würde er Mühle und Grund auch nicht können, da sich der Vater mit dem Wiederaufbau verschuldet hatte, und Grund und Boden ohnehin dem Stift gehörten. Die Münze würde er vielleicht verkaufen und mit dem Geld überleben können, wenn er Glück hatte. Allerdings wusste er auch, dass er dazu sehr viel Glück brauchte.

Johannes war auf einem verrußten Balken zusammengesunken und starrte vor sich hin. Er zürnte Bruder Anselm, der seine Hütte ohne Abschied verlassen und ihm somit die Möglichkeit genommen hatte, wenigstens vorübergehend Unterschlupf zu finden. Und Trost.

Ob Anselm etwas von den bevorstehenden Gräueltaten gewusst und sich rechtzeitig in Sicherheit gebracht hatte?

Er war ein Verräter. Ein gottverdammter katholischer Verräter!

*

*Bruder Anselm lebte seit vielen Jahren als Einsiedler weit oben im Tälchen, dort, wo der Bach nur ein kleines, unruhig hüpfendes Quellbächlein war. Er hatte vor Zeiten die Hütte eines anderen Mönchs bezogen, als dieser in einem der kalten Winter gestorben war.*

*Als Johannes eines Abends aus einem der Holzschläge nach Hause kam, in denen er gearbeitet hatte, teilten ihm seine Eltern mit, dass ihn der Mönch in die Lehre nehmen würde.*

*Johannes war sprachlos. Auf diese Nachricht war er vollkommen unvorbereitet gewesen.*

*„Ich soll bei Bruder Anselm in die Lehre gehen? Was soll mir denn der Alte beibringen?", fragte er aufgebracht. „Das Beten vielleicht? Habt ihr vergessen, dass er einer von denen ist? Ein Katholischer?"*

*Johannes sah Hilfe suchend zum Vater hinüber.*

*„Bruder Anselm ist ein besonderer Freund unserer Familie, Johannes, und wir wollen, dass du alles lernst, was er dir beibringen kann. Es gibt keinen Lehrer mehr für uns Protestantische, seit sich der Herr Prädikant aus dem Staub gemacht hat. Du hast deshalb gerade mal zwei Jahre lang die Schulbank gedrückt. Bruder Anselm ist der Beste, den wir uns für dich vorstellen können."*

*„Ich bin viel zu alt für die Schule!", entrüstete sich Johannes und schaute von seiner Mutter zum Vater. „Ich nütze der Familie doch weitaus mehr, wenn ich mit Vater im Holzschlag arbeite."*

*Aber der machte keine Anstalten, sich mit seinem Sohn weiter über dieses Thema auseinanderzusetzen, und die Mutter schien mit dem Plan einverstanden zu sein. So wagte er nur noch einen kleinen Einwand.*

*„Ich kann doch schon ganz gut rechnen", begann er vorsichtig und zählte seine inzwischen sechzehn Lenze über die Finger ab.*

*„Und was noch?", fragte der Vater barsch.*

*„Alles, was du mir beigebracht hast, Vater", versuchte es der Junge vorsichtig weiter.*

*„Du gehst zu ihm", antwortete der Vater bestimmt. „Ich dulde keinen Widerspruch."*

*Der Gedanke, von einem Katholischen etwas lernen zu müssen, das so gar nicht in seine protestantische Welt passen wollte, schien Johannes ungeheuerlich. Mochte er den Einsiedler noch so wertschätzen und mögen - das hier war etwas völlig anderes.*

*„Wann soll ich denn gehen?", fragte er vorsichtig einlenkend, als er sah, dass Widerspruch keinen Sinn hatte.*

*„Nach Pfingsten."*

*„Nach Pfingsten? Im Mai? Vor dem Sommer? Ich dachte … Sollte ich nicht …"*

*Sein Vater fasste ihn fest an den Schultern. Sein Blick ließ den Jungen verstummen.*

*„Nach Pfingsten", wiederholte er.*

*So packte Johannes Mitte Mai des Jahres 1622 sein Bündel und verließ das elterliche Haus.*

*Von Elisabeth verabschiedete er sich, als er sie beim Hühnerfüttern traf. Er zog sie neckend an den Zöpfen, dass sie ihn verärgert wegstieß.*

*„Ich bin froh, dass du endlich gehst", rief sie und schlug mit der flachen Hand auf seine Brust. Dann drehte sie sich um und lief davon, um sich hinter dem Haus auszuheulen.*

*„Mach' dir keine Sorgen, Johannes", sagte die Mutter zum Abschied. „Vater wird zum Frühsommer seine Arbeit im Holzschlag aufgeben und hierbleiben. Die Bauern haben gesagt, dass sie wieder einen Müller haben wollen. Deshalb werden wir die Mühle herrichten und versuchen, den Betrieb deines Großvaters wieder aufzunehmen. Wir haben gestern die Erlaubnis des Pflegers aus Admont bekommen, der für das Tälchen zuständig ist."*

*„Ist das wahr?“ Johannes schaute seine Mutter überrascht an. Dann kam ihm der scheinbar rettende Gedanke. „Braucht Vater denn keinen starken Burschen, der ihm dabei behilflich ist?“*

*„Doch, den braucht er. Du kannst im Spätherbst wieder herkommen und ihm zur Hand gehen - du bist ja nur eine Wegstunde von uns entfernt.“ Sie küsste ihn auf die Stirn.*

*Johannes ging, ohne sich noch einmal umzudrehen. Einerseits wusste er jetzt, warum seine Eltern sich für diesen Zeitpunkt entschieden hatten, um ihn in die Obhut des Mönchs zu geben: Über den Sommer gab es keine Arbeit für ihn, wenn er nicht gerade die Ziegen der Nachbarn hüten wollte. Im Holzschlag brauchte man ihn über die Sommerzeit auch nicht.*

*Andererseits haderte er mit seinem Schicksal. Ein Lutherischer, der bei einem katholischen Mönch in die Schule ging! Was wollte ihm der denn beibringen, das ihnen allen nützlich sein konnte? Beten vielleicht? Psalmen herunterleiern? Eine ungeheuerliche Vorstellung.*

*Aber er musste sich der Entscheidung seiner Eltern fügen, auch wenn er sie nicht verstand.*

*Johannes wusste, am meisten würde er Elisabeth vermissen - und mit Sicherheit auch ein wenig die Mutter.*

*Er war heilfroh, dass der Vater zu Hause war.*

*

*Das, was Bruder Anselm als sein Zuhause bezeichnete, bestand aus einer alten, vom Wetter silberblank gegerbten Holzhütte, die der Mönch sehr sorgfältig in Ordnung hielt. Johannes konnte die neu eingefügten Hölzer erkennen, die der Einsiedler im Laufe der Jahre gegen brüchig gewordene ausgetauscht hatte. Sie waren allesamt roh belassen, nur die Rinde war entfernt worden. In die Fugen hatte Bruder Anselm Moos und Erde gestopft, und dann sauber mit einem dunklen Brei unbestimmter Zusammensetzung zugeschmiert.*

*Es war also nicht so, dass der Alte sich nur mit geistigen Dingen beschäftigte. Er war offenbar auch handwerklich begabt und kannte sich mit weitaus mehr aus, als Johannes geglaubt hatte.*

*In der Hütte gab es einen einzigen Raum mit zwei Strohlagern, die neu aufgeschüttet und mit frischem Tuch bezogen worden waren. An der Wand gegenüber dem Eingang befanden sich Borde mit etlichen Büchern, die reichlich mitgenommen aussahen. Einige größere und kleinere Töpfe und Pfannen hingen sauber geputzt und aufgereiht an der Wand neben dem Herd, über dem eine grob geschmiedete Esse den Rauch ins Freie abführte. Daneben stand ein Tisch mit drei Hockern. Ein Holzverschlag diente als Schrank, in dem der Einsiedler seine paar Habseligkeiten aufbewahrte. Ein weiteres Bord war vollgestellt mit tönernen Trinkbechern und Krügen, Tellern, Schüsseln, verkorkten Flaschen und etlichen Tiegeln.*

*Bruder Anselm hieß seinen Schüler, sich zu setzen, nachdem er ihn freudig begrüßt hatte. Zuerst briet er für sich und den Jungen zwei dicke Streifen Speck und ein paar Eier in einer Pfanne, die er zusammen mit einem halben Laib Brot und einem Topf dampfender Gemüsesuppe auf den Tisch stellte. Dann sprach er einen Segen, und legte Johannes die Hälfte des Speckgerichtes auf ein Holzbrett. Ein erstaunlich üppiges Mahl für einen Einsiedler.*

*„Mein letzter Speckvorrat“, sagte Anselm schmunzelnd, als er Johannes' erstaunten Blick sah. „Hat mir ein Bauer gegeben, dessen Frau ich behandelt habe. Hatte sich bei einem bösen Sturz die Schulter ausgerenkt und eine Rippe gebrochen. Nimm dir von der Suppe, so viel du magst.“*

*Sie tranken Wasser aus einem Krug, den die Mutter Bruder Anselm einmal mitgegeben hatte. Er brachte dem Jungen plötzlich in Erinnerung, dass er zum ersten Mal in seinem Leben für längere Zeit nicht unter dem Dach seiner Eltern nächtigen würde. Überrascht stellte er fest, dass ihn nur der Gedanke an Elisabeth und ihr Wohlergehen beunruhigte. Um die Eltern war ihm nicht bang.*

*In den kommenden Wochen lernte der Junge neben den praktischen Dingen, die der Mönch ihm zeigte und die vom Brotbacken in einem aus groben Feldsteinen sorgfältig errichteten kleinen Backhaus über das Zubereiten von einfachen Mahlzeiten reichten, auch flüssig und fehlerfrei zu lesen und zu schreiben. Dazu bediente sich der Einsiedler seiner zerlesenen Bücher und eines Stücks Schiefer, auf das Johannes mit ungelenker Hand Buchstabe für Buchstabe kritzelte, bis er schließlich mühelos kurze Passagen aus der Bibel lesen und abschreiben konnte.*

*Ganz anders als Jeremias Mitterer, der ehemalige Lehrer und Prädikant unten im Dorf, legte der Mönch viel Wert auf eine saubere Schreibweise, und ließ seinem Schüler nicht den kleinsten Fehler durch.*

*Nebenbei lernte Johannes noch Latein, da der Mönch selbstverständlich nicht die übersetzte Bibel der Lutheraner, sondern die einzige von der katholischen Kirche autorisierte Version in der lateinischen Fassung besaß.*

*Bruder Anselm freute sich insgeheim darüber, wie leicht seinem Schüler das Lernen fiel, womit sich seine lange gehegten Vermutungen in dieser Richtung vollkommen bestätigten.*

*

Der Blick des Jungen fiel wieder auf den golden schimmernden Anhänger seiner Mutter. Ihrem Grab oder gar Leuten etwas zu überlassen, die heraufkommen und die Ruine nach Brauchbarem durchsuchen würden, erschien ihm noch unwürdiger, als das Schmuckstück mitzunehmen und später zu entscheiden, was damit geschehen sollte.

„Verzeih mir, Mutter“, flüsterte er in Tränen aufgelöst und nahm ihr die Münze vorsichtig ab. Sie musste an einem Stoffband befestigt gewesen sein, das sich in die Haut eingebrannt hatte, wie auch die Münze selber, die er nur mit Mühe von der verkohlten Haut lösen konnte. Vermutlich hatte die Mutter sie als Amulett benützt, um sich vor Unheil zu schützen, wie das manche Menschen hin und wieder machten, mutmaßte der Junge. Dann hatte sie ihr allerdings wenig genützt.

Johannes setzte sich mit dem seltsamen Schmuckstück in der Hand mitten in die Reste dessen, was einmal sein Heim gewesen war, und starrte wieder vor sich hin. Die Welt stürzte über ihm zusammen. Er hatte nicht einmal mehr die Kraft, auf der Hut vor denen zu sein, die das alles angerichtet hatten und sich womöglich noch in der Nähe befanden. Im Gegenteil. Scham überfiel ihn, nicht mit seiner Familie unter den Trümmern begraben zu liegen.

Er nestelte die Münze an eine Schnur, die seiner Hose Halt gab, und verbarg beides unter seinem Hemd.

Nachdem Johannes Stein auf Stein über der Toten aufgeschichtet hatte, suchte er die Ruine nach den Leichen seines Vaters und seiner Schwester ab, fand aber nur einen toten Körper, den er als den des Vaters erkannte. Den hatten die Schurken an einem Balken im Stall aufgeknüpft, mit dem er abgestürzt war, als das Gebäude zusammenfiel. Reste des Strickes hatte er noch um den Hals, als Johannes ihn unter den Trümmern fand. Auch über seinem Leichnam konnte er mangels Schaufel und Hacke nur einen Hügel aus jenen Steinen errichten, die einstmals das Fundament zum Stall einer meckernden Ziege und einer Schar gackernder Hühner gewesen waren.

Hühner.

Elisabeths Lieblinge.

Johannes erstarrte.

Wo war die Leiche seiner Schwester?

Er suchte alles ab, räumte Steine zur Seite, grub mit bloßen Händen in der Asche, konnte sie jedoch nirgends finden.

Hatten die Mörder seiner Eltern das Mädchen mitgenommen?

Er ahnte, was dann mit ihr geschehen sein mochte, und kotzte sich bei den Bildern in seinem Kopf beinahe die Seele aus dem Leib.

Warum nur waren sie nicht alle geflohen, als noch Zeit dazu war? Warum hatten sie ihn einen dummen Jungen genannt, als er sie vor dem Haufen verkommener Kreaturen warnte, die er Tage zuvor bereits im Holz auszumachen geglaubt hatte?

So etwas gebe es nicht, beschied man ihn. Nie hatte man von umherziehenden Mordbrennern im Ennstal oder hier im Tälchen gehört. Räubergeschichten seien das, nichts sonst. Sie glaubten nicht, dass jemand das kleine Seitental der Enns und seine Bewohner für so interessant halten könnte, dass man es überfiel. Jeder wusste, dass es bei den wenigen Bewohnern nichts zu holen gab, also würden sich marodierende Banden nicht hierher verirren.

Man wusste auch von bairischen Soldaten, die auf der Suche nach ketzerischen Protestanten waren und die unter dem Schutz des Statthalters Adam Graf von Herberstorff hin und wieder plündernd durch das Land ob der Enns zogen. Aber hier im Ennstal wähnte man sich vor ihnen sicher. In diese unwegsame Gegend würden sie nicht kommen. Außerdem stünde das Stift Admont wie ein Schutzschild vor dem Gesäuse, hatte man ihm gesagt.

Hatte das nicht auch ihr ehemaliger Prädikant Jeremias Mitterer behauptet? Und war er dann nicht über Nacht abgehauen und hatte seine kleine Gemeinde im Stich gelassen?

Die erhoffte Sicherheit war ein tödlicher Irrtum gewesen.

Als Johannes aus Admont zurückgekommen war, wohin

man ihn zum Bezahlen der fälligen Abgaben geschickt hatte, stand die Mühle seiner Eltern bereits in Flammen. Rauch und Nebel hatten vor dem Jungen verhüllt, was die Mordbrenner angerichtet hatten. Aus Nebel und Rauchschwaden hatte er die Meute brüllen und lachen gehört. Ihm war nur die Flucht in seine Höhle geblieben mit dem Wenigen, das er dabeihatte.

Zitternd vor Angst um seine Schwester durchsuchte er noch einmal alles so gründlich es eben ging, stieß jeden verkohlten Balken zur Seite, kroch unter eingestürzte Mauerreste. Aber er fand weder sie noch ihren Leichnam. Schließlich wagte der Junge es sogar, in der Asche des Nachbaranwesens zu stöbern, fand dort aber lediglich die teilweise bis zur Unkenntlichkeit verbrannten Leichen der ehemaligen Bewohner. Er hatte keine Kraft mehr, sie auch noch unter Steinen zu begraben, und überließ ihre sterblichen Überreste dem Schicksal.

In Johannes glomm ein Funke Hoffnung bei dem plötzlichen Gedanken auf, Jakob habe sich und das Mädchen in Sicherheit gebracht. Immerhin wusste er, wie gern der Freund seine Schwester gehabt hatte. Der hätte trotz seiner grobschlächtigen Art niemals zugelassen, dass ihr ein Leid geschah. Wobei ihn die Zweifel wie Fieber schüttelten, nachdem er die im Feuer teilweise auf Kleinkindgröße zusammengeschrumpelten Körper seiner Nachbarn gesehen hatte. Man hatte sie allem Anschein nach ins Haus getrieben, in dem sie schließlich verbrannten.

Unmöglich sie auszugraben, herauszufinden, ob es sich bei allen Leichen um seine Nachbarn handelte. Er hatte nicht die geringste Ahnung, wie viele auf dem Anwesen waren, als die meuchelnde Bande über sie herfiel, konnte nur ahnen, welches Schicksal sie erleiden mussten, hoffte, dass sie ein schnelles Ende gefunden hatten. Seine Schwester konnte durchaus unter den Toten sein. Vielleicht hatte sie Hilfe holen oder sich bei den Nachbarn verstecken wollen.

Es war sinnlos, weiter nach ihr zu suchen.

Johannes stolperte schließlich zum Bach hinunter, um ein wenig Wasser zu trinken und seine wunde Kehle zu beruhigen. Laut heulend sank er zwischen Steinen und Morast nieder, und fühlte nur noch Schmerz und Verzweiflung.

Warum taten Menschen so etwas?

Er konnte nicht ahnen, dass er im Laufe der Zeit immer wieder mit solchen Bildern konfrontiert sein würde. Europa stand mitten in den Wirren eines großen Krieges, von dessen Ausmaß sich in jenen Tagen niemand ein Bild zu machen imstande war.

Kurz vor Einbruch der Dämmerung hatte er sich wieder einigermaßen gefasst. Mit den Händen schöpfte Johannes noch einmal das eiskalte Wasser des Baches und trank davon. Dann reinigte er Gesicht und Hände und überlegte, was er weiter tun sollte. Dabei steckte er die klammen Finger in seine Jackentasche, und spürte durch den dünnen Stoff das Amulett, das einmal seiner Mutter gehört und das er an seiner Hosenschnur befestigt hatte. Er musste es erst gründlich von der schwarzen Kruste reinigen, mit der es überzogen war. Johannes wusste, dass er nicht nur verbrannten Stoff von dem Kleinod wusch. Tapfer schluckte er das Würgen in seinem Hals hinunter.

Er hatte nie so genau darauf geachtet, was Anna trug. Ein Goldstück wie das, welches er jetzt in der Hand hielt, wäre ihm aber sicherlich aufgefallen, hätte sie es offen getragen. Es war ihm ein Rätsel, woher eine so einfache Frau wie seine Mutter ein so wertvolles Stück haben sollte. Warum hatte sie es nicht verkauft und damit ihre spärlichen

Einnahmen aufgebessert? Hatte sie die seltsame Münze tatsächlich als Schutz vor Unheil getragen?

Er fror vor Erschöpfung und Grauen, und da er außer ein paar Schlucken Wasser nichts zu sich genommen hatte, fühlte er sich nur noch matt und zerschlagen.

Johannes beschloss, aus der Nähe des ehemaligen Mühlhäusler-Anwesens zu verschwinden, und sich am nächsten Morgen Gedanken darüber zu machen, was weiter zu tun sei.

Der Hunger trieb ihn zunächst wieder bergwärts zur Hütte des Einsiedlers. Dabei waren alle seine Sinne aufs Höchste angespannt, da er nicht sicher sein konnte, dass die Bande das Tälchen tatsächlich wieder verlassen hatte. Während er am gestrigen Tag aus Richtung Admont gekommen war, mussten sie an der Enns entlang aus Richtung Hieflau heraufgezogen sein, sonst wäre er ihnen begegnet. Oder sie waren vor ihm flussabwärts gezogen und dann in das Tälchen eingedrungen. Oder sie kamen aus dem Süden über die Berge, wohin sie auch wieder verschwanden.

Die Spuren, die sie zurückgelassen hatten, ließen nicht erkennen, woher sie gekommen und wohin sie gezogen waren, nachdem sie ihr unheilvolles Werk vollendet hatten.

Die Hütte des Einsiedlers war immer noch unversehrt, stellte er erleichtert fest, als er sie keuchend erreichte. Also waren sie bestimmt nicht bergauf gezogen oder von dort gekommen, sonst hätten sie sich hier vermutlich noch einmal ausgetobt. Oder aber sie waren hier durchgekommen und hatten die Einsiedelei eines katholischen Mönchs nicht antasten wollen. Oder …

Der Junge erstarrte bei dem Gedanken daran, dass sie Bruder Anselm mitgenommen haben könnten, wenn nicht gar noch Schlimmeres, dass er nämlich mit ihnen kollaboriert hatte. Dagegen aber sprach, wie ordentlich er seine Behausung verlassen hatte.

Zu viele ungelöste Rätsel, zu viele wirre Gedanken kreisten durch seinen Kopf und ließen ihn nicht zur Ruhe kommen.

Johannes wagte nicht, Holz zu sammeln und Feuer anzuzünden oder sich länger als unbedingt notwendig in der Hütte aufzuhalten. Eine Nacht blieb er, schlief endlich einen erschöpften Schlaf auf seiner alten Lagerstatt, aus der er immer wieder auffuhr, weil er ein beunruhigendes Geräusch zu hören glaubte.

## 3

Nachdem er sich in der Dämmerung des nächsten Morgens so viel aus dem Keller des Mönchs eingesteckt hatte, dass er gerade mal einen Tag lang etwas zu essen hatte, machte Johannes sich auf den Weg, den Bruder Anselm vielleicht auch genommen hatte: bergauf. Es war eine Möglichkeit, nach Graz zu gelangen, von wo aus der Mönch vor Jahren ins Tälchen gezogen war. Vielleicht war er in sein Kloster zurückgekehrt, und würde dem Jungen einen Weg aus seiner aussichtslosen Lage zeigen oder ihm anderweitig helfen. Nach Admont gehen wollte er nicht, da er sich vor den Folgen fürchtete, wenn man dort erfuhr, was mit der Mühle geschehen war. Das Schicksal der Menschen war für den Stift uninteressant, waren es doch einfach nur Protestanten gewesen.

Auf der Höhe war bereits der erste Schnee gefallen. Johannes' Bekleidung und Schuhwerk waren für eine Flucht auf diesem Weg völlig ungeeignet. Zwar schwitzte er vor Anstrengung, aber da sich seine Finger und Zehen bereits nach kurzer Zeit wie erfroren anfühlten, kam er nur mühsam vorwärts.

Die Schläge der Holzfäller hörte er schon von Weitem. In der Passe im oberen Waldbereich des Baches hatte sein Vater jahrelang gearbeitet, und er selber hatte den Männern auch ein paar Monate lang geholfen. Als er schließlich bei ihnen auftauchte, hielten sie in ihrer Arbeit inne und schauten ihm beunruhigt entgegen.

Johannes ließ sich erschöpft auf einem der frisch gefällten Baumstämme nieder und erzählte seine Geschichte, während ihm jemand einen Becher mit heißem Wasser reichte.

Keiner der Männer unterbrach ihn, keiner sagte ein Wort. Alle hörten ihm nur entsetzt zu.

„Wir haben hier oben nichts davon gemerkt. Die sind auch nicht bei uns durchgekommen. Vielleicht sind sie dem Geseis entlang nach Hieflau gezogen oder über die Berge nach Süden. Nach Graz." Der Vorarbeiter legte dem Jungen die Hand auf die Schulter. „Es tut uns leid, was deiner Familie zugestoßen ist."

„Das muss doch ziemlich laut geknallt haben, als das Mehl explodiert ist", überlegte ein anderer. „Aber bis hierher war nichts zu hören. Oder wir haben nicht darauf geachtet."

„Ich hab schon was gehört", meinte einer. „Hab mir auch überlegt, was das gewesen sein könnte. Aber weil ich mir nicht denken konnte, was es war, hab ich es wieder vergessen." Er schüttelte sorgenvoll den Kopf. „Manchmal ist es gut, nicht zu viel zu wissen."

„Wer hat das gemacht?", fragte ein weiterer aus der Gruppe. Johannes konnte nur die Schultern heben.

„Ich weiß es nicht."

„Ich habe schon davon gehört, dass hin und wieder ein paar Söldner aus den bairischen Heeren durch die Seitentäler ziehen, und kleine Bauernhöfe überfallen. Aber dass sie es so schlimm treiben, also davon hab ich bislang noch nichts gehört", sagte ein anderer. „Und gerade hier, wo die Leute sowieso nichts haben."

„Wo willst du jetzt hin?", fragte ihn der Vorarbeiter und reichte ihm ein Stück Brot und Käse. Johannes nahm es dankbar an. Er hatte seine Vorräte bis auf einen kleinen Rest bereits aufgegessen. Die Flucht über das unwegsame Gebirge hatte seine Kräfte beinahe aufgezehrt.

„Ursprünglich wollte ich nach Graz, Bruder Anselm suchen", begann Johannes zögernd.

„Nach Graz“, echote einer der Männer und schüttelte den Kopf. „In die Stadt! Das ist doch nichts für einen von uns!“

„Es gibt sonst niemanden, zu dem ich gehen könnte.“

Die Männer verstanden. Sie selber waren nicht in der Lage, den Sohn eines ihrer ehemaligen Kameraden für längere Zeit in ihren Familien aufzunehmen. Dazu waren sie viel zu arm.

„Kannst zuerst einmal hierbleiben, wenn du magst“, befand der Vorarbeiter und die übrigen stimmten ihm zu. Er zeigte ein Stück in den Wald, wo Johannes die notdürftig errichteten Hütten der Arbeiter wusste. „Such dir eine aus und leg dich ein wenig aufs Ohr. Wir halten Augen und Ohren offen für den Fall, dass die Dreckskerle sich in unseren Holzschlag wagen.“

„Danke.“

Der Junge blieb eine Woche lang bei den Männern und half ihnen bei ihrer schweren Arbeit, so gut er konnte. Er war dankbar, während seines Marsches über die Gebirgskette nicht krank geworden zu sein. Immerhin hatte es geschneit, und sein Schuhwerk war bereits nach kurzer Zeit völlig unbrauchbar geworden. Beinahe barfuß hatte er den steinigen, verschneiten Weg bewältigt. Selbst seine Socken waren inzwischen nicht mehr zu gebrauchen. Einer der Männer flickte notdürftig seine Schuhe, ein anderer gab ihm zwei Socken, die nicht zusammenpassten. Jemand hatte auch ein dickes Wams und warme Beinkleider für ihn aufgetrieben, damit er für die kalte Jahreszeit zumindest ein wenig geschützt war.

Als eine Gruppe der Männer nach Hieflau zu den Köhlereien aufbrach, begleitete er sie. Seinen Plan, nach Graz zu ziehen und Bruder Anselm zu suchen, hatte er nach langen Gesprächen mit den Holzfällern und aus gutem Grund aufgegeben.

Blieb noch Linz. Wenn er sich recht besann, lebten dort eine entfernte Verwandte und ein guter Freund von Bruder Anselm, dessen Arbeit er während seiner Zeit mit dem Einsiedler zu schätzen gelernt hatte: Johannes Kepler, sein Namenspate.

Die Männer ließen ihn nur ungern ziehen, ahnten sie doch, dass ihm kein leichtes Leben bevorstand.

In Hieflau konnte er durch Fürsprache der Holzhauer kurzfristig Arbeit an einem der Rechen finden, an denen das Holz angeschwemmt wurde, welches man flussaufwärts in die Fluten hatte gleiten lassen. Es wurde zur Verhüttung des Erzes gebraucht, das man seit Menschengedenken ein Stück weiter Richtung Süden aus einem riesigen Eisenerzberg schlug.

Johannes hatte immer wieder nach den Kerlen gefragt, die sein Elternhaus und die Mühle zerstört und seine Eltern umgebracht hatten. Aber niemand hatte etwas von ihnen gesehen oder gehört.

„Die werden flussaufwärts gezogen sein", mutmaßte einer der Köhler, der sich am Abend im Wirtshaus neben ihn gesetzt hatte. „Wenn die vor Admont die Enns überquert haben und Richtung Sankt Gallen weitergezogen sind, find't man die ned so schnell. Warum fragst nach ihnen? Kannst doch nichts ausrichten bei denen."

„Ich will meine Schwester wiederfinden", erklärte Johannes leise.

„Deine Schwester?"

Johannes erzählte ihm, was geschehen war. Der Köhler hörte schweigend zu.

„Ich konnte sie in den Trümmern der Mühle nicht finden. Vielleicht haben die Mordbrenner sie mitgenommen."

„Ja dann musst du in die andere Richtung ziehen“, schlug der Köhler vor. „Richtung Linz. Dort sind die Bairischen untergebracht. Vielleicht waren die das ja und haben sie mit in ihr Quartier genommen. Hier sind die jedenfalls ned durchgekommen.“

Linz. Für Johannes waren viele Märkte und Städte, die ihm inzwischen genannt worden waren, nur Namen. Er wusste weder, wo sie lagen, noch was er dort sollte. Nur eines wusste er: dass er Arbeit finden musste, eine Unterkunft, die Möglichkeit, mehr über die Bande zu erfahren, die seinen Eltern und die Nachbarn das Leben gekostet hatte. Und vor allem: Elisabeth wiederfinden. Oder zumindest von ihr zu hören.

„Ist Linz sehr weit von hier entfernt?“, fragte er unsicher.

Der Köhler lachte.

„Du kennst dich ned aus in unserem Land“, stellte er fest. „Wenn du von hier aus weiter flussabwärts gehst, kommst nach vier Tagmärschen über Enns nach Linz.“

„Enns?“

„Das ist der Ort, an dem unser Fluss in den nächsten mündet. Donau heißt der. Du siehst den Turm und das Schloss von Enns schon von Weitem.“ Er trank einen Schluck aus seinem Becher und rülpste. „Sind inzwischen fast gänzlich katholisch, die beiden Städte Enns und Linz. Die Lutherischen haben dort bislang trotzdem nichts zu befürchten.“ Er machte eine nachdenkliche Pause. „Noch nicht. Der Herberstorff haust in Linz, vergiss das nicht - und der ist unberechenbar. Aber er hält seine Mannen einigermaßen im Zaum. So übel ist der nicht.“

Daran zweifelte Johannes allerdings aus gutem Grund.

Der Köhler holte ein Rotztuch aus dem Hosensack und schnäuzte sich ausgiebig. „Bist ein Protestantischer, oder?“

Johannes zuckte die Schultern.

„Kannst es ruhig sagen. Hier drin interessiert das keinen. Ich weiß ned, ob du von den Bergknappen in Eisenerz gehört hast?"

Johannes erinnerte sich daran, dass der Vater von den Männern erzählt hatte, wusste aber nicht mehr so genau, worum es dabei gegangen war.

„Die haben vor Jahr und Tag versucht, der katholischen Obrigkeit die Stirn zu bieten und protestantisch zu bleiben. War ein übler Aufstand, und die Kaiserlichen sind unverrichteter Dinge wieder abgezogen." Er lachte leise in sich hinein. Dann aber wurde er sehr ernst. „Die Saukerle kamen aber wieder, und dieses Mal haben die Knappen aufgeben müssen."

Johannes wartete, ob der Köhler noch etwas sagen würde. Als dieser aber schweigend vor sich hinsah, wagte er eine leise Frage:

„Bist du ein Katholischer?"

Der Köhler schaute ihn lange an.

„Nach außen hin."

„Und das damals, waren das Kaiserliche oder Bairische?", wollte Johannes wissen.

„Kaiserliche, Bairische!" Der Köhler zog die Mundwinkel nach unten. „Das ist einerlei. Es sind Leute, die sich für solche Plünderungszüge zusammengerottet haben. Die machen, was sie wollen, und niemand tut was dagegen." Er schaute sich kurz um, als wolle er sicher sein, dass ihm niemand zuhörte. „Weil denen …" Ein Fingerzeig nach oben. „Weil denen ganz recht ist, wenn die Leut' hier Angst kriegen." Er schnäuzte sich erneut. „Wobei die Bairischen seit jeher schlimmer sind als die Kaiserlichen", fuhr er fort. „Vor Jahren hat unser damaliger Kaiser ein Heer vom Bischof in Passau angefordert, das sich auf dem Weg entlang der Donau nicht sehr beeilt hat. Erst nach deutlichen Ermahnungen sind sie schließlich in Wien angekommen. Bis dahin haben sie viel Unglück über die Leut' gebracht. Die waren schlimmer als die schlimmsten Höllenhunde." Er warf Johannes einen schrägen Blick zu. „Aber daran kannst du dich nicht erinnern, dafür bist du zu jung. Und die im Geseis und den Nebentälern sind ohnedies immer gut weggekommen, da hat es selten einen von denen hin verschlagen." Der Köhler hielt kurz inne und nahm einen Schluck aus seinem Krug. „Alle haben Angst vor den Bairischen", fuhr er fort. „Und das ist so gewollt, glaub' mir. Wenn die Leut' Angst haben, lassen sie sich leichter bekehren, das weiß nicht nur unser Kaiser. Die ganz Halsstarrigen packen halt irgendwann ihr Sach' zusammen und verlassen das Land."

„Einfach so?"

„Nicht einfach so", antwortete ihm der Köhler und trank seinen Krug leer. Dann erhob er sich und legte Johannes zum Abschied kurz die Hand auf die Schulter. „Wer Schulden hat, muss sie erst zurückzahlen. Das treibt viele in die bitterste Armut. Wer ohnehin unfrei ist ..." Er presste die Lippen zusammen. „Behüt' dich Gott, Bub!"

Er wandte sich von Johannes ab und verließ die Gaststube, nachdem er beim Wirt seine Zeche bezahlt hatte.

Wer Schulden hatte ...

Johannes hatte Schulden. Denn die wurden vom Vater auf den Sohn übertragen. Sie würden ihn irgendwann aufgreifen und zur Rechenschaft ziehen. Denen war egal, wie er das Geld auftreiben würde. Dass die Mühle zerstört und ihm damit alle Möglichkeiten genommen waren, die Schulden jemals zurückzuzahlen, würde sie nicht davon abhalten, auf ihren Forderungen zu bestehen. Ganz abgesehen davon, dass sie ihm die Schuld an der Zerstörung der Mühle geben würden. Ihm, dem Sohn eines Protestanten.

Johannes konnte sich ausmalen, wie seine Zukunft aussah, wenn er die Tant' in Linz nicht fand. Oder diesen Johannes Kepler.

Ein anderer setzte sich zu ihm an den Tisch.

„Ich hab gehört, was du dem Köhler erzählt hast", sagte er. „Auf der anderen Seite der Enns ist eine Horde Bairischer Richtung Norden gezogen." Er senkte die Stimme und rückte mit dem Kopf nahe an Johannes' Ohr. „Die haben mich mit ihrem Aufführen an die Passauer erinnert, die sich an unseren Bauern und Bürgern schändlich getan und so viel Leid über sie gebracht haben, damals. Aber keiner tut denen was, weil sie alle unter dem Schutz von unserem Kaiser und …", er schaute sich um, ob ihn jemand hören konnte, „… und seinem Statthalter in Linz stehen. Der Herberstorff hält schützend die Hand über sie, weil sie ihm gerade recht kommen damit, wie sie den Leuten Angst machen. Der Herberstorff ist schuld an allem Übel, glaub mir. Der wird uns noch großen Kummer bereiten."

„Der Herberstorff?"

Hatte der Köhler den nicht anders beschrieben?

„Ja, ein unangenehmer Bursche. Seitdem unser Kaiser das Land ob der Enns an die Baiern verpfändet hat, ist keiner vor ihm sicher." Er lachte heiser. „Dabei war er selber mal ein Evangelischer, der Hundsfott, der elende!"

Verwirrt schob Johannes den Mann ein Stück von sich weg. Kummer hatte er selber genug, da interessierte ihn nicht, was der berüchtigte Statthalter aus bairischen und kaiserlichen Gnaden den anderen bereitete. Er hatte andere Sorgen.

„War ein Mädchen dabei?", fragte er. „Ich suche meine Schwester."

„Bei den Bairischen? Ein Weibsbild war dabei, aber ob es deine Schwester war, weiß ich nicht."

„Wie hat sie denn ausgesehen?" Johannes gab ihm aufgeregt eine Beschreibung von Elisabeth.

„Wie ein Weibsbild halt", gab der Köhler achselzuckend Bescheid. „So genau hab ich nicht hingeschaut. Wusste ja nicht, dass einer kommen und nach ihr fragen würd'."

„Ist sie freiwillig mitgelaufen oder haben die Männer sie gezwungen, was meinst du?"

Vor Johannes tauchten die schrecklichsten Bilder auf. Wieder zuckte der Mann die Schultern.

„War halt ein Weibsbild."

Johannes saß noch lange nachdenklich da, bevor er sich auf den Heimweg machte. Seufzend suchte er seine Schlafstatt neben dem Küchenherd einer der Köhlerfamilien auf, die ihm Quartier gegeben hatte.

*

Die Worte der Köhler hallten noch ein paar Tage in ihm nach. Auch Berichte anderer Arbeiter beschäftigten ihn, die von kleinerem Geplänkel bis hin zu heftigen Auseinandersetzungen zwischen Protestanten und Katholiken berichteten. Es schien, als zögen dabei mehr und mehr die Lutherischen und Calvinisten den Kürzeren. Von aufständischen Bauern und umherziehenden Baiern war immer wieder die Rede, die sich ungestraft an der Landbevölkerung austobten. Aber auch von katholischen Soldaten, übereifrigen Geistlichen und unbezähmbarem Gesindel erzählten sie, die alle dafür sorgten, dass der Wille Kaiser Ferdinands umgesetzt wurde. In diesen ganzen Wirren seine Schwester zu finden, erschien Johannes mehr und mehr unmöglich. Andererseits hatte die Aussage des zweiten Köhlers seine Hoffnung darauf bestärkt, sie am Leben zu wissen.

So beschloss er, so schnell es ging nach Linz zu ziehen, und machte sich in den ersten Tagen des anbrechenden Winters auf den Weg. Ein bisschen Geld hatte er für seine Arbeit bekommen und hoffte, dass es für die erste Zeit in der Stadt reichen würde. Insgeheim hoffte er außerdem, unterwegs mehr über die Männer zu erfahren, von denen der Köhler berichtet hatte. Aber außer ihm schien sie niemand wahrgenommen zu haben. Vielleicht hatte der Mann ihm auch etwas vorgemacht, um wichtig zu tun. Oder aber die anderen Leute waren so verschreckt, dass sie lieber nicht über das reden wollten, was sie gesehen hatten oder aus Erfahrung wussten. Denn manch einer erinnerte sich schon daran, einen Haufen Männer in bairischen Farben an der Enns entlangziehen gesehen zu haben. Aber niemand wusste Genaues. Und ob seine Schwester dabei war, konnte ihm auch keiner sagen.

Also blieb die Hoffnung, sie in Linz bei den Leuten um diesen Herberstorff zu finden.

Eine ziemlich vage Hoffnung, das war dem Jungen inzwischen klar geworden.

# 4

Trotz des gerade einsetzenden Schneetreibens konnte Johannes den Ennser Stadtturm schon von Weitem sehen. Er ragte zwischen den Türmen des Schlosses zur rechten und dem Kirchenbau zur linken Seite der Holzbrücke über die Mauern der Stadt, und befand sich mitten auf dem weitläufigen Marktplatz. Er erinnerte sich daran, wie Bruder Anselm ihm einmal davon erzählt hatte, dass dieser Turm von den protestantischen Ennser Bürgern als Wach- und Glockenturm gewünscht, und unter Kaiser Maximilian II. vor über 50 Jahren gebaut worden war.

Staunend betrachtete der Junge das Kupferdach und die Kugel mit der geflügelten Figur auf der Spitze, die langsam unter einer weißen Schneedecke verschwanden. Er konnte sich vorstellen, wie reich diese Stadt einst gewesen sein musste, und wünschte sich, das sei bis heute so. Wie er auch hoffte, dass der evangelische Geist dieser Stadt erhalten geblieben sein möge.

Johannes überquerte die Brücke und erreichte das Stadttor gerade noch rechtzeitig, bevor die Stadtwachen Fremden nach Einbruch der Dunkelheit den Zutritt verwehrten.

Er bezog in einem kleinen Gasthaus in der Nähe der Stadtmauer Quartier, was er bereits nach wenigen Stunden bereute. Nach einem einfachen Mahl hatte er sich in die ihm zugewiesene Kammer über dem Ziegenstall zurückgezogen, und zum ersten Mal in seinem Leben erfahren, welche Qualen ein verlaustes und von Flöhen besiedeltes Nachtlager bereiten konnte.

Als er nach einem Badehaus fragte, erntete er Hohnlachen. Badehäuser, so erfuhr er, gab es in Enns nicht.

Dafür hätten die Katholischen gesorgt, die, um die Moral ihrer Schäflein besorgt, alle Einrichtungen dieser Art geschlossen hatten.

„Die Katholischen?“, fragte Johannes ungläubig. „Ich habe gehört, diese Stadt sei eher protestantisch?“

Der Wirt, an den diese Frage gerichtet war, lachte erneut laut auf.

„Da hast du was Falsches gehört. Enns w*ar* eher protestantisch“, gab er zurück. „Die Zeiten ändern sich. Aber wenn dir der Sinn nach Reinlichkeit steht, versuch es doch mal mit der Enns!“

Johannes schüttelte angewidert den Kopf. Er hatte gesehen, wie viel Unrat auf den Wogen des Flusses schwamm, den er an seinen Ursprüngen als klares, sauberes Gewässer kannte. Außerdem war das Wasser der Enns so kalt, dass der Fluss an vielen Stellen zugefroren war.

Also ließ er sich einen Schapf warmes Wasser auf seine Kammer bringen und reinigte seinen geplagten Körper, so gut es ging. Betrübt dachte er an die Vorräte an Salben und Tinkturen, die Bruder Anselm aus seiner Hütte mitgenommen hatte, und die er jetzt so gut hätte brauchen können.

Außerdem musste er feststellen, dass die blutrünstigen Biester sich auch in seinen Kleidern eingenistet hatten. Es schien beinahe unmöglich, sie wieder loszuwerden.

„Das liegt an den geistlichen Unwürdenträgern, die den Menschen eine gründliche Körperreinigung verbieten“, fluchte er, nachdem er Wams und Hose gründlich ausgeschüttelt und wieder übergezogen hatte. Wehmütig dachte er an das wohltuende Bad im Zuber seiner Mutter zurück, die sehr auf Sauberkeit bestand. Wie recht sie damit gehabt hatte, wurde ihm nach dieser Nacht erst so richtig bewusst.

Anderntags suchte er einen Händler auf, bei dem er sich neu einzukleiden gedachte. Die Ennser Waschweiber, zu denen ihn der Wirt geschickt hatte, beschieden ihn mit der Auskunft, erst am übernächsten Tag wieder Lauge anzusetzen und zu waschen. Das dauerte dem Jungen zu lange.

„Kannst du bezahlen?", war die erste Frage des Mannes, der ihn bereits beim Betreten des düsteren Ladens argwöhnisch von oben bis unten gemustert hatte.

Johannes nickte nur und suchte sich ein Hemd, eine Hose, Strümpfe und eine Felljacke aus dem Angebot des mürrischen Händlers aus. Er feilschte erfolgreich um den Preis, den der Alte für seine Ware haben wollte, und verließ mit seinen zum Bündel zusammengeschnürten verlausten Kleidern unter dem Arm dessen Haus.

Bei einem Apotheker erstand er eine Salbe, die den Juckreiz auf seiner Haut beruhigen und die Entzündungen heilen sollte. Er trug sie gleich vor Ort auf, weil ihm bewusst war, wie übel sein Zustand werden konnte, wenn er die Stellen aufkratzte. Der Apotheker beobachtete ihn dabei kopfschüttelnd. Was für ein Aufhebens dieser Kerl machte wegen der paar Flohbisse!

Zu seinem Quartier kehrte Johannes nicht mehr zurück. Er befürchtete, die dort lebenden Quälgeister kröchen in seine neuen Kleider und brächten ihm erneut Kummer. Also suchte er ein anderes Gasthaus, in dem er nächtigen wollte. Er fand auch eines in der Nähe des Stadtturms, und bezog seine Kammer, nachdem er sie gründlich nach Spuren seiner kleinen Erzfeinde abgesucht hatte.

„Flöhe, Läuse und Wanzen findest du bei uns nicht", hatte ihm die Wirtin gesagt, als er danach fragte. „Wir räuchern jede Woche alle Kammern aus."

Für diesen Dienst verlangte sie auch einen deutlich höheren Preis als der Wirt in Johannes' letztem Quartier. Der Junge überschlug seine Barschaft und beschloss, diese

Nacht noch in Enns zu bleiben. Am nächsten Tag wollte er nach Linz weiterziehen, zunächst seine Tante aufsuchen und nach Arbeit zu suchen.

Als er am anderen Morgen die Hauptstraße entlang Richtung Westtor lief, durch das er die Stadt verlassen wollte, läuteten die Glocken vom Stadtturm. Eine schreiende Horde Menschen kam hinter ihm her und zwang ihn an eine Mauer gedrückt abzuwarten, bis der Weg wieder frei sein würde.

„Der Schwarze Tod!", kreischte eine der Frauen, die in dem Pulk mitlief. „Rettet euch! Betet zum Herrn um Vergebung! Tut Buße! Der Schwarze Tod geht um!"

Weitere Stimmen fielen in ihr Geschrei ein.

Dem Haufen aufgeregter Bürger folgte eine klapprige Karre, die zwei stämmige Mannsbilder zogen. Ein Dritter schob sie von hinten an.

Es war der Henker mit seinen beiden Knechten, die sich mit ihrer Fracht einen Weg aus der Stadt bahnten.

Auf der Pritsche erkannte Johannes mehrere Leichen. Eine Hand ragte unter einem zerschlissenen Tuch hervor und hätte ihn beinahe gestreift. Die Finger dieser Hand waren schwarz und stanken faulig. Als Johannes einen weiteren Blick auf die Toten erhaschen konnte, wurde ihm schwindelig: Alle hatten schwarz verfärbte Beulen und teilweise in Fäulnis übergehende Gliedmaßen. Ein ekelerregender Gestank begleitete die Toten.

„Verschwindet!", rief einer der Männer, die den Karren zogen. „Seid ihr verrückt geworden? Das sind Pesttote! Geht weg, steckt euch nicht an!"

„An Toten anstecken?", keifte eines der Weiber, das vor dem knarzenden Gespann hergelaufen war. „Wie soll das denn gehen?"

Irres Gelächter begleitete ihre weiteren Worte, die im allgemeinen Lärm untergingen. Schon tauchten Stadtknechte auf, die sie in die angrenzenden Gassen zurückdrängten.

Die Pest war in Enns ausgebrochen! Johannes erkannte, dass es für ihn nur eine Möglichkeit gab: Er musste diese Stadt so schnell es ging verlassen.

Da scholl aus einer der Gassen ein Ruf an sein Ohr, der drohte, das Blut in seinen Adern gefrieren zu lassen. Eine Frauenstimme kreischte: „Verbrennt die Hexe zusammen mit ihren Opfern! Die Haußlerin hat die alle auf dem Gewissen, die böse Hex'! Fangt sie und verbrennt sie!"

Andere fielen in ihr Geschrei ein. Die Leute kamen ungeachtet der weiterhin um Ordnung bemühten Stadtknechte aus den Gassen zurück. Sofort bildete sich eine neue Menschentraube, und die Wachleute hatten Mühe, sie im Zaum zu halten. Johannes stieß und schob sich, so schnell er konnte, zum westlichen Stadttor. Durch den Tumult, der nach dem Aufschrei in den Gassen von Enns entstanden war, achtete niemand auf den Jungen, der sich an den Torwächtern vorbeidrückte. Ihm schoss die Hoffnung durch den Kopf, irgendwo eine Badestube zu finden, in der er sich von dem Unheil befreien konnte, das seit dem ersten Abend in Enns an ihm zu haften schien. Was für ein irrer Gedanke angesichts dessen, was er in den letzten Minuten erlebt hatte, zumal er doch wusste, dass es weit und breit keine Badestuben gab. Nur: Wie das alles loswerden, was ihn und die Bürger dieser Stadt mit Krankheit und Gestank überschwemmt hatte, wenn nicht mit viel Wasser?

Feuer.

Guter Herrgott.

Nicht mit Feuer!

Ein kleiner Teil der Meute war zusammen mit der Leichenkarre ebenfalls zum Stadttor geeilt. Dort verharrten sie schweigend, während die drei Männer mit ihrer grausigen Fracht weiterzogen.

Der weitaus größere Teil der Ennser hatte sich um die keifende Bürgerin geschart, die lauthals den Feuertod für die angebliche Hexe forderte. Immer lauter wurde das Geschrei des Pöbels, immer größer wurde ihr Zulauf. Die Stadtknechte hatten viel Mühe, die Leute davon abzuhalten, das Haus der Hebamme zu stürmen und sie herauszuzerren.

Johannes hatte die Stadt hinter sich gelassen. Er blieb atemlos am Rand der Straße stehen, die aus Enns Richtung Linz führte. Ursprünglich hatte er über die ein wenig marode gewordene Brücke zum linken Donauufer wechseln und die von Händlern gut befahrene Haudererstraße über Mauthausen nach Linz nehmen wollen. Aber nachdem er die Stadt auf dem schnellsten Weg hatte verlassen wollen, befand er sich auf dem unbefestigten Weg nach Asten. Fassungslos sah er zu, wie der Henker und seine Knechte die mit den fünf entstellten Leichen beladene Karre zu einem aufgerichteten Scheiterhaufen in seiner Nähe brachten. Die Männer kippten die Toten auf den Holzstoß, den sie mit eilig angezündeten Reisigbüscheln in Brand steckten. Beißender Qualm breitete sich aus. Johannes und die Männer begannen zu husten.

„Geh weg von hier! Los, verschwinde!“, herrschte der Henker den Jungen an, der mit weit aufgerissenen Augen dastand und sich nicht vom Fleck rührte. „Los, hau ab, bevor sie dich erwischen und zurück in die Stadt bringen! Es ist die Pest!“

Johannes rang nach Luft.

„Ihr dürft das nicht“, flüsterte er entsetzt. „Man darf

die Toten nicht einfach so verbrennen! Ihr versündigt euch an ihnen. Es sind doch keine ..."

*Trümmer einer Mühle.*

*Verkohlte Leichen.*

*Ein verkrustetes Amulett.*

„Hörst du nicht?", fuhr der Henker ihn an. „Es ist die Pest! Sei froh, dass du noch aus der Stadt gekommen bist, weil die Stadtwache mit dem verfluchten Mob beschäftigt war. Niemand darf mehr hinein oder heraus. Also verschwinde!"

„Ich hab nur kurz Rast gemacht in eurer Stadt und muss weiter nach Linz", flüsterte Johannes. „Ich hab mich bestimmt nicht angesteckt."

Der Henker kam bis auf ein paar Schritte auf ihn zu und maß ihn mit Blicken von Kopf bis Fuß.

„Woher willst du das wissen?"

„Ich bin kerngesund, das weiß ich bestimmt. Lasst mich weiterziehen", bettelte Johannes verzweifelt.

„Ich müsste dich mit zurücknehmen, Junge", sagte der Henker beinahe väterlich.

„Mit zurück? Ich habe hier nichts mehr zu schaffen. Ich will nach Linz! Enns war nur ..."

„Die Pest kommt mit Soldaten wie denen da", unterbrach ihn der Henker und zeigte auf den brennenden Holzhaufen.

„Ich hab keine Soldaten gesehen."

„Du musst keine Soldaten gesehen haben, um dich anzustecken! Warst du im Hurenhaus?"

Johannes schüttelte entgeistert den Kopf. Tausend Gedanken schossen ihm durch den Kopf. Er begann, die Zusammenhänge zu begreifen: Die Soldaten hatten unbemerkt die Krankheit in die Stadt und zu den Huren geschleppt. Waren weitergezogen und hatten die Pest dagelassen.

„Unter den Huren und ihren Freiern gab es die ersten Kranken", bestätigte der Henker, was Johannes sich gerade zusammengereimt hatte, und musterte ihn argwöhnisch.

„Ich war da nicht!", beteuerte Johannes jetzt verzweifelt. Er wollte auf keinen Fall zurück in die verseuchte Stadt.

Der Henker wiegte nachdenklich den Kopf.

„Verschwinde von hier. Hau ab, hörst du?", wiederholte er schließlich. „Aber der Teufel soll dich holen, wenn du mich angelogen hast und den Tod mit nach Linz schleppst!"

Johannes war noch immer unfähig, sich zu rühren. Er hatte eine Hand über die Stelle seines Wamses gelegt, unter der er das Andenken an seine Mutter Anna wusste. An sie und zwei andere Frauen, deren Schicksal ihm in diesem Augenblick näher gekommen war als jemals zuvor.

Das Geschrei des Pöbels aus der Stadt war noch immer deutlich zu hören. Nur diejenigen, die den Leichenwagen begleitet hatten, standen nach wie vor stumm vor dem Tor und schauten mit vor Entsetzen gezeichneten Gesichtern zu ihnen herüber.

„Lass dich nicht vom Gekeife der Weiber anstecken, die gleich an der Haußlerin ihr Mütchen kühlen werden." Der Henker warf einen verächtlichen Blick über die Schulter zurück zur Stadt. „Hatte schon viel mit angeblichen Hexen zu tun. Keine von ihnen hat auch nur ein Fünkchen der Macht, die man ihnen unterstellt." Er zuckte die Schultern. „Woher auch? An den Teufel glaube ich schon lange nicht mehr. Nur an die Dummheit der Leute."

„Aber trotzdem kümmerst du dich um die Hexen", brummte Johannes missgelaunt, den der Henker gerade noch zum Teufel gewünscht hatte, an den er angeblich nicht glaubte.

„Kümmern? Wenn du meinst. Wir sind eine alte Freimann-Familie", knurrte der Henker zurück. „Da wirst du hineingeboren und kommst nie heraus. Wir sind geächtet, geschmäht. Glaubst du, uns gefällt das? In so einer Familie und mit diesem Beruf lernst du sehr schnell, deine eigenen Schlüsse zu ziehen – und dann zu tun, was man von dir erwartet. Ob du und ich das für richtig halten oder nicht, ist eine andere Sache. Darüber entscheiden nicht wir, sondern die Richter. Und jetzt verschwinde, bevor ich es mir anders überlege!"

Der Henker wandte sich von ihm ab und kümmerte sich um den brennenden Scheiterhaufen. Johannes schaute ihm regungslos zu. Erst als einer der Knechte des Freimanns ihm einen Stoß gab, dass er beinahe in den matschigen, inzwischen rußgeschwärzten Schnee gefallen wäre, kam wieder Leben in ihn. Wie von Sinnen lief er los, rannte die Straße hinunter, die Stadt weit hinter sich lassend, von deren Turm immer noch der warnende Ruf der Glocke Unheil verkündete. Dabei hatte er ständig das Bild einer der Leichen vor Augen, die nicht nur von Pestbeulen übersät war, sondern auch von unzähligen Flohbissen. Jetzt ekelte er sich nicht mehr nur vor den Blutsaugern, er begann auch, sich vor ihnen zu fürchten. Eine von Anselms Vermutungen tauchte in seinem Kopf auf.

‚Die saugen das kranke Blut aus den Körpern, und bei jedem Biss verbreiten sie ein wenig davon im Blut anderer weiter und verderben es', hatte er einmal gesagt. ‚Das ist genau so, als wenn einer mit dreckigen Händen eine Wunde versorgt, und das Blut des Patienten vergiftet. Deshalb wäscht sich jeder anständige Heilkundige die Hände, bevor er sich um eine Verletzung kümmert. Aber weil es schwierig ist, einem Floh beizubringen, sich nach jeder Blutmahlzeit das Fresswerkzeug zu waschen, verbreiten sie das kranke Blut weiter und stecken andere damit an.'

Johannes hätte gerne gewusst, was Bruder Anselm

dazu gesagt haben würde, dass er in diesem Augenblick seine Ansicht teilte. Außerdem beschäftigte ihn der Gedanke, weshalb der Henker die Leichen verbrannt, und nicht ordentlich begraben hatte, wie es sich für Christenmenschen gehörte. Wusste er auch um das alles und schützte damit die Leute in der Stadt? Oder beseitigte er auf diese Weise und von den Stadtoberen so angeordnet die unliebsamen Soldaten und Huren, die an dieser Krankheit gestorben waren?

Stunden später erreichte der Junge über das südliche Donauufer eines der Tore von Linz. Er fragte die Stadtwachen nach dem Herrn Astronomen Johannes Kepler, da er sich nicht an den Namen seiner Tante erinnern konnte. Vielleicht wusste der Meister, wo sie zu finden war, wenn er Bruder Anselm so gut kannte, wie dieser ihm erzählt hatte.

Einer der beiden Männer zeigte ihm den Weg zur Rathausgasse, in der Kepler seine Studierstube hatte.

„Es ist schon spät, da wird dir keiner mehr aufmachen“, meinte er. „Falls du ein Quartier brauchst …“

Aber Johannes war schon losgelaufen. Vielleicht schaffte er es ja, den großen Meister noch an diesem Abend zu sehen.

Vergebens.

Die Fensterläden waren verschlossen, und niemand kam an die Tür, um ihm zu öffnen. Johannes musste wohl oder übel erneut Quartier in einem kleinen Wirtshaus nehmen, und den nächsten Tag abwarten. Wenigstens plagten ihn hier nur ein paar Wanzen, die er zwischen den Fingern zerdrückte.

Seine Ersparnisse waren bis auf wenige Kreuzer zusammengeschmolzen. Er brauchte dringend Arbeit.

# 5

Kepler hatte nach dem Tod des ihm wohl gesonnenen habsburgischen Kaisers Rudolf II. in Linz eine Stelle als Provinzmathematiker angenommen, und wurde 1621 als Kaiserlicher Mathematiker bestätigt. Er war mit den *Rudolfinischen Tafeln* und den *Harmonices mundi libri V*, den Fünf Büchern über die Harmonik der Welt, fertig geworden und im Herbst nach Wien gereist, um Geld für den Druck seiner Werke zu sammeln. Erst vor Kurzem war der Meister nach Linz zurückgekehrt, um seine Arbeit als Landesmathematiker wieder aufzunehmen. Außerdem warteten seine Studiosi an der Landschaftsschule darauf, weiter von ihm unterrichtet zu werden. Ganz zu schweigen von den hochherrschaftlichen jungen Männern, denen er privaten Unterricht gab.

Johannes stand am nächsten Tag zitternd vor Aufregung erneut vor dem Haus in der Rathausgasse. Ein Holzknecht humpelte gerade heraus und hielt ihm die Tür auf.

„Der ist nicht gut zu sprechen heut', der Herr", knurrte er und zählte ein paar Münzen in seinen abgewetzten Beutel. „Hat wohl nichts gebracht, seine Bettelreise nach Wien, so grantig, wie der ist!" Er warf dem Jungen einen mitleidigen Blick zu. „Aber was will ein Calvinistischer auch bei unserem erzkatholischen Kaiser erreichen! Das muss er doch vorher schon gewusst haben, dass daraus nichts wird." Er schüttelte verständnislos den Kopf. „Was auch immer dein Begehr ist: Heute wirst du kein Glück da drin haben. Ich rate dir, zu Keplers Wohnung in der Hofgasse zu gehen und bei seinem Weib vorzusprechen. Da hast du sicherlich mehr Glück!"

Johannes ließ sich den Weg zur Hofgasse zeigen und fand dort auch schnell das Wohnhaus der Keplers, nicht weit unterhalb des Linzer Schlosses.

Zögernd betrat er den düsteren Hausgang. Eine der Küchenmägde ließ ihn mit in die Hüfte gestemmten Fäusten und energischem Tonfall wissen, dass er einen schlechten Tag erwischt habe, was auch immer ihn in das Kepler'sche Haus getrieben haben mochte.

Sie hieß ihn schließlich im Hausflur warten.

Kepler, der zum Mittagsmahl nach Hause kam, ließ ihn denn auch schroff mit dem Hinweis darauf abweisen, er habe keine Zeit für dahergelaufene Streuner. Vermutlich hatte ihm das dumme Weib nicht gesagt, dass Johannes lediglich wissen wollte, wo seine Tante lebte. Kepler ließ ihm noch ausrichten, er möge sein Glück bei einem Schreinermeister wenige Gassen weiter versuchen, der gerade einen Tagelöhner für die Auslieferung seiner Särge suchte.

Schreinermeister Wilhelm kratzte sich am Kopf, als Johannes vor ihm stand.

„Soso, der Herr Kepler schickt dich." Er musterte den Jungen lange, ohne ein weiteres Wort zu sagen.

„Ich wollte von ihm nur wissen, ob er den Verbleib meiner Tant' kennt, die hier in Linz wohnen soll. Aber man hat ihm scheint's meine Frage nicht ausgerichtet."

„Wie heißt sie denn, deine Tant'?", fragte der Schreiner schließlich und wandte sich seiner unterbrochenen Arbeit zu.

„Das weiß ich nicht", gestand Johannes, dem im selben Augenblick klar wurde, wie unsinnig sein ursprünglich gefasster Plan war. „Kann ich hier bleiben und Euch bei der Arbeit helfen, bis ich die Frau gefunden habe?"

„Du willst sie selber suchen?", fragte der Meister und

schüttelte den Kopf. „Linz ist groß. Und wenn du sie mitsamt ihrem Namen nicht kennst?"

„Sie kommt aus Bruck."

Der Meister schüttelte abermals den Kopf.

„Es sind viele Leut' zu uns gekommen, weil sie geglaubt haben, hier sicher vor den Katholischen zu sein. Der bairische Statthalter selber wär' schon recht, aber der Kaiser will, dass er strenger durchfährt mit den Leut' als bisher. Es wird Ärger geben, weil immer mehr aus dem Landl zu uns kommen. Also es ist nicht so weit her, das mit der Sicherheit, mein' ich. Nicht auf Dauer."

Johannes erfuhr außerdem, dass sich dieser Adam Graf von Herberstorff mit ausdrücklicher Erlaubnis des bairischen Herzogs und gegen die Zustimmung der Linzer Stadtbevölkerung auf Schloss Linz breitgemacht hatte. Von dort aus verfolgte er seit einiger Zeit gnadenlos das ‚protestantische Gesindel', das störrisch an seinem Glauben festhielt und sich nicht katholisch machen lassen wollte. Herberstorff sei ursprünglich selber ein Evangelischer gewesen, dessen Sinn sich gewandelt habe, als er mit dem Pfalzgrafen Wolfgang Wilhelm in Kontakt kam, führte der Schreiner weiter aus. Der hatte damals gerade Pfalz-Neuburg rekatholisiert und war darum bemüht, auch möglichst viele Adelige und andere hochstehende Persönlichkeiten von seiner neuen Glaubensrichtung zu überzeugen. Denn auch dieser Pfalzgraf war evangelisch aufgewachsen, schien aber bei den Katholischen ein besseres Auskommen erwartet und gefunden zu haben, als bei seinen alten Glaubensbrüdern. Die Lutherischen waren nach seiner und inzwischen auch Herberstorffs Auffassung ohnehin dem Untergang geweiht.

Also warum sich nicht denen anschließen, die Macht und Ansehen und ein glückliches Einkommen sicherten?

Und die ihm außerdem erlaubten, mit seinen Untertanen umzuspringen, wie ihm gerade beliebte?

Ungeheuerlich!

Meister Wilhelm musterte Johannes nachdenklich, der mit offenem Mund zugehört hatte. Dabei schien ihm wieder einzufallen, was der Ausgang seiner Überlegungen gewesen war.

„Es wird schwierig werden, deine Tante zu finden, wenn du nichts über sie weißt. Aber wenn du bei mir bleiben willst: Um diese Jahreszeit gibt es genug Arbeit. Die Leute sterben bei der Kälte wie die Fliegen, und ich könnte einen Helfer brauchen. Nur viel zahlen kann ich nicht. Woher kommst du?“

Johannes hatte keine Lust, dem Meister seine ganze Geschichte zu erzählen. Also sagte er nur: „Aus der Gegend von Enns.“

Meister Jakob schaute ihn aus zusammengekniffenen Augen an. Er hatte ihn missverstanden.

„Du redest nicht wie die Leute von dort. Also: Woher kommst du?“

„Genauer gesagt aus dem Geseis“, gab Johannes zögernd zu.

„Das heißt also, du bist über die Stadt Enns gekommen? Da läuten sie die Pestglocke. Hoffentlich kommt der Schwarze Tod nicht auch zu uns. Du warst doch nicht in Enns selber, oder?“, fragte er misstrauisch.

„Nein“, log Johannes und fügte wahrheitsgemäß noch an: „Man lässt keinen mehr hinein oder heraus.“

Der Alte musterte ihn argwöhnisch. Johannes hielt seinem Blick trotzig stand.

„Ich kann ja als Lehrbub hier anfangen …“, sprach er zögerlich weiter.

Meister Wilhelm lachte schallend.

„Hast du denn Geld, um für deine Lehrjahre bezahlen zu können?“

Johannes schüttelte überrascht den Kopf. Lehrgeld? Daran hatte er überhaupt nicht gedacht. Der Vater hatte davon gesprochen, bevor er den Jungen zu Bruder Anselm geschickt hatte. Aber der wollte kein Geld haben. Im Holzschlag wiederum hatte keiner nach Lehrgeld, sondern vielmehr nach Muskelkraft und Ausdauer gefragt.

„Verstehst du denn was von der Schreinerei?“, wollte Meister Wilhelm wissen, als er keine Antwort bekam.

Johannes erzählte ihm von seinen Arbeiten bei den Holzhauern und mit dem Vater zu Hause, und der Meister schien damit zufrieden zu sein. Er brauchte jemand, der seine Werkstücke in die Häuser brachte und dafür nicht viel Geld verlangte. Dazu musste er nur zuverlässig sein. Also wies er ihm für die Nacht einen Platz in der Werkstatt an, alles Weitere würde sich finden.

Johannes war alles recht, solange er nur die Möglichkeit hatte, in der Nähe Keplers bleiben und über ihn seine Tante finden zu können.

Und Elisabeth.

„Sind hier Soldaten stationiert, die aus dem Geseis zurückgekommen sind?“, fragte er.

„Aus dem Geseis? Was hätten die dort zu tun gehabt?“ Meister Wilhelm schüttelte den Kopf. „Hier sind viele Soldaten, hauptsächlich bairische. Aber wo die waren – also das weiß ich nicht.“

Es gab fürwahr viel zu tun in der Werkstatt des Schreiners. In einigen Wirtshäusern waren nach üblen Schlägereien zwischen kaiserfreundlichen und kaiserfeindlichen Lagern einige Möbelstücke zu Bruch gegangen, die ausgebessert oder neu geschreinert werden mussten. Außerdem hatte

Andreas Ungnad, der protestantische Herr von Schloss Ennsegg, einige Möbelstücke bei Meister Jakob bestellt, die unfertig an der Wand standen.

„Der hat sich gegen unseren Kaiser gestellt“, brummte der Meister, als Johannes ihn auf die Möbel ansprach. „Daraufhin hat man seinen Besitz beschlagnahmt und dem bairischen Rat Ott Josef von Kirchberg übergeben. Der wiederum gewährt Herberstorff und seinen Mannen Unterkunft. Saubande, elendigliche!“

Die Bairischen. Schon wieder.

Johannes schüttelte sich beim Gedanken an sie. Er war froh, in Enns nichts von den Unruhen zwischen Katholischen und Protestanten mitbekommen zu haben. Offenbar war der Ausbruch der Pest für die Bürger ein größeres Übel als die Händel zwischen den beiden einander feindlich gesonnenen Lagern.

Einige Tage später wagte sich Johannes zum Schloss, da er das Lager der Soldaten nicht finden konnte, von dem die Köhler gesprochen hatten. Er wollte wissen, ob seine Schwester unter dem Gefolge der Männer war. Die Schlosswache hörte sich sein Anliegen an, schüttelte dann aber den Kopf.

„Hier sind keine Weiberleute, such sie woanders.“

„Und wo?“, beharrte Johannes auf einer Auskunft.

Die Wache lachte schallend.

„In einem der Hurenhäuser, nehme ich an.“

„Hurenhäuser?“

Sein Gegenüber zuckte die Schultern und spuckte ihm dann vor die Füße.

„Da haben die Weiber zumindest ein Auskommen. Mehr braucht es für die nicht.“

Johannes zog die Schultern hoch. Elisabeth!

Unverrichteter Dinge und voller Angst um seine

Schwester fragte er in drei Hurenhäusern nach ihr. Aber niemand schien sie zu kennen oder wollte ihm eine Auskunft über sie geben. Schließlich hoffte er mehr als er glaubte, dass sie nicht gezwungen worden war, diesem Gewerbe nachzugehen.

Bei allen Botengängen und jeder Lieferung seines Dienstherren schaute er sich weiterhin genau um. Er konnte aber weder von den Linzer Bürgern noch in den Kneipen der Stadt etwas über die mitziehenden Frauen der Soldaten in Erfahrung bringen.

Marketenderinnen? Trossfrauen? Huren?

Für sie waren es allesamt liederliche Weiber, um die sich niemand weiter scherte.

An einem Samstagvormittag traf er sich in der Nähe des Kirchhofs mit einer Frau, die offenbar mit den Bairischen zusammen nach Linz gekommen war und der er einen Kindersarg überreichen sollte. Ihr Bub war an einer Lungenentzündung gestorben, hatte sie Meister Wilhelm erzählt. Jetzt stand sie mit verheultem Gesicht und dem in weiße Tücher gewickelten Leichnam ihres Kindes vor der Friedhofsmauer und wartete auf ihre Bestellung.

Vorsichtig legte sie das Bündel in den kleinen Sarg und strich zärtlich über die blassen Wangen ihres toten Sohnes. Sie gab Johannes die vereinbarten Münzen, nachdem er vorsichtig den Deckel geschlossen hatte, dann wischte sie sich mit einem Tuch über ihr verweintes Gesicht und machte sich auf den Weg zur Grabstelle für ihr Kind. Obwohl sie dem Aussehen nach eines der Weiber aus dem Umfeld eines Trupps Soldaten sein musste, das seiner Meinung nach kaum wissen konnte, von wem sie das Balg hatte, schien sie seinen Tod zutiefst zu betrauern. Es war eben doch ihr Kind.

Johannes hatte sich nicht getraut, die Frau in ihrem

Jammer nach seiner Schwester zu fragen, und trottete missgelaunt zur Werkstatt des Schreiners zurück. Der schickte ihn jedoch gleich wieder los, die Frau zu suchen. Er wusste, wie wichtig dem Jungen war, etwas über seine Schwester in Erfahrung zu bringen, und ermutigte ihn mit eindringlichen Worten, nicht aufzugeben.

„Wenn du niemanden fragst, findest du sie nie", sagte er.

Johannes' anschließende Suche nach der Frau blieb jedoch erfolglos. Wahrscheinlich hatte sie die Stadt verlassen, nachdem ihr Kind irgendwo bei der Friedhofsmauer verscharrt worden war. Es gab nur eine Möglichkeit, etwas über seine Schwester oder den Wohnort seiner Tante zu erfahren: Er musste unbedingt herausfinden, wo sich Bruder Anselm aufhielt. Vielleicht konnte ihm Johannes Kepler weiterhelfen. Aber der war für ihn in unerreichbare Ferne gerückt. Johannes würde es im neuen Jahr noch einmal bei ihm versuchen.

# 6

Tage verstrichen, das Weihnachtsfest kam und ging, das neue Jahr hatte längst begonnen. Johannes ging dem Meister so willig zur Hand, dass dieser sich äußerst zufrieden mit ihm zeigte und die eine oder andere zusätzliche Münze in seine Hand drückte, wenn der Junge sich besonders geschickt gezeigt hatte. Geschickt war er vor allem im Verhandeln mit den Kunden, was ihnen beiden zugutekam.

Johannes fühlte sich wohl bei Meister Wilhelm und seiner Familie, vergaß dabei aber nicht, weshalb er nach Linz gekommen war. Da er aus dem Haus Johannes Keplers nichts hörte, und man ihn auch nicht zu ihm vorließ, wenn er nachfragte, richtete er seine Botengänge für den Schreiner so ein, dass er eines Tages Frau Susanne, Keplers Gemahlin, auf dem Markt über den Weg lief. Er stellte sich ihr vor und bat sie, bei ihrem Mann ein Wort für ihn einzulegen.

„Er ist doch mein Namenspate, hat Bruder Anselm mir gesagt."

„Mein Gemahl soll dein Pate sein?", fragte sie erstaunt. „Davon weiß ich nichts."

„Ich bitte nur darum, mit ihm reden zu dürfen", lenkte er ein. Frau Susannes Zögern ließ seine Hoffnung sinken. „Vielleicht kennt er meine Verwandte, die hier in Linz wohnen soll und die ich gern aufsuchen möchte. Sie stammt aus Bruck, soweit ich mich erinnere. Außerdem suche ich meine Schwester, die mit den Bairischen gezogen ist und inzwischen möglicherweise hier in Linz lebt. Könnt Ihr nicht ein Wort bei Eurem Gemahl für mich einlegen? Vielleicht kann er mir weiterhelfen."

Susanne hörte sich sein verworrenes Gerede stirnrunzelnd an. Sie machte ihm keine Hoffnung darauf, dass Kepler ihn empfangen würde, was auch immer sein Begehr sein mochte. Er plane bereits eine weitere Reise, um Geld für seine Drucke aufzubringen. Seine letzte Reise sei wenig erfolgreich gewesen, das verdrieße ihn. Als sie Johannes' enttäuschtes Gesicht sah, meinte sie: „Na gut, ich werde zumindest versuchen, ein gutes Wort für dich einzulegen."

Nach zwei Tagen bangen Wartens kam die Nachricht, dass Kepler den Jungen in seinem Studierzimmer zu sprechen bereit wäre. Der eilte, kaum dass er seinem Meister Bescheid gesagt hatte, zum Haus in der Rathausgasse, von wo aus man ihn jedoch wieder in die Hofgasse verwies. Dort musste er lange Zeit warten, da der Meister im Augenblick mit wichtigen Berechnungen beschäftigt sei, wie jene resolute Küchenmagd ausrichtete, mit der er schon einmal gesprochen hatte.

Frau Susanne fand den Jungen, wie er mit gesenktem Kopf im Hausgang stand. Sie schickte ihn in die Küche, wo er einen Teller Gemüsesuppe bekam. Die Küchenmagd beobachtete ihn dabei mit Argusaugen, als würde er nicht nur die Suppe, sondern auch noch Schüssel und Löffel vertilgen wollen.

Dann endlich ließ ihn Kepler in sein Arbeitszimmer rufen, das er im oberen Geschoß eingerichtet hatte, und in dem er hin und wieder arbeitete, wenn er seine Ruhe haben wollte.

Johannes trat vorsichtig ein und schaute sich ehrfürchtig um. Er fühlte sich völlig erschlagen von den Gerätschaften, papierenen Zeugnissen unendlich vieler mathematischer Berechnungen, von den Büchern, Folianten und was es noch alles zu sehen gab. Einiges erkannte er wieder. Die Instrumente auf dem Tisch und in den Regalen erinnerten ihn an die Geräte, die Bruder Anselm gehört und deren Handhabung er bei ihm gelernt hatte. Aber diese hier übertrafen die einfach gearbeiteten Gerätschaften des Mönchs bei Weitem. Waren sie doch nicht aus Holz gearbeitet, sondern bestanden aus golden glänzendem Metall: aus Messing.

Johannes drehte verlegen seine Kappe in den Händen und konnte den Blick nicht von den Kostbarkeiten wenden. Den Besitzer all dieser Schätze nahm der Junge deshalb zunächst gar nicht so richtig wahr.

„Du bist also mein Patensohn“, begann Kepler nach einiger Zeit mit ruhiger Stimme und musterte den Jungen mit hochgezogenen Augenbrauen. Johannes fuhr erschrocken aus seinen Betrachtungen auf.

Hinter einem Pult stand ein Mann mittleren Alters. Er hatte braune, leicht gewellte, bereits etwas angegraute Haare, eine lange Nase, einen modischen Kinnbart und wache, dunkle Augen, die den Jungen kurzsichtig musterten. Sein Gesicht war blass und zeigte Spuren von Sorge und angestrengter geistiger Arbeit. Seine Statur war eher schmal, seine Kleidung ein wenig abgewetzt. In der einen Hand hielt Kepler eine Feder, in der anderen ein Blatt Papier, das er jetzt zur Seite legte.

„Ihr seid mein Namenspate. So wurde mir jedenfalls von Bruder Anselm gesagt“, berichtigte Johannes, was Kepler eher misstrauisch gesagt hatte, und drehte weiter seine Kappe in den Händen.

„Bruder Anselm.“ Johannes Kepler legte gedankenverloren die Feder neben das Papier. „Er kam vor einiger Zeit hier vorbei und erzählte mir von dem fleißigen Schüler, den er in seiner Einsiedelei unterrichtete.“ Kepler streckte einen Zeigefinger nach dem Jungen aus. „Das bist also du!“

Dass er von seinem Einsiedler als fleißiger Schüler bezeichnet worden war, machte Johannes noch verlegener, erfüllte ihn jedoch gleichzeitig mit Stolz. So stand er jedenfalls nicht als ‚Streuner' vor dem Meister, wie jener ihn bei seinem ersten Versuch genannt hatte, mit ihm zu sprechen.

„Ich kann nur einen Gehilfen brauchen, der sich auf die Grundlagen meiner Arbeit versteht", fügte Kepler an, der glaubte, das Ansinnen seines Besuchers erkannt zu haben. Johannes wagte nicht, nach der Tante zu fragen, was sein eigentlicher Grund gewesen war, herzukommen.

Fassungslos starrte er Kepler an.

„So, und jetzt setz dich da hin und erzähl mir: Woher kennst du meinen alten Freund Anselm?"

Johannes ließ sich vorsichtig auf einem Schemel nieder, der dem Schreibpult des Meisters gegenüber stand.

Wo sollte er anfangen?

Tausend Gedanken schossen ihm durch den Kopf. Als hätte Kepler sie erraten, sagte er: „Ich möchte genau wissen, mit wem ich es zu tun habe. Also erzähl!"

„Ich suche eigentlich nach meiner Tant'", gestand Johannes leise.

„Nach deiner Tant'?" Kepler schaute den Jungen überrascht an. „Was soll ich denn mit ihr zu schaffen haben?"

„Sie ist die Schwester von Bruder Anselm", begann Johannes und rutschte unbehaglich auf seinem Schemel herum.

„Von Bruder Anselm?", fragte Kepler mit hochgezogenen Augenbrauen. „Ich dachte, es ist deine Verwandte!"

*

*„Du solltest über den Winter zu deinen Leuten zurückkehren, und deinem Vater beim Wiederaufbau der Mühle helfen", sagte Bruder Anselm eines Abends im Frühherbst zu Johannes. „Er kann eine starke Hand gut brauchen, und du könntest deine neuen Kenntnisse*

*gleich in die Tat umsetzen. Über den Seilzug beispielsweise, den ich dir gezeigt habe."*

*„Ich hatte nicht hierherkommen wollen", warf Johannes ein, dem der Gedanke gar nicht gefiel. „Aber inzwischen weiß ich, dass ich noch mehr zu lernen habe, als meine Eltern sich jemals denken konnten."*

*Sie waren gerade dabei, Holz für die Feuerstelle in einer Ecke der Hütte aufzustapeln. Das übrige Brennholz hatten sie bereits wie eine zweite Wand rings um die Hütte aufgeschichtet. Eine ideale Isolation gegen die winterliche Kälte, die mit zunehmender Wärme im Frühjahr verschwunden war, wenn man sie ohnehin nicht mehr brauchte.*

*„Wenn Ihr mir erlaubt, würde ich gerne über den Winter noch hier bleiben, um meine Studien fortzuführen."*

*Der Mönch legte schmunzelnd einige Scheite Holz auf und entfachte Feuer. Er freute sich einesteils über den Eifer seines Schülers, andererseits wusste er auch, dass die Familie im Tälchen ihn notwendig brauchte.*

*„Sobald der Schnee geschmolzen ist, erwarte ich dich wieder hier. So lange wirst du dich bei deiner Familie nützlich machen. Es wird jetzt ohnehin früher dunkel, und da bleibt nicht viel Zeit zum Lesen und Schreiben."*

*Er hatte sich nichts sehnlicher gewünscht als diesen Augenblick, wenn Johannes gierig nach neuem Wissen um mehr Informationen und Unterricht betteln würde. Jetzt tat es ihm fast leid, dass er seinem Wunsche nicht sofort entsprechen, sondern sich mit Johannes zusammen bis zum Frühjahr gedulden musste.*

*Dabei entging ihm nicht, wie sein Schüler zu den seltsamen Instrumenten schielte, die er in einem wollenen Tuch zwischen seinen Arzneifläschchen aufbewahrte. Sie schienen den Jungen schon lange brennend zu interessieren. Anselm hatte nicht vorgehabt, ihm ausschließlich praktisches Wissen zu vermitteln, er wollte immer schon einen begabten jungen Menschen etwas lehren können, das er selber hütete wie ein dunkles Geheimnis. Bislang hatte er immer gehofft, eines Tages den offenen Ackerboden zu finden, in den er die Saat seiner Kenntnisse würde legen können.*

*Hier war er nun.*

*Johannes.*

*Anselm hatte jene Instrumente, die der Junge so sehnsüchtig betrachtete, nicht angefasst, seitdem er hier war. Er hatte gewollt, dass jener von sich aus Interesse bekunden würde - denn wenn nicht, wäre vermutlich alle Mühe vergebens gewesen.*

*Während er Wasser in einem kleinen Kessel über die offene Feuerstelle hängte, in das er ein Stück Fleisch (Johannes hatte ein Kaninchen in einer geschickt ausgelegten Schlinge gefangen, was Bruder Anselm gebührend kritisierte, bevor er es fachkundig ausnahm und zerlegte) und einige Kräuter und Gemüsebröckchen legte, machte er ein nachdenkliches Gesicht.*

*„Warum haben mich die Eltern in Wahrheit zu Euch geschickt, Bruder Anselm?"*

*Der Mönch winkte unwillig ab.*

*„Nun, das weißt du doch: Nachdem unser allergütigster Herr und Kaiser die protestantischen Schulen zum großen Teil geschlossen und kein Interesse daran hat, Kindern dieses Glaubens eine gute Schulbildung zu ermöglichen, fanden deine Eltern, eine Ausbildung bei mir sei angebracht."*

*„Aber Ihr seid doch ein Katholik! Warum unterrichtet Ihr einen protestantischen Schüler?", stellte Johannes entrüstet die Frage, die ihn schon lange beschäftigte, und ballte dabei unbewusst die Hand zur Faust.*

*Bruder Anselm sah ihn kurz an und ging dann zum einzigen Fenster hinüber, vor dem er nachdenklich stehen blieb und durch das milchig beschlagene Glas in die Dunkelheit hinausschaute.*

*„Das ist eine berechtigte Frage, mein Sohn, die nicht ganz einfach zu beantworten ist."*

*Bruder Anselm umschloss mit seiner Hand die Faust des Jungen, der neben ihn getreten war, und starrte noch eine Zeit lang in die Dunkelheit vor dem Fenster. Dann ließ er die Faust wieder los und setzte sich an den Tisch, auf dem er ein flackerndes Talglicht entzündete.*

*Er griff hinter sich nach dem Krug mit Wein, den er zusammen mit zwei Bechern auf die Tischplatte stellte. Sorgfältig füllte er sie und reichte Johannes einen davon hinüber.*

*„Dein Vater wurde als Protestant in Graz geboren, wo er auch aufwuchs und zur Schule ging", begann er schließlich. „Als er ein junger Mann war, lernte er seine Barbara kennen, und die beiden heirateten kurz darauf."*

*„Barbara? Aber meine Mutter heißt Anna!"*

*„Warte. Dein Vater zog mit ihr nach Bruck, wo er eine gute Anstellung bei einem Kaufmann gefunden hatte. Leider starb seine Frau wenige Tage nach ihrer ersten Niederkunft. Dein Vater holte die Schwester seiner verstorbenen Frau als Amme zu sich, da sie kurz zuvor ebenfalls entbunden hatte. Während einer Fahrt nach Hieflau lernte dein Vater die Anna kennen, und heiratete sie noch im selben Jahr. Sein Kind wusste er bei seiner Schwägerin in guten Händen. Kurz darauf starb sein neuer Schwiegervater, und dein Vater übernahm zusammen mit seiner Frau die Rechte für die Mühle, die der Alte den beiden hinterlassen hatte. Aber keiner der ortsansässigen Bauern wollte mit dem Fremden zu tun haben - zum Teil schon deshalb nicht, weil sich einige der Männer die Anna zur Frau oder als gut situierte Schwiegertochter ausgedacht hatten, und sich von dem Dahergekommenen um eine Heirat und gute Partie betrogen fühlten. Ganz abgesehen davon, dass dein Großvater einmal eine gut gehende Badeanstalt betrieben hatte, die ihm ein schönes Zubrot einbrachte."*

*„Badeanstalt?"*

*„Oh ja! Die Mühlhäusler hatten früher ein Badehaus, von dem gesagt wird, es stamme noch aus der Römerzeit. Das glaube ich allerdings weniger, weil die Römer ihre Badehäuser von heißen Quellen speisen ließen, die es hier nirgends gibt. Aber das Gerücht, es stamme aus uralten Zeiten, hält sich wie alle Gerüchte äußerst hartnäckig."*

*Er trank einen Schluck Wein und fuhr dann fort: „Aus welcher Zeit es auch stammen möge: Der Alte hatte es eines Tages wieder instand gesetzt. Nachdem es bereits ein Mühlrad gab, brauchte dein Großvater das Wasser nur noch über eine geschickt angebrachte Vorrichtung in die Badestube umzuleiten. Das hat er auch gemacht."*

*„Mein Großvater war ein Bader?", fragte Johannes überrascht. Das mit den heißen Quellen würde er sich später erklären lassen. Er konnte sich nur eiskaltes Wasser vorstellen, das aus dem Boden quoll. Aber heißes?*

*„Ja, und ein sehr guter noch dazu. Die Leute kamen gerne zu ihm, weil er sauber und ordentlich war und vor allen Dingen die schlechten Weiber von seinem Badehaus fernhielt, die bloß Unruhe hineingebracht hätten."*

*„Davon wusste ich nichts." Johannes überlegte, wie das mit den schlechten Weibern gemeint war. Woher sollten die gekommen sein? „Außerdem kann ich mir kaum vorstellen, dass so ein Badehaus von vielen Leuten aus dem Tälchen besucht wurde."*

*Bruder Anselm lachte. „Lass dir mehr darüber von deiner Mutter erzählen, mein Junge! Die Leute sind zwar heutzutage der Meinung, sie bekämen die Sucht oder gar noch Schlimmeres, wenn sie von Kopf bis Fuß ins Wasser geraten. Aber es gab welche, die es besser wussten und ein Badehaus wie das deines Großvaters schätzten." Er machte eine kurze Pause, in der er Johannes nachdenklich ansah. „Viele kamen von Admont, viele auch aus dem Dorf unten an der Enns."*

*„Von Admont?", fragte Johannes ungläubig. „Aber das Stift …"*

*„Aus Admont, ganz richtig. Und aus Hieflau. Es war das einzige Badehaus weit und breit und wurde von denen hoch geschätzt, die eine solche Einrichtung gern aufsuchten. Damals gehörte übrigens auch der Klerus aus Admont dazu. Denen war es egal, ob der Bader protestantisch oder römisch war."*

*Johannes dachte daran, wie sehr seine Mutter Anna darauf bedacht war, dass die ganze Familie sich von Kopf bis Fuß mit Wasser und ihrer selbst hergestellten Seife sauber hielt. Im Sommer geschah das am Bach, im Winter in einem großen Zuber neben dem Herd. Was zugegebenermaßen zumindest bei Johannes jedes Mal ein unbeschreiblich gutes Gefühl auf der Haut hinterließ. Niemand in der Familie wurde jemals von den allgemein verbreiteten Läusen und anderem Getier geplagt. Geschweige denn, dass sie so gestunken hätten wie manch einer von den Nachbarn oder den Leuten, denen Johannes während seiner Aufenthalte im Dorf oder in Admont und Hieflau begegnet war.*

*Vom Großvater also hatte sie das.*

*„Nun, dein Vater musste sich wohl oder übel eine andere Arbeit suchen, als die Aufträge für die Mühle ausblieben, weil Korn und Mehl anderweitig beschafft wurden“, fuhr Bruder Anselm fort. „Schließlich fand er Arbeit bei den Holzknechten. Die fragten nicht nach seinen Geschichten und seiner Religion, die brauchten Männer, die zupacken können.“*

*„Ich kenne das Badehaus überhaupt nicht“, überlegte Johannes, dem der soeben gehörte Teil der Geschichte hinlänglich bekannt war. „Hat mein Vater es abgerissen?“*

*Bruder Anselm kratzte sich am Kopf. Dann begann er, sich umständlich die Fingernägel zu säubern, wozu er ein angespitztes Stückchen Holz benutzte.*

*„Eines Tages, zur Zeit deines Großvaters, als ein paar landesfürstliche Truppen plündernd über Eisenerz hereinbrachen, zogen sie auf ihrem Weg an der Enns entlang. Sie durchstreiften die Nebentäler und verwüsteten das Badehaus der Mühlhäusler. Sie taten dies wohl aus Wut darüber, dass sie gegen die Bewohner des Gesäuses und der angrenzenden Täler nichts hatten ausrichten können, von denen sich einige in die umliegenden Berge geflüchtet hatten. Sie hatten nichts zurückgelassen, was für die Schurken von Wert gewesen wäre. Außerdem hielten die erzkatholischen Lumpen nichts von solchen Einrichtungen wie der deines Großvaters, in denen ihrer Ansicht nach die Sünde hauste.“ Anselm lachte erneut leise vor sich hin. „Ausgerechnet diese Leute wagten es, andere sündig zu nennen.“*

*Eine Zeitlang schwieg er nachdenklich, und Johannes befürchtete schon, er würde nicht weitersprechen. „Es war ein Leichtes für sie, vor den Augen deiner Großmutter alles kurz und klein zu schlagen, was ihrer Zerstörungswut unter die Hände kam, während dein Großvater Mehl auslieferte." Er stand auf und ging zum Suppenkessel, um darin bedächtig umzurühren.*

*„Der Großmutter und Anna ist dabei nichts geschehen?", fragte Johannes leise.*

*„Nein, ihnen ist nichts geschehen."*

*„Und warum hat mein Vater es später nicht wieder aufgebaut?"*

*„Nun ja, wie gesagt, deinen Vater mieden die Bauern. Außerdem bekam er von denen in Admont keine Erlaubnis mehr dazu. Die haben inzwischen auch etwas gegen solche Einrichtungen. Besonders wenn sie Protestantischen gehören." Anselm zog nachdenklich eine Grimasse. Johannes wusste inzwischen, dass der Mönch keinesfalls mit allem einverstanden war, was der Klerus vorgab, und oftmals seine eigenen Wege ging. Er vermutete darin auch den Grund dafür, weshalb der Alte als Einsiedler lebte.*

*„Die Grundmauern und Steine hat dein Vater dazu verwendet, einen Stall zu errichten, der heute noch dort steht." Johannes nickte nachdenklich und schnupperte. Es roch appetitlich, und er bekam Hunger.*

*„Was ist eigentlich aus dem Kind in Bruck geworden, von dem Ihr erzählt habt? Das ist doch über den Vater mein Geschwister", bemühte er sich, wieder auf sein eigentliches Anliegen zurückzukommen. Er hatte den Verdacht, dass Bruder Anselm versuchte, ihm in diesem Punkt auszuweichen.*

*„Ja, das Kind." Bruder Anselm setzte sich wieder an den Tisch und schaute nachdenklich auf seine gefalteten Hände. „Es blieb zunächst bei jener Schwägerin deines Vaters in Bruck. Aber dann kamen die Kapuziner in die Stadt, die unser damaliger Fürst von Gottes Gnaden ansiedeln ließ. Mit ihnen begannen unruhige Zeiten. Jahre zuvor hatte man den Brucker Bürgern noch zugestanden, ihren*

*Glauben nach eigenem Gutdünken auszuüben, aber eines Tages überlegte es sich der Landesfürst anders und ließ die protestantischen Bürger unter Druck setzen. Außerdem gingen die Geschäfte der Brucker Kaufleute immer schlechter, die vom Salzhandel lebten. Es entstand Unfrieden, der auch vor der angeheirateten Familie deines Vaters nicht Halt machte. Deshalb übergab die Schwägerin das Kleine dessen Onkel mit der Bitte, es zu seinem Vater zu bringen. Sie selbst zog mit ihrem Mann und ihren eigenen Kindern nach Linz."*

*Johannes starrte den Mönch mit aufgerissenem Mund an.*

*„Wenn sie nach Linz zog - weshalb hat sie das Kind dann nicht selber seinem Vater gebracht? Das lag doch am Weg! Ich habe außerdem nie davon gehört, dass jemand meinem Vater ein Kind gebracht hätte."*

*„Langsam, langsam! Ganz abgesehen davon, dass euer Tälchen ein Stück vom direkten Weg entfernt liegt: Es war inzwischen äußerst gefährlich geworden, in Bruck ein Protestant zu sein. Der Onkel des Kindes war zusammen mit einigen angesehenen und guten Männern in Graz an der Stiftsschule angestellt. Eines Tages verbot der Erzherzog deren Arbeit an der Schule, ließ die protestantischen Lehrer und Professoren aus der Stadt vertreiben und ihre schriftlichen Werke öffentlich verbrennen. Der Onkel hatte mit ansehen müssen, wie unersetzbare Schätze der Wissenschaft unter dem Gejohle eines Haufens ungeschlachter Dummköpfe in Schutt und Asche zerfielen.*

*Eines Abends eröffnete ihm sein Freund, ein gewisser Johannes Kepler, er müsse die Stadt verlassen, wolle er nicht Gefahr laufen, gewaltsam seiner bisherigen Arbeitsstelle verwiesen zu werden, oder noch Schlimmeres. Er vertraute ihm an, dass er wohl mit den falschen Leuten über seine Auffassung zur Abendmahlsfrage gesprochen habe. Kepler ist Calvinist."*

*Johannes erfuhr weiter, dass Johannes Kepler sehr viel über die Gestirne herausgefunden hatte, die der Junge aus dem Tälchen bislang lediglich als glitzernde Lichtpunkte am Himmel betrachtet hatte, deren Standpunkt sich im Jahreslauf veränderte. Wobei er sich allerdings niemals Gedanken darüber machte, worauf ihre Helligkeit beruhte und was sie bedeuten mochten. Es waren eben Lichtpunkte, Sterne, nichts sonst.*

*„Weißt du, was Johannes Kepler einmal zu seiner Mutter gesagt hat, als er noch klein war?", fragte Bruder Anselm, als Johannes ihm seine Gedanken dazu mitteilte. „Es sieht aus wie ein schwarzer Mantel mit lauter kleinen Löchern drin, hinter dem ein Licht brennt."*

*Johannes musste lachen. Genau so hatte er es auch einmal gesehen.*

*Bruder Anselm hatte ein Büchlein, das sein wertvollster Besitz war, und das er Johannes eines Tages gab. Es hieß De Iesu Christi servatoris nostri vero anno natalitio, in dem Johannes Kepler die Frage nach dem astronomisch richtigen Geburtsjahr Christi aufwarf und zu ergründen versucht hatte.*

*„Das hat Johannes Kepler geschrieben. Wenn dein Latein gut genug ist, wirst du verstehen, wovon er spricht."*

*Er erreichte damit, dass Johannes jede freie Zeit damit verbrachte, sein Latein zu vervollständigen, damit er das Büchlein lesen konnte.*

*„Kepler befürchtete eines Tages, zwischen die religionsstreitigen Fronten zu geraten", fuhr Bruder Anselm fort. „Nach einem langen Gespräch mit dem Meister beschloss der Onkel jenes Kindes, von dem ich dir erzählt habe, einen sehr eigenwilligen Weg zu gehen: Er konvertierte zusammen mit einigen anderen Menschen, die keine Lust hatten, sich wegen religiöser Fragen vertreiben zu lassen, zum Katholizismus. So hatte er, wie er dachte, die Möglichkeit, unter dem Deckmantel dieser Religion an seinen bisherigen wissenschaftlichen Erkenntnissen weiterarbeiten zu können. Die Kapuziner, deren Orden er als Laienbruder beigetreten war, zeigten sich anfänglich sehr misstrauisch und ließen ihn zunächst nur dort wirken, wo er ihrer Meinung nach keinen größeren Schaden anrichten konnte: beim Bau des neuen Kapuzinerklosters."*

*Johannes hatte bisher schweigend zugehört. Jetzt sah er dem Mönch gerade ins Gesicht und sagte mit belegter Stimme: „Ich nehme an, dass Ihr dieser Onkel seid?"*

*„So ist es, mein Junge.“*

*„Verräter!“, zischte Johannes und verschränkte abwehrend die Arme vor der Brust.*

*„Es steht dir frei, es so zu sehen“, antwortete Bruder Anselm verständnisvoll. „Vielleicht siehst du das eines Tages anders.“*

*„Das kann ich mir nicht vorstellen“, antwortete ihm der Junge trotzig.*

*Bruder Anselm ging nicht weiter darauf ein.*

*„Ich bin damals zu den Kapuzinern gegangen, weil ich sie als das kleinere Übel betrachtete.“ Er schüttelte gequält den Kopf. „Die Jesuiten und ihre Machenschaften waren mir nur zu gut bekannt. Sie hatten schon seit Jahren versucht, unsere Arbeit an der Schule zu stören, und immer wieder alles getan, um die wenigen Katholiken in der Stadt gegen die Protestanten aufzubringen. Das gelang ihnen gelegentlich auch, wenngleich ihr Vorgehen dabei mehr als schändlich war für einen christlichen Orden.“*

*„Davon habe ich gehört“, murmelte Johannes nachdenklich.*

*„Sie haben die schlecht gehenden Geschäfte der Handelsleute geschickt ausgenutzt“, fuhr Bruder Anselm fort. „Ihren verleumderischen Hetzreden zufolge konnten daran nur die ketzerischen Protestanten schuld sein, die der Teufel geschickt habe, um den Anhängern des wahren, des katholischen Glaubens das Leben schwer zu machen. Eine Prüfung unseres Allerhöchsten HErrn wollten sie darin sehen, die ein aufrechter, frommer Katholik jedoch zweifelsfrei zu bestehen wusste. Manche haben daran geglaubt, weil sie einfach daran glauben wollten. Manche, weil sie froh waren, endlich einen Sündenbock für ihre missliche Lage gefunden zu haben, den sie zur Verantwortung ziehen konnten. Du kennst das doch aus eigener Erfahrung: Die Leute haben keine Arbeit, werden viel zu hoch mit Abgaben belegt, sind verarmt und krank. Dazuhin sind sie nicht gebildet genug, die Ursache für ihre Misere zu begreifen, die oftmals in ihnen selber steckt - meistens aber auch in der Obrigkeit, in den Landesherren, an die sie nicht herankommen und die sie ja auch nicht ungestraft angreifen*

*können. Wenn dann einer kommt, der diesen Leuten laut genug sagt, diese oder jene seien schuld an ihrem Elend, und ihnen noch zusichert, es geschehe ihnen selber nichts, wenn sie die anderen an den Pranger liefern, laufen sie ihm sofort nach und schreien noch lauter und sind noch grausamer in ihrem Wahn als der, der sie dazu angestiftet hat."*

*Er schwieg einen Augenblick und schüttelte Gedanken ab, die ihn offenbar quälten. Dann nahm er einen großen Schluck aus seinem Becher, den er beinahe unablässig in den Händen gedreht hatte.*

*„Wenn man genauer hinsieht", fuhr er schließlich fort, „kann man erkennen, wessen Geistes Kind diese Menschen sind. Nicht selten die versoffensten, heruntergekommensten Elemente, die Gottes Erdboden jemals betreten haben. Ohne jegliche Bildung und den Kopf voller Bohnenstroh und Unrat. Es ist kein Wunder, dass diese geistig verkümmerten Kreaturen anfällig sind für Aberglaube und Hetze. Es lenkt sie von ihren eigenen Unzulänglichkeiten und Kümmernissen ab. Außerdem bietet es ihnen die Möglichkeit, sich ungestraft an wehrlosen Unschuldigen auszulassen und abzureagieren. Dazu kommt dann noch die Unzufriedenheit, weil sie keine Arbeit finden, Hunger haben und allen erdenklichen Ungerechtigkeiten ausgesetzt sind, die ihnen das Leben bietet. All das sind Dinge, die die Menschen schließlich in die weit offenen Arme all derer treiben, die ihnen ein besseres Leben oder eine Erlösung von ihren Plagen versprechen. Dass es Lügen sind, will keiner sehen. Zu aufregend sind die Möglichkeiten, die sich diesen Armen im Geiste bieten."*

*Er hatte sich so aufgeregt, dass er erst einmal tief durchatmen musste. Lange starrte er in das flackernde Licht der Unschlittkerze auf dem Tisch. Die Erinnerung an Erlebtes war plötzlich wieder wach geworden und machte ihn heute so betroffen wie damals, bevor er die Menschen schließlich floh und sich in die Einsiedelei zurückzog.*

*„Es wird erzählt", fuhr Anselm schließlich müde fort, „dass auf Betreiben der Jesuiten viele rechtschaffene Bürger von ihren Nachbarn verleumdet und daraufhin verhaftet und ins Loch geworfen wurden. Wenn man den Berichten der wenigen wieder Entlassenen*

*glauben darf, ging man nicht gerade zimperlich mit ihnen um. Du wirst verstehen, dass ich mit diesen Menschen nichts zu tun haben will, die sich auch noch Christen nennen.“*

*„Und die Kapuziner?“*

*„Zuerst ließen sie sich recht gut an, aber bald merkte ich, dass sie den Jesuiten in nichts nachstanden, was die Verfolgung und Vertreibung der Protestanten betraf.“*

*„Und was wurde aus dem Kind?“, hakte Johannes ungeduldig nach, der merkte, dass sein Lehrer zögerte, über das zu reden, was der eigentliche Grund für das Gespräch gewesen war. Der stand auf und schaute nach der Suppe, während Johannes Schüsseln und Brot vorbereitete und sich dann wieder setzte. Der Mönch schöpfte für sie beide etwas von der Suppe in die Schüsseln, brach das Brot darüber und sprach seinen Segen. Dann begann er, schweigend zu essen.*

*„Ach ja, das Kind“, sagte er, als er fertig gegessen, und die Reste in seiner Schüssel mit Brot ausgestrichen hatte. Er trank noch einen Schluck aus seinem Becher und stellte ihn auf die Tischplatte zurück. Dann sprach er ein kurzes Dankgebet, rülpste ein paar Mal und faltete die Hände über der Brust.*

*„Eines Abends steckte mir jemand die Nachricht zu, dass meine Schwester an einem gewissen Ort auf mich warten würde, sie benötige meinen Beistand in einer dringenden Sache. Ich fuhr unter einem guten Vorwand nach Bruck, und suchte die bezeichnete Stelle auf. Als ich dort ankam, lag nur ein Bündel mit dem Kind in einem verlassenen Hausflur, und ich konnte gerade noch sehen, wie sich ein Schatten, ganz an die Wand gedrückt, davonstahl. Ich fand einen Zettel bei dem Bündel und erfuhr, dass es sich bei dem Kind um meinen Neffen handele und was zunächst zu tun sei. Ich verstand, dass meine Schwester berechtigte Bedenken hatte, mit dem Balg eines Protestanten die weite Reise anzutreten, und annahm, es sei in der Obhut eines Katholischen sicherer.“*

*„Was war so übel daran, mit dem Kind eines Protestanten zu reisen?“, wollte Johannes wissen.*

*„Es waren zu viele unterwegs, die es den Protestanten schwer machten", versuchte der Einsiedler eine Erklärung. „Das muss dir erst einmal reichen. Es gelang mir jedenfalls, den Kleinen zu seinem Vater ins Tälchen zu bringen, und seine zweite Frau nahm ihn sofort an Kindes statt an. Sie war inzwischen selber guter Hoffnung. Die beiden lebten in recht beschwerlichen Verhältnissen, wie ich dir erzählt habe, aber ich konnte feststellen, dass sie einander sehr zugetan waren und eine außergewöhnlich gute Ehe führten. Der Junge wurde am darauf folgenden Sonntag in der protestantischen Dorfkirche im Tälchen getauft, da dies in Bruck nicht möglich gewesen war.*

*Zum Andenken an meinen Freund in Graz und mit dem Wunsch, das Kind käme ganz nach ihm, nannten wir es - Johannes."*

*Er sah auf. Johannes saß wie vom Donner gerührt mit offenem Mund vor ihm und war nicht in der Lage, etwas zu sagen. Bruder Anselm erhob sich und holte seinen Krug mit Wein vom Bord, dessen restlichen Inhalt er zur Hälfte in seinen, zur anderen Hälfte in Johannes' Becher füllte.*

*„Sagt das noch einmal!", flüsterte Johannes. In seinem Gesicht lag der Ausdruck eines gequälten Tieres.*

*„Du warst von Anfang an willkommen bei der Anna", sagte Bruder Anselm beschwichtigend und hob seinen Becher. „Trink einen Schluck."*

*„Das weiß ich", gab Johannes zu, „das weiß ich doch!" Er sank weinend auf seinem Hocker zusammen. „Aber ich verstehe nicht, warum mir das niemand gesagt hat!"*

*„Weil es nicht notwendig war", entgegnete Bruder Anselm ruhig.*

*„Nicht notwendig? Habe ich nicht ein Recht darauf ..."*

*„Recht?" Bruder Anselms Stimme wurde laut. „Worauf hast du ein Recht? Du weißt jetzt, wer deine Mutter war und wie alles gekommen ist. Du bist der leibliche Sohn des Mannes, den du bislang Vater genannt hast, und es gibt keinen Grund, dich über irgendetwas daran aufzuregen, hast du mich verstanden? Jetzt beruhige dich wieder!"*

*„Ich weiß nicht, wer meine Mutter war!" Johannes schniefte und wischte den Rotz am Ärmel seines Hemdes ab. „Sie haben die Anna gemieden, weil sie meinen Vater geheiratet hat, der für sie ein dahergelaufener Lump war, nicht wahr?"*

*„Deine Mutter - ich meine, die Anna - war ein sehr hübsches Mädchen, und viele Männer hätten sie gerne zur Frau gehabt, ja. Aber sie hat sich eben in deinen Vater verliebt und ihn geheiratet."*

*„Dann hat man ihm auch noch das Balg aus der ersten Ehe gebracht."*

*„Nicht ‚man', Johannes. Ein Katholischer, und dazu noch einer in der Mönchskutte! Das gab genügend Zunder und entfachte ganze Flächenbrände übler Verleumdungen über die Herkunft des angeblichen Bastards, den deine Eltern aufzogen. Aber sie haben zusammengehalten und dich so liebevoll großgezogen, wie sie nur konnten."*

*Er schwieg und steckte ein neues Talglicht an, weil das andere bereits heruntergebrannt war. Draußen hörte man den ersten Herbststurm um die Hütte pfeifen. Wie gut, dass sie rechtzeitig die Wände und das Dach der Hütte ausgebessert und inzwischen vorsorglich die Läden des einzigen Fensters geschlossen hatten.*

*„Ich hatte irgendwann die Möglichkeit, diese Einsiedelei hier zu übernehmen", fuhr Bruder Anselm fort. „Offiziell war es als Buße für meine gelegentlichen Eigenständigkeiten gedacht. Für mich war es hingegen ein willkommener Anlass, die Gemeinschaft der Brüder und die wirklich schändlichen Zustände in der Stadt verlassen zu können. Niemand wusste um meine entfernte Verwandtschaft mit den Mühlhäuslern, als ich hierherkam. Man erinnerte sich nur daran, dass ich damals das Kind gebracht hatte, und tuschelte gelegentlich noch hinter vorgehaltener Hand über meine mögliche Vaterschaft."*

*Eine Zeit lang saßen sie schweigend da, jeder in seine eigenen Gedanken versunken.*

*„Beantwortet mir noch eine Frage", bat Johannes. „Woran ist meine Mutter gestorben?"*

*

Kepler hatte dem Jungen aufmerksam zugehört, der seine Erzählung an dieser Stelle beendete. Hatte er erwartet, dass ihn der Meister wütend hinauswerfen würde, so hörte er jetzt überrascht etwas völlig anderes.

„So ist das also. Du suchst tatsächlich nach deiner Tante. Ich muss sagen, dass ich ernsthaft geglaubt hatte, du wolltest dich bei mir als Gehilfe verdingen. Deine Ehrlichkeit gefällt mir."

Eine Frage brannte Johannes noch auf der Seele, die er unbedingt loswerden musste.

„Wisst Ihr, wo Bruder Anselm ist? Er hat die Einsiedelei verlassen und ist einfach weggegangen, ohne uns zu sagen, wohin."

„Nein, ich weiß nicht, wo er sich aufhält", antwortete Kepler, der sich inzwischen ein Bild davon machen konnte, wie viel der alte Mönch dem Jungen bedeutete. „Vielleicht ist er wieder einmal auf eine seiner vielen Reisen gegangen. Da hat er sich zumindest von mir nicht immer groß verabschiedet und gesagt, wo er sich aufhalten wird. Ich vermute, er wusste es anfangs meistens selber nicht so genau."

„Dann wisst Ihr auch nichts über den Verbleib meiner Tante, nehme ich an."

„Nein, ich weiß nicht, wer das sein soll. Aber sobald ich etwas von Bruder Anselm höre, frage ich ihn nach ihr."

Er griff nach seiner Feder und schaute nachdenklich auf das Papier, das vor ihm auf dem Pult lag.

„Bezahlen werde ich dir nichts", fuhr er dann fort. „Aber du kannst in einem der Botenzimmer nächtigen und hast freie Kost. Morgen beginnt dein Dienst."

Johannes errötete. Mit dieser Wendung hatte er nicht gerechnet. Er würde sofort zum Schreiner laufen und ihm

Nachricht geben, versicherte er noch, bevor er aus Keplers Arbeitszimmer stürmte. Er musste unbedingt mit Meister Wilhelm sprechen.

# 7

Hatte sich Johannes vorgestellt, zumindest hin und wieder in die Arbeiten seines Herrn einbezogen zu werden, so musste er bald feststellen, dass Kepler eher einen Boten und Handlanger als einen in ihm sah, der mit seinen Lehren aufgewachsen war. Anfangs wurmte ihn das sehr, aber mit der Zeit erkannte er die Vorteile, stummer Zuschauer und Zuhörer zu sein. Das kannte er nur zu gut von Bruder Anselm. Er war dem Meister insgeheim dankbar für die Möglichkeiten, die sich ihm durch seine Beobachtungen erschlossen. Im Gegensatz zu den Schülern Keplers war er ihm und seinen Arbeiten tagtäglich so nah wie niemand sonst. Mochten die Herren Studiosi noch so hochnäsig auf ihn herabsehen: Johannes ertrug es mit der Gewissheit eines Menschen, nicht nur die Lehren, sondern auch das Leben mit diesem einzigartigen Mann teilen zu dürfen. Er schöpfte die Möglichkeit aus, das bei Bruder Anselm Erlernte um so unglaublich viel Wissen zu erweitern, dass sein ehemaliger Lehrer mit Sicherheit stolz auf ihn gewesen wäre.

Seine hin und wieder gestellte Frage an Kepler, ob er inzwischen wisse, wo der Einsiedler verblieben wäre, konnte oder wollte jener nicht beantworten. Also versuchte es Johannes eines Tages bei Frau Susanne.

„Von Bruder Anselm weiß ich nicht viel“, stellte sie nachdenklich fest, nachdem der Junge ihr von ihm erzählt hatte. „Herr Johannes hat nie weiters über ihn gesprochen.“ Sie dachte einen Augenblick nach. „Der Mönch war allerdings vor ungefähr einem Jahr hier und hat den Abend mit uns verbracht, daran erinnere ich mich. Er und mein Gemahl müssen sich gut gekannt haben, das konnte ich der freundschaftlichen Art entnehmen, in der sie miteinander umgegangen sind." Sie rührte in ihrem Eintopf, der über dem Herdfeuer köchelte. Die Küchenmagd war heute zu Hause geblieben, da sie ein grässlicher Husten plagte. Frau Susanne nahm eine große Zwiebel in die Hand, die sie zu schälen begann.

„Bruder Anselm hat uns von seinen Leuten im Gesäuse erzählt und von dem gescheiten Jungen, den er in seiner Einsiedelei unterrichtete." Sie strich Johannes lächelnd übers Haar. „Von dir also, wie es scheint."

Sie schnitt die Zwiebel in Ringe, wobei ihr ununterbrochen Tränen über die Wangen liefen.

„Das sind die Ausdünstungen der Zwiebel", murmelte Johannes. „Die reizen die Augen zwar, aber die Tränen waschen sie damit auch aus. Dagegen hilft ein kalter Umschlag." Er zeigte auf die Reste der geschälten Zwiebel. „Man kann damit auch Wunden und entzündete Stellen nach Flohbissen behandeln."

Bevor er noch weiter über den Nutzen der Zwiebel erzählen konnte, hatte Frau Susanne die Ringe bereits in die Suppe geworfen und schüttelte nachsichtig den Kopf.

„Du weißt viel", sagte sie und wusch die Zwiebelschalen ab, die sie ebenfalls in den Topf warf.

„Ich würde dem Meister so gerne mehr zur Hand gehen", wagte Johannes einen Vorstoß, als Frau Susanne sich schweigend weiter ihrer Hausarbeit widmete. „Bruder Anselm hat mir alles beigebracht, was er selber wusste, und ich verstehe sehr viel von dem, was der Meister macht. Aber …"

Susanne nickte verständnisvoll.

„Nicht nur von Zwiebeln, meinst du?", fragte sie ihn schmunzelnd. „Du bist dem Meister weitaus mehr als ein Handlanger, Bub, glaube mir. Also lass ihm seine Zeit", bat sie ihn und goss einen Schapf Wasser in den Eintopf, der sprudelnd und dampfend den Kessel füllte. „Und jetzt reich mir den Rahm."

Es kostete Johannes in der kommenden Zeit viel Mühe, geduldig zu bleiben. Dabei hatte er bislang nicht einmal die kleinste Möglichkeit gefunden, sich mit Kepler über die wichtigsten Fragen zu unterhalten, die ihm schon so lange auf der Seele brannten.

Dann jedoch wendete sich das Blatt von einem Tag zum anderen.

Kepler bezog den Jungen mehr und mehr in seine Arbeit ein, nahm ihn immer öfter mit in seine Studierstube in der Rathausgasse. Er diskutierte und arbeitete mit ihm wie mit einem seiner Studenten. Das erfüllte den Jungen mit Stolz, den er jedoch lieber in heimlicher Zwiesprache mit seinen verstorbenen Eltern teilte, als ihn nach außen zu tragen.

Mit viel Stolz erfüllte ihn auch, dass er die von seinem Meister erstellte sogenannte Fassregel verstanden hatte und nachzurechnen vermochte. Als das nächste Fass Wein im Haus in der Hofgasse angeliefert wurde, berechnete Johannes den Inhalt. Die bislang verwendete Messrute für die unterschiedlichsten Fassformen gehörte im Kepler'schen Haushalt ohnehin der Vergangenheit an, was manche der Weinlieferanten verärgerte. Sie setzten mehr auf das Vertrauen ihrer Kunden als auf Berechnungen und fühlten sich vom Hausherrn gemaßregelt. Ganz abgesehen davon, dass sie zumeist zu ihren Gunsten ‚gemessen' hatten. Dass Johannes sich jetzt auch noch einmischte, machte die Lieferanten nicht unbedingt zu seinen Freunden. Aber das war dem Jungen gleichgültig. Ihm war mehr an der Anerkennung des Meisters gelegen, und die war ihm sicher.

Johannes wusste sehr gut, wem er die erfreuliche Wendung in der Arbeit mit Kepler zu verdanken hatte. Er bemühte sich deshalb noch mehr als zuvor, Frau Susanne zur Hand zu gehen, sobald sich dies anbot.

Eines Tages Ende April schickte sie den Bub, wie sie ihn nach wie vor nannte, zum Markt, ein paar Besorgungen für sie zu machen. Als er am Podest eines Zahnreißers vorbeikam, der einen brüllenden Mann von einem fauligen Zahn befreien wollte, wurde er grob angerempelt. Er drehte sich zornig um und schaute in das aufgedunsene Gesicht des Zahnreißergehilfen. Es war über und über mit entzündeten Pusteln bedeckt.

„Pass doch auf, du Rüpel“, herrschte der ihn an.

„Was hast du denn mit deinem Gesicht gemacht?“, fragte Johannes statt einer Antwort. Aber er brauchte nicht weiter zu fragen, denn im selben Augenblick entdeckte er die Tiegel, die der Junge in den Händen hielt. Ein unangenehmer Geruch stieg von ihnen auf, der Johannes zeigte, dass die Salben darin verdorben waren.

„Was ist das für Zeug?“, fragte er naserümpfend. „Hast du dir davon was ins Gesicht geschmiert?“

„Das sind Wund- und Schmerzsalben“, gab der Junge angeberisch zurück und bahnte sich einen Weg zum Tisch des Zahnreißers, auf dem noch weitere Tiegel und Töpfe zum Verkauf standen. „Die sollen sich die Leute auf das Zahnfleisch streichen, damit es nach dem Zahnreißen nicht weh tut und die Wunde schneller heilt.“

Johannes war ihm zwischen den Gaffern hindurch gefolgt.

„Wer hat die gemacht?“, wollte er wissen.

Der Junge mit dem von Pusteln und Entzündungen entstellten Gesicht warf ihm einen gereizten Blick zu.

„Was geht dich das an?“

„Hast du davon was auf dein Gesicht geschmiert?“, wiederholte Johannes seine Frage.

„Nein.“ Der Gehilfe zeigte auf ein paar andere Tiegel, die er auf einem Tisch sorgfältig in eine Reihe stellte. „Von denen da. Ist gegen eitrige Entzündungen.“

Johannes nahm einen davon in die Hand und roch daran. „Das Zeug ist auch verdorben. Leg lieber einen Lappen auf dein Gesicht, den du in Brennnesselsud getaucht hast, oder behandel’ die Stellen mit Zwiebelsaft oder Lavendelöl, wenn du hast“, riet er dem Jungen.

Der Zahnreißer hatte den Mann auf dem Podest von seinen Qualen befreit. Er hielt triumphierend den schwarzen Stumpen in die Höhe, den er gerade aus dem Mund seines Patienten gezogen hatte. Dann ließ er sich von seinem Gehilfen einen der Tiegel mit der Schmerzsalbe reichen, und strich seinem Patienten etwas davon in den Mund.

Johannes schaute entsetzt zu.

„Halt bloß das Maul!“, zischte der Gehilfe ihm zu, bevor Johannes etwas sagen konnte, und rammte ihm einen Ellbogen in die Rippen.

Johannes wusste nur zu gut, wie man Salben, Säfte und Tinkturen verwahren und verwenden musste. Bruder Anselm hatte ihm sein Wissen darum förmlich eingebläut, weil er die möglichen Folgen des unachtsamen Umgangs mit den Arzneien nur zu gut kannte. Dass der Zahnreißer mit seinen dreckigen Fingern in den Tiegel strich und dem Mann die verdorbene Salbe damit in den Mund schmierte, ließ Johannes fast das Blut in den Adern gerinnen.

„Scher dich weg, bevor er dich sieht“, riet ihm der Bursche, nach dem der Zahnreißer in diesem Augenblick mit dem Namen Georg rief. „Er ist ein übler Geselle, und wer ihm nicht passt …“

Weiter kam er nicht. Der Zahnreißer herrschte ihn an,

sich um die Kaufwilligen zu kümmern und keine Maulaffen feilzuhalten. Zur Bekräftigung seiner Worte erteilte er ihm eine schallende Ohrfeige.

„Willst was für deine Herrschaften kaufen?", wandte er sich daraufhin mit zuckersüßem Ton an Johannes, nachdem er dessen gute Kleidung mit schnellem Blick erfasst hatte. Dann gab er, für alle hörbar, zum Besten: „Ich hab auch Tinkturen für Burschen wie dich im Angebot, damit dir die Weiber haufenweise nachlaufen." Er machte eine obszöne Geste. „Bei dir muss man da schon ein wenig nachhelfen, von allein kriegst du keine."

Johlendes Gelächter war die Antwort der Umstehenden.

Johannes zeigte unbeirrt auf den Tiegel, aus dem der Zahnreißer etwas entnommen und seinem Patienten in den Mund gestrichen hatte.

„Woraus habt Ihr das gemischt?", fragte er.

Der Zahnreißer starrte sein vermeintliches Spottopfer verwirrt an. Dann verschloss er den Tiegel mit einem völlig verklebten Holzpfropfen und hieß seinen Gesellen, die Ware ordentlich aufzustellen und sich um deren Verkauf zu kümmern.

Er musterte Johannes scharf.

„Was hast du damit zu schaffen? Wenn du nichts kaufen willst, dann mach den Platz frei für Leute, die keine dummen Fragen stellen, sondern bereits seit langer Zeit auf meine Ware vertrauen."

„Die Salbe in den Tiegeln ist verdorben", sagte Johannes und erwischte dafür umgehend eine so schallende Ohrfeige, dass ihm ganz schwindelig wurde. Sein Ohr brummte. Er hielt es sich mit einer Hand zu, während er mit der anderen den Henkel seines Einkaufskorbes umklammert hielt.

„Verschwinde, du Lügenmaul, du verdammtes! Meine

Ware ist nicht verdorben, also mach, dass du weg kommst, bevor ich die Stadtknechte rufe!", fauchte ihn der Zahnreißer halblaut an. Dabei packte er ihn grob am Arm, einen besorgten Blick auf die Leute werfend, die interessiert um seinen Warentisch standen.

Johannes riss sich los und bahnte sich einen Weg zwischen den Leuten hindurch, die ihn nach allen Seiten schubsten und stießen. Das umso mehr, als der Zahnreißer dem Jungen wüste Beschimpfungen hinterherrief und ihn für alles verantwortlich machte, was sich aus der Sache ergebe.

Johannes hörte wohl, was er ihm nachschrie, kümmerte sich aber nicht weiter darum. Ihm tat der Patient leid, den der Zahnreißer behandelt hatte. Der würde spätestens in der Nacht die Folgen zu spüren bekommen. Dass so etwas ganz schnell zu Vergiftungen und in den meisten Fällen zu einem qualvollen Tod führen konnte, war eine der ersten Lektionen gewesen, die Bruder Anselm ihm vermittelt hatte. Sepsis hatte er das genannt. Blutvergiftung.

Verstört kam Johannes kurz darauf im Hause Kepler an. Frau Susanne fragte besorgt, was denn geschehen sei. Gerade, als Johannes stockend von seinem Erlebten erzählen wollte, trat der Meister in die Stube.

„Was ist mit deinem Ohr?", fragte er und zeigte auf Johannes' deutlich gerötetes Organ.

„Der Zahnreißer hat draufgeschlagen, der grobe Kerl", mischte sich Frau Susanne ein. „Hoffentlich behält der Bub keinen Schaden zurück."

Johannes Kepler winkte ab.

„Was war mit dem Zahnreißer?", herrschte er den Jungen an, der ihm daraufhin vom Vorfall auf dem Marktplatz berichtete.

Hatte er gedacht, in seinem Meister einen verständnisvollen Zuhörer gefunden zu haben, so erlebte er jetzt eine herbe Enttäuschung.

„Was mischst du dich ein?“, schnauzte Kepler ihn an. „Weißt du nicht, was mit Leuten geschieht, die keinen Nachweis für ihre medizinischen Tätigkeiten haben und dennoch glauben, ihr Wissen vor anderen ausbreiten zu müssen?“

Johannes schaute seinen Meister erschrocken an.

„Ich habe doch nur …“, begann er unsicher.

Kepler unterbrach ihn mit einer wütenden Geste.

„Wir leben in einer Zeit, in der sich jeder verdächtig macht, der sich nicht an die Verordnungen hält“, brauste er auf. „Wenn dieser Zahnreißer im Zorn über möglicherweise entgangene Geschäfte weiterhin unbedachte Äußerungen macht, kann es dir übel ergehen.“

„Aber warum denn? Weil ich gesagt habe, dass seine Salben verdorben sind? Außerdem hat er mit dreckigen Fingern im blutenden Mund seines Patienten herumgestrichen. Das kann zu Vergiftungen und gar zum Tod führen. Bruder Anselm …“

Kepler schüttelte seufzend den Kopf.

„Das geht dich nichts an!“

„Aber das ist doch die Wahrheit! Bruder Anselm hat …“

Weiter kam er nicht. Kepler hatte ihn so fest an beiden Schultern gepackt, dass sie wehtaten.

„Bruder Anselm ist ein weit gereister Heilkundiger, ein hervorragender Bader, wenn du so willst, der sich mit solchen Dingen auskennt und sehr vorsichtig mit seinem Wissen umgeht. Weißt du nicht, was mit der Barbara geschehen ist?“, fragte Kepler und funkelte ihn böse an.

Überrascht riss Johannes die Augen auf.

„Ihr wisst davon?“

„Ich weiß davon, ja. Und wenn du dich und unser Haus nicht in Verruf bringen willst, halte dich in Zukunft aus solchen Sachen heraus, verstanden?"

„In Verruf bringen? Aber ich habe das nur gesagt, weil er die Leute krank macht", sagte Johannes leise. „Das darf nicht sein, das wollte ich verhindern. Bruder Anselm …"

„Der Bub hat recht und billig gehandelt", mischte sich Frau Susanne erneut ein. „Man darf nicht alles Unrecht geschehen lassen und sich vor denen ducken, die lauter schreien als die anderen. Das weiß keiner besser als du, Johannes Kepler!"

Kepler schaute seine Frau einen Augenblick lang überrascht an. Dann holte er tief Luft und sagte: „Damit hast du wohl recht, Frau. Aber stell dir vor, der Patient dieses Burschen erleidet tatsächlich eine Vergiftung und stirbt womöglich daran. Was, glaubst du, wird dieser Zahnreißer machen? Zugeben, dass es an seinen verdorbenen Salben oder an seinen dreckigen Fingern liegt?"

Johannes zuckte erschrocken die Schultern, auf denen immer noch Keplers Hände lagen.

„Wenn man dem Kerl nachsagt, dass er schuld ist am möglichen Unglück seines Patienten, wird er schnell auf den Gedanken kommen, den Spieß umzudrehen, um seine Haut zu retten. Es gibt genügend Zeugen für den Vorfall, die notfalls gegen dich aussagen, du Dummkopf", wandte er sich an Johannes. „Er könnte sagen, dass du selber im wahrsten Sinne des Wortes deine Hände im Spiel gehabt hast und der wahre Schuldige am möglichen Tod des Patienten bist." Er holte tief Luft. „Bub."

Johannes hob überrascht den Kopf.

„Aber ich kenne mich doch mit solchen Sachen auch aus!", entrüstete sich Johannes. „Bruder Anselm hat mich nicht nur Dinge gelehrt, die er von Euch weiß, sondern dazuhin viel über die Heilkunde beigebracht. Ich weiß auch, wozu dieses Instrument nützlich sein kann, das Ihr …“

Kepler ließ ihn mit einem Ruck los.

„Du hast gehört, was ich gesagt habe. Das ist schneller im Umlauf, als du deinen Mund wieder zukriegst, glaub mir. Und jetzt geh auf deine Kammer, bis ich nach dir rufe, verstanden?“

Johannes nickte. Er hatte sehr wohl verstanden. Wenn ihn auch grämte, dass der Meister nicht mehr Verständnis für ihn aufbrachte, so wusste er doch auch, dass jener stets auf der Hut sein musste, um vor dem Kaiser nicht in Ungnade zu fallen, von dessen Wohlwollen für ihn alles abhing.

*

*Johannes war ein Junge mit unglaublich schneller Auffassungsgabe, der nicht oft genug mit seinem Lehrmeister zusammensitzen und sich anhören konnte, was dieser ihm zu vermitteln hatte. Außer lesen, schreiben und rechnen konnte er inzwischen auch die Sterne bestimmen, die Bruder Anselm ihm zeigte, und mit Hilfe dieser geheimnisvollen hölzernen Instrumente seines Lehrers ihre Laufbahn verfolgen und das Ergebnis auf einer Tafel festhalten.*

*Bruder Anselm hatte ihm erzählt, dass sein Namensbruder Johannes Kepler mit solchen Instrumenten gearbeitet hatte, die allerdings sehr viel feiner gefertigt gewesen seien. Jener hätte diese nur unter äußerst schwierigen Umständen mitnehmen können, als er Graz verließ. Bruder Anselm durfte die Holzmodelle jener wertvollen Instrumente behalten und hütete sie seitdem wie seinen Augapfel. Er wusste, dass man damit niemals mit der gleichen Präzision würde arbeiten können wie der große Wissenschaftler mit seinen wesentlich besseren Werkzeugen, aber er wollte sich ohnedies nicht anmaßen, mit ihm auf einer Stufe zu stehen.*

*„Es wurde sogar ein Instrument erfunden, mit dem man winzig*

kleine Dinge sehen kann. Die Wissenschaftler nennen es Mikroskop", erklärte er seinem Schüler.

„Wozu muss man denn winzig kleine Dinge sehen können?"

Bruder Anselm erklärte ihm geduldig, was er über den Mikrokosmos wusste, und dass es für Biologen und Mediziner von großer Wichtigkeit sei, auch kleinste Dinge zu erkennen, von denen man bislang keine Ahnung hatte.

„Vielleicht", so sinnierte er prophetisch, „gelingt es ja eines Tages, durch solch ein Mikroskop die Ursache für viele Krankheiten zu erkennen, über die man heute noch so gut wie gar nichts weiß. Ich bin mir sicher, es ist manchmal etwas in der Luft, das unsere Speisen verdirbt und Schuld an viel Elend und Siechtum um uns herum hat. Was es auch sein mag, es ist viel zu klein, als dass wir es mit bloßem Auge sehen könnten."

Der Junge war außerdem brennend an der Kräuterheilkunde interessiert, und begriff auch hier sehr schnell die Zusammenhänge zwischen Ursache und Wirkung. Ständig darauf bedacht, die Anweisungen seines Lehrmeisters genauestens einzuhalten, entwickelte er im Laufe der Zeit ein geradezu fotografisches Gedächtnis, das ihm sehr oft von großem Nutzen wurde. Nur eines hatte ihm der Mönch niemals gezeigt: die Rezeptur der berühmten Hexensalbe, auf die er so neugierig war.

Der Eifer, mit dem der Junge an die Arbeit ging, sich bemühte, zu verstehen, was er ihm erklärte, hatte Bruder Anselm bald davon überzeugt, dass er ihm innerhalb der Zeit, die er sich vorgenommen hatte, recht viel beibringen konnte. Was weder Bruder Anselm noch Johannes wissen konnte: Diese Zeit war vom Schicksal sehr kurz bemessen. Denn sie war nicht stehen geblieben.

Die Zeiten wurden spürbar unruhiger.

Eines Tages, der Sommer war bereits weit fortgeschritten, und Bruder Anselm hatte während eines dreiwöchigen Aufenthalts südlich des Erzberges von drohenden politischen Konflikten erfahren und beschlossen, sich mit seinem Unterricht zu beeilen, sah Johannes *erstaunt, wie sein Lehrmeister begann, Tiegel und Töpfe herzurichten, die er normalerweise für die Herstellung bestimmter Tinkturen brauchte.*

*„Ich werde dir zeigen, wie diese Salbe hergestellt wird, deren Rezeptur du schon seit Langem kennenlernen möchtest. Allerdings wirst du sehr gut aufpassen müssen, mein Junge, weil ich sie dir nur ein einziges Mal zeige und dich aus gutem Grund nicht aufschreiben lasse. Dann merke sie dir für immer oder vergiss sie sofort wieder. Du weißt, wie gefährlich es ist, die falschen Zutaten oder gar die falschen Mengen miteinander zu mischen."*

*„Die Hexensalbe", hauchte Johannes ehrfürchtig.*

*„Genau die."*

*„Woher kennt Ihr denn das Rezept, und warum gebt Ihr es an mich weiter, nachdem Ihr es mir als so ungeheuer gefährlich geschildert habt?", fragte Johannes, als er schließlich mit Hilfe der Anweisungen seines Lehrers alle zu Pulver zerstoßenen Pflanzenteile und Essenzen zusammengestellt hatte, die dieser brauchte. Sie waren in tönerne, mit lateinischen Namen beschriftete Gefäße gefüllt und immer wieder sorgfältig kontrolliert aufbewahrt worden. Als weitere Zuordnung hatte der Mönch seinen Schüler auf jedes Gefäß das Zeichen des jeweiligen Wochentages malen lassen, dem die Kräuter und Wurzeln zugeordnet wurden. Metalle, so hatte Johannes bei dieser Gelegenheit erfahren, wies man hingegen den Sternen zu.*

*„Deine Großmutter war eine gute Hebamme", erzählte Bruder Anselm, während er die bereitgestellten Gefäße und deren Inhalt überprüfte. „Sie hat mit dieser Salbe vielen Frauen große Dienste erwiesen, indem sie ihnen etwas davon aufgestrichen hat, wenn sie große Schmerzen hatten."*

*„Es ist eine Schmerzsalbe? Ich dachte …"*

*„Du hast gehört, dass diese Salbe den Hexen zum Fliegen verhilft und sie mit ihrer Hilfe so verhext werden können, dass sie die unmöglichsten Dinge tun, nicht wahr?"*

*„Ja." Johannes schluckte trocken.*

*„Das ist ganz einfach: Die Zutaten kennst du und weißt, dass*

*einige davon hochgiftig sind. Richtig dosiert und gemischt ergeben sie ein Rauschmittel, das, auf die richtigen Körperstellen aufgetragen, unempfindlich gegen Schmerzen macht. Dabei bewirkt die Salbe allerdings auch, dass die Behandelten wirre und seltsame Träume haben, und weil sie nicht mehr zwischen Traum und Wirklichkeit unterscheiden können, glauben sie mitunter, an was sie sich später erinnern können. Möglicherweise auch an diese Flüge, von denen immer wieder die Rede ist. Daher der Glaube an Hexerei. Es ist ein wenig wie mit Fieberträumen, verstehst du? Da weiß man hinterher auch nicht mehr so genau, was man wirklich erlebt hat, und was nur ein Traum war. Wenn man die Salbe richtig anwendet, halten sich die Nebenwirkungen allerdings in Grenzen."*

*Gespannt beobachtete Johannes, wie sein Lehrmeister die Zutaten abwog, vermischte und sorgfältig unter das bereitgestellte Schmalz rührte. „Ich habe die Rezeptur übrigens auch nur durch einen Zufall erfahren und weiß, dass es verschiedene Zubereitungsarten gibt. Aber alle sind höchst gefährlich in den falschen Händen, und absolut verboten. So, und nun pass auf. Gib mir die tönerne Schale dort, und hilf mir, die Salbe umzufüllen."*

*Johannes tat es.*

*„Was macht Ihr damit?", fragte er und warf einen skeptischen Blick auf die noch weiche Masse in seiner Schale, die er auf Geheiß des Einsiedlers mit einem Holzstäbchen kalt rühren sollte, ohne jedoch selber damit in Berührung zu kommen.*

*„Beiseite stellen und aufbewahren, bis ich sie brauche."*

*„Man kann sie aufbewahren?"*

*„Zwei, drei Wochen lang, wenn sie kühl steht, ja. Dann muss man sie verbrennen oder irgendwo vergraben, wo sie niemand findet, und wo kein Tier sie wieder ausgraben kann."*

*Der Einsiedler strich die abgekühlte Salbe sorgfältig in zwei verschließbare Tongefäße, stellte sie in seinen Schrank und schloss dessen Tür. Dann ging er zum Wasserbottich, um sich sorgfältig die Hände zu waschen.*

*Johannes tat es ihm nach. Er wusste, dass dies ein ehernes Gesetz seines Lehrmeisters war, der ihm erklärt hatte, dass schmutzige Hände seine Salben und Tinkturen verderben könnten – oder die Salben konnten demjenigen schaden, der sie nicht rechtzeitig abwusch.*

*„Halte dich während deiner Arbeit auch von Frauen fern, die ihre Monatsblutung haben, damit dir die Arzneien nicht verdorben werden, die du gerade herstellst", hatte er ihm dringend empfohlen.*

*Johannes erfuhr bei dieser Gelegenheit die Vermutung seines Lehrers darüber, wozu diese Blutung wohl gut sein könne - weitab von dem noch immer unter den einfachen Leuten kursierenden Glauben, es handele sich dabei um verdorbenes, böses oder gar krankes Blut. Anselm teilte auch nicht die Auffassung vieler Quacksalber und Mediziner, wonach einmal monatlich die weiblichen Genitalien zu einer großen, blutenden Wunde würden, der man sich besser nicht näherte, um sich nicht anzustecken. Er hatte Johannes erklärt, dass seiner Meinung nach nicht nur die Natur, sondern auch der Zyklus der Frau im Einklang mit dem Mond stünden, was Johannes zwar zur Kenntnis nahm, aber innerlich belächelte. Wurde eine Frau nicht schwanger, mutmaßte Bruder Anselm, dann reinigte sich ihr Körper selber von allem, was er für das neue Leben bereitgehalten hatte, und um sich darauf vorzubereiten, dass es im darauf folgenden Monat klappte. Denn schließlich hörten die Blutungen auf, sobald die Frauen schwanger wurden.*

*Johannes beobachtete seinen Lehrer einige Tage lang aufmerksam. Er hätte zu gerne gewusst, woher er seine erstaunlichen Kenntnisse über die weibliche Anatomie hatte, traute sich aber nicht, ihn danach zu fragen.*

*Dann, einige Zeit später, hieß Bruder Anselm ihn, Dinge einzupacken, die er ihm näher beschrieb, und nahm ihn mit zu einem Köhler, der eine Wegstunde entfernt in einer Hütte wohnte. Johannes hatte zum ersten Mal Gelegenheit, seine neu erworbenen Kenntnisse der angewandten Medizin ausprobieren zu können, weil die Frau des Köhlers krank war. Sie hatte starke Unterleibsschmerzen, und*

*Bruder Anselm tat alles für sie, was ihm möglich war. Er versprach, anderntags wiederzukommen und ihr ein besseres Mittel mitzubringen.*

*„Ich hatte nicht gedacht, dass es ihr so schlecht geht", gestand er seinem Schüler, als sie wieder auf dem Weg nach Hause waren. „Wir werden morgen unsere geheime Salbe mitnehmen, dann kann ich dir auch gleich zeigen, wie man sie anwendet. Du wirst mit keinem Wort erwähnen, um was für eine Salbe es sich dabei handelt, mein Junge, und du weißt, warum."*

*Johannes erfuhr am nächsten Tag, wie man mit der Hexensalbe umzugehen hatte, und da ihm der Mönch vorher noch einmal einbläute, nur zu tun, was er ihm sagte, aber keinesfalls zu fragen oder etwas dazu zu sagen, wurde er zum stillen Beobachter und Helfer - aber er merkte sich genau, was sein Lehrer tat, und würde es niemals wieder vergessen.*

*„Die Schmerzen werden spätestens morgen wiederkehren", sagte Bruder Anselm dem Köhler. „Wir werden rechtzeitig kommen und nach ihr sehen", versprach er ihm noch.*

*Wir.*

*Er hatte ‚wir' gesagt!*

*Johannes hätte seinen Lehrmeister fast umarmt dafür.*

*Zwei Tage später hatte der Herrgott ein Einsehen und holte die arme Frau zu sich, die seit ihrer ersten Behandlung mit Anselms Salbe das Bewusstsein nicht wiedererlangt, der er mit der Salbe aber große Qualen erspart hatte.*

*

Der Meister wandte sich an Frau Susanne. Mit ernstem Gesicht tippte er ihr auf die Brust.

„Als ob wir nicht genug mit den Römischen zu tun hätten. Wenn der Zahnreißer herausbekommt, dass er einem der Unsrigen die heute vielleicht entgangenen

Geschäfte zu verdanken hat, haben die Pfaffen einen guten Grund, sich den Buben einmal genauer anzusehen. Was das bedeutet, brauche ich dir nicht zu sagen."

„Mit einem von uns?", fragte Johannes verständnislos.

„Mit einem von uns", antwortete Kepler. Damit ließ er die beiden stehen und begab sich in sein Studierzimmer.

„Was bedeutet das?", fragte Johannes dessen Frau.

„Dass wir viel Ärger bekommen können."

„Das wollte ich doch nicht", sagte Johannes leise. „Ich habe nur nach dem gehandelt, was ich gelernt habe."

Frau Susanne strich ihm vorsichtig über das rote Ohr.

„Ich weiß. Aber darauf kommt es jetzt leider nicht an."

Zum gemeinsamen Abendessen kam Kepler zu spät. Man hatte auf ihn in banger Sorge gewartet. Was würde auf den Jungen noch zukommen? Kepler hatte nicht so ausgesehen, als ließe er die Angelegenheit auf sich beruhen. Schweigend nahm er am Tischende seinen Platz ein und segnete das Mahl. Bevor einer nach dem Tischgebet den Suppenlöffel zum Munde führen konnte, sagte er:

„Der Bub wird von hier wegziehen." Er wandte sich an Frau Susanne, die ihn mit entsetzt aufgerissenen Augen ansah. „Der Korbmacher-Michl wird ihn mit nach Efferding zu deinen Verwandten nehmen. Dort wird er erst einmal bleiben."

Johannes legte den Löffel neben seinen Teller und faltete die Hände zwischen den Knien. Er hatte alles Mögliche erwartet, aber nicht, dass ihn der Meister aus dem Haus warf. So sehr ängstigte er sich um seinen Ruf in der Stadt? Oder was steckte hinter dieser Entscheidung?

„Nach Efferding?" Johannes hatte nicht die leiseste Ahnung, wo dieser Ort lag. Noch mehr als das aber beschäftigte ihn die Frage: „Warum?"

„Ich habe vor einer Stunde Botschaft von einem Freund erhalten, der wiederum mit einem der Ratsherren der Stadt befreundet ist. Denen ist zu Ohren gekommen, dass ein dahergelaufener Lutherischer auf dem Markt Unruhe gestiftet habe." Er fasste Johannes fest ins Auge. „Das kannst nur du sein. Herberstorff hat seine Spitzel überall, und sobald er die Möglichkeit wittert, etwas gegen uns zu unternehmen, tut er das."

Mit ‚uns' hatte Kepler also die Lutherischen oder, wie in seinem eigenen Fall, die Calvinisten gemeint.

„Woher wollen die wissen, dass der Unruhestifter vom Markt der Bub hier und ein Evangelischer ist?", wandte Frau Susanne stirnrunzelnd ein.

„Man hat ihn als einen erkannt, der hier im Haus lebt. Also liegt für sie die Vermutung nahe, dass er einer meiner Glaubensbrüder ist", gab Kepler zurück. „Protestant oder Calvinist, das ist denen vollkommen egal." Dann wandte er sich wieder an Johannes. „Wie ich befürchtet habe, führt man dich jetzt als einen der Gründe an, erneut gegen die Nichtkatholischen in der Stadt zu hetzen."

Johannes schlug entsetzt die Hand vor den Mund.

„Das habe ich nicht gewollt", murmelte er. „Ich wollte nur, dass dieser Scharlatan niemandem schadet."

Kepler rieb sich erschöpft die Stirn.

„Das wissen wir, Johannes. Aber die Zeiten sind gefährlich. Du hättest übrigens genauso gut Reden gegen die Haltung von Schweinen in der Stadt führen, Grimassen gegen die Pfarrkirche schneiden oder an das Schlosstor pinkeln können. Es hätte keinen Unterschied gemacht. Die lauern überall auf Möglichkeiten, etwas gegen uns zu unternehmen."

Johannes Kepler betrachtete den Jungen eine Zeit lang schweigend, der wiederum nervös an seiner Joppe zupfte.

Jetzt beugte er sich zu ihm hinüber.

„Wer nicht zu den Katholischen überwechselt, sollte sich schnellstens andernorts um seine Zukunft kümmern“, sagte er schließlich. „Du wirst nach dem nächsten Markttag mit dem Korbmacher-Michl aufbrechen und nach Efferding reisen. Dort findest du bei der Verwandtschaft meines Eheweibes zunächst einmal Unterkunft. Das sind ehrbare Bürger und gute Protestanten. Später wird man weitersehen.“

Johannes hob den Blick. Ging es dem Meister wirklich nur um seine, um Johannes' Sicherheit?

„Was werdet Ihr tun?“, fragte er kleinlaut. Er wusste, dass Johannes Kepler samt seiner Familie nicht im Mindesten daran dachte, den calvinistischen Glauben abzulegen. Das würden sie als Verrat an den Brüdern und Schwestern betrachten, die bereits ihres Glaubens wegen sterben mussten oder vertrieben worden waren. Außerdem war Kepler überzeugt von der Lehre Calvins, und als nüchterner Wissenschaftler ließ er sich nicht von den fragwürdigen Motiven eines halsstarrigen Kaisers beeinflussen.

„Auch wir sind hier nicht mehr sicher“, beantwortete Kepler die Frage des Jungen. „Noch stehen wir unter dem besonderen Schutz unseres Kaisers und Königs, der auch von Herberstorff respektiert wird. Aber nachdem ich in Linz keine Möglichkeit sehe, meine Tafeln drucken zu lassen, werden wir in Kürze ebenfalls aufbrechen. In Ulm“, so fügte er noch an, „in Ulm soll sich mir angeblich eher die Möglichkeit dafür bieten. Dann sehen wir weiter.“

Johannes wusste, dass man Keplers Kinder bereits seit einiger Zeit zwingen wollte, in katholische Messen zu gehen. Was Kepler nicht erlaubte, was aber unter anderem einer der Gründe dafür sein mochte, dass er nicht länger in Linz zu bleiben gedachte.

Bei einem Blick auf Frau Susannes gewölbten Leib meinte Kepler in ihre Richtung: „Warten wir aber erst noch deine Niederkunft ab, Frau.“

Verstört löffelte Johannes seine Suppe aus und begab sich kurz darauf in seine Kammer.

Sein einziger Trost in Stunden wie diesen war das Amulett, das er nach wie vor an einem Lederband um den Hals trug und unter seinem Hemd verborgen hielt. Er betrachtete es halb liebevoll, halb verständnislos. Wie war dieses kostbare Kleinod nur zu seiner Mutter, zu Anna, gekommen? Was hatte das Abbild jenes seltsamen Tieres zu bedeuten, das eine Seite der Münze schmückte? Und was mochten die seltsamen Zeichen auf der anderen Seite bedeuten?

Johannes umschloss das Andenken an seine Mutter mit den Fingern und sank erschöpft in seine Kissen.

Das Brummen in seinem Ohr war beinahe verschwunden, und er schickte ein dankbares Gebet dafür in die Nacht, bevor er einschlief.

Am nächsten Tag, einem Sonntag, folgte er einer Schar Studenten aus dem Umfeld Keplers zu einem Wirtshaus. Sie waren zwar nicht zu Freunden geworden, akzeptierten aber, dass er hin und wieder mit ihnen zusammen loszog. Als sie ihn heute fragten, ob er mitkomme, willigte er sofort ein. Er brauchte dringend Ablenkung von seinen düsteren Gedanken und wollte auch nicht mit seinem Meister den Mittagstisch teilen.

Die Wirtsstube war recht gut besucht. Johannes setzte sich zu den Studenten an den Tisch und bestellte sich etwas zu essen und einen Becher verdünnten Most. Die Gespräche drehten sich bereits nach kurzer Zeit um Themen, die Johannes nicht weiter interessierten, und so begann er, die übrigen Gäste zu beobachten. Ein paar Burschen in abgerissenen Joppen und Hosen waren hereingekommen und hatten sich zu Johannes und den Schülern Keplers an den Tisch gesetzt. Sie bestellten gemeinsam einen Krug Most.

„Erst zahlen", herrschte der Wirt sie an. Einer der Burschen zog ein verschlissenes Leinensäckchen aus dem Hosenbund und warf eine Münze vor sich auf den Tisch. Als der Wirt danach greifen wollte, legte der Bursche blitzschnell seine Hand darauf.

„Erst den Most."

Der Wirt brummte etwas vor sich hin, brachte gleich darauf den Krug und strich dafür die Münze ein. Die Burschen ließen den Krug reihum gehen und tranken große Schlucke daraus.

„Hier, trink mit uns!"

Einer der Burschen hielt Johannes den Krug unter die Nase. Der schüttelte den Kopf und hob seinen Becher. Bevor er es sich jedoch versah, hatte ihm sein Nebenmann Most hineingeschüttet.

„Magst ned mit uns Bruderschaft trinken, ha?", fragte er. „Hältst dich für was Besseres." Er zupfte ihn am Ärmel. „Dann sauf aus deinem eigenen G'schirr, aber sauf mit uns." Er hob den Krug und rief: „Auf die Kaiserlichen!"

Mit einem Mal herrschte Stille im Raum.

Alle Augen waren auf die abgerissenen Gesellen gerichtet, die grinsend dasaßen und den Blicken standhielten. Die Studenten um Johannes verschwanden einer nach dem anderen Richtung Ausgang. Als Johannes ihnen folgen wollte, hielt sein Nebenmann ihn am Arm fest.

„Bist ein Lutherischer, was? Dann solltest dich in Acht nehmen!"

Johannes riss sich von ihm los.

„In Acht nehmen? Vor euch?", fragte er zurück und hob herausfordernd das Kinn. Er würde sich von niemandem einschüchtern lassen, der seine Religion als Grund dafür nahm, ihn anzugreifen.

Einer der Burschen bekam unter seinem Lachen einen üblen Hustenanfall, und Johannes warf ihm einen besorgten Blick zu.

„Ja, auch vor uns", sagte er.

Johannes wagte nicht, ihn weiter anzusehen, und wandte sich seinem Becher zu, den er in einem Zug leertrank. Nicht die Drohung schreckte ihn, die in diesen Worten lag. Vielmehr war es der Husten, der ihn warnte.

Der mit dem Husten rief nach einer weiteren Runde Most. Eines der Weiber, die mit vollen Krügen durch die Stube eilten, knallte einen davon vor ihm auf den Tisch.

„Weilst gar so freundlich nach mir g'schrien hast", fauchte sie ihn an.

Der mit dem Husten winkte ab.

„Freundlich bin ich zu dir, wenn du mich in deine Kammer lässt", sagte er. „Aber nicht wegen so was." Dabei zeigte er auf den Mostkrug. „Dafür wirst bezahlt."

„Ach. Und für das in der Kammer ned?"

„Sauft euren Krug leer und verschwindet von hier", rief der Wirt von der Schänke her und bahnte sich einen Weg durch die übrigen Gäste. Er schob die Magd beiseite. „Solche Leut' wie ihr sind hier nicht erwünscht. Krawallmacher mag der Herr Graf nicht und ich noch viel weniger. Also seht zu, dass ihr eure Zech' bezahlt und dann hinaus mit euch, bevor ich die Wache ruf'!"

Der, der Johannes nachgeschenkt hatte, stand auf und hob drohend die Fäuste.

„Wir bezahlen, was wir essen und trinken, aber wir gehen erst, sobald es uns gefällt!"

Der Tumult, der darauf folgte, verhalf Johannes, die Wirtsstube unbehelligt zu verlassen.

Kurz darauf stand er im strömenden Regen auf der Gasse und schaute sich nach den Studenten um, mit denen er unterwegs gewesen war. Aber es war nichts mehr von ihnen zu sehen. Hinter ihm flog die Tür der Wirtsstube auf, und unter viel Geschrei und Pöbeleien wurde ein Haufen wild um sich schlagender junger Männer hinausgeworfen. Johannes sprang auf die Seite, um weiteren Unannehmlichkeiten aus dem Weg zu gehen. Eng an eine Hauswand gedrückt sah er, dass vier der auf die Gasse Beförderten im Dreck landeten und sich mühsam wieder aufrappelten. Drei weitere stolperten hinter ihnen her.

Es waren allesamt die Kerle, die sich zu ihm an den Tisch gesetzt hatten.

„Mattes!", rief einer von denen, die in den Dreck gefallen waren, und wischte sich mit beiden Händen die Hosen sauber, so gut es ging.

Der Angesprochene war gerade von fluchenden Gästen aus dem Wirtshaus gestoßen worden und stand jetzt unschlüssig zwischen seinen Freunden. Es war der mit dem Husten.

„Was jetzt?", wollte einer von ihnen wissen.

Mattes richtete sich kerzengerade auf und hob beschwichtigend eine Hand, als ein paar der Wirtsstubenbesucher auf sie zukamen.

„Wir sind ja schon friedlich", sagte er und wandte sich zum Gehen. Über die Schulter zurück rief er noch: „Kein Grund, die gräflichen Schergen zu rufen!"

„Wenn ihr nicht augenblicklich von hier verschwindet, kommen die auch, ohne, dass wir sie rufen. Ihr seid ja laut genug!", befand einer der Gäste, der im Türrahmen aufgetaucht und dort stehengeblieben war.

„Und wer kommt für den Schaden auf, den der Wirt erlitten hat?", wollte ein anderer Gast wissen.

„Ja, das will ich auch gern wissen", sagte der im Türrahmen.

„Diejenigen, die mit der Streiterei angefangen haben", gab Mattes ruhig zurück. „Wir jedenfalls haben uns nichts zuschulden kommen lassen. Wir sind kaisergefällige Katholiken."

Die Männer zogen sich schimpfend über das Verhalten der jungen Kerle in die Wirtsstube zurück und schlossen die Tür hinter sich.

Mattes trat auf Johannes zu, den er auf der anderen Seite der Gasse entdeckt hatte.

„Wird besser sein, du verschwindest." Er schaute sich suchend um. „Freunde scheinst du ja keine zu haben. Wenn du auch keine Feinde haben willst, solltest du zu Hause sein, bevor die Wache kommt." Er legte eine Hand auf Johannes' Schulter. „Wir sehen uns wieder."

Damit wandte er sich um und verschwand kurz darauf inmitten seiner Freunde hinter der nächsten Hausecke.

Johannes hütete sich, etwas von den Vorfällen dieses Sonntagnachmittags im Hause Kepler zu erwähnen. Er konnte sich gut vorstellen, wie der Meister darauf reagieren würde.

Er konnte nicht ahnen, auf welche Weise sich die letzten Worte des Jungen erfüllen sollte, den die anderen Mattes nannten.

# 8

Bevor er am Morgen nach dem nächsten Markttag das Haus verließ, steckte ihm Frau Susanne einen Brief zu, den er später lesen sollte. Sie umarmte ihn herzlich und wünschte ihm eine gute Zeit.

„Sobald wir zurück sind aus dem Württembergischen besuche ich dich bei meinen Leuten", versprach sie zum Abschied. „Ihnen gehört ein ansehnliches Haus am Markt zu Efferding. Du wirst dich sicherlich wohlfühlen bei ihnen. Vielleicht magst du später ja auch wieder mit zurück nach Linz kommen." Sie nickte ihm aufmunternd zu. „Mir ist es recht."

Johannes beschlich jedoch das seltsame Gefühl, dass er sie nicht wiedersehen würde, und winkte ihr mit Tränen in den Augen ein letztes Mal zu.

Der Korbmacher wartete mit seinem Eselsfuhrwerk am Rand des weitläufigen Marktplatzes, auf dem gerade die letzten Stände des vortägigen Marktes weggeräumt wurden. Ein paar armselig gekleidete Kinder rauften sich um heruntergefallenes Obst und Gemüsereste, bevor diese an Ort und Stelle verfaulten. Für eine Suppe würden sie schon noch reichen.

Der Michl war schon weit in den Jahren. Er ging ein wenig gebückt wie Leute, die in ihrem Leben viel geschleppt oder sich vor anderen geduckt hatten. Ein struppiger Bart umrahmte ein rundes Gesicht, in dem fröhlich dreinblickende graue Augen den ansonsten mürrisch wirkenden Mann Lügen straften. Seine Kleidung war die eines einfachen Bauern. Nur die Lederstiefel schienen teuer gewesen zu sein. Sie sahen im Gegensatz zu Hut, Mantel, Wams und Hose neu und gut gepflegt aus. So, wie der Michl dastand, schien er auch mächtig stolz auf seine Ledernen zu sein.

„Und? Genug gesehen?“, fragte er Johannes, der ihn unverhohlen gemustert hatte.

„Verzeiht ...“

„Verzeiht? Ich bin keiner von denen, die man so fürnehm anreden muss!“, fuhr der Korbmacher den verdutzt dreinschauenden Jungen an. „Schau zu, dass d’ herkommst. Wir müssen los.“

Michl wies den Jungen an, sich hinter ihm in den Planwagen zu setzen und das Maul zu halten.

„Dummes Geschwätz kann ich ned brauchen. Das macht meine Esel verrückt. Die sind das ned gewöhnt“, brummte er noch, bevor sich der Wagen mit seinen eisenbeschlagenen Rädern ratternd in Bewegung setzte.

Das war Johannes ganz recht. Er ließ sich unter der Plane auf einem Haufen Seile nieder, die eingerollt hinter dem Kutschbock lagen. Mit zitternden Händen faltete er das Papier auseinander, das Frau Susanne ihm gegeben hatte, und begann zu lesen.

Es war ein Brief von Bruder Anselm, den jener bereits vor einiger Zeit an seinen ehemaligen Lehrbuben geschrieben hatte. Kepler hatte ihn vermutlich gelesen, dann aber über all seinen anderen Aufgaben vergessen.

Der Brief begann damit, dass Bruder Anselm nach Johannes’ Aufbruch zur Mühle überraschend in sein Mutterkloster zurückbeordert worden war. Dort habe man ihn mit Aufgaben betreut, die hauptsächlich die umfangreiche Bibliothek und schriftlichen Studien der Mönche betrafen, welche im Kloster untergebracht waren. Er habe seine Arbeit zum Jahresanfang hin abschließen und in jene Einsiedelei zurückkehren können, die Johannes wohlbekannt sei. Allerdings sei er dort nur kurze Zeit geblieben und dann Richtung Wien weitergezogen, wohin ihn sein Orden neuerdings befohlen habe.

Weiter erfuhr Johannes, dass Anselm ein ‚gar beunruhigendes Gespräch' mit einem Vertrauten des Kaisers geführt habe, einem gewissen Lamormaini. Der sei ein unnachgiebiger Mann, was die Religionsfrage betreffe. Ein Jesuiter, wie er im Buche stehe, sei das. Dieses Gespräch veranlasse ihn unter anderem, seine protestantischen und calvinistischen Freunde vor weiteren Repressalien zu warnen. Auch seien habsburgische oder jesuitische Versprechen mit äußerster Vorsicht zu behandeln.

Johannes holte tief Luft. Kepler kannte mit Sicherheit den Inhalt des Briefes. Ob er hauptsächlich deshalb Linz verlassen wollte und ihn weggeschickt hatte, tatsächlich zu seinem Schutz?

*‚Ich bedauere sehr, was im Tälchen geschehen ist'*, las Johannes weiter, vor dessen Augen die Buchstaben langsam verschwammen. *‚Hab' gehofft, euch alle dennoch wohlbehalten anzutreffen. Aber da waren nurmehr die geborstenen und verkohlten Überreste der Mühle und die Steinhaufen, unter denen ich deine Eltern begraben wähne. Die Leute aus dem Dorf und einige Holzfäller haben mir erzählt, was geschehen ist und dass du wohl als Einziger überlebt hast und nach Linz aufgebrochen seiest. Sie haben die Ruine der Mühle nicht angetastet, weshalb eure gesamte Heimstatt irgendwann überwuchert und vergessen sein wird. Die im Stift haben andere Sorgen, die werden sich auch nicht weiter darum kümmern. In Linz weiß ich dich wohlbehalten und werde dich in Bälde wiedersehen'*, schloss er seine Nachricht. Dann entbot der Mönch ihm und der Familie seines Gastgebers Johannes Kepler noch die besten Grüße und seinen Segen.

Johannes saß eine Zeit lang schweigend mit dem Brief in der Hand da. Hatte er gehofft, etwas über den Verbleib seiner Schwester zu erfahren, so musste er wieder einmal die bittere Enttäuschung darüber hinunterschlucken, dass auch der Mönch nichts über sie wusste. Er hätte ihn bestimmt darüber in Kenntnis gesetzt.

Bruder Anselm war also in Wien, in der Kaiserstadt. Unerreichbar für den Jungen, der die Hoffnung aufgeben musste, jemals ein Mitglied seiner Familie wiederzusehen.

Kurz vor Puchenau hielt der Korbmacher sein Gefährt an und beugte sich nach hinten zu seinem Passagier. Er schob seinen speckigen Hut ein wenig aus der Stirn und sagte:

„Da vorne stehen ein paar Bairische. Ich weiß ned, was die hier zu suchen haben. Das Geschmeiß wird uns aber sicher anhalten und ausfragen. Du bist katholisch und taubstumm, verstanden? Gib vor allem acht auf den mit der langen schwarzen Feder am Hut. Das ist ihr Anführer. Den kenn' ich. Ein unangenehmer Bursche."

Bairische Soldaten. Johannes nickte erschrocken. Da der Korbmacher ihm ein Zeichen gab, das Maul zu halten, wagte er nicht, auch nur einen Mucks zu tun. Er verwahrte den Brief des Mönchs unter der Joppe und wartete ab, was geschehen würde, während sich das Gefährt langsam wieder in Bewegung setzte.

Obwohl es so unwahrscheinlich war wie ein Regenbogen bei Nacht hoffte er doch insgeheim, bei dem Trupp seine Schwester ausfindig machen zu können.

Tatsächlich hielten die Männer das Fuhrwerk an. Johannes spähte am Korbmacher-Michl vorbei unter der Plane hervor. Frauen konnte er bei ihnen nicht sehen. Schnell zog er sich wieder zurück und schloss vorsichtig den Spalt, durch den er die Soldaten beobachtet hatte.

Fünf mit Spießen bewaffnete Männer traten mit entschlossenem Gesichtsausdruck an den Wagen heran.

„Was versteckst du unter der Plane, Alter?", herrschte einer der fünf den Korbmacher an.

„Ich bin der Korbmacher-Michl und hab Ware an den Bischofshof in Passau zu liefern."

Johannes legte entsetzt die Hand auf den Mund.

Passau? Da saßen doch die übelsten aller Katholischen! Davon war nie die Rede gewesen. Er sollte doch nach Efferding gebracht werden! Was sollte er in Passau?

„Soso, Passau", brummte einer aus der Gruppe. „Dann lass uns mal sehen, was die Passauer von dir zu erwarten haben."

Er schob mit der Spitze seines Spießes die Plane etwas zur Seite und entdeckte Johannes, der leichenblass auf seinen Seilen hockte.

„Und wer ist das?"

„Das ist der Bub meiner Nachbarn. Stockkatholisch und taubstumm", log der Michl. „Er ist ein williger Helfer auf meinen Fahrten." Er war vom Wagen gestiegen und hielt dem mit der langen schwarzen Feder am Hut einen Brief unter die Nase, den dieser umständlich auseinanderfaltete und mit zusammengekniffenen Augen studierte. Johannes erkannte sofort, dass der Mann nicht lesen konnte, und schmunzelte hinter vorgehaltener Hand vor sich hin.

„Ein Schreiben vom Bischof, dass wir ungehindert durch können und uns unverzüglich am Hof melden sollen", log der Michl erneut, der wohl genau wusste, dass der mit der Feder am Hut nicht lesen konnte.

Es hörte sich sehr amtlich an, was er noch alles aus dem Brief zu benennen schien, bevor er dem Anführer das Schreiben wieder abnahm und zusammengefaltet in sein Wams schob.

Jener gab seinen Männern ein Zeichen. Sie kletterten auf den Wagen und warfen ein paar Körbe durcheinander, dass Johannes angst und bang wurde. Er schaute immer wieder vorsichtig zum Michl hinüber, der mit halb geschlossenen Augen und offenbar ungerührt zusah, was die Burschen trieben.

Einer der Kerle trat auf Johannes zu.

„Taubstumm und katholisch, ha?"

Johannes hätte sich beinahe mit einem Nicken verraten, hielt sich aber gerade noch zurück. Hilflos zuckte er die Schultern und grinste sein Gegenüber blöde an.

„Armer Tropf. Hatte einen Bruder, der war auch so einer. Hat zu viel gehört und gered't", knurrte der Mann und gab Johannes einen Stoß in die Rippen. „Hat seinen Weg zum Herrgott auch ohne Zunge und Ohren gefunden, nehme ich an."

Johannes reagierte wie einer, der nur den Stoß, nicht aber die Worte verstehen konnte, und hob abwehrend beide Fäuste.

„Schaut euch den an!", lachte sein Gegenüber und begann, den Jungen herumzuschubsen, bis der Korbmacher sich einmischte und dem Spiel mit energischen Worten ein Ende bereitete.

„Lasst ihn, er hat genug erlebt. Das reicht sogar, ihn vor dem ewigen Fegefeuer zu bewahren!"

Der mit der schwarzen Feder am Hut befahl nach einem mitleidigen Blick auf Johannes, den Jungen in Frieden zu lassen. Dann gab er dem Michl ein Zeichen, zurück auf den Wagen zu klettern. Der Korbmacher folgte dieser Anweisung nur zu gerne und ließ die Esel anziehen, nachdem er auffällig ein Kreuz geschlagen und ein paar Worte genuschelt hatte, in denen mehrmals deutlich der Name ‚Maria' und zum Schluss ein überzeugtes ‚Amen!' zu vernehmen war.

Ein guter Katholik also. Nur nach außen hin?

„Wir räumen später auf", raunte er nach hinten. „Bloß kann ich jetzt ned gleich nach Efferding fahren wie geplant. Wir müssen uns zunächst weiter an der Donau entlang auf der Straße nach Passau halten." Er zog geräuschvoll die Nase hoch und spuckte einen Batzen Schleim auf den Weg. „Verdammte Hurensöhne."

Seufzend fügte sich Johannes erneut in sein Schicksal und hoffte, der Händler würde wissen, was er tat.

Am Ende eines kleinen Wäldchens vor Goldwerda, wenige Schritte nördlich der Donau, hielt der Wagen an. Der Korbmacher hieß den Jungen auszusteigen und ihm beim Umpacken behilflich zu sein. Die Kerle hatten alles durcheinandergeworfen. Der Wagen war falsch belastet und drohte auf dem unebenen Weg immer wieder umzukippen. Während sie damit beschäftigt waren, Ordnung in die Fracht zu bringen, schimpfte der Korbmacher ein ums andere Mal über die Spießgesellen, die ihm seinen ganzen Plan durcheinandergebracht hatten.

„Hast du tatsächlich vor, nach Passau zu fahren?", fragte Johannes verstört.

Der Korbmacher schüttelte grimmig den Kopf.

„Was soll ich bei denen? Meine Körbe werden im Landl gebraucht. Der Bischof hat keine Verwendung dafür, aber so weit haben die Spießgesellen ned gedacht."

Johannes verstand. Es klang eben vor solchen Leuten besser, Handel mit den Katholischen als mit den Lutherischen zu treiben.

„Und woher hast du dieses Schreiben?", fragte er und zeigte auf die Stelle, an der er unter Michls Wams den Brief wusste, den jener den Soldaten gezeigt hatte.

Der Korbmacher grinste übers ganze Gesicht.

„Den hab ich mir ausstellen lassen, als ich tatsächlich eine Fuhre nach Passau hatte." Mit einem schrägen Blick auf Johannes fügte er noch an: „Länger her. Aufgehoben."

Der Junge ahnte, dass der Mann gefährlich lebte mit seinem kleinen Betrug. Offenbar rechnete er damit, dass niemand das Schreiben so genau ansah. Oder nicht lesen konnte.

Das bischöfliche Siegel reichte. Noch.

„Und du bist ein Katholischer?", forschte Johannes weiter.

Der Korbmacher sah ihn überrascht an.

„Ich? Ein Katholischer?" Er lachte schallend. „Nicht einmal auf dem Scheiterhaufen würde ich konvertieren!"

„Aber du hast doch …"

„Das muss manchmal sein", unterbrach der Michl ihn mit einer unwirschen Handbewegung. „So, genug dummes Zeug gered'. Wir müssen weiter bis Aschach und dort über die Donau. Von da aus wieder zurück am Südufer und runter nach Efferding. Verfluchte Bande!"

„Aber die sehen uns doch gar nicht mehr, können wir nicht hier irgendwo über die Donau und direkt nach Efferding weiterziehen?", wandte Johannes ein.

„Hier irgendwo? Na, du gefällst mir! Furten gibts hier keine, und Brücken müssen erst noch gebaut werden. Außerdem: Die Kerle sind überall", antwortete der Korbmacher und machte eine ausladende Armbewegung. „Hast du genau hingeschaut? Da standen krabatische Reiter im Wald versteckt. Das ist kein gutes Zeichen. Ich weiß ned, was da los ist. Wir fahren einen verdammten Umweg, aber uns bleibt nichts anderes übrig, wenn wir keine unangenehmen Fragen beantworten wollen. Hundsfotte, elendigliche!"

Nein, Johannes hatte nichts dergleichen gesehen. Er war viel zu sehr damit beschäftigt gewesen, sich nicht zu verraten. Außerdem hatte er fürchterliche Angst gehabt. Aber wenn sich da Leute im Wald versteckt hielten, die er nicht entdeckt hatte, waren vielleicht auch Frauen dabei gewesen.

Warum wollten weder Kopf noch Herz endlich verstehen, dass er seine Schwester nicht finden konnte?

„Krabatische Reiter?", fragte er verwirrt. „Was sind das denn für Gesellen?"

„Die hat der Kaiser aus dem Militärgrenzgebiet im Osten geholt. Üble Burschen. Haben ned nur Spieße und Säbel, sind auch mit Arkebusen und Reiterpistolen ausgerüstet."

Johannes erfuhr, dass nicht nur der Michl einen Heidenrespekt vor diesen Kerlen hatte, die vor nichts zurückzuschrecken schienen - die gesamte Bevölkerung zog den Kopf ein, wenn von den Krabaten die Rede war.

Unheil lag um sie.

Unheil, Mord und Totschlag.

Johannes stieg wieder auf den Eselskarren und blieb in bedrückter Stimmung auf seinen Seilen sitzen.

Auf ihrem weiteren Weg Richtung Aschach wurden sie nicht mehr behelligt. Zwar sahen sie hin und wieder ein paar kleinere Trupps Soldaten am Wegrand lagern, aber keiner der bunt gekleideten Männer hielt sie auf. Alle waren mit Spießen und Büchsen bewaffnet und schienen auf irgendetwas zu warten. Der Korbmacher hatte eine tiefe Furche auf der Stirn. Ihm behagte die Anwesenheit der Söldner nicht.

„Was mag da los sein?", brummte er vor sich hin. „Seit die Passauer entlang der Donau ihr Unwesen getrieben haben, gab es ned so viel Soldatenvolk auf diesem Weg wie jetzt."

Aber er hütete sich davor, bei den Männern nachzufragen, und zog nach außen hin ruhig seinen Weg weiter.

Johannes hatte seinen Platz unter der Plane verlassen und war eine ganze Zeit lang neben dem Fuhrwerk gegangen. Er wollte nicht blindlings auf das warten, was möglicherweise auf ihn zukam, und behielt den weiteren Weg wachsam im Auge. Aber alles blieb zum Glück ruhig.

Sie überquerten am frühen Abend die Donau und machten in Aschach Quartier. Nachdem die Tiere untergestellt und versorgt waren, ging Johannes in eine Taverne, die er bei der Ankunft entdeckt hatte. Er staunte nicht schlecht, als er die Gaststube betrat. An einem der Tische saß eine Handvoll Burschen, die ihm wohlbekannt waren.

„Der Linzer Studiosus!", rief einer von ihnen und winkte Johannes zu. „Komm her, leiste uns Gesellschaft."

Johannes schaute sich um. Die Gäste schienen recht vertrauenswürdig, und da keine Soldaten unter ihnen waren, bestand wohl auch keine Gefahr für Auseinandersetzungen.

Der Junge schob sich zu den Burschen auf die Bank, die ihn sofort mit lautem Geschrei willkommen hießen.

Ihm gegenüber saß Mattes schweigend vor seinem Krug und starrte Löcher in die Luft.

„Ist's dir nicht recht, dass ich mich zu euch setze?", fragte Johannes ihn.

„Mach, was du willst", kam die mürrische Antwort.

Mattes hob seinen Krug zum Mund und nahm einen tiefen Zug.

„Der braucht die Afra", raunte einer der Burschen Johannes zu.

„Pass auf, was du sagst", knurrte Mattes ihn an. „Weiber wie die Afra gibt's überall. Um die ist es mir nicht." Er warf Johannes einen grimmigen Blick zu. „Was macht einer wie du in diesem stinkenden Kaff?", wollte er wissen.

„Ich …“

In diesem Augenblick tauchte der Korbmacher in der Tür auf. Er hatte Johannes sofort entdeckt, tat aber so, als sähe oder kenne er ihn nicht. Das war dem Jungen ganz recht. Er wusste nicht, ob der Michl die Burschen kannte und wenn ja, was er von ihnen hielt.

Der Korbmacher zog es vor, sich an einen Tisch mit älteren Bauern zu setzen, mit denen er sofort in ein lebhaftes Gespräch kam.

„Ich bin unterwegs zu Verwandten“, sagte Johannes, da ihn seine Tischgenossen abwartend anschauten.

„Wohin?“

„Efferding.“

„Guter Ort“, brummte Mattes in seine Richtung.

Da er keine weiteren Anstalten machte, sich weiter mit ihm zu unterhalten, lehnte sich Johannes zurück und musterte die übrigen Gäste.

Es waren ausschließlich Bauern da und ein paar Knechte und Tagelöhner, die sich allesamt über die auffällige Präsenz bairischer Soldaten im Umfeld unterhielten. Bürger des Marktes konnte er keine ausmachen, die wollten sich vermutlich nicht unter das einfache Mannsvolk mischen.

Johannes hörte den Männern eine Zeit lang zu und beschloss dann, seinen Most auszutrinken und die Taverne zu verlassen.

„Passt dir unsere Gesellschaft nicht?“, fragte Mattes unvermittelt, und hielt ihn über den Tisch hinweg am Arm fest, als er aufstehen wollte.

„Ich bin müde“, beschied Johannes ihn, löste sich aus seinem Griff und erhob sich.

„Du hast noch nichts gegessen“, stellte Mattes fest. „Kein Geld? Dann verpfänd’ doch das Goldstück, das du unter deinem Hemd trägst.“

Johannes sank entgeistert auf seinen Platz zurück. Woher wusste der Bursche von seinem Amulett? Der schaute ihn grinsend an. Auch die anderen hatten sich ihm zugewandt und warteten auf eine Antwort.

„Das ist ein Andenken an meine Mutter."

Mattes zog die Augenbrauen hoch.

„Tot?"

„Die Bairischen."

Das genügte. Mattes zog eine Grimasse und wandte sich dann wieder seinem Krug zu. Als Johannes sich erneut anschickte, die Taverne zu verlassen, ließ er ihn gehen.

Der Junge war beunruhigt. Woher wusste der Anführer dieser seltsamen Gruppe von dem, was er bislang so sorgfältig vor den Augen anderer verborgen gehalten glaubte? Wenn es Tagediebe waren, was hatten sie hier zu schaffen? Warum wurden sie von niemandem behelligt? Und warum hatten sie ihm das Amulett nicht längst gestohlen, wenn sie davon wussten?

Ratlos machte er sich auf den Weg zur Herberge, in der er zusammen mit dem Michl abgestiegen war.

Plötzlich hörte er Schritte hinter sich und gleich darauf die Stimme von Mattes.

„He du, Bursche! Halt an!"

Johannes drehte sich um. Mattes kam allein die Gasse entlang gelaufen und blieb beinahe atemlos vor ihm stehen.

Und da war wieder dieser Husten.

„Bist mit dem Korbmacher unterwegs", stellte er schließlich fest und tippte Johannes mit dem Zeigefinger auf die Brust. „Hast du unterwegs auch die Soldaten gesehen? Die haben Befehl, sofort loszuschlagen, wenn die Bauern aufmucken."

Johannes schluckte.

„Ich hab nichts mit ihnen zu schaffen", antwortete er,

weil er nicht so recht wusste, was Mattes von ihm wollte. Wo waren die anderen? Und woher wusste er, was die Söldner planten?

„Das weiß ich. Ich weiß auch, dass du kein Studiosus bist, obwohl du bei Meister Kepler gehaust hast." Als er Johannes' überraschtes Gesicht sah, lachte er und legte ihm dabei eine Hand auf die Schulter. „Fragst dich, woher ich das alles weiß? Hör zu, mein Freund. Wir haben unsere Augen und Ohren überall, seitdem man uns aus unseren Dörfern vertrieben hat." Er schaute sich um, ob ihn jemand hören konnte. „Sind Lutherische und haben unsere Familien verloren wie du. Wir waren Unfreie und hatten weder was zu verkaufen noch genügend Geld, in der Fremde ein neues Leben anzufangen. Also geben die uns keine Reisescheine für über die Grenze. Wir ziehen unseren Weg und sehen zu, wie wir überleben können."

„Aber sagtest du in Linz nicht ..."

„Dass wir Katholische sind?" Mattes lachte heiser und bekam erneut einen Hustenanfall, der ihm den Atem zu nehmen drohte. „Mal so, mal so. Wir sind, was gerade passt."

Wieder einer.

„Woher weißt du das mit dem Amulett?", wollte Johannes wissen, den die Geschichte seines Gegenübers im Augenblick wenig interessierte.

Mattes tippte auf die Stelle, an der sich das Kleinod unter Johannes' Hemd befand.

„Wenn das Tuch darüber nass wird, sieht man es." Als Johannes ihn nur ratlos ansah, fuhr er fort: „In Linz hat es geregnet, wie wir uns begegnet sind, erinnerst du dich? Musst besser aufpassen, wenn du es nicht ... verlieren willst."

Er zog seine Hand wieder zurück und schaute Johannes

abwartend an. Der schob den Burschen ein Stück von sich weg.

„Was willst du von mir? Ich werde nach Efferding ziehen und bei den Verwandten meiner Frau Meisterin Unterkunft finden."

Mattes wiegte skeptisch den Kopf.

„Klingt erst einmal nicht schlecht. Aber auf Dauer werden die dich auch nicht behalten wollen. Wenn es Protestantische sind, wird man ihnen nahelegen, sich katholisch machen zu lassen oder wegzugehen. Dann musst du zusehen, dass du selber das Land verlässt, falls du einen Reiseschein kriegst. Oder du musst dich ebenfalls katholisch machen lassen. Oder", er hielt einen Augenblick inne, „oder dich anderweitig durchschlagen."

„Wie ihr."

„Wie wir. Du kannst auch gleich mit uns kommen. Wir finden schon ein Fleckchen Erde, auf dem wir willkommen sind."

„Ihr habt doch auch keine Reisescheine", wandte Johannes ein.

Mattes hob die Schultern.

„Es findet sich immer ein Weg."

„Aber wenn ich doch in Efferding unterkommen kann?", beharrte Johannes auf der hoffnungsvollen Aussicht, die er mehrere Tage mit sich herumgetragen hatte. Es fiel ihm schwer, sich eine andere Möglichkeit auszudenken. Zu viel war geschehen in den vergangenen Monaten, als dass er in der Lage gewesen wäre, sich eine Zukunft als Flüchtling irgendwo außerhalb Österreichs vorzustellen.

Mattes lachte und bekam sofort wieder einen Hustenanfall, der ihn fürchterlich zu quälen schien, denn er schnappte verzweifelt nach Luft. Dann spuckte er auf den

Boden und Johannes sah, dass Blut dabei war. Vorsichtig zog er sich einen Schritt zurück.

„Wie heißt du?“, wollte Mattes wissen, der sich nicht vom Fleck gerührt hatte.

„Johannes.“

„Hans.“

„Nein. Ich heiße Johannes.“

Mattes kniff die Lippen zusammen. Er mochte offenbar nicht, wenn man ihn berichtigte oder ihm gar widersprach. Aber Johannes wollte bei seinem ganzen Taufnamen angesprochen werden, wie seine Eltern das immer gemacht hatten. Und Bruder Anselm. Und Elisabeth. Beim Gedanken an sie und seine ausgelöschte Familie schossen ihm Tränen in die Augen, die Mattes nicht entgingen.

„Hör zu. Du kannst mit dem Korbmacher weiterziehen, wenn du unbedingt willst. Aber glaub mir, über kurz oder lang müssen sich auch die Leute in Efferding für oder gegen den kaiserlichen Willen entscheiden. Dann bist du allein. Oder glaubst du, die Verwandten deiner Frau Meisterin werden dich schützen, wenn es hart auf hart geht?“

Darüber hatte sich Johannes bislang keine Gedanken gemacht. Aber jetzt zogen Zweifel in ihm herauf.

„Wenn ich mit euch ziehe, was dann? Ich bin kein Dieb und mag auch keiner sein.“

Mattes hustete erneut. Als der Anfall vorüber war, sagte er: „Wir sind Söhne rechtschaffener Bauern und nicht als Diebesgesindel geboren, verstehst du mich? Dazu haben uns die Kerle gemacht, die über die Anwesen unserer Familien hergefallen sind und nichts als Verwüstung zurückgelassen haben. Meine Brüder haben sie abgestochen wie die Säue, die Schwestern geschändet und anschließend wie einen Wurf Katzen im Bach ersäuft. Meinem Vater haben sie

Ohren und Nase abgeschnitten und ihm die herausgerissene Zunge meiner Mutter in den Mund gestopft, bis er erstickt ist. Was mit meiner Mutter geschehen ist, kann ich nur ahnen. Als ich sie zum letzten Mal gesehen hab, lag sie mit aufgeschlitztem Bauch im Schweinestall, ihr ungeborenes Kind lag mit abgeschnittenem Kopf daneben. Reicht dir das fürs Erste?"

Entsetzt hatte Johannes ihm zugehört. Sein Mund war trocken geworden, seine Hände verkrampften sich um das Amulett unter seinem Hemd.

„Ich bin davongekommen, weil ich feige war und mich im Wald versteckt hatte." Mattes kratzte sich so lange am Kinn, bis er blutete. „Manchmal wär mir lieber, sie hätten mich abgestochen wie meine Brüder. Dann müsste ich nicht dieses Leben führen und mit dem Gedanken einschlafen und aufwachen, ein elender Feigling gewesen zu sein." Er hustete. „Ganz abgesehen von den grausamen Bildern, die ich von meiner Familie im Kopf habe. Ich bin davongelaufen, ohne sie zu begraben, so feige war ich."

„Du bist kein Feigling", antwortete Johannes bestimmt, der wusste, wie Mattes zumute war. Er hatte sich auf den Prellstein vor dem Tor eines größeren Anwesens am Ende der Straße gesetzt. Mattes ließ sich neben ihm nieder.

„Ich war in Admont, um den Zins für unsere Mühle und das neue Badehaus abzuliefern", begann Johannes.

Das Badehaus, der Grund dafür, warum Johannes jetzt hoch verschuldet war und vermutlich nie einen Reiseschein bekommen würde. Und das, obwohl es nie in Betrieb genommen wurde.

Stockend erzählte er weiter, was mit seiner Familie geschehen war. Mattes legte einen Arm um seine Schultern. So saßen sie eine Zeit lang schweigend in ihre Gedanken versunken.

„Was ist das für eine Münze?“, fragte Mattes und zeigte auf Johannes’ Brust.

Zögernd holte der Junge das Amulett unter seinem Hemd hervor und zeigte es ihm. Mattes betrachtete es aufmerksam von beiden Seiten.

„Noch nie gesehen“, sagte er dann. „Das ist ein seltsames Tier auf der einen Seite. Halb Vogel, halb Löwe? Oder was soll das sein? Und was auf der anderen Seite steht kann ich nicht lesen. Du?“

Johannes schüttelte den Kopf. Er ließ das Amulett wieder unter sein Hemd gleiten und legte seine Hand darüber, als wolle er sicher sein, dass es nicht plötzlich verschwand. Mattes schien ihm in der Hinsicht sehr geschickt zu sein. Auf der einen Seite hätte er ihn gerne zum Freund gehabt, auf der anderen Seite warnte ihn eine innere Stimme davor, allzu vertraut mit ihm zu werden. Vielleicht war das mit dem Amulett schon ein Fehler gewesen.

„Wir werden noch ein paar Tage hier sein“, sagte Mattes und stand auf. Als er in Johannes’ überraschtes Gesicht sah, meinte er: „Keine Angst, wir verhalten uns wie anständige Leut’, die auf dem Weg durch das Landl ein paar Tage hier rasten. Weil wir nämlich genau das sind, auch wenn wir manchmal zusehen müssen, wie wir überleben können. Wenn du es dir anders überlegst, komm abends in die Taverne, in der wir uns gerade getroffen haben. Wenn du nicht kommst, weiß ich, du bist mit dem Korbmacher weitergezogen. Dann sehen wir uns an einem anderen Ort wieder.“

Johannes ging nach einem kurzen Gruß zu seiner Herberge. Dort wartete der Korbmacher in ihrer gemeinsamen Kammer bereits auf ihn. Er lag mit hinter dem Kopf verschränkten Armen auf seinem Lager und schaute ihm mit zusammengezogenen Augenbrauen entgegen.

„Was hast du mit dem Gesindel zu schaffen?“, fragte er mürrisch. „Mit solchen Leuten mag ich nichts zu tun haben, hörst du?“

„Es sind Bauernburschen, deren Familien tot sind und die ihre Heimat verlassen mussten“, gab ihm Johannes zu verstehen. „Wie ich. Sie sagen, dass es keine Zukunft für Leute wie uns gibt.“

„So, sagen sie das.“ Der Michl drehte sich zur Wand und zog eine Wolldecke über sich. „Wenn du ned weiter mit mir nach Efferding gehen willst, dann geh mit denen. Mir ist das gleich.“

„Ich komme mit dir“, sagte Johannes bestimmt.

Nachdem er es sich auf seinem Lager bequem gemacht hatte, zog er das Amulett seiner Mutter unter dem Hemd hervor und drückte es an seine Lippen. Heimweh befiel ihn auf eine Weise wie die ganze Zeit zuvor nicht. Leise schluchzend verbarg er seinen Kopf in den Armen. Da er nichts gegessen hatte, knurrte sein Magen und ließ ihn nicht schlafen. Außerdem schnarchte der Michl so laut, dass Johannes nach einer Zeit aufstand, leise die Treppe hinunter und zum angrenzenden Stall schlich. Die Esel des Alten lagen in einer Ecke und hoben kurz die Köpfe. Zu ihnen legte sich Johannes und wartete auf den nächsten Morgen.

# 9

Es dunkelte bereits, als sie am kommenden Tag in Efferding eintrafen. Der Michl hatte unterwegs noch ein paarmal angehalten und sich mit aufgeregten Bauern unterhalten, die ihnen hin und wieder begegneten. Besorgt vernahm Johannes, dass die ansonsten so friedliebenden Menschen nicht weiter gewillt waren, sich den Druck der Obrigkeit gefallen zu lassen. Die in Augsburg 1555 zugesicherte freie Religionsausübung wurde ständig infrage gestellt, der Protestantismus teilweise mit rüden Methoden unterbunden, die Abgaben an Kaiser, die bairischen Besatzer und den Klerus ruinierten Haus und Hof. Das Vorgehen der bairischen Soldateska war unerträglich geworden. Das Fass war voll. Sie würden sich zur Wehr setzen.

„Da steht uns noch was bevor“, kommentierte der Korbmacher das, was er erfahren hatte.

„Glaubst du, es gibt einen Aufstand?“, fragte Johannes besorgt.

„Das glaube ich, ja. Lange machen die das ned mehr mit.“

Er zeigte mit dem Daumen über die Schulter. „Vor wenigen Wochen haben sich die Bauern hier ganz in der Nähe erfolgreich gegen die Soldaten gestellt. Den Römischen wird das nicht gepasst haben. Es brodelt, wohin man geht.“

Michl war von seinem Wagen gestiegen und rief nach einem Bauern, der sich anschickte, den Marktplatz zu überqueren. Der wandte sich um. Als er den Korbmacher erkannte, hellte sich sein Gesicht auf.

„Der Michl! Sag’, hast was für uns?“, fragte er und näherte sich eilig dem Planwagen.

Der Korbmacher deutete nach hinten.

„Hab ich. Wir treffen uns am Abend“, antwortete er. „Aber hier, nimm den Buben mit. Er sucht die Leut’ von der Reuttinger Sus’. Bring sie zu ihnen!“

Der Bauer schüttelte den Kopf und zeigte mit der ausgestreckten Hand auf ein Haus, das am anderen Ende des Platzes die Häuserreihe abschloss.

„Da ist keiner. Sind vor zwei Tagen Richtung Linz aufgebrochen. Du müsstest ihnen unterwegs begegnet sein.“

„Wir sind ned den direkten Weg gekommen.“

„Ist der einer von uns?“

Bei diesen Worten richtete sich die ausgestreckte Hand auf den Jungen.

„Ein Schwestersohn vom Mönch“, antwortete der Korbmacher.

„Vom Anselm? Ist der mit?“, fragte der Bauer und schaute erwartungsvoll über Michls Schulter zum Eselskarren. „Ist der mitgekommen?“

„Nein. Er ist scheint’s in Wien, hat der Bub gesagt“, antwortete der Michl und schüttelte den Kopf. „Und der ist im Übrigen ein Patensohn vom Kepler.“ Als der Bauer nur fragend die Stirn in Falten legte, fügte er noch an: „Der Kepler, der mit der Reuttingerin verheiratet ist, der Sus’.“

Der Bauer sah ein paarmal vom Korbmacher zum Wagen, unter dessen Plane hervor Johannes zu den beiden Männern herübersah.

„Ich nehm’ ihn mit zu mir.“

Der Korbmacher winkte ab.

„Hast doch selber nichts, Strasser. Lass nur, ich find’ schon was für den Buben.“

Aber der Bauer ließ sich nicht umstimmen und scheuchte Johannes schließlich vom Wagen.

„Hast nicht viel Bagage dabei“, stellte er mit einem Blick auf das Bündel fest, welches der Junge an sich gedrückt hielt. Zum Michl gewandt sagte er: „Soll ich den Buben mitbringen auf d' Nacht, was meinst?"

Der Korbmacher zuckte die Schultern.

„Ich denk' schon, das passt. Wir werden ihn brauchen können." Er tippte mit zwei Fingern an seine Hutkrempe und schnalzte mit der Zunge, woraufhin sich die beiden Esel in Bewegung setzten.

„Es ist nicht recht, dass ich mit dir geh, Bauer. Wenn du selber nichts hast?", sagte Johannes.

Strasser packte ihn fest am Arm.

„Bist ein Lutherischer. Wir müssen zusammenhalten. Außerdem einer vom Mönch."

„Du kennst den Anselm?", fragte Johannes ungläubig.

„Ja", gab der Bauer zurück. „Ist ja auch einer von uns, auch wenn's nicht den Anschein hat. Wie bei vielen anderen, wenn du verstehst, was ich mein'."

Johannes wusste nur zu gut, was damit gemeint war. Er stapfte neben dem Bauern her und trat in der Nähe der Stadtmauer in ein kleines, etwas baufälliges Häuschen. Im Inneren glomm der Rest eines Herdfeuers, über dem ein verrußter kleiner Kessel hing. Beim Herd saßen eine ältere Frau und zwei halbwüchsige Jungen.

„Das ist meine Schwester, und die zwei Burschen da sind Jost und Andreas, ihre Söhne." An die Frau gewandt sagte er: „Der bleibt über Nacht, kann bei den Buben in der Kammer schlafen." Und, an Johannes gewandt: „Es ist uns eine Freude, dich hier zu haben."

Nachdem seine Schwester den dampfenden Kessel auf den Tisch gestellt und Löffel verteilt hatte, schnitt der Bauer ein paar krümelige Kanten Brot von einem halben Laib ab und reichte jedem ein Stück davon. Dann faltete er die Hände, segnete das Mahl und bat Gott um Beistand für die kommende Nacht.

Johannes sah, dass hier im Haus Schmalhans Küchenmeister war, und wagte nicht, mehr als ein paar Löffel voll Suppe aus dem Kessel zu nehmen.

Auch nach dem Essen sprach der Hausherr ein kurzes Gebet und hieß seine Schwester, den Tisch abzuräumen.

Während sie mit dem Geschirr hantierte, nahm der Bauer, den seine Schwester Elias nannte, den Gast beiseite.

„Ich geh' mit den Buben zum Rossleitner hinüber, da wartet der Korbmacher auf uns. Es ist eine geheime Sach', aber du kannst mit, hast ja gehört. Liegt an dir, ob du magst oder ned."

„Was für eine geheime Sache denn?", wollte Johannes wissen und schaute sich nach den beiden Jungen um, die bereits abwartend an der Tür standen.

„Nichts Unrecht's für unsereiner, aber für die Soldaten mit Sicherheit ein Grund, uns auseinanderzutreiben, wenn sie von dem Treffen erfahren. Die mögen das ned." Da Johannes nichts dazu sagte, fuhr er fort: „Wir wollen darüber reden, wie wir unser Anliegen wegen der Abgaben an die Obrigkeiten am besten vorbringen können. Es ist einfach zu viel, was man von uns verlangt. Dagegen müssen wir etwas unternehmen." Er schaute Johannes mit hochgerecktem Kinn an. „Was ist, gehst jetzt mit?"

Johannes, der nicht richtig wusste, weshalb Bauer und Korbmacher ihn zu diesem Treffen mitnehmen wollten, hielt sich schließlich an Jost und Andreas, die ihm aufmunternd zuwinkten.

Die vier machten sich schweigend auf den Weg zum Haus des Seilmachers von Efferding, dem Martin Rossleitner. Die Tür war angelehnt. Die nur spärlich beleuchtete Stube war bereits gut gefüllt mit jungen und alten Männern, die halblaut miteinander redeten. Ein Kachelofen spendete viel zu viel Wärme für Johannes' Geschmack.

Die Fensterläden waren verschlossen, weshalb die Luft im Raum zum Schneiden dick war.

Auf der Bank hinter einem wuchtigen Tisch hatte der Korbmacher Platz genommen. Als er Elias mit den drei Buben eintreten sah, winkte er den Bauern zu sich heran. Die beiden unterhielten sich kurz, bevor der Hausherr alle um Aufmerksamkeit bat.

„Der Korbmacher hat gesagt, dass ihn unterwegs ein paar Herberstorff'sche aufgehalten haben", begann er. „Es steht zu vermuten, dass die auf irgendetwas warten, weil das scheint's nicht die einzigen von Herberstorffs Kerlen sind auf den Straßen, sagt der Michl."

Halblautes Gemurmel erhob sich, das der Rossleitner mit einer Handbewegung zum Schweigen brachte.

„Da waren auch krabatische Reiter versteckt im Wald. Das kann nichts Gutes heißen", fuhr er fort. „Was auch immer sich tut: Wir müssen auf der Hut sein." An den Korbmacher-Michl gewandt fragte er: „Hast was mitgebracht?"

Der Michl zog einen Lederbeutel unter der Bank hervor, dem er zwei Bücher entnahm. Er legte sie mit einer beinahe ehrfürchtigen Geste vor sich auf den Tisch. Die Männer versammelten sich ringsum und versuchten, über die Schultern der vorne Stehenden einen Blick auf die Kostbarkeiten zu erhaschen.

„Das sind ja Bibeln!", flüsterte Johannes aufgeregt dem neben ihm stehenden Jost zu. „Was hat es damit denn auf sich? Habt ihr hier keine?"

Der Michl hatte ihn gehört und hieß die anderen zur Seite zu treten. Dann winkte er Johannes zu sich an den Tisch.

„Diese Bibeln gehörten zwei angesehenen Familien, die unser Land um ihres Glaubens Willen verlassen mussten. Die Bücher sind sehr wertvoll, weil sie noch durch die

Hände unseres Herrn Martin Luther gegangen und von ihm mit einer Widmung versehen sind." Er schlug die Bücher auf und zeigte die Unterschrift des ehemaligen Mönchs. „Man hat mir die Bücher anvertraut, dass ich sie hierher nach Efferding bringe, wo sie sicher verwahrt und vor der Willkür der Katholischen und ihren Bücherverbrennungen geschützt werden sollen."

Ein leises Raunen war zu vernehmen. Auch Johannes ließ einen unterdrückten Laut hören. Eine Bibel, die Martin Luther noch in der Hand gehabt hatte! Fürwahr eine Kostbarkeit, auf die es achtzugeben galt. Nicht auszudenken was geschehen wäre, hätten die Soldaten, die sie vor Puchenau angehalten hatten, die Bücher gefunden.

Michl griff ein zweites Mal in seine Ledertasche und brachte zwei eiserne Kugeln zum Vorschein, die er neben die Bücher auf den Tisch legte. Die Kugeln waren hohl. Auf ihrer Unterseite war ein Schlitz zu sehen, der beidseitig in kleinen Löchern in Form einer kleinen Blüte endete. Vier weitere blütenförmige Löcher zierten die obere Hälfte der Kugeln. Darüber war ein Ring angebracht, an dem man die Kugeln festhalten konnte, in ihrem Inneren befand sich eine weitere kleine Kugel. Einfache, eiserne Schellen. Jeder der Männer schüttelte sie vorsichtig. Ein leise klingendes Geräusch war zu hören.

„Das sind Schellen, die anstatt der Kirchenglocken läuten sollen, wo diese ihre Stimme ned mehr für unsere protestantischen Brüder und Schwestern erheben dürfen", erklärte der Michl. „Wer seinen Gottesdienst zu Hause hält, kann sie auch zum Einläuten der Gebete und Lieder verwenden."

„Wir läuten noch die Kirchenglocken", sagte Elias bestimmt und setzte einen trotzigen Gesichtsausdruck auf. „In einigen Dörfern und Märkten ist das den Protestanten allerdings nicht mehr erlaubt. Soweit ich gehört habe, sollen vermehrt katholische Pfaffen installiert worden sein. Die machen sich in unseren Kirchen breit und läuten unsere Glocken. Das wird noch viel Ärger geben."

Ein Tumult entstand, den der Hausherr schließlich wieder beschwichtigte.

„Ein Verwandter meines Eheweibes kam dieser Tage von Natternbach herauf und erzählte, dass die Bauern in diesem Januar dem neuen katholischen Pfaffen den Einzug in ihre Kirche verwehrt haben. Sie rückten die Kirchenschlüssel nicht heraus und jagten den Pfarrer mit Schimpf und Schande aus dem Ort. Graf Herberstorff ließ die Rädelsführer einsperren." Er sah von einem zum anderen. „Aber nach einigen Tagen waren sie wieder frei."

Ein paar Männer lachten.

„Sollte wohl dazu dienen, die Leut' zu verschrecken", mutmaßte einer von ihnen. „Ob's was nützt?"

„Davon habe ich auch gehört", bestätigte der Korbmacher die Geschichte. „Ich glaube, dass deshalb so viele Soldaten unterwegs sind. Sie sollen wohl schnell vor Ort sein können, wenn es weitere Aufstände gibt."

„Das können die nicht verhindern!", rief einer der Männer und hob die Fäuste. „Sie treiben's zu schlimm mit uns. Lang können wir nicht mehr zusehen, wie der Kaiser mit seinen Verbündeten Land und Leute ausbluten lässt."

Ein anderer mischte sich ein.

„Weil wir keine Einquartierungen wollen, müssen wir auch noch Wochengeld für die bairischen Sauhunde zahlen. Für uns selber bleibt nicht viel übrig!"

„So viel Elend hat der Kaiser mit seinen Verbündeten über uns gebracht. Wir müssen endlich etwas dagegen tun!", rief ein anderer. „Es muss ein End' haben mit der Ausbeuterei und dem Bevormunden, was unseren Glauben und unsere Freiheit angeht. Wir müssen uns dagegen wehren! Verprügeln und ihnen das Fell gerben allein nützt nichts, daran sind die gewöhnt. Die haben neun Leben wie die Katzen. Nein, nein! Wir müssen das Natterngezücht ausrotten, ein für alle Mal! Erschlagen müssen wir sie, wie sie unsere Brüder und Schwestern im Glauben erschlagen haben!“, rief er aufgebracht. „Da geht es jetzt Aug’ um Auge, Zahn um Zahn! So steht es geschrieben, danach werden wir handeln.“

Es war still geworden im Raum, und Johannes, der sich auf eine Bank an der Wand gesetzt hatte, stützte nachdenklich den Kopf in die Hände. Vor ihm auf dem Tisch lagen die beiden Schellen. Daneben, an einer Stelle aufgeschlagen, die er mehrmals durchgelesen hatte, eine der beiden wertvollen Luther-Bibeln. Jost und Andreas setzten sich zu ihm.

„Aug’ um Auge“, flüsterte Johannes und legte eine Hand über die aufgeschlagene Seite. „Dabei steht geschrieben, dass unser Herr Jesus gesagt hat: Ihr habt gehört, dass gefordert wurde: Auge für Auge und Zahn für Zahn. Ich aber sage euch: Leistet dem, der euch etwas Böses antut, keinen Widerstand, sondern wenn dich einer auf die rechte Wange schlägt, dann halt ihm auch die andere hin.“ Er schaute zu den Männern hinüber, die sich immer noch die Köpfe heiß redeten. „Dein Spruch ist nur die Hälfte von dem, was geschrieben steht“, sagte er laut und zeigte auf die Bibel vor sich.

Die Männer drehten sich überrascht nach den drei Jungen um. Der Hausherr kam auf sie zu und schloss langsam die Bibel, dass Johannes noch Zeit hatte, seine Hand zurückzuziehen.

„Das ist richtig. So hat unser Herr Jesus das gesagt, ja“, hörte er Rossleitners Stimme. „Das wollen wir auch so halten. Solange sich die anderen nicht allzu weit vorwagen.“

Er nahm die Bibel an sich und eine der Schellen. Die andere legte er Johannes in die Hand.

„Du kennst dich gut aus, Bub. Hier, nimm sie an dich und erinnere dich zu Zeiten an diesen Abend, damit du einen gerechten Weg gehen kannst."

„Weshalb wolltest du, dass ich mit zu diesem Treffen komme?", fragte Johannes Elias auf dem Heimweg.

„Wenn du hierbleibst, kannst du uns unterstützen, falls es zu Auseinandersetzungen mit den Kaiserlichen und ihren Verbündeten kommt", erklärte der ihm. „Falls du weiterziehst, sagst den Leuten unterwegs, dass wir zusammenhalten müssen. Alle müssen wissen, dass sie nicht allein sind."

‚Und notfalls bereit sind für einen Aufstand', schloss Johannes diesen Satz in Gedanken. Unruhe hatte ihn erfasst.

Er hatte bereits beschlossen, mit dem Korbmacher nach Frankenburg zu gehen, wo dessen Vetter zu Hause war und eine Sattlerwerkstatt betrieb. Der könnte ihn schon brauchen, da würde er bestimmt Arbeit finden, hatte der Michl ihm vorgeschlagen. Schließlich sei er geschickt in allem und habe die richtige Einstellung zum Handwerk.

Hierbleiben wollte er nicht, auch wenn die Männer ihn gerne in ihrer Mitte aufgenommen hätten. Ihm war nicht nach Aufständen. Ihm war nach einem geordneten Leben, wie er es vom Tälchen her kannte. Das mit der Sattlerei würde er schon auch noch lernen. Hauptsache, er fand eine Unterkunft und ein Einkommen.

Die Mutter fiel ihm ein. Wie sie ihm gesagt hatte, dass er sich vielleicht eines Tages danach sehne, seine Tiere den Berg hinauf führen und den kleinen Alltäglichkeiten nachgehen zu können, die ihm so manches Mal zuwider waren.

Ja, er sehnte sich nach seinem Zuhause zurück, das er nie wiedersehen würde. Und nach seiner Familie.

Es tat unglaublich weh.

Da er am nächsten Tag mit dem Michl weiterziehen wollte, hatte er mit ihm für diese Nacht wieder eine gemeinsame Kammer in einem der Gasthäuser bezogen. Es war ihm nicht recht gewesen, bei Elias zu hausen und der Familie das Brot wegzuessen. Geld würden sie für seine Unterkunft ablehnen, das konnte er aus dem heraushören, was Elias gesagt hatte.

„Was ist mit dem Bauern sei'm Schwager?", wollte Johannes noch wissen, bevor er sich zur Ruhe legte. Er hatte das Gefühl, im Hause Strassers sei etwas Unrechtes geschehen.

Der Korbmacher drehte sich laut seufzend auf den Rücken.

„Den haben die Katholischen auf dem Gewissen", antwortete er. „Hat sich gegen die Willkür eines katholischen Pfaffen zur Wehr gesetzt und ist zuerst im Gefängnis und dann am Galgen gelandet."

„Nur weil er sich gewehrt hat?", fragte Johannes ungläubig.

„Er hat eine Büchse dazu hergenommen", gab der Michl Auskunft und wandte sich wieder der Wand zu.

# 10

Der Korbmacher war ungewöhnlich unruhig, als sie mit ihrem Eselswagen Mitte Mai 1625 den Landweg Richtung Frankenburg entlangfuhren. Immer wieder schaute er sich nach allen Seiten um. Es war früher Nachmittag. Da der Weg recht aufgeweicht war, musste es zuvor in der Gegend heftig geregnet haben. Auch jetzt zogen dunkle Wolken über den Himmel. Ständig drohten die Räder in dem weichen Untergrund steckenzubleiben. Deshalb waren beide abgestiegen. So konnten sie in die Speichen greifen und den Eseln helfen, bevor der Wagen zu tief in den Morast einsank.

„Irgendetwas stimmt hier nicht“, stellte der Michl ein ums andere Mal fest. Johannes wusste, dass er nicht das Wetter meinte, und wurde ebenfalls immer unruhiger, je näher sie ihrem Ziel kamen.

Plötzlich hörten sie hinter sich Hufgetrappel und lautes Geschrei. Der Korbmacher konnte seine Eselskarre gerade noch rechtzeitig seitwärts lenken, da waren die Reiter schon auf gleicher Höhe. Sie schwangen drohend ihre Spieße, und einer griff nach seiner Büchse. Matsch spritzte unter den Hufen der Pferde auf. Die Reiter hielten untereinander immer ein Stück Abstand, um nicht von den nassen Klumpen getroffen zu werden, die die Pferde ihrer Vormänner aufwarfen.

Johannes duckte sich erschrocken hinter den Planwagen. Aber die Soldaten ließen sie unbehelligt. Er war heilfroh, dass die Kerle ein anderes Ziel hatten.

Wagen und Tiere waren von oben bis unten voller Dreck, und auch die beiden Männer hatten etwas abbekommen.

„Saukerle, elende!“, schrie der Michl ihnen nach und drohte mit den Fäusten. An Johannes gewandt sagte er: „Bairische. Die sind unterwegs nach Frankenburg. Hoffentlich geschieht da nichts Schlimmes.“

Sie wischten den Dreck von den Kleidern, so gut es eben ging.

„Das Fell der Esel kannst lassen, der Dreck fällt mit der Zeit von allein ab“, knurrte der Michl, während er seine Hände an einem Sacktuch abwischte.

Als sie über den nächsten Hügel kamen, zog der Korbmacher die Zügel scharf an und hieß die Tiere, stehenzubleiben. Aufgeregt zeigte er nach vorn.

„Siehst du das?“, rief er Johannes zu, der auf der anderen Seite des Wagens hergegangen war.

Johannes trat neben einen der beiden Esel und schaute in die Talsenke. Was er sah, verschlug ihm die Sprache. Von allen Seiten kamen hunderte, wenn nicht gar tausende von Leuten und strömten auf einen Punkt zu, der sich auf der gegenüberliegenden Anhöhe befand. Mitten durch die Menge bahnten sich Reiter in den bairischen Farben ihren Weg. Es waren vermutlich dieselben, die ihnen gerade begegnet waren. Rücksichtslos preschten sie zwischen den Menschen hindurch. Johannes drehte sich um. Hinter ihnen tauchten ebenfalls Männer auf. Sie alle waren zu Fuß. Bauern und Bürger in Sonntagskleidern. Dabei war heute ein gewöhnlicher Donnerstag.

„Wohin des Wegs?“, fragte der Korbmacher einen der Bauern, der den Zug anzuführen schien.

„Aufs Haushamer Feld!“, rief der und zeigte in die Richtung, in die auch die Leute in der Talsenke zu laufen schienen. Zu laufen! Johannes blieb der Mund offen stehen, als er sich der Eile gewahr wurde, die diese Menschen an den Tag legten.

„Der Herberstorff hat uns herbefohlen“, sagte ein anderer. „Wir sollen unbewaffnet kommen, dann geschehe uns nichts.“

Michl furchte die Stirn. Er konnte sich so wenig einen Reim auf alles machen wie Johannes. Aus dem, was die Bauern ihnen zuriefen, war nur herauszuhören, dass sie sich unbewaffnet zur dritten Nachmittagsstunde auf dem Haushamer Feld einfinden sollten. Irgendein Anliegen sollte besprochen und aus der Welt geschafft werden. Was für ein Anliegen hatten die Bauern zu klären außer dem, dass die Abgaben zu hoch waren und die Frage der Religion nicht zu ihren Gunsten behandelt wurde?

Ein zweiter Trupp Reiter preschte von hinten heran. Die Leute stoben auseinander und der Korbmacher lenkte seinen Wagen noch ein Stück weiter zur Seite, da die beiden sonst so geduldigen Esel erschrocken auf das ungestüme Verhalten der Reiterei reagierten.

„Herrgottnochmal, was ist hier los?“, fluchte der Michl hinter ihnen her.

Einer der Bauern hatte zu ihm aufgeholt und blieb neben dem Wagen, der sich wieder in Bewegung setzte.

„Die Frankenburger haben am Sonntag den neuen Pfaffen mit Prügeln aus dem Markt geworfen. So aufgebracht waren sie, dass sie außerdem den Oberpfleger Grünpacher bis ins Schloss verfolgt haben, der ihnen das eingebrockt hat, und wo sie auf den Abend hin versuchten, ihm ihre Anliegen vorzutragen“, erklärte er. „Auch das mit dem Pfaffen wollten sie mit ihm bereden.“

„In aller Ruhe, versteht sich“, mischte sich ein zweiter ein. „In aller Ruhe! Nichts sonst!“

„Was für ein Anliegen denn?“, wollte der Korbmacher wissen.

Der Bauer winkte ungeduldig ab.

„Wegen der hohen Abgaben halt, und weil es nicht angeht, dass der Gemeinde ein römischer Pfaff' in die Kirche gesetzt wird, der noch nicht einmal unsere Sprache spricht! Ein Italienischer", ereiferte sich der Bauer und schlug mit den Fäusten gegen seine Oberschenkel. „Das hat einen richtigen Aufstand 'geben! Über tausend Bauern haben das Schloss Freyn belagert, die ganze Nacht über. Bei Wind und Regen. Aber der Grünpacher hat sich nicht gezeigt, der feige Hund. Erst am Morgen, da hat er sich getraut, aus einem der Fenster zu schauen. Da haben ihm die Bauern gesagt, was sie von ihm halten und dass er die schwere Last von ihnen nehmen soll, die sie zu Boden drückt. Die Ernten der letzten Jahre waren miserabel, die Leute mussten hungern, aber das schert die alle nicht. Die wollen weiter fressen und saufen und fragen nicht, woher wir das nehmen." Er musste mehrmals Luft holen, bevor er weitersprechen konnte. „Der Grünpacher muss in der Nacht noch einen Spitzel zu den Soldaten geschickt haben, die dem Herberstorff Meldung über die Sache machten. Die Bauern waren längst friedlich wieder nach Hause gezogen. Da ließ der Herr Pfleger sie und alle Bauern der umliegenden Gehöfte und Dörfer wissen, dass der Statthalter sie um die dritte Nachmittagsstunde auf das Haushamer Feld beordere."

Sowohl der Michl als auch Johannes schauten angespannt nach vorne, wo sich auf einem freien Feld unzählige Menschen eingefunden hatten. In Johannes stieg eine Unruhe auf, die er nicht einordnen konnte. Das hier waren weder seine Leute noch fühlte er sich ihnen auf irgendeine Weise zugehörig. Aber als er in das blasse Gesicht des Korbmachers sah, wusste er, dass sich dort etwas zusammenbraute, dessen Ausmaß sich keiner von ihnen vorzustellen in der Lage war.

„Deshalb liegen überall die Bairischen auf der Lauer“, mutmaßte der Michl und schüttelte langsam den Kopf. „Ich wusste doch, da ist was im Busch.“

„Der Herberstorff wittert schon seit Tagen, dass die Bauern in schlechter Stimmung sind, und ist gerüstet“, antwortete der Bauer.

Der Michl schaute besorgt zu den Menschen hinüber, die nach wie vor eilig ihrem Ziel entgegenliefen: einer hochgewachsenen Linde auf dem Hügel gegenüber.

„Der hat ausrichten lassen, dass er Gnade walten lasse gegen die Aufrührer vom Sonntag, wenn alle Männer der umliegenden Ortschaften unbewaffnet zu dem Feld da oben auf dem Hügel kommen.“

Johannes verstand.

Herberstorff. Wie oft schon war ihm dieser Name begegnet, und in wie vielen unterschiedlichen Beschreibungen hatte er von ihm gehört!

Unterwegs hatte Johannes Gespräche zwischen dem Korbmacher und einigen Bauern aufgeschnappt, denen zufolge der Druck des Kaisers auf seinen Statthalter immer größer wurde. Viel zu umsichtig sei er, müsse sich überlegen, wessen Lied er sing’, wenn er weiterhin dessen Brot essen wolle. Er müsse sein Verhalten ändern und ein Exempel statuieren gegen den Dorn im Fleisch seines Kaisers. Ein Exempel an Leuten, die es wagten, sich seinen allerhöchsten Anordnungen zu widersetzen.

Jetzt also war die Zeit für das Exempel gekommen. Der Kaiser ließ Herberstorff keine Wahl.

Johannes fror innerlich. Da braute sich etwas zusammen, das ihm Angst machte.

Der Bauer war mit den anderen Männern an ihnen vorbeigezogen, nachdem der Korbmacher sein Gefährt noch einmal ein Stück seitwärts gelenkt und dort angehalten hatte. Von da aus konnten sie den gegenüberliegenden Hügel übersehen, auf dem sich inzwischen unzähliges Mannsvolk eingefunden hatte.

Ein Reiter näherte sich von der anderen Seite zusammen mit einigen Soldaten der riesigen Linde, die auf der Kuppe des Hügels stand. Der Korbmacher und Johannes konnten nicht hören, was er den Männern zurief, die ihn umringt hatten. Dazu standen sie viel zu weit von ihnen entfernt. Aber der Michl riss die Hand vor den Mund und stieß einen leisen Schrei aus.

„Verfluchte Saukerle! Gottverdammte Scheißhunde!“, fluchte er.

Johannes sah ihn erschrocken an.

„Was ist?“

„Der Herberstorff. Und der Freimann“, knurrte der Michl heiser. „Da, schau!“ Er zeigte hinüber zu der Linde, um die sich ein Trupp Reiter und ein paar Mann Fußvolk gruppiert hatten. „Die haben gelogen! Der Herberstorff hat sie angelogen! Er hat den Freimann mitgebracht! Der ist doch ned nur einfach so mitgezogen. Der soll richten! Gottvater hilf!“ Er stand starr vor Entsetzen. „Von wegen Gnade. Das sind verlogene Dreckschweine, alle miteinander!“

Auch Johannes hatte den Henker entdeckt, der mit seinem roten Mantel weithin zu sehen und unter die ausladenden Äste der Linde getreten war.

„Die Männer haben geglaubt, dass es so ausgeht wie letztes Mal, als die Anführer nach ein paar Tagen Haft wieder laufen gelassen wurden.“ Der Michl schüttelte traurig den Kopf. „Das wird dieses Mal anders enden“, schloss er leise. „Da wird gnadenlos Gericht gehalten.“

Im gleichen Augenblick tauchten aus dem Waldsaum gegenüber berittene Soldaten und dahinter ein Haufen

Fußvolk auf. Sie bahnten sich einen Weg durch die wartenden Menschen. Die mussten zurückweichen, weil die Berittenen einen Ring um die Linde zogen, während das Fußvolk einen weiteren Ring vor ihnen im Inneren des Kreises bildete. Damit grenzten sie die Gruppe vor dem Baum von den übrigen ab.

Neben der Linde, innerhalb des doppelten Kreises, saß Graf Herberstorff auf seinem Ross. Auch Johannes hatte inzwischen erkannt, dass es sich bei dem prachtvoll aufgezäumten Pferd um das Tier eines hohen Herrn handeln musste.

Das also war er.

Adam Graf von Herberstorff höchstpersönlich.

Johannes schaute gebannt zu dem Reiter hinüber und versuchte herauszufinden, wie er ihm wohl begegnet wäre, hätte er nicht gewusst, wer dieser Mann war. Jetzt war er nur voller Zorn und Abneigung gegen ihn.

Gegen ihn und seinen Herrn, den Kaiser.

In diesem Augenblick gab Herberstorff mit knappen Gesten Anweisungen. Einige Männer traten zögernd aus dem Volk ins Innere der Kreise unter die Linde. Sie schienen sich in Ruhe anzuhören, was ihnen der Statthalter zu sagen hatte.

Sollte sich der Korbmacher so getäuscht haben? Gab es doch Gnade für die Aufrührer des vergangenen Sonntags? Aber weshalb war dann der Freimann mitgekommen?

Dann hoben die Männer innerhalb des Rings plötzlich die Hände, gestikulierten, riefen den anderen außerhalb etwas zu. Ein Raunen ging durch die Menschenansammlung, das dem Grollen eines aufziehenden Gewitters ähnelte und bis zu den beiden Wartenden auf dem Hügel herüberdrang. Waren die Menschen vorher schon unruhig gewesen, so schienen sie jetzt von etwas erfasst zu werden, das sie nur mühsam beherrscht hinter den Soldaten ausharren ließ.

Johannes beobachtete angespannt, wie der Freimann seinen Mantel unter dem mächtigen Baum ausbreitete. Der Statthalter winkte zwei der Männer innerhalb des Kreises zu sich heran. Was dann geschah, nahm allen Umstehenden den Atem. Auch Johannes und der Korbmacher hatten die Luft angehalten.

Die beiden Männer knieten auf dem Mantel nieder, und Johannes, der geglaubt hatte, dass sie auf diese Weise um Gnade bitten würden, stellte fassungslos fest, dass sie zu würfeln begannen. Zu würfeln! Was sollte das denn werden?

Johannes warf dem Korbmacher einen fragenden Blick zu.

„Kreuzsakramentnochmal, die würfeln um ihr Leben!“, stieß der hervor. „Der lässt sie um ihr Leben würfeln! Herr Jesus, was für ein grausames Spiel!“ Er war neben seinem Wagen auf die Knie gesunken. „Der Drecksack lässt sie um ihr Leben würfeln!“

„Er lässt sie um ihr Leben würfeln?“, fragte Johannes entsetzt. „Das kann ich nicht glauben. Hat er ihnen nicht Gnade zugesagt, wenn sie unbewaffnet zu ihm kommen?“

„Doch, hat er. Aber er hat sie gnadenlos beschissen.“

Wie recht der Michl hatte, musste Johannes kurz darauf selber sehen. Immer einer der beiden Hervorgerufenen trat nach seinem Wurf zurück, während man den anderen band und zur Seite schob. Sechsunddreißig Männer hatte der Junge gezählt, die sich immer paarweise zu diesem Spiel um Leben und Tod auf den roten Mantel des Freimanns gekniet hatten. Nur einer der Männer tat das nicht. Er schob dem anderen beide Hände unter die Schultern und zog ihn hoch. Sollte doch jemand Wiederstand zeigen? Johannes stellte sich auf die Zehenspitzen, um besser sehen zu können. Was er sah, war jedoch etwas völlig Unerwartetes. Der alte Mann, der sein jüngeres Gegenüber hochgezogen hatte, stellte sich auf die Seite derer, die offenbar verloren hatten. Es gab ein kurzes Hin und Her, bis der Jüngere mit gesenktem Kopf auf die andere Seite ging und dort zusammensank.

„Der hat ihm sein Leben geschenkt“, flüsterte der Korbmacher heiser. „Der hat sein altes Leben gegen das des Jungen geopfert.“

Schließlich standen achtzehn Männer auf der einen, achtzehn auf der anderen Seite des Henkers. Als man kurz darauf vier der Männer unter dem Aufschrei der Umstehenden an einem Ast der Linde aufknüpfte, hoffte Johannes mehr als er befürchtete, die unzähligen Männer außen herum würden auf die Soldaten losstürmen. Aber es gab nur einen riesigen Tumult.

Der Junge erinnerte sich daran, dass die Männer unbewaffnet waren. Jetzt wusste er auch, warum. Ein sauber eingefädeltes, schändliches Spiel war das. Herberstorff war ein Unhold, und wer in seine Hände geriet, ein für alle Mal verloren.

Ringsum waren bewaffnete Soldaten aus dem Wald getreten, mit ihren Büchsen im Anschlag oder mit vorgehaltenen Spießen.

Die Männer hatten keine Chance.

Der Statthalter wendete sein Pferd. Gefolgt von einigen Reitern, dem Freimann und den übrig gebliebenen Männern, denen man die Hände auf den Rücken gebunden hatte, zog er Richtung Frankenburg. Hinter ihm lief die Masse der Männer, die laut schreiend an der Linde vorbeizogen. Einige blieben stehen und versuchten, die Gehenkten abzunehmen. Sie wurden aber von den Soldaten daran gehindert, die mit ihren Spießen jeden zurückdrängten, der sich dem Baum näherte.

Durften sie ihre Toten denn nicht abnehmen und begraben? Was für eine unmenschliche Strafe war das für diese Bauern, die nur um ihre Freiheit und ihr eigenes und das Leben ihrer Familien gebettelt hatten? Die den Druck nicht mehr aushalten konnten, dem sie ausgesetzt waren. Die dem Grafen geglaubt hatten und unbewaffnet seinem Befehl gefolgt waren.

Johannes zitterte am ganzen Körper. Er konnte sich ausmalen, wie das enden würde. Jetzt verstand er, was die Efferdinger gemeint hatten, als sie von Widerstand sprachen. Wusste dieser feine Herr auf seinem hohen Ross da drüben denn nicht, was er hier möglicherweise entzündet hatte?

Einige Bauern hatten kehrtgemacht und liefen den Hügel herauf, auf dem der Korbmacher mit seinem Weggefährten neben dem Eselskarren stand. Wild gestikulierend kamen sie den beiden entgegen. Johannes stellte sich einem von ihnen in den Weg und fragte aufgeregt, was es denn gegeben hätte. Er konnte einfach nicht glauben, was er gesehen, hoffte, dass er etwas falsch verstanden hatte.

Der Bauer stand atemlos vor ihm und konnte kaum sprechen.

„Der hat Richter und Ratsherren aus allen Märkten sowie die Vierer und Achter aus allen umliegenden Pfarren vortreten lassen. Sechsunddreißig an der Zahl. Gnade wollte er walten lassen, und alle haben ihm geglaubt." Er spuckte vor sich auf den Boden. „Gnade hat er auch walten lassen, der Hund, der räudige! Paarweise mussten sie gegeneinander würfeln, die Männer, und wer die höhere Augenzahl hatte, war frei. Der andere aber ..." Der Bauer wischte sich über die Augen.

„Aber ich sehe nur vier dort hängen", stellte Johannes fest und hoffte, dass es sich damit bewenden ließe.

„Ja, vier! Die anderen will er an den Kirchtürmen in

Frankenburg, Vöcklabruck und Neukirchen aufknüpfen lassen. Dort, wo die Männer herkommen. Als Mahnung an die Pfarren, sich fürderhin ruhig zu verhalten und die kaiserlichen Befehle besser zu achten." Er holte schluchzend Luft. „Ich muss nach Hause, ich kann das nicht länger aushalten!"

Der Bauer rannte hinter den anderen her, die bereits ein gutes Stück weit davongelaufen waren.

„Hab' ich es dir ned gesagt?", schrie der Korbmacher den Jungen an. „Der hat sie so beschissen! Hat sie um ihr Leben würfeln lassen!"

„Einer hat sich geweigert", sagte ein gut gekleideter Mann, der mit zwei weiteren Männern an der Seite den Weg heraufhumpelte. Ein alter Herr war es, der sich nur mühsam mithilfe eines Steckens vorwärts bewegte. Sicherlich kein Bauer. „Einer hat denen allen gezeigt, was Gnade und Barmherzigkeit ist. Der alte Wirt von Baumgarting hat einem der Jungen das Leben geschenkt, bevor die beiden zu würfeln begannen. Er habe keinen Grund, in diesen Zeiten und unter solch einer Herrschaft weiterzuleben. Außerdem sei sein Weib bereits beim Ewigen und warte auf ihn, und Kinder habe er auch keine. Der junge Bauer habe sich um seine Familie zu kümmern." Der Alte war vor dem Korbmacher stehen geblieben.

„Nicht einmal der Mut des Alten hat den Herberstorff zum Nachgeben gebracht", knurrte der Korbmacher.

Der alte Mann schüttelte traurig den Kopf.

„Ich weiß ned, ob ich diesen Mut gehabt hätte. Ich weiß es ned." Mit diesen Worten wandte er sich um und hinkte mit gesenktem Kopf den anderen hinterher.

Lange konnten sich der Korbmacher und sein Begleiter nicht von der Stelle rühren. Erst als die Esel ungeduldig wurden, wischte sich der Michl mit dem Handrücken über die Augen und ließ den Wagen anfahren.

„Willst du immer noch nach Frankenburg?", fragte Johannes ungläubig.

Der Korbmacher drehte sich langsam zu ihm um. Der Junge blickte in zwei Augen, deren Ausdruck ihm Angst machte.

„Michl!", rief er und rüttelte den Alten an den Schultern. „Hörst du mich? Gehen wir weiter nach Frankenburg?"

Der Michl zog erneut die Zügel an. Sein Blick wanderte den Weg entlang bis hinauf zu der Linde auf dem Haushamer Feld, unter der sich eine Handvoll Soldaten niedergelassen hatte. Über ihnen baumelten die vier Gehenkten, in einigem Abstand hielt sich ein Häuflein Männer und inzwischen dazugekommene Frauen und Kinder. Man konnte sie bis hierher schreien hören.

Einige der übrigen Männer hatten sich in alle Richtungen davongemacht, die meisten jedoch waren den vierzehn dem Tode Geweihten Richtung Frankenburg gefolgt. „Wenn mich meine Augen ned täuschen, haben sie den Strattner Christoph gehenkt. Das ist ein alter Freund von mir. Richter und Wirt in Frankenburg. Der war überall dafür bekannt, dass er Streit schlichten und Recht sprechen konnte wie kein anderer. Ich muss zu ihm. Ich möchte ihm die letzte Ehre erweisen." Er holte tief Luft. „Die lassen die vier einfach an dem Baum hängen, darauf verwette ich meine beiden Esel", schnaubte er. „Die Mistkerle, die elenden! Sieh hinüber: Die Soldaten gehen auf jeden mit ihren Spießen los, der versucht, sich der Linde zu nähern. Das sind doch nur die Weiber und Kinder der Toten!" Er schüttelte verständnislos den Kopf. „Diese Hundsfotte wollen ned, dass die Männer ein anständiges Begräbnis bekommen. Die sollen für die Krähen am Baum hängen bleiben, bis nichts mehr von ihnen übrig ist als ihre Knochen, wirst sehen", lamentierte der Korbmacher verzweifelt. „Ich werde versuchen, wenigstens ihre Familien zu trösten."

Johannes war zögernd neben die Tiere getreten und kraulte gedankenverloren einen der Esel zwischen den Ohren.

„Michl, wenn du nichts dagegen hast, möchte ich umkehren. Ich kann da nicht hin, ich will die Toten nicht sehen."

Der Korbmacher nickte stumm und legte seine Hand auf die des Jungen.

„Das kann ich verstehen. Hast genug Tote gesehen. Ich wünsche dir, dass es ned noch mehr werden. Aber ich fürchte, mein Wunsch wird ned erhört." Er seufzte. „Manchmal glaube ich, unser guter Herrgott hat uns verlassen."

„Das darfst du nicht sagen!", wandte Johannes entsetzt ein.

„Hast ja recht", stimmte ihm der alte Mann zu. „Aber nach all dem, was da geschehen ist, weiß ich ned, ob der da oben ned auch ein Römischer ist."

Johannes weigerte sich, zu denken wie der Michl, obwohl er im Augenblick auch mit seinem Herrgott haderte.

„Ich danke dir für alles, Michl."

„Geh ned unseren Weg zurück, Bub", empfahl ihm der Korbmacher mit fester Stimme. „Aber wohin du auch gehst, erzähl den Leuten hiervon. Erzähl allen Leuten davon, die du unterwegs antriffst. Sie müssen das erfahren, hörst du? Das darf nicht verschwiegen werden. Geh nach Grieskirchen. Schlag dich von dort aus nach Ortenburg durch, die sind auch lutherisch. Und bleib ja von den katholischen Märkten weg." Der Michl war neben den Jungen getreten und legte ihm seine schwere Hand auf die Schulter. „Leb wohl. Du wirst deinen Weg schon finden. Hier", er holte einen kleinen Stoffbeutel aus dem Hosensack und reichte ihn dem Jungen. „Ist der Rest von dem, was mir der Kepler für dich mitgegeben hat."

Dann ließ er die beiden Esel erneut anziehen.

Johannes stand noch eine Zeit lang starr vor Entsetzen auf demselben Fleck. Ein paar Bauern und Bürger kamen ihm entgegen. Alle hatten denselben Ausdruck in den Augen, den er auch beim Korbmacher-Michl gesehen hatte. Es war etwas zwischen Wut und Verzweiflung, Trauer und Fassungslosigkeit.

Sie hatten dem Grafen geglaubt, hatten ihm vertraut.

Sie hatten dieses schreckliche Würfelspiel nicht verhindern können.

Sie hatten einmal mehr begriffen, dass sie der Willkür des Statthalters und des Kaisers hilflos ausgeliefert waren.

Es hatte so vernünftig und nach dem Statthalter geklungen, für den doch einige ihn gehalten hatten. Dem Herberstorff, der Nachsicht übte, wenn er darin Gerechtigkeit sah. Der Verständnis an den Tag legte, wenn er sicher sein konnte, dass er Vorteile daraus ziehen konnte.

Der auch einmal ein Protestantischer gewesen war.

Nichts von dem, was im Schloss Freyn geschah, rechtfertigte so ein Vorgehen. Niemand kam durch das Verhalten der Frankenburger Bauern zu Schaden. Sie hatten sich doch nur mit Worten zur Wehr gesetzt, hatten ihr berechtigtes Anliegen vorbringen wollen.

Johannes wusste, was in ihnen vorging. Eine schreckliche Ahnung überfiel ihn, dass dieses makabre Spiel um Leben und Tod der Auslöser für etwas sein würde, was das Land bisher noch nicht erlebt hatte und sie alle in Leid und Elend stürzen würde.

Traurig schaute er dem immer kleiner werdenden Planwagen des alten Korbmachers hinterher, der sich ruckelnd der Linde auf dem Hügel näherte. Schon wieder hatte er einen Menschen an die Willkür dieses Kaisers verloren, der sich einen Dreck um das scherte, was sein Volk bedrückte. Auch dieser Mann, Ferdinand II., Kaiser über das Heilige Römische Reich deutscher Nation, König von Ungarn und Kroatien, Erzherzog von Österreich, dieser Mann war wie Graf Herberstorff zu seinem Feind geworden. War sein ständiger Widersacher, der ihn seit jenem Tag verfolgte, an dem er den Zins für das Anwesen seiner Eltern nach Admont brachte.

Und sein Weggefährte war der Tod.

# 11

Johannes hatte unterwegs viele Bauern und Bürger getroffen, die aufgebracht erzählten, was sie selber gesehen oder von anderen gehört hatten. Das Blutgericht vom Haushamer Feld war in jedermanns Munde. Er konnte förmlich spüren, wie sich die Wut der Bauern aufbaute. Zwar trauten sie sich nicht, offen über das zu reden, was sie bewegte. Aber für den Jungen war nicht zu übersehen, dass die Absicht von Herberstorff ins Gegenteil umgeschlagen war. Die Menschen im Land ob der Enns fühlten sich nicht abgeschreckt durch das, was sich in Frankenburg abgespielt hatte. Es bestärkte sie vielmehr in ihrem Denken, dass sie solcherlei Willkür auf keinen Fall mehr lange erdulden würden.

Noch gab es viele Stimmen, die versuchten, die aufgebrachten Menschen zu beruhigen. Noch hielten sich die Bauern zurück.

Aber es brodelte, wohin Johannes auch kam.

In Grieskirchen suchte Johannes nach einer billigen Herberge. Sein Geld war zur Neige gegangen. Das meiste von dem, was Kepler dem Alten für seinen Dienst überlassen hatte, hatte der unterwegs für Logis und Verzehr ausgegeben.

Die Herberge, in der er Unterkunft fand, war zwar einfach, schien aber weitestgehend flohfrei zu sein.

Nachdem Johannes sein Bündel in der kleinen Kammer verstaut hatte, machte er sich auf die Suche nach einem Wirtshaus, in dem er essen und etwas trinken wollte. Er fand es unweit seiner Herberge und befand sich sofort inmitten aufgebrachter Bauern, die lauthals das große Thema dieser

Tage besprachen. Da er selber Augenzeuge geworden war, was sich unter der Linde abgespielt hatte, konnte er leicht feststellen, wo Wahrheit und Dichtung aufeinandertrafen.

Er hielt sich wohlweislich aus den Gesprächen heraus.

Ein Mann mittleren Alters schob sich zu ihm auf die Bank. Er hob sich schon durch seine noble Kleidung von den Bauern ab. Der Mann hatte einen weiß gebleichten Kragen um den Hals liegen und trug eine samten glänzende Joppe über einem roten Wams, dazu braune, glänzende Lederstiefel zu einer eng anliegenden, ebenfalls braunen Stoffhose. Seinen linken Ringfinger zierte ein silberner Wappenring. Die leicht gewellten, dunkelblonden Haare waren modisch lang, sein Gesicht mit auffallend blauen Augen war bartlos. Ein Grieskirchener Bürger, der Wert auf sein äußeres Erscheinungsbild legte und keinesfalls zu den Armen gehörte. Ungewöhnlich, dass er sich zu den einfachen Leuten setzte.

„Woher kommst du?", fragte er den Jungen.

Der zuckte erst die Schultern und murmelte dann: „Frankenburg."

Sein Nebenmann rückte ein Stück weit von ihm ab, um ihn besser in Augenschein nehmen zu können.

„Frankenburg", wiederholte er tonlos.

„Ich war dort, am Haushamer Feld. Hab sie würfeln gesehen." Johannes schaute dem Bürgerlichen ruhig in die Augen. „Komme aus dem Ennstal, kann nicht nach Hause zurück."

Das Geschehene hatte ihm förmlich die Sprache verschlagen.

„Aus dem Ennstal?" Der Mann schaute ihn überrascht an.

„Ja. Aus dem Gesäuse."

„Und deine Familie? Oder bist du allein unterwegs?"

„Ist tot."

„Bist ein Lutherischer, wie?"

Zögernd nickte Johannes.

Der Mann reichte ihm die Hand.

„Willkommen in Grieskirchen", sagte er. „Ich bin der Adam Langhuebmer, Tuchhändler allhier."

„Johannes."

„Wo bist du untergekommen, Johannes?", wollte Adam wissen.

Der beschrieb ihm die Herberge, und der Grieskirchener schüttelte den Kopf. „Da kannst du nicht bleiben. Pack dein Bündel und komm wieder hierher. Ich nehme dich mit zu mir nach Hause."

Als er Johannes' Unentschlossenheit sah, lächelte er und zeigte dabei eine Reihe der weißesten Zähne, die der Junge jemals gesehen hatte. Nur eine hatte ebensolche herrlichen Zähne gehabt: seine Mutter. Anna.

Ein heißer Stich durchfuhr seine Brust, und mechanisch legte er die Hand auf ihr Andenken unter seinem Hemd.

Adam schien das alles in sich aufzunehmen, sagte aber nichts dazu. Er legte dem Jungen nur verständnisvoll den Arm unter die Achseln und zog ihn hoch.

„Ich komme mit."

Ohne eine Antwort abzuwarten, gab er dem Wirt ein paar Münzen für ihrer beider Verzehr, schob Johannes zur Tür hinaus und ging geradewegs zu der Herberge, in der sich Johannes einquartiert hatte. Vor der Tür hieß er ihn stehenzubleiben und betrat das Haus. Nach einiger Zeit kam er wieder heraus, überreichte Johannes dessen Bündel und ging mit ihm die Gasse hinunter zum Marktplatz. Den überquerten sie und gingen noch ein Stück weiter, bis sie vor einem ansehnlichen Bürgerhaus standen. Gerade als Adam die wundervoll weiß und grün bemalte Hoftür aufstoßen wollte, wurde sie von innen geöffnet. Zwei Jungen stürmten heraus und liefen dem Vater lachend in die ausgebreiteten Arme.

„Das sind Otto und Wilhelm, meine beiden ungeratenen Söhne“, stellte Adam Langhuebmer die Buben lachend vor. „Und das dort …“ Er zeigte mit der ausgestreckten Hand ins Innere des Hofes, „das ist Maria, mein Eheweib.“

Johannes wurde von allen freudig begrüßt und sofort ins Innere des geräumigen Bürgerhauses geführt.

Der Tuchhändler hatte ein stolzes Anwesen vorzuweisen, wie Johannes staunend feststellte. Er bekam eine helle, saubere Kammer und wurde zur Abendspeise eingeladen, nachdem er sich sorgfältig am Brunnen im Hof gewaschen hatte.

Noch völlig überwältigt von der Gastfreundschaft der Langhuebmers nahm er sein Abendmahl ein, nachdem der Hausvater es gesegnet hatte. Sieben Leute saßen um den großen Tisch. Es gab außer den Eheleuten und den beiden Buben, die Johannes schon kannte, noch zwei Mädchen und einen Mann mittleren Alters, der das Warenlager des Tuchhändlers verwaltete. Der Hausherr nannte ihn Stoffel.

Fast war Johannes außerstande, alle Fragen zu beantworten, die man ihm reihum und durcheinander stellte. Als sie jedoch auf das Blutgericht zu Frankenburg zu sprechen kamen, verstummte der Junge und sie ließen ihn in Ruhe zu Ende essen.

Adam sprach ein zweites Gebet und seine Frau schickte die Kinder ins Bett. Stoffel verabschiedete sich kurz darauf, sodass nur noch Adam und Johannes am Tisch saßen.

„An anderen Tagen haben wir noch mehr Tischgäste“, begann der Hausherr. „Heute sind die beiden Frauen, die dem Stoffel im Lager zur Hand gehen, und mein Kontorist nicht da. Sie essen sonst immer mit uns zusammen. Die Sonntage verbringen sie aber bei ihren Familien."

Johannes biss sich auf die Lippen. Er fühlte sich wohl im Haus des Tuchhändlers, hatte aber ein schlechtes Gewissen, weil er ihnen auf der Tasche liegen musste. Als hätte Adam seine Gedanken gelesen, schob er zwei Finger in seine Joppentasche und fischte ein paar Münzen heraus. Die reichte er dem Jungen.

„Das Geld für die Unterkunft in der Herberge", sagte er. „Ich habe sie mir vom Herbergsvater zurückgeben lassen", erklärte ihm der Grieskirchener.

Johannes konnte nicht fassen, was da gerade mit ihm geschah.

„Du hast Schlimmes erlebt, Bub", fuhr Langhuebmer fort, der richtig einzuschätzen glaubte, was in dem Jungen vor sich gehen mochte. „Hier bist du sicher. Es gibt keine Soldaten in der Stadt. Noch nicht."

Johannes schaute aufmerksam in das Gesicht seines Gastgebers. Noch nicht?

„Was in Frankenburg geschehen ist, hat sich wie ein Lauffeuer bis hierher verbreitet. Die Leute in Grieskirchen sind einesteils beunruhigt, andererseits fühlen sie sich in ihrer heimlich gehegten Absicht bestärkt, der Willkür des Kaisers entgegenzutreten."

„Ein Aufstand", sprach Johannes laut aus, was er sich die ganze Zeit über schon zusammengereimt hatte. „Ein Aufstand also."

Adam erhob sich und ging zu einer der prachtvoll gearbeiteten Kommoden hinüber, auf der in einem passenden Ständer eine Reihe Pfeifen ihren Platz hatten.

In aller Ruhe stopfte er eine davon und zündete den Tabak an. Er sog ein paarmal am dunkel verfärbten Mundstück, und blies kleine, süß duftende Rauchkringel in die Luft.

„Ja, ein Aufstand", sagte er. „Du hast selber erlebt, was geschehen kann, wenn man der Obrigkeit nicht entgegentritt. Dann nimmt es kein Ende mit dem Ausbluten."

„Die haben aber doch aufbegehrt!", wandte Johannes ein. „Das, was mit ihnen geschehen ist, ist noch weitaus schlimmer …"

„Als das, was denen geschieht, die sich nicht wehren?", fragte Langhuebmer zurück. „Nein, nein. Immer nur stillhalten und abwarten, ob sich alles nicht von alleine ändert, geht nicht."

Johannes schwieg. Er wusste nicht, was besser war.

„Gleichgültig, welche Religion Ferdinand für sich bevorzugt: Wir halten es mit Luther, der von der Freiheit des Christenmenschen gesprochen hat." Adam Langhuebmer sog wieder an seiner Pfeife. „All das geschieht nur, weil ein paar starrsinnige Ingolstädter Jesuiten den jungen Studiosus Ferdinand derart auf sie und ihre Vorstellung von dem eingeschworen haben, was sie für richtig halten. Und weil ein gewisser Wilhelm Lamormaini ihn in allen politischen Fragen gängelt, wie es ihm gefällt."

„Wilhelm Lamormaini?"

Johannes erinnerte sich an diesen Namen, er wusste nur nicht mehr, wo er ihn schon einmal gehört hatte. Die Erinnerung daran hatte jedenfalls einen seltsam bitteren Beigeschmack.

„Ja, das ist meiner Meinung nach einer der schlimmsten Jesuiten, die jemals in eines Kaisers Umfeld das Sagen hatten", fuhr Langhuebmer fort. „Aber jetzt erzähl du, was dich hierher führt. Aus dem Gesäuse bist du?"

Johannes begann stockend, die Geschichte seiner Familie zu erzählen. Adam unterbrach ihn nicht. Er sog ab und zu nachdenklich an seiner Pfeife, bis der mild duftende Rauch allmählich die ganze Stube füllte.

Als der Junge geendet hatte, schaute sein Gastgeber lange schweigend vor sich hin.

„Du kannst vorerst bei uns bleiben und dem Stoffel im Lager helfen. Ich kann einen tüchtigen Burschen gut brauchen, und wenn ich dich richtig verstanden habe, fehlt dir für dein Weiterkommen auch das Geld."

# 12

Nach dem Osterfest im April 1626 unternahm Adam Langhuebmer eine längere Reise ins Württembergische. Johannes hatte in den zurückliegenden Monaten immer wieder deutlich zu spüren bekommen, dass Stoffel in ihm eine ungeliebte Konkurrenz sah. Jetzt zeigte ihm sein Vorarbeiter, wozu er imstande war.

Johannes war damit beschäftigt, neu eingetroffene Waren zu sortieren und in die vorgesehenen Regale zu legen. Als er den letzten Tuchballen weggeräumt hatte, trat Stoffel neben ihn und begutachtete seine Arbeit.

„Hast du die Regale ausgewischt, bevor du die Ballen hineingelegt hast?“, wollte er wissen.

„Hab ich, ja.“

Stoffel zog den zuletzt aufgeräumten Stoffballen heraus und wischte mit der Hand über den frei gewordenen Holzboden. Er hielt sie nahe vor sein Gesicht und schüttelte dann den Kopf.

„Nicht sauber genug. Alles wieder ausräumen, gründlich sauber machen und dann das Tuch wieder zurücklegen. In einer Stunde bist du fertig.“

Johannes sah ihn sprachlos an. Er hatte die Regalbretter gründlich sauber gewischt und konnte auch keinen Staub in Stoffels Handfläche entdecken, die dieser ihm vors Gesicht hielt.

„Da ist nichts!“, protestierte er.

„Ob da was ist oder nicht, bestimme ich“, gab Stoffel zurück. „Jetzt tu, was ich dir gesagt habe. Die Stunde ist schnell um.“

Mit diesen Worten ließ er Johannes stehen und verließ den Lagerraum. Johannes biss die Zähne zusammen und tat, wie ihm geheißen.

Bei dieser einen Schikane blieb es nicht. Stoffel ließ sich immer wieder etwas Neues einfallen, womit er den Jungen ärgern und schließlich auch in Zeitnöte bringen konnte. Es endete schließlich damit, dass der ins Kontor beordert wurde.

Samuel Wollner war ein besonnener Mann, der die Bücher des Händlers führte und während dessen Abwesenheit auch die Oberaufsicht über sein Geschäft innehatte. Johannes mochte den Mittvierziger mit den Lachfältchen um die Augen. Das lag auch daran, dass er ihn ein wenig an Bruder Anselm erinnerte, obwohl der bestimmt um einige Jahre älter war. Als der Junge das Kontor betrat, lag ein Ausdruck auf dem Gesicht Wollners, das sich Johannes nicht erklären konnte.

„Du weißt, warum ich dich rufen ließ?“, fragte Wollner in einem Tonfall, der den Jungen aufschreckte.

„Nein, Herr, ich weiß es nicht.“

„Du bist gestern als Letzter hier im Kontor gewesen, stimmt das?“

Johannes dachte kurz nach.

„Ja, Herr. Ich sollte die Tafeln auf Euren Pult legen, die mir der Stoffel gegeben hat. Stimmt etwas nicht damit?“

Wollner kniff die Lippen zusammen.

„Es fehlt Geld in der Kasse“, sagte er.

Johannes schluckte. Das war übel. Aber er konnte beim besten Willen nichts dazu sagen.

„Hast du das Geld an dich genommen, Johannes?“, fragte Wollner und trat hinter seinem Pult hervor.

„Ich?“ Johannes war fassungslos. „Das würde ich nie tun! Ich bestehle doch niemanden!“

„Das will ich dir gern glauben, Bub. Allerdings wüsste ich nicht, wer das Geld sonst genommen haben könnte.“

Das Gespräch zwischen den beiden wurde abrupt

unterbrochen, weil Stoffel eintrat. Er hielt Johannes' Sonntagsjoppe in der Hand und reichte sie dem Kontoristen.

„Hier, das habe ich gefunden“, sagte er und warf Johannes einen triumphierenden Blick zu.

Der sah überrascht, wie Wollner in die Taschen der Joppe griff und aus einer davon etwas herauszog, das Johannes bisher noch nie gesehen hatte: einen Schlüssel, der an einem roten Band befestigt war.

„Was ist das denn?“, wollte er wissen und erntete Wollners zornigen Blick.

„Das weißt du nicht?“, fragte er und packte den Jungen am Ohr, dass es hörbar knackte. „Das ist der Schlüssel zu diesem Schrank hier, in dem sich die Kasse befindet. Warum ist er in deiner Joppe?“

Johannes schob die Hand des Kontoristen von seinem Ohr weg, in dem es höllisch brummte.

„Das weiß ich nicht.“

Bevor er es sich versah, hatte ihm Wollner eine derart saftige Backpfeife verpasst, dass Johannes im wahrsten Sinne des Wortes Hören und Sehen verging.

„Hier, der Stoffel hat dich gesehen, wie du gestern Abend aus dem Kontor gekommen bist. Du hattest diese Joppe an. Und da drin war jetzt auch der Schlüssel zu diesem Schrank! Also?“

Das stimmte. Johannes war am Vorabend bereits auf dem Weg zu einer Gebetsstunde gewesen und hatte die Sonntagsjoppe dazu angezogen. Gerade, als er das Haus verlassen wollte, drückte Stoffel ihm die besagten Tafeln in die Hand und bat ihn, sie auf das Pult des Kontoristen zu legen. Das tat Johannes dann auch, verließ anschließend jedoch das Haus in aller Eile, weil er ohnehin schon spät dran war. Er hatte sich noch darüber geärgert, dass

Stoffel ihn aufgehalten hatte und gedacht, der hätte die drei Schritte zum Kontor auch selber machen können.

Mit zusammengekniffenen Augen musterte er Stoffel und wusste im selben Augenblick, dass dieser ihn in eine üble Falle gelockt hatte.

„Du hast das Geld genommen!“, schrie er ihn an, bekam aber sofort eine zweite Maulschelle, dass seine Oberlippe aufplatzte. Dieses Mal hatte der Lagerhelfer zugeschlagen.

„Sag das noch einmal, Bursche, und ich schlag dich tot!“, schrie jener zurück und holte erneut aus. Wollner fiel ihm in den Arm, bevor er den Jungen ein zweites Mal treffen konnte.

„Es ist genug“, sagte er. „Wer auch immer das war: Bis morgen, wenn ich mit meiner Arbeit beginne, ist das Geld wieder dort, wo es gestern Nachmittag noch gelegen hat.“

Mit diesen Worten legte er den Schlüssel auf sein Pult.

Da Johannes nicht einmal wusste, wie viel Geld fehlte, stand er nur da und starrte den Kontoristen ratlos an. Er hatte eine Hand auf seine blutende Lippe gelegt, und suchte mit der anderen nach einem Sacktuch. Als er es aus der Hosentasche zog, fiel eine Münze zu Boden. Noch ehe er wusste, was vor sich ging, hatte Stoffel sich gebückt und die Münze aufgehoben. Er drehte sie in der Hand und reichte sie dann Wollner. Auch der besah sie sich von beiden Seiten.

„Das ist eine italienische Münze“, sagte er. „Eine von denen, die in der Kasse fehlen.“

Er fasste Johannes fest ins Auge.

„Hierzulande kein Zahlungsmittel, mein Freund. Ich nehme an, Stoffel hat recht: Du hast das Geld gestohlen! Vermutlich konntest du damit deine Zeche gestern Abend nicht bezahlen, und hast sie im Sack stecken lassen, wie?“

Johannes war blass geworden. Ihm war klar, dass Stoffel das Geld gestohlen und den Schlüssel in seine

Joppe gesteckt hatte, bevor er sie ins Kontor brachte. Dass es ihm ein Leichtes gewesen war, die Münze in seine Hosentasche zu stecken, wusste Johannes nur zu gut. Hatte der Lagerarbeiter doch schon mehrmals mit kleinen Zauberkunststücken angegeben, die Johannes schnell als flinke Handfertigkeiten enttarnt hatte. Sehr zum Ärgernis Stoffels, der sich damit zum Gespött der anderen machte. Von wegen Zauberkünste! Taschenspielertricks waren das!

Aber jetzt?

Er konnte ihm nichts beweisen.

„Du wirst zusehen, dass du das Geld herbeischaffst, mein Junge. Sonst muss ich Anzeige erstatten, und du weißt, was das bedeutet", sagte Wollner und wischte mit der Hand durch die Luft.

Die beiden waren entlassen.

Auf dem Hausgang packte Johannes den Lagerarbeiter am Hemdkragen.

„Du hast das Geld genommen und schiebst mir den Diebstahl in die Schuhe!", fauchte er ihn an.

„Und wenn? Du kannst mir nichts beweisen! Dieses Mal hilft dir dein Gönner Langhuebmer nicht, das kannst du mir glauben. Er duldet viel, aber keinen Diebstahl." Er befreite sich aus Johannes' Griff und packte ihn nun seinerseits grob an den Schultern. „Du wirst bis morgen nichts davon zurücklegen können, weil du nichts davon hast. Der Wollner wird denken, du hast es irgendwo versteckt, weil du die italienischen Münzen hier im Land nicht ausgeben kannst. In zwei Tagen ist der Herr zurück, dann wirst du ihn von einer Seite erleben, die du lieber nicht kennenlernen möchtest."

Er fuhr mit den Fingern abschätzig über den Stoff der Sonntagsjoppe, die Johannes über den Arm gelegt hielt. Ein Geschenk der Langhuebmers zum vergangenen

Weihnachtsfest. Johannes konnte die Missgunst in Stoffels Augen sehen und wusste, er würde gegen diesen Mann immer verlieren.

Stoffel gab Johannes einen kräftigen Stoß und verließ den Gang in Richtung Lager. In diesem Augenblick wurde die Kontortüre aufgerissen und Wollner trat heraus. Er erwischte Stoffel gerade noch am Hemdsärmel, bevor dieser durch die gegenüberliegende Tür verschwand.

„Stehen bleiben!", herrschte er ihn an.

Stoffel drehte sich überrascht um.

„Was ist noch?", fragte er. Was auch immer er weiter sagen wollte: Die Worte erstarben ihm beim Blick in Wollners Gesicht auf der Zunge.

„Ich habe alles mit angehört, ihr beide wart ja laut genug. Du also hast das Geld gestohlen und wolltest es dem Jungen hier im wahrsten Sinne des Wortes in die Tasche schieben! Beschaff es augenblicklich wieder oder du bist derjenige, der unseren Herrn auf eine Weise erleben wird, die du niemals kennenlernen wolltest!"

Johannes stand wie versteinert. Auch Stoffel wagte sich unter dem eisernen Griff des Kontoristen nicht zu rühren, der sich um seine beiden Oberarme geschlossen hatte.

„Wir gehen jetzt in deine Kammer und sehen nach, was dort zu finden ist. Ausgegeben kannst du das Geld nicht haben, weil es hier nicht als Währung gilt."

Er schleppte den völlig zerknirschten Mann zum Treppenhaus und stieg mit ihm zu den Dienstbotenkammern hinauf, von denen Stoffel unter der Woche eine bewohnte.

Johannes war an der Flurwand hinunter in die Hocke gerutscht. Das Ganze ging über seine Kräfte.

Kurz darauf kam Wollner mit einem Bündel wieder die Treppe herunter. Er schaute nur kurz zu dem am Boden zusammengesunkenen Jungen und verschwand dann in seinem Kontor. Stoffel ließ sich nicht blicken.

„Komm rein, Bub, und mach die Tür hinter dir zu!“, rief Wollner ihm zu. Johannes rappelte sich mühsam auf und tat folgsam, wie ihm geheißen.

„Hier, es scheint nichts zu fehlen“, sagte Wollner und zeigte auf einige Münzen, die er auf seinem Pult zu kleinen Stapeln aufgehäuft hatte. „Mit der aus deiner Hosentasche sind alle da.“

„Aber er hätte doch nichts damit anfangen können!“, stieß Johannes hervor, der immer noch fassungslos war.

„Als Zahlungsmittel nicht, da gebe ich dir recht. Aber wenn er jemanden kennt, der es ihm in Gulden tauscht, wäre das durchaus ein lohnender Griff in unsere Kasse gewesen.“

„Was geschieht jetzt mit ihm?“, wollte Johannes wissen, der sich bereits Gedanken darüber gemacht hatte, was wohl mit ihm selber geschehen würde, wenn sich die Sache nicht aufklären ließ.

„Ich muss es dem Herrn melden“, antwortete Wollner und strich die Münzen vom Tisch. „Der wird entscheiden, was zu tun ist.“

„Der ist aber doch gar nicht da!“, wandte Johannes ein.

Wollner lächelte.

„Ich denke, unser Stoffel gleich auch nicht mehr.“ Wollner deutete auf die Tür zum Flur, auf dem Schritte zu vernehmen waren. „Wenn ich das richtig höre, verlässt er uns gerade.“

„Und Ihr lasst ihn einfach so laufen?“

Wollner zuckte die Schultern.

„Das ist seine Entscheidung. Das Geld ist vollzählig wieder da. Ich habe keine Veranlassung, den Diebstahl zur Anzeige zu bringen.“

Johannes wusste sehr gut, dass viel für Stoffel davon abhing, wie Samuel Wollner die Sache anging. Wenn er Stoffel anzeigte, landete dieser ohne Umschweife im Loch. Wenn er ihn gehen ließ, musste er ihm womöglich nicht einmal mehr den ausstehenden Lohn bezahlen, womit Johannes' Meinung nach der Gerechtigkeit Genüge getan war.

Es kam aber ganz anders. Denn in diesem Augenblick wurde die Tür aufgerissen und Stoffel stürzte in das Kontor.

„Ich will meinen Lohn haben!“, rief er und baute sich drohend vor Wollner auf.

Wollner, der den wütenden Mann beinahe um Hauptes-länge überragte, warf Johannes einen ergebenen Blick zu. Dann zählte er einige Münzen auf den Tisch, schrieb den Lohnzettel und schob beides über den Tisch zu Stoffel hinüber.

„Lass dich nie wieder hier blicken“, sagte er ruhig.

Stoffel zählte die Münzen, schob sie in den Hosensack und wandte sich zum Gehen. Als er an Johannes vorbeiging, streifte er ihn mit der Schulter und raunte ihm ins Ohr:

„Dafür wirst du mir büßen. Nimm dich in Acht, du Bengel. Wenn ich dich erwische, schlag ich dich tot.“

„Aber …“

Stoffel zuckte die Schultern und verließ Kontor und Haus.

„Er hat dir gedroht, nicht wahr?“, fragte Wollner und seufzte. „Ich hatte ihn schon mehrfach im Verdacht, dass er etwas genommen hat, konnte ihm aber nie etwas nachweisen. Und unser Herr konnte nicht glauben, dass Stoffel ein Dieb ist. Meinte, dass eher Zählfehler oder Betrügereien vonseiten unserer Zulieferer vorlägen, als dass der Kerl sich an fremdem Eigentum vergreift. Aber dass er dich jetzt des Diebstahls beschuldigte, war doch zu viel. Deshalb hab ich gelauscht und bestätigt bekommen, was ich vermutet hatte."

Als Johannes später in einer der Tavernen ein paar Leute traf, die den Stoffel kannten, wusste angeblich keiner, wohin er gegangen sein mochte. Verabschiedet hatte er sich nicht, und Johannes beließ es dabei.

Kurz vor Pfingsten kam der Herr von seiner Reise zurück, und führte hinter verschlossener Tür zuerst eine längere Unterredung mit Wollner, schließlich mit seinem Eheweib, seinen beiden Söhnen und den Töchtern. Dann rief er Johannes dazu, den er inzwischen wie einen dritten Sohn behandelte.

Johannes hatte befürchtet, dass er ihn gleich zu dem Vorfall mit Stoffel und dem gestohlenen Geld befragen würde. Aber entweder hatte Wollner ihm nichts davon erzählt, oder es gab Wichtigeres zu besprechen als das.

„Bub, es ist nichts Gutes, was ich zu berichten weiß", begann Langhuebmer. „Die Bauern rotten sich allerorts zusammen und wollen gegen meinen unseligen Namensvetter Adam Graf Herberstorff ziehen. Zu Pfingsten soll es sein. Auch hier in Grieskirchen haben sich bereits einige Ackerbürger, Handwerker und Händler darüber abgesprochen, sich den Bauern anzuschließen, die festen Willens sind, einen Aufstand zu wagen. Das ist nichts für uns, da werden wir uns heraushalten." Er fasste Johannes fest ins Auge. „Es gibt hier keine gute Zukunft mehr für uns, und deshalb habe ich unser Anwesen schon vor längerer Zeit zum Verkauf angeboten. Ich habe auch einen Käufer gefunden, der am Montag nach unserem Wegzug seinen neuen Besitz übernehmen wird."

Johannes schluckte. Er hatte mit allem gerechnet, nur nicht damit. Denn er wusste, dass es nicht einfach war in diesen Zeiten, ein Anwesen zu verkaufen. Wie hatte Langhuebmer das nur geschafft?

Adam erzählte dem sprachlosen Jungen, dass der neue Besitzer ein langjähriger Handelspartner sei, ein guter Katholik, der jedoch niemals nach religiösen, sondern immer nur nach den Prinzipien eines erfolgreichen Geschäftsmannes gehandelt hatte. Zu Zeiten, als beide Religionen noch im Schutz des Augsburger Religionsfriedens nebeneinander existieren konnten, waren sie zu guten Freunden geworden und bis heute geblieben.

„Wir haben ein neues Zuhause im Württembergischen gefunden. Dort leben weitläufige Verwandte meines Eheweibes, die uns ein kleines Anwesen in der Nähe des bekannten Klosters Maulbronn verkauft haben. Wir werden Österreich am Freitag nach Pfingsten verlassen."

Er schlug Johannes vor, mit ihnen ins Württembergische zu ziehen oder aber seinen eigenen Weg zu gehen. Der neue Besitzer jedenfalls wollte niemanden aus dem Hause Langhuebmer übernehmen. Der brachte seine eigene Familie mit, die ihn tatkräftig unterstützen würde. Adam bot ihm in beiden Fällen seine Hilfe an und willigte ein, als der Junge sich Bedenkzeit erbat.

„Noch etwas", sagte der Herr, als Johannes schon die Stube verlassen wollte. „Wollner hat mir erzählt, was vorgefallen ist und dass dich der Stoffel des Diebstahls bezichtigt hat. Wie sich herausstellte, war er selber der Dieb und hat dieses Haus im Unfrieden verlassen. Das hätte ich ihm nie zugetraut. Ich werde von einer Anzeige absehen und hoffe, dass Stoffel es dabei bewenden lässt. Er hat seinen Lohn ausbezahlt bekommen und seine Kammer geräumt. Also wird er nicht wieder hierher zurückkommen."

Johannes schaute betreten vor sich hin. Eine Hand legte sich auf seine Schulter.

„Pass auf dich auf."

Johannes hob den Kopf und schaute seinen Herrn mit Tränen in den Augen an. Er wusste, wie enttäuscht der war.

„Lass es gut sein, Bub, und überleg dir, was du tun magst", schloss Langhuebmer das Gespräch.

In der Woche nach Pfingsten sprach Johannes Samuel Wollner an, der geschäftig zwischen den Regalen herumlief und sich Notizen über den Warenbestand machte.

„Geht Ihr auch von hier weg?", fragte Johannes, der für sich selber noch zu keinem Entschluss gekommen war. Es fiel ihm unendlich schwer, sich vorzustellen, dass er seine Heimat Österreich verlassen und in ein fremdes Land ziehen sollte.

Österreich.

Da war er geboren worden. Da lagen seine Eltern begraben.

Da hoffte er nach wie vor seine Schwester wiederzufinden.

„Was bleibt mir übrig? Der neue Herr bringt seine eigenen Leute mit, wie du gehört hast. Für mich gibt es hier nichts mehr zu tun."

„Und was habt Ihr vor?"

Johannes wusste, dass Wollner eine Familie zu ernähren hatte, und konnte sich nicht vorstellen, dass er schnell eine andere Arbeit finden würde.

„Der Herr hat mir eine Stelle bei einem Verwandten in Regensburg verschafft. Dort werde ich im nächsten Monat anfangen."

„Und Eure Familie?"

Wenn schon die Langhuebmers vorgezogen hatten, das Land zu verlassen, waren die übrigen evangelischen Bürger der Stadt mit Sicherheit auch nicht mehr lange geduldet.

Man würde auch sie vor die Wahl stellen, sich katholisch machen zu lassen oder außer Landes zu gehen. Außerdem schwelte der mit Sicherheit bevorstehende Aufstand wie eine stinkende Rauchwolke über dem Land.

Wollner biss sich auf die Unterlippe.

„Sobald ich eine passende Behausung gefunden habe, hole ich sie nach."

Mit diesen Worten wandte er sich wieder seiner Arbeit zu. Johannes schlich betreten davon. Er wusste aus eigener Erfahrung, wie schwer es dem Kontoristen fiel, seine Heimat aufzugeben und woanders neu anzufangen. Immerhin schien es ihn zu freuen, dass Langhuebmer ihn nicht einfach seinem Schicksal überließ, sondern bereits eine andere Arbeit für ihn gefunden hatte.

Am Abend trottete Johannes zu einer der Tavernen, die er sonst nur selten besuchte, weil sie nicht den besten Ruf hatte. Sein Dienstherr war in den vergangenen Tagen zusammen mit seiner Familie öfter unterwegs gewesen, um sich von Freunden und Bekannten zu verabschieden. Deshalb fanden die sonst immer so geselligen gemeinsamen Abendessen so gut wie nicht mehr statt.

An diesem Abend hatte Johannes sein Lieblingswirtshaus reichlich überfüllt angetroffen und war missmutig weitergezogen. Der Gastraum der Taverne war zunächst fast leer, als Johannes eintrat. Er füllte sich jedoch sehr schnell mit Leuten, denen er bislang gern aus dem Weg gegangen war. Fast schon bedauerte er, hergekommen zu sein. Er löffelte seinen Teller leer und trank schnell seinen Becher aus. Als er kurz darauf die Taverne verlassen wollte, wurde er von einem Kerl angepöbelt, den er angeblich unverschämt angeschaut hatte. Bevor Johannes etwas dazu sagen konnte, wurde er in eine handfeste Auseinandersetzung verwickelt. Er stürzte nach einem kräftigen Schlag gegen die Rippen zwischen zwei Stühlen hindurch zu Boden und landete unsanft unter einem der Tische. Da bei solchen Schlägereien immer gleich alle anwesenden Männer aufeinander losgingen, hatte er kaum eine Chance, sich heimlich davonzustehlen.

Jemand packte ihn am Arm und zerrte ihn grob unter dem Tisch hervor. Nach einem weiteren schmerzhaften Schlag gegen die Rippen, durch dessen Wucht er zu allem Unglück noch mit der Schulter gegen einen Türpfosten prallte, fand er endlich taumelnd den Weg hinaus auf die Gasse. Da wurde er grob am Arm festgehalten. Johannes wollte sich losreißen, aber seine angeschlagene Schulter hinderte ihn daran.

„Ich hab dir doch gesagt, dass du mir das büßen wirst!", hörte er eine Stimme neben seinem Ohr zischen. „Ich schlag dich tot!"

Stoffel.

Ein Fausthieb traf Johannes ins Gesicht.

Die Welt versank im Dunkel.

# 13

Als er wieder zu sich kam, spürte er eingetrocknetes Blut um Mund und Nase, die Rippen schmerzten, und er hatte Mühe, sich zu bewegen. Er konnte nur mühsam die Augen öffnen, die verschwollen und verklebt waren. Mit der rechten Hand wischte er sich die Augen so weit sauber, dass er zumindest aus einem davon etwas sehen konnte. Die linke Hand war dick geschwollen und hatte eine dunkle Färbung angenommen. Wahrscheinlich war sie gequetscht oder gebrochen, jedenfalls konnte Johannes kaum die Finger bewegen.

Mühsam richtete er sich auf. Er befand sich unweit eines Gewässers, von dem Johannes annahm, es sei die Trattnach, der Fluss, der auch durch Grieskirchen floss. Er kroch die Böschung zum Wasser hinunter und wusch Gesicht und Hände, so gut es ging. Dann ließ er sich vorsichtig am Ufer niedersinken und versuchte sich angestrengt zu erinnern, wie er in diese Lage gekommen war. Dass es bereits dunkelte, als er aus der Taverne kam, war ihm noch in guter Erinnerung. Auch, dass ihn der Stoffel auf der Gasse aufgehalten und an sein finsteres Versprechen erinnert hatte, kam ihm wieder in den Sinn. Der Kerl musste ihn so zusammengeschlagen haben, dass er sein Bewusstsein verlor.

Johannes sah sich um.

Stoffel hatte ihn vor der Taverne zu Boden geschlagen und vermutlich hierher geschleppt, wo er ihn liegen gelassen hatte. Vielleicht hatte er geglaubt, er habe ihn wie angedroht totgeschlagen und wollte für die Folgen nicht geradestehen. Hier würde man die Leiche nicht so schnell finden und niemand konnte dem Mörder seine Tat nachweisen.

Johannes hatte Glück gehabt, dass er ihn nicht in den Fluss geworfen hatte, wo er sicherlich ertrunken wäre.

Mit zitternder Hand tastete er seinen Hosensack und die Joppentasche ab. Wie er befürchtet hatte, waren beide leer. Stoffel hatte ihn nicht nur halb totgeschlagen und hier liegen gelassen, sondern auch noch ausgeraubt.

Johannes zog mit der heil gebliebenen Hand die Hosenbeine ein Stück nach oben und entdeckte große blaue Flecken und abgeschürfte Hautstellen, die eindeutig von Fußtritten herrührten. Nacken, Schulter und Beine schmerzten, dass jede Bewegung zur Qual wurde.

Er erhob sich ächzend und machte sich auf den Weg zur Stadtmauer in der Hoffnung, die Dächer darüber gehörten zu Grieskirchen. Er musste zu Adam Langhuebmer.

Es war tatsächlich Grieskirchen, auf das er zuhumpelte. Mitleidige Blicke trafen ihn, als er das Stadttor passierte, die Hauptstraße entlangging, den Stadtplatz überquerte und schließlich in die Gasse einbog, in der sich das Haus der Langhuebmers befand. Johannes pochte an das weiß und grün gestrichene Tor, aber niemand öffnete. Auch nach dem dritten und vierten Versuch war nichts aus dem Inneren zu hören. Verzweifelt schlug er mit der heilen Faust gegen das Holz.

„Die sind nit mehr da“, sagte eine Frauenstimme hinter ihm.

Es war die Nachbarin. Eine Witwe, die öfter im Lager des Tuchhändlers ausgeholfen hatte, wenn viel zu tun war.

„Sind gestern weggezogen. Sagten, du sollst über Ortenburg nach Regensburg nachkommen. Vielleicht, dass du sie unterwegs noch antriffst.“

Johannes starrte die Frau an wie einen Geist.

„Gestern?“

„Sagte ich doch.“

„Haben sie nichts für mich dagelassen?"

„Das weiß ich nit", gab sie zurück. „Wenn du noch was zu kriegen hast, musst warten, bis der neue Besitzer da ist. Soll am Montag herkommen."

Johannes wischte vorsichtig mit der heilen Rechten über sein Gesicht. Die Nase war angeschwollen und blutete wieder ein wenig. Er hatte nicht einmal ein Rotztuch, mit dem er sich abwischen konnte.

„Hier, nimm meins."

Die Witwe reichte ihm ein benutztes Tuch, das Johannes dankend ablehnte. Er hatte noch recht gut in Erinnerung, was Bruder Anselm ihm zu Wunden, schmutzigen Händen und Tüchern gesagt hatte. So fuhr er sich mit dem Joppenärmel übers Gesicht und wischte ihn an der Hose ab.

„Wenn'st nit magst? Deine Joppe ist auch nicht sauberer als mein Tuch", sagte die Frau und zog beleidigt davon.

Johannes ließ sich auf die steinerne Schwelle unter dem Hoftor sinken. Bei jedem Atemzug fuhr es wie ein Messerstich durch seine Brust. Er vermutete, dass eine Rippe gebrochen war.

Ein paar Leute gingen an ihm vorbei, während er dort saß, aber niemand sprach ihn an. Er erntete höchstens mitleidige Blicke. In seinem Zustand ähnelte er eher einem Lumpen als dem ehemaligen Helfer im Haus des Tuchhändlers, vor dessen Tür er saß.

Er musste länger am Ufer gelegen haben, ging ihm durch den Kopf. Am Donnerstag war er in die Taverne gegangen. Am Freitag wollten die Langhuebmers die Stadt verlassen, hatten alles schon gepackt. Sie waren aber gestern noch abgereist. Davon hatten sie ihm nichts gesagt, als er das Haus verließ. Das konnte er kaum glauben. Was für ein Tag war heute?

Langsam erhob sich der Junge und schleppte sich

mühsam die Gasse entlang zum Stadtplatz. Zum Glück war Markttag. Niemand beachtete ihn, als er beide Hände in das kühle Wasser des Brunnens tauchte und versuchte, die Schmerzen in Hand und Gesicht zu mildern.

Verzweifelt überlegte er, wie er weiter vorgehen sollte. Er hatte nichts mehr als das, was er auf dem Leib trug. Kein Geld, nichts.

Erschrocken fuhr er mit der Hand dorthin, wo sich das Andenken an seine Mutter befinden sollte. Aber die Stelle auf seiner Brust, an der bislang das Amulett gelegen hatte, war leer. Er tastete an seinem Hals entlang. Aber auch das Lederband war weg, woran er es befestigt hatte. Wer auch immer ihm sein Geld gestohlen hatte, hatte auch das Amulett von seinem Hals gerissen.

Der Junge hockte erschöpft neben dem Brunnen. Er hörte und sah, was um ihn herum geschah, aber es drang nicht weiter zu ihm vor als bis dahin, wo seine Augen und Ohren saßen.

Dass er völlig mittellos war, dass seine Herrschaft abgereist war, ohne sich von ihm zu verabschieden, nichts für ihn hinterlassen hatte, dass er nicht wusste, was er tun sollte ohne Heim und Arbeit, das alles war schon schwer genug, aber der Verlust des Amuletts schmerzte ihn weitaus mehr. Und das nicht nur des Geldes wegen, das er sicherlich beim Verkauf dafür bekommen hätte und jetzt dringend brauchen würde. Es war sein letztes Verbindungsglied zu seiner Familie gewesen, die er in diesem Augenblick mehr denn je vermisste.

Mit leerem Blick sah er zu den Menschen auf, die kaufend oder verkaufend den Platz bevölkerten.

Markttag!, fuhr ihm durch den Sinn. Wenn heute Markttag war, war heute Samstag, nicht Freitag. Demzufolge musste er fast zwei Tage besinnungslos am Ufer gelegen haben!

Das merkte er jetzt auch daran, dass sein Magen knurrte. Mutlos ließ er den Kopf gegen den steinernen Brunnen hinter sich sinken.

„Weißt nit, wohin! Gell, Bub?“ Die Nachbarin des Tuchhändlers war neben ihn getreten. „Bist schon ein armer Tropf.“

Johannes blinzelte zu ihr hinauf. Sagen konnte er nichts.

„Wennst willst, kannst bei mir hausen, bis'd was anderes gefunden hast.“ Sie beugte sich zu ihm hinunter, nahm vorsichtig seinen Kopf zwischen die Hände und betrachtete sein Gesicht. „Und bis alles wieder verheilt ist. Da hat dich jemand ganz übel zugericht'.“

Sie winkte ihn auf, und Johannes erhob sich mühsam. Da das Weib einfach davonging, hinkte er ihr wortlos hinterher. Was sollte er auch anderes tun?

Die Frau wies ihm einen Platz in der Kammer ihres Sohnes zu, der seit längerer Zeit nicht mehr nach Hause gekommen war. „Ist mit den Bairischen gezogen, der dumme Bub“, sagte sie und zeigte ihrem Gast, wo er sich waschen und dass er später zu ihr an den Tisch kommen konnte. „Ist nach Schärding 'gangen seinerzeit, und da haben ihn die Bairischen gleich behalten. Entweder er lasse sich katholisch machen oder er soll aus dem Land, haben sie gesagt. Nach Baiern, haben sie gemeint. Da ist er mit den Soldaten gezogen, weil es denen egal war, ob einer katholisch ist oder nicht. Das hat er mir ausrichten lassen. Vor zwei Jahren war das“, schloss sie. „Vor zwei Jahren.“

Sie bereitete eine dünne Abendsuppe, die sie mit Johannes zusammen aus einer Schüssel löffelte.

„Und das Madel, das haben damals die Passauer geschändet. War gerade fünfzehn geworden. Ist ins Wasser 'gangen, hat es nit ertragen können.“ Sie unterbrach sich und schaute eine Zeit lang mit leeren Augen vor sich hin.

„Der Meinige ist vor fünf Jahren gestorben", erzählte sie leise weiter. „Hat das Fieber bekommen und ist nit mehr von seinem Lager aufg'standen."

Es klang traurig, aber ohne Bitterkeit.

Zum Glück hatte der Langhuebmer ihr ab und zu Arbeit verschafft, sagte sie, damit sie überleben konnte. Sie hatte auch eine Familie gefunden, die den größten Teil ihres Hauses zur Miete nahm. Sie selber bewohnte nurmehr ihre Küche und zwei Kammern, von denen Johannes eine bekommen hatte.

Johannes konnte nicht schlafen, als er sich nach dem Mahl zurückzog. Viel zu viel ging ihm durch den Kopf. Zu sehr schmerzten seine Blessuren, seine gebrochene Rippe, seine Hand. Die Witwe hatte ihm Wickel um Brust und Schultern gelegt und seine geschwollene Hand mit einer kühlenden Paste bestrichen und vorsichtig verbunden. Johannes hatte ihr gesagt, woraus sie das Mittel zusammenrühren sollte und sehr genau überwacht, dass sie ja alles richtig machte. Die Witwe stellte sich sehr geschickt damit an, und Johannes war zufrieden mit dem Ergebnis. Er sah wohl, dass sie immer wieder vor sich hin schmunzelte. Sollte sie sich denken, was sie wollte.

Gegen Morgen musste er doch eingeschlafen sein. Jedenfalls hörte er nicht, dass sie leise die Tür öffnete und hereinsah, ihn dann aber weiter schlafen ließ. Mochte er mit der Herstellung von Salben und Pasten besser bewandert sein als sie: Sie wusste, dass Schlaf jetzt das Beste für ihn war.

Er blieb über den Sonntag auf seinem Lager, so schlecht fühlte er sich. Leichtes Fieber hatte ihn befallen. Die Witwe verköstigte ihn und versorgte ihn weiter mit kühlenden Wickeln. Um die Brust hatte sie ihm nach seinen Anweisungen einen stützenden Verband gelegt.

Er hatte ihr bereits am ersten Tag gestanden, dass er kein Geld habe, um sie für all das zu bezahlen, weil man ihn ausgeraubt habe. Sie hatte nur abgewunken. Vielleicht helfe ihrem Sohn auch jemand, wenn er so zerschlagen sei, sagte sie. Gott möge ihn beschützen, dass er eines Tages wohlbehalten zu ihr zurückkäme. Der August.

„Ich denke aber, das wird nit sein. Ich habe vor zwei Jahren das letzte Lebenszeichen von ihm bekommen. Er ist sicherlich bei einem der Aufstände ums Leben gekommen, die jetzt überall das Land verbrennen."

Johannes wartete auf das Eintreffen des neuen Besitzers der Langhuebmer'schen Handelsgeschäfte. Vielleicht ließ ihn der in seine alte Kammer gehen und wenigstens seine Kleider mitnehmen. Oder vielleicht änderte er auch seine Meinung und behielt ihn als Helfer.

Die Familie traf am späten Montagabend ein. Ein stämmiger Mann und zwei Knechte schoben ein voll bepacktes Fuhrwerk in den Hof zwischen Wohnhaus und Lager und versorgten die beiden Pferde. Eine Frau und zwei kleine Kinder machten sich daran, ein paar Habseligkeiten abzuladen und ins Haus zu tragen.

Johannes ging zu ihr und stellte sich vor. Sie musterte ihn misstrauisch und rief nach ihrem Mann, der sofort herbeigelaufen kam und fragte, worum es denn ginge.

Johannes gab ihm bereitwillig Auskunft und fragte, ob er seine Sachen aus der Kammer holen dürfe. Der Mann winkte einen der Knechte herbei, der ihn begleiten sollte.

„Der Adam hat mich wissen lassen, dass du kommen würdest, um deine Sachen mitzunehmen", sagte er und musterte ihn von oben bis unten. „Bist wohl in üble Gesellschaft geraten?"

Johannes kratzte sich verlegen am Hals. Er wollte dem

Mann nicht erzählen, was geschehen war, und der ließ es gut sein.

Es war seltsam, das Haus zu betreten, in dem er längere Zeit mit den Langhuebmers gelebt hatte. Die großen, schweren Möbel standen noch an ihrem Platz, die kleineren und sonstiger Raumschmuck fehlten. Als sie an der Küche vorbeikamen, sah Johannes, dass auch das Geschirr nicht mehr da war. Die Schränke standen offen und waren ausgeräumt, der Herd gesäubert worden, Pfannen und Töpfe von der Wand genommen. Dunkle Flecken zeigten, wo sie einst gehangen hatten. Die Langhuebmers hatten nur mitgenommen, was ihnen für einen Neuanfang an einem fremden Ort dringend notwendig schien.

Den Brief sah Johannes sofort, als er seine Kammer betrat. Jemand hatte ihn auf sein Bett gelegt, von dem man Kissen und Decke entfernt hatte. Er schob ihn ungeöffnet in die Joppe, holte seine Sachen aus der Truhe und packte sie in seine Ledertasche. Die und seine Sonntagsjoppe hatte ihm der Hausherr zu Weihnachten geschenkt. Dahinein passte alles, was er besaß.

Johannes bedankte sich bei dem neuen Hausherrn und ging hinüber zur Nachbarin, bei der er noch eine Nacht verbringen und von wo aus er sich am kommenden Tag auf den Weg nach Ortenburg machen wollte. Vielleicht traf er die Langhuebmers unterwegs noch irgendwo und konnte sich ihnen anschließen.

„Sie haben dir ja doch was hinterlassen", sagte die Frau und zeigte auf den Brief, der ein Stück aus Johannes' Joppe ragte. Johannes, der ihn völlig vergessen hatte, faltete das Blatt Papier sorgfältig auseinander.

Der Brief war in der steilen, sauberen Schrift des Tuchhändlers verfasst worden.

*Lieber Johannes,*

*wir haben gehört, dass du in eine üble Schlägerei verwickelt wurdest. Da du nicht mehr nach Hause zurückgekehrt bist, und uns niemand etwas über deinen Verbleib sagen konnte, hoffen wir, dass es dir gut geht und du diese Zeilen bei guter Gesundheit ausgehändigt bekommst. Ich bin dir noch etwas Geld schuldig, das ich aber nicht diesem Papier anvertrauen mag. Deshalb habe ich es bei unserem Kontoristen Wollner hinterlegt, der in Regensburg eine Anstellung gefunden hat und es dir ohne Weiteres aushändigen wird. Seine Adresse bekommst du von seinem Eheweib, das noch in Grieskirchen lebt.*

*Gottes Segen sei mit dir! Vielleicht holst du uns unterwegs noch ein und ziehst mit uns weiter ins Württembergische.*

Auf einem beigelegten Zettel fand Johannes den Namen des Ortes, der den Langhuebmers eine neue Heimat bieten sollte: Schützingen. Das sagte ihm so wenig, wie ihm auf seinem bisherigen Weg die Namen aller Ortschaften wenig gesagt hatten, bevor er dort gewesen war.

Johannes faltete den Brief sorgfältig wieder zusammen und steckte ihn in seine Joppentasche zurück.

„Ist der Kontorist Wollner noch in der Stadt, weißt du das?“, fragte er seine Gastgeberin.

Die schüttelte den Kopf.

„Der ist kurz nach dem Abreisen der Langhuebmers ebenfalls weggegangen“, antwortete sie. „Aber Weib und Kinder sind noch da.“

Wollners Eheweib verneinte, dass von den Langhuebmers noch etwas Geld für ihn hinterlegt worden war. Wahrscheinlich habe ihr Mann alles mitgenommen, sagte sie. Er sei nach Regensburg gezogen, da könne er ihn aufsuchen und um das Geld fragen.

Als sie in sein verzweifeltes Gesicht sah, gab sie ihm

noch ein paar Münzen und sagte, ihr Gemahl werde es dann schon mit dem verrechnen, was er für ihn zur Seite gelegt habe. Johannes wollte das Geld nicht haben, sah er doch, dass sie selber nicht so gut gestellt war.

„Gebt mir nur Euren Segen“, murmelte er. Ein Wunsch, den sie ihm gern erfüllte. Sie gab ihm noch die Adresse der neuen Wohnstatt ihres Gemahls in Regensburg mit, damit er ihn sicher finden könne.

Johannes bedankte sich und lief zurück zu seiner Gastgeberin. Er verabschiedete sich von ihr und wusste, sie ließ ihn ungern ziehen. Johannes war ein wenig an die Stelle ihres Sohnes gerückt, den sie wohl nie wiedersehen würde.

„Wovon willst du denn leben?“, fragte sie ihn besorgt, nachdem er ihr vom Besuch bei Wollners Eheweib erzählt hatte.

„Ein wenig Wegzehr hast du mir ja eingepackt“, gab Johannes zurück. „Unterwegs werde ich schon einen Bauern finden, bei dem ich um mein Auskommen arbeiten kann.“

Sie schüttelte seufzend den Kopf.

„Dummer Bub. Als ob die jemanden gegen ein Entgelt für sich arbeiten lassen könnten. Haben doch selber nichts. Hier, nimm wenigstens ein paar Münzen von mir.“ Sie gab ihm einen kleinen Beutel, den sie unter ihrer Schürze verborgen gehalten hatte. Bevor Johannes auch dieses Geld ablehnen konnte, sagte sie bestimmt: „Es hätte meinem Buben gehört. Aber der wird nit mehr kommen, darum sollst du es haben.“

Mit diesen Worten schob sie ihn zur Tür hinaus.

Johannes verließ die Stadt mit gemischten Gefühlen. Er hatte sich bei den Langhuebmers so gut aufgehoben gefühlt, Grieskirchen war zu seiner zweiten Heimat geworden.

Nun hatte er zum wiederholten Mal sein Zuhause und den Boden unter den Füßen verloren.

Wohin?

Zurück nach Linz?

Die Keplers waren mit Sicherheit bereits nach Ulm abgereist.

Also nach Ulm?

Nach Regensburg?

Er wusste nicht einmal, wo diese Städte lagen, wie weit es bis dorthin war.

Wenn das stimmte, was das Eheweib des ehemaligen Langhuebmer'schen Kontoristen gesagt hatte, musste Regensburg sein nächstes Ziel sein.

Vielleicht konnte Wollner ihm im selben Haus Arbeit verschaffen, in dem er auch untergekommen war.

Vielleicht traf er auch die Langhuebmers dort an.

Aber zuerst musste er versuchen, sich bis Ortenburg durchzuschlagen. Dieser Markt, so wusste Johannes, trotzte seit vielen Jahrzehnten den wechselnden katholischen Landesherren, und war und blieb unter unnachgiebiger Berufung auf den Augsburger Religionsfrieden von 1555 evangelisch. Unter dem Schutz des calvinistisch orientierten Ortenburger Grafen Friedrich Casimir war es inzwischen auch einigen Leuten aus dem Land ob der Enns möglich geworden, sich außerhalb ihrer Heimat niederzulassen. Ob nur für kurze Zeit oder für immer, stellte ihnen der Graf frei. Er teilte ihnen Waldgrund und Boden zu und ließ sie gewähren.

Die Witwe in Grieskirchen hatte Johannes zum Abschied noch davor gewarnt, über Schärding oder gar an der Donau entlang Richtung Passau zu ziehen. Als Protestant wäre er dort keinesfalls willkommen. Das war für Johannes alles andere als einfach, wusste er doch weder, wo Schärding lag, noch wie er von Grieskirchen aus nach Ortenburg kam, ohne durch Passau zu müssen.

Und dann war da noch die Sache mit dem Reiseschein ...

Aber zunächst wollte er herausfinden, wo der Stoffel verblieben war, den er für seine Misere verantwortlich machte. Vor allen Dingen wollte er das Andenken an seine Mutter wiederhaben. Das gestohlene Geld mochte er behalten.

In der Kaschemme, in der er den ehemaligen Lagerverwalter der Langhuebmers zuletzt gesehen hatte, konnte oder wollte ihm niemand weiterhelfen. Der Wirt und einige Zechkumpane, die seine Gaststube bevölkerten, lachten ihn gar aus, als er über seinen Verdacht sprach.

„Der Stoffel ist ein rechtschaffener Bürger dieser Stadt", beschied ihn der Wirt schließlich. „Der hat es nicht nötig, andere zu bestehlen. Und jetzt mach, dass du weiterkommst!"

Wenngleich Johannes auch nicht in Erfahrung bringen konnte, wo der Stoffel sich jetzt aufhielt, so gab ihm jemand zu verstehen, dass er nicht mehr in der Stadt weilte.

Der Junge hängte sich seine Ledertasche über die Schultern und machte sich um das Mittagsläuten in Richtung Tollet auf den Weg. Einer aus der Stadtwache ließ ihn wissen, dass die Herrschaft derer zu Tollet unlängst des Landes verwiesen worden war, nachdem man deren Oberhaupt, den Lutherischen Karl Jörger, in der Nähe von Passau vor zwei Jahren zu Tode gefoltert habe. Er solle diesen Ort meiden und sich auch auf seinem Weg in Acht nehmen vor den Bairischen. Die suchten überall nach Männern, denen sie aufständisches Gedankengut oder Beteiligung am Aufstand von Frankenburg unterstellen konnten. Verdächtig seien alle umherziehenden Männer, da sie Nachrichten vom möglichen Vorhaben der Bauern verbreiteten.

„Die Bauern sind unruhig geworden“, ließ er ihn noch wissen. „Scheint's, als hätten die Bairischen in Frankenburg eine Lunte gelegt, die auf ein Pulverfass zuläuft. Ich hab' gehört, ein Bauer namens Stefan Fadinger sei unterwegs, Bauern für einen Aufstand auszuheben. Da solltest nit dazwischen geraten.“

Er schaute den Jungen abschätzend an.

„Warum ziehst nit mit denen gegen die Katholischen? Hast weder Haus noch Arbeit!“

Johannes schüttelte den Kopf. Kämpfen wollte er nicht. Er wollte einfach nur leben.

„Was wollen die Bauern denn mit den Katholischen?“, fragte er. „Rache nehmen wegen dem, was am Haushamer Feld geschehen ist?“

„Wohl auch. Der Fadinger will aber hauptsächlich das Landl von den Baiern befreien und an die Habsburger zurückgeben“, antwortete die Stadtwache.

„Es geht nicht gegen's Katholischmachen?“, fragte Johannes überrascht.

„Zuvorderst nit“, antwortete der Wachmeister. „Zwar ist sicher, dass keiner im Land bleiben darf, der sich nit katholisch machen lässt. Das ist aber nit der Hauptgrund dafür, dass Unruhe ist. Das Landl soll wieder ganz zu Österreich gehören, die Bairischen will man loswerden. Dafür wollen sie sorgen. Die Bauern wollen aber auch die Männer um den Herberstorff nit ungestraft davonkommen lassen wegen denen, die in Frankenburg derhängt und dann aufgespießt waren. Das waren ja auch Bairische.“

Johannes hatte bereits im Hause Langhuebmer erfahren, dass die gehenkten Bauern vom Haushamer Feld von den Soldaten auf Spieße gesteckt an der Landstraße aufgereiht bleiben mussten, bis sie von selber abfielen. Durch einen Streich hatten ihre Angehörigen sie dann doch abnehmen und irgendwo an einem geheimen Ort begraben können. Ein grausiges Vorgehen seitens der Soldaten war es allemal gewesen, das jetzt seine Rache finden sollte.

Johannes war gewarnt. Ihm blieb nur übrig, sich auf Seitenpfaden nach Ortenburg und weiter nach Regensburg durchzuschlagen. Da er wusste, wie unsicher diese Wege waren, konnte er nur darauf hoffen, die Strecke unbeschadet zu überstehen. Er ließ sich den Weg zeigen und verließ Grieskirchen endgültig.

# 14

Der Juni 1626 begann kalt und ungemütlich. Die Bauern hatten Mühe, dem Wetter zu trotzen. Manche von ihnen waren auch nicht mehr in der Lage, ihre Felder in gewohnter Weise zu bestellen. Ihnen fehlte schlichtweg das Geld für frisches Saatgut oder Tiere, die ihnen die größte Last der Arbeit abnehmen konnten. Die hatte man ihnen abgenommen oder sie mussten verkauft werden, um wenigstens ein bisschen Geld für die eigenen Bedürfnisse zu haben und die Abgaben leisten zu können.

Zu viele Mäuler wollten gestopft werden, zu viele Ansprüche stellten die bairischen Soldaten, die in Städten und Märkten einquartiert worden waren. Sie wollten nur das Beste vorgesetzt bekommen, warfen auf die Gasse, was ihnen nicht gut genug erschien, soffen teilweise sogar den Messwein, weil ihnen der angeblich besser schmeckte als das, was Bauern und Bürger in ihren Kellern lagerten. Es änderte sich nichts.

An den Sonn- und Feiertagen läuteten die Glocken zu katholischen Gottesdiensten. Die Prädikanten waren zum großen Teil außer Landes geflüchtet. Die noch ausharrten, konnten ihr Amt nur in der ständigen Auseinandersetzung mit den Katholischen ausüben.

Der Druck auf die Bevölkerung war inzwischen unerträglich geworden. Wer konnte, verließ das Land. Die übrigen hatten die Wahl zwischen dem, was sie Verrat an ihrem Glauben nannten, und eisernem Widerstand.

Auch Peuerbach, das Johannes inzwischen erreicht hatte, stand zwischen den Fronten. Wer dem Druck von oben nicht standhalten konnte, konvertierte. Manche nur zum Schein, um nicht gehen zu müssen, manche in der

Überzeugung, auf diese Weise mit heiler Haut davonzukommen – keiner, weil er sich diesem Glauben näher fühlte als seinem protestantischen.

Es ging aber nicht nur ums Katholischmachen. Hauptsächlich unter den Bauern wurden immer mehr Stimmen darüber laut, dass sie die bairischen Soldaten nicht mehr im Landl dulden wollten und konnten. Die Abgaben, die für sie zu entrichten waren, überstiegen das, was den Bauern zum Leben blieb. Denn wer die Einquartierungen verweigerte, musste Wochengeld bezahlen, zusätzlich zu den erhobenen Steuern und dem verhassten Robot. Unter den Bauern und einigen Bürgern kursierte immer lauter die Ansicht, man müsse die Baiern notfalls mit Gewalt vertreiben und das Land an den Kaiser zurückgeben. Mit ihm erhoffte man sich trotz negativer Erfahrungen Einigung in den restlichen Angelegenheiten.

Auch Johannes hörte davon und erinnerte sich an das, was ihm die Stadtwache in Grieskirchen gesagt hatte. Er fragte sich allerdings, wie diese Menschen einen Aufstand bewerkstelligen wollten. Die Bairischen und ihre katholischen Kampfgefährten hatten Pferde, Spieße, Büchsen und Kanonen, und vor allem hatten sie Kugeln, Blei und Schießpulver. Die Bauern dagegen hatten nur ein paar Pferde, als Waffen bestenfalls Messer, Mistgabeln, Spieße und Morgensterne. Das würde ein ungleicher Kampf werden.

Als er sich abends in eines der Wirtshäuser setzte, um etwas zu essen, befand er sich innerhalb kurzer Zeit mitten in einer heftigen Auseinandersetzung zwischen einigen Bauern und Bürgern der Stadt. Jemand hatte daran erinnert, dass im Mai des vergangenen Jahres das Blutgericht am Haushamer Feld stattgefunden habe.

„Nichts hat sich geändert seither!“, rief einer der Bauern.

„Wir müssen uns halt gedulden“, wandte ein anderer ein. „Alles braucht seine Zeit.“

„Dazu ist es zu spät, die Bauern haben den Bairischen den Kampf angesagt.“

Das Blutgericht.

Johannes blieb beinahe der Bissen im Hals stecken, als er hörte, was die Bauern als Grund dafür anführten, dem Treiben der Soldaten ein Ende zu bereiten: das Würfelspiel am Haushamer Feld. Vor dem Jungen entstand wieder das Bild, das sich ihm tief eingegraben hatte. Die Linde mit den vielen Bauern, die glaubten, Gnade und Verständnis für ihren Aufstand zu bekommen. Der Scharfrichter mit seinem roten Mantel, auf dem die Männer um ihr Leben würfelten. Die an der Linde zappelnden Gehenkten, zu denen niemand durfte um sie abzunehmen, als sie tot waren. Frauen und Kinder, die vergeblich versuchten, die Soldaten um Graf Herberstorff davon abzuhalten, auch noch die anderen vierzehn Männer aufzuhängen.

„Die Leichen der Männer wurden Tage später auf Spieße gesteckt und in langer Reihe an der Straße entlang zur Schau gestellt. Niemand durfte sie dort wegholen und begraben“, bestätigte einer der Bauern aufgebracht, wovon Johannes bereits gehört hatte.

„Wir müssen etwas gegen solche Schweinereien unternehmen, Männer!“, rief ein anderer. „So kann es nicht weitergehen. Wir müssen uns zur Wehr setzen!“

Von da ab erhitzten sich die Gemüter um Johannes derart, dass er Mühe hatte, den Wirt zu finden, seine Zeche zu bezahlen und das Wirtshaus zu verlassen. Denn nicht nur die Bilder um das Blutgericht vor einem Jahr tauchten wieder vor ihm auf. Nur zu gut erinnerte er sich an die letzte Auseinandersetzung in einem Wirtshaus, die er miterlebte, und in deren Folge er beinahe mit seinem Leben bezahlt hätte.

Ein Aufstand war ausgebrochen.

Diese Nachricht begleitete Johannes in den kommenden Tagen. Die Bauern hatten seiner Meinung nach recht mit dem, was sie sagten. Aber so ein Aufstand würde viele von ihnen das Leben kosten und am Ende doch nichts bringen. Herberstorff hatte seine Baiern und vor allem die Krabaten, die bis an die Zähne bewaffnet auf ihren wendigen Pferden nur darauf zu warten schienen, ganze Völkerscharen niederzumetzeln. Von einem Pappenheim war die Rede, der mit seinem Heer schon von sich reden gemacht hatte, von einem Wallenstein mit seinem Oberbefehl über unzählige Männer, die zu allem bereit waren. Das konnte nicht gut gehen.

Johannes verließ Peuerbach am nächsten Morgen. Er war fest entschlossen, dem Pulverfass zu entkommen, auf dem alle im Land ob der Enns zu sitzen schienen. Wie weit entfernt Ortenburg auch sein mochte, dahin wollte er.

Kurz hinter der Stadt stieß er auf einen Haufen Bauern, die, mit Spießen und Morgensternen bewaffnet, nach Efferding unterwegs waren.

„Warum ziehst du nicht mit uns?“, fragte ihr Anführer. „Bist ein kräftiger junger Bursch’, und könntest eine Hilf’ für unser Vorhaben sein.“

Johannes lehnte ab. Er hatte genug von allem. Genug vom Hauen und Stechen, vom Richten, Henken und Brandschatzen und dem Gerede darüber. Er wollte weg von hier und irgendwo seine Ruhe finden.

„Wo willst die denn finden, diese Ruhe, in dieser Zeit? Weißt du ned, dass überall Aufstände angezettelt werden und Heere gegeneinander stehen?“, fragte der Anführer zurück. „Vielen geht es um den Glauben“, fügte er noch an. „Aber den meisten um die Freiheit, und um die muss man kämpfen.“

Mit diesem letzten Satz beschäftigte sich Johannes auf seinem weiteren Weg.

Freiheit.

Was hatte seine Mutter vor noch nicht allzu langer Zeit zu ihm gesagt?

Dass er eines Tages froh sein würde, frei leben zu können mit den Ziegen und Schafen, die er hütete. Damals konnte er nicht ermessen, worauf die andere Seite begründet lag. Jetzt wusste er es und wünschte sich zurück in das Tälchen, zu seiner Familie, den paar Tieren, der Arbeit im Holzschlag, auf die Hütte bei Anselm.

Bruder Anselm.

Wo er wohl sein mochte? Noch immer in Wien?

Und Elisabeth?

Mein Gott, Elisabeth! Wenn er nur wüsste, was mit ihr geschehen war. Ob sie überlebt hatte. Wo sie verblieben war. Wie es ihr ging.

Johannes legte eine Hand auf die Stelle, an der sich unter seinem Hemd das Amulett befunden hatte. Ein tiefer Schmerz überfiel ihn, als ihm wieder einmal bewusst wurde, dass er alles verloren hatte.

Er war so in seine Gedanken vertieft, dass er die Männer nicht kommen sah und hörte, die ihn wie aus dem Boden gewachsen mit einem Mal umringten.

Es waren bairische Soldaten.

„Wohin des Wegs?“, herrschte ihr Anführer den Jungen an.

Der erschrak so fürchterlich, dass er keinen Ton herausbrachte. Nicht nur das plötzliche Auftreten der Männer hatte ihn erschreckt. Es war vor allem die schwarze Feder, die am Hut des Anführers steckte.

Hatte ihn der ebenfalls erkannt? Sollte er weiter den Taubstummen mimen, der den Korbhändler begleitet hatte?

Johannes sah von einem zum anderen. Dabei wanderte sein Blick zu den Hüten auf den übrigen Männerköpfen. Das kalte Grauen fuhr ihm in die Glieder. Zwei von ihnen hatten eine so makabre Hut-Zier, dass es Johannes die Sprache verschlug: Kinderhände. Abgehackte Kinderhände. Er hatte davon gehört, dass die Passauer sich damals damit geschmückt hatten, als sie Land und Leute überfielen. Hatten die Kinder totgeschlagen und ihnen die Hände abgehackt, um sie sich an den Hut zu stecken. Aber das war lange her. Was waren das nur für Menschen, die sich so etwas einfallen ließen?

Da spürte er die Spitze eines Speers an seiner Brust und schloss kurz die Augen. Er wandte sich langsam dem Anführer zu, der die Waffe vor sich ausgestreckt hielt.

„Willst das Land verlassen, he?“, fragte ihn jener. „Wenn du einen Reiseschein hast, kannst du gehen, wohin du willst.“

Johannes hatte keinen Reiseschein. Er hatte nicht einmal einen Grund, den er für seine Wanderung nennen könnte, wenn nicht den, nach Ortenburg zu ziehen. Außerdem wusste er, dass vor dem Auswandern die Tilgung der Schuld lag, die sein Vater wegen des Mühlenausbaus eingegangen war. Sie würden es herausfinden. Irgendwie würden sie es herausfinden. Er konnte nichts zurückzahlen. Also schwieg er.

Die Witwe in Griesbach fiel ihm ein, deren Sohn den Bairischen in die Hände geraten war und der keine andere Möglichkeit gesehen hatte, als mitzuziehen. Jetzt verstand er, wie das hatte geschehen können.

Da war die Drohung des bairischen Anführers, die jedoch kaum weiter als bis zu seinen Ohren drang. Er spürte, wie sie ihn in ihre Mitte nahmen und zu einem Baum schleppten, an dem er wohl sein Leben aushauchen würde. Die brauchten keinen Grund dafür. Denen reichte es, ihren Spaß mit ihm treiben zu können.

Jemand riss ihm die Ledertasche von der Schulter und warf sie ins Gebüsch. Er hörte Hohnlachen und Gegröle. Die Angst hatte ihn fest im Griff.

Er würde sterben.

Wie die Männer am Haushamer Feld.

Vielleicht warteten sie irgendwo da oben auf ihn. Erklärten ihm, warum ihrer aller Herrgott das zuließ. Warum er sie verlassen hatte.

„Warum wollt ihr mich aufknüpfen?", hörte er sich dennoch fragen.

Der Anführer stellte sich breitbeinig vor ihm auf.

„Weil du ein Lutherischer bist, und um so einen ist es nicht schad'. Und wir wollen ein wenig Spaß haben. Uns ist seit Tagen langweilig."

Töten aus Langeweile. Das waren keine Soldaten, das waren kaltblütige Mörder.

Die anderen fielen in das Lachen ihres Anführers ein.

„Woher willst du wissen, dass ich ein Lutherischer bin?", fragte Johannes zurück. Es war ohnehin alles verloren, ob er redete oder schwieg.

„Zeig deinen Beichtzettel", forderte der mit der schwarzen Feder am Hut ihn auf. „Ostern war ja erst, müsstest also einen haben."

Er war am Ende seines Lebens angekommen.

„Wir werden den Knoten so anlegen, dass du uns noch ein wenig was vortanzen kannst, wenn du am Baum hängst", höhnte einer von ihnen. „Wie wir es mit den Frankenburgern gemacht haben."

Ein anderer stimmte ihm lachend zu.

„Ja, was für ein Spaß! Nur die Musik hat gefehlt."

„Die wird heute auch fehlen", knurrte der mit der

schwarzen Feder. „Wir brauchen keine Musik, wir freuen uns über sein Gejammer um Gnade. Wenn es ihm auch nichts nützen wird.“

Er stieß Johannes grob zum nächsten Baum.

„Los, stimm’ dein Heulen an, wir wollen unseren Spaß haben, du hast es gehört!“

Johannes war verstummt. So viel kalter Spott, so viel Verrohung machten ihn sprachlos. Der Anführer schüttelte den Kopf.

„Hat die Sprache verloren, der Bursche. Die kommt wieder, sobald er den Hanf um seinen Hals spürt.“

Man band Johannes die Hände auf dem Rücken zusammen und legte ihm einen Strick um den Hals. Die Schulter schmerzte, und seine gebrochene Rippe stach ihm fast die Brust entzwei. Die linke Hand war zum Platzen angeschwollen, weil die Stricke viel zu fest saßen. Aus den Augenwinkeln sah er, wie sich zwei Männer an seinem Bündel zu schaffen machten. Einer zog den Brief des Mönchs heraus und hielt ihn vor sich in die Luft.

„Seht mal, was ich hier habe!“, rief er den anderen zu.

„Gib her.“

Der Anführer nahm das Papier und besah es sich von beiden Seiten. Johannes erinnerte sich daran, dass er nicht lesen konnte.

„Das ist …“, begann er hoffnungsvoll, wurde aber von dem mit der schwarzen Feder sofort unterbrochen.

„Ah, kannst also doch sprechen, hä?“ Er trat nahe an sein Opfer heran und musterte ihn kurzsichtig. Johannes wähnte ein Aufflackern in seinen Augen.

Ob er ihn wiedererkannt hatte?

Was machte es aus?

Er war in jedem Fall verloren.

„Jedenfalls ist das kein Reiseschein. Und schon gleich

gar kein Beichtzettel. Also halt's Maul, wenn du nicht gefragt bist!"

Gerade, als er den Brief zerreißen wollte, erscholl aus dem Wald ein so lautes Geschrei, dass die Soldaten erschrocken herumfuhren. Eine Horde junger Kerle stürmte zwischen den Bäumen heraus auf die Männer zu. Einer hielt seine Büchse im Anschlag, und bevor die Soldaten so recht wussten, was geschah, krachte ein Schuss. Der Anführer wurde nach hinten gerissen und sank blutüberströmt und mit einem lauten Gurgeln auf den Waldboden. Es wurde von einem Schwall Blut erstickt, der aus seinem Mund quoll.

Die Burschen fielen hauend und stechend über die Männer her, die nicht einmal Gelegenheit hatten, ihre abgelegten Waffen zu greifen und sich zur Wehr zu setzen. Alles ging so schnell und mit ohrenbetäubendem Lärm vonstatten, dass Johannes wie versteinert dastand und darauf wartete, neben dem Anführer der Soldaten sein Ende zu finden.

In diesem Augenblick kam einer der Burschen mit gezücktem Messer auf ihn zugelaufen. Sein schmales Frettchengesicht hatte er zu einem grimmigen Grinsen verzogen.

Aber der erwartete Stich blieb aus.

Dafür durchtrennte die Waffe blitzschnell die Hanfschnur, die um Johannes' Handgelenke gebunden war, und gleich darauf auch die Schlinge um seinen Hals. Jemand griff nach seinem Bündel, zog die Ledertasche aus dem Gebüsch und riss dem toten Anführer Johannes' Brief aus der Hand. Der Hut mit der schwarzen Feder flog von geschickter Hand geworfen in den Wald. Starke Hände zogen Johannes vom Wegrand weg. Er stolperte mehr als er lief inmitten der Horde, deren Geschrei verstummt war.

Im ärgsten Dickicht hatten die Burschen einen Platz freigeschlagen, auf dem sie sich niederließen. Johannes hatte keine Zeit gehabt, sich Gedanken über alles zu machen.

Er war gerade dem Tod entronnen.

Als er jetzt einen von ihnen husten hörte, hielt er den Atem an. Für einen Augenblick vergaß er die Schmerzen in Brust, Schulter und Hand.

„Mattes?“

„Wär schad’ um dich gewesen.“

Johannes blickte sich suchend um. An einen Baum gelehnt stand Mattes mit vor der Brust verschränkten Armen und schaute grinsend zu ihm herüber.

„Wie …“

„Die waren uns schon seit ein paar Tagen ein Dorn im Auge“, sagte Mattes, stieß sich vom Baum ab und kam mit vor der Brust verschränkten Armen zu ihm herüber, setzte sich neben ihn auf den Waldboden. „Haben uns aufgestöbert, als wir in einem ausgebrannten Gehöft lagerten. Wir konnten ihnen entkommen. Bis auf zwei. Da haben sie einen Fehler gemacht.“

Er zeigte dorthin, wo der Überfall stattgefunden hatte.

Johannes konnte sich denken, dass sie auf eine günstige Gelegenheit gewartet hatten, den Soldaten den Tod ihrer beiden Kameraden heimzuzahlen. Dass er ihnen diese Gelegenheit unfreiwillig geboten hatte, war sein Glück gewesen.

„Was geschieht jetzt mit den Toten?“, fragte er, nachdem er sich einigermaßen gefasst hatte.

„Drei von uns sind zurückgeblieben und kümmern sich um sie. Sollen sie verrotten wie alle diejenigen, die sie kaltblütig umgebracht haben!“

Johannes empfand eine tiefe Genugtuung. Sie würden auf ihre Weise das Schicksal der Toten aus Frankenburg und der beiden Kameraden um Mattes teilen. Tiere würden über sie herfallen und auffressen, bis nichts mehr von ihnen übrig blieb. Hungrig wie die Wölfe. Und von denen gab es hier dem Hörensagen nach genügend.

„Und sie begraben die Hände der Kinder", fügte er noch an und ließ die Hand um seinen Kopf kreisen.

Johannes schluckte. Tränen rannen ihm übers Gesicht.

„Ihre Waffen und ihr Gepäck behalten wir, das können wir gut gebrauchen", fuhr Mattes fort. Er winkte einem seiner Kameraden. Vinzenz. Der mit dem Frettchengesicht.

Er bückte sich und hob Johannes' Bündel und seine Ledertasche auf. „Gehört wohl dir."

Johannes nickte Mattes dankbar zu.

Der schaute auf die übel geschwollene Linke des Jungen.

„Haben das die Bairischen gemacht?", fragte er.

„Nein."

Johannes erzählte ihm, was in Grieskirchen geschehen war. Die Burschen hörten ihm schweigend zu.

„Die solltest du kühlen", sagte Mattes, als Johannes geendet hatte. Er winkte nach einem der anderen Burschen, der kurz verschwand und gleich darauf mit nassen Lappen zurückkam. Sorgfältig legte er sie um Johannes' Hand. Der Schmerz ließ langsam nach.

Sie blieben über Nacht in ihrem Waldlager und erzählten sich, was seit ihrem letzten Aufeinandertreffen geschehen war. Mattes reichte dem Jungen einen Zettel.

„Hier. Damit kannst du dich für die Zukunft festmachen."

Johannes nahm den Zettel in die Hand und las mit gerunzelter Stirn, was darauf geschrieben stand:

„Teufel komm und hilf mir, Leib und Seel' geb ich dafür", las er laut vor.

„Das ist ein Zauberzettel. Stammt aus Passau, da kann es nur was wirklich Hilfreiches sein." Mattes lachte sein raues, spöttisches Lachen. „Schluck ihn im Ernstfall runter, dann bist du vierundzwanzig Stunden lang zumindest vor dem gewaltsamen Tod durch die bairische Soldateska geschützt." Er legte Johannes eine Hand auf die heile Schulter. „Immer können wir nicht da sein, wenn sie dich ums Leben bringen wollen."

Johannes schüttelte energisch den Kopf.

„Ich geb' dem Teufel weder Leib noch Seel'!", sagte er bestimmt. „Vor den katholischen und bairischen Teufeln lauf' ich davon, die mir nach Leib und Leben trachten. Dann werd' ich sie dem Leibhaftigen nicht mit so einem Zettel verschreiben!"

Mattes zuckte die Schultern und steckte den Zettel wieder ein.

„Wie du willst." Er zeigte in die Runde. „Die hier haben den Zettel geschluckt. Die beiden, die wir beim Bauernhof zurücklassen mussten, nicht."

Johannes zögerte. Einesteils wusste er genau, dass er den Burschen hier sein Leben verdankte. Er wollte sie nicht vor den Kopf stoßen, wenn sie ihm auf ihre Weise zusätzlich Schutz und Hilfe anboten

Aber dem Teufel seine Seele verpfänden?

Nein.

„Falls du es dir anders überlegst, sag es mir."

Johannes versprach es zögernd.

Am nächsten Tag zog die Gruppe westwärts. Ihr Ziel war Schärding. Johannes war das nicht recht, erinnerte er sich doch sehr gut an die Warnung der Witwe und der Stadtwache in Griesbach. Aber er wusste, dass er innerhalb der Gruppe besser aufgehoben war, als wenn er allein weiterzog.

Es waren mit ihm fünfzehn junge Kerle, die sich um Mattes geschart hatten. Allesamt Protestantische, die gewaltsam aus ihrem bisherigen Leben gerissen worden waren und ihre Heimat verloren hatten. Sie hatten wie er ein grausames Schicksal hinter sich, über das sie nicht sprechen wollten oder konnten. Johannes verstand auch so.

„Wir können nicht nach Schärding", hatte er eingewandt, als Mattes ihm ihr Ziel nannte.

„Weil dort die Katholischen hausen?"

„Ja. Aber auch, weil ich keinen Reiseschein habe."

„Mach dir keine Gedanken, Johannes." Mattes zog erneut einen Zettel aus seinem Bündel und reichte ihn dem neuen Weggefährten. Der wollte schon ablehnen, weil er dachte, es handele sich wieder um den Zauberzettel. Dann warf er einen Blick darauf und stellte zu seiner Verwunderung fest, dass es sich um einen Beichtzettel handelte.

Überrascht schaute er auf.

„Nimm ihn und frag nicht weiter. Behalt ihn bei dir, bis ihn einer sehen will. Ansonsten verhalt' dich unauffällig."

Johannes steckte wortlos den Zettel ein, der an Ostern in Linz auf einen Josef Bruckleitner ausgestellt worden war, Bäcker allhier. Wie die Burschen an dieses Dokument gekommen waren, konnte er sich nur allzu gut vorstellen.

„Ich wollte eigentlich nach Ortenburg", erinnerte ihn Johannes an das Ziel, das er ihm genannt hatte.

„Das kannst du von Schärding aus immer noch. Aber ohne Reiseschein kommst du nicht aus dem Land. Schärding ist Baiern. Wenn du katholisch bist, ist das kein Problem."

# 15

Schärding. Stadt am Inn. Nach langem Hin und Her zwischen Österreich und Baiern seit 200 Jahren zu Baiern gehörig. Eine Stadt, die hauptsächlich durch den Handel mit Salz und allem, was sich auf dem Fluss transportieren ließ, reich geworden war. Besonders mit dem weithin bekannten Schärdinger Granit, der überall dort Verwendung fand, wo stabile Fundamente gefragt waren. Nicht zu vergessen der Flachsanbau, die riesigen Schafherden rings um die Stadt und der damit verbundene Tuchhandel. Auch die Langhuebmers hatten Ware von hier bezogen. Eine Stadt also, deren Mittelpunkt nicht umsonst den Namen Silberzeile bekommen hatte.

Das Erste, was Johannes von Schärding sah, war die stolze Silhouette des kurfürstlichen Schlosses hoch über der Stadt. Beeindruckend war beim Näherkommen auch die Stadtmauer, die sich sogar am Inn entlang zog und in Abständen bewachten Zugang zum Fluss bot. Eine Brücke führte über den Inn, und Johannes staunte über deren massive Konstruktion. Granit. So etwas kannte er nicht einmal von Linz.

Es gelang den Burschen, in die Stadt zu kommen, nachdem sie sich letztendlich mit ihren gestohlenen Beichtzetteln als artige Katholiken ausgewiesen hatten, die angeblich Arbeit bei den Schiffern zu finden hofften. Einer unter ihnen kannte ein Haus, das Fährleute als Gäste aufnahm und ihnen Schlafstatt zumindest für eine Nacht und zu einem guten Preis bot.

Die Wachen bezweifelten zwar, dass Johannes mit seiner verletzten Hand auf den Schiffen viel ausrichten konnte. Da sie glücklicherweise nichts von der verrenkten

Schulter und der gebrochenen Rippe wussten, ließen sie ihn mit ein paar spöttischen Bemerkungen trotzdem in die Stadt.

Nach dem Bezahlen der Unterkunft war Johannes' Geldkatze so gut wie leer. Bereits am nächsten Tag musste er seine Kammer räumen und hatte nicht einmal mehr genug Geld, um sich etwas zu essen zu kaufen. Auch die anderen Jungen aus der Gruppe hatten gerade noch ein paar Münzen für die Unterkunft zusammenkratzen können. Zu essen würden sie für den Rest nichts bekommen, und auf den Schiffen wollten sie nur im Notfall arbeiten. Johannes war noch nicht in der Lage, schwere Arbeit auszuführen. Und nur diese war in Schärding zu finden.

Sie hatten ihr Quartier verlassen und sich außerhalb der Stadt getroffen, wo sie sich über alles Weitere besprechen wollten. Mattes unterbreitete ihnen einen Plan, der nicht zum ersten Mal zum Einsatz kommen sollte, wie Johannes vermutete. Zu gut wussten sie, was jeder zu tun hatte.

„Mein Ohr", Mattes zupfte Johannes spielerisch an dem seinen. „Mein Ohr sagt mir, dass der Neffe unseres hochwohlgeborenen Herrn sich für heute Nacht ein Possenspiel ganz besonderer Art ausgedacht hat." Der Junge drehte sich unter dem Beifall seiner Kameraden im Kreis, bevor er wieder vor Johannes stehen blieb. „Er und dessen Freunde werden in dieser friedlichen Stadt ein kleines bisschen Spaß haben. Ein harmloses Spielchen, verstehst du?"

Johannes schüttelte den Kopf. Ein ungutes Gefühl sagte ihm, dass er gerade in etwas hineinzustolpern drohte, das er nicht abschätzen konnte.

„Gut. Dann erkläre ich es dir", hörte er Mattes sagen. „Das Spielchen geht so, dass die hochwohlgeborenen jungen Herren …" – er verneigte sich elegant wie ein Edelmann und seine Freunde taten es ihm gleich – „… eine lustige kleine Hetz' durch die Stadt machen wollen. Ein wenig hier, ein wenig da herumgrölen, ein paar Leute anpöbeln, ein paar Fenster einschlagen. Ein bisschen Spaß haben eben. Ganz harmlos, wie sie sagen. Die Knechte des hohen Herrn werden ausrücken, um ihrer Pflicht Genüge zu tun, wie es ihnen anbefohlen ist, und genauso vorgehen, wie es die Spielregeln in diesem Fall vorsehen: Sie werden nämlich immer genau so weit hinter den Spitzbuben bleiben, dass man sich nicht direkt in die Arme läuft. Verstehst du, was ich meine?"

Erneut schüttelte Johannes den Kopf. Sein Gegenüber seufzte ergeben.

„Dann erkläre ich dir auch das. Die Männer unseres Hochwohlgeborenen", er machte eine theatralische Verbeugung. „Die Knechte also werden die Burschen vielleicht irgendwann stellen, und dann - nichts weiter unternehmen, weil sie eben Neffe und Freunde des --- Herrn sind."

„Aha."

Der Junge lachte, als er Johannes' entsetztes Gesicht sah.

„Wir werden genau dahinter sein, mein Freund. Hinter den Hochwohl... du weißt schon. Vor der Wache. Genau dazwischen." Er schnalzte mit der Zunge.

Johannes runzelte die Stirn.

„Dazwischen?"

„Ja. Die Verfolger können im Dunkeln nicht ausmachen, ob wir zu den Herrschaften vor uns gehören oder nicht."

„Und wenn man uns erwischt? Dann weiß man's sehr genau", überlegte Johannes laut.

„Erwischt?" Mattes lachte erneut und sah sich Beifall heischend um. Die anderen applaudierten theatralisch. Klapp. Klapp. Klapp. „Wir werden nicht erwischt. Und wenn doch …" Er trat so nahe an Johannes heran, dass dieser unwillkürlich einen Schritt zurückwich. „Nun ja. Werden die Herrschaften erwischt, ergeht man sich in gegenseitigen Entschuldigungen, und belässt es am Ende bei der Formulierung, es handele sich dabei um Lausbubenstreiche. Wenn man uns erwischt …" Er machte das Zeichen des Halsabschneidens. „Mordbuben."

„Mordbuben?"

„Jaaa." Mattes ließ sich dieses Wort sichtlich auf der Zunge zergehen und genoss grinsend Johannes' Ablehnung. „Mordbuben. Sie verurteilen uns und stecken uns ins Loch, bevor uns der Freimann wieder herausholt und seine Arbeit verrichtet."

Alle lachten, nur Johannes ließ sich nicht davon anstecken.

„Aber ihr... ich meine, wir tun doch keinem etwas an, das uns zu Mordbuben macht!"

„Wer weiß?" Mattes zwinkerte Johannes und den übrigen Burschen verschwörerisch zu. Johannes lief es eiskalt über den Rücken. „Wenn du Pech hast und mit einem Huhn unter dem Hemd erwischt wirst, ziehen sie dich an einem Baum auf." Mattes verdrehte die Augen und streckte die Zunge heraus, während er pantomimisch darstellte, wie man ihn aufknüpfte. Dann schüttelte ihn ein Hustenanfall, wie ihn Johannes bislang nicht bei ihm erlebt hatte. „Aber wir werden nicht erwischt, weil wir vorsichtig sind. Denen geht's um ihren Spaß, Johannes, uns ums Überleben!", fuhr Mattes fort, als er wieder Luft bekam.

„Wie kommen wir denn anschließend wieder aus der Stadt heraus?", fragte Johannes zweifelnd.

Doch auch darauf wusste Mattes eine Antwort.

„Über eine der Schiffs-Anlegestellen", sagte er, als wäre dies das Einfachste überhaupt.

Johannes sah dem Jungen ins Gesicht. Ein wissendes Gesicht, gezeichnet von den Erlebnissen der vergangenen Jahre, die sich in seine noch so jungen Züge eingegraben hatten. Das Gesicht eines Jungen, der sich mit Unehrlichkeiten, List und Betteleien durchs Leben schlug, seitdem ihm bairische Soldaten Heimat und Familie auf grausame Weise genommen hatten. Ein Gesicht, das Johannes trotz allem mochte.

„Komm mit, das wird ein richtiger Spaß!“, ermunterte ihn Mattes und zog an seinem Ärmel.

Wenn er mitging, hatte er über kurz oder lang wieder etwas zu essen. Wenn nicht … Er gehörte zu ihnen. Schuldete ihnen sein Leben. Bei einem Blick in die Gesichter der Burschen um ihn herum wurde ihm klar, dass er keine Wahl hatte. Die würden ihn nicht einfach so wieder laufen lassen. Ob Mattes nun sein Freund war oder nicht.

„Gut, ich mache mit“, hörte er sich sagen, und war augenblicklich umringt von einer Schar lachender Kerle.

„Wir treffen uns auf dem Oberen Stadtplatz, sobald die Tore geschlossen sind. Bis dahin will ich keinen von euch auffällig sehen! Die jungen Herren werden nicht vor dem Bierläuten auftauchen. Wir müssen uns solange still verhalten, verstanden?“ Mattes sah eindringlich von einem zum anderen. „Und niemals die Herrschaften vor und noch weniger die Schergen hinter uns aus den Augen lassen! Es geht nicht darum, dass jeder so viel wie möglich zusammenrafft, sondern nur darum, am Leben zu bleiben und …“ Er stieß Johannes mit dem Finger auf die Brust, dass dem fast die Luft wegblieb. „… in Freiheit.“

Johannes hörte sein raues Lachen, das gleich wieder in einem Hustenanfall endete. Er wusste längst, dass es sich nicht um eine Erkältung handelte. Bruder Anselm hatte ihm von dieser Lungenkrankheit erzählt, die für die infizierten

Menschen tödlich endete. ‚Halte dich von solchen Kranken fern', hatte er ihm geraten. ‚Die Luft um sie herum ist giftig, du könntest dich anstecken.'

„Hast du das schon lange?", fragte Johannes Mattes deshalb.

„Was?"

„Den Husten! Verdammt noch mal, den Husten!"

„Oh ja, schon sehr lange. Er gehört zu meinem Leben." Mattes lachte wieder dieses raue Lachen, das sich beinahe wie ein heiseres Husten anhörte.

Und wird eines Tages dein Tod sein, schoss es Johannes durch den Kopf.

„Verstehst du was davon?", wollte Mattes wissen.

Johannes war vorsichtig. Der Vorfall in Linz steckte ihm noch tief in den Knochen.

„Wenig. Ich habe nur gehört, dass es schlimme Sachen gibt, und ich weiß nicht so recht …"

„Dann würde ich sagen, trennen wir uns", unterbrach ihn der Mattes. „Damit wir nicht auffallen. Zum Bierläuten um neun, beim letzten Glockenschlag, sind alle am Markt." Er sah nochmals einen nach dem anderen an, drehte sich dann um und ging weg.

„Wohin geht er?", fragte Johannes den, der neben ihm stand.

„Zur Katter", antwortete der und grinste unverschämt.

„Und wer ist die Katter?"

„Seine Hur!", krähte sein Hintermann.

„Ich dachte, sie heißt Afra?", fragte Johannes überrascht.

„Katter oder Afra, was ist der Unterschied? Eine davon ist immer dort, wo der Mattes sie braucht", gab der Bursche zurück. Dann zog er ebenfalls davon.

Johannes sah ihrem Anführer nachdenklich hinterher,

wie er, mit leicht hinkendem Gang und immer wieder hustend, aus seinem Blickfeld verschwand.

Eine Erinnerung tauchte in seinem Kopf auf, die auch etwas mit einem ungestümen Jungen und einer Hure zu tun hatte.

*

*Die Zeit verstrich. Johannes hatte mit dem Vater zusammen im Holzschlag gearbeitet, hatte harte und milde Jahreszeiten erlebt, hungrige Zeiten und Tage, während derer sie so viel zu essen hatten, dass sie sich reich und zufrieden fühlten.*

*Zweimal im Jahr zogen sie nach Admont zum Jahrmarkt, und jedes Mal schaute sich Johannes angstvoll nach Jakob um, weil er von Jahr zu Jahr mehr fürchtete, dieser würde eines Tages wirklich in aller Entschlossenheit mit den Söldnern ziehen. Jedes Mal war er erleichtert, wenn er ihn dann irgendwo zwischen den Buden und den Schaustellern entdeckte, und übersah tunlichst, dass sein Freund von Jahr zu Jahr betrunkener den Talweg hinauftorkelte, und begann, seinem Vater immer ähnlicher zu werden.*

*Einmal aber, zur Zeit des ersten Jahrmarktes im Frühling, bekam er einen Riesenschrecken. Er hatte sich für einige Zeit von den Eltern und der Schwester getrennt, um einem Zahnreißer bei der Arbeit zuzusehen, als er plötzlich sah, wie Jakob sichtlich angetrunken auf der anderen Seite des Marktplatzes neben einer Bude auftauchte, die Laternen, Anzünder und Tran anbot. Er folgte ihm in sicherem Abstand, und wunderte sich, warum Jakob so zielstrebig war, bis er erkannte, was er vorhatte.*

*Elisabeth hatte sich ebenfalls von den Eltern abgesondert, und schlenderte alleine über den Markt. Sie hatte sich mit einer Freundin verabredet, und wollte sich mit ihr vor der Stiftskirche treffen, als Jakob ihr den Weg vertrat und sie ansprach. Johannes konnte nicht hören, was er sagte, aber plötzlich wirbelten ihm die wunderlichsten*

*Gedanken durch den Kopf. Er versuchte, über den Platz zu seiner Schwester zu laufen. Es war ausgesprochen mühsam, sich einen Weg zwischen den Leuten hindurch zu bahnen, die ihn teilweise lachend festhielten und fragten, ob er seinem Liebchen hinterherlaufe oder gar dem Teufel entkommen wolle. Als er dann schließlich vor der Kirche ankam, waren die beiden verschwunden, und Johannes begann verzweifelt, sie zu suchen und nach Elisabeth zu rufen.*

*Schließlich stand er atemlos im Friedhof hinter dem Stift, und hörte ganz in seiner Nähe Geräusche, die ihn aufschrecken ließen. Deutlich vernahm er das verhaltene Kreischen einer Frauensperson, der wohl jemand den Mund zuhielt, und er rannte wie von Sinnen zwischen den Gräberreihen hindurch dorthin, wo er die Laute gehört hatte. Zu seinem Entsetzen sah er zwei Leute außerhalb des Kirchhofs neben dem Zaun sich im Grase wälzen, und erkannte an dem Hemd über dem sich jetzt wild auf und ab bewegenden nackten Hintern zwischen den hochgeschobenen Röcken einer Frau Jakob, der sich auch durch Johannes' Rufen nicht stören ließ.*

*Johannes stockte das Herz.*

*Beim Näherkommen sah er jedoch, dass es sich bei dem Weibsbild nicht um Elisabeth handelte. Erschöpft ließ er sich neben einem Grabkreuz nieder, den Kopf in die Hände gestützt und mit den wirrsten Gedanken beschäftigt.*

*Wie lange er dort saß, wusste er danach nicht mehr. Er sah irgendwann, wie Jakob brummend aufstand, seine Beinkleider zunestelte und dann irgendwo zwischen den Büschen draußen vor dem Kirchhof verschwand. Wenig später trollte sich auch das Weib, nachdem es sich die Haare notdürftig wieder geordnet, die Röcke ausgestreift und vom Gras gesäubert hatte. Kurz sah sie zu dem Jungen herüber, der sie von seinem Platz neben dem Grabkreuz aus anstarrte, und reckte ihm auffordernd ihre Brüste entgegen, die prall aus dem Ausschnitt lugten. Als der aber keine Anstalten machte, es dem anderen jungen Bock gleichzutun, zuckte sie verächtlich die Schultern und wandte sich mit einem ordinären Hüftschwung zum Gehen.*

*Es gab genug geile Böcke, die ihre Dienste in Anspruch nehmen und gut bezahlen würden, da kam es auf den Grünschnabel dort nicht an. Eines Tages würde er sie schon wollen, da war sie ganz sicher. Sie kannte die Männerleute.*

*Als Johannes später seine Schwester wiederfand, nahm er sie wortlos in die Arme und steckte den Klaps kommentarlos ein, den sie ihm verpasste, weil sie sich seiner Vertraulichkeiten wegen schämte.*

*Jakob traf er tags darauf wieder, als der sich im Bach sein verquollenes Gesicht wusch. Er tat zunächst überrascht, als er hörte, dass er sich mit einem Weibsbild eingelassen haben sollte, und schien sich an nichts mehr zu erinnern. Er hatte wohl die ganze Nacht irgendwo im Freien verbracht.*

*„Jetzt weiß ich wenigstens, wohin mein ganzes Geld gekommen ist“, brummte er schließlich, als Johannes nicht aufhörte, ihn zu beschimpfen.*

*„Dein Geld?“, fragte Johannes verwirrt.*

*„Glaubst du, die Huren aus der Stadt machen's dir ohne Geld?“, knurrte Jakob und blies ihm eine widerliche Alkoholfahne ins Gesicht. „Nächstes Mal nehme ich dich mit, damit du endlich selber erfährst, was die Alten treiben, wenn sie Spaß haben wollen.“ Er kicherte albern in sich hinein. „Außerdem soll über dich mal keiner sagen können, du seiest ein Versager wie dein Vater. Bei den drallen Weibern aus der Stadt lernst du, wie's richtig geht, anders als bei den Mädchen im Dorf, die sich ständig wehren und bloß zum Kindermachen taugen.“*

*Johannes fühlte, wie ihm das Blut in den Kopf stieg.*

*„Ich bezahl dir eines dieser Weiber“, fuhr Jakob fort und leckte sich die Lippen. „Irgendwann bezahl ich dir eins. Weil ich dein Freund bin.“ Er rülpste und stand schwankend vor Johannes, den er ansah, als rechne er aus, was ihn das kosten könnte.*

*„Aber du selber --- dein Vater …“*

*„Ach was, mein Vater!“ Jakob winkte ab. „Wenn er Spaß dran hat! Und er hat recht: Wozu sonst sind die Weiber da, wenn nicht*

*dazu, dass man ihnen ordentlich die Furchen pflügt!*", grölte er und machte eine obszöne Geste.

„Aber er hat dich doch auch ..."

„Mich?" Jakob schnalzte mit der Zunge und schaute sich hektisch um. In verschwörerischem Ton erzählte er: „Ich wollte, dass er's nur noch mit mir treibt und meine Schwestern in Ruhe lässt. Aber ich wollte ihm auch zeigen, was er mir antut. Eines Abends, als er noch auf unserem Acker arbeitete, habe ich ihm von hinten zwischen den Beinen hindurch an den Sack gelangt. Er ist herumgefahren und hat mich angeschrien, ich soll meinen dreckigen Schwanz lieber in die Weiber stecken und nicht so sündige Gedanken haben. Seitdem lässt er mich in Ruhe. Er hat mich auch nie wieder geschlagen." Jakob grinste den Freund blöde an.

Dann ließ er sich noch eine Zeit lang über die körperlichen Vorteile der Weiberleute aus, bevor er in apathisches Schweigen verfiel und mit den Fußspitzen Kreise in den Sand zu malen begann.

Johannes war fassungslos. Er wischte sich mit einer fahrigen Bewegung die Haare aus der Stirn und musterte den Freund von oben bis unten. Er konnte sich kaum vorstellen, dass das alles stimmte, was er gerade gehört hatte. Zu seiner Überraschung musste er jedoch feststellen, dass die Männlichkeit in seiner Hose sich auf schamlose Weise versteift und aufgerichtet hatte. In seinem Kopf entstanden gleichzeitig die seltsamsten Bilder. Jakob musterte ihn grinsend.

„Du weißt, dass die Katholischen beichten müssen, wenn sie Hand an sich legen, nicht wahr?", feixte er. „Der Pfaffe in der Stiftskirche wird immer ganz unruhig, wenn man ihm davon erzählt, die alte Sau. Kann danach kaum noch den Beichtzettel ausfüllen. Was haben wir für ein Glück, dass wir Protestantische sind!" Er klopfte fast zärtlich auf die ausgebeulte Stelle in der Hose seines Freundes, dass dieser erschrocken seine Hand wegschlug. „Denk gar nicht erst an meinen Arsch, mein Freund." Er kam mit dem Mund nahe an Johannes' Ohr. „Ich möchte nur wissen, wem der geile Bock in der Stiftskirche beichtet, was er während der Beichte mit seinen Händen treibt."

*Er musterte sein Gegenüber grinsend. „Dass er verfressen und versoffen ist, und sich ab und zu eine von den Huren nimmt, die zum Jahrmarkt kommen, wissen alle hier. Was er auf seiner Bank hinter dem Vorhang treibt, während er sich die schmutzigen Geschichten der Böcke aus seiner Schafherde anhört, kann sich jeder denken."*

*Nur ich nicht, fuhr es Johannes in den Sinn.*

*Aber was scherte ihn der katholische Pfaffe, um den es hier ging?*

*„Nimm dir eines der Hurenweiber, bevor dir die Hose platzt", riet ihm Jakob und zwinkerte dem Freund verschwörerisch zu.*

*„Woher hast du das Geld für ...", fragte Johannes vorsichtig.*

*„Geht dich nichts an."*

*Johannes blieb der Mund offen stehen.*

*„Gestohlen?"*

*Er konnte sich nicht vorstellen, dass irgendjemand im Tälchen Geld besaß, das er sich einfach so stehlen ließ. Der Opferstock in der Stiftskirche, fuhr es ihm durch den Kopf. War der nicht vor einigen Wochen geplündert worden?*

*„Geht dich nichts an!", wiederholte Jakob ungehalten. „Kümmere dich um deine Schwester, wenn du nicht willst, dass sie irgendwann unter einem Sauhund wie mir liegt, der sie für alle Zeiten verdirbt, hörst du?"*

*„Was wolltest du gestern von meiner Schwester?", fragte Johannes schnell, weil ihm einfiel, weshalb er am Vortag hinter ihm hergelaufen war. Außerdem wollte er in Wahrheit gar nicht so genau wissen, wie Jakob sich das Geld für die Weiber und den Most beschafft hatte, dem er maßlos zugesprochen haben musste.*

*„Keine Angst", entgegnete der Freund, plötzlich erstaunlich nüchtern. „Ich vergreife mich nicht an Elisabeth." Er seufzte abgrundtief. „Sie ist zu schade für einen versauten Bock wie mich."*

*Damit wandte er sich abrupt um und schlug den Nachhauseweg ein, ohne sich noch einmal nach dem Freund umzudrehen.*

*Johannes ließ ihn ziehen und beschloss, seinen Nachbarn in Zukunft aus dem Wege zu gehen - wenngleich er auch zugeben musste, dass ihn Jakob auf erregende Weise neugierig auf die losen Stadtweiber gemacht hatte.*

*„Ich muss das nicht beichten wie die Römischen", keuchte er, nachdem er sich etwas abseits des Weges von seinen Qualen in Kopf und Lenden befreit hatte.*

*

Jakob.

Ob eine der Leichen, die er im ausgebrannten Wohnhaus der Nachbarn gesehen hatte, seine sterblichen Überreste waren?

Ein seltsames Gefühl zog durch seinen Körper. Es war, als wühlten eiskalte Finger in seinen Eingeweiden. Etwas schien ihn zu warnen, zur Flucht zu gemahnen. Er wusste, dass er auf diese Warnung hören sollte.

Er konnte nicht.

Die Angst davor, seine neuen Freunde zu verlieren, sich weiter allein durchschlagen zu müssen, oder dass sie sich gar gegen ihn wandten, war größer.

Er wusste, sie würden sich immer wieder treffen, da sie alle nur ein Ziel hatten: Aus diesem Irrsinn herauszukommen und außerhalb ihrer Heimat ein neues Leben zu beginnen. Burschen wie sie mussten zusammenhalten, wenn sie nicht untergehen wollten.

Noch etwas wurde ihm in diesen Augenblicken klar: Er brauchte sie, aber sie brauchten ihn nicht. Er musste mitmachen oder schnellstens verschwinden.

Erschrocken sah er sich um, weil er glaubte, man sähe ihm seine Gedanken an. Aber auch die übrigen Burschen hatten sich inzwischen getrollt.

Johannes beschloss, seine Gedanken und Gefühle in die hintersten Winkel zu verbannen und sich Mattes'

Führung zu unterstellen.

Er schlenderte eine Zeit lang wahllos durch die Gassen, hielt sich von der Silberzeile fern, um nicht weiter aufzufallen. Dort hielten sich hauptsächlich Menschen der gehobenen Gesellschaft auf. Da hatte er nichts zu suchen.

Dann sah Johannes etwas, das sein Herz höher schlagen ließ. Er hatte zwar unterwegs überall Hühner, Enten und anderes Getier beobachtet, das unbehelligt im Schmutz der Gassen herumscharrte und nach Fressbarem suchte, dann aber unweit der Stadtmauer, halb verborgen zwischen einem Schweinekoben und einem halb zerfallenen Gemäuer, eine Sau mit ihren Jungen entdeckt. Johannes war sicher, dass die Tiere hier auch nach Anbruch der Dunkelheit zu finden sein würden, und kundschaftete aus, wohin er fliehen könnte, falls man seine geplante Untat entdecken sollte.

Eine Weile noch trieb er sich in der Gegend herum, und traf sich zum Bierläuten wie vereinbart mit den übrigen am Oberen Stadtplatz.

Der Plan schien aufzugehen. Die jungen Randalierer kamen zwar früher als erwartet aus einem der Wirtshäuser, zogen dann aber wie vorhergesagt grölend und lärmend durch die Straßen. Obwohl sie keine Laterne mit sich führten, konnte man leicht ausmachen, wo sie sich gerade befanden, denn sie gaben sich nicht die geringste Mühe, leise zu sein. Selbst ein Uneingeweihter konnte an der Art, wie sie ihre Possen rissen, erkennen, dass jemand ganz hoch oben seine Hand über sie hielt.

Die Burschen um Mattes waren außergewöhnlich flink. Sie blieben dem Häuflein vor sich dicht auf den Fersen, aber hin und wieder verschwand der eine oder andere, um sich kurz darauf mit einem vielsagenden Augenzwinkern und ausgebeulter Jacke wieder zu den Freunden zu gesellen, und ihnen als aufmerksame Nachhut zu dienen.

Es ging ganz gut, und Johannes freute sich schon auf sein ausgekundschaftetes Ferkel, als plötzlich vor ihnen ein Tumult ausbrach, der sie zwang, sich in eine der Seitengassen zu verdrücken.

Die Wachen hatten sich die ganze Zeit hinter den jungen Unruhestiftern und damit auch hinter der ihnen wie ein Schatten folgenden Schar der Jungen um Mattes gehalten. Aber irgendwo hatten sie sich offenbar unbemerkt geteilt und sich vor und hinter die beiden Häuflein junger Männer geschoben.

Den Kerlen um Mattes blieb nur noch, so schnell wie möglich abzuhauen und unterzutauchen. Denn jetzt gingen überall Fenster und Türen auf, und vereinzelt sah man die Lichter von Laternen in der Dunkelheit hüpfen.

„Bringt eure Beute an den vereinbarten Ort. Wir treffen uns bei der Katter!", flüsterte Mattes seinen Leuten zu und war auch schon verschwunden.

„Los, hau schon endlich ab!", zischte einer neben Johannes.

„Aber …" Johannes zögerte. Er hatte noch immer nichts zu essen. Die Sau mit ihren Jungen war noch eine Gassenecke weiter.

„Red' nicht, hau ab!"

Johannes schlich wie ein getretener Hund davon.

Er traute sich nicht, zum Haus der Katter zu gehen, weil er sicher war, von den anderen Jungen seiner Erfolglosigkeit wegen ausgelacht zu werden. Oder, was noch schlimmer war, dass sie ihre Beute mit ihm teilten und ihn mitessen ließen. Er würde vor lauter Scham keinen Bissen hinunterbekommen. So suchte er sich schließlich ein Plätzchen in einem Schuppen, dessen Tür unverschlossen war, und legte sich mit knurrendem Magen und zitternden Knien auf einen Haufen Rupfensäcke. Erschöpft schlief er ein. Aber schon nach kurzer Zeit erwachte er durch einen kräftigen Stoß gegen sein Hinterteil und fuhr entsetzt in die Höhe. Vor ihm stand einer der Stadtknechte, der ihn grob am Arm hochzog. Ein Stich fuhr ihm durch die Brust. Die gebrochene Rippe.

„Na, wen haben wir denn da?“, fragte jener höhnisch und hielt ihm eine Laterne direkt vor die Nase.

„Du bist wohl einer von dem Gesindel, das heute Nacht hier sein Unwesen getrieben hat, was?“, dröhnte eine zweite Stimme direkt hinter Johannes, und er spürte einen energischen Tritt gegen seine Kniekehlen, der ihn einknicken und zu Boden sinken ließ. Da ihn einer der beiden Männer noch immer an der Rechten festhielt, und er sich nicht mit der verletzten Linken abfangen konnte, krachte er mit dem ganzen Gewicht auf die Knie.

„Steh auf!“, herrsche ihn der mit der Laterne an.

Johannes gehorchte. Er spürte einen spitzen Gegenstand in seinem Rücken, das überzeugte ihn. Mühsam erhob er sich. Der mit der Laterne ging voraus, der andere trieb ihn vor sich her.

Als sie aus der Scheune traten, sah Johannes, dass sich ein paar Leute im Schein einiger Fackeln auf der Straße versammelt hatten. Die brachen in wütendes Geschrei aus, als sie ihn sahen. Johannes hörte nur den Lärm, den sie machten. Sein Kopf schien nicht verstehen zu wollen, was seine Ohren hörten. Er wusste auch so, dass sie in ihm ein dankbares Opfer gefunden hatten, das sie nur zu gerne für den Schaden verurteilt sahen, der ansonsten ungesühnt bleiben würde. Dabei spielte es keine Rolle, wer die eigentlichen Übeltäter waren.

Auf seinem Weg zwischen den beiden Stadtknechten blickte er stumm vor sich hin. Zu viel ging in seinem Kopf herum. Immer wieder sah er in Gedanken den Mattes vor sich, wie er die Bewegung des Halsabschneidens und des Aufknüpfens machte. Dabei hatte er nicht einmal ein Huhn unter dem Hemd, das man ihm zum Vorwurf machen könnte. Was also würden sie mit ihm anstellen?

Plötzlich wurde ihm schwarz vor Augen. Er klappte einfach mitten auf der Straße zusammen.

Als er wieder zu sich kam, lag er auf dem Pflaster. Sein rechtes Knie schmerzte. Jemand zerrte ihn ausgerechnet an seiner verletzten linken Hand hoch und schob den vor Schmerz aufheulenden Jungen grob vor sich her.

Johannes stellte fest, dass sie sich in einem Hof befanden, der von einigen Fackeln gespenstisch ausgeleuchtet wurde. Bei einem scheuen Blick umher glaubte er zu wissen, dass er sich im Innenhof des Schlosses befand, konnte sich aber nicht daran erinnern, den Hügel hochgegangen zu sein. Vermutlich hatten sie ihn einfach mitgeschleift und bis jetzt hier liegen gelassen.

Eine Tür tat sich auf und man stieß ihn in den Flur dahinter. Zwei, drei Männer traten und schoben ihn vor sich her bis zu einer Treppe, die er mehr hinunterfiel als ging, und dann einen dunklen Gang entlang. Vor einer massiven Holztür hießen ihn seine Bewacher anhalten. Einer drehte einen riesigen Schlüssel in dem eisernen Schloss, das in das dicke Holz eingelassen war, und der Junge stolperte in den von einer rußenden Fackel spärlich beleuchteten Raum hinein. Er hörte, wie die Tür hinter ihm zugezogen und Schloss und Riegel mit einem quietschenden Geräusch geschlossen wurden.

Johannes ließ sich dort, wo er gerade stand, auf den Boden sinken. Er betastete sein schmerzendes Knie und stellte seufzend fest, dass es aufgeschlagen und angeschwollen, aber nichts gebrochen war.

Ein raschelndes Geräusch ließ ihn herumfahren. Da

hörte er ein leises Pfeifen, und das Blut gerann ihm fast in den Adern: Ratten!

Er tastete sich im erlöschenden Schein der Fackel zur nächsten Wand vor, bis sein Fuß gegen etwas Weiches stieß, das auf der Erde lag. Sein erneuter Aufschrei mischte sich mit einem anderen Ton, der aus dem weichen Etwas kam.

„Mattes!"

„Ah, haben sie dich also auch erwischt", sagte der heiser.

„Wo sind die anderen?", wollte Johannes wissen.

„Entwischt, hoffe ich. Hier sind sie jedenfalls nicht."

Mattes hustete, und Johannes zog sich ein Stück von ihm zurück.

„Wie konnte das nur geschehen?", fragte er aufgebracht. „Ich dachte, dein Plan ist so gut?"

Er hörte, wie Mattes leise lachte.

„Der Plan war auch gut. Aber die hatten noch einen besseren."

Johannes ließ sich neben dem Freund auf den Boden sinken.

„Hör zu", begann Mattes erneut. „Wir werden heil wieder herauskommen. Die anderen werden uns hier nicht zugrunde gehen lassen."

Daran zweifelte Johannes im Augenblick allerdings sehr. Wie sollten ihn die Kameraden denn aus diesem Gefängnis befreien können?

Wie recht er mit seinen Zweifeln hatte, wurde am nächsten Tag auch Mattes bewusst. Man zerrte sie aus ihrem Gefängnis und schob sie zusammen mit einigen anderen Männern die Treppe hoch. Johannes hatte richtig vermutet: Sie befanden sich im Schloss. Im Innenhof wurden sie bereits von einer Gruppe Bewaffneter erwartet.

„Am fünfzehnten Mai war Jahrestag!“, raunte einer der Gefangenen Johannes zu.
„Jahrestag?“
„Haushamer Feld.“
Johannes schrak zusammen.
„Die Bauern haben sich über Pfingsten zu einem Aufstand zusammengerottet“, flüsterte sein Nebenmann. „Das wird noch ein übles Gemetzel.“
„Ruhe!“, dröhnte die Stimme des diensthabenden Wachmeisters durch den Hof.
Er ließ einen nach dem anderen wissen, was ihn erwartete: Tod durch den Strang. Abhacken einer Hand. Stockhiebe. Das habe ein Gerichtsverfahren des vergangenen Tages ergeben.
Alle Delinquenten erhoben laut Einspruch. Sie hatten das Recht auf Verteidigung, das man ihnen aber verweigerte.
„Nach welchen Gesetzen wird hier gerichtet?“, fragte einer der Männer.
„Halt's Maul!“
Man zwang auch die Übrigen mit auf sie gerichteten Spießen, den Mund zu halten.
Der Wachmeister verlas die Urteile.
Die Missetaten waren unterschiedlich. Vom Diebstahl über schweren Betrug bis zur Auflehnung gegen die Obrigkeit war alles vertreten. Sie waren angeblich auf frischer Tat ertappt worden.
Das genügte.
Dann fasste der Wachmann Mattes und Johannes ins Auge.
Ihnen warf er Diebstahl und nächtliches Herumtreiben vor. Da weder Mattes noch sein Freund des Diebstahls überführt werden konnten, blieb noch das Herumtreiben

übrig. Dafür waren jeweils zwanzig Stockschläge vorgesehen. Außerdem mussten sie nach erfolgter Prozedur und der notdürftigen Behandlung dabei entstandener Wunden am darauffolgenden Tag die Stadt verlassen.

Ihre Strafe wurde sofort und vor allen anderen ausgeführt. Das ersparte den Jungen zumindest den Anblick der Strafmaßnahmen gegen die übrigen Gefangenen. Die beiden wurden bäuchlings über eine Bank gelegt und festgebunden. Dann sausten im Wechsel Stöcke auf Rücken, Beine und Hinterteile. Mehrere Stockschläge erwischten Johannes auf der verletzten Schulter, die höllisch schmerzte. Zum Glück traf ihn kein Schlag auf die Rippe, die ihm während seiner Bauchlage auch ohne weitere Misshandlungen ernsthafte Schwierigkeiten bereitete.

Tränen rannen über sein Gesicht. Weniger vor Schmerz als vor hilfloser Wut über diese Situation, die er weniger einer Schuld, als eher der Willkür eines Richters zuschob, den er noch nicht einmal gesehen hatte.

Die ersten Hiebe steckte er klaglos ein. Die übrigen begleitete er mit zornigem Aufheulen.

Mattes hatte Blut gespuckt, während man ihn schlug. Das hinderte die Vollstrecker jedoch keinesfalls daran, die zwanzig Hiebe auszuführen.

Plötzlich hörten sie eine Stimme leise singen. Dann fielen andere ein, bis der ganze Innenhof erfüllt war vom Gesang der Männer, die auf ihre Hinrichtung warteten und die Schreie der Gequälten übertönten.

*Aus tiefer Not schrei' ich zu dir.*
*Herr Gott, erhör mein Rufen.*
*Dein gnädig' Ohr neig' her zu mir*
*und meiner Bitt' es öffne;*
*denn so du willst das sehen an,*

*was Sünd' und Unrecht ist getan,*
*wer kann, Herr, vor dir bleiben?*
*Bei dir gilt nichts denn Gnad' und Gunst,*
*die Sünde zu vergeben;*
*es ist doch unser Tun umsonst*
*auch in dem besten Leben.*
*Vor dir niemand sich rühmen kann;*
*es muss dich fürchten jedermann*
*und deiner Gnade leben.*

Ein Luther-Lied.

Einer der Wachleute versuchte, den Sängern Einhalt zu gebieten. Aber der Wachmeister hinderte ihn daran, indem er ihm in den Arm fiel, bevor jener den Nächstbesten schlagen konnte.

„Lasst sie singen", sagte er in nicht erwarteter Milde. „Wir haben gesprochenes Urteil gegen Rechtsvergehen zu vollziehen. Wir sind nicht berufen, uns in religiöse Geplänkel einzumischen."

Johannes würde es dem Wachmann nie vergessen.

Ohne auch nur einen weiteren Klagelaut von sich zu geben, humpelten die beiden am Ende der Prozedur zwischen ihren Bewachern zurück in ihre Zelle, wo sie erschöpft zu Boden fielen.

Nach einer endlos scheinenden Zeit öffnete sich die schwere Tür und ein Mann kam zu ihnen, von dem Johannes nur die ledernen Stiefel sah. Er lag inzwischen bäuchlings auf einer der beiden Pritschen, die man für sie hereingeschoben hatte.

„Ist diese Salbe dem Herrn wohlgefällig?"

Ein Tiegel mit wohlriechender Salbe wurde ihm unter die Nase geschoben, und Johannes richtete sich halb auf, um zu sehen, wer da vor ihm hockte: Es war der Gehilfe des Zahnreißers aus Linz.

„Georg!“

„Ist diese Salbe dem Herrn wohlgefällig?“, frage jener erneut.

„Das ist sie, ja.“

Johannes sank erschöpft auf seine Pritsche zurück. Es war ihm nicht möglich, sich umzudrehen, so sehr schmerzten die Striemen auf Rücken, Beinen und Hinterteil.

„Bleib liegen“, befahl Georg barsch. „Diese Salben hier sind gestern von mir selber frisch zubereitet worden, sie werden den Schmerz lindern und helfen, deine Wunden zu heilen.“

Vorsichtig reinigte Georg die aufgeplatzten Striemen und strich dann die Paste auf die verletzte Haut, deren Bestandteile er ihm dabei nannte, immer darauf bedacht, seinem Patienten dabei nicht allzu sehr weh zu tun. Er versorgte auch seine geschwollene Hand und renkte mit gekonntem Griff die Schulter ein.

Dann kümmerte er sich um Mattes, der vor der Pritsche auf dem Boden lag und die Behandlung ohne jeden Laut über sich ergehen ließ.

„Wie kommst du hierher?“, fragte Johannes den ehemaligen Zahnreißergesellen, während er staunend zusah, wie Georg mit geübter Hand seine Salben auf den Wunden des Freundes verteilte.

„Lange Geschichte.“

Während sich Georg noch um Mattes kümmerte, erfuhren die beiden, dass jener auf dem Markt in Schärding die Tochter eines Henkers kennengelernt hatte. Da der Henker einen Knecht suchte, der ihm zur Hand ging, blieb Georg bei ihm. Er kannte sich ja bereits mit vielem aus, was er auch als Henkersgeselle wissen musste, und versorgte nach den ‚Behandlungen' der Delinquenten die Spuren dessen, was der Freimann an ihnen vollzogen hatte.

Vor wenigen Monaten hatte er überdies die Tochter des Henkers geheiratet.

Da man die Henker als ehrlos bezeichnete, zählte fürderhin auch Georg zu ihnen. Was ihn aber nicht weiter kümmerte. Er war lieber ein sesshafter Henkersknecht ohne Ehre als ein verfolgter Protestant ohne Ziel.

„Ich habe ein Ziel", warf Johannes ein. „Ich will meine Schwester finden und in einem freien Land ein neues Leben beginnen!"

Georg lachte nur darüber, und selbst Mattes ließ ein Grunzen hören, das eher Zweifel als Zustimmung auszudrücken schien.

„Warst du dabei, als man uns die Stockschläge verabreicht hat?", wollte Johannes schließlich wissen.

„Ja."

Georg verschloss sorgfältig seine Tiegel und schob sie in den mitgebrachten Leinensack. Dann ging er neben Johannes erneut in die Hocke.

„Ihr solltet die Stadt unverzüglich verlassen. Wenn man euch draufkommt, dass ihr Protestantische seid, habt ihr hier nichts zu lachen."

„Aber du bist doch auch einer", wandte Johannes ein.

„Ich war einer", gab Georg zurück. Er legte Johannes vorsichtig eine Hand auf die Schulter.

„Leb wohl, mein Freund!"

„Kommst du nicht wieder?", fragte Johannes und hob vorsichtig den Kopf.

„Nein. Ich darf nur die erste Versorgung nach der ausgeführten Strafe vornehmen. Was weiter mit euch geschieht, darf mich nicht kümmern."

Johannes ließ seinen heißen Kopf auf das kühle Holz

der Pritsche zurücksinken.

„Ich danke dir."

„Das bin ich Leuten wie dir schuldig."

Damit wandte er sich um und ließ die beiden allein.

Am nächsten Tag verließen sie auf Geheiß der Wachen das Schloss. Ein gepflasterter Weg führte zwischen imposanten Bürgerhäusern hinunter zur Silberzeile und von dort weiter zum nächstgelegenen Stadttor. Neugierige Blicke hatten sie begleitet, wichtigtuerisches Getuschel hinter vorgehaltenen Händen. Aber niemand kümmerte sich weiter um die beiden abgerissenen Gestalten. Man ließ sie unbehelligt die Stadt verlassen. Über eine steinerne Brücke gelangten sie schließlich zum anderen Inn-Ufer.

Die Striemen der Stockschläge schmerzten höllisch. Zum Glück hatte sich Johannes' Schulter inzwischen so weit beruhigt, dass es erträglich war. Auch die Rippe tat nicht mehr allzu weh, wenn er sich nicht gerade ruckartig bewegte.

„Kalte Umschläge müssten wir machen", sagte Johannes, als sie sich außer Sichtweite der Stadt am Inn-Ufer befanden. Sein Wissen um die schmerzlindernde Wirkung von Campher, Pfefferminze und Beinwell half gerade sehr wenig. Die würden sie nicht hier am Wegesrand finden, und einen Apotheker konnten sie sich nicht leisten.

Johannes zog seine Beinkleider hoch und besah sich die blau angelaufenen Striemen, die der Stock auf seinen Beinen hinterlassen hatte. Auf seiner rechten Wade war die Haut aufgeplatzt und hatte sich entzündet. Sein Knie war durch den Sturz bei seiner Festnahme dick geworden und blau angelaufen und seine Hand ebenfalls noch angeschwollen. Allerdings konnte er die Finger schon wieder etwas bewegen. Vielleicht war sie ja nur gequetscht oder geprellt und nichts darin gebrochen. Es war ihm gleichgültig. Wenn er sie nur eines Tages wieder gebrauchen konnte.

Mattes lag bewegungslos im Gras. Johannes kroch auf ihn zu und rüttelte ihn vorsichtig an den Schultern.

„Wir müssen hier weg", sagte er leise. „Am besten, wir suchen ein Schiff …"

Mattes bewegte langsam den Kopf von einer Seite zur anderen.

„Du. Ich nicht."

„Warum nicht?"

Der junge Mann öffnete die Augen und heftete seinen Blick lange auf das Gesicht des Freundes.

„Wie du bereits bemerkt hast, ist mein Husten alles andere als eine Erkältung. Ich werde nicht sehr weit kommen."

„Aber hier wirst du auch nicht liegen bleiben", sagte Johannes bestimmt und zog den Freund in die Höhe. Der bekam so einen heftigen Hustenanfall, dass dem Jungen angst und bang wurde. Um Luft ringend sank Mattes wieder zurück auf den Boden.

„Hör zu", keuchte er mühsam. Er zeigte nach Westen. „Wenn du die Straße entlang gehst, erreichst du nach einem Tagesmarsch Ortenburg, wo wir Protestantischen willkommen sind." Er hielt einen Augenblick lang inne und schnappte nach Luft. „Die übrigen Kameraden sind nach dort unterwegs. So jedenfalls war der Plan."

Er verzog säuerlich das Gesicht, als er Johannes' spöttisches Grinsen sah.

„Ja, so war der Plan!", warf er ihm zornig entgegen. „Ob er gelingen wird oder nicht, liegt nicht in ihrer Hand, das weißt du." Er schloss ermattet die Augen. „Halt die Augen offen, mein Freund. Sie werden dich mitnehmen, wenn du auf sie triffst. Ich habe ihnen gesagt, dass du für alle Zeiten einer von uns bist und sie auf dich achtgeben sollen."

Sein Kopf sank etwas zur Seite.

„Ich lasse dich nicht hier liegen", sagte Johannes bestimmt und schob seinen Arm unter die Achseln des Freundes. „Los, steh auf. ‚Ich bin einer von euch', hast du gesagt. Also werde ich auf dich achtgeben."

Mattes schüttelte müde den Kopf.

„Mach dir um mich keine Gedanken. Und jetzt hau ab, los, verschwinde, bevor man dich wieder einfängt!"

Johannes ging nicht darauf ein. Er zog Mattes hoch, legte dessen Arm um seine Schultern und ging langsam die Straße entlang. Sein rechtes Bein schmerzte höllisch und die Striemen der Stockhiebe schienen seinen Rücken zerrissen zu haben. Was Mattes aushalten musste, daran wagte er gar nicht erst zu denken.

Der gab nach erfolglosem Protest auf, sich gegen Johannes zu wehren, und ließ sich von ihm Schritt für Schritt vorwärts schleppen. Während sie mühsam den Waldrand erreichten, ging Johannes durch den Kopf, was sein Nebenmann im Schlosshof zu ihm gesagt hatte. Dass sich das Haushamer Blutgericht gejährt hatte. Langsam dämmerte ihm, dass sich das angestimmte Luther-Lied nicht nur auf die vollzogenen Urteile im Schärdinger Schloss bezogen haben mochte. Für Eingeweihte war es eine deutliche Botschaft.

Schließlich erzählte er Mattes von seinen Gedanken, der weiter hustend an seiner Schulter hing und immer langsamer wurde.

„Was bedeutet das alles?", fragte er.

„Ich habe gehört, dass eine Gruppe Bauern am Jahrtag vom Haushamer Feld aufgebrochen ist, um wie seit ewigen Zeiten zu Pfingsten nach Lembach zu pilgern", begann

Mattes stockend zu berichten. „Die Katter hat mir erzählt, dass die Bairischen einem der Bauern den Gaul gestohlen haben. Daraufhin sind sie über die Soldaten hergefallen und haben ein paar von ihnen erschlagen."

Mattes war stehen geblieben und hustete erneut zum Gotterbarmen. Dabei spuckte er immer wieder Blut auf den Boden. Mehr als je zuvor. Johannes wusste, dass es mit dem Freund zu Ende ging. Er konnte ihm nicht helfen. Aber er wollte ihn auch nicht allein und seinem Schicksal überlassen. Deshalb zog er ihn zur Seite und ließ sich mit ihm am Wegrand nieder. Schweißperlen standen auf Mattes' Stirn, der sich Rotz und Blut mit seinem Ärmel vom Gesicht wischte. Johannes sah, dass ihm auch ein paar Tränen über das verschmierte Gesicht rannen. So hart er sich auch geben mochte, so war Mattes eben doch nichts als ein Junge, der viel zu früh gealtert war.

„Ich weiß, dass die Bauern anschließend weitergezogen sind und unter einem gewissen Christoph Zeller die Leute vom Herberstorff bei Peuerbach vernichtend geschlagen haben", fuhr der Freund nach einer kleinen Verschnaufpause fort.

„Was?"

„Es muss ein furchtbares Gemetzel gewesen sein, dem viele seiner Männer zum Opfer fielen. Der Ort wurde völlig niedergebrannt."

Johannes konnte es kaum glauben. Peuerbach! Da war er doch erst vor kurzer Zeit gewesen!

„Mit Dreschflegeln und Sensen gegen eine Soldateska, die …"

Mattes presste beide Hände auf die Brust.

„Sei still", befahl Johannes. „Still."

„Lass mich", wehrte sich Mattes und fuhr fort: „Du suchst doch den Stoffel Hauser aus Griesbach. Der dich bestohlen hat.“ Als Johannes etwas einwenden wollte, wischte Mattes eine schwache Geste mit der Hand durch die Luft. „Der ist nach Passau gegangen. Such die Kameraden, die helfen dir, ihn zu finden.“

„Sei jetzt einfach still!“, fuhr Johannes ihn erneut an. Er würde zwar nur zu gerne gehört haben, woher Mattes das wusste, wollte den Freund aber nicht zu sehr belasten.

„Deine Elisabeth …“, fuhr Mattes unbeirrt fort.

Johannes riss überrascht die Augen auf.

„Was ist mit Elisabeth?“, fragte er heiser. „Weißt du etwas über sie?“

„Ich habe davon gehört, dass Bairische damit geprahlt haben, ein paar lausige Anwesen im Gesäuse dem Erdboden gleichgemacht zu haben.“ Er schnappte nach Luft. „Sie hätten nichts gefunden, was sie mitnehmen konnten. Außer einem jungen Weib.“

„Wo hast du die Kerle gesehen?“, fragte Johannes aufgelöst, der sich nicht erklären konnte, warum ihm Mattes das nicht schon früher erzählt hatte. Der hatte doch um seine Sorge wegen der Schwester gewusst!

„Nicht ich habe sie gesehen.“ Mattes schnappte erneut nach Luft. „Einer von ihnen war mit mir bei der Katter. Der hat das erzählt. Heißt Jakob.“

„Jakob?“

„Kennst du den? Ist das der, von dem du erzählt hast?“, fragte sein Freund mit müder Stimme.

Johannes zuckte mehr entsetzt als ratlos die Schultern. Dass Jakob Huren aufsuchte, passte zu ihm. War also schon möglich, dass es sich bei dem Freier dieser Katter um den alten Freund handelte. Aber er war mit Sicherheit nicht der Einzige, der Jakob hieß. Woher sollte er wissen, dass es sein ehemaliger Freund war?

„Er hat gesagt, dass er sich ihnen freiwillig

angeschlossen habe, damit sie ihn nicht auch umbringen wie seine Familie."

Mattes schaute forschend in Johannes' Gesicht. Das war leichenblass geworden.

„Und der hat was von Elisabeth gesagt?", fragte Johannes tonlos.

„Dass er ein paar Kerle dabei erwischt habe, wie sie ein junges Weib aus der Nachbarschaft schändeten, hat er gesagt. Konnte nichts dagegen tun. Habe nur dafür gesorgt, dass man sie nicht umgebracht, sondern mitgenommen hat."

Johannes war übel geworden.

Elisabeth!

Sie war doch noch ein Kind gewesen!

Mein Gott, in was für einer Zeit lebten sie?

Mattes bekam einen erneuten Hustenanfall, an dem er fast erstickte. Er drehte sich zur Seite und röchelte nur noch Unverständliches. Obwohl Johannes sich kaum bezähmen konnte und so vieles fragen wollte, sagte er: „Sei still jetzt, Mattes. Sei bitte still."

Aber das hätte er dem Freund nicht zu sagen brauchen. Der brach mit einem erneuten Hustenanfall völlig zusammen. Es war zu anstrengend für ihn geworden. Nichts half mehr. Mattes fiel in tiefe Bewusstlosigkeit, aus der er nicht mehr erwachte. Johannes bettete schließlich den Kopf seines toten Freundes behutsam auf den Schoß und strich ihm über die schweißnasse Stirn, die langsam kühler wurde.

Tränen rannen ihm übers Gesicht. Er kramte die kleine Schelle aus seinem Lederbeutel, die er in Efferding erhalten hatte, und ließ sie ganz leise neben Mattes' Ohr klingen. Wieder hatte ihm ein unbarmherziger Tod einen Menschen genommen, der ihn ein Stück seines Weges begleitet hatte.

Eines Weges wohin? In die Freiheit? Nichts schien ihm inzwischen unmöglicher, als dieses Ziel zu erreichen.
Da war noch Elisabeth.

Das, was Mattes ihm über jenes Mädchen erzählt hatte, das er für seine Schwester hielt, ließ ihn fast verzweifeln. Er glaubte fest daran, dass sie es war, von der dieser Jakob berichtet hatte. Dass es sich bei ihm wiederum um seinen ehemaligen Freund handelte, stand für ihn zweifellos fest. Es war unwahrscheinlich, dass dasselbe noch an anderer Stelle im Gesäuse geschehen war.

Wenn er nur wüsste, wo er Jakob finden konnte!

Bei den Bairischen, hatte Mattes gesagt. Aber bei welchem Heer, in welcher Truppe? Wo waren die inzwischen hingezogen? In den Kampf gegen die aufständischen Bauern? Und Elisabeth? War sie immer noch mit dabei? War sie überhaupt bei ihnen? Von diesen Kerlen geschändet und jetzt als Hure mit den elenden Barbaren unterwegs?

Mattes konnte ihm keine Antwort mehr geben, und so blieb er mit seinen ratlosen Gedanken allein.

Johannes hatte weder Schaufel noch sonstige Gerätschaften dabei, mit denen er ein Loch graben und den Freund darin bestatten konnte. Aber hier liegen lassen?

Er rappelte sich irgendwann mühsam auf, schleppte den Toten ein Stück in den Wald und legte ihn vorsichtig auf einer freien Stelle ab. Dann suchte er Tannenzweige und Moos, die er über dem Leichnam verteilte und mit Steinen beschwerte.

Erschöpft ließ er sich neben dem Grab auf den Boden sinken. Er legte seine Arme um die Knie und saß lange schweigend und in Gedanken versunken da.

Jakob war in Schärding gewesen? Dahin konnte er nicht zurück, die Wachen würden ihn nicht in die Stadt lassen.

Großer Gott. Er mochte nicht daran denken, was geschah, wenn seine Schwester wirklich bei den Soldaten war und mitten in die Auseinandersetzungen mit den Bauern geraten sollte.

Er musste sie finden.

# 16

„Sie haben Steffen Fadinger angeschossen!"

Johannes fuhr von seinem Lager auf. Er war am Tag zuvor in Ortenburg eingetroffen, und hatte bei einem der dort angesiedelten protestantischen Bauern aus dem Land ob der Enns Unterschlupf gefunden.

Jemand riss die Tür zu seiner Kammer auf. Es war der Sohn des Bauern, ein stämmiger junger Bursche Anfang zwanzig namens Andres.

„Hast gehört, Johannes?", fragte er atemlos. „Sie haben den Fadinger angeschossen!"

Johannes schaute den jungen Mann mit zusammengezogenen Augenbrauen an. Der Name Steffen Fadinger war ihm bekannt. Er gehörte dem Oberhauptmann der Ennser Bauern.

Steffen Fadinger hatte sich während der Bauernaufstände immer wieder bewährt und galt unter der protestantischen Bevölkerung als umsichtiger und erfolgreicher Anführer.

„Was?"

Andres setzte sich völlig erschlagen auf den einzigen Stuhl in der Stube.

„Die Bauern sind gegen Linz gezogen, um die Übergabe der Stadt zu erzwingen, nachdem sie den Katholischen im Mai bereits Wels und Efferding abgenommen hatten. Obwohl es geheißen hat, man lasse die Waffen ruhen, hat einer von den Bairischen aus der Stadt auf ihn geschossen", berichtete er, noch immer außer Atem. „Angeblich mit einer silbernen Kugel."

„Mit einer silbernen Kugel? Was hat es denn damit auf sich?", wollte Johannes wissen.

„Man nennt sie auch Freikugeln. Sollen gegen Werwölfe und Gefrorene eingesetzt werden können und gelten als unfehlbar."

„Gefrorene?"

„Gefrorene oder Feste, ja. So nennt man Leute, die einen dieser Passauer Zauberzettel geschluckt haben. Sie können angeblich nur mit einer silbernen Kugel oder einer geweihten Waffe getötet werden. Der Fadinger war wohl so einer."

Kurze Zeit später saß Johannes zusammen mit seinen Wirtsleuten und einigen Nachbarn am Tisch in der Wohnstube. Alle waren außer sich vor Aufregung und Zorn. Froh darüber, den Wirren der Aufstände entkommen zu sein und eine sichere Bleibe gefunden zu haben, waren sie trotzdem mit ihren Gefühlen bei den Bauern, die ihr Leben für Freiheit und Glauben opferten.

„Was wird weiter geschehen?", fragte Johannes, als sich die Aufregung einigermaßen gelegt hatte.

„Der Fadinger ist nach Ebelsberg geflüchtet, ist aber schwer verletzt und kämpft ums Überleben. Jetzt hat sein Schwager Zeller die Führung übernommen", sagte der Bauer, in dessen Haus Johannes untergekommen war, und den die anderen Hias nannten. „Hoffentlich stirbt uns der Fadinger nicht weg. Das ist ein gewiefter Anführer."

„Hat immer behauptet, ein Gefrorener zu sein. Hat den Aberglauben mit dem Zauberzettel geglaubt. Ich kann mir nicht vorstellen, dass der Schütze in Linz eine silberne Kugel auf ihn abgeschossen hat, die allein diesen angeblichen Zauber brechen konnte", sagte einer der Männer. Die anderen nickten stumm.

Johannes schüttelte sich innerlich, als er sich an den Zauberzettel erinnerte, den Mattes ihm geben wollte. Hatte

Steffen Fadinger seine Seele dem Teufel verkauft, der sie jetzt ganz offenbar zu holen gedachte? Der Gedanke daran ließ ein paar Schweißperlen auf Johannes' Stirn treten, die er heimlich abwischte. Nein, er hatte gut daran getan, diesen Zettel nicht runterzuschlucken.

„Mit Sicherheit nicht", gab ein anderer seine Gedanken preis. Johannes schaute ihn erstaunt an. Dann merkte er, dass das nicht ihm, sondern dem anderen Bauern gegolten hatte. „Die haben ihn sicherlich wieder reingelegt, die Katholischen. Lumpen sind das, widerwärtige, verlogene Lumpen!"

„Das kann sein. Die haben ihn ein paarmal schon hereingelegt", stimmte ein anderer zu. „Sicherlich ist er auch jetzt wieder in einen Hinterhalt dieser verlogenen Saukerle geraten. Und von diesen Zetteln halte ich sowieso nichts."

Hias legte ihm beschwichtigend eine Hand auf den Arm.

„Da magst du recht haben", sagte er. „Aber wir sollten uns nicht vom Hass anstecken lassen, der überall die Menschen aufrührt."

Johannes stimmte ihm insgeheim zu. Wusste er doch nur zu gut, wie schnell das unheilvolle Feuer sich ausbreitete, das sich hinter solchen Reden entfachte.

Trotzdem machte er sich seine Gedanken darüber, warum, wie er weiter erfuhr, der Kaiser die Bauern durch ein paar Gesandte immer wieder in Sicherheit wog, um sie dann in eine tödliche Falle laufen zu lassen. Das sei nicht zum ersten Mal der Fall gewesen in Linz, sagte man ihm.

Die Reaktion der Bauern war nur zu verständlich, fand er. Wollten sie doch nur ihr Land von den Besetzern befreien und an ihren Kaiser zurückgeben, der es an den bairischen Erzherzog verpfändet hatte. Im Gegenzug sollte der Kaiser die harten Auflagen lockern und ihnen ihren Glauben lassen. Wie zu erfahren war, verweigerte der Kaiser in Wien einer Abordnung der Bauern jedoch wieder einmal, sie überhaupt anzuhören. Hilfe von dort war nicht zu erwarten.

Vielleicht, so überlegte Johannes, ärgerte es den Kaiser, dass er die Rückgabe des Landes ob der Enns nicht selber zustande brachte, und er wollte nicht, dass ihm die Bauern zeigten, wie es gehen könnte, wenn man nur wollte.

Einer der Neusiedler kam schweren Schrittes in die Stube.

„Der Fadinger ist am Wundbrand gestorben“, sagte er. „Hat sich wohl nach Ebelsberg geschleppt mit seinem zerschmetterten Bein. Niemand konnte ihm mehr helfen.“

Die Männer wurden laut. Jeder hatte seine Meinung dazu. Im Grunde alle dieselbe: Das Morden musste aufhören.

Aber um welchen Preis?

Als sich die Männer verabschiedet hatten und ihrer Wege gezogen waren, saß Johannes nachdenklich am Tisch und starrte vor sich hin.

„Willst in Ortenburg bleiben oder weiterziehen?“, fragte ihn der Hias.

„Ich weiß es nicht.“

„Du kannst versuchen, in Regensburg eine Bleibe zu finden, wenn du nicht hierbleiben magst“, schlug der Bauer vor. „Regensburg ist eine freie Reichsstadt und hat bereits viele Protestanten aufgenommen, da ihre Bürger hauptsächlich dem lutherischen Glauben angehören.“ Er seufzte. „Die Regensburger sind toleranter als das ganze verkommene kaiserliche Pack, haben sie doch trotz ihrer evangelischen Ausrichtung weder Klöster zerstört noch Bischof oder Pfaffen ausgewiesen. So sollte es doch überall möglich sein, oder?“ Er schaute Johannes einen Augenblick lang nachdenklich an. „Du hast doch gesagt, dass der Kontorist deines ehemaligen Dienstherrn in Regensburg haust und noch Geld hat, das er dir auszahlen muss. Wenn du nicht hierbleiben willst, kannst entweder nach Regensburg gehen oder du ziehst weiter nach Nürnberg oder ins Württembergische. Die Regensburger geben dir sogar Zehrgeld für unterwegs mit, wenn du nicht bleiben magst und kein Geld mehr hast, wie ich gehört habe.“

Johannes schüttelte langsam den Kopf.

„Ich muss zurück ins Gseis“, sagte er leise. „Ich hab Zeitlang nach meiner alten Heimat, Hias. Sobald ich die Augen zumache, sehe ich mein Tälchen vor mir. Die Mühle, meine Familie.“

Unwillkürlich legte er seine Hand auf die Stelle, an der sein einziges Andenken an seine ehemalige Heimat sein müsste.

„Das alles gibt es nicht mehr, Johannes. Lass sie los, deine alte Heimat“, wollte der Bauer ihm helfen. „Und lass die Toten ruhen.“

Aber Johannes schüttelte immer nur den Kopf.

„Ich weiß. Trotzdem mag ich zurückgehen. Vielleicht nicht in mein Tälchen, aber ins Landl. Dann lasse ich mich halt katholisch machen, was soll's?“

Auf den ratlosen Blick seines Gastgebers fügte er noch an: „Dabei war ich mir so sicher, meiner Heimat endgültig den Rücken kehren und ein neues Leben anfangen zu können.“

„Was willst du denn im Landl?“, fragte der Bauer mit hochgezogenen Brauen.

„Meine Schwester finden.“

„Deine Schwester finden? Wie soll das denn gehen?“

Johannes berichtete dem Hias zuerst stockend, dann

immer aufgeregter seine ganze Geschichte bis zu dem Augenblick, als er seinen Freund Mattes unter einem Haufen Gezweig und Steine beerdigen musste.

Der Bauer hatte ihm schweigend zugehört. Er kannte solche Geschichten. Der junge Bursche an seinem Tisch teilte das Schicksal mit so vielen, die nach Ortenburg gekommen waren.

„Ich verstehe dich ja“, meinte er, als Johannes geendet hatte. „Aber wie willst du deine Elisabeth denn finden? Es gibt so viele Heere inzwischen, die überall Aufstände niederschlagen. Da wird es nicht einfach sein, das richtige aufzuspüren! Außerdem ist es gefährlich, als Evangelischer einfach so durch das Land zu ziehen, das weißt du. Und katholisch machen lassen? Nach allem, was du erlebt hast? Das darfst du niemals vergessen! Konvertieren wäre Verrat an deinen Ahnen, deiner Familie, an den Bauern, an allen, die ihr Leben gelassen haben ihres Glaubens wegen.“ Seine Stimme klang eindringlich. „Und für deinen Glauben, deine Freiheit, dein Leben.“

Ja, das wusste Johannes. Seit Tagen stand er im inneren Kampf um eine Entscheidung, der ihn an die Grenzen seiner Kräfte brachte.

Sollte er nach Passau gehen, um den Stoffel aufzuspüren, von dem er das Andenken an seine Mutter zurückfordern wollte? Die Vorstellung, aufzugeben, das einzige Erinnerungsstück an seine Eltern und seine ehemalige Heimat zurückzubekommen, erschien ihm in diesen Augenblicken unmöglich.

Passau! Wo Leopold Wilhelm von Österreich, zweitältester Sohn Kaiser Ferdinands, erst vor Kurzem zum Bischof geweiht worden war und sich dem kaiserlichen Willen voll und ganz unterwarf. Ein Zwölfjähriger! Der vormalige Bischof Leopold, Bruder des Kaisers, hatte zu Gunsten des Jungen auf sein Amt verzichtet. Er war nach Rom gezogen, um sich nur noch seiner Aufgabe als Landesherr von Tirol zu widmen. Leopold hatte sich inzwischen mit einer Medici vermählt und damit den Habsburgern zu noch mehr Macht verholfen. Verlogenes, machtgieriges Pack, das keine Gewalt und Gräueltaten scheute, die Protestanten zu quälen und auszurotten. Der kindliche Bischof wusste mit Sicherheit nicht einmal, was unter seinem Namen geschah.

Nein. Passau kam nicht infrage.

Regensburg.

Das klang nach allem, was der Hias ihm über die Stadt erzählt hatte, verlockend. Adam Langhuebmer hatte seinen ehemaligen Kontoristen nicht umsonst dort untergebracht, bei dem Johannes sein Geld abholen sollte.

Oder sollte er den Bairischen folgen wie der Sohn der Grieskirchener Witwe, um Jakob und Elisabeth doch noch zu finden?

Denn irgendwo neu anzufangen, ohne versucht zu haben, seine Schwester mitzunehmen: bei genauerer Überlegung für Johannes undenkbar. Dass er sich in Lebensgefahr begab, wenn er mit den Bairischen zog oder gar zwischen die Fronten der beiden gegnerischen Lager geriet, wusste er. Aber was konnte schrecklicher sein als alles, was er bislang erlebt und gesehen hatte? Der Tod schien ihm manchmal nur noch wie eine Erlösung von dem, was ihn Tag und Nacht in grauenvollen Bildern verfolgte.

Was auch immer er sich überlegte: Er konnte sich einfach nicht vorstellen, dass er weiterzog und die Möglichkeit ausschlug, eine der Aufgaben bewältigt zu haben, die ihm, ungelöst, das Leben erschwerten und sein Gemüt belasteten. Ein schrecklicher Kampf, der in seinem Inneren tobte.

„Wo sind die Bairischen jetzt?“, wollte er wissen.

Der Bauer seufzte. Er wusste, worauf die Frage hinauslief.

„Zum Teil halten sie Linz gegen die Bauern, zum Teil sind sie im Mühlviertel, andere stehen vor Wels. Sie sind überall da, wo sich Bauern gegen die Katholischen erhoben haben."

Es war und blieb also unmöglich, seine Schwester zu finden, sollte das wohl heißen. Insgeheim gab Johannes dem Bauern recht, aber abfinden konnte er sich damit nicht.

„Man hat inzwischen ein paar Anführer der Aufstände gefangen gesetzt", fuhr der Hias fort. „Ich brauche nicht weiter auszuführen, was mit ihnen geschehen wird."

Johannes verstand die Warnung. Allerdings hatte er jetzt noch ein weiteres Bild im Kopf, das ihm Tränen in die Augen trieb. Das Bild zu Tode gequälter, geköpfter, gevierteilter Männer, die dem Kaiser ein Dorn im Auge gewesen waren und für deren Hartnäckigkeit und Ungehorsam jener sich jetzt überall im Land rächte. Damit alle wussten, was mit Leuten wie diesen geschah, wurden die Körperteile wochenlang auf Plätzen und Märkten öffentlich zur Schau gestellt. Sie sollten abschrecken, lösten aber bei vielen nur Ekel und Abscheu vor denen aus, die zu solcherlei fähig waren. Jetzt entschieden sich dem Hörensagen zufolge auch Stadtbürger dazu, das Land zu verlassen. Die hatten sich bislang noch eher geweigert, diesen Weg einzuschlagen, und wurden lieber katholisch, als den über Generationen hinweg erarbeiteten Wohlstand und ihre Heimat zu verlassen. Jetzt wendete sich das Blatt ganz langsam. Johannes konnte sich nicht vorstellen, wo all diese Menschen eine neue Heimat finden sollten.

Hias holte einen zusammengefalteten Brief aus seiner Joppentasche und schob ihn über den Tisch zu Johannes.

„Hast du nicht etwas von einem Bruder Anselm erzählt?", fragte er.

Johannes sah überrascht auf.

„Doch. Kennst du ihn?"

„Da, lies."

Der Brief stammte von einem Kaufmann aus Wels, der mit seiner Familie vor einem knappen Jahr über Ortenburg weiter nach Nürnberg gezogen war. Von dort aus hatte er wenige Zeit später wieder Kontakt zu seinen Glaubensbrüdern in Ortenburg aufgenommen, um ihnen mitzuteilen, dass es ihm und seiner Familie gut ging. Der Kaufmann berichtete von ihrer beschwerlichen Reise, der freundlichen Aufnahme zunächst in Regensburg, später dann in Nürnberg, wo sie ein kleines Unternehmen aufgebaut hätten. Unterwegs seien sie einem Mann begegnet, dessen Erzählungen über sein abenteuerliches Leben und seine Erfahrungen mit der Heilkunde, der Astronomie und Astrologie ihnen manche Kurzweil gebracht habe. Zumal dieser Mann ein Freund des ihnen gut bekannten Johannes Kepler gewesen sei.

‚Dieser Mann, ein ehemaliger Kapuzinermönch, war wohl auch einige Zeit in Wien gewesen und hatte sich über die Einmischungen eines gewissen Lamormaini in die Politik unseres Kaisers erzürnt', stand da zu lesen.

Johannes schaute irritiert auf. Ehemaliger Kapuzinermönch? Wien? Lamormaini?

Bruder Anselm war seinem letzten Brief an Kepler zufolge in Wien gewesen. Hatte auch über seine Begegnung mit einem einflussreichen Jesuiten gesprochen, die ihn veranlasste, Kepler zu warnen.

*Ehemaliger* Kapuzinermönch, stand in dem Brief. Seltsam. Sollte sein Oheim wieder konvertiert und dann geflüchtet sein?

Leider stand in dem Brief kein Name, sodass Johannes bestenfalls hoffen konnte, es handele sich um seinen alten Lehrmeister. Es war auch nichts darüber vermerkt, wo dieser ehemalige Mönch verblieben war.

Datiert war der Brief auf den ‚20. Jänner a.D. 1626'. Also war er ein gutes halbes Jahr alt.

„Nürnberg."

Johannes seufzte. Was nun?

Sich auf den ungewissen Weg ins Landl, oder zurück in seine Heimat im Gesäuse machen?

Sich katholisch machen lassen und ein Doppelleben führen, weil er von seinem evangelischen Glauben nicht lassen wollte? Die kleine eiserne Schelle fiel ihm wieder ein, die er in Efferding bekommen hatte und die sich immer noch in seinem Gepäck befand. Schellen wie diese ersetzten vielerorts inzwischen die Kirchenglocken, wenn sich Konvertierte zu heimlich abgehaltenen Gottesdiensten trafen und nicht als Protestanten erkannt werden wollten. Was war das nur für eine Zeit, in der man nicht einmal mehr die Glocken zum Gottesdienst rufen lassen durfte?

Sollte er sich auf die Suche nach den Soldaten machen, zu denen Jakob gehörte, um dort vielleicht seine Schwester zu finden? In Schärding soll er gewesen sein, wenn Mattes recht gehabt hatte. Und von dort aus? Zu dumm nur, dass er die Spur dieses Jakob nicht hatte verfolgen können.

Oder doch eher der Spur eines Mannes folgen, der angeblich vor einem halben Jahr nach Nürnberg gezogen und vielleicht sein Oheim war?

Es war alles so verwirrend, dass Johannes den Kopf in die Hände stützte und laut aufseufzte.

Hias legte die Hand auf die des jungen Mannes, der Johannes inzwischen geworden war. Er glaubte, seine Gedanken zu kennen.

„Weiberleute sind nicht mit in den Schlachten", sagte

er. „Die bleiben in den Lagern. Weißt du, zu welchem Trupp dein Freund Jakob gehört?"

„Nein. Ich habe gehofft, die Kameraden um meinen toten Freund Mattes hier in Ortenburg zu finden und bei ihnen mehr zu erfahren. Denen hat er mit Sicherheit davon erzählt. Das machen die immer so, damit wenigstens einer was weitergeben kann, wenn es die anderen nicht mehr können."

Aber die Burschen waren nicht in Ortenburg angekommen. Ihre Spur verlor sich hinter Schärding. Vielleicht hatten sie sich dort getrennt, waren jeder seinen eigenen Weg gegangen. Vielleicht hatte man sie gefangen, abgeurteilt, ermordet.

Johannes reichte dem Bauern den Brief zurück.

„Ich danke dir", sagte er und stand auf. „Jetzt weiß ich allerdings noch weniger, was ich tun soll. Werde eine Nacht darüber schlafen."

Hias erhob sich ebenfalls.

„Ein paar Männer hier haben sich dazu entschlossen, ins Landl zurückzukehren und sich den Bauern im Kampf gegen die Bairischen anzuschließen", sagte er. „Es sind drei Brüder. Sie sind ledig, haben keine Familie mehr und sagten, sich lange genug ausgeruht zu haben. Jetzt wollen sie zusehen, dass sie ihre Landsleute bei deren Vorhaben unterstützen, ihr Land zu befreien und es dem Kaiser zurückzugeben."

Johannes starrte seinen Gastgeber mit großen Augen an.

„Was sagst du da?"

„Der Jörg, der Paul und der Sepp wollen übermorgen aufbrechen. Alle drei sind Bauernsöhne aus der Gegend von Efferding. Es geht ihnen wie dir: Sie halten es in der Fremde nicht mehr aus. Wollen sich lieber von den

Katholischen abschlachten als von der Sehnsucht nach ihrer Heimat das Leben schwer machen lassen." Er machte ein bekümmertes Gesicht. „Dumme Buben sind's, alle drei. Aber verstehen tu ich sie trotzdem."

„Du meinst, ich soll mit ihnen ziehen?", fragte Johannes ungläubig.

„Das meine ich nicht. Aber vielleicht kannst du über sie erfahren, wo deine Schwester oder zumindest dein Freund Jakob sich aufhalten. Sie bleiben in Kontakt mit uns, solange sie am Leben sind. Gib ihnen dein Anliegen mit."

Johannes bedankte sich bei Hias und machte sich auf den Weg zur Behausung der drei Hofbichler-Brüder aus Efferding.

Es gab einiges zu besprechen.

# 17

Johannes war zusammen mit einer evangelischen Familie nach Regensburg aufgebrochen, die kurzzeitig in Ortenburg Rast gemacht hatte. In Regensburg suchte er nach Samuel Wollner, und hatte den Kontoristen seines ehemaligen Arbeitgebers in Grieskirchen nach zwei Tagen aufgespürt. Die Langhuebmers hatten ihn bei einem Gewürzhändler untergebracht und die Nachricht für Johannes hinterlassen, nach Schützingen in der Nähe von Maulbronn im Württembergischen weitergezogen zu sein. Dort wäre er immer willkommen.

Auch die Familie des ehemaligen Kontoristen wohnte inzwischen in Regensburg, wo man die Lutherischen in Frieden leben ließ.

Anders als die Handwerkerstadt Nürnberg, so erfuhr Johannes, sei Regensburg eine Handelsstadt mit vielen Verbindungen in aller Herren Länder. Neben kostbaren Gewürzen, teurem Wolltuch und Seidenstoffen wurden auch edler Wein, Vieh, Honig, Pelze, Häute und Metalle in dieser Stadt gehandelt. Ihre Lage an der Donau war dafür einfach ideal. Fernhändler hatten die Stadt reich gemacht. Inzwischen hatten andere Städte den Handel in den Westen ausgebaut und bezogen ihre Waren aus einem neu entdeckten Kontinent: Amerika. Regensburg war nach wie vor eine interessante Stadt, deren Reichtum sich in den Fassaden der Bürgerhäuser widerspiegelte. Der Handel beschränkte sich jedoch inzwischen hauptsächlich auf Gewürze aus dem fernen Indien, Wein, Vieh und Salz.

Ein Grund, weshalb Regensburg die Flüchtlinge aus Österreich ohne großes Aufhebens aufnahm, war unter anderem, dass ihre Handelsunternehmen keinen Zünften unterworfen waren, die strenge Reglementierungen für Neuaufnahmen vorsahen. Jeder, der arbeiten wollte und am Aufbau der Stadt interessiert war, wurde willkommen geheißen.

Samuel überreichte dem jungen Mann einen Umschlag mit dem Geld, das Adam Langhuebmer ihm anvertraut hatte.

„Was hast du jetzt vor?", fragte er Johannes, als dieser sich zum Aufbruch rüstete. Der hatte ihm erzählt, dass Stoffel ihn an jenem Abend zusammengeschlagen und dabei fast umgebracht und mutmaßlich sein Amulett gestohlen habe. Wollner hatte ihm mit zusammengekniffenen Lippen zugehört.

„Willst du den Stoffel suchen?"

„Wisst Ihr etwas über seinen Verbleib? Jemand erwähnte Passau als sein mögliches Ziel."

„Ich weiß nicht, wo er sich aufhält", antwortete Wollner. „Passau, sagst du? Ich rate dir davon ab, in diese erzkatholische Stadt zu ziehen, um den Lumpen aufzustöbern, falls er inzwischen tatsächlich dort leben sollte." Er zuckte die Achseln. „Zuzutrauen ist es ihm, dass er zu den Katholischen übergewechselt ist. Der war immer schon gern dort, wo gearbeitet, aber noch nicht gegessen worden ist …"

Johannes musste trotz allem schmunzeln. Er hätte sich nicht träumen lassen, ausgerechnet den besonnenen Mann auf diese Weise über den ehemaligen Lagerhalter reden zu hören.

„… oder wo er den geringsten Widerstand vermutet. Nein, vergiss Passau. Bleib in Regensburg oder zieh weiter nach Nürnberg."

Die Gründe dafür kannte Johannes zur Genüge. Und so hatte er nach kurzem Aufenthalt in Regensburg beschlossen, zunächst wieder nach Ortenburg zurückzukehren und abzuwarten, ob es Nachricht von den drei Hofbichler-Brüdern über Jakob oder Elisabeth gab.

*

Der Sommer 1626 war übers Land gezogen, es hatte weitere Aufstände im Land ob der Enns gegeben. Erneut mussten viele tausend Männer in blutigen Auseinandersetzungen ihr Leben lassen.

Die drei Brüder hatten dem Hias in Ortenburg die Nachricht zukommen lassen, dass ihr Anwesen in Efferding gebrandschatzt sei. Sie hätten sich daraufhin einem Haufen Bauern angeschlossen. Die wollten sich dem Heer Gottfried Heinrich von Pappenheims entgegenstellen, der erst kurz zuvor aus spanischen Diensten zu den Baiern zurückgekehrt war. Linz war an die Katholische Liga gefallen, Enns und einige andere Städte fielen nach erbitterten Kämpfen mit vielen Toten an die Baiern zurück. Schließlich wurde Anfang September ein Waffenstillstand vereinbart. Die arg dezimierten Bauern hatten ein paar Tage Zeit, sich zu sammeln, neu zu formieren und mit Lebensmitteln, Waffen und Munition einzudecken. Das geschah nicht immer auf sauberem Weg. Oftmals wurden Städte, Märkte und vor allem Klöster geplündert. Deshalb stießen ihre Trupps immer wieder auf den Widerstand der städtischen und märktischen Bevölkerung, die selber nicht genug zu essen hatten und es leid waren, in die blutigen Auseinandersetzungen verwickelt oder gar ausgeraubt und gebrandschatzt zu werden. Ob von den Bauern oder den Katholischen war ihnen letztendlich einerlei. Da gab es keinen Unterschied mehr. Der Krieg hatte seine eigenen Gesetze, die man verstehen konnte oder auch nicht.

Johannes hörte sich die Berichte geflüchteter Bauernfamilien an und wartete ungeduldig auf neue Nachricht von den drei Hofbichler-Brüdern.

Die kam mitten im September, als die Arbeiten auf den Feldern beendet und die magere Ernte eingefahren war.

Das Jahr war zu nass gewesen.

Eine neue Hungersnot stand ins Haus.

Als Johannes zum Hias gerufen wurde, klopfte ihm das Herz bis zum Hals.

„Einer der drei Brüder ist bei einem Überfall der Bauern auf die Soldaten Herzog Adolf von Holsteins ums Leben gekommen“, begann der alte Bauer, als Johannes sich zu ihm an den Tisch gesetzt hatte. „Die beiden anderen schreiben, dass sie in der Nähe von Puchberg in einen üblen Kampf verwickelt worden sind, bei dem die Bauern vernichtend geschlagen wurden. Sie selber sind nur mit Mühe entkommen.“ Der Hias wischte sich über die feucht gewordenen Augen. „Jetzt sind sie wohl auf dem Weg zurück nach Efferding, um ihr Anwesen neu aufzubauen. Möge Gott sie und die anderen beschützen, die sich für ihr Land mit Leib und Leben einsetzen! Der Kaiser hat solche Männer nicht verdient, deren Absichten er nicht verstehen will.“

Johannes hatte schweigend zugehört. Jetzt musste er das fragen, was ihm seit der Nachricht auf der Seele lag, dass Post von den Brüdern gekommen sei.

„Haben sie etwas geschrieben über den Jakob oder meine Schwester?“, fragte er vorsichtig. Er hatte verstanden, wie nahe dem Bauern das Schicksal der Brüder ging, und wollte nicht zu aufdringlich sein. Aber die Frage brannte ihm nun einmal auf der Seele.

„Von Elisabeth weiß ich nichts“, sagte der Hias. „Und unter den Baiern nach einem Jakob zu suchen ist aussichtslos.“

Johannes verstand. Es war zum Verzweifeln! Wollte der liebe Herrgott denn, dass er die beiden verloren glauben musste und vergessen sollte? Das war doch nicht möglich!

„Allerdings“, hörte er den Bauern weiter sagen, „allerdings hat der Jörg mitbekommen, dass sich unter den Angreifern einer aus dem Ennstal befinde. Er hat deshalb davon gehört, weil ein sterbender Soldat ihn bat, Nachricht über seinen Tod an seinen Freund zu geben, der wie er aus der Gegend von Hieflau stamme.“

Johannes hatte die Hand vor den Mund geschlagen.

„Wie der heißt, dieser Freund, das schreibt der Jörg nicht?“

Sein Gegenüber schüttelte den Kopf.

„Es ist schon eine Gnade, dass der Jörg ein wenig lesen und schreiben kann. Aber es ist die Schrift eines Bauern, der in den Krieg gezogen ist und furchtbare Dinge erlebt hat. Er schreibt nicht viel.“

Der alte Bauer schob ihm den Brief Hofbichlers über den Tisch zu. Mit zitternden Händen überflog Johannes die wenigen Zeilen, die Jörg auf ein arg mitgenommenes Blatt Papier geschrieben hatte. Die Schrift war ungelenk, kaum lesbar.

Kein Name.

„Viele waren es nicht, die aus dem Ennstal mit den Bairischen gezogen sind“, mutmaßte Johannes und reichte den Brief wieder an den alten Bauern zurück. „Ich muss da hin. Ich muss den Jörg suchen und fragen, wem er die Nachricht gebracht hat.“

Er hielt kurz inne und schaute den Hias mit großen Augen an. Ein Bairischer sollte einem Bauern eine Nachricht mitgegeben haben? Jetzt hatte er verstanden. Der Sterbende hatte sich in seinen letzten Atemzügen nicht darum gekümmert, ob derjenige, der ihn dabei begleitete,

Freund oder Feind war. Deshalb hatte der Jörg in seinem Brief auch keinen Namen genannt. Es war ihm gleichgültig gewesen, wer die Nachricht bekommen sollte. Er würde keinem Bairischen eine Nachricht bringen.

Zwei Tage später machte sich Johannes auf den Weg nach Efferding. Entgegen den Warnungen seiner Freunde in Ortenburg hatte er beschlossen, sich dort auf die Suche nach Jakob und seiner Schwester zu machen. Der Hinweis Hofbichlers war zwar nur sehr vage, aber Johannes konnte und wollte die Gelegenheit nicht versäumen, es wenigstens versucht zu haben. Er ahnte, dass dies die einzige und vielleicht letzte Möglichkeit war, nach den beiden zu suchen. Und sie – gebe es Gott! – auch zu finden.

# 18

Johannes erreichte Efferding unbehelligt über Seitenwege, die er von den Ortenburger Exulanten erfragt hatte. Es war Anfang November des Jahres 1626. Von den Hofbichlern hatte niemand etwas gehört. Ihr Anwesen lag noch immer zerstört. Es gab keine Anzeichen dafür, dass sich jemand in letzter Zeit darum gekümmert hatte.

Efferding befand sich im absoluten Ausnahmezustand und schien sich auf einen Angriff vorzubereiten. Während seiner Suche nach den Hofblichern stieß Johannes auf einen Haufen Bauern, die sich in der Nähe der Stadt in einen Wald zurückgezogen hatten und auf weitere Befehle warteten. Mit Schaudern erfuhr er von ihnen, wie grausam die katholischen Truppen über weitere Märkte und Weiler hergefallen waren. Höfe brannten, ganze Dörfer waren dem Erdboden gleichgemacht worden, die Menschen erschlagen, geschändet, verschleppt, vertrieben. Darunter viele Frauen, Alte und Kinder, aber auch unzählige Männer, die sich nicht an den Kämpfen beteiligen wollten, zu Hause geblieben waren, sich um Feld und Vieh kümmerten und nach dem Sieg der Katholischen einfach niedergemetzelt wurden.

Die Efferdinger Bürger hatten die über dreitausend einquartierten Bauern angefleht, die Stadt zu verlassen, bevor die Soldateska anrückte. Man hatte die Männer vor Tagen bereitwillig aufgenommen und versucht, sie so gut es ging unterzubringen und mit Essen und Trinken zu versorgen. Aber dann wurde die Sorge um das Wohl der Bürger übermächtig. Das Wehklagen anderer Ortschaften über Angst, Tod und Verwüstung war zu laut geworden und fand seinen Nährboden in den verschreckten Menschen von Efferding.

Die Anführer der Bauern verstanden nur zu gut, wie sich die Efferdinger Bürger fühlen mussten, und hatten sich in den eine dreiviertel Wegstunde entfernten Forst bei Emling zurückgezogen. Der lag auf einer kleinen Anhöhe, war zum Teil von einer alten Schanze samt Graben umgeben und bot einigermaßen Schutz vor den vermuteten Angriffen der Soldaten. In aller Eile wurde der Wall weiter hochgezogen, und die Bauern verschanzten sich im Inneren der neu befestigten Anlage. Sie hatten keine Geschütze, nur wenige Büchsen, weder ausreichend Blei noch Pulver und wussten, wie ausweglos ihre Situation war. Aber sie wollten lieber von Feindeshand sterben als im Gefängnis einem ungewissen Schicksal entgegensehen oder am Galgen verfaulen. Oder sich bis zum letzten Atemzug für feige und als Verräter am Kampf um Glauben und Freiheit halten zu müssen. Mit Liedern Martin Luthers und Gebeten für einen glücklichen Ausgang ihrer Lage machten sie sich gegenseitig Mut. Bis sie vor dem Anblick der über das weite Feld anrückenden Soldaten mit schweren Geschützen sowie geladenen Büchsen und der mit Speeren und Säbeln bewaffneten krabatischen Reiterei verstummten. Trompeten kündeten vom bevorstehenden Angriff, Trommeln verstärkten den Lärm, das Dröhnen stampfender Pferdehufe übertönte das furchterregende Geschrei der anrückenden Männer.

Die Bauern wurden am Vormittag des 9. November 1626 angegriffen. Über achttausend gut ausgebildete und bestens ausgerüstete Männer standen kaum bewaffneten und unzulänglich geschützten Bauern gegenüber, die ihnen in dem kleinen Wäldchen außer Erfahrung und Mut nicht viel entgegenzusetzen hatten. Für die gnadenlos voranstürmenden Kürassiere, Musketiere, Pikeniere, Hellebardiere, Fußvolk und Lanzenreiter waren sie ein kaum ernstzunehmender Feind.

*

Johannes hatte sich bei einem der Bürger einquartiert, als die Kompanien Pappenheims, Herberstorffs, Wallensteins, Kurtembachs, Löbls und Holsteins anrückten und den Efferdingern das Leben schwer zu machen drohten.

Als sie jetzt auf die Bauern im Holz zurückten, saß er leichenblass in der Stube seiner Gastgeber und sang in Gedanken das Lied mit, das die Bauern auf die Melodie des Luther-Liedes ‚Ein feste Burg ist unser Gott' zur selben Stunde singen mochten:

*Weil dann die Stund' vorhanden ist,*
*in der wir müssen streiten*
*für dein Wort, o Herr Jesu Christ*
*so steh uns bei zur Seiten!*
*Wir suchen dein, nicht unser Ehr:*
*Dein Wort, Herr, sonst nichts anders mehr*
*Ist unsers Herzens Wonne*

*Gib dei'm unansehnlichen Hauf*
*Kraft, Macht, Stärk' und Sinne*
*Dass sie können vertrauen darauf*
*Du seist ihr Sieg und G'winne!*
*Denn dein Ehr' trifft es an, o Herr!*
*Die suchen wir und sonst nichts mehr*
*Der heiligen Dreifaltigkeit*
*Zu Lob, Ruhm, Preis und Ehren!*
*Gott Vater, Sohn, heiliger Geist*
*Wolle in uns vermehren*
*Dass wir standhaft bei seinem Wort*
*Leben und sterben an allem Ort!*
*Wer solch's begehrt, sprech': Amen!*

Am späten Abend kam ein Nachbar angelaufen und berichtete, dass der Kampf bis zur Stunde angedauert habe. Die paar überlebenden Bauern befänden sich auf dem Rückzug nach Efferding. Man habe die Tore offengehalten, damit sie nicht vor den Mauern noch abgeschlachtet würden.

Als es bereits stockfinstere Nacht war, kam ein anderer mit der nächsten Botschaft. Die Überlebenden der Katholischen Liga seien ebenfalls auf dem Weg nach Efferding, sagte er atemlos. Sie wollten sich hier ausruhen und ihre Verletzten versorgen lassen. Es handele sich dabei um die übelsten Kerle überhaupt. Das Kriegshandwerk verstünden sie nicht so gut, dafür das Rauben, Brennen und Morden umso besser. Das bedeutete, die Stadt müsse früher oder später an die Katholischen übergeben werden. Da sei das Versorgen der Bauern mit ein paar Stück Vieh und Brot am Tag zuvor noch ein Sonntagsspaziergang gewesen.

Inzwischen, so sagte er noch, bevor er die Stube wieder verließ, wurden die Tore für die Bauern wieder aufgemacht, die sich vor den Anrückenden durch Flucht aus der Stadt in Sicherheit bringen mussten.

Johannes hatte den Mann mit aufgerissenen Augen angestarrt, unfähig, etwas zu sagen. Konnte es sein, dass der gute Herrgott so etwas zuließ? Die Bauern wollten doch nur ihr Land von den Baiern befreien, sie wollten Gerechtigkeit und in Freiheit ihren Glauben nach ihrem Gutdünken leben! Den Glauben an diesen Herrgott, der sie jetzt so schmählich im Stich gelassen hatte. War der tatsächlich ein Katholischer? Kannte er denn keine Gnad' für sein kleines, protestantisches Volk?

„Bist du der Johannes aus dem Ennstal? Der Mühlhäusler?", fragte eine Männerstimme in der frühen Dämmerung des nächsten Morgens. Ein Mann rüttelte ihn an den Schultern.

Johannes war am Tisch seiner Gastgeber eingeschlafen. Er hatte die Nacht nicht in seinem Bett verbringen wollen, während da draußen im Forst Männer an den Folgen eines ungerechten Kampfes starben.

Johannes holte überrascht Luft und richtete sich auf.

„Ja. Wer fragt nach mir?"

„Ein Mann lässt nach dir suchen. Ihm sei zu Ohren gekommen, dass du dich hier aufhältst."

Johannes runzelte die Stirn. Wer außer den Leuten in Ortenburg wusste davon, dass er hierher gezogen war? Wer kannte seinen Hausnamen? Der Hofbichler Jörg?

Das wäre wirklich eine wundervolle Botschaft an diesem denkwürdigen Tag!

„Zeig ihn mir", bat er den Mann aufgeregt.

Das zu einer Art Lazarett umfunktionierte Haus am Markt war von unzähligen Männern umlagert, die auf Hilfe warteten. Verletzte, Sterbende. Johannes hörte die Schreie der Männer, die auf notdürftig zusammengezimmerten Tragen oder auf dem blanken Boden um ihr Leben kämpften, sah in leere Augen, wich Händen aus, die nach ihm griffen wie nach einem rettenden Ast im schnellen Wasser. Ein paar Frauen und Männer kümmerten sich um die Männer, legten Verbände an, trösteten im Schein rußig flackernder Fackeln, die gegen das morgendliche Dämmerlicht ankämpften.

Und mittendrin stand wie ein Fels in der Brandung ein Mann, der überall gleichzeitig zu sein schien und doch seinen festen Platz hatte.

„Bruder Anselm?"

Johannes war fassungslos.

Er hätte mit allen und jedem gerechnet, aber nicht mit dem Kapuzinermönch.

Der alte Mann hatte ihn trotz des Lärms gehört, denn er wandte seinem ehemaligen Schüler sein Gesicht zu, über das im selben Augenblick im fahlen Licht einer Fackel ein strahlendes Lächeln huschte.

„Johannes!“

Er winkte ihn erfreut zu sich heran. Aber Johannes zögerte. Er stand starr vor Schreck und Freude. Deshalb bahnte sich der Mönch einen Weg zu ihm und schloss ihn wortlos in die Arme.

„Bruder – Anselm!“, keuchte Johannes aufgeregt, nachdem er sich aus der Umarmung gelöst hatte. „Wie kommt Ihr hierher? Ich dachte, Ihr seid in Nürnberg? Habt Ihr etwas von meiner Schwester gehört oder von Jakob?“

„Anselm. Ohne Bruder“, gab jener ernst zurück. „Viele Fragen, die ich dir jetzt nicht beantworten kann.“ Er zeigte mit einer weit ausladenden Geste auf die Verwundeten um sich. „Wir treffen uns am Abend in der Taverne dort drüben.“

Johannes knickten die Knie ein. Er war so überwältigt davon, Anselm wiederzusehen, dass er nur nicken konnte.

„Ich habe gehört, Jakob sei bei den Soldaten. Er muss hier dabei gewesen sein“, sagte er, ohne auf Anselms Worte einzugehen. „Vielleicht weiß er, wo meine Schwester ist. Ich muss ihn finden!“

„Ich habe Jakob nicht gesehen“, antwortete Anselm. Als Johannes sich anschickte, wegzugehen, hielt er ihn am Oberarm zurück, den er gerade noch erwischen konnte. „Du wirst da draußen nicht nach ihm suchen, hörst du! Das ist zu gefährlich, es ist noch nicht ausgestanden! Du bist einer von den …“

Weiter kam er nicht.

„Weißt du etwas von ihm?“, unterbrach Johannes seinen alten Lehrmeister ungeduldig. Was er zu tun und lassen hatte, entschied er selber.

„Nein."

„Dann lass mich gehen."

„Johannes!"

Anselm griff ins Leere. Johannes war bereits losgelaufen, winkte, ohne sich umzudrehen, und verschwand in der Menge.

*

Der Anblick, der sich Johannes bot, als er das Schlachtfeld erreicht hatte, trieb ihm Grauen und Ekel in die Kehle. Tränen füllten seine Augen.

Er hatte sich vorsichtig bis zur Hälfte des Schlachtfeldes an den Gehölzrand vorgewagt, um auf keine der Leichen und Leichenteile zu treten, die ringsum den Boden bedeckten. Blutüberströmte Männer lagen neben- und übereinander auf dem aufgeweichten Grund, Pferde mit heraushängender Zunge und aufgeblähten Bäuchen dazwischen. Keulen lagen neben den einen, leer gefeuerte Büchsen und zerbrochene Lanzen neben den anderen. Eingeschlagene Köpfe, aus denen das Gehirn quoll, abgetrennte Arme und Beine, schwarz gefärbt, aufgerissene Körper, heraushängendes Gedärm.

Sie gehörten Soldaten und Bauern.

Sie gehörten Krabaten, Österreichern und Baiern.

Sie gehörten Menschen.

Es stank nach Verwesung, Blut, Urin und Kot.

Es stank nach Verletzung, Tod und unwiederbringlichem Verlust von unendlich vielen Menschenleben.

Der Schlachtruf der Bauern ‚Es mueß seyn!' schien über den Opfern dieses tapfer geführten, aber aussichtslosen Kampfes nachzuhallen.

Johannes war auf die Knie gesunken und hatte die

Hände vors Gesicht geschlagen. Tränen rannen durch seine Finger. Sein Magen rebellierte.

„Herrgott, warum lässt du so etwas zu?“, fragte er mit heiserer Stimme. Eine Antwort erwartete er nicht. Dieser Gott redete mit keinem Menschen auf Erden. Und er hatte sein kleines, tapferes Volk verlassen.

Johannes erhob sich langsam und schaute sich um.

Was wollte er hier?

Ein paar Frauen und Männer gingen zwischen den Toten umher. Einige bückten sich, hoben einen Kopf an, ließen ihn wieder zurücksinken. Sie suchten nach Angehörigen. Nach Überlebenden, die sie in die Ewigkeit hinüber begleiten oder in eines der notdürftig eingerichteten Lazarette bringen wollten. Oder an Ort und Stelle verscharren mussten, Feuer über den Toten legen, weil es zu viele waren, die nicht schnell genug eingegraben werden konnten, und um den Ausbruch von Seuchen zu verhindern. Denn trotz der Kälte des anbrechenden Winters würde es Tage dauern, bis das Feld von den Toten befreit werden konnte.

Johannes schloss sich den Umherirrenden an.

Langsam ging er zwischen den leblosen Körpern hindurch zum Holz hinüber, schaute sich dort nach Lebenszeichen um. Aber alle waren tot. Erschlagen, erschossen, erstochen, von den Pferden der Krabaten über den Haufen gerannt, in der Kälte der Nacht hilflos erfroren oder ihren Verletzungen erlegen.

Es waren allesamt Bauern, die auf ihre Felder, aber nicht auf ein Schlachtfeld gehört hätten.

Sie hatten auf die Hilfe anderer Bauerntrupps gewartet, die jedoch nicht gekommen waren, wie Johannes später erfuhr. Die hatten in von ihnen zurückeroberten Städten und Märkten lieber gesoffen und gefressen, als sich erneut ins Kampfgetümmel zu stürzen.

Johannes war ein Stück weit in den Wald hineingegangen, setzte sich auf einen umgestürzten Baumstamm und konnte nur den Kopf schütteln. Er hatte nicht die Kraft, sich auch nur um eine der Leichen zu kümmern. Es war zu viel für ihn geworden, nach bekannten Gesichtern zu suchen. Unmöglich, den teilweise weit aufgerissenen Augen der Toten eine Antwort auf ihre Frage zu geben: Warum?

Wie lange er dort gesessen hatte, wusste er später nicht mehr zu sagen. Irgendwann hatte er sich aufgerappelt und war durch den verwüsteten Wald zurück zum Feld gestolpert, wo immer mehr Leute sich um die Toten kümmerten.

Der Gestank verursachte mit einem Mal einen so heftigen Brechreiz in ihm, dass er sich direkt neben einem Toten erbrach. Er wischte sich mit dem Ärmel über den Mund und fuhr erschrocken zurück, weil er glaubte, der Tote habe sich bewegt.

Es war einer der krabatischen Reiter, den wohl der Keulenschlag eines der Bauern am Kopf getroffen hatte. Sein Helm lag unweit von ihm im blutgetränkten Gras. Der hatte den Schlag nicht abhalten können, der dem Reiter den Hinterkopf zertrümmert hatte. Der Mann musste zu Fuß gewesen sein, denn anders hätte ihn die Keule seines Gegners nicht so hart treffen können. Vielleicht gehörte ihm das tote Ross, das unweit von ihm einen Bauern unter sich begraben hatte.

Schlecht ausgerüstete Bauern waren das gewesen, und trotzdem hatten sie sich gewehrt und viele ihrer Angreifer niedergestreckt.

Hatte er ursprünglich noch geglaubt, unter den Toten seinen Freund Jakob oder einen der Hofbichler-Brüder finden zu können, so wusste er jetzt, dass das nicht möglich war. Er konnte die schrecklich zugerichteten Gesichter nicht mehr ansehen, wollte keinen der leblosen Körper umdrehen, nicht erleben, dass noch jemand am Leben war und doch keine Aussicht auf ein Weiterleben hatte.

Mit hängenden Schultern verließ Johannes die grauenvolle Stätte, die für ewige Zeiten das unheilvolle Zeichen eines der schrecklichsten Gemetzel tragen würde, das jemals auf Gottes Erdboden stattgefunden hatte.

Gott war anscheinend ein Katholischer, dachte er zum wiederholten Mal. Und sie, die protestantischen Bauern, sogar bei *ihm* unerwünscht.

Trotzdem wusste Johannes ganz sicher: Er würde niemals seinen Glauben aufgeben. Niemals konvertieren. Das war er all jenen schuldig, die für diesen Glauben und für ihr Recht auf Freiheit gestorben waren.

Vor allem seinen Eltern.

Und Elisabeth.

# 19

Es war Mittag geworden, und mit Johannes kehrte ein Zug schweigender Menschen nach Efferding zurück. Sie hatten niemanden mehr lebend gefunden und waren von dem gezeichnet, was sie gesehen hatten.

Wenig später trafen nach erneut aufgeflackertem Kampf in der Nähe der Stadt Männer der Katholischen Liga ein, die müde und zerschlagen Quartier forderten. Kein Bauer war mehr zu sehen. Die wenigen, die sich noch in Efferding aufgehalten hatten, waren geflüchtet, einem ungewissen Schicksal entgegen. Die übrigen waren tot.

Johannes merkte erst jetzt, wie schmutzig er war. Seine Stiefel waren blutverkrustet, seine Hose, seine Hände starrten vor Dreck. Erschöpft ließ er sich an einer Hauswand niedersinken. Der ekelerregende Gestank des Schlachtfeldes hing in seinen Kleidern, aber er nahm ihn nicht mehr wahr. Hatte er gedacht, das ganze Grauen zu kennen, das Menschen einander antun konnten, so stellte er jetzt fest, dass es noch weitaus schlimmer ging.

Jemand rüttelte ihn an der Schulter. Johannes hob den Kopf und schaute in das fragende Gesicht einer Stadtwache.

„Geht es dir nicht gut?"

Johannes ließ sich aufhelfen. Der Mann musterte ihn kurz und nickte dann.

„Warst beim Holz."

Johannes legte schweigend seine dreckstarrende Hand auf den Arm des anderen. Der nickte verständnisvoll und ließ ihn gehen.

Da sah er ihn.

Den Eselskarren.

Er stand neben einer Hauswand.

Es war unverkennbar das Gefährt des Korbmacher-Michls.

Johannes lief hinüber und hämmerte an die Tür des Hauses, vor dem die Karre stand. Eine alte Frau öffnete und musterte den Fremden argwöhnisch.

„Wo ist der Korbmacher?“, fragte Johannes atemlos.

Die Alte runzelte die Stirn.

„Der Korbmacher?“, schnarrte sie ihn an.

„Ja. Der Korbmacher-Michl. Sein Karren steht vor deinem Haus. Wo ist er?“

Die Frau schob vorsichtig um sich spähend den Kopf aus dem Türspalt und warf einen kurzen Blick auf das Gefährt.

„Ach, der Michl“, nuschelte sie und zog sich schleunigst wieder zurück. „Dem haben sie die Esel weggenommen, da hat er die Karre hier stehen gelassen und ist den anderen ins Holz gefolgt.“

„Den anderen?“

„Herrgottnochmal ja! Den Bauern halt! Er hat gesagt, nachdem die Katholischen seine Viecher gefressen hätten, könnten sie ihn genauso gut auch abschlachten. Nichts mache mehr Sinn für ihn.“ Sie nickte mit schmalen Lippen. „Das hat er gesagt, ja.“

Ihr Kopf verschwand im Inneren des dunklen Flurs. Die Tür wurde laut zugeschlagen.

Ein Schluchzer entrang sich dem Hals des jungen Mannes. Wenn er seinen alten Wegbegleiter nicht unter den Verletzten fand, die in Efferding auf Hilfe warteten, brauchte er nicht weiter nach ihm zu suchen. In der Dämmerung des anbrechenden Abends würde er ihn nicht finden. Er musste sich bis zum nächsten Morgen gedulden.

In der kaum erfüllbaren Hoffnung, den Korbmacher

lebend wiederzusehen, machte er sich auf den Weg in sein Quartier.

Anselm wartete bereits in der Taverne, als Johannes dort eintraf. Er hatte sich komplett umgezogen und seine Wäsche zu einem Bündel gepackt, das er bei nächster Gelegenheit irgendwo verbrennen wollte. Außerdem hatte er sich über einem Zuber mit warmem Wasser gründlich abgeschrubbt und die Haare gewaschen. Trotzdem fühlte sich alles an, als hingen Tod, Schmerz und Verwüstung an ihm wie die Kletten.

Er setzte sich zu seinem ehemaligen Lehrer an den Tisch und betrachtete ihn sorgenvoll. Anselm war sehr alt geworden. Tiefe Furchen hatten sich in sein fahles Gesicht gegraben, die Haare waren schlohweiß, die Augen wirkten trüb, der Mund hing an den Winkeln nach unten. Er hatte einen weißen Bart, der dringend der Pflege bedurfte. Wie alt Anselm wirklich war, wusste Johannes nicht. Dass dessen Alter jedoch kaum etwas mit dem Greis zu tun hatte, der jetzt vor ihm saß, war so sicher wie das Amen in der Kirche. Was nur musste sein ehemaliger Lehrer erlebt haben, das ihm so viel von seinem Lebensgeist gestohlen hatte?

Johannes bestellte sich eine Abendsuppe und einen Becher Most. Keiner sprach ein Wort, bis das Bestellte vor dem jungen Mann stand und Anselm laut seufzte.

„Ihr verlasst Efferding besser“, sagte der Wirt und wischte ein paar Brotkrümel vom Tisch. „Die Katholischen sind heute zu müde, um den Bauern hinterherzulaufen und sie über den Haufen zu schießen. Aber was morgen sein wird …“

„Ich konnte nicht länger mit ansehen, was am Kaiserhof geschah“, begann Anselm, nachdem er sich beim Wirt für den Rat bedankt, ihn aber abgelehnt hatte. „Man hat die Männer schon am Tor abgewiesen und ihre Vorschläge nicht einmal angehört."

„Männer? Vorschläge?"

„Ja. Eine Abordnung der Bauern wollte den Kaiser um Hilfe bei ihrem Kampf gegen die Baiern bitten und Vorschläge überbringen, wie man das Land ob der Enns wieder in Habsburger Hände zurücklegen könnte."

„Und der Kaiser wollte sie tatsächlich nicht sprechen?", fragte Johannes verständnislos, dem jedoch der Mut dieser Männer Respekt einflößte. „Ich habe schon davon gehört, es aber nicht recht glauben können."

Anselm schüttelte müde den Kopf.

„Man ließ sie vor den Toren stehen und wollte nichts mit ihnen zu tun haben. Lamormaini gab mir am selben Tag Nachricht, dass man die Ketzer mitsamt ihrer nichtsnutzen Brut gnadenlos ausrotten müsse. Auf den Scheiterhaufen gehörten sie allesamt. Geköpft, gevierteilt, aufgespießt und den Krähen überlassen. Wegbrennen müsse man sie von der makellosen Haut des katholischen Weltenreichs, die lutherischen Eiterbeulen. Vernichten, das elende Geschmeiß. Dass sich die Bauern von den Baiern befreien und dem Kaiser sein Land zurückgeben und dafür sogar mit ihrem Blut bezahlen wollten, interessierte ihn nicht. Das Leid der Menschen, die darben müssen, weil die Last der eingeforderten Abgaben sie zu Boden drückt, war ihm gerade noch einen lauten Rülpser wert. Im Gegensatz zu vielen im Land hat er genügend zu essen. Woher es kommt, interessiert ihn so wenig wie der Kropf am Hals einer Bauerndirne. Dass die Ernten schlecht ausgefallen waren, weite Teile des Landes verwüstet liegen und viele Höfe vor der Aufgabe stehen, wollte er nicht hören. Er hat nur die Ausrottung der Ketzer im Kopf. Sterben sie an Auszehrung und Pest, geschieht es ihnen seiner Meinung nach gerade recht. Gott wolle es so. Ich habe ihm entgegengehalten, dass es doch besser wäre, ein Volk zufriedener Menschen zu regieren, als dereinst vor dem allerhöchsten Richterstuhl zu stehen und ein unüberschaubares Heer Seelen gegen sich zu haben, deren Körper geschändet, die niedergemetzelt oder zu Tode gefoltert worden sind." Johannes wartete schweigend, bis Anselm weitersprach. „Er sagte, wenn ich weiter solche Reden gegen ihn führe, müsse er mich auch für einen Ketzer halten. Das hat mir zu denken gegeben." Wieder hielt er einen Augenblick inne. Dann fuhr er fort: „Der Kaiser hat starke Verbündete, die es den Bauern unmöglich machen, ihr Ansinnen durchzusetzen, wie du jetzt selbst erlebt hast. Die müssen sich geschlagen geben und aus dem Land verschwinden. Man wird ihre Anführer einfangen und richten, ihnen die Köpfe abschlagen und auf Spießen zur Schau stellen, bis nur noch die fleischlosen Schädel übrig sind."

Johannes rührte in seiner Suppe, ohne davon zu essen. Er wusste, dass es genau so kommen würde, hatte aber nicht die Kraft, sich weitere Gedanken darüber zu machen.

„Ihr seid vom kaiserlichen Hof geflüchtet?", fragte er dann leise und sah Anselm von der Seite an. Er musste die düsteren Gedanken und Bilder verscheuchen, die wie böse Dämonen Besitz von ihm zu nehmen drohten.

„Geflüchtet? Nein. Meine Mission war beendet, ich konnte gehen."

„In Ortenburg sagte man mir, Ihr seid wieder konvertiert und nach Nürnberg gezogen."

Anselm nickte.

„Das stimmt. Ich habe mich nach meinem Weggang aus Wien von meinem Orden losgesagt und nach einem langen Gespräch mit einem Prädikanten bin ich in meinen alten Glauben zurückgekehrt. Ich war ja nie ein ganz und gar überzeugter Katholik, das weißt du. Und du weißt auch, warum ich damals konvertiert bin. Was du auch wissen dürftest, ist, dass man nicht einfach so aus seinem Orden weggeht und evangelisch wird. Also habe ich auf schnellstem Weg das Land verlassen."

„Und seid doch wieder zurückgekehrt."

„Ja. Ich konnte nicht aus der Ferne zusehen, wie meine Landsleute abgeschlachtet werden, die doch nur ihr Land befreien und in Frieden leben wollen."

Schweigend saßen beide da und hingen ihren Gedanken nach.

„Ich war draußen beim Holz", sagte Johannes nach einer Weile. „Gibt es etwas Grauenhafteres als das, was dort geschehen ist?"

Fragend schaute er zu Anselm hinüber. Der alte Mann schüttelte nur den Kopf.

„Nein." Nach einer Weile faltete er die Hände und legte sie vor sich auf den Tisch. „Ich bin dem Ruf von Steffen Fadinger gefolgt, den man vor Linz vom Pferd geschossen hat. Einige seiner Männer kannten mich, wussten, wo ich zu finden war, und baten mich, ihm zu helfen. Leider habe ich ihn nur mehr schwer verwundet und beinahe ohne Bewusstsein angetroffen. Er ist noch in derselben Nacht gestorben. Helfen konnte ich ihm nicht mehr. Ich konnte gerade noch zusehen, wie man ihm die Augen schloss. Sepsis."

Er schaute Johannes fragend an.

„Blutvergiftung."

Anselm nickte.

„Du hast es dir also gemerkt", sagte er anerkennend. „Das Gift hatte sich von seiner Wunde aus bereits über den ganzen Körper verteilt", fuhr er fort. „Ich habe ihn zu seiner letzten Ruhestätte begleitet und beschlossen, meine Kenntnisse in der Heilkunde dort anzuwenden, wo sie am nötigsten gebraucht werden. Überall dort, wo diese unsinnigen Kämpfe die übelsten Wunden schlagen. Ich wollte nie wieder zu spät kommen. Deshalb bin ich hier." Er zuckte die Schultern. „Ich kenne mich mit vielem besser aus als manch ein Feldscher, Medicus oder Quacksalber, von denen du hier keinen siehst."

„Und Ihr kümmert euch um Freund und Feind", murmelte Johannes und nahm einen Schluck aus seinem Mostkrug.

„So ist es.", stimmte Anselm ihm zu. „Genau so."

Die beiden saßen noch lange schweigend inmitten der übrigen, laut und aufgeregt diskutierenden Gäste, mit denen sich die Stube inzwischen zum Bersten gefüllt hatte. Einige waren draußen gewesen beim Holz, andere hatten in der Stadt mitgeholfen, die Verletzten zu versorgen oder die Toten notdürftig zu verscharren oder zu verbrennen. Allen war anzusehen, dass sie verstört waren und sich nur deshalb aufrecht halten konnten, weil andere da waren, die ihr Erlebtes teilen oder nachvollziehen konnten.

Bürger und Soldaten. Wieder einmal einfach nur Menschen.

Die mit dem Leben davongekommenen Bauern waren aus Efferding abgezogen, hatten auch ihre Verletzten mitgenommen. Viele hatten einfach nur noch nach Hause gehen wollen. Sie würden dort lediglich die Reste dessen vorfinden, was dieses Wort einmal ausgemacht hatte. Viele würden nicht einmal mehr ihre Familie wiedersehen.

Viele folgten im Wissen darum ihren Anführern nach Pinsdorf und Gmunden, wo ein neuer Kampf bevorstand. Sie konnten bestenfalls ahnen, dass auch dieser Kampf verloren war, sie ihr Leben lassen würden. Sie hatten trotzig ihren Schlachtruf angestimmt und waren losgezogen: Es mueß seyn!

Anselm übernahm das Bezahlen ihrer beider Zeche und sie verließen die Wirtsstube zur mitternächtlichen Stunde. Niemand hatte zur Heimkehr aufgefordert, niemand wies die Bürger der Stadt aus den Wirtshäusern, niemand fing nächtliche Herumtreiber ein und nahm sie in Gewahrsam. Die Stadt stand vor Entsetzen starr unter dem Eindruck dessen, was vor ihren Toren geschehen war. Es war keiner da, der für eine Ordnung sorgen wollte, die es in dieser Nacht, nach diesem Tag nicht gab.

„Wie kommst du eigentlich darauf, einfach loszulaufen und zu glauben, du findest in solch einem Gefecht deinen alten Freund Jakob?“, fragte Anselm und setzte sich auf den Rand des Marktbrunnens. Er erinnerte damit an das, was Johannes ihm als Grund für sein Hiersein genannt hatte.

Der junge Mann ließ seine Hand durch das kalte Wasser gleiten und dachte daran, wie übel sie noch vor Monaten ausgesehen hatte. Zum Glück war an seinem Körper außer ein paar Narben nicht viel von dem zurückgeblieben, was Stoffel oder die Schläge der Schärdinger Stöcke ihm angetan hatten. Auch die Hand war wieder völlig genesen. Er hatte in der Grieskirchener Witwe eine gute Versorgerin dafür gehabt. Ein Heilkundiger wie Anselm hätte es nicht besser machen können.

„Ich weiß es nicht“, gab er zurück. „Es war eher Hoffnung als Glauben.“ Den habe ich wieder einmal schon so gut wie verloren, dachte er, beließ es jedoch beim Gesagten.

Er erzählte Anselm alles, was geschehen war, seitdem sie sich das letzte Mal begegnet waren, bis zum heutigen Tag. So verstrich die halbe Nacht. Beide waren froh, sich nicht auf ihren Lagern herumwälzen und die Bilder des vergangenen Tages jeder für sich allein vertreiben zu müssen, die sie unentwegt quälten.

Es war kalt geworden, aber sie merkten es nicht.

„Ich denke, du hast viel von dem behalten, was ich dir einmal beigebracht habe. Du kannst mir zur Hand gehen", schlug Anselm vor, kurz bevor sich ihre Wege für den Rest der Nacht trennten.

„Das werde ich", versprach Johannes nach kurzem Nachdenken. Zu sehr steckte ihm das Grauen über den Anblick der Schwerverwundeten noch in den Gliedern, als dass er der Bitte seines Oheims ohne Zögern nachgeben hätte können. Aber er sah die Notwendigkeit und willigte schließlich ein.

*

Er ging Anselm in den kommenden Tagen zur Hand, so gut er es vermochte. Wann auch immer sein alter Lehrmeister vermeiden wollte, dass man seine Diagnose oder die weiteren Lebensaussichten seiner Patienten verstand, sprach er Latein mit seinem Schüler. In dieser Sprache unterhielten sie sich auch, wenn es um andere Dinge ging, die nicht für die Ohren anderer Leute bestimmt waren.

Den Korbmacher konnte Johannes weder unter den Männern ausmachen, die zum Teil bereits nach wenigen Tagen wieder genesen waren und zu ihren Regimentern zurückkehrten, noch unter denen, die den Kampf um ihr Leben verloren oder verstümmelt mit genau diesem haderten. Falls der Michl den Bauern tatsächlich ins Holz gefolgt war, hatte er sein Leben dort gelassen.

Es war ein weiterer Verlust, der Johannes schwer zu schaffen machte. Besonders als er einen bairischen Soldaten entdeckte, der mit Stiefeln angab, die er einem der Toten von den Füßen gerissen habe. Sie sahen ein wenig abgenutzt und schmutzig aus, aber es waren eindeutig die Stiefel des Korbmachers, auf die jener einmal so stolz gewesen war.

Heimlich zog Johannes an diesem Abend seine Schelle aus der Tasche und schüttelte sie vorsichtig.

„Für dich, Michl."

# 20

Es vergingen zwei Wochen, in denen noch drei weitere kleinere Schlachten folgten, bis die Bauern sich endgültig geschlagen geben mussten. Bei Pinsdorf erlebten sie eine entscheidende Niederlage. Sie mussten dem Grafen von Pappenheim Vöcklabruck überlassen und auch dort ihre Waffen niederlegen. Am 20. November 1626 begruben sie bei Wolfsegg ihre Hoffnung auf Freiheit endgültig zusammen mit ungezählten Toten.

An diesem Tag geschah jedoch auch etwas, das Johannes nicht mehr erhofft, sich aber so viele Male herbeigewünscht hatte.

Er war mit Anselm übereingekommen, dass sie zunächst nach Ortenburg und dann weiter nach Nürnberg ziehen wollten. Ihre Aufgabe in Efferding hatten sie so gut es ging erfüllt, vielen Männern mit ihren Kenntnissen das Leben gerettet oder ihnen sanft in ein anderes ohne Qual und Elend geholfen. Unmöglich, jetzt noch in diesem Land zu bleiben, nach dem sich Johannes inzwischen nicht mehr sehnte. Es war nicht mehr seine Heimat. Es war verwüstetes, zu Tode geschundenes Land, in dem er nicht mehr sicher war, nicht mehr leben wollte. Viele Bauern waren zusammen mit ihren Familien geflohen, hatten versucht, in den angrenzenden Ländern unterzukommen. Es war noch schwieriger geworden für die Lutherischen als bisher, denn wo auch immer sie sich im Land ob der Enns aufhielten, wurden sie von bairisch-kurfürstlichen oder kaiserlichen Anhängern und Soldaten verfolgt, übel misshandelt oder totgeschlagen wie Ungeziefer. Deshalb waren sie bemüht, so schnell es ging die wenigen freien Reichsstädte oder evangelischen Fürstentümer zu erreichen, die sie aufnehmen würden. Wo sie sich in Sicherheit wähnen konnten.

Die beiden Männer waren noch rechtzeitig aus Efferding weggegangen und hielten gerade auf dem Weg nach Ortenburg kurze Rast, als ein Häufchen versprengter Soldaten zu ihnen stieß.

„He, was habt ihr hier zu suchen?“, brüllte einer der Männer schon von weitem. Er und seine Begleiter hielten die Spieße vor sich gesenkt, bereit, sie jederzeit gegen die beiden Rastenden zu heben und ihnen in die Brust zu rammen.

Anselm hatte sie mit zusammengekniffenen Augen und erstaunlich ruhig gemustert, während Johannes nach seinem Bündel griff und es sich über die Schulter legte.

Flucht, schoss ihm durch den Kopf.

Anselm erhob sich und ging auf sie zu.

„Du solltest dich schämen“, sagte er wütend. Der kleine Trupp blieb überrascht stehen.

Auch Johannes war aufgestanden und starrte die Ankömmlinge fassungslos an. Ihr Anführer, ein stämmiger junger Mann in den Farben des bairischen Kurfürsten, stand da und sah ihn mit heruntergeklapptem Unterkiefer an. Sein Gesicht war von einer langen Narbe entstellt, die sich quer von der rechten Schläfe über die Nase bis zum linken Mundwinkel zog. Anselm streckte die Hand danach aus.

„Übel hat es dich erwischt, aber du bist am Leben. Also wird es Zeit, niederzuknien und deinem Herrgott zu danken, dass er dich und die anderen Saukerle mitsamt eurem erbärmlichen Leben verschont hat!“

„Aber …“

„Herrgottnochmal, was hast du dir dabei gedacht, dich diesem Natterngezücht anzuschließen und gegen deine eigenen Landsleute zu ziehen?“, unterbrach ihn Anselm.

„Das sagst ausgerechnet du? Selber ein Konvertierter?“, schrie der Narbengesichtige zurück.

„Jakob!“

Johannes hatte den alten Freund inzwischen ebenfalls wiedererkannt und war auf ihn zugelaufen. Jakob schaute ihn über die Schulter des ehemaligen Klosterbruders hinweg mit großen Augen an. Die feuerrote Narbe ließ nur ein schiefes Grinsen zu, als ihm bewusst wurde, wer auf ihn zukam.

Die Männer hinter ihm murrten unruhig. Er winkte ab.

„Lasst sie in Frieden“, sagte er zu ihnen. „Zieht weiter, ich komme später nach.“

Einer war neben ihn getreten.

„Was machen wir mit denen?“, zischelte er ihm zu. Etwas Mordlüsternes funkelte in seinen Augen.

„Nichts, sagte ich. Ich kümmere mich selber um sie. Los, zieht weiter!“, herrschte Jakob ihn an.

Murrend wandten sich die Männer ab.

„Jakob!“ Johannes hatte vor Aufregung und Entsetzen beinahe die Stimme verloren. „Was machst du bei den Bairischen? Bist du wahnsinnig geworden?“

Eine Frage, die er bis ins Kleinste beantwortet wissen wollte.

Jakob stieß seinen Speer ins Erdreich, schob seine Pistole tiefer in den Gürtel und die beiden setzten sich an den Wegrand. Anselm war stehen geblieben und schaute abwartend und mit vor der Brust verschränkten Armen auf sie hinab.

Er war auf der Hut.

„Du musst reden!“, knurrte Jakob. „Du weißt ja nicht, was geschehen ist damals, im Tälchen.“ Er warf Johannes einen grimmigen Blick zu. „Wo warst du denn, als sie zuerst mein und dann dein Elternhaus überfallen und niedergebrannt haben?" Er fuhr sich mit den Händen über sein entstelltes Gesicht.

„Ich musste die Pacht abliefern", knurrte Johannes, der genau wusste, worauf Jakob hinauswollte.

„Sie sind von oben gekommen. Haben Admont umgangen und wollten an der Enns entlang in die nächste Stadt, nach Hieflau. Das Geseis war ihnen zu unwegsam und wild, also nahmen sie den Weg über den Berg. Sie wussten nicht, dass unser Tälchen bewohnt war, aber als sie unser Anwesen entdeckten, beschlossen sie, es auszuplündern. Sie haben die Weiberleute geschändet und mitsamt den Kindern ins Haus getrieben, als sie mit ihnen fertig waren. Sie haben es über ihren Köpfen angezündet, dass sie bei lebendigem Leib darin verbrannt sind. Ich habe ihre Schreie noch immer im Ohr, mein Freund."

Jakob wischte sich müde über die Augen, als könne er so die Bilder vertreiben, die er ein Leben lang mit sich herumschleppen würde.

„Meinen Vater haben sie abgestochen wie eine Sau. Ich hatte mich bei den Ziegen versteckt und bin in einem unbeobachteten Augenblick zu euch rübergelaufen, wollte Hilfe holen. Aber ich war zu spät. Dort waren auch schon welche. Haben deinen Vater aufgeknüpft. Deine Mutter habe ich nicht gesehen, die hat sich irgendwo verborgen gehalten. Ich hab nach Elisabeth geschaut und sie zwischen Mühlrad und Hauswand versteckt halb im Bach stehend gefunden. Hat übel ausgeschaut, wollte sich ertränken. Als man uns beide entdeckt hat, hab ich gesagt, sie sei mein Liebchen und dass ich immer schon mit den Soldaten ziehen wollte. Sie haben das Haus und wohl auch die Mühle angezündet, uns in ihre Mitte genommen und mitgeschleppt. Kurz darauf ist das Mehl explodiert, aber da waren wir schon fast im Dorf unten."

Johannes schluckte. Da wären sie sich beinahe noch begegnet, mussten sich um wenige Zeit verpasst haben.

„Sie haben uns nach Linz mitgenommen, wo ich eingekleidet und notdürftig im Kriegshandwerk ausgebildet wurde." Jakob hielt inne und kratzte mit einem Stück Holz Muster ins Erdreich. Nach einer kleinen Pause fuhr er fort:

„Elisabeth war die ganze Zeit über bis Linz bei mir geblieben, hat kein Wort mehr gesprochen. Ich bat unseren Anführer, sie in ein Kloster bringen zu dürfen, aber das wurde abgelehnt. Sie sollte im Lager bleiben und den Männern zu Diensten sein, wenn sie danach verlangten. Also brachte ich sie des Nachts heimlich zu einer Linzer Kaufmannsfamilie, von der ich erfahren hatte, dass sie im Begriff war, wegzuziehen. Sie erbarmten sich ihrer, und einer ihrer Söhne ließ sich mit ihr vermählen, damit sie zusammen mit ihnen wegziehen konnte."

„Vermählen?" Johannes schnappte nach Luft. „Sie war doch noch ein Kind!"

Jakob schüttelte mitleidig den Kopf.

„Ein Kind?" Jakob lachte höhnisch. „Hast du es nicht verstanden? Das war sie nicht mehr, nachdem die Drecksäcke sie in der Mühle hinter Mehlsäcken gefunden hatten, mein Freund!", antwortete er zornig.

„Und bei diesen Drecksäcken bist du geblieben?", fragte Johannes fassungslos zurück. „Wurdest einer wie sie?"

„Wollen? Was hätte ich tun sollen? Ihnen deine Schwester überlassen, mich aufschlitzen lassen wie mein Vater? Ich habe deiner Schwester das Leben gerettet. Mein Preis …" Er fuhr mit der flachen Hand über sein entstelltes Gesicht. „Das hat einer von ihnen gemacht, als sie mich und deine Schwester gefunden haben. Einfach den Säbel über mein Gesicht gezogen. Damit ich nie vergessen möge, mit wem ich es zu tun habe. Ein Glück, dass ich nicht am Wundfieber verreckt bin wie viele von uns."

Johannes hatte die Hände vors Gesicht geschlagen. Tränen liefen zwischen seinen Fingern hindurch, tropften auf seine Hose.

„Du wolltest doch immer schon mit den Soldaten ziehen, erinnerst du dich nicht mehr?", heulte er und hieb mit den Fäusten auf den ehemaligen Freund ein. „Du wolltest immer einer sein wie die! Das war doch eine günstige Gelegenheit für dich. Du bist genauso ein Dreckstück wie sie! Ein lumpiges, elendes Dreckstück!"

Jakob wehrte sich nicht. Er hatte nur die Arme hochgenommen, um sein Gesicht vor den wütenden Schlägen des Freundes zu schützen.

„Ja", sagte er ruhig, als jener schließlich aufhörte, seine Fäuste gegen ihn einzusetzen. „Das wollte ich. Allerdings wusste ich damals noch nichts davon, was das in Wahrheit bedeutet."

Johannes wischte sich Rotz und Tränen aus dem Gesicht und rieb die Hände an den Hosen ab, als könne er so nicht nur den Schnodder, sondern auch die Berührung mit Jakob wieder loswerden.

„Wo ist meine Schwester?", zischte er ungeduldig.

„Das weiß ich nicht. Die Leute hatten mir gesagt, dass sie ins Württembergische ziehen und von dort aus sehen wollten, wo sie sich niederlassen könnten. Von Ulm war die Rede. Ulm hat zu der Zeit seine Tore für die Flüchtlinge aus dem Landl noch offen gehabt, vielleicht sind sie dorthin gezogen. Ob sie es geschafft haben, weiß ich leider nicht."

„Und sie ist rechtmäßig verheiratet?"

„Na ja, so rechtmäßig es eben ging. Auf dem Papier eben. Sonst hätte sie nicht mitkönnen. Gehörte ja den Soldaten." Er warf Johannes einen schnellen Blick zu.

„Einen Reiseschein hatte sie auch nicht." Er zuckte die Schultern. „War alles nicht so einfach, das kannst du mir glauben."

„Warum haben die das für sie gemacht?", fragte Johannes ungläubig. „Die Leute aus Linz, meine ich."

„Weil es Protestanten sind, darum."

Johannes verstand. Aufgewühlt von tausend Gedanken, die ihn völlig überschwemmten, saß er auf dem kalten Boden. Er spürte die Kälte nicht.

Ulm.

War da nicht auch Johannes Kepler mit seiner Familie hingegangen?

Vielleicht sollte er auch dorthin gehen. Wo immer diese Stadt auch sein mochte. Wenn Elisabeth dort lebte, würde er sie finden.

Er schüttelte Jakob an den Schultern.

„Wann war das?"

„Gleich im folgenden Jahr, nachdem …"

Jakob schwieg.

Also war Elisabeth zur selben Zeit in Linz gewesen wie er, Johannes. Und er hatte sie nicht gesehen! Zum zweiten Mal verpasst. Hatte noch vor dem Schloss gestanden, an einem der Tore, hinter dem seine Schwester sich womöglich aufgehalten hatte, bevor Jakob sie zu jener Familie gebracht und verheiratet hatte.

Es waren also doch die Bairischen gewesen, die auf der anderen Seite der Enns entlangzogen, wie einer der Köhler ihm berichtet hatte.

So nah. So fern.

„Und haben sie – ich meine, die Soldaten. Haben die …"

Jakob schüttelte den Kopf.

„Nein. Sie war sehr krank, seitdem wir vom Tälchen weggegangen sind. Die haben sie in der Mühle so übel hergenommen, dass sie kaum noch gehen konnte und bereits am Abend Fieber bekommen hat. Sie stand ja auch noch weißgottwielange im eiskalten Wasser." Er seufzte. „Ich habe sie mehr getragen, als dass sie selber gegangen ist. Aber ich wollte sie nicht irgendwo zurücklassen, wo sie vielleicht gestorben wäre. Im Quartier hat man sich wenigstens um sie gekümmert und in Ruhe gelassen."

„Und die Kaufleute, Jakob, wie hießen die Kaufleute?"

Jakob dachte nach.

„An den Familiennamen erinnere ich mich nicht mehr", sagte er dann mit einem bedeutungsvollen Blick zu Anselm. Der stand immer noch reglos vor ihnen. „Aber ich weiß noch, dass der Familienvater Josef hieß, der Bräutigam deiner Schwester Andres."

„Elisabeth und Andres", wiederholte Johannes gedehnt, der sich schwer tat, sich seine Schwester als verheiratete Frau vorzustellen. Wirklich nur auf dem Papier?

„Tut mir leid", murmelte er. „Dann werde ich nach Ulm gehen und dort nach ihr suchen. Vielleicht finde ich sie."

Niemand würde ihm sagen können, wie es ihr weiter ergangen war, bis er sie selber danach fragen konnte. Er wusste nur zu gut, dass marodierende Kurfürstliche auch auswanderungswillige Protestanten auf ihrem Weg überfallen und erschlagen hatten, um an ihre paar Habseligkeiten zu gelangen. Ganz zu schweigen davon, was sie mit den Frauen anstellten, die ihnen in die Hände fielen. Allerdings hatte er in Linz auch seine Tante nicht finden können, weil er ihren Familiennamen nicht kannte. Das würde jetzt noch schwieriger werden.

Elisabeth …

„Mach das." Jakob wollte sich erheben, aber Johannes hielt ihn zurück.

„Und du? Kommst du nicht mit uns?" Erwartungsvoll schaute er in das entstellte Gesicht des Freundes, der er während der letzten Sätze wieder für ihn geworden war. „Wir wollen nach Ortenburg und von dort aus …"

Jakob legte ihm beschwichtigend die Hand auf die Schulter und stand auf.

„Das kann ich nicht. Nicht mehr. Ich kann Schafe und Ziegen hüten, Speer und Büchse weiß ich einzusetzen, einen krabatischen Gaul kann ich notfalls reiten. Aber mehr nicht."

In seinem Blick lagen Elend und Leid, Angst und Verzweiflung. Dahinter standen unzählige erschlagene Männer, geschändete Frauen, niedergemähte Alte und Kinder. Johannes konnte nur ahnen, dass Jakob sich niemals von den Bildern würde lösen können, die sich in sein Gedächtnis eingebrannt hatten, und die es ihm unmöglich machen würden, bei etwas anderem als im Kampf zu sterben. Das konnte nicht einmal er, Johannes. Dabei hatte er nur das gesehen, was andere angerichtet hatten, es nicht auch noch verursacht, wie Jakob das mit Sicherheit getan hatte. Er verstand. Aber noch hatte er Hoffnung, Jakob aus seinem Seelengefängnis befreien und auf einen anderen Weg bringen zu können.

Da traf sein Blick den seines alten Lehrers.

Der schüttelte unmerklich den Kopf.

Er musste den Freund gehen lassen.

Johannes stand ebenfalls auf und legte einem plötzlichen Impuls folgend beide Arme um Jakobs Nacken.

„Danke. Für Elisabeth. Für deine Freundschaft", sagte er leise.

Jakobs Kopf sank an seine Schulter. Es war für einen Augenblick wie früher.

So standen sie eine ganze Weile, und vergaßen die Zeit, bis sich Anselm rührte.

„Leb wohl, mein Freund", sagte Johannes. In Gedanken wünschte er ihm, dass Gott mit ihm sein möge. Er konnte es aber nicht aussprechen. Und daran glauben schon gleich gar nicht.

„Du auch."

„Eine Frage noch!"

Jakob, der sich gerade zum Gehen wenden wollte, blieb stehen.

„Bist du zu denen übergewechselt?"

Zu denen. Zu den Katholischen.

Jakob verzog seine gesunde Gesichtshälfte zu einem gequälten Lächeln.

„Nein", sagte er. „Die haben nicht danach gefragt, welcher Religion ich angehöre. Zum Stechen und Hauen braucht man starke Armmuskeln und den Willen, sich zu wehren oder anzugreifen, und auf jeden Fall auch zu töten." Er warf Johannes einen grimmigen Blick zu. „Religion ist da bestenfalls hinderlich."

Dann drehte er sich um, zog seinen Speer aus dem Boden und ging zuerst langsam, dann immer schneller werdend den Weg entlang, seinen bereits weit vorauseilenden Kameraden folgend.

Johannes rührte sich nicht von der Stelle. Er schaute Jakob nach, bis er hinter einer Wegbiegung verschwunden war. Die haben nicht danach gefragt, welcher Religion Jakob angehörte. Es war ihnen egal. Hauptsache, er stand gegen die Lutherischen. Dass er seine eigenen Glaubensbrüder bekämpfte, war unwichtig. Was für ein Wahnsinn!

Da spürte er die Hand Anselms auf seiner Schulter. Johannes ließ den Kopf sinken und trottete wie ein geprügelter Hund neben dem Alten her. Dabei hatte er doch allen Grund, heiter zu sein nach dem, was er gehört hatte. Aber heiter war er nicht. Erleichtert ein wenig darüber, etwas von Elisabeth gehört zu haben. Zu wissen, dass sie am Leben war, dass Jakob lebte. Endlich erfahren zu haben, was damals in der Mühle und bei den Nachbarn geschehen war.

Aber heiter? Über die anfängliche Überraschung und die nachfolgende Erleichterung hatte sich Schwermut gelegt. Er blieb stehen. Anselm nahm ihn am Arm und schob ihn schweigend und mit sanfter Gewalt auf ihrem Weg weiter.

Seine Zweifel an der Hochzeit von Johannes' Schwester behielt Anselm für sich. Er konnte sich nicht vorstellen, dass irgendjemand einen Erlaubnisschein zur Eheschließung für sie ausgestellt hatte. Wenn, dann hatte jemand die Papiere gefälscht. Was das im Einzelnen bedeutete, mochte er sich nicht ausdenken.

„Wir müssen nach Ulm", sagte Johannes leise. „Ich muss Elisabeth wiederfinden!"

„Zunächst müssen wir zusehen, dass wir nach Ortenburg kommen, mein junger Freund", antwortete Anselm bestimmt. Er wusste im Gegensatz zu Johannes genau, wo Ulm lag und dass es ein weiter, gefährlicher Weg war bis zu dieser Stadt.

Was, wenn Elisabeth dort nicht zu finden war?

Johannes hatte dieselben Gedanken wie sein Begleiter, wehrte sich jedoch trotzig gegen die aufkommenden Zweifel. Er würde sich nicht so leicht geschlagen geben.

Nachdem er Jakob getroffen hatte, spürte er die Hoffnung, Elisabeth gesund und wohlbehalten wiederzufinden. Deshalb ließ er nicht zu, dass seine Zweifel diese Hoffnung niedermähten wie die Katholische Liga die Freiheit der Bauern niedergemäht hatte. Das durfte nicht sein.

# 21

Sie hatten den Jahreswechsel in Ortenburg verbracht und brachen im späten Frühjahr 1627 nach Nürnberg auf.

Johannes war dankbar für die Gastfreundschaft des Ortenburger Grafen, den er nie zu Gesicht bekommen hatte. Er wusste wie die anderen Religionsflüchtlinge in der kleinen Grafschaft um die Verschwendungssucht Friedrich Casimirs. Wie viele unter ihnen befürchtete auch er, dass jener über kurz oder lang Gebiete seines Besitzes verkaufen oder verpfänden musste, um seine Schulden bezahlen zu können. Was dann mit den evangelischen Bürgern der Grafschaft geschah, entschied die unerbittliche Haltung des bairischen Landesherrn ihnen gegenüber. Der lauerte nur darauf, ihrer habhaft zu werden.

Auch Anselm wollte nicht länger in der Grafschaft bleiben. Er wollte mit Johannes nach Nürnberg ziehen und zusehen, dass er sich dort nützlich machen konnte. Inzwischen zählte der alte Mann bereits über sechzig Jahre, wie Johannes herausgefunden hatte, und wollte seinen Lebensabend in Ruhe und ohne gewalttätige Auseinandersetzungen verbringen.

Von den Hofbichler-Brüdern hatte niemand mehr etwas gehört. Vermutlich waren sie zusammen mit den vielen anderen Bauern beim Kampf am Emlinger Holz gefallen.

Nürnberg war wie Regensburg eine freie, evangelisch orientierte Reichsstadt. Über ihren Dächern thronte die imposante Kaiserburg, die jedem Ankommenden Respekt einzuflößen wusste. Die rostfarbenen Sandsteinmauern strahlten etwas Majestätisches aus, dass man sich gerne unter ihren Schutz stellte und hoffte, in der Stadt verweilen zu können.

Die Wachen ließen die beiden Männer passieren, die Vorschriften des Rugamtes verweigerten Johannes jedoch jegliche Tätigkeit innerhalb der Stadtmauern. Er konnte ja keinen Nachweis dafür erbringen, eine Lehre in einem der anerkannten Berufe absolviert, oder gar einen der begehrten und hier gefragten Gesellenbriefe erworben zu haben. Seine Ausbildung bei Anselm war zu nichts nutze gewesen, das war ihm inzwischen klar geworden. Als Lehrbub arbeiten – das hätte er bestenfalls bei seinem Vater in der Mühle machen können. Nur leider war sein Vater der Meinung gewesen, dass er zu Höherem berufen war. Jetzt bekam er die Rechnung für das Unvermögen seiner Eltern präsentiert, ihm eine richtige, eine handwerkliche, anerkannte Ausbildung zuteilwerden zu lassen. Wobei Johannes bei genauerem Nachdenken zugeben musste, dass er höchstens ein Köhler oder Holzhauer hätte werden können. Und die brauchte man in Nürnberg ganz bestimmt nicht.

Sein kleines Vermögen war längst aufgebraucht. Er musste dringend Arbeit finden, wollte er nicht als Bettler enden.

Auch Anselm fand zunächst keine Möglichkeit, irgendwo unterzukommen und Arbeit zu finden, um seinen Lebensunterhalt zu verdienen. Ihm verhalf schließlich die Beziehung zu einer Dame aus den höheren Kreisen, eine Stellung als Schreiber zu ergattern, die er mit wachsender Begeisterung ausfüllte. Annalisa von Lauffen hatte er bereits bei seinem letzten Aufenthalt in Nürnberg kennengelernt und in der Hoffnung aufgesucht, durch sie vorübergehend eine Anstellung oder zumindest eine bezahlbare Unterkunft zu finden. Die wohlhabende Witwe fand den gebildeten Mann anziehend genug, dass sie ihn bei sich aufnahm, kurz nachdem er seine Schreiberstelle angenommen hatte. Das Bürgerrecht würde er mit Sicherheit nicht bekommen, da ihm dafür die Voraussetzungen fehlten: Er hatte keinen Grundbesitz, konnte sich altersbedingt nicht an der eventuellen Verteidigung der Stadt beteiligen und würde von der bereits bestehenden Bürgerschaft kaum aufgenommen werden. Nur Steuern und Abgaben zu leisten war deutlich zu wenig für die Verleihung des Bürgerrechts. Es genügte ihm jedoch, innerhalb der Stadtmauern bleiben zu können, ohne auf fremde Hilfe angewiesen zu sein.

In Nürnberg waren Zünfte verboten, und das Rugamt interessierte sich nicht für ihn, solange er unter dem Schutz der Witwe stand, die notfalls für alles aufkommen würde, was ihn betraf. Dafür war er ihr unendlich dankbar.

Johannes hatte sich vor den Toren Nürnbergs umgeschaut und in Wöhrd eine Mühle entdeckt. Es kostete ihn einige Mühe und Überzeugungskraft, schließlich als Führer eines Ochsengespanns arbeiten zu dürfen, mit dem er das Mahlgut zu den Bäckern der Stadt bringen musste. Als Müllergehilfe wollte ihn der Meister nicht haben, obwohl er ihn über seine Kenntnisse informiert hatte. Wissen, auch praktisches, war nicht gefragt. Ein Gesellenbrief oder ein anderer Nachweis wäre vonnöten gewesen, um in der Mühle arbeiten zu können. Er hatte auch keine Möglichkeit geboten bekommen, zu zeigen, was er konnte. Da er die Gelegenheit nicht versäumen wollte, überhaupt eine Arbeit zu haben, schlug er nach kurzem Zögern ein.

Das Führen des Ochsenwagens ermöglichte ihm immerhin, mehrmals wöchentlich in die Stadt zu kommen, in der er sich schnell zurechtfand. Er musste zwar zusehen, seine Lieferungen so schnell es ging zu erledigen, da es auch außerhalb Nürnbergs Backstuben anzufahren galt. Aber das Stadtleben bereitete ihm zusehends Vergnügen.

Eines Tages lief ihm Katharina über den Weg, die Tochter eines Goldschmieds, der in der Zisselgasse Wohnhaus und Werkstatt hatte. Ganz in der Nähe befand sich das Haus der Familie Jamnitzer, die zu den bedeutendsten Vertretern der Goldschmiedezunft zählte.

Katharina war ein zartes Geschöpf mit blonden Haaren und großen, blauen Augen. Die waren Johannes aufgefallen, als die junge Frau bei den Marktständen auftauchte, zwischen denen er neugierig herumgelaufen war.

Diese Augen. Sie erinnerten ihn an Anna, seine Mutter.

Und an Elisabeth.

Seitdem versäumte er kaum eine Gelegenheit, die junge Frau wiederzusehen. Wann immer er in der Stadt war, hielt er Ausschau nach ihr. Allerdings war ihm sehr wohl bewusst, dass ihr Standesunterschied keine noch so bedeutungslose Bekanntschaft zuließ. Deshalb war er auch sorgfältig darauf bedacht, dass sie ihn nicht bemerkte.

Bis eines Tages Anselm zusammen mit Annalisa in einem der Gasthäuser entlang der Pegnitz Rast machte. Dort saß an diesem freundlichen Sonntagnachmittag auch Johannes und genoss ein paar freie Stunden.

Anselm hatte sich modisch fein herausgeputzt und war kaum wiederzuerkennen. Er trug einen breitkrempigen Hut über halblangem Haar, hatte den Bart gestutzt und einen Spitzenkragen umgelegt. Auch die eng anliegenden Ärmel seines Wamses endeten in weißen Spitzen, die Hosen knapp unter den Knien, dunkle Stulpenstiefel verdeckten die gerade noch hervorblitzenden weißen Strümpfe. Dazu trug er einen warmen, weiten Wollmantel.

Annalisa war in ein helles, weites Gewand gehüllt, das nach oben ebenfalls in einem weißen Spitzenkragen abschloss. Auch ihre Handgelenke zierte weiße Spitze. Auf dunklen Locken saß ein breitkrempiger, reich verzierter

Hut. Annalisa hatte sich der Mode der höheren Gesellschaft angepasst, in der die Damen kunstvoll gefertigte Perücken trugen. Dazu hatte sie einen braunen, mit einem kleinen Pelzkragen verbrämten Mantel übergelegt.

Johannes staunte nicht schlecht, als er die beiden eintreten sah. Fast hätte er sich seines ein wenig zerschlissenen Leinenhemdes und der einfachen, etwas über knielangen Hose geschämt. Auch trug er nur helle Strümpfe und einfache Schuhe und hatte ein dunkelbraunes, einfaches Wams gegen den auffrischenden Wind mitgenommen. Einen warmen Mantel besaß er nicht.

Anselm und Annalisa setzten sich zu ihm an den Tisch, und kurz darauf waren alle drei in ein Gespräch über Gott und die Welt verwickelt.

Johannes hatte zwar durch seine Arbeit in der Mühle sein Leben und sein Geld in den Griff bekommen, die Erinnerung an die Erlebnisse des vergangenen Jahres und der Zeit davor blieben jedoch fester Bestandteil seiner Gedanken und Gefühle. Anselm vermied es, etwas anzusprechen, das diese Erinnerungen heraufbeschwören könnte. Aber Annalisa, die keine Ahnung davon hatte, fragte plötzlich:

„Du kommst also aus Österreich?“

Als Johannes nach einem schnellen Blick auf Anselm nickte, fragte sie weiter:

„Hast du keine Angehörigen mehr, zu denen du zurückkehren möchtest?“

Johannes wurde blass. Er griff mit zitternder Hand nach seinem Becher Wein, war jedoch außerstande, ihn hochzuheben.

Anselm sprang ihm zur Seite.

„Ich bin sein einziger Verwandter. Und mich hat er ganz in seiner Nähe“, sagte er und schmunzelte vielsagend.

Annalisa musterte den jungen Mann neugierig. Aber bevor sie weitere Fragen stellen konnte, hob Anselm das Kinn und zeigte damit auf vier Neuankömmlinge, die gerade die Gaststube betreten hatten.

Johannes drehte sich nach ihnen um. Seine Gesichtsfarbe wechselte von Blass auf Rot, als er sie erkannte: Katharina. Sie war zusammen mit ihren Eltern und einem jungen Mann hereingekommen, dem Johannes bislang noch nicht begegnet war.

Ihr Verlobter, schoss ihm durch den Kopf.

Als hätte ihn all seine Kraft verlassen, war er nicht in der Lage, sich wieder seinen beiden Tischnachbarn zuzuwenden. So verharrte er in einer ausgesprochen verkrampften Haltung, den Neuankömmlingen zugewandt.

Als Katharina ihm freundlich zulächelte und kurz die Hand zum Gruß in seine Richtung hob, brachte er kein Wort heraus. Er hob ebenfalls die Hand und hoffte, sie würde ihn nicht für einen ungehobelten, schlecht erzogenen Kerl halten.

Auch die Bernreuthers waren ausgesprochen gut gekleidet und standen Anselm und Annalisa darin in nichts nach. Der Standesunterschied zwischen Johannes und den übrigen Gästen hätte sich kaum deutlicher zeigen können.

Anselm erhob sich und ging auf die Familie zu. Mit ein paar freundlichen Worten lud er sie an ihren Tisch ein. Die vier folgten seiner Einladung offenbar recht gerne. Sie schienen Anselm und seine Begleiterin gut zu kennen, denn als sie sich begrüßten, war es, als träfen alte Bekannte aufeinander. Johannes hatte sich stumm erhoben und verbeugt, als Anselm ihn vorstellte. Er hatte einen trockenen Hals und brachte kein Wort heraus.

Der Goldschmied nahm neben ihm Platz, dann folgte

seine Frau. Katharina und der junge Mann setzten sich ihnen gegenüber neben Annalisa und Anselm.

Johannes pochte dermaßen das Blut in den Ohren, seitdem er die junge Frau und ihre Eltern gesehen hatte, dass er überhörte, als was der junge Mann an Katharinas Seite vorgestellt wurde.

Wie unterschiedlich sie waren, zeigte sich spätestens jetzt, als die nobel herausgeputzten Gäste Platz genommen hatten. Vor allem Katharina war wunderschön in ihrem blauen Kleid, mit ihrem zur anmutigen Frisur aufgesteckten blonden Haar unter dem modischen blauen Hut, fand er. Sie wirkte wie ein Frühlingstag, von dem man hoffte, er ginge nie zu Ende.

Annalisa verwickelte den jungen Mann an ihrer Seite gerade in ein Gespräch, das Katharina nach kurzer Zeit zu langweilen schien. Als man ihr eine Tasse mit heißer Milch brachte, beschäftigte sie sich so intensiv damit, dass Johannes schon befürchtete, sie würde irgendwann aufstehen und davonlaufen.

Aber so kam es nicht.

Der Goldschmied, den Anselm als Jörg Bernreuther vorgestellt hatte, wandte sich an Johannes, der nach wie vor erstarrt und sprachlos dasaß.

„Wenn ich richtig gehört habe, arbeitest du in einer der Wöhrder Mühlen?“, fragte er den Jungen freundlich.

„Ja“, antwortete Johannes nur.

Mehr ging einfach nicht. Sein Hals war immer noch wie zugeschnürt. Er wagte kaum, den Goldschmied anzusehen, suchte mit den Augen Halt bei seinem Weinbecher.

Herr Bernreuther schaute kurz zu Anselm hinüber, der ihm fast unmerklich zunickte.

„Wie kommst du dazu?“

Johannes schluckte.

„Ich habe sonst nichts gefunden“, antwortete er leise. „Und ich stamme … ich stamme selber aus einer Mühle.“

Der Goldschmied schwieg einen Augenblick.

„Ich kenne deine Geschichte“, sagte er schließlich zu Johannes’ Überraschung. „Dein Oheim hat sie mir erzählt. Meine Familie stammt ursprünglich aus Niederösterreich“, fuhr Bernreuther fort. „Sie sind vor über hundert Jahren von dort weggezogen und in Nürnberg gelandet. Waren mit die Ersten, die damals in Österreich den lutherischen Glauben angenommen haben, weil ihre Vorstellungen mit den Dogmen des Katholizismus schon lange nicht mehr übereinstimmten. Da ihnen das Leben in ihrer alten Heimat irgendwann zu unruhig wurde, haben sie sich auf den Weg gemacht und hier neu angefangen.“ Er lachte leise, als er Johannes’ ungläubiges Gesicht sah. „Auch meine Familie wäre beinahe an den Aufnahmeregeln des Rugamtes gescheitert“, fuhr er schmunzelnd fort, da er genau wusste, weshalb Johannes vor den Toren der Stadt arbeiten musste. „Da aber mein Urgroßvater ein hervorragender Goldschmied mit gutem Zeugnis war, nahm man ihn schließlich doch auf. Man wies meinen Ahnen eine kleine Wohnung in einem der Häuser in der Nähe der Stadtmauer zu, das aber einem Brand zum Opfer fiel. Seither leben wir in der Zisselgasse und haben unser Handwerk von Generation zu Generation weitervererbt.“ Er zeigte auf den angeregt mit Annalisa diskutierenden jungen Mann an Katharinas Seite. „Karl wird im kommenden Jahr seinen Gesellenbrief in der Tasche haben und irgendwann meine Werkstatt übernehmen.“

Johannes bemühte sich, seine angespannte Gefühlslage nicht zu zeigen. Der künftige Schwiegersohn also. Mit Aussicht auf ein gutes Leben in dieser Stadt, an der Seite des hübschesten Mädchens, das diese seiner Ansicht nach zu bieten hatte. Zum Glück beendete Annalisa in diesem Augenblick ihr Gespräch mit Katharinas Verlobtem und bedeutete Anselm, aufbrechen zu wollen. Auch Johannes erhob sich, und nach einer kurzen Verabschiedung verließ er zusammen mit seinem Oheim und dessen Begleiterin die Wirtsstube.

Anselm hatte sehr wohl gesehen, dass Johannes schweigsamer war als sonst. Da er herausfinden wollte, was ihn so befangen machte, lud er ihn für den kommenden Sonntag zu einem Mittagsmahl in kleiner Runde ein. Er wollte seinen Neffen darüber hinaus ein wenig mehr in sein Leben einbeziehen und alles dafür tun, dass jener sich in seiner neuen Heimat wohlfühlte und vielleicht im Laufe der Zeit auch sesshaft wurde.

Johannes mied in der folgenden Woche den Markt, um einer möglichen Begegnung mit jemandem aus dem Hause Bernreuther aus dem Weg zu gehen. Er belieferte seine Bäcker und verschwand so schnell es ging mit seinem Ochsengespann wieder aus der Stadt. Am kommenden Sonntag lief er Jörg Bernreuther jedoch völlig unerwartet über den Weg.

„Hoppla, junger Mann!“, begrüßte der ihn fröhlich. „Wohin so eilig?“

„Ich bin bei meinem Oheim zum Mittagsmahl eingeladen“, gab Johannes Auskunft und hoffte, dass Meister Bernreuther allein unterwegs war. Katharina zu sehen war ihm schlichtweg unmöglich.

„Da wünsche ich dem jungen Herrn einen guten Appetit!“, rief Bernreuther ihm zu, bevor er eilig die Straße entlangging. Plötzlich blieb er kurz stehen und wandte sich noch einmal zu Johannes um.

„Grüß deinen Oheim und Frau Annalisa von mir!“,

rief er ihm zu. „Sie kann ihr Schmuckstück bei mir abholen lassen!“ Dann verschwand er hinter der nächsten Hausecke.

Annalisa von Lauffen bewohnte eines der hübsch anzusehenden Patrizierhäuser mitten in der Stadt. Anselm war bereits vor längerer Zeit bei ihr eingezogen – sehr zum Ärgernis einiger Nachbarinnen, die über diese Schamlosigkeit die Nase rümpften. Da Frau von Lauffen jedoch eine angesehene und zudem ausgesprochen reiche und spendable Witwe war, beließ man es bei Geflüster hinter vorgehaltener Hand. Sie wiederum amüsierte sich insgeheim über die Prüderie ihrer ach so tugendsamen weiblichen Nachbarschaft. Anselm kümmerte sich ohnehin nicht darum. Er hatte genug damit zu tun, seiner neuen Beschäftigung in einer Apotheke nachzugehen, die man ihm vor ein paar Tagen angeboten hatte. Seine Kenntnisse in der Naturheilkunde waren ihm dabei behilflich gewesen, und Johannes vermutete, dass er genügend Unterlagen mit sich führte, die seine fundierten Ausbildungen belegten.

Der junge Mann verhielt sich während des ausgesprochen wohlschmeckenden Mahls erneut auffallend still. Seine beiden Gastgeber waren zwar gewohnt, dass er eher in Gedanken versunken als unterhaltsam war. Sie hatten jedoch gehofft, ihn mit ihrer Einladung ein wenig aus seiner bedrückten Stimmung holen zu können.

„Ist irgendwas?“, fragte Annalisa ihn deshalb, nachdem man Suppe und Hauptgang eingenommen hatte und das Hausmädchen Margret die Tafel für einen Nachtisch eindeckte.

Johannes schaute verwirrt auf. Als er in die Gesichter der beiden älteren Herrschaften schaute, wurde ihm mit einem Mal bewusst, wie unhöflich und undankbar er ihnen vorkommen musste.

„Nein“, beeilte er sich deshalb zu sagen. Vor Verlegenheit war er ganz rot geworden. Zum Glück fiel ihm noch etwas ein: „Ich habe übrigens den Goldschmied getroffen, Herrn Bernreuther. Er lässt ausrichten, Euer Schmuck sei fertig und könne abgeholt werden.“

Annalisa wechselte einen schnellen Blick mit Anselm.

„Oh ja, fein. Ich schlage vor, du holst ihn ab“, sagte sie.

„Ich?“

Johannes schaute sie erschrocken an.

„Ja. Wir werden morgen früh für ein paar Tage verreisen, eine Verwandte besuchen. Ich möchte nicht, dass Herr Bernreuther so lange warten muss, bis ich die Brosche selber abholen kann. Er braucht sein Geld auch.“

Johannes schüttelte den Kopf.

„Ich komme morgen nicht in die Stadt. Meine nächste Lieferung an die Bäcker wird erst am Mittwoch sein.“

Annalisa zwinkerte ihm zu.

„Das ist in Ordnung. Bevor du zu ihm gehst, lässt du dir von Margret das Geld geben.“

Das Schicksal hatte ihn so wenig verstanden wie Annalisa.

Nachdem Johannes am Mittwoch seine Mehlsäcke abgeliefert hatte, machte er sich zunächst auf den Weg zu Margret, um das Geld für den Goldschmied abzuholen. Mit klopfendem Herzen betrat er kurz darauf die nur wenige Häuserzeilen entfernt liegende Werkstatt Bernreuthers.

Erstaunt schaute er sich um und betrachtete voller Ehrfurcht die Ringe, Ketten und Broschen, die auf einem Tisch ausgebreitet auf ihre Kunden warteten. Der Goldschmied hatte sie auf wertvollem schwarzem Samt ausgelegt, nachdem er sie neu angefertigt oder sorgfältig repariert und auf Hochglanz poliert hatte.

Ein ganz besonderer Stein fiel ihm auf, der in einen kunstvoll gearbeiteten Ring gefasst war.

„Das ist ein Aquamarin“, hörte er die warme Stimme des Goldschmieds sagen. Dieser war unbemerkt hinter ihn getreten und nahm den Ring vorsichtig von seinem Platz.

„Gefällt er dir?“

Johannes nickte. Der Stein erinnerte ihn an die Augen seiner Mutter.

Und an die seiner Schwester.

Und an Katharina.

„Ich nehme an, du kommst wegen der Brosche von Frau Annalisa“, sagte Herr Bernreuther und legte den Ring wieder an seinen Platz zurück.

In diesem Augenblick betrat der junge Mann die Werkstatt, den Johannes am vorletzten Sonntag an der Seite Katharinas kennengelernt hatte. Die beiden nickten sich freundlich zu, während Bernreuther Annalisas Brosche aus einer Schublade holte und in feines Tuch wickelte.

Johannes reichte ihm das Geld, das ihm Margret ausgehändigt hatte. Dann steckte er das Päckchen mit der Brosche in einen Beutel, den er an einem Lederband um den Hals trug. Einen Augenblick lang legte er die Hand auf die Stelle, an der sich einmal das Andenken an seine Mutter befunden hatte. Da fiel sein Blick auf etwas, das ihm den Atem stocken ließ. Er trat näher an den Tisch heran, auf dem die Werkstücke des Goldschmieds ausgelegt waren. Beim ersten Blick darauf war es ihm gar nicht aufgefallen. Viel zu sehr hatte ihn der Ring mit dem Aquamarin in seinen Bann gezogen.

Bernreuther folgte seinem Blick und nahm das Medaillon in die Hand, das Johannes mit offenem Mund anstarrte.

„Das ist ein altes Schmuckstück, das mir jemand vor

langer Zeit verkauft hat“, sagte Bernreuther.

Johannes hob zögernd die Hand, als der Goldschmied ihm den wertvollen Anhänger reichte.

„Es ist aus purem Gold und gehörte vermutlich einmal einer noblen Dame. Siehst du das Wappen? Es gehörte einer sehr alten deutschen Familie. Die Frauen haben solche Schmuckstücke oft und gerne als Zeichen ihrer Familienzugehörigkeit getragen.“

„Meine Mutter hatte auch ein Schmuckstück wie dieses hier“, sagte Johannes leise. „Es sah aus wie eine Münze. Hatte vorne einen seltsamen Vogel mit Löwenkörper drauf, und auf der Rückseite fremde Zeichen, die ich nicht lesen konnte.“ Er gab Bernreuther das Medaillon zurück. „Allerdings war das Abbild auf der Vorderseite sicherlich kein Familienwappen.“

„Ein Greif“, sagte der Goldschmied und legte das wertvolle Schmuckstück wieder auf den Samt zurück. „Du beschreibst einen Greif. Wenn du mir die Münze zeigst, kann ich dir mehr dazu sagen, wenn du möchtest.“

„Das geht leider nicht. Sie wurde mir gestohlen.“

Der Goldschmied kniff die Lippen zusammen.

„Gestohlen ist nicht gut“, sagte er dann. „Aber vielleicht magst du mir beschreiben, wie das Andenken an deine Mutter ausgesehen hat?“

„Das werde ich gerne versuchen“, antwortete Johannes. „Aber jetzt muss ich die Brosche zu Margret bringen und dann mit dem Ochsengespann zurück zur Mühle fahren.“ Er zeigte zur Tür. „Das Mittagsläuten. Ich bin spät dran.“

„Sobald Annalisa und Anselm zurück sind, geben wir ein kleines Essen. Wenn du kommen magst, freuen wir uns über deinen Besuch. Vielleicht kannst du mir dann mehr über den Schmuck deiner Mutter sagen!“, rief ihm Bernreuther nach, als Johannes bereits auf die Straße getreten war.

# 22

Annalisa und der Oheim kamen fast zwei Wochen später von ihrem Besuch zurück. Johannes belud gerade seinen Ochsenkarren mit prall gefüllten Mehlsäcken, als Anselm in der Mühle auftauchte. Er überbrachte ihm nicht nur die besten Grüße von Annalisa, sondern auch eine Einladung des Hauses Bernreuther zu einem Abendessen.

Der Müllermeister, der neben Johannes gestanden und alles mit angehört hatte, pfiff leise durch die Zähne. In so ein nobles Haus eingeladen zu werden, war etwas ganz Besonderes. Das wusste auch Johannes, dem zunächst die Worte fehlten. Er erinnerte sich zwar sehr gut daran, dass Jörg Bernreuther von diesem Essen gesprochen und ihn hatte wissen lassen, dass er sich über seinen, Johannes', Besuch freue. Aber dass es ernst gemeint war und so schnell sein sollte, hätte er nicht gedacht.

Nachdem Anselm die Mühle verlassen hatte, klopfte der Meister seine Hose aus und wies Johannes an, sich weiter um seine Mehllieferung zu kümmern.

„Geht es dir gut bei uns?“, fragte er, als Johannes das Geschirr der Ochsen überprüft hatte und sich auf den Weg in die Stadt machen wollte.

„Ja. Warum fragt Ihr, Meister?“

„Weil ich dich seit Wochen beobachte. Du bist ein guter Mann, ich habe keine Beschwerden gegen dich. Weder von den Gesellen in der Mühle noch von den Bäckern, die du beliefer st.“

Johannes zuckte die Achseln.

„Ihr wisst, dass ich aus einer Müllersfamilie stamme, wenngleich ich auch die Gelegenheit nicht bekam, das Handwerk bei meinem Vater zu erlernen.“

Der Meister musterte ihn kurz. Dann sagte er: „Du trägst etwas mit dir herum, das dich bedrückt. Wenn es an deiner Arbeit liegt oder an jemandem aus der Mühle, dann sag es mir. Ich möchte dich fürderhin nicht mehr nur als den Burschen beschäftigen, der das Mehl ausliefert. Ich kann dich auch in der Mühle sehr gut brauchen. Aber wenn es dir bei uns nicht gefällt …?“

Johannes nahm die Zügel seines Gespanns auf.

„Es gefällt mir sehr gut hier, und ich werde alle Arbeiten verrichten, die Ihr mir auftragt, so gut ich es kann.“

Rumpelnd verließ der Ochsenkarren den Hof und folgte der Landstraße über die kleine Pegnitzbrücke bis zum Stadttor. Die Wachen kannten ihn schon und ließen ihn nach einem kurzen Blick in seine Papiere weiterziehen.

Johannes ging nachdenklich neben den Ochsen her zum ersten Bäcker. Es ging ihm wirklich gut. Er bekam einen gerechten Lohn für seine Arbeit. Er war bei den Gesellen gern gesehen, hatte noch nie ein böses Wort von seinem Meister gehört und teilte mit einem der Lehrbuben eine anständige Schlafkammer, die besser war als manch eine, für die er auf dem Weg vom Tälchen hierher viel Geld bezahlen musste.

Trotzdem bedrückte ihn etwas, das hatte der Meister gut erkannt.

Johannes war inzwischen über zwanzig Jahre alt, hatte viel Leid und Elend erlebt und gesehen, aber selten seine Zuversicht und seinen Lebenswillen verloren. Was er verloren hatte, waren seine Eltern, seine Schwester, seine Heimat. Seinen Glauben. Damit konnte und wollte er sich nicht abfinden. Die Sehnsucht nach den geliebten Menschen war manchmal so überwältigend, dass er sich wünschte, wenigstens dieses Amulett ab und zu in die Hand nehmen und damit eine Verbindung zu ihnen herstellen zu können, das ihn mit seiner Familie verband.

Zurückgehen konnte er nicht mehr, auch wenn er sich das immer wieder vorstellte und wünschte. Das Land war zerfressen von vielen Aufständen, gepflastert mit Tausenden Toten, bedeckt mit dem Blut derer, die sich aus dem Joch des Kaisers und seiner unerbittlichen Haltung den Lutherischen gegenüber hatten befreien wollen. Es wurde zwar gemunkelt, dass Ferdinand plante, das Land ob der Enns in erneutem Tausch von den Baiern zurückzuverlangen. Aber was bedeutete das schon? Nur, dass die Baiern das Land verließen, nicht jedoch, dass die Abgaben an Kaiser und Kirche niedriger ausfallen würden und jeder nach eigenem Gutdünken seine Religion ausüben konnte.

Nein, es war ihm nicht mehr möglich, zurückzukehren. Die Gräber seiner Eltern waren inzwischen vermutlich zerstört, die Reste der Mühle billiges Baumaterial für die Menschen im Ennstal geworden. Es wäre vielleicht ein kleiner Trost für ihn gewesen, einmal wenigstens noch dorthin zurückzukehren, wo er so lange eine glückliche Zeit verbracht hatte. Einfach nur, um sich wenigstens für einen Augenblick wieder zu Hause zu fühlen. Aber was dann?

Er war beim ersten Bäcker angelangt. Heute hatte er bei ihm keinen Helfer finden können, der ihm beim Abladen des Karrens zur Hand ging. So schleppte er die schweren Säcke selber in den Keller und stapelte sie sorgfältig aufeinander. Als er wieder auf der Straße stand, sah er einen Blondschopf auf sich zukommen, der ihm gut bekannt war: Katharina.

Bevor er irgendwo verschwinden konnte, um ihr nicht gegenübertreten zu müssen, stand sie schon vor ihm. Johannes errötete bis unter die Haarwurzeln.

Nach kurzer Begrüßung sagte sie: „Mein Vater hat mir erzählt, dass er dich zu unserem Abendessen eingeladen hat.“

Johannes schluckte. Einesteils freute er sich über diese

Einladung, die eine große Ehre für ihn war. Andererseits waren da eben Katharina und ihr Verlobter. Der Ring mit dem Aquamarin funkelte an ihrer Hand und stach ihm mitten ins Herz. Ein Verlobungsgeschenk, ganz sicherlich. Passend zu ihrer Augenfarbe. Er hätte ihr niemals so etwas Schönes schenken können.

„Ja, und vielen Dank auch an Euch", brachte er schließlich mühsam heraus. „Es ist mir eine Ehre."

Katharina lachte.

„Als Ehre, ja, so wird es allgemein gesehen", gab sie zurück. „Wir aber freuen uns einfach über liebe Gäste, und dazu gehörst du eben auch."

Sie reichte ihm ihre zarte Hand, die er kaum zu halten wagte. Wenigstens war es nicht die Hand mit dem funkelnagelneuen Ring.

„Dann bis Sonntag. Ich freue mich darauf, dir die Ehre erweisen zu dürfen, dich an unseren Tisch zu bitten", sagte sie augenzwinkernd und mit einem spöttischen Zug um den schönen Mund.

„Danke. Dann bis Sonntag."

Johannes hatte zwar den scherzhaften Unterton in der Stimme Katharinas herausgehört, war aber nicht in der Lage, das kurze Gespräch mit ihr so locker zu nehmen, wie sie das offensichtlich tat. Er schaute ihr nach, wie sie die Straße entlangging und schließlich einen Tuchladen betrat.

„Hältst du hier Maulaffen feil, Bursche?", fragte jemand hinter ihm. „Du versperrst mir den Weg."

Johannes nahm erschrocken die Zügel seines Gespanns auf und klopfte dem Leitochsen auf den Hals.

„Hü!"

Das Gefährt setzte sich langsam in Bewegung, Johannes steuerte den nächsten Bäcker an.

Als er am Abend sein Nachtlager aufsuchte, vergrub er sein Gesicht in den Armen. Wirre Gedanken quälten ihn, Bilder, die ihn beinahe jede Nacht heimsuchten. Oftmals schon war er aufgeschreckt und hatte nur mühsam wieder einschlafen können, weil ihn die grausam zugerichteten Gesichter so vieler Menschen zu verfolgen schienen, die seinen Weg gesäumt hatten. Dazwischen tauchte immer wieder das Gesicht von Anna auf, seiner Mutter. Oder das von seinem Vater, von seiner geliebten Schwester. An diesem Abend und beim Gedanken an die sorglose Familie der Bernreuthers quälte ihn der Verlust seiner eigenen Familie so sehr, dass er sich ruhelos umherwälzte.

Er wusste, dass er in seiner alten Heimat nicht glücklich werden könnte. Trotzdem quälte ihn in Momenten wie diesen das Heimweh bis zur Unerträglichkeit.

Dazu kam, dass Katharina unerreichbar für ihn sein und bleiben würde. Er konnte es nicht ertragen, mit ihnen allen an einem Tisch zu sitzen oder gar Katharina mit ihrem Verlobten glücklich zu sehen. So beschloss er, der Einladung nicht Folge zu leisten. Es würde ihm schon etwas einfallen, wie er das bewerkstelligen konnte, ohne die Goldschmiedfamilie zu verärgern.

Das Wochenende nahte, aber Johannes hatte keine Ausrede gefunden. Also fügte er sich in sein Schicksal. Am Sonntag wusch er sich gründlich, zog seine besten Kleider an und machte sich dann auf den Weg zu Anselm und Annalisa. Die beiden erwarteten ihn bereits ungeduldig, obwohl noch eine gute halbe Stunde Zeit war.

„Wir haben uns lange nicht gesehen“, begrüßte ihn Anselm, und Annalisa stimmte ihm von der guten Stube aus zu.

„Der Meister sagte mir, dass du ihm von dem

Schmuckstück erzählt hast, das deiner Mutter gehörte", fuhr der alte Mann fort, nachdem er Johannes gebeten hatte, am Küchentisch Platz zu nehmen. Annalisa war damit beschäftigt, ein Geschenk für die Gastgeberin einzupacken. Sie hatte ein edel glänzendes Gewand angelegt, während Anselm sich in Wams und Hose aus dunklem Samt gekleidet hatte. Auch heute wieder wirkten sie beide sehr vornehm, dass Johannes sich ein wenig deplatziert fühlte.

„Ja", gab er schließlich zu und erzählte ihm, warum er mit dem Goldschmied darüber gesprochen hatte.

Anselm hörte ihm aufmerksam zu, bis Annalisa das Zeichen zum Aufbruch gab.

Johannes hatte schon beinahe vergessen, dass er ursprünglich nicht zu diesem Abendessen hatte gehen wollen. Über das Andenken an seine Mutter zu sprechen berührte ihn so sehr, dass nichts sonst Platz hatte.

Kurz darauf klopften sie an die Tür des Bernreuther-Hauses, die vom Hausherrn persönlich geöffnet wurde. Nacheinander traten die drei Besucher in den Flur. Die Begrüßung fiel so herzlich aus, dass alle Ängste und Beklemmungen von Johannes abfielen. Es war ihm jetzt auch gleichgültig, Katharina an der Seite ihres Verlobten zu sehen, den sie in dem Augenblick anlachte, als Johannes sie in der Wohnstube sitzen sah.

Reihum wurden Hände geschüttelt und Liebenswürdigkeiten ausgetauscht, bevor man an der wundervoll gedeckten Tafel Platz nahm. Johannes hatte die Ehre, neben der Gastgeberin und gegenüber seinem Oheim sitzen zu dürfen. Katharina saß schräg gegenüber neben ihrem Verlobten.

Der Hausherr sprach ein Tischgebet und wünschte

allgemein einen guten Appetit. Das Essen wurde von Margret und der Köchin aufgetragen. Während sich die Runde über die Lage der Stadt Nürnberg unterhielt, schielte Johannes immer wieder zu Katharina hinüber. Sie schien sich mit dem jungen Mann an ihrer Seite – wie hieß er noch gleich? – auf eine so vertraute Weise zu amüsieren, dass es Johannes wieder schwer ums Herz wurde.

Dann kam der Hausherr auf das Schmuckstück seiner Mutter zu sprechen, über das Johannes ihm etwas erzählen sollte. Der versuchte, es ihm so gut es ging zu beschreiben.

„Ja, es scheint sich dabei um ein sehr altes Stück zu handeln", sagte Jörg Bernreuther langsam, als der junge Mann geendet hatte. „Ein Amulett, der Beschreibung zufolge. Dieses seltsame Tier auf der Vorderseite ist zweifellos ein Greif. Karl, hol doch mal Feder und Papier, vielleicht kannst du es nach den Angaben unseres Gastes hier nachzeichnen."

Das Mahl war beendet, der Tisch abgeräumt. Die Damen zogen sich in einen der angrenzenden Räume zurück. Die drei Männer gingen in die Goldschmiedewerkstatt, wo Karl versuchte, nach Johannes' Erinnerungen das Amulett seiner Mutter zu zeichnen. Anselm blieb im Wohnzimmer zurück, wo er sich in einem der gemütlichen Sessel ein wenig ausruhen wollte. Die Vorderseite war schnell fertig, und Johannes klatschte begeistert in die Hände, da es Karl so vortrefflich zu Papier gebracht hatte. Er hatte allerdings Schwierigkeiten, sich genau an die seltsamen Zeichen auf der Rückseite des Amuletts zu erinnern. Sie waren so fremd gewesen, dass er sie sich nicht gemerkt hatte.

Nach einigen Versuchen gaben sie auf.

Karl tippte auf die Zeichnung der Vorderansicht.

„Es lässt sich bestimmt herausfinden, woher dieses Wappen stammt", sagte er. „Falls es sich um eines handelt.

Ich werde in der Bibliothek nachsehen und beim nächsten Treffen der Goldschmiedemeister fragen, ob jemand etwas darüber weiß."

Jörg Bernreuther stimmte ihm zu.

„Wir können mit Sicherheit herausfinden, was dieses Tier bedeutet. Sobald wir etwas in Erfahrung bringen, lassen wir es dich wissen."

Einerseits störte sich Johannes ein wenig daran, in Erinnerung gebracht zu bekommen, dass hier Leute mit gewissen Verbindungen zusammensaßen, die für ihn unerreichbar bleiben würden. Andererseits freute er sich darauf, etwas mehr über das seltsame Amulett zu erfahren, auch wenn es nicht mehr in seinem Besitz war.

Johannes bedankte sich und folgte den beiden Männern wieder zurück in die Wohnung.

Spät am Abend verabschiedeten sich die Gäste und machten sich auf den Nachhauseweg. Johannes hatte noch ein gutes Stück zu laufen, da Wöhrd etwas außerhalb der Stadtmauern lag. Die Wachen ließen ihn ohne Weiteres passieren. Sie kannten ihn und wussten, wo er zu Hause war.

„Nächstes Mal früher!", rief einer der beiden ihm nach. Johannes versprach es lachend.

# 23

„Es ist etwas Ungeheuerliches geschehen“, sagte Anselm beinahe atemlos, als er Johannes eingeholt hatte. Der passierte mit seinem Gespann gerade die erst vor wenigen Jahren errichtete Wöhrdertor-Bastei, um zur Mühle zurückzukehren. Er lebte und arbeitete seit einem guten halben Jahr vor den Toren der freien Reichsstadt und hatte ein wenig von der Sicherheit gewonnen, die er seit seinem Weggang aus dem Tälchen immer wieder gesucht hatte. Weihnachten und den Jahreswechsel hatte er mit dem ehemaligen Kapuzinermönch und Annalisa zusammen gefeiert, war froh über eine heizbare Unterkunft im Haus des Müllers gewesen und hatte sich damit abgefunden, dass seine große Liebe Katharina einem anderen versprochen war.

Es war ein warmer, sonniger Aprilmorgen, als Anselm ihm nachgelaufen kam und schwer atmend neben ihm stehen blieb.

Johannes ließ die Ochsen anhalten und wandte sich seinem Oheim zu.

„Wie ich jetzt erst erfahren habe, hat Herberstorff vor genau einem Jahr die Leichen von Steffen Fadinger und Christoph Zeller ausgraben, enthaupten und im Seebacher Moos verscharren lassen. Dann wurde über ihrer Grabstelle ein Galgen errichtet, um ihnen noch mehr Schande anzutun. Fadingers Hof wurde niedergebrannt, Weib und Kinder aus dem Land verwiesen.“

Johannes erstarrte. Gab dieser Mensch denn keine Ruhe? Wie tief musste ihn der Widerstand dieser Männer getroffen haben, dass er ein Jahr nach ihrem Tod ihre Grabesruhe störte und ihre Leichen auf diese widerliche Weise schändete?

Die schrecklichen Bilder vom Würfelspiel am Haushamer Feld wurden wieder lebendig und vermischten sich mit den Geschehnissen vom Emlinger Holz. Johannes war unfähig, etwas zu sagen.

„Er ist ein Ungeheuer." Anselm biss sich auf die Unterlippe. „Dabei hielt ich ihn anfangs immer für jemanden, mit dem man auskommen könnte. Schließlich war er ja evangelisch erzogen und aufgewachsen und hätte Verständnis für seine ehemaligen Glaubensbrüder aufbringen müssen. Toleranz scheint ihm gänzlich fremd zu sein."

Johannes wusste, wie nahe seinem alten Lehrer diese schändliche Tat ging, wusste aber nicht, was er dazu sagen sollte. Dass Herberstorff von vielen Leuten unterschiedlich gesehen und beurteilt wurde, war ihm bekannt. Seit dem Vorfall auf dem Feld vor Frankenburg hatte er sich jedoch keinen grausameren Statthalter vorstellen können als diesen Mann.

„Außerdem", fuhr Anselm fort, nachdem er wieder zu Atem gekommen war. „Außerdem wurden inzwischen viele Anführer der Bauernaufstände in Linz verurteilt und hingerichtet. Du erinnerst dich, dass wir darüber gesprochen haben?"

Johannes schluckte. Ja, er erinnerte sich. Foltern, köpfen, vierteilen, verbrennen oder die Körperteile aufspießen und an verschiedenen Plätzen zur Schau stellen. Das war es, was diese Menschen ihren Opfern antaten. Herberstorff. Wer ihm nicht passte, den verfolgte er mit grimmigem Ehrgeiz. Wessen er habhaft wurde, hatte keine Gnade zu erwarten. Dieser Mann war für Johannes unbegreiflich.

„Es tut mir leid", murmelte er.

Anselm winkte ab.

„Wenn diese Dreckskerle glauben, das Volk habe sich beruhigt, nur weil man ihm solche Strafen vor Augen führt, haben sie sich getäuscht.“ Anselms Gesicht war hochrot angelaufen. „Nein. Die sind nur still geworden, weil sie kraftlos geworden sind, weil sie ihren Glauben verloren und kein Verständnis dafür haben, derart missverstanden zu werden.“

„Und jetzt?“

„Und jetzt lassen sich viele von ihnen katholisch machen, weil es ihnen ohnehin egal geworden ist, welchem Glauben sie angehören, wenn sie doch keinen mehr haben.“ Er lachte bitter. „Die übrigen packen ihre Sachen zusammen und suchen sich woanders eine Bleibe. Sie können froh sein, dass es Fürsten gibt, die auf die Befehle des Kaisers scheißen und sie in ihrem von Krankheiten und Krieg entvölkerten Land aufnehmen.“

Johannes schaute den alten Mann erschrocken an. So hatte er ihn noch nie reden hören.

„Übrigens ist Johannes Kepler mit seiner Familie auch von Linz weggegangen und nach Ulm gezogen. Er konnte nicht mehr in der Stadt bleiben nach allem, was dort geschehen ist.“

Anselm war ein paar Schritte hin und her gegangen und hatte mehrmals heftig nach Luft gerungen. Zu sehr regte ihn auf, was er gehört hatte. Auch Johannes konnte die Nachrichten nur mühsam verarbeiten.

Ulm. Dort hatte er nach Elisabeth suchen wollen, den Plan aber aufgegeben. Jetzt ging ihm durch den Kopf, dass er es ja doch noch versuchen könnte. Wenn Kepler in Ulm lebte, hätte er zumindest eine Anlaufstelle, von wo aus er sich nach seiner Schwester erkundigen konnte.

„Ah, bevor ich es vergesse.“ Anselm blieb vor dem jungen Mann stehen und tippte ihm mit dem Zeigefinger auf die Brust. „Der Goldschmied hat etwas über das Amulett herausgefunden, über das ihr gesprochen habt."

Johannes fuhr aus seinen Gedanken auf.

„Was?"

„Sobald du Zeit hast, sollst du in seine Werkstatt kommen." Stirnrunzelnd musterte er seinen Neffen. „Stimmt etwas nicht?"

Johannes war gar nicht bewusst gewesen, dass er seinen Oheim eher erschrocken als erfreut anschaute. Der Grund dafür war, dass er die Gegend um die Zisselgasse seit einiger Zeit bewusst gemieden hatte, damit er Katharina nicht über den Weg lief. Es würde ihn zu sehr schmerzen. Er hatte sich fest vorgenommen, seine Gefühle für das Mädchen ein für alle Mal zu begraben. Wie wenig ihm das gelungen war, merkte er jetzt.

„Oh doch", beeilte er sich zu sagen, um weiteren Fragen aus dem Weg zu gehen. „Es hat mich nur überrascht, dass sich der Meister weiterhin mit dem Andenken an meine Mutter befasst hat."

„Jedenfalls weißt du jetzt Bescheid. Wenn du zu ihm gehst, dann komm doch auf einen Trunk zu uns. Wir würden uns freuen."

Anselm verabschiedete sich von dem jungen Mann und ging Richtung Innenstadt davon. Johannes ließ die Ochsen anziehen und trottete nachdenklich neben ihnen her zur Mühle.

Es sollten zwei weitere Monate vergehen, bis er endlich Zeit hatte und vor allem den Mut, den Goldschmied aufzusuchen. Sein Meister hatte ihm inzwischen Aufgaben in der Mühle übertragen, die Johannes gern angenommen hatte. Bedeutete es doch, ihm und den Gesellen auf eine Weise zur Hand gehen zu können, die er lieber übernahm als das Führen eines Ochsenkarrens. Die Mehlbestellungen der Bäcker in Nürnberg lieferte inzwischen einer der Lehrbuben aus. Johannes hatte Fahrten zu Bäckereien im näheren Umfeld von Wöhrd übernommen und dabei ein paar Fuhrleute kennengelernt, mit denen er sich über die Geschehnisse im Reich unterhielt. Einer davon war der Mann, der damals die Nachricht an Hias in Ortenburg geschickt hatte, aus dem er unter anderem von Anselm erfahren hatte. Er brachte keine guten Nachrichten mit. Überall im Land standen sich Truppen der katholischen und der protestantischen Seite, deutschen Herzögen, Fürsten und Königen aus nordischen Ländern in unerbittlichen Kämpfen gegenüber. Immer ging es um Glaubensfreiheit und Aufstand gegen Unterdrückung.

Aber auch um Macht.

Um Morden, Plündern, Hauen und Stechen.

Um unglaubliches Leid, Hunger und Elend.

Namen von Feldherren wie Wallenstein, Pappenheim oder Christian von Dänemark tauchten immer wieder in den Berichten der Fuhrleute auf. Oder Namen von Städten, Märkten oder ganzen Grafschaften und Herzogtümern, die in die Auseinandersetzung zwischen den beiden sich unerbittlich gegenüberstehenden Fronten verwickelt waren. Großer Krieg wurde inzwischen genannt, was wie viele verheerende Brände in allen Bereichen des Kaiserreiches aufflammte. Unvorstellbare Gräuel wurden beschrieben, von denen Johannes aus Erfahrung wusste, dass sie genau so stattgefunden hatten. Tausende Menschen wurden abgeschlachtet, um kaum nachvollziehbare Exempel zu statuieren, wie ihre Verursacher ihr Tun rechtfertigten, und denen nicht nur Johannes die Pest an den Hals wünschte. Johannes war der Verzweiflung nahe, da die aufgeregten Berichterstattungen immer wieder sein Gemüt aufwühlten und seine Ängste schürten.

Auch Nürnberg hatte begonnen, sich auf eine mögliche Belagerung einzustellen. Die Stadtmauer wurde sorgfältig auf Schwachstellen überprüft, man plante, einen Wall zu errichten, und informierte die Bürger.

Johannes suchte immer wieder das Gespräch mit Anselm, der jedoch langsam seine sonst so besonnene Art zu verlieren schien. Auch Annalisa, die bisher in ihren Äußerungen sehr zurückhaltend gewesen war, fasste ihre Besorgnis über die nicht enden wollenden Schlachtrufe von allen Seiten in deutliche Worte.

An einem verregneten Sommerabend machte sich Johannes auf den Weg in die Stadt, um der Einladung des Goldschmieds zu folgen, die schon viel zu lange ausstand. Die Straße war morastig geworden, und bei einem Blick auf die Felder ringsum war Johannes klar, dass die Ernte in diesem Jahr nicht zur Zufriedenheit der Bauern ausfallen würde. Es war immer wieder viel zu nass und kühl gewesen, sodass das Getreide nicht so ausreifen konnte, wie man gedacht hatte. Banges Hoffen auf eine Zeit ohne große Not hatte sich in der Bevölkerung breit gemacht, das Johannes mit den Bürgern und Bauern in Stadt und Land teilte. Nur zu gut erinnerte er sich an Hungersnöte und daraus resultierende Krankheiten, die sein eigenes Land heimgesucht hatten. Und er wusste, was daraus entstehen konnte, wenn dazu noch überhöhte Abgaben und kaum zu bewältigende Robotdienste das Volk niederdrückten.

Er betrat die Werkstatt in der Zisselgasse und lauschte kurz dem Klang der feinen Glöckchen über der Tür, die sein Kommen ankündigten. Karl trat aus der angrenzenden Stube und begrüßte den Besucher sehr erfreut.

„Der Meister ist nicht da, wird aber bald kommen“, sagte er. „Wenn du möchtest, kannst du hier auf ihn warten.“

Er bat Johannes in die kleine Werkstatt nebenan, wo er über einem Ring gesessen hatte, in den er einen kleinen roten Stein fasste. Der Ring steckte bis zum Rand der Fassung in einem nussgroßen Batzen Pech, damit Karl beide Hände für die weitere Bearbeitung des Schmuckstücks frei hatte.

Johannes schaute bewundernd zu, wie geschickt Karl mit seinem Werkzeug umzugehen wusste.

„Der Meister hat sich bei den anderen Goldschmieden in der Stadt umgehört, ob jemand schon einmal so eine Münze oder ein Amulett in der Hand gehabt hat, wie du es uns beschrieben hast", sagte Karl, während er die feinen Krappen des Rings vorsichtig um den roten Stein legte. Es war ein Rubin, wie er Johannes erklärte. „Außerdem konnte er Einsicht in alte Schriften nehmen und hat wohl ein interessantes Ergebnis erhalten."

Karl legte sein Werkzeug zur Seite, zog den Ring vorsichtig aus dem Pechklumpen und fuhr mit den Fingerspitzen an der Fassung entlang.

„Fertig", sagte er und legte das Schmuckstück mit einer eleganten Handbewegung auf ein samtenes Tuch.

„Noch ein wenig nachpolieren, dann kann der Ring wieder an den Finger seiner Besitzerin gesteckt werden."

Auf Karls Gesicht hatte sich unverkennbarer Stolz ausgebreitet, worum Johannes ihn ein wenig beneidete.

Er war froh, als die Glöckchen über der Tür erneut leise bimmelten. Der Meister war zurückgekommen.

Auch er begrüßte Johannes aufs Herzlichste und bat ihn dann, mit nach oben in die Wohnung zu kommen. Er folgte ihm zögernd, bis der Goldschmied ihn von seinen Qualen erlöste, ohne es zu wissen.

„Meine Gattin und Katharina sind unterwegs zu einer Tante. Sie können dir leider keine Gesellschaft leisten, während ich noch kurz zu tun habe."

Er bat Johannes, am Tisch Platz zu nehmen und kurz auf ihn zu warten. Regenwolken hatten sich über der Stadt zusammengezogen. Eine düstere Stimmung machte sich in dem sonst so freundlich ausgestalteten Wohnzimmer breit. Kurz darauf prasselten dicke Regentropfen an die Fenster. Das gegenüberliegende Haus verschwamm langsam hinter den kleinen Wasserbächen, die an den Scheiben herunterliefen. Es sah aus, als weinten sie.

Der Meister kam mit einem Blatt Papier in der Hand zurück, das er vor sich auf den Tisch legte und glatt strich. Darauf war in feinen Linien das Amulett gezeichnet, wie Johannes es Karl beschrieben hatte. Es sah so echt aus, dass Johannes ehrfürchtig mit den Fingern darüber fuhr. Ein kleines Kunstwerk, wie er neidlos feststellte.

Dann berichtete Jörg Bernreuther seinem gespannt lauschenden Gast von dem, was er herausgefunden hatte. Was die anderen Goldschmiede dem Meister erzählt, was er in alten Aufzeichnungen gefunden hatte. Johannes hörte eine Geschichte, die ihm den Atem raubte.

Von einem Kaiser erzählte der Goldschmied, der ein riesiges Reich gegründet hatte: das Heilige Römische Reich deutscher Nation. Ein Reich, das im Norden, weit oben am Meer begann und sich weit bis in den Süden, Osten und Westen erstreckte. Damit es für Johannes verständlicher wurde, breitete der Meister eine Karte auf dem Tisch aus und zeigte ihm, wovon er sprach.

Johannes war überwältigt. Jetzt konnte er auch seine Heimat aus anderer Sicht wahrnehmen, konnte den Weg nachvollziehen, den er vor Jahren bis hierher nach Nürnberg genommen hatte. Er konnte sehen, wo alles begonnen hatte und wo die Schlachten um Freiheit und Glauben bis heute gefochten wurden. Mit dem Finger folgte er seinem Weg, las Namen von Märkten und Städten, die ihn mit

Schwermut erfüllten, ließ Erinnerungen an Erlebtes wieder aufflammen. Er hatte solche Karten bei Johannes Kepler gesehen und dort schon staunend betrachtet. Aber er hätte niemals gedacht, dass er sich eines Tages darüber freuen würde, einen völlig neuen Sinn in ihnen zu finden.

Jörg Bernreuther beobachtete ihn schmunzelnd. Zu gut verstand er, dass sich in diesem Augenblick eine völlig neue Welt für den jungen Mann erschloss. Als Johannes seinen Kopf hob und ihn mit erwartungsvollem Blick ansah, fuhr er in seiner Erzählung fort.

So hörte Johannes von einer alten Sage, der zufolge einer der Neffen dieses Kaisers, den der Meister Karl nannte wie seinen Schwiegersohn, einen Teil der Kriegsbeute seines Onkels raubte und irgendwo versteckte. Von einem Volk, das sich die Awaren nannte, erzählte der Meister, und das völlig ausgerottet worden war im Kampf um Land und Macht und Gold.

„Diese Awaren", schloss Jörg Bernreuther seine Erzählung, „führten unter anderem einen Greif in ihrem Wappen, wie du ihn uns beschrieben hast. Und sie liehen sich aus anderen Sprachen sogenannte Runen aus, da sie offenbar keine eigene Schrift kannten. Es gibt nur noch ganz wenige Leute, die diese Zeichen lesen und verstehen können. Selbst wenn sich das Amulett noch in deinem Besitz befände: Hier in Nürnberg gibt es niemanden, der dir sagen könnte, was sie bedeuten."

Johannes hatte atemlos zugehört. Auf der Karte, die vor ihm lag, hatte er während der Erläuterungen Bernreuthers mit den Augen verfolgt, wo diese Awaren der Sage nach gelebt hatten, wo dieser grausame König und spätere Kaiser Karl sie überfallen, ausgerottet und ihren Schatz geraubt hatte. Er hatte eine Gänsehaut bekommen, als er den Namen des Flusses hörte, der wohl die Grenze dieses Volkes zum Westen hin bildete: die Enns.

Johannes musste sich räuspern, bevor er fragte: „Glaubt Ihr, das Amulett meiner Mutter könnte aus diesem Schatz stammen?"

Der Goldschmied kratzte sich am Hinterkopf.

„Wenn dem so wäre, mein guter Freund, hätte jemand den Schatz gefunden, zu dem das Amulett in diesem Fall mit Sicherheit gehört hätte. Davon wüssten wir."

Das leuchtete Johannes ein. Sie hatten das Wohnzimmer verlassen und waren in die Werkstatt zurückgekehrt. Karl saß bereits über einem anderen Schmuckstück, dem er seine ganze Aufmerksamkeit widmete.

„Schade, dass das Amulett verloren gegangen ist", meinte Jörg Bernreuther noch, bevor er sich einer Dame zuwandte, die gerade die Werkstatt betreten hatte. „Es ist nicht nur sehr wertvoll, weil es aus Gold ist. Es ist auch sehr kostbar, weil es eine uralte, vergessene Kultur in sich trägt."

„Gestohlen, nicht verloren", murmelte Johannes. Er bedankte sich bei Meister Bernreuther und machte sich nachdenklich auf den Weg zu Anselm und Annalisa von Lauffen.

Anselm begrüßte ihn an der Haustür, was ungewöhnlich war. Bevor Johannes nach dem Grund dafür fragen konnte, sagte der alte Mann mit belegter Stimme: „Annalisa ist sehr krank und hat seit Tagen ihr Nachtlager nicht mehr verlassen." An seinem Gesichtsausdruck erkannte Johannes aus Erfahrung, wie es um die Dame stand. „Ich habe alles getan, was ich für sie tun konnte, aber es wird ihr nicht helfen."

„Woran ist sie denn erkrankt?"

„Ihr Herz mag nicht mehr so recht", erklärte ihm Anselm leise, als wolle er vermeiden, dass die Kranke ihn hörte. „Ihre Lungen sind angegriffen. Sie leidet unter krampfartigen Hustenanfällen, die sie furchtbar quälen."

Da Johannes wusste, dass Anselm gegen jede Krankheit

ein Mittel kannte, erschütterte ihn die Ratlosigkeit seines alten Lehrmeisters zutiefst. Wehmütig dachte er an die Zeit zurück, als er dem ehemaligen Mönch bei seiner Arbeit als Heiler über die Schulter geschaut und geholfen hatte.

„Bei ihr hilft nicht einmal Crataegus oder Pulmonaria officinalis", sagte Anselm und zuckte die Schultern. „Und Aderlass und diesen ganzen Firlefanz werde ich nicht zulassen. Das macht Patienten bei solchen Beschwerden nur noch schwächer, als sie ohnedies schon sind. Ich kann nurmehr versuchen, ihr größeres Leiden zu ersparen."

Crataegus, Weißdorn.

Pulmonaria, Lungenkraut.

Er wusste immer noch, wofür diese Pflanzen verwendet wurden, dachte Johannes stolz. Allerdings fiel ihm im selben Augenblick auch ein, wie wenig er sich in der Zeit seit der Schlacht beim Emlinger Holz um sein Wissen in der Pflanzenheilkunde gekümmert hatte. Dort hatte er noch zusammen mit Anselm Kräuterumschläge und Verbände mit Salben angelegt, um den Verwundeten zu helfen. Wie selbstverständlich hatte er unter Anselms kurzer Anleitung Tinkturen und den einen oder anderen Kräuterbrei angerührt und so verabreicht oder aufgelegt, wie er es vor Jahr und Tag bei ihm gelernt hatte. Anselm hatte meist nur kurz über die Arbeit seines Gehilfen geschaut, ihn aber ansonsten im Vertrauen auf das einstmals vermittelte Wissen arbeiten lassen. Er selber kümmerte sich um größere Verwundungen und Männer, bei denen ein Kräuterbalsam oder eine schmerzlindernde Tinktur nicht viel halfen. Johannes hatte gelegentlich den Verdacht gehegt, dass die Tränke, die Anselm den Verletzten einflößte, ein leichteres Sterben ermöglichen sollten. Viele unter ihnen waren so schwer verletzt, dass sie tagelang qualvoll bis zu ihrem sicheren Tod hätten dahinsiechen müssen, wenn niemand ihr Leiden abgekürzt hätte.

Inzwischen kümmerte Johannes sich nicht mehr um Tunken, Salben und Aufgüsse. Jetzt allerdings freute er sich darüber, dass er sich noch an die lateinischen Namen der Pflanzen erinnerte, die ihm Anselm vor vielen Jahren beigebracht hatte.

Astrologie, Astronomie, Physik, Latein. Sein Vater hatte es zweifellos gut mit ihm gemeint, als er ihn nötigte, bei Bruder Anselm alles zu lernen, was dieser ihm vermitteln konnte. Aber es war völlig unnütz gewesen, fuhr ihm ein weiteres Mal durch den Kopf. Er hätte eher zu Hause bleiben und helfen sollen, die Mühle und das Badehaus wieder aufzubauen und den Eltern auf dem Anwesen zur Hand zu gehen.

Was half es ihm jetzt, dass er sich an den botanischen Namen eines Strauches erinnerte, mit dessen Heilkräften man Herz- und Kreislaufbeschwerden lindern konnte? Was war er mit all dem Gelernten? Ein wenig beachteter Fremder, der die Nürnberger Bäcker mit Mehl belieferte und den Gesellen in der Mühle hin und wieder zur Hand ging. Keine Zunft würde ihn jemals irgendwo aufnehmen, nur weil er Beinwell von Johanniskraut unterscheiden konnte.

Johannes vergrub seine plötzlich aufkeimende Erkenntnis darüber, dass sein Vater nicht hatte ahnen können, wie sich ihre Zukunft gestalten würde, unter einer Tirade ungerechter Verwünschungen.

Drei Tage später brachte ihm ein Bote die Nachricht vom Tod der alten Dame.

‚Ich kann nurmehr versuchen, ihr größeres Leiden zu ersparen', ging es Johannes durch den Kopf. Das hatte Anselm ihm ein paar Tage zuvor noch voller Wehmut anvertraut. Wenn Anselm auch nur einen Funken Hoffnung gehabt hätte, dass sich ihr Zustand von allein änderte oder dass er ihr helfen konnte: Er hätte alles für sie getan.

Falsch: Er *hatte* alles für sie getan.

Wie damals, als er die Köhlersfrau behandelt hatte.

Johannes würde seine Gedanken jedoch für sich behalten.

Mit Annalisa verließ wieder ein Mensch seinen Weg, den er schätzen und lieben gelernt hatte.

Das Begräbnis fand am darauffolgenden Tag auf dem Johannisfriedhof statt, wo bereits der längst verstorbene Gatte Annalisas unter einem kunstvoll gestalteten Bronzeepitaph seine letzte Ruhestätte gefunden hatte. Johannes war bislang nie auf den ehemaligen Leprösen- und Pestfriedhof in der Nähe der Stadtmauer gegangen. Dort hatte er nichts zu suchen. Eine Grablege auf diesem Friedhof würde er sich ohnehin nicht leisten können.

Da er sich nicht traute, sich unter die schwarz gekleideten Trauergäste zu mischen, blieb er in der Nähe der Kapelle stehen, die den Friedhof mit seinen liegenden Grabsteinen überragte. Nach der Beisetzung der alten Dame ging er langsam zwischen den Grabplatten hindurch und las staunend, was in Stein gehauen oder in Bronze gegossen darauf zu lesen stand.

Albrecht Dürer lag hier begraben, und Wenzel Jamnitzer. Beide kannte Johannes dem Namen nach, weil Anselm vom einen als einem bedeutsamen Maler, vom anderen als dem berühmtesten Goldschmied aller Zeiten gesprochen hatte.

„Hier möchte ich nicht begraben werden“, hörte er Anselms Stimme hinter sich. Johannes drehte sich nach ihm um. Dass er selber einmal woanders begraben werden würde, war ihm klar. Aber Anselm …

„Ich habe in Nürnberg kein Bürgerrecht, gehöre nicht hierher. Somit habe ich auch nichts auf diesem Friedhof verloren.“

Das verstand Johannes. Er selber wohnte und arbeitete zwar in und um Nürnberg, fühlte sich aber nach wie vor ebenfalls als Fremder.

„Was wird jetzt aus Euch?“, fragte er, da er wusste, dass Anselm nicht weiter im Haus der Verstorbenen bleiben konnte. Es gehörte ihren Erben, und die hatten ihm bereits nahegelegt, sich eine andere Unterkunft zu suchen, wie er aus dem entnehmen konnte, was die Trauergäste redeten.

Die beiden Männer hatten den Friedhof verlassen und gingen ein Stück den Kreuzweg entlang, der mit seinen sieben Stationen und den eindrucksvoll gestalteten Bildstöcken den letzten Weg vieler Nürnberger begleitete. Sie folgten dem Weg in die Sebalder Altstadt bis zum Pilatushaus, das für Johannes mit seinen sieben Geschossen und dem Erker an der Giebelspitze zu den beeindruckendsten Gebäuden der Stadt gehörte.

„Ich werde Nürnberg verlassen“, sagte Anselm in die ehrfürchtige Betrachtung seines jungen Begleiters hinein. Seine Stimme klang erstaunlich fest. Er musste sich mit diesem Gedanken bereits längere Zeit befasst haben, denn er fügte an: „Von einem Freund Annalisas habe ich erfahren, dass man im Württembergischen Leute wie uns aufnimmt. Die Pest hat in vielen Orten gewütet und diese zum Teil menschenleer zurückgelassen. Einige Städte und Märkte wurden auch von durchziehenden Heeren verwüstet. Wenn sich niemand um die verödeten Felder kümmert, wird bald eine Hungersnot ausbrechen.“

„Leute wie uns?“, fragte Johannes verwirrt.

„Leute aus dem Landl. Lutherische.“

„Aber Ihr könnt doch in Eurem Alter kein Feld mehr bestellen!“, wandte Johannes ein.

„Da hast du recht“, stimmte Anselm ihm zu. „Aber

ich kann versuchen, meine anderweitigen Kenntnisse anzuwenden. Es wird immer wieder Leute geben, denen ich helfen kann.“ Er schmunzelte, als er Johannes’ skeptischen Blick auffing. „Kepler ist in Ulm. Ich werde ihn aufsuchen und zusehen, dass ich ihm zur Hand gehen kann.“ Er dachte kurz nach. „Außerdem gibt es in Maulbronn eine Schule für evangelische Pfarrer, denen ich meine Kenntnisse in vielen wissenschaftlichen Bereichen anbieten kann. Dort hat Kepler auch einmal studiert.“ Anselm kicherte. „Diese Schule ist übrigens in einem ehemaligen Zisterzienser-Kloster untergebracht, das man den Katholiken weggenommen und in eine protestantische Einrichtung umgewandelt hat.“

Johannes schluckte. Der Gedanke, dass Anselm ihn verlassen könnte, war ihm unerträglich. Er musste sich in Ruhe darüber klar werden, was es letztendlich für ihn bedeutete und wie er darauf reagieren wollte. Dass Anselm für sich bereits Zukunftspläne geschmiedet hatte, in die er ihn nicht mit einbezog, schmerzte ihn. Wie hätte er sich denn ausmalen sollen, was er in Ulm oder Maulbronn machte, wenn er nicht einmal wusste, welche Möglichkeiten er für sein unfundiertes Wissen vorfinden würde?

Als sie sich vor dem Haus der Annalisa von Lauffen voneinander verabschiedeten, bat er Anselm um Nachricht, sobald er Nürnberg verlassen wollte. Bis dahin hoffte er zu wissen, ob er hierbleiben oder ebenfalls wegziehen wollte. Die Einladung Adam Langhuebmers kam ihm in den Sinn. Hatte der nicht einen Ort in der Nähe von Maulbronn als Ziel genannt?

„Ich habe noch einen Monat Zeit, meine Sachen zu ordnen und aus Annalisas Haus wegzuziehen“, sagte Anselm.

In einem Monat? Da begann der Oktober und es wurde sehr schnell kalt. Zu dieser Zeit war eine Reise für einen alten Mann sicherlich nicht einfach zu bewältigen.

„Und wie wollt Ihr nach Ulm kommen?“, fragte Johannes deshalb besorgt.

„Ein Fuhrmann wird mich mitnehmen. Ich habe schon mit ihm gesprochen.“

Johannes verabschiedete sich nach ein paar weiteren Worten von Anselm und ging nachdenklich nach Wöhrd zurück.

Ulm.

Kepler.

Er hatte eine gewisse Scheu entwickelt, seinem ehemaligen Dienstherrn wieder unter die Augen zu treten. Johannes hatte sich seiner Meinung nach zwar nichts zuschulden kommen lassen, was den großen Meister erzürnen könnte. Das mit dem Zahnreißer war mit Sicherheit längst vergeben und vergessen. Trotzdem blieb dieser Mann eine unnahbare Größe, dem er in Gedanken nach wie vor mit Respekt und einer gewissen Distanz gegenüberstand. Außerdem hatte ihn nie das Gefühl verlassen, dass Kepler damals ganz froh gewesen war, ihn loszuwerden.

Und Maulbronn? Adam Langhuebmer hatte ihm zwar freigestellt, ihm und seiner Familie in diesen Ort zu folgen. Aber das hieße, mit Nürnberg schon wieder eine Stadt zu verlassen, in der er sich einigermaßen gut fühlte. Würde er denn jemals irgendwo einen Platz finden, an dem er zu Hause war, wo er für immer bleiben konnte?

Auf der anderen Seite: Wenn Anselm die Stadt verließ, gab es keinen Menschen mehr in Nürnberg, zu dem er eine nähere Bindung hatte. Aber wo hatte er das schon?

Wenn er sie verließ – sollte er Anselm fragen, ob er ihn ein Stück weit mitnahm? Aber wohin? Nach Ulm? Nach Maulbronn?

Wenn er hier blieb, welche Aussichten hatte er dann? Weiterhin Mehl ausliefern und die Mühle mäusefrei halten war zumindest in diesen Augenblicken nichts, was er sich für seine Zukunft ausmalen konnte. Aber er hatte sein Auskommen, seine Unterkunft, ein gutes, wenn auch einfaches Leben. Eine kleine Zukunft in Sicherheit.

In der kommenden Nacht wälzte sich Johannes in seinem Bett herum, bis der Lehrbub, mit dem er die Kammer teilte, ihn barsch aufforderte, endlich Ruhe zu geben.

# 24

Drei Tage später traf er Anselm unweit des Bäckers, den Johannes an diesem Tag anstelle des kranken Lehrjungen mit Mehl belieferte. Er hatte warten müssen, bis ein kurz vor ihm eingetroffener Gewürzhändler seine Ware in die Backstube gebracht hatte.

„Zimt“, sagte eine bekannte Stimme hinter ihm. „Der Bäcker wird Lebzelten backen, dafür braucht er dieses wundervolle und außerdem sehr teure Gewürz. “

Anselm stand da, in einen dicken Wollmantel gehüllt, mit einem Schal um Kopf und Hals gewickelt, und hatte schnuppernd die Nase gehoben. „Nicht minder teuren Honig wird er dazu noch brauchen, Mandeln, Pottasche und Zucker.“

Johannes zog fragend die Augenbrauen hoch.

„Was sind denn Lebzelten?“, wollte er wissen.

Anselm erklärte ihm kurz, was es mit diesem Gebäck auf sich hatte, und dass Lebzelter ein ganz besonderer Handwerksberuf sei. Der Schwiegersohn dieses Bäckers, vor dessen Backstube sie standen und warteten, habe dieses Handwerk erlernt und wolle sein Backwerk in der kalten Jahreszeit anbieten.

„Zimt kommt von sehr weit her, ist ein kostbares, teures Gewürz und bekannt dafür, dass es Leib und Seele wärmt“, schloss Anselm seine leidenschaftliche Erklärung. „Genau wie Honig. Ein hervorragendes Gebäck also für die kalte Jahreszeit. Aber eben sehr, sehr teuer.“

Johannes hatte ihm nur mit halbem Ohr zugehört. Das Wort ‚Schwiegersohn‘ schwang noch in seinem Kopf nach und berührte etwas, das er schon vergessen und begraben wähnte.

„Wie geht es Katharina?“, fragte er so unvermittelt, dass ihn Anselm überrascht anschaute.

„Katharina?“ Der alte Mann runzelte fragend die Stirn. „Ah, du meinst die Goldschmied-Tochter! Nun, der geht es gut. Sie wird wohl im kommenden Frühjahr heiraten.“

Obwohl Johannes von Anfang an gewusst hatte, dass er niemals als Ehemann für dieses wundervolle Mädchen infrage käme, schmerzte ihn diese Mitteilung dennoch.

„Schön.“

Mehr konnte er dazu nicht sagen. Anselm, der keine Ahnung von dem hatte, was in Johannes vor sich ging, rieb sich das Kinn. „Da fällt mir ein: Ich habe in der Aufregung um meine Annalisa völlig vergessen, dich zu fragen, was dir der Goldschmied über das Amulett erzählt hat“, sagte er. „Seit der Beerdigung habe ich ihn auch nicht mehr getroffen.“

Johannes zeigte auf den Gewürzhändler, der gerade die Backstube verließ und zu seinem Gefährt ging. Seinem Gesichtsausdruck zufolge hatte er ein gutes Geschäft gemacht.

„Ich lade meine Mehlsäcke ab, muss dann aber sofort wieder in die Mühle zurückkehren. Wenn Ihr mich ein Stück begleiten mögt, erzähle ich Euch, was ich erfahren habe.“

Anselm nickte und wartete geduldig, bis der junge Mann seine Arbeit erledigt hatte und sein Ochsenfuhrwerk Richtung Wöhrd in Bewegung brachte.

Es war schnell erzählt, was er über das Amulett erfahren hatte. Deshalb verwunderte es ihn sehr, dass Anselm stehen geblieben war und sich mit der flachen Hand auf die Stirn schlug.

„Der Schatz der Awaren!“, rief er, hielt sich aber sofort erschrocken den Mund zu.

„Wisst Ihr etwas darüber?“, fragte Johanns überrascht.

„Ich weiß etwas darüber und werde zusehen, dass ich bald noch mehr darüber weiß“, antwortete Anselm geheimnisvoll. Er reichte dem jungen Mann die Hand und machte sich eilig in die Richtung davon, aus der sie soeben gekommen waren. Johannes schaute ihm verwundert nach.

Eine gute Woche später wartete Anselm vor derselben Bäckerei auf seinen ehemaligen Schüler, wo sie sich letztes Mal schon begegnet waren.

„Was hast du für deine Zukunft geplant?“, fragte er ihn nach einer kurzen Begrüßung. Es hatte zu nieseln begonnen und war ungemütlich kalt geworden. Johannes lief die Nase und ein trockener Husten quälte ihn seit ein paar Tagen. Da hatte er weder Zeit noch Lust gehabt, sich mit solchen Fragen zu beschäftigen. Also zuckte er die Achseln.

„Ich habe mich nach diesem sagenumwobenen Schatz erkundigt“, gab Anselm das Geheimnis preis, weshalb er seit über einer Woche verschwunden gewesen war. „Von Jörg Bernreuther weiß ich, wo es alte Aufzeichnungen gibt, und in Regensburg kenne ich jemanden, der mich in eines der Klöster gelassen und mir Zutritt zu dortigen Unterlagen verschafft hat.“

Johannes schaute verwirrt in das vor Kälte und Aufregung rote Gesicht seines Gegenübers. Etwas aus jener Zeit war darin zu erkennen, in der Bruder Anselm nichts unversucht gelassen hatte, die großen und kleinen Geheimnisse der Welt auf seine Weise zu entdecken und an seinen Schüler weiterzugeben.

„Und?“, fragte Johannes, der sich kaum vorstellen konnte, wie man solch alten Geschichten Glauben schenken konnte. Für ihn waren sie einfach nur das: Geschichten. Nicht mehr und nicht weniger.

„Ich werde heute Abend im Gasthaus da drüben mein

Mahl einnehmen. Leiste mir Gesellschaft, und ich erzähle dir mehr darüber." Er musterte Johannes kurz und sagte dann: „Zieh eine Handvoll Kochsalzlösung durch die Nase und setz Zwiebelsirup gegen deinen Husten an."

Mit diesen Worten und einem freundschaftlichen Klaps auf die Schulter ließ er Johannes stehen und ging seines Weges.

Johannes ärgerte sich ein wenig darüber, dass Anselm ihm unterstellte, keine Mittel gegen Erkältungen zu kennen. Beschämt kniff er die Lippen zusammen, als ihm klar wurde: Anselm hatte ihn durchschaut und wusste, dass er sich beinahe trotzig von allem abgewendet hatte, was ihm sein Lehrmeister beibrachte.

„Du hättest durchaus auch etwas mit dem anfangen können, was ich dir beigebracht habe", hatte Anselm noch hinzugefügt, bevor er sich von ihm verabschiedete. „Ich hatte Johannes Kepler in einem Brief gebeten, dich in seine wissenschaftlichen Arbeiten mit einzubeziehen, als ich davon erfuhr, dass du bei ihm untergekommen bist. Leider haben Schicksal und Zeit andere Pläne für ihn und für dich gehabt."

Johannes hing seinen Gedanken darüber noch ein wenig nach, was wohl aus ihm geworden wäre, hätte es diese furchtbaren Bauernaufstände mit all ihren Folgen nicht gegeben. Ein Gelehrter mit Sicherheit nicht, dazu hätte er studieren müssen. Und selbst wenn: Was hätte er damit anfangen können in dieser Zeit?

Wenigstens hegte er inzwischen keinen Groll mehr gegen seine Eltern, die im guten Glauben daran gehandelt hatten, ihm eine bessere Zukunft als die eigene bieten zu können.

Dann aber drängte sich etwas anderes in den Vordergrund seiner Gedanken. Anselm wollte ihm von diesem sagenumwobenen Schatz erzählen? Da es zwei Dinge gab, die Johannes tagtäglich mehr oder weniger beschäftigten, und da das Amulett seiner Mutter eines davon war, würde er den Besuch in jenem Gasthaus auf keinen Fall versäumen.

„Im Wesentlichen kann ich nur bestätigen, was dir mein Freund Jörg erzählt hat“, begann Anselm. Der ehemalige Mönch hatte sich eine Kanne Rotbier bestellt, die er bereits zur Hälfte leergetrunken hatte, als sein Neffe eintraf und sich zu ihm setzte. Johannes, der bis dato kein Bier getrunken hatte, glaubte bei einem Blick in Anselms Trinkgefäß, es handele sich um Rotwein.

„Du musst es einmal probieren“, sagte Anselm und reichte ihm seinen Becher. „Es wird auf ganz besondere Weise und nur mit Gerstenmalz gebraut.“

Der erste Schluck war für Johannes ein denkwürdiges Erlebnis. Kannte er bislang nur den Most aus dem Land ob der Enns, und erinnerte sich gerade mal dunkel an den Wein aus dem Weinviertel, so konnte er im ersten Augenblick mit dem schäumenden Gefühl des Bieres im Mund nichts anfangen. Bereits beim zweiten Schluck gefiel ihm jedoch der leicht säuerliche Geschmack des roten Getränkes und er bestellte sich ebenfalls eine Kanne davon.

„König Karl ließ um 794 herum einen Volksstamm überfallen, der aus östlich gelegenen Gebieten bis an die Enns vorgedrungen war und den man ‚die Awaren‘ nannte, wie du von Jörg Bernreuther bereits weißt. Dieses angeblich recht kriegerische Volk hatte sich dort niedergelassen, und war dem König ein Dorn im Auge. Er wollte das Land selber besitzen. Der Sage nach besaßen die Awaren unermessliche Schätze, die sie entweder selber hergestellt oder anderen Völkern geraubt hatten, so genau weiß man das nicht. Karls Leute besiegten dieses Volk während mehrerer Schlachten und raubten ihm wiederum seine Schätze." Er hielt kurz inne und trank einen Schluck Bier. „Der Awarenschatz sollte jedenfalls Karls Anordnungen zufolge auf einem neuen Kanal von der Altmühl über die Schwäbische Rezat nach Nürnberg verbracht werden, den er gerade bauen ließ, und von dort weiter über Main und Rhein bis Aachen transportiert werden."

Anselm zerschnitt die heiß auf einem Berg Sauerkraut liegenden Bratwürste, die ihm eine der Mägde gebracht hatte. Dann steckte er sich ein Stückchen der Köstlichkeiten in den Mund und genoss den Bissen mit sichtlichem Wohlbefinden. Auch Johannes hatte sich Bratwürste bestellt. Da er aber das saure Kohlgericht nicht sonderlich mochte, hatte er sich ein Stück frisch gebackenes Brot dazu bringen lassen.

„Was weiter mit dem Schatz geschah, weiß niemand. Wahrscheinlich wurde er eingeschmolzen und zu Münzen umgearbeitet. Karl brauchte viel Geld für sein Bauvorhaben in Aachen. Dort wollte er eine Residenz errichten lassen, die in späteren Zeiten als Kaiserpfalz in die Geschichte der Stadt eingehen sollte."

Ein zweites Stück Bratwurst folgte samt einer Gabel voller Kraut dem ersten Bissen in Anselms Mund.

„Aber ... Wie kommt Ihr darauf, dass das Amulett meiner Mutter etwas mit diesem Schatz zu tun gehabt haben könnte, wenn man über dessen Verbleib nichts weiß?", fragte Johannes irritiert. Er konnte mit der Geschichte nichts anfangen und saß mit gerunzelter Stirn vor seinem Teller.

Anselm schluckte sein letztes Restchen Wurst hinunter und nahm einen großen Schluck aus seinem Becher.

„In jenem Regensburger Kloster habe ich die Zeichnung eines Schwertknaufs gefunden, auf dem derselbe seltsame

Vogel abgebildet war, wie du ihn auf dem Schmuckstück deiner Mutter gesehen hast. Dieser Schwertknauf wurde in Österreich entdeckt, östlich der Enns."

„Östlich der Enns", wiederholte Johannes überrascht.

Anselm spitzte nachdenklich den Mund. Es schien, als wäge er ab, was er seinem Neffen erzählen wollte.

„Ich weiß, dass Annas Großvater im Admonter Kloster gearbeitet hat und durch einen Bibliothekar auf ein Papier aufmerksam geworden ist, das jenen sehr beschäftigte. Ihr Ahne konnte weder lesen noch schreiben und hat sich deshalb einfach nur gemerkt, was ihm der Klosterbruder zu der Schrift gesagt hat. Dass nämlich im Bereich um das Geseis Menschen gelebt haben, die sich vor Jahrhunderten auf der Flucht vor Verfolgung versteckt hielten. Im Laufe der Zeit siedelten sie sich in den unwegsamen Seitentälern der Enns fest an und gehörten irgendwann einfach dort hin. Diese Geschichte hat mir der alte Mann eines Tages erzählt, und ich habe sie mir gemerkt, weil ich in Erwägung zog, mich irgendwann näher damit zu beschäftigen."

Anselm ließ sich eine zweite Kanne Bier bringen. Johannes spürte bereits die Wirkung des Gebräus in Kopf und Gliedern und wollte nur noch einen Becher Wasser haben. Zu sehr befürchtete er, im trunkenen Zustand nicht alles mitzubekommen, was Anselm ihm erzählte.

Die fantasievollen Geschichten gingen ihm durch den Kopf, die er sich als kleiner Junge immer wieder zu seiner Mutter ausgedacht hatte. Hatte sie das Amulett von diesem Volk geerbt?

„Meint Ihr, die Anna stammte von diesen Leuten ab?", fragte er hoffnungsvoll. Er wollte in diesem Augenblick nichts sehnlicher, als seine geliebte Mutter als Nachfahrin einer Edlen zu sehen, wie er sich das immer ausgemalt hatte.

Anselm rülpste und legte dann die Hände über seinem Bauch zusammen.

„Du sagtest, dass Jörg Bernreuther die Zeichen auf der Rückseite als Runen bezeichnet", sagte er statt einer Antwort. „Die Awaren haben angeblich keine Schrift gekannt. Runen wurden nur für besondere Anlässe aus anderen Kulturen übernommen und verwendet. Das würde bedeuten, dass das Amulett einem ganz besonderen Menschen gehörte. Wenn wir die Zeichen auf der Rückseite deines Amuletts lesen könnten, wüssten wir vielleicht mehr darüber. Ob es awarischen Ursprungs ist oder nicht, und wem es gehörte."

„Tut mir leid", seufzte Johannes. „Das wird leider nicht möglich sein."

Sie sprachen noch lange darüber, wie sie das gestohlene Schmuckstück wiederfinden könnten, kamen aber zu keinem schlüssigen Ergebnis.

„Was ich dir noch sagen wollte, Johannes", schloss Anselm das Gespräch, als sie die Wirtsstube verließen. „Ich werde in der kommenden Woche von Nürnberg wegziehen. Es gibt üble Streitereien um das Erbe Annalisas, und ich möchte nicht länger von allen Seiten hineingezogen werden. Außerdem besitze ich kein Bürgerrecht hier. Das hätte ich erhalten, wenn ich das Haus geerbt hätte oder kaufen könnte. Aber beides ist nicht möglich. Da mich also nichts hier hält, werde ich mich anderweitig nach einem Platz umsehen, an dem ich den Rest meines Lebens in Ruhe verbringen kann." Er seufzte. „Sofern das überhaupt irgendwo möglich ist in diesen Zeiten."

Johannes schaute ihn erschrocken an.

„Nächste Woche, sagt Ihr? Schon?" Er schluckte. „Ihr geht nach Ulm, nehme ich an?"

Dieses Mal wusste sein Oheim um das, was in ihm

vorging. Er legte beschwichtigend die Hand auf seine Schulter.

„Du kannst gerne mitkommen, wenn du magst“, schlug er vor.

„Mitkommen? Aber …“

„Das Aber lässt sich bestimmt bereinigen. Die Frage ist nur, ob du mitkommen magst oder nicht.“

Tausend Gedanken schossen Johannes durch den Kopf. Der wichtigste davon war: Je weiter er sich von seiner alten Heimat entfernte, desto unwahrscheinlicher wurde es, jemals wieder nach Hause zurückzukehren. Diese fürchterlichen Schlachten mussten doch einmal ein Ende haben! Er wollte so gerne wieder nach Hause zurückgehen. Nur, um wieder dort gewesen zu sein, wo er eine so glückliche Kindheit verbracht hatte. Dabei verdrängte er bewusst, dass er nichts von alledem wiederfinden würde. Wie oft er diese Gedanken gewälzt und mit gutem Grund wieder verworfen hatte: der Traum blieb.

Auf der anderen Seite Ulm.

Elisabeth.

„Ich überlege es mir“, versprach Johannes, bevor sie sich auf halbem Weg zum Stadttor trennten.

Bis Allerheiligen müsse er schon hierbleiben, lieber noch bis Lichtmess, beschied ihn der Müller, als Johannes ihn am kommenden Tag um seine Entlassung bat.

Bis Allerheiligen! Das war in sechs Wochen. Bis dahin würde Anselm längst in Ulm oder noch weiter weg gezogen sein. Aber alles Bitten half nicht: Er würde bleiben müssen. Der Müller sagte, dass er so schnell niemanden finden würde, der seine Arbeit übernehmen könne. Betrübt teilte Johannes seinem Oheim diese Entscheidung mit, der sie schweigend aufnahm.

„Allerheiligen", grummelte Anselm vor sich hin, während Johannes noch leise schimpfte.

„Ihr müsst doch aus Eurer Wohnung ausziehen, oder nicht?"

Anselm nickte.

„Ja, und zwar so schnell wie möglich. Die Erben würden mich am liebsten über Nacht vor die Tür setzen, lassen mir aber gnädiger weise noch bis 1.Oktober Zeit."

„Bis 1.Oktober? Das ist ja bereits übermorgen. Wirklich eine Gnade." Johannes dachte nach. „Ich weiß ja nicht, wovon Ihr bislang gelebt habt, aber reicht Euch Euer Geld denn noch bis Allerheiligen?", fragte er vorsichtig.

Anselm lachte.

„Das ist eine gute Frage, mein Sohn", sagte er. „Aber mach dir darüber keine Gedanken. Ich habe genug Geld."

Woher er das hatte, verschwieg ihm Anselm und Johannes fragte nicht danach. Anselm hatte noch immer seine Arbeit in der Apotheke und bekam gelegentlich Aufträge als Schreiber. Aber ob das für mehr als das Allernötigste reichte? Johannes konnte sich vorstellen, dass Annalisa Kost und Logis für ihn übernommen hatte. Aber er musste ja auch von etwas gelebt haben, bevor er sie kennenlernte, und vor allem jetzt, in der Zeit nach ihrem Tod.

Anselm erriet seine Gedanken und legte ihm beschwichtigend eine Hand auf die seine.

„Es ist rechtmäßig erworbenes Geld", sagte er. „Hat nichts mit Annalisa oder ihren Erben zu tun."

Dabei beließ er es, und Johannes fragte nie wieder danach.

„Ich habe übrigens eine Neuigkeit für dich, die dir gefallen wird", rückte Anselm heraus. „Ich weiß, wo sich dein alter Freund Jakob aufhält."

„Jakob?“

Johannes fuhr förmlich von seinem Stuhl hoch. Sie hatten sich in einem der Gasthäuser getroffen, das Anselm öfter aufzusuchen pflegte.

„Jakob?“, wiederholte Johannes, weil er vor lauter Schreck nicht mitbekommen hatte, ob Anselm seine Frage gehört hatte.

„Jawohl, Jakob.“

Er erzählte dem jungen Mann, dass ein paar bairische Soldaten bei den Franziskanermönchen in Neumarkt um Quartier und Hilfe ersucht hatten. Sie waren zuvor dem Befehl gefolgt, die Oberpfalz von sogenannten Ketzern zu befreien, und die Rekatholisierung des Landes voranzutreiben. Die Franziskaner waren erst vor Kurzem in diese Stadt berufen worden, und taten sich äußerst schwer, dort Fuß zu fassen. Die gezwungenermaßen katholisch gewordenen Bürger begrüßten die Mitglieder des Ordens zunächst mit Ablehnung, freuten sich dann aber über deren Arbeit bei der Betreuung von Armen und Kranken. Anselm hatte Kontakt zu diesen Männern aufgenommen und bei einem kurzen Besuch von weitem bei ihnen einen Mann gesehen, der wie Jakob eine hässliche Narbe quer über seinem Gesicht hatte und ihm auch sonst ähnlich sah.

Johannes schüttelte ungläubig den Kopf.

„Wann war das?“

„Kurz nach Annalisas Beisetzung“, antwortete ihm Anselm. „Ich kenne einige der Mönche aus früheren Begegnungen und hatte das Bedürfnis, mich mit ihnen über Dinge zu unterhalten, die mir auf der Seele lagen.“

„Warum erzählt Ihr mir das heute erst?“, fragte Johannes. Eine dicke Falte stand über seiner Nase.

„Weil ich nicht sicher war, ob es sich tatsächlich um Jakob handelte“, erklärte ihm Anselm ruhig. „Ich wollte keine falschen Hoffnungen wecken. Gestern nun habe ich Nachricht von einem der Brüder erhalten, dass ich mit meiner Vermutung richtig lag."

„Wisst Ihr, wie es ihm geht?", fragte Johannes aufgeregt, nachdem er diese Neuigkeit verarbeitet hatte.

„Es geht ihm nicht gut", antwortete Anselm. „Er hat große Schwierigkeiten mit der Wunde, die sein abgetrenntes Bein hinterlassen hat. Sie will nicht heilen. Außerdem kann er sich offenbar nicht damit abfinden, ein Krüppel zu sein."

Abgetrenntes Bein? Johannes konnte sich denken, wie sehr das seinen alten Freund aus der Bahn warf.

Anselm seufzte.

„Dabei ist er leider nicht der Einzige, den der Krieg verstümmelt und zum Außenseiter gemacht hat."

Johannes hatte viele Bettler gesehen, darunter viele ehemalige Soldaten, die durch abgetrennte Gliedmaßen zum Krüppel wurden und aus dem Kriegsdienst entlassen worden waren.

Jetzt also auch Jakob. Würde er auch als Bettler enden, verachtet, verprügelt, vertrieben, irgendwo einsam den Hungertod sterbend?

„Du möchtest zu ihm gehen, habe ich recht?", fragte Anselm, nachdem er zum wiederholten Male erklärt hatte, nicht mehr zu wissen als das, was er von jenem Bruder erfahren hatte.

„Kann ich das denn?", fragte Johannes. „Ich meine, ist der Weg dorthin ungefährlich?"

„In diesen Zeiten ist kein Weg sicher", entgegnete Anselm. „Ich frage mich nur, was du dir von einem Wiedersehen mit deinem alten Freund erhoffst, falls du darüber gerade nachgedacht hast."

„Elisabeth."

Nur dieses eine Wort.

„Elisabeth", wiederholte Anselm und seufzte. „Ich kann mir nicht vorstellen, dass Jakob heute mehr über ihren Verbleib weiß als damals vor Ortenburg, Johannes."

„Aber er sagte doch etwas von Ulm", erinnerte ihn Johannes an das Gespräch mit dem Freund auf dem Weg zwischen Efferding und Ortenburg. „Ich könnte ja dort einmal nachfragen …"

„Er hat so viel gesagt, Johannes. Aber ich habe ihm nicht alles geglaubt. Vermutlich hat er einfach einen Ort genannt, den er sich leicht merken konnte. Im Übrigen werde ich auch nicht nach Ulm ziehen. Ich habe meine Pläne geändert."

Anselm löffelte die Suppe aus, die er sich bestellt hatte, während Johannes lustlos an einem Stück Brot und Käse herumkaute. Ihm war der Appetit vergangen.

„Hör zu: Du musst noch bis Allerheiligen in der Mühle arbeiten", sagte Anselm. „Ich kann nicht hierbleiben, wie du weißt. Also mache ich mich noch einmal auf den Weg nach Neumarkt. Ich habe den Mönchen dort bereits meine Hilfe bei der Behandlung der verletzt zu ihnen gebrachten Soldaten angeboten und bin schon deshalb willkommen. Sollte dein alter Freund noch dort sein, kümmere ich mich um ihn und erfahre vielleicht ein wenig mehr. Ich bin mir allerdings sicher, dass er nicht mit mir kommen wird, falls du das erhoffen solltest", schloss Anselm das Gespräch.

Wenn Jakob wirklich so schwer verwundet und inzwischen ein Krüppel war, würde er nirgendwohin mitgehen, dessen war sich Johannes ebenfalls sicher. Er würde sich dort verkriechen, wo er Unterschlupf gefunden hatte, und den Tag verfluchen, an dem er mit den Bairischen gezogen war. Wenngleich Johannes auch davon überzeugt war, dass die angebliche Rettung Elisabeths nur einer der Gründe dafür gewesen ist, sich diesen Kerlen anzuschließen, so hätte er ihm gerade in dieser Situation gern seine Dankbarkeit gezeigt.

# 25

Johannes wartete ungeduldig auf die Rückkehr des ehemaligen Kapuzinermönchs, und als Allerheiligen kurz bevorstand, hielt er es kaum noch aus. Jeden Tag hielt er nach dem Oheim Ausschau, und langsam keimte in ihm die Sorge, dass jenem unterwegs etwas zugestoßen sein könnte.

An Allerheiligen packte er sein Bündel, steckte den vereinbarten Lohn ein und machte sich nach einem eher kühlen Abschied von Meister und Gesellen auf den Weg in die Stadt. Beim Wöhrder Türlein blieb er kurz stehen. Er war sehr langsam gegangen, hatte immer wieder nach hinten geschaut, falls Anselm doch noch zur Mühle gekommen und jetzt hinter ihm hergegangen wäre. Aber er war nirgends zu sehen.

Völlig entmutigt ging Johannes zunächst zum ehemaligen Wohnhaus von Annalisa, traf aber niemanden an. Auch bei Goldschmiedemeister Bernreuther war keiner zu Hause. Schließlich betrat er die Gaststube, in der er sich öfter mit Anselm getroffen hatte, und fragte den Wirt, ob er den alten Mann gesehen habe. Aber der schüttelte nur den Kopf und brachte ihm eine warme Suppe.

Eine gute Stunde später verließ Johannes die Wirtsstube und stand ratlos auf der menschenleeren Gasse. Ein eisiger Wind pfiff ihm um die Ohren. Mit klammen Fingern zog er seinen Wollschal enger um Kopf und Hals, schulterte sein Bündel und trottete ziellos durch die Gassen. Irgendwann stand er vor dem Johannisfriedhof, trat einem inneren Impuls folgend durch die Pforte und suchte mit den Augen die Stelle, an der Annalisa ihre letzte Ruhestätte gefunden hatte.

Es dämmerte bereits, hatte zu nieseln begonnen, und

Johannes kniff die Augen zusammen, um besser sehen zu können. In der düsteren Stimmung glaubte er, eine Gestalt ausgemacht zu haben, die langsam die Gräberreihen abschritt. Er stutzte.

„Bruder Anselm?“, rief er und hielt sich erschrocken den Mund zu.

Seltsam, dass sein alter Lehrmeister für ihn nach wie vor jener Kapuzinermönch geblieben war, den er seit seiner Kindheit kannte.

Der Mann wandte sich um.

Es war nicht Anselm.

Johannes verließ den Friedhof und wollte sich gerade nach einem Gästehaus umsehen, das ihn für eine Nacht aufnehmen würde, als er seinen Namen rufen hörte. Ein Mann kam auf ihn zu, der eine Laterne in der Hand trug.

Im Schein der Kerze erkannte Johannes den Oheim.

„Nachdem ich dich in der Gaststube nicht mehr angetroffen hatte, hoffte ich, dich hier zu finden.“

„Wo wart Ihr denn so lange?“, fragte Johannes aufgebracht, nachdem sich die beiden begrüßt hatten.

„Das sage ich dir, sobald wir ein Nachtquartier gefunden haben“, entgegnete Anselm. „Du hast doch noch keines, nehme ich an?“

„Natürlich nicht“, gab Johannes ein wenig verärgert zurück. „Ich hatte ja angenommen, heute noch mit Euch die Stadt zu verlassen und anderswo eine Unterkunft zu finden.“

Sie brauchten nicht lange zu suchen. Anselm kannte die Wirtin eines gut geführten, sauberen Gasthauses in der Nähe der Stadtmauer, wo sie gemeinsam eine Kammer bezogen. Die Frau wusste, dass Anselm seine alte Wohnung aufgrund der immer noch lodernden Streitigkeiten zwischen Annalisas Erben hatte verlassen müssen.

Sie freute sich, zu diesem Thema mit ein paar Neuigkeiten aufwarten zu können, die sie in aller Ausführlichkeit zum Besten gab.

Kurz nach dem Betzeitläuten verließen die beiden Männer ihr Quartier, um in ihrer alten Wirtschaft ein Abendmahl einzunehmen. Dort angekommen, begann Anselm, seine Geschichte zu erzählen.

„Ich war in Neumarkt. Die Brüder haben ihre Patienten in einem kleinen Häuschen untergebracht, das sie zu diesem Zweck gekauft und teilweise umgebaut haben. Ich habe ihnen geholfen, einige der schwersten Fälle zu behandeln, und dadurch auch den mit der Narbe im Gesicht und dem amputierten Bein wiedergesehen. Es ist tatsächlich Jakob. Er hat mich bereits bei meinem ersten Besuch erkannt, wollte jedoch weder damals noch jetzt etwas mit mir zu tun haben. Die Vergangenheit sei für ihn erledigt, sagte er." Anselm unterbrach sich und trank einen Schluck Bier. „Ich habe ihn gefragt, ob er etwas von deiner Schwester gehört hat. Da hat er mich daran erinnert, dass er uns beiden das schon einmal erzählt habe."

Anselm berichtete weiter, dass er ihm das mit dem Heiraten damals nicht geglaubt hätte, woraufhin Jakob fuchsteufelswild geworden sei und ihn übel beschimpft habe. Er habe die Wahrheit gesagt und man möge ihn jetzt bitte einfach in Ruhe lassen. Mit diesen Geschichten habe er nichts mehr zu tun. Und wenn Anselm ihm nicht glaube – bitte. Es kümmere ihn wenig.

Johannes seufzte. Jetzt war er so klug wie zuvor.

„Ich wollte gleich am anderen Tag wieder nach Nürnberg aufbrechen, habe mich dann aber noch ein wenig bei den Mönchen aufgehalten", fuhr Anselm nach kurzem Schweigen fort. „Als ich zwei Tage später mit einem von ihnen über den Markt ging, um noch ein wenig Proviant zu kaufen, fiel mir ein Mann auf, der wie ein fahrender Händler von einem zum anderen ging und versuchte, den Leuten seine Waren anzudrehen. Die hatte er in einem umgehängten Beutel verstaut. Ich war neugierig und wollte wissen, was er denn anzubieten habe, als ihn jemand ansprach."

Johannes hatte gebannt zugehört. Die Gedanken an Elisabeth hatte er in den Hintergrund verschoben. Sie würden ihn sonst noch verrückt machen. Als Anselm sich jetzt unterbrach, um erneut einen Schluck Bier zu trinken, wurde er ungeduldig.

„Sein Name kam mir irgendwie bekannt vor, und so blieb ich in der Nähe stehen, um herauszufinden, warum. Ein Bauer, der neben mir Hühnereier, Würste und geräucherten Speck anbot, schimpfte über ihn und einen zweiten, der ab und zu mit dabei sei. Pack sei das, ohne Gewerbeschein, überall würden sie ehrlichen Händlern im Weg stehen und seien wie vom Erdboden verschluckt, sobald man die Stadtwachen rief. Ob er die beiden denn kenne, habe ich gefragt. Da hat er ausgespuckt und gesagt, jeder kenne die. Der eine nenne sich Haßlinger-Sepp, der andere Stoffel. Da fiel mir wieder ein, dass du mir von einem Mann dieses Namens erzählt …"

„Der Stoffel! Der hat das Andenken an meine Mutter gestohlen!", rief Johannes dazwischen. „Wo ist er? Hast du das Amulett bei ihm gesehen? Hast du es …"

„Beruhige dich wieder, Johannes."

Anselm erzählte weiter, dass er kurz darauf so getan habe, als interessiere ihn die Ware des Kerls, der sich Stoffel nannte. Der habe ihn zur Seite genommen und einen Blick in seinen Umhängesack werfen lassen. Da sei lauter billiger Tand drin gewesen, der ihn nicht interessiert habe. Er hätte auch anderes anzubieten, ließ der Mann ihn wissen, als er merkte, dass er gerade beinahe einen möglichen Kunden verlor. Wertvolleres, raunte er ihm hinter vorgehaltener Hand zu. Das sei aus dem Nachlass von Leuten, die das Landl verlassen mussten und Geld brauchten.

„Ein Hehler also“, knurrte Johannes. „Das traue ich dem Kerl zu.“

Anselm nickte.

„Am nächsten Tag wollten wir uns außerhalb Neumarkts treffen. Ich war zur rechten Stunde da und habe auf ihn gewartet. Aber er kam nicht. Also ging ich zurück in die Stadt und erfuhr, dass zwei Betrüger aufgegriffen und eingesperrt worden seien, die man schon eine Weile im Auge gehabt hätte. Ich wollte sehen, ob ich Zugang zu ihrer Zelle finden könnte, und bat die Franziskaner, mir dabei zu helfen. Das hat drei Tage gedauert. Als ich endlich vorgelassen wurde, wollte mir dieser Stoffel nichts sagen. Ich fragte ihn, ob er in Grieskirchen Arbeit bei einem Tuchhändler gehabt habe. Da hat er mir ins Gesicht gespuckt und nach den Wächtern geschrien. Ich hatte meine liebe Not, unbehelligt aus dem Gefängnis herauszukommen, denn dieser Teufelsbraten behauptete, ich sei ein landesweit bekannter Halsabschneider, der längst eingelocht gehöre.“

„Weiter habt Ihr nichts erfahren können?“, fragte Johannes sichtlich enttäuscht. Das mögliche Schicksal Anselms war ja zu dessen Gunsten ausgefallen. Er mochte sich darüber keine Gedanken machen. Etwas anderes war ihm wichtiger.

„Oh doch. Einer der Franziskanermönche hat den Stoffel am anderen Tag begleitet, als dieser vors Gericht gestellt wurde. Da der Mönch von mir erfahren hatte, warum ich ihn unbedingt sprechen wollte, nahm er den Mann kurz zur Seite. Was auch immer er mit ihm angestellt oder zu ihm gesagt hat, um an seine Information zu kommen, weiß ich nicht. Denn als er abends zurückkam, sagte mir der Mönch, dieser Stoffel sei tatsächlich jener, nach dem wir suchen. Der gab zu, aus Grieskirchen verschwunden zu sein, nachdem er einen Mann totgeschlagen habe. Seitdem versuche er sich als Hehler und Tagelöhner über Wasser zu halten. Als Tagedieb, wenn du so willst." Er hielt einen Augenblick inne. „Auf den guten Herrgott scheiße er, rotzte er dem Bruder noch vor die Füße. Weshalb dieser sein Geständnis nicht als Beichte betrachtete und an mich weitergab."

„Totgeschlagen", sagte Johannes leise. „Fast jedenfalls."

Nachdenklich rieb er seine linke Hand, die damals so übel zugerichtet worden war, dass er lange dachte, sie sei nie wieder zu gebrauchen. „Aber von dem Amulett hat er nichts gesagt, oder?"

„Doch. Er sagte dem Mönch noch, er habe damals großes Unrecht begangen und sei, im Gegensatz zu dem Jungen, den er erschlagen und außerhalb der Stadt irgendwo liegengelassen habe, recht glimpflich davongekommen. Man habe ihn nicht verdächtigt, etwas mit dem Tod des Buben zu tun zu haben. Vielleicht habe man seine Leiche ja auch nie gefunden. Nach Schärding sei er anschließend abgehauen, dort habe er das Geld verprasst, das er dem Burschen gestohlen hat. Ein Goldstück, das jener um den Hals getragen habe, hätte er zunächst behalten, weil es ihn gereut habe, es wegzugeben. Als sein Geld zur Neige ging und er auch sonst nichts hatte, was er verscherbeln konnte, versetzte er es in einem Pfandhaus, wo er es eines Tages wieder einlösen wollte. Aber dazu ist es nicht gekommen."

Johannes hatte vor lauter Aufregung vergessen, etwas zu trinken. Jetzt war sein Mund so trocken, dass er den halben Becher Bier auf einmal hinunterstürzte.

„Und was weiter?", fragte er aufgeregt.

„Dieses Pfandhaus steht in Andechs, zwei Tagesmärsche von hier. Ich war dort und siehe da: Das Amulett war tatsächlich als Pfand abgegeben worden. Da nach Ablauf einer gewissen Frist niemand gekommen sei, es wieder auszulösen, hat der Pfandleiher beschlossen, es zu verkaufen."

„An wen? An Euch?", wollte Johannes aufgeregt wissen.

„Nein, leider nicht an mich. Ich hätte ohnehin nicht das Geld dafür gehabt, wie du dir denken kannst. Der hat das Amulett sicherlich sehr teuer verkauft", gab Anselm zurück. „Angeblich an einen hohen Herrn, der sich mehrmals nach dem Kleinod erkundigte. Er habe einen guten Preis dafür erzielt, sagte der Pfandleiher. Aber wer der hohe Herr war, hat er angeblich nicht erfahren. Es sei jedenfalls ein Fremder, auf keinen Fall ein stadtbekannter Mann gewesen."

Johannes schluckte. Da waren sie dem Andenken an seine Mutter so nah gewesen, und jetzt war es wieder in weite Ferne gerückt. Wahrscheinlich machte der ‚hohe Herr' es seiner Angebeteten zum Geschenk, nichts von seiner Geschichte ahnend.

Dazu wusste aber Anselm weiter über etwas zu berichten.

„Wie du weißt, war ich viel unterwegs, solange ich Bruder Anselm gewesen bin."

„Ja."

„Ich habe in vielen Klöstern und an einigen Fürstenhöfen gute Freunde gefunden, zu denen ich auch heute noch Kontakt habe."

„Obwohl Ihr konvertiert seid?", fragte Johannes zweifelnd.

„Nicht alle sind so verbohrt wie der bairische Kurfürst mitsamt seinem Statthalter und dem Kaiser", gab Anselm schmunzelnd zurück. „Bei vielen gilt Freundschaft mehr als Religion."

„Es wäre wünschenswert, wenn alle das so sähen", antwortete Johannes.

„Dann gäbe es nicht so viele Aufstände und Schlachten", stimmte Anselm ihm zu. „Und nicht so viele Tote und Krüppel."

Er dachte dabei wohl auch an Jakob.

Der Wirt trat an ihren Tisch und bat um Bezahlung der Zeche. Es sei schon spät und er wolle seine Gaststube zusperren. Die beiden waren seine letzten Gäste.

„Reden wir in unserer Kammer weiter", schlug Anselm vor.

Sie legten den geforderten Betrag auf den Tisch, verabschiedeten sich und traten auf die Gasse. Es regnete und sie mussten achtgeben, nicht auf dem glitschigen Pflaster auszurutschen. Anselm hielt sich an Johannes' Arm fest. In der anderen Hand hielt er die Laterne, deren Kerze der Wirt noch angezündet hatte, bevor sie die Gaststube verließen.

In ihrer Kammer angekommen, hängten sie zuerst ihre nassen Wollmäntel und Schals auf, und setzten sich noch an den kleinen Tisch, den die Wirtin auf Anselms Wunsch hin in das Zimmer gestellt hatte. Eine Kerze spendete flackerndes Licht. Ein unruhiger Rauchfaden zeigte an, dass es durch das Fenster hereinzog. Ein Kamin, der den Rauch von einem Kachelofen in der Stube darunter abzog, spendete gerade so viel Wärme, dass es nicht allzu ungemütlich in der Kammer war.

„Jetzt werden wir nie herausfinden, wo mein Amulett verblieben ist", sagte Johannes traurig und stützte seinen Kopf in beide Hände.

„Das mag sein", stimmte Anselm ihm zu. „Ich habe

aber noch etwas herausgefunden, das ich dir nicht vorenthalten möchte."

Zuerst blieben seine Worte unbeachtet. Aber dann hob Johannes doch den Kopf und hörte gebannt zu, was Anselm sagte.

„Ich musste damals das Tälchen verlassen, weil man mir auftrug, die Bibliothek in unserem Grazer Kloster durchzusehen, neu zu ordnen, aufzuräumen", erinnerte Anselm seinen Neffen an den Grund seines Verschwindens. „Dabei fiel mir ein altes Schriftstück in die Hand, das aus einem Kloster Laurisham stammte. Ich habe es zur Seite gelegt, weil ich noch nie etwas von diesem Kloster gehört hatte, das ursprünglich den Benediktinern zugeschrieben, später aber von anderen Orden übernommen wurde. Das Schriftstück interessierte mich jedoch sehr, und ich wollte mich an einem anderen Tag in Ruhe damit beschäftigen. Leider bin ich nicht dazu gekommen. Ich wurde ja nach Wien geschickt, um dort einige Aufgaben zu erledigen. Das Dokument habe ich mitgenommen, weil ich mir dachte, dort mehr Zeit zu haben, um es zu studieren und später wieder in die Bibliothek zurückbringen zu können."

Das Schriftstück blieb in Wien zurück, wo Anselm es einem seiner Brüder anvertraut hatte, wie er weiter berichtete.

„Nicht alle katholischen Geistlichen und Mönche sind mit dem brutalen Vorgehen des Kaisers und des bairischen Kurfürsten einverstanden", fuhr Anselm fort. „Das ist auch ein Grund, weshalb ich immer noch gute Kontakte zu einigen von ihnen pflege."

„Habt Ihr etwas über dieses Laurisham herausgefunden?", wollte Johannes wissen, der sich Gedanken darüber machte, was für ihn so wichtig daran sein sollte.

„Ja. Es handelt sich um ein Kloster, das gute vier

Stunden Fußmarsch von Worms entfernt in der Nähe des Rheins liegt. Heute ist es unter dem Namen Lorsch bekannt."

Da Johannes nicht die geringste Ahnung davon hatte, wo Worms oder der Rhein lagen, berichtete Anselm weiter, dass das Kloster inzwischen niedergebrannt und die umliegenden Dörfer zwischen spanischen Belagerern, Truppen um Feldmarschall Tilly und den pfälzischen Verteidigern aufgerieben worden war.

„Die wertvolle Bibliothek war zuvor bereits geräumt und die meisten Codices, also wertvolle Bücher und alte Schriften, in die Bibliotheca Palatina nach Heidelberg gebracht worden. Von dort aus wanderten sie auf Befehl des bairischen Kurfürsten nach Rom in den Vatikan." Er seufzte. „Damit sind sie für alle Zeiten unzugänglich für jeden, der sie studieren möchte."

Das flackernde Kerzenlicht war erloschen, die beiden saßen in ihrer inzwischen deutlich abgekühlten Kammer im Dunkeln. Da sie befürchteten, sich zu erkälten, beschlossen sie, zunächst ihr Lager aufzusuchen und am nächsten Tag weiterzureden.

Der nächste Tag, ein Dienstag, begann so, wie der vorangegangene Tag geendet hatte: mit Regen und eisigem Wind. Die beiden Männer wurden von ihrer Wirtin zu einer Morgensuppe mit frisch gebackenem Brot eingeladen, bevor sie sich wieder in ihre Kammer zurückzogen. Sie hatten beschlossen, besseres Wetter abzuwarten, bevor sie Nürnberg verließen. Ihr Ziel sollte Maulbronn sein, wo sich Anselm ein Auskommen als Berater erhoffte. Ulm war für sie beide uninteressant geworden, ohne dass sie sich weiter über ihre jeweiligen Gründe unterhalten hatten.

„Was war mit diesem Kloster und seiner Bibliothek,

von der Ihr gestern gesprochen habt?", fragte Johannes und setzte sich an den Tisch. Er rieb die kalten Hände und hauchte hinein, weil es sehr ungemütlich geworden war in ihrem Quartier.

Anselm schüttelte sich. Er fror. Da es keine Möglichkeit gab, die Stube zu heizen, und der bislang Wärme spendende Kamin heute kalt blieb, wollte er nicht länger dableiben.

„Lass uns zu Jörg Bernreuther gehen", schlug er vor, traf damit aber auf Johannes' absoluten Widerstand. Weil er nicht wusste, warum sich der junge Mann so standhaft weigerte, mitzukommen, gab Anselm schließlich auf.

Wenige Zeit später betraten sie die wohlbekannte Gaststube und setzten sich an einen der leeren Tische. Anselm bestellte für jeden einen Becher heißen Gewürzwein und zwei Ranken dick mit Zwiebelschmalz bestrichenes Brot dazu.

„Erzählt weiter", bat Johannes. „Ihr spracht von diesen alten Codices, die man nach Rom verbracht hat."

„Es sind nicht alle Schriften im Vatikan verschwunden", begann Anselm. Als die dampfenden Becher vor ihnen standen, legte er seine Hände um sein Trinkgefäß, um sie aufzuwärmen.

„In der Zeit davor hatten verschiedene Orden das Kloster übernommen. Einer der Äbte hat wohl mehrere der wertvollen Bücher verkauft, um das Kloster vor dem Ruin zu retten. Was allerdings nicht viel genutzt hat. Außerdem gingen viele Schriften auf dem Weg nach Heidelberg und später in den Vatikan – sagen wir – ‚verloren'. Zu einem dieser Fälle gehörte vermutlich auch das Schriftstück, das ich in unserem Kloster in Graz gefunden hatte."

Er trank einen Schluck Gewürzwein und biss ein großes Stück von seinem Brot ab. Johannes tat es ihm gleich, nachdem er in das heiße Getränk gepustet und so vermieden hatte, sich die Zunge zu verbrennen.

„Fossa Carolina. Sagt dir das etwas?"

Johannes, der sich schon lange nicht mehr mit dem Lateinischen beschäftigt hatte, dachte kurz nach.

„Karls Graben?"

„Richtig."

„Ihr habt mir bereits davon erzählt. Was ist damit?"

Sprach sein Oheim schon wieder von diesem späteren Kaiser?

Der Name Karl schien ihn zu verfolgen, dachte Johannes betrübt, schob die Gedanken an Katharina jedoch wieder beiseite.

„Das erzähle ich dir gleich." Anselm leerte seinen Becher und bestellte einen weiteren. „Jener König Karl also soll alten Unterlagen zufolge um das Jahr 793 nach Regensburg gereist sein, weil man ihm einen wichtigen Vorschlag gemacht hatte, den er sich genauer ansehen wollte. Karl befahl anschließend, jenen Verbindungskanal zwischen der Rezat, die in alten Schriftstücken Radantia genannt wird, und der Altmühl, also der Alcmona, graben zu lassen, von dem ich dir berichtet habe: die Fossa Carolina. Dieser Kanal verband zumindest auf dem Pergament der Planer die Donau über den Main mit dem Rhein. Er hätte nicht nur den Transport der kurz darauf erbeuteten kostbaren Raubgüter aus dem Awarenkrieg nach Aachen erleichtert, sondern den Handel überhaupt."

Anselm erzählte, dass die Beschaffenheit des Bodens wohl ungünstig für die Grabarbeiten war. Sumpfig und feucht sei es gewesen. Der heftige Regen, der offenbar in jenem Jahr das Land heimsuchte, hätte zusammen mit dem schlammigen Untergrund bewirkt, dass das, was tagsüber ausgegraben und rechts und links aufgeschüttet worden war, des Nachts wieder zurückrutschte. Es sei eine mühselige Arbeit gewesen, der Kanalbau ging nur langsam voran.

Sisyphusarbeit, nannte es Anselm, und Johannes hatte das Gefühl, der Alte freue sich über das Misslingen des Kanalbaus. Warum, erschloss sich dem jungen Mann nicht so ganz.

„Eines Nachts nun, als zum Regen noch dichtester Nebel aufgezogen war, wurde der Tross mit den schwer beladenen Ochsenkarren überfallen und eines Teils der Beute beraubt. Man hatte an einer ungünstigen Stelle kurz vor Erreichen der Baustelle Rast gemacht, weil einige der schweren Karren im Morast steckengeblieben waren und man den Tag abwarten wollte, um sie wieder herauszuziehen und den Weg fortzusetzen. Die begleitenden Mannschaften waren müde und wegen des schlechten Wetters mit Sicherheit ziemlich übel gelaunt. Also zogen sie sich in ihre notdürftig errichteten Zeltlager zurück und überließen Ochsen und Karren dem Wetter und dem lieben Gott." Er unterbrach sich kurz, um einen Schluck aus seinem Becher zu nehmen. „Genauer gesagt: dem lieben Gott und einer Diebesbande, die, von den Wachen unbemerkt, einen Teil der Beute entwendete. Natürlich wurde die Tat am nächsten Tag entdeckt, aber da waren die Diebe bereits über alle Berge. Niemand weiß heute mehr, ob man die Verfolgung aufgenommen hat oder nicht. Ich nehme an, dass Karl wie ein Verrückter getobt hat, als man ihm die Nachricht von diesem dreisten Diebstahl überbrachte."

Anselm schaute schmunzelnd in Johannes' vor Aufregung gerötetes Gesicht.

„Ihr meint, jemand hat einen Teil des Schatzes geraubt und irgendwo versteckt?"

„Genau das meine ich. Es ist allerdings kaum anzunehmen, dass die Diebe sehr weit damit gekommen sind.

Denn sie hatten dasselbe Problem mit Wetter und Morast wie der Tross auch. Die Räuber haben sicherlich nicht nur sehr gut überlegt, wo sie den Tross überfallen, sondern auch genau gewusst, wie und wo sie ihr Diebesgut schnell verschwinden lassen konnten, ohne großes Aufsehen zu erregen."

„Wie meint Ihr das?"

„Überleg doch: Unzählige Männer waren rund um den Kanalbau und als Begleitung für den Schatz zur Stelle. Die Räuber mussten annehmen, dass man noch vor Morgengrauen Alarm schlagen und einen Trupp Bewaffneter auf ihre Spur setzen würde. Die Diebe mussten befürchten, dass sie mit ihrer Beute ebenfalls steckenbleiben und innerhalb kürzester Zeit gefangen genommen würden. Ich nehme an, sie haben ihren Raub auf Packtiere umgeladen, um keine Spuren zu hinterlassen, die man leicht verfolgen konnte. Was genau geschehen ist, konnte ich nicht herausfinden, wie ich auch nicht weiß, ob das alles so stimmt, wie es erzählt wird. Denn über diesen Vorfall gibt es keine genauen schriftlichen Aufzeichnungen, nur vage Hinweise. Das meiste wurde mündlich überliefert und nur dem Hörensagen nach aufgeschrieben. Die folgenden Geschehnisse könnten allerdings darauf hinweisen, dass es sich so zugetragen haben muss. Denn: Karl reiste einer alten Handschrift zufolge kurzfristig aus Treuchtlingen ab, von wo aus er den Kanalbau in Augenschein hatte nehmen wollen. Angeblich, weil beunruhigende Nachrichten eingetroffen waren, die ihn zum sofortigen Aufbruch zwangen. Ich vermute allerdings, dass die Aufgabe des Kanalbaus kurz danach damit im Zusammenhang stehen könnte, dass er seine Beute und die weiteren Handelsunternehmen diesem Transportweg nicht mehr anvertrauen wollte. Dabei war der Kanal einer anderen Aufzeichnung zufolge bereits ein gutes Stück weit mit den extra dafür gebauten flachen Booten befahrbar."

Johannes hatte aufmerksam zugehört. Jetzt biss er in sein Schmalzbrot und kaute nachdenklich vor sich hin.

„Was also glaubt Ihr, ist mit dem Schatz geschehen?", fragte er und fuhr sich mit dem Ärmel über das Kinn, um heruntergelaufenes Fett abzuwischen.

„Das ausgegrabene Erdreich ist wie gesagt in weiten Teilen von allein zurückgerutscht, und hat den Kanal wieder gefüllt. Was also liegt näher, als den Schatz einfach in den Graben zu kippen, das ohnehin lockere Erdreich loszutreten und den Raub damit zuzudecken?"

Johannes grinste breit. Ein wirklich gelungener Streich, wenn Anselm recht hatte mit seiner Überlegung.

„Inzwischen ist nichts mehr von der Fossa Carolina zu finden, wenn man von den wenigen noch erhaltenen Erdwällen absieht, die ihren ehemaligen Verlauf nachzeichnen dürften. Über die ist längst der Wald gewachsen."

„Wart Ihr schon dort?", wollte Johannes wissen.

„Nein. Das habe ich von Leuten erfahren, die diese Gegend bereisten."

Mönche, vermutete Johannes.

Anselm winkte dem Wirt und bat ihn, ihm eine Portion Bratwürste und Kraut zu bringen.

„Schade, dass das Amulett meiner Mutter für mich wohl für immer verloren ist. Was dieses seltsame Tier bedeutet haben mag, das darauf zu sehen war?"

„Was es für das Amulett bedeutet, kann ich nicht sagen. Soweit ich weiß, haben auch andere Völker dieses Sagenwesen für ihren Schmuck oder ihre Münzen verwendet. Da dieses Amulett aber genau dort aufgetaucht ist, wo sich vor Hunderten von Jahren einige versprengte awarische

Familien versteckt haben sollen, nämlich im Bereich des Gesäuses, nehme ich an, es gehörte jemandem von ihnen."

Sie waren so in ihr Gespräch vertieft, dass sie die Männer nicht bemerkten, die an einem der anderen Tische saßen und ihnen aufmerksam zuhörten.

# 26

Die nächsten beiden Tage waren regnerisch und kalt. Da sich Anselm gesundheitlich ein wenig angeschlagen fühlte, blieben sie in ihrer Kammer und unterhielten sich über die vergangene Zeit. Als sich das Wetter ein wenig aufklarte und der alte Mann sich besser fühlte, fassten sie den Entschluss, nach Weißenburg weiterzuziehen, wo dieser Kanal allem Anschein nach seinen Anfang gefunden hatte. Anselm konnte seinen Begleiter kaum beruhigen, der sich inzwischen ausmalte, wie es wäre, den Schatz zu finden und zu heben.

„Wer hat ihn denn geraubt, diesen Schatz, wisst Ihr das?", fragte Johannes, als sie die Stadt durch das Frauentor verließen. Er warf noch einen letzten Blick auf das ehemalige Frauenkloster und den Rundturm, der sich trutzig neben dem Tor in Pose setzte.

Auch Anselm verabschiedete sich mit einem fast schon wehmütigen Blick von Nürnberg.

„Wissen? Nein, höchstens vermuten", sagte er dann. Da sie einen Fußmarsch von über zehn Wegstunden vor sich hatten, beschloss er, die Zeit damit ein wenig zu verkürzen, dass er Johannes mehr über das erzählte, was er herausgefunden oder sich selber zusammengereimt hatte. „Ich habe mich unter anderem auch mit der *Vita Karolini Magni* eines gewissen Gelehrten namens Einhard beschäftigt." Er schaute Johannes von der Seite an. „Na, wie viel Latein beherrschst du noch?", fragte er schmunzelnd.

„Vita Karolini Magni? Das Leben des großen Karl? Der mit dem Awarenschatz?"

Johannes hatte zwar zuerst ein wenig nachdenken müssen, freute sich jetzt aber, dass er sich doch noch an einiges erinnerte.

„Genau. Du hast dir ja doch einiges gemerkt, das freut mich. Ich erzähle dir ein wenig von ihm, dann wird uns der Weg nicht so lang“, erwiderte Anselm. „Dieser Karl war ursprünglich ein fränkischer König, der seinen verstorbenen Vater um die Hälfte seines Reiches beerbte. Nach dem Tod seines Bruders Karlaman übernahm er auch dessen Regierungsgeschäfte und wurde zuerst zum König, im Jahr 800 nach Christi Geburt zum Kaiser über das Heilige Römische Reich deutscher Nation gekrönt, wie es bis heute genannt wird.“

Johannes schob seinen Schal von den Ohren. Inzwischen hatte sich der Nebel gelichtet, und ein paar zaghafte Sonnenstrahlen strichen über die vorwinterliche Landschaft. Es war kalt, aber nicht so unangenehm wie noch die Tage zuvor.

„Und da sind wir auch schon bei meiner Vermutung“, fuhr Anselm fort, der seinen Schal ebenfalls vom Kopf gezogen hatte. „Dieser verstorbene Bruder wurde nach einigen mir zugänglichen Quellen vermutlich vergiftet. Die Aufzeichnungen darüber werden geheim gehalten oder wurden vernichtet. Ich habe auch eher zufällig davon gehört.“

„Jedenfalls kam diesem Karl der Tod seines Bruders ja wohl gerade recht, oder?“, mutmaßte Johannes und grinste breit. Seltsamerweise hatte er keine besonders hohe Meinung von diesem späteren Kaiser, der offenbar ganze Völkerstämme niedergemetzelt und sich ihr Land genommen hatte. Es war ihm unbegreiflich, wie jemand so etwas tun konnte. Und doch hatte er es in den vergangenen Jahren selber hautnah erlebt.

„Siehst du? Genau so sehen es einige Chronisten auch, deren Schriften jedoch teilweise unter Verschluss gehalten werden. Sie denken, dass Karl hinter dem frühen Tod seines Bruders steckte. Aber genau das sollte nie herausgefunden werden, um das Ansehen des großen Kaisers nicht zu gefährden."

„Hatte dieser Karlaman denn keine Erben?"

Johannes versuchte, sich dem Tempo seines Begleiters anzupassen, der altersbedingt ein wenig langsamer ging.

„Doch, hatte er. Das weiß ich aus den alten Chroniken. Aber Karl hat verhindert, dass diese ihr Erbe antreten konnten. Sie waren ins Ausland geflüchtet und fanden im heutigen Italien Unterschlupf. Als ihnen klar wurde, dass sie dem langen Arm ihres Oheims nicht entkommen würden, verschwanden sie spurlos." Anselm rieb sich das Kinn, das ein wenig kalt geworden war und ihm das Sprechen erschwerte. „Ich kann mir vorstellen, dass sich die Söhne dieses Karlaman nicht in Luft aufgelöst haben. Wenn man sie nicht umgebracht hat, versuchten sie vielleicht in späteren Zeiten alles, um ihrem Onkel in die Quere zu kommen. Wenn dem so war, brauchten sie Geld", mutmaßte er weiter.

Johannes lachte leise. Er ahnte, worauf der ehemalige Mönch hinauswollte und fand den Gedanken einfach genial. Jemandem, der einem Eltern und Heimat geraubt hatte, eines Tages unter anderen Voraussetzungen gegenübertreten und ihm das alles heimzahlen zu können, war ein äußerst verlockender Gedanke. Fremd war ihm der keinesfalls.

Wenn man – wenn er! - genügend Geld hätte, um Soldaten bezahlen zu können …

Der Awaren-Schatz!

„Was, wenn wir diesen Schatz finden?", fragte er plötzlich.

„Den werden wir nicht finden", hielt Anselm dagegen. „Niemand weiß genau, wo dieser Kanal verlief. Er muss an die zweieinhalbtausend Schritt lang gewesen sein. Wenn jemand auch nur geahnt hätte, dass dort irgendwo ein sagenhafter Goldschatz vergraben liegt, hätte man längst danach gesucht."

Er zuckte bedauernd die Schultern.

„Aber sagtet Ihr nicht etwas von Erdwällen, die den Graben begleiten? An ihnen entlang müsste man den Graben doch finden können", überlegte Johannes laut.

„Doch, die gibt es sehr wohl. Aber soweit ich informiert bin, eben nur ein Stück weit und inzwischen völlig zugewachsen. Ist ja alles wieder in den Kanal zurückgerutscht. Den genauen Verlauf kennt niemand mehr und es dürfte schwierig sein, ihn jemals wieder zu finden." Anselm pustete in seine kalt gewordenen Hände und vergrub sie anschließend tief in seinen Manteltaschen. Dann bedachte er Johannes mit einem nachdenklichen Blick.

„Warum wolltest du dich eigentlich nicht von unserem Goldschmied verabschieden?"

Johannes schrak zusammen. Anselm war am Morgen noch in der Werkstatt seines Freundes gewesen, um ihm Lebewohl zu sagen. Er selbst hatte vorgegeben, noch einige Dinge erledigen zu müssen, und Grüße ausrichten lassen.

„Oder anders gefragt: Welche wichtigen Dinge haben dich davon abgehalten?"

Johannes kniff die Lippen zusammen. Wie hatte er nur glauben können, sein Oheim durchschaue ihn nicht? Er schämte sich, dass er ihn angelogen hatte. Jetzt holte er tief Luft.

„Es ist wegen Katharina", begann er zögernd, und erzählte dem alten Mann schließlich, was ihn vom Haus der Bernreuthers ferngehalten hatte.

Anselm nickte. Unglücklich verliebt. Das war ein guter Grund, nicht mehr dort hinzugehen.

„Das verstehe ich. Zumindest aus deiner Sicht war das vernünftig“, sagte er und drückte Johannes’ Schulter. „Allerdings liegst du, was diesen Karl betrifft, völlig falsch.“

„Was? Wieso?“

„Er ist nicht der künftige Eidam des Goldschmieds, sondern sein Sohn aus erster Ehe. Katharinas Stiefbruder.“

Johannes fuhr herum.

„Was sagt Ihr da? Aber Ihr habt doch selber gesagt, dass Katharina im nächsten Frühjahr heiraten soll!“

Hatte er sich da etwas zusammengereimt, das nicht stimmte? Wäre alles anders gekommen, hätte er die Wahrheit gewusst? Aber nein, der Standesunterschied hätte trotzdem zwischen ihnen gestanden.

„Das ist wohl wahr. Aber sie heiratet nicht Karl, sondern den Sohn einer angesehenen Nürnberger Patrizierfamilie. Mit ihm ist sie schon länger befreundet und hatte auch nichts gegen eine Verlobung einzuwenden.“

Johannes war nie aufgefallen, dass Katharina mit einem anderen Mann als diesem Karl zusammen gewesen wäre.

„In den letzten Monaten war ihr Hochzeiter nicht im Land, deshalb hat ihr Bruder sie begleitet, wenn sie ausgehen wollte.“

Johannes ging mit gesenktem Kopf neben dem Alten her. Er wusste, dass es für ihn unmöglich gewesen wäre, in eine so angesehene Familie, in einen anderen, höheren Stand einzuheiraten. Trotzdem traf ihn die Richtigstellung um Katharinas Hochzeit sehr. So hatte er zumindest ein Bild des Paares vor sich gehabt, mit dem er einigermaßen leben konnte. Einen ihm völlig Fremden an der Seite seiner heimlichen Liebe konnte er sich absolut nicht vorstellen. Es tat weh.

Sie erreichten Weißenburg zwei Tagesmärsche später. Über

der bislang evangelisch gebliebenen Stadt in unmittelbarer Nähe des Hauptsitzes der Pappenheimer thronte das ehemalige Benediktinerkloster, das inzwischen zu einer imposanten Festung ausgebaut worden war: die Wülzburg. Es war einst trotz heftiger Proteste und dem massiven Widerstand der Bürger Weißenburgs, des Bistums Eichstätt, des Deutschen Ordens und der Marschälle zu Pappenheim errichtet worden.

„Gegen den Widerstand der sturzkatholischen Pappenheimer?“, fragte Johannes überrascht, nachdem er sich angehört hatte, was sein Begleiter über diese Gegend wusste.

„Die Familie der Pappenheimer war ehemals protestantisch, mein Sohn“, klärte Anselm ihn auf. „Nur die Mutter des uns allzu gut bekannten Gottfried Heinrich von Pappenheim war katholisch. Der Rest der Familie konvertierte erst später.“ Anselm zuckte wie bedauernd die Schultern. „Nach dem Tod ihres Gatten heiratete sie übrigens den bairischen Statthalter Herberstorff.“

Herberstorff.

Dieser Mann verfolgte Johannes wie ein unsichtbarer böser Geist.

„Herberstorff war zum Zeitpunkt seiner Heirat mit Pappenheims Mutter übrigens ebenfalls noch lutherisch. Gottfried Heinrich von Pappenheim selber konvertierte erst vor zehn Jahren“, schloss Anselm.

Warum nur, ging es Johannes wieder einmal durch den Kopf, warum nur wurden aus ehemaligen Protestanten nach deren Konversion so unerbittliche Feinde ihrer ehemaligen Glaubensbrüder und -schwestern? Er verstand es nicht, und Anselm konnte ihm keine Antwort darauf geben.

Johannes staunte nicht schlecht über die riesige Anlage der Wülzburg. Er erinnerte sich an die eindrucksvolle Kaiserburg in Nürnberg, der er nie näher gekommen war als unbedingt notwendig. Und für notwendig hielt er bis zum heutigen Tag nichts, was mit Kaisern, Königen oder Kurfürsten zu tun hatte. Er wusste, woher ihre Erbauer das Geld hatten. Er schüttelte sich innerlich beim Gedenken an die vielen Menschen, die den Tod fanden, weil sie sich nicht für solche Stein gewordenen Demonstrationen der Macht ausbeuten lassen wollten. Zogen sich ihre Besitzer doch viel zu gerne hinter ihre Mauern zurück, um sich von dort aus unangreifbar weitere Repressalien für ihre Untertanen auszudenken. Sie pressten ihnen gnadenlos weitere Gelder ab, um ihren Gelüsten nach Macht und Wohlstand Genüge zu tun, während ihr Volk ausblutete und sich nach Freiheit sehnte.

Es war erstaunlicherweise nicht schwierig, in Weißenburg ein sauberes Quartier zu finden. Die Bemühungen Anselms, jemanden aufzutreiben, der etwas über diesen alten Kanal wusste, verliefen jedoch im Sand. Ein Apotheker, mit dem er über Heilpflanzen ins Gespräch gekommen war, gab ihm den Rat, es doch einmal in Treuchtlingen zu versuchen. Da habe vor Zeiten jemand etwas von so einem Kanal erzählt, soweit er in Erinnerung habe. Vielleicht dass er dort weiterkomme.

Treuchtlingen. Dieser Markt war ausgesprochen eng mit dem Namen derer zu Pappenheim verbunden, und Johannes war sich nicht sicher, ob er sich in die vermeintliche Höhle des Löwen begeben wollte. Er folgte seinem Oheim deshalb auch nur ungern durch das weite Tal zwischen den beiden Orten in den Markt.

„Pappenheim hat anderes zu tun, als darauf zu warten,

dass wir hier auftauchen“, hatte Anselm spöttisch auf seine Bedenken reagiert. „Und die Pappenheimer Bevölkerung schert sich einen Dreck um uns, glaub mir. Dort kommen wir außerdem gar nicht hin.“

Umgeben von mehreren Flüssen und Bächen, die der Grund für das moorige Gebiet rings um den Ort waren, lag Treuchtlingen in einer durch die Altmühl geschaffenen weiten Talaue. Bekannt war der Markt vor allem durch seine Hafner, die sich mit ihren hochwertigen Waren weithin einen Namen gemacht hatten.

Johannes’ anfängliche Begeisterung darüber, den sagenhaften Schatz der Awaren zu finden, zu heben und im vielleicht ursprünglichen Sinn seines Räubers zu verwenden, wich schnell der Erkenntnis, dass dieses Unterfangen absolut unmöglich war. Jetzt wusste er, wie Anselm das gemeint hatte, als er ihm sagte, man wisse nicht, wo genau der Kanal verlief. Wie sollten sie denn in diesem weitläufigen Gebiet einen Schatz finden, der vielleicht nicht einmal dort vergraben war?

Mehr noch als die Tatsache, dass es ohne einen konkreten Hinweis über das Versteck des Schatzes kaum möglich sein würde, ihn überhaupt zu finden, beunruhigte ihn der Gedanke, was der bairische Kurfürst unternehmen würde, bekäme er Wind von der Sache. Sie würden das Gold vielleicht finden, aber dann in die Hände von Leuten fallen, die kurzen Prozess mit ihnen machen und als Diebe aufknüpfen würden. Oder als Mitwisser von etwas, das niemals bekannt werden durfte.

Er wusste um das heimliche Verständnis des Adels untereinander, wenn es darum ging, düstere Geheimnisse zu wahren. Schließlich mussten jene befürchten, dass man auch in der Geschichte ihrer eigenen Ahnen nach Ungereimtheiten suchte, die schlimmstenfalls einen Aufstand hervorrufen könnten. Also besser alles für sich behalten und darauf hoffen, dass niemand an alte Geschichten rührte. Mitwisser waren da sehr schnell ausgemacht und beiseite geschafft.

Als sie ein Quartier im protestantischen Marktflecken Treuchtlingen gefunden hatten, wurde Johannes immer unruhiger. Er löcherte Anselm mit Fragen, wie sie den Schatz finden und heben könnten und was dann weiter damit zu geschehen sei. Schließlich rückte Anselm damit heraus, dass er sich bei der Wahl ihres Weges nach Maulbronn vor allem an die Berichte von Händlern und Fuhrleuten gehalten habe. Weder er noch Johannes konnten daran interessiert sein, Soldaten der Katholischen Liga oder protestantischen Heeren in die Hände zu laufen oder gar zwischen ihre Fronten zu geraten. Der eingeschlagene Weg erschien ihm sicher und würde sie gefahrlos nach Württemberg bringen.

„Es ging Euch also bei der Wahl unserer Wegstrecke nicht um den Schatz?“, fragte Johannes enttäuscht.

„Nicht nur um den Schatz“, gab Anselm zu. „Die Fragen, die du mir zu diesem Thema gestellt hast, habe ich mir alle auch schon gestellt und keine befriedigenden Antworten gefunden.“

Er legte beschwichtigend seinen Arm um Johannes' Schultern.

„Wir werden uns trotzdem einmal umsehen. Vielleicht finden wir wenigstens heraus, ob die Geschichte um den geraubten Schatz nur ein Gerücht ist oder ob doch ein Fünkchen Wahrheit dahinter steckt.“

Der Gedanke an den Schatz hatte zwar tagelang Johannes' Fantasie beflügelt und ihn von den düsteren Gedanken abgelenkt, die ihn immer wieder heimsuchten. Aber auch ihm war klar, dass die Antworten auf Anselms Fragen alle weiteren Überlegungen überflüssig machten.

Sie hatten einen Spaziergang in den kleinen Ort Graben unternommen, der angeblich etwas mit der Fossa Carolina zu tun haben sollte. Dort, so hatte Anselm erfahren, gäbe es noch ein paar alte Leute, die behaupteten, den Verlauf des Grabens zu kennen. Mit ihnen wollte Anselm sprechen.

Über Nacht war es eisig kalt geworden. Reif hatte die Äste der Bäume mit kleinen, spitzen Nadeln behängt und sich wie eine weiße Decke über die Felder gelegt. Die Hausdächer schimmerten silbern, Pfützen und kleinere Gewässer waren zugefroren.

Als am Ende des Weges durch den Wald der Turm der kleinen evangelischen Kirche von Graben auftauchte, stand wie aus dem Nichts ein Haufen bis an die Zähne bewaffneter Wegelagerer vor ihnen. Sie hatten sich im Gebüsch verborgen gehalten und umringten die beiden Männer mit unmissverständlich auf sie gerichteten Spießen und Pistolen.

Anselm hatte seine Rechte auf Johannes' Unterarm gelegt, um auf dem unebenen Boden sicherer gehen zu können. Als die Kerle auftauchten, drückte er so fest zu, dass ihn sein Begleiter erschrocken ansah. Er warf ihm einen besorgten Blick zu, den Anselm mit einem leichten Kopfschütteln quittierte. Offenbar war er nur erschrocken, hatte sich aber gleich wieder gefangen.

„Heda, wohin des Wegs?“, fragte einer der Männer und hob seinen Spieß, dass er beinahe Johannes' Brust berührte. Weiße Dampfwölkchen standen vor seinem Gesicht, während er sprach.

„Wir machen einen Spaziergang“, sagte Anselm und kniff die Augen zusammen. Es war zwar ein eisig kalter Novembertag, aber die Sonne stand in grellem Weiß genau hinter den Wegelagerern. So konnte er ihre Gesichter nicht deutlich sehen.

„Sie machen einen Spaziergang!“, höhnte einer von ihnen.

Die Speerspitze vor Johannes wanderte nach oben und blieb in der Höhe seines Halses ein wenig unruhig stehen. Aus den Augenwinkeln sah er, dass einer der Männer seinen Spieß auf Anselm gerichtet hatte und ihn langsam in dessen Mantel bohrte. Der Druck auf seinem Unterarm ließ ein wenig nach, die Hand begann jetzt, unkontrolliert zu zittern. Das kam mit Sicherheit nicht nur von der Kälte, die sich langsam auch in Johannes hochfraß. Anselm, der sonst in jeder Lage die Ruhe bewahrte, schien vor Angst beinahe zusammenzuklappen.

„Was wollt ihr?“, fragte Johannes und war überrascht, wie fest seine Stimme klang. „Wir haben selber kein Geld, da könnt ihr lange suchen.“

„Das wissen wir“, antwortete der Mann am anderen Ende des nach wie vor bedrohlich auf seinen Hals gerichteten Speers.

„Dann lasst uns weiterziehen“, schlug Johannes vor.

Die Speerspitze senkte sich ein wenig.

„Uns ist zu Ohren gekommen, dass ihr nach einem Schatz sucht“, sagte einer aus der Horde.

Johannes war einen kleinen Schritt zur Seite getreten, um die Gesichter der Wegelagerer besser sehen zu können. Die Sonne blendete ihn zwar immer noch, aber jetzt konnte er zumindest ausmachen, dass etwa sieben oder acht Männer vor ihnen standen. Er ahnte mehr als er wusste, dass sich auch zwei oder drei hinter ihnen befanden. Aussichtslos, wegzulaufen. Zumal Anselm unmöglich hätte mitkommen können.

„Ah, der Schatz!“ Anselm schien seine Fassung wiedergefunden zu haben. „Gut, dass wir euch getroffen haben.“

Johannes fuhr überrascht zu ihm herum.

„Soviel ich weiß, ist er in dem weiten Tal hinter dem Dorf da drüben vergraben worden. Allein können wir ihn weder finden noch heben.“ Er schaute von einem zum anderen. „Aber mit so vielen und gutem Werkzeug …“

„Halt's Maul!“, herrschte ihn der offensichtliche Anführer an. „Oder sag uns, wo wir graben sollen.“ Er schaute über die Schulter zurück zu den anderen. „Ihr bekommt natürlich euren Anteil, sobald wir ihn gefunden haben.“

Das war kaum anzunehmen, dachte Johannes, schwieg aber.

„Der Boden dürfte gefroren sein, und außerdem könnten uns andere beobachten …“, wandte Anselm ein.

„Lass das unsere Sorge sein“, knurrte ihn der Anführer an und spuckte vor ihm auf den Boden.

„Gut, folgt uns, wir werden euch zeigen, wo ihr graben müsst“, hörte er Anselm sagen, der die Hand von Johannes' Unterarm genommen hatte. Der runzelte die Stirn. Irgendwo hatte man sie wahrscheinlich belauscht und war ihnen gefolgt. Allerdings schienen die Burschen nicht mitbekommen zu haben, dass selbst Anselm daran zweifelte, die Stelle zu finden, wo der Schatz vergraben sein könnte. Falls er überhaupt in diesem Kanal versenkt worden war. Irgendetwas musste dem Alten durch den Kopf gegangen sein, während er selber starr vor Schreck darauf gewartet hatte, das Eisen in seinen Hals gestoßen zu bekommen.

„Nein. Ihr sagt uns, wo wir suchen sollen, und geht dann weiter eures Weges“, befahl ihr Anführer.

Anselm lachte. Sofort grub sich die Spitze eines Speers tiefer in seinen Mantel.

„Seht ihr das weite Tal hinter diesem Dorf?“, fragte Anselm und tat so, als bemerke er die Bedrohung nicht, die seine Haut gerade mal um die Dicke seines Mantelstoffs von der todbringenden Waffe trennte. „Dort müsste dieser

Kanal verlaufen sein, in dem wir den Schatz vermuten." Er holte kurz Luft, bevor er den Arm in die Richtung ausstreckte, wo der Kanal verlaufen sein könnte. „Soweit ich mich an die Zeichnungen erinnere, die ich im Kloster Lorsch gesehen habe, verlief der Kanal zwischen Weißenburg und Treuchtlingen. Aber wo genau, das weiß ich auch nicht. Das mit dem Schatz ist eine reine Vermutung."

Johannes hatte stirnrunzelnd zugehört. Zeichnungen? Kloster Lorsch? Hatte Anselm nicht gesagt, das gab es längst nicht mehr? Und Zeichnungen hatte er angeblich auch keine, sonst müssten sie sich ja nicht durchfragen. War das ein versteckter Hinweis an ihn, sich zunächst nicht einzumischen? Dass Anselm denen irgendetwas erzählte, um sie loszuwerden? Was Johannes unwahrscheinlich schien. Also galten seine Worte doch eher ihm? Aber was wollte er ihm denn sagen?

Johannes konnte sich keinen Reim darauf machen und hoffte, später die Möglichkeit zu haben, seinen alten Lehrer danach zu fragen.

Der Spieß vor seinem Hals senkte sich. Auch die anderen Männer senkten ihre Waffen. Ihr Anführer trat nahe an Anselm heran.

„Her mit dem Plan", befahl er.

Anselm hob bedauernd die Schultern.

„Das geht leider nicht", antwortete er.

„Du wirst schon sehen, wie das geht!", fauchte ihn sein Gegenüber an und packte Anselm am Kragen.

„Der steckt in meinem Bündel, und das wiederum liegt in unserem Quartier", antwortete er. „Entweder ihr holt ihn euch selber oder wir holen ihn für euch."

Johannes fror mit einem Mal noch heftiger als zuvor. Angst kroch in ihm hoch. Wenn die Kerle herausfanden, dass Anselm sie belogen hatte, war abzusehen, was mit ihnen geschah.

Die Kerle berieten sich kurz, während zwei von ihnen mit wieder auf sie gerichteten Waffen vor ihnen standen. Johannes drehte kurz den Kopf zur Seite. Wie er vermutet hatte, standen drei Männer hinter ihnen. Sie hatten ihre Spieße ebenfalls auf sie gerichtet.

„Severin und Peter werden euer Bündel holen“, befand der Anführer schließlich. „Sie wissen, wo ihr eure Kammer habt.“

Johannes warf einen schnellen Blick zu Anselm, der jedoch völlig ruhig neben ihm stand und zustimmend nickte.

„Wir warten so lange hier.“

Der Anführer lachte.

„Wozu? Wenn wir den Plan haben, brauchen wir euch nicht mehr. Ihr könnt euren Spaziergang fortsetzen, sobald die beiden zurück sind.“

„Auch recht“, gab Anselm scheinbar ungerührt zurück.

Johannes wusste nicht, was sein Begleiter sich bei all dem gedacht hatte. Die ließen sie doch niemals gehen! Dabei spielte es keine Rolle, ob es diesen Plan gab, den sie in Anselms Bündel zu finden hofften, oder nicht. Man würde sie abstechen, sobald die beiden zurück waren. Vorher nicht. Die wollten ganz sicher gehen. Sah der Alte darin eine Möglichkeit, dass sich das Blatt zu ihren Gunsten wendete?

Die Wegelagerer hießen ihre Gefangenen, ihnen ein Stück weit in den Wald zu folgen. Johannes vermutete, dass man sie dort niederstechen würde. Seine Knie zitterten und er stolperte zwischen den Mordbrennern zum Waldrand. Die würden sie auf keinen Fall laufen lassen, egal, ob Anselm den Plan tatsächlich im Gepäck hatte oder nicht. Also warum sie nicht gleich umbringen? Denen war der Grund für ihr Tun gleichgültig. Johannes wusste inzwischen sehr gut, dass es Männer gab, die Spaß am Quälen und Morden hatten. So, wie die hier aussahen, gehörten sie dazu. Wenn man Anselm und ihn im Wald abstach, konnten die Männer sie dort einfach liegen lassen, damit ihr Tun nicht so schnell entdeckt und sie vielleicht noch verfolgt wurden. Außerdem ersparte ihnen das die Arbeit, sie zu verscharren.

Schon machten sich die beiden dafür ausgewählten Männer auf den Weg nach Treuchtlingen. Ihre Waffen ließen sie zurück. Sie wollten nicht auffallen.

Johannes' Blick streifte das Gesicht seines Begleiters. Wohin schaute der denn? Dann sah er es auch. Kurz bevor sie in den Wald traten, tauchten auf der gegenüberliegenden Seite ein paar Gestalten auf, die bis zum Weg vorgedrungen waren und jetzt wie ein Gewitter über die Wegelagerer herfielen. Da die Kerle, die sie überfallen hatten, nicht gerade leise und sich ihrer Sache sehr sicher waren, hatten sie die Burschen im Gegensatz zu Anselm vermutlich nicht gehört.

Die beiden Burschen, die wie befohlen nach Treuchtlingen laufen wollten, hingen jeder zwischen zwei weiteren Männern, die sie zurückschleiften. Gehen konnten sie jetzt allerdings nicht mehr. Ihre Köpfe waren kraftlos nach vorne gesunken. Man hatte ihnen wohl das Genick gebrochen.

Etwas in seinem Hinterkopf sagte Johannes, dass er das schon einmal erlebt hatte.

Mattes!

Aber Mattes war schon lange tot.

„Was hattet ihr denn mit denen vor?", knurrte eine Stimme neben seinem Ohr.

Nein, es war nicht Mattes. Johannes drehte sich zu dem Kerl um, der neben ihn getreten war und ihn jetzt breit angrinste.

„Du kennst mich nicht mehr, ha?"

Doch. Johannes kannte ihn. Das Frettchengesicht

würde er niemals vergessen. Vinzenz. Das war der, der ihn damals mit ein paar gezielten Schnitten von seinen Fesseln und dem Strick befreit hatte, mit dem ihn die Bairischen aufknüpfen wollten.

„Wie kommt ihr denn hierher?“, fragte er, nachdem er seinen Schrecken weggeräuspert hatte. Anselm ließ sich mit Hilfe eines der Burschen auf einen Baumstumpf in der Nähe sinken. Hatte er die Kerle im Wald bereits entdeckt, während er mit den Wegelagerern redete? Hatte er ihm das die ganze Zeit mit seinen Blicken sagen wollen?

Anselm war und blieb ihm manchmal ein Rätsel.

„Wir hatten nach Schärding die Wahl, uns den Bairischen anzuschließen oder uns auf den Weg in ein Land zu machen, das die Evangelischen willkommen heißt. Eine Zeit lang sind wir bei den Soldaten geblieben.“

Johannes schüttelte den Kopf. Er wusste, sie hatten niemals eine Wahl gehabt.

Einer aus der Gruppe war zu ihnen getreten und lachte jetzt. Johannes sah ihn zum ersten Mal.

„Bei den Bairischen gab's immer was zu huren, zu fressen und zu saufen“, steuerte er ungefragt bei. „Aber als die gegen Efferding und Gmunden zogen, haben wir uns lieber davongemacht. Abschlachten lassen wollten wir uns nicht.“

„Zur rechten Zeit, wenn stimmt, was man sich von dort erzählt“, stimmte Vinzenz ihm zu.

„Es stimmt“, sagte Johannes leise. Dann schaute er sich um.

„Was habt ihr mit den Kerlen gemacht, die uns an den Kragen wollten?“, fragte er.

„Das Übliche“, gab Vinzenz zurück. „Die Kameraden werden noch ein wenig Zeit brauchen.“ Er zeigte auf Anselm. „Wer ist das?“

„Er ist mein Oheim."

Vinzenz kratzte sich am Kinn.

„Was wollten die von euch? Dass ihr keine Geldigen seid, sieht man euch von weitem an. Also?"

Johannes zögerte. Anselm hatte die Ellbogen auf die Knie gestützt und das Gesicht in seine Hände gelegt. Er hätte ihm gerne das Reden überlassen, weil er einfach nicht weiterwusste. Da kam der Rest der Kameraden aus dem Wald.

„Die überfallen keinen mehr", rief ihnen einer zu.

Johannes brauchte nicht darüber nachzudenken, wie das gemeint war. Er wusste, dass es jetzt ein Stück abseits einen Haufen abgerissener Äste gab, unter dem die Leichen der Bande versteckt lagen. Kein Blut, kein Gemetzel. Gebrochenes Genick. Ein leiser und schneller Tod für diese Männer, die mit Sicherheit weniger zartfühlend mit ihnen umgegangen wären. Ihre Waffen hatten die Besitzer gewechselt.

Johannes war den ehemaligen Kameraden dankbar für ihr Eingreifen, schluckte jedoch nur mühsam das Grauen hinunter, das ihn beim Gedanken an den Tod der Wegelagerer befiel. So viele Tote! Immer und immer wieder. Und kein Ende abzusehen.

„Wir haben in Treuchtlingen ein Quartier in einer Taverne gefunden. Wenn ihr wollt, gehen wir dort hin und unterhalten uns unterwegs", sagte er schließlich.

„Gut, dann geht ihr voraus, wir kommen später nach. Oder ist euch das nicht recht?"

Johannes schaute Vinzenz stirnrunzelnd an. Er war sich nicht sicher, ob er ihm trauen konnte. Andererseits: Was konnten sie noch verlieren?

„Doch."

Anselm hatte sich aufhelfen lassen. Er beschrieb die

Taverne, in der sie nächtigten, und machte den Vorschlag, sich nach dem Betläuten in der Gaststube einzufinden.

Vinzenz stimmte zu, verabschiedete sich von den beiden und verschwand mit den anderen im Wald.

Der ehemalige Mönch hatte wieder seine Hand auf Johannes' Unterarm gelegt und ging schweigend neben ihm her Richtung Graben. Er hatte darauf bestanden, das Dorf zumindest zu betreten, von dem aus einst der große König den Fortgang seines geplanten Kanals überwacht haben sollte. Einmal wenigstens den Fuß auf denselben Boden stellen, den auch der Fuß des späteren Kaisers berührt hatte. Erst jetzt begriff Johannes, wie viel dem alten Mann daran lag, den Spuren Karls wenigstens ein Stück weit zu folgen. Es ging ihm nicht nur um den Schatz. Es ging ihm um etwas, das nur nachvollziehen konnte, wer jemals das Leben eines großen Mannes begleitet hatte. Und sei es nur in alten Schriften.

Auch in Graben konnte man ihnen nur ungefähr zeigen, wo der Kanal verlaufen sein musste. Das Gespräch mit den wenigen, sehr misstrauischen Bauern, die sie antrafen, brachte keine neuen Erkenntnisse. Vermutlich hätten die ihnen auch nicht mehr gesagt, wenn sie mehr gewusst hätten.

Auf dem Rückweg nach Treuchtlingen schwieg Anselm, und Johannes, der seinen eigenen Gedanken nachhing, ließ ihn in Ruhe.

„Die Kerle, die uns vor den Wegelagerern gerettet haben", sagte Anselm kurz vor ihrem Ziel unvermittelt, „sind das die Burschen, mit denen du eine Zeit lang zusammen warst?"

Johannes nickte. Mattes fehlte ihm. Er freute sich einerseits darauf, die Kameraden des toten Freundes in der Taverne wiederzusehen. Andererseits betrübte ihn die Lücke, die Mattes in ihrer Mitte hinterlassen hatte. Das Frettchengesicht mochte ein guter Anführer sein. Einer wie Mattes jedoch war er nicht.

„Einige habe ich noch nie gesehen“, sagte er. „Den Vinzenz kenne ich, ihren jetzigen Anführer, und noch drei oder vier andere. Sie wollten damals, als ich sie das letzte Mal gesehen habe, von Schärding über Ortenburg weiterziehen und von dort aus versuchen, irgendwo Fuß zu fassen.“

„Wegelagerer“, brummte Anselm.

„Ganz bestimmt nicht. Herumtreiber sind sie vielleicht, ja. Aber es sind keine Wegelagerer!“

Anselm seufzte.

„Sie haben neun Männer umgebracht!“, erinnerte er Johannes.

„Das ist wohl wahr“, gab der zu. „Andererseits wären wir nicht mehr am Leben, wenn sie uns nicht zu Hilfe gekommen wären.“

Umbringen hätten sie die neun Männer nicht müssen, das sah Johannes wie sein Begleiter. Aber Töten war etwas, das ihn seit jenem Tag begleitete, als er aus Admont nach Hause zurückgekehrt und die Leichen seiner Nachbarn und Eltern in den Trümmern ihrer Anwesen gefunden hatte. Wer auch immer wem das Leben nahm: Es war Unrecht. Aber es geschah.

Andererseits: Was hätten die Burschen um Vinzenz tun sollen? Die Bande weiterschicken? Sie den Soldaten übergeben? Den Stadtknechten? Sie, die sie selber als Tagediebe galten?

Wie er es auch drehte und wendete: Sie hatten keine andere Möglichkeit gehabt.

Die Gruppe kam nach dem Betläuten wie verabredet in die

Taverne, in der Anselm und Johannes bereits einen freien Tisch gefunden hatten. Während eines üppigen Mahls, das die jungen Männer zu Ehren ihres wiedergefundenen Kameraden spendierten, wurden alte Geschichten aufgefrischt, neue erzählt, Pläne geschmiedet und wieder verworfen. Weder Johannes noch Anselm wollten wissen, woher die Burschen das Geld für diese Einladung hatten.

Vinzenz hatte sich im Laufe des Abends einen Platz neben Johannes erobert, während Anselm von einigen der Kameraden belagert und Rede und Antwort zu allen möglichen Fragen stehen musste. Was ihm sichtlich behagte. Er war eben der geborene Lehrer.

„Hast du deine Schwester inzwischen gefunden?“, fragte Vinzenz den alten Freund.

„Nein.“

Johannes erzählte ihm von Jakob und seiner möglichen Lügengeschichte mit der Heirat, dass er inzwischen aufgegeben habe, nach Elisabeth zu suchen, und dass er immer wieder daran zweifle, ob Jakob jemals sein Freund gewesen war.

„Das darfst du nicht so sehen!“, wandte Vinzenz zu Johannes' Überraschung ein. „Dieser Jakob wollte, dass du dir keine weiteren Sorgen um deine Schwester machst. Das hat er aus Freundschaft getan. Aber es heißt noch lange nicht, dass sie für dich verloren sein muss.“

Johannes ließ den Kopf hängen. In manchen Stunden sah er es genauso. In anderen wiederum hasste er Jakob – und manchmal auch seine Schwester. Beide, weil sie ihm – mit oder ohne Absicht - so viel Kummer bereiteten und weil Elisabeth nirgends auch nur eine klitzekleine Spur von sich zurückgelassen hatte. Wie auch immer sie das gemacht haben sollte.

„Wie hätte sie das denn machen sollen?“, fragte Vinzenz

mit hochgezogenen Augenbrauen, als Johannes ihm seine Gedanken darüber mitteilte. „Sie weiß vermutlich nicht einmal, dass du überlebt hast!“

Das wusste Johannes von ihr ja auch nicht. Trotzdem befand er sich immer wieder im Konflikt zwischen jener Liebe, die er immer für seine jüngere Schwester empfunden hatte, und einer Hoffnungslosigkeit, die ihn manchmal schier erdrückte.

„Du vergisst, dass sie eine Frau ist und nicht so vorgehen kann wie du. Ich denke, dass sie in einem Kloster untergekommen und gut aufgehoben ist“, versuchte Vinzenz, seinen Kameraden ein wenig aufzumuntern. „Falls das mit der Heirat nicht stimmt.“

Auch Vinzenz wusste, dass niemand einfach mal eben so den Bund der Ehe eingehen konnte. Dazu brauchten alle Brautleute eine Genehmigung von kompetenter Stelle, die Elisabeth niemals bekommen hätte.

„Jetzt versuchst du auch, mich zu beruhigen!“, brauste Johannes auf.

Vinzenz schüttelte den Kopf.

„Nach allem, was du mir erzählt hast, ist das meine Meinung, nicht mehr und nicht weniger. Ob es dich beruhigt oder nicht, spielt dabei keine wichtige Rolle.“

„Sie ist evangelisch!“, lehnte sich Johannes gegen den Gedanken auf, dass Elisabeth als Magd in die Hände irgendwelcher bigotten Nonnen geraten sein könnte. Zu viel hatte er von Klöstern gehört, in denen gerade Protestantinnen von den ach so ehrwürdigen Schwestern gepeinigt wurden, bis sie daran zerbrachen.

„Ja und?“, unterbrach Vinzenz ihn und zeigte auf Anselm, der inmitten einer Schar neugieriger junger Männer aufblühte. „Dein alter Lehrer hat zweimal die Konfession gewechselt, um seine Haut zu retten, wenn ich ihn richtig verstanden habe. Vielleicht hat sie es auch so gemacht."

Elisabeth? Katholisch? Das wollte Johannes nicht denken und schon gar nicht hören. Er hielt inzwischen jede Art von Konversion für übelsten Verrat. Besonders, wenn Lutherische oder Calvinisten zum Katholizismus wechselten. Auch bei Anselm, so sehr er ihn schätzte.

Verrat war das, ja.

Verrat an allen, die für ihren Glauben im Sinne Luthers oder Calvins ihr Leben lassen mussten. Und unter was für brutalen Umständen das oftmals geschah, brauchte in jenen Zeiten niemandem genauer beschrieben werden. Jeder hatte das schon auf irgendeine Weise hautnah erlebt.

„Und was ist mit dem Amulett, von dem du damals gesprochen hast?"

Johannes durchfuhr ein Stich, dass er erschrocken die Hand auf die Brust legte.

„Der Kerl, der es mir gestohlen hat, überließ es einem Pfandleiher, der es wiederum verkaufte, als es nicht mehr abgeholt wurde."

Vinzenz erfuhr die ganze Geschichte, wie Anselm sie Johannes erzählt hatte. Dabei kam das Gespräch auch auf den Awarenschatz.

„Das also wollten die Männer, die euch überfallen haben!", stellte Vinzenz überrascht fest. „Jetzt wird mir einiges klar." Er biss sich auf die Unterlippe. „Wir haben zufällig mitbekommen, dass die Männer jemanden belauschten, der etwas verborgen halten soll. Was genau das war, konnten wir nicht herausfinden. Aber wir wollten der Sache auf den Grund gehen."

Dann schwieg er und in Johannes keimte ein Verdacht auf, der ihn schmunzeln ließ: Da hatte ein Spitzel den anderen belauscht.

„Ihr wolltet den Kerlen ins Handwerk pfuschen und

ihnen ihre Beute wieder abjagen“, stellte er fest.

„Genau so.“ Vinzenz kniff kurz die Lippen zusammen. „Als wir dann sahen, wen sie im Auge hatten, konnten wir das natürlich nicht zulassen.“ Wieder schwieg er. „Es gibt keinen Schatz, oder?“, fragte er dann.

Johannes zuckte die Schultern.

„Ich weiß es nicht.“

„Und was habt ihr jetzt vor?“

Johannes legte ihm alle Argumente dar, die sowohl er als auch Anselm für oder gegen eine Suche nach dem möglichen Raubgold erwogen hatten.

„Du kannst ja gerne danach suchen“, schloss Johannes seine Überlegungen. „Der Schatz der Awaren interessiert mich nicht. Ich glaube nicht einmal daran, dass es ihn jemals gegeben hat. Und wenn, glaube ich nicht, dass er ausgerechnet hier in der Gegend vergraben worden ist und nur darauf wartet, von uns ausgegraben zu werden.“

„Möglich ist alles“, widersprach Vinzenz. „Sollten wir ihn finden, bekommst du einen Anteil und kannst ein gutes Leben darauf aufbauen.“

Johannes schlug ihm lachend mit der flachen Hand auf die Schulter.

„Genauso machen wir's“, sagte er. Dann, ein wenig ernsthafter: „Wohin wollt ihr denn ziehen? Mattes …“ Er schluckte. „Mattes sagte damals, dass ihr irgendwo ein neues Leben anfangen wollt. Ohne Gaunerei, ohne Hehlerei, ohne – ohne das alles.“ Morden, hatte er sagen wollen, schluckte das Wort jedoch hinunter.

Vinzenz schaute nachdenklich in die Runde lachender und durcheinander redender Burschen, die immer noch bei Anselm saßen und ihren Wissensdurst stillten. Johannes verstand sie. Keiner von ihnen hatte bislang die Möglichkeit gehabt, mehr über Gott und die Welt zu erfahren, als Eltern und die wenige Zeit in einer Schule ihnen vermitteln konnten. Falls sie überhaupt jemals eine Schule besucht hatten.

„Das wollen wir immer noch. Aber so lange es Ärger zwischen Katholischen und Lutherischen gibt, Schlachten, die ganze Landstriche entvölkern, Krankheiten, die ausrotten, was übrig geblieben ist, so lange glaube ich nicht daran, dass wir eine neue Heimat finden werden." Er holte tief Luft, als habe ihm sein kaum überhörbarer Kummer den Brustkorb zusammengedrückt. „Und du? Wohin willst du gehen?"

„Nach Maulbronn. Dort erhofft sich Anselm eine Anstellung als wissenschaftlicher Berater, und ich möchte nach meinem ehemaligen Dienstherrn suchen, der in der Nähe eine neue Bleibe gefunden haben dürfte."

„Wissenschaftlicher Berater." Vinzenz schüttelte den Kopf. „Wer braucht in diesen Zeiten wissenschaftliche Berater?"

Johannes zuckte die Schultern. Darüber machte er sich keine Gedanken, das war Anselms Plan.

„Maulbronn also."

Vinzenz stand auf und winkte einem der Burschen zu.

„Wir müssen aufbrechen."

Als sie die Taverne verließen, scheuchte der Nachtwächter die Burschen um Vinzenz gnadenlos vor die Stadt, weil sie keine Quartiere vorweisen konnten. Anselm und Johannes, die oberhalb der Taverne ihre Kammer hatten, waren besorgt um die jungen Männer. Die wollten im Freien übernachten, wie sie es seit Jahren gewohnt waren. Bei jedem Wetter. Aber in dieser Nacht wurde es eiskalt. Wenn die Burschen nicht irgendwo einen Unterschlupf fanden, stand es schlecht um ihre Gesundheit, das wusste Johannes aus eigener Erfahrung.

„Wir sehen uns irgendwo auf dieser Welt wieder!“ Mit diesen Worten hatten sie sich voneinander verabschiedet. Etwas in Vinzenz’ Augen machte Johannes nachdenklich. Zum zweiten Mal waren ihm die Burschen als Lebensretter begegnet. Vielleicht trafen sie sich ja wirklich eines Tages wieder. Nur: unter welchen Umständen?

# 27

Sie erreichten Maulbronn kurz vor dem Weihnachtsfest. Die Klosteranlage, inmitten eines lichten Forstes an der Salzach gelegen, war einer Legende zufolge aufgrund eines Maultiers dort erbaut und nach ihm benannt worden. Dieses Tier war mit der Mitgift des Freiherrn zu Lammersheim im Enztal beladen gewesen und hatte an einer Quelle Rast gemacht. Die Stelle schien den begleitenden Mönchen geeignet, ihr neues Kloster zu errichten. Deshalb, so hatte Anselm seinem Begleiter erzählt, nannte man es Maulbronn. Allerdings habe er Kenntnis, dass es lange Zeit zuvor eine kleine Ansiedlung gegeben habe, die sich nach einer dort betriebenen Mühle Mulenbrunn nannte. Man habe die gefundenen Mauerreste anfangs für den Bau der Klosteranlage verwendet.

„So ist das mit überlieferten Geschichten", schloss der ehemalige Mönch seinen Rückblick. Johannes schmunzelte. Er dachte an die ‚überlieferte Geschichte' des Awarenschatzes.

Das Kloster hatte jahrhundertelang den Zisterziensern gehört, die es erbaut hatten, fuhr sein alter Lehrer fort. Als Württemberg protestantisch wurde, vertrieb man die Mönche und wandelte die ehrwürdigen Mauern in eine Schule für evangelische Prädikanten um. Johannes erinnerte sich daran, dass sich auch Johannes Kepler dort aufgehalten hatte, der ursprünglich Pfarrer werden wollte.

Die weitläufige Anlage mit den etwas in die Jahre gekommenen Fachwerk- und roten Sandsteingebäuden strahlte die Ruhe aus, nach der sich der junge Mann seit Jahren sehnte. Wie viele Dörfer, Märkte und Städte hatte er inzwischen gesehen, die alle ihre eigene Baukunst zeigten und jetzt teilweise in Schutt und Asche lagen. Einen Ort wie diesen hier hatte er jedoch nirgends sonst gefunden.

Da es ein wenig geschneit hatte, sah das Anwesen freundlich und hell aus, wenngleich es unbewohnt wirkte.

Ein alter Mann spähte vorsichtig durch ein vergittertes Fenster in einem der beiden Torflügel, nachdem sie mehrmals mit den Fäusten dagegen geschlagen hatten. Sie mussten ihm genau erklären, woher sie kamen und was ihr Begehr sei.

Nachdem sie endlich eingelassen wurden, sank Johannes auf die Knie. Zum ersten Mal seit langer Zeit hatte er das Gefühl, angekommen zu sein. Dankbarkeit erfüllte ihn. Ehrfurcht vor der Unversehrtheit und der Unschuld, die dieses ehemalige Kloster ausstrahlte.

Anselm zog ihn an der Schulter hoch. Sie hatten geplant, dass sie zunächst versuchen wollten, im Kloster Arbeit zu finden. Wenn das nicht klappte, konnte Johannes immer noch bei den Bauern im Umfeld fragen, ob sie einen tüchtigen Knecht brauchten. Oder versuchen, seinen ehemaligen Dienstherrn zu finden und dort vielleicht unterzukommen. Anselm hoffte, sich als Bibliothekar oder Berater an der Schule nützlich machen zu können.

„Es gibt nicht mehr viele Bauern hier im Umland“, gab ihnen der alte Mann Auskunft auf ihre Frage, während sie den weitläufigen Hof in Richtung eines der Gebäude überquerten. „Typhus und Pest haben ganze Dörfer leergeräumt. Viele sind auch den immer wieder aufflammenden Streitigkeiten mit versprengten Soldatentrupps oder offenen Angriffen der einen oder anderen Seite zum Opfer gefallen oder vor ihnen geflohen. Ganze Dörfer stehen leer, viele wurden einfach niedergebrannt. Wenn das so weitergeht, wird die restliche Bevölkerung irgendwann verhungern. Auch das Kloster ist verlassen. Es gibt keine Scholaren mehr, die Lehrer sind nach Hause gegangen oder in die Schlacht gezogen.“ Er schüttelte sorgenvoll den Kopf. „Wir sind nurmehr fünf Männer, lauter so alte Burschen wie ich einer bin. Ehemalige Lehrer. Unser Zuhause ist hier, wir können nirgends sonst hin. Wenn ihr wollt, könnt ihr im ehemaligen Gesindehaus übernachten. Da habt ihr wenigstens ein Dach über dem Kopf.“

Johannes schaute den alten Mann überrascht an, der vor einem der Häuser stehengeblieben war. Auch Anselm sah besorgt aus. So hatten sie sich das nicht vorgestellt.

Schlechte Aussichten.

Die beiden bezogen eine der spärlich möblierten, feuchtkalten Kammern im ehemaligen Gesindehaus. Es gab kein Brennholz für den Kaminofen im Erdgeschoss, der ein wenig Wärme hätte spenden können. Darum würden sie sich am nächsten Tag kümmern müssen, sollten sie länger hier Quartier machen wollen. Da sie auf eine gute Bewirtung im Kloster gehofft hatten, war ihnen unterwegs nicht in den Sinn gekommen, sich mit ausreichend Proviant zu versorgen. Dass die fünf alten Männer, die das Kloster noch bewohnten, kaum etwas zu essen für sie hatten, war ihnen beim Anblick des mageren Alten vom Tor deutlich geworden. Bis zur nächsten Ortschaft war es noch ein gutes Stück zu Fuß, doch dazu waren sie viel zu müde und der Tag zu weit fortgeschritten.

An diesem Abend saßen sie frierend auf ihrem Lager, das nur aus Strohsäcken und ein paar wollenen Decken bestand, die sie sich aus den übrigen Räumen zusammengesucht und um sich gewickelt hatten.

Bis zum nächsten Morgen war eine gute Handbreit Schnee gefallen. Als Johannes aus dem Gesindehaus trat, sah er, dass nur ein paar Tierspuren über den weiträumigen Hof führten, aber kein Mensch ihn seit dem Abend betreten hatte. Wo die fünf Männer lebten, von denen der Alte gesprochen hatte, konnte er nicht ausmachen.

Anselm war hinter ihn getreten.

„Das ist ein wunderschöner Ort hier", sagte er leise.

Johannes zog die Schultern hoch.

„Leider eben nur wunderschön", antwortete er.

Ihm wäre ein weniger schöner Ort mit mehr als fünf armseligen alten Männern, dafür mit etwas zu essen deutlich lieber gewesen.

„Ich mache mich auf die Suche nach jemandem, der uns sagen kann, wo wir etwas zu essen auftreiben können", schlug er vor.

„Und ich suche derweil nach Brennholz", gab Anselm zurück. „Ich habe eine kleine Küche gefunden. Wenn wir den Herd schüren, können wir dort nicht nur etwas zu essen für uns zubereiten, sondern auch unsere Strohsäcke …"

In diesem Augenblick stapfte ein dick eingemummter Mann durch den Schnee auf sie zu.

„Guten Morgen, ihr Herren!", rief er. „Wenn ihr wollt, könnt ihr mit uns das Morgenmahl teilen!"

Johannes warf Anselm einen fragenden Blick zu, den dieser mit kurzem Nicken beantwortete.

„Wenn ihr etwas für uns übrig habt?", fragte er vorsichtig.

„Ich hätte euch sonst nicht eingeladen." Es war der Alte vom Vorabend. „Mein Name ist Hubert Wolfsegger", stellte er sich vor und reichte den beiden seine schwielige, eiskalte Hand. „Hab wohl gestern vergessen, das zu erwähnen."

Ohne eine Antwort abzuwarten, drehte er sich um und ging den beiden voran zu einem viergeschossigen, aus rotem Sandstein errichteten Gebäude, das sich hinter dem

Gesindehaus und vor der Außenmauer des ehemaligen Klosters erhob.

„Unsere Mühle", hörte Johannes ihn sagen.

Mühle. Sein Herz pochte bis zum Hals. Was für ein imposantes Bauwerk das hier war im Vergleich zu dem, was einst seiner Familie gehört hatte! Johannes war kurz stehen geblieben und ließ seinen Blick ehrfürchtig über die Fassade streifen. Er wollte das Gebäude unbedingt genauer inspizieren. Nach dem Morgenmahl.

„Wie lange ist das Kloster denn schon unbewohnt?", fragte er, als sie das Gebäude über eine doppelflügelige Tür betreten hatten.

„Seit ein paar Jahren schon", antwortete der Alte. „Wird wohl auch noch dauern, bis hier wieder unterrichtet und studiert wird."

„Und ihr wohnt hier drin?", fragte Anselm ungläubig.

„Ja, im unteren Bereich waren früher einmal die Kontore. Die sind beheizbar, deshalb haben wir eines davon als unser Quartier ausgesucht. Leider ist auch nur dieses eine bewohnbar, weshalb wir euch im ehemaligen Gesindehaus unterbringen mussten." Er zeigte hinter sich auf die Eingangstür. „Unsere ehemaligen Quartiere sind über dem Hof, aber ebenfalls nicht mehr bewohnbar. Sie müssten gründlich renoviert werden."

Aber es gibt keine Handwerker, die das übernehmen könnten, beendete Johannes in Gedanken den Satz. Und vermutlich hätte sie auch niemand bezahlen können.

Die beiden hoben kurz die Nasen.

„Fisch?", fragte Anselm.

„Karpfen. Ja, den gibt es hier im Winter jeden Tag. Wir haben genügend davon in den Fischweihern rings um das Kloster. Aale haben wir auch gefangen und in die alten Räucherkammern gehängt. Die könnt ihr gerne probieren.

Sie sind einfach köstlich. Aber jetzt kommt herein!“

Sie betraten eine warme, nach gedämpftem Fisch duftende Stube. Um einen hell geschrubbten Eichentisch saßen vier Männer auf einer Bank und zwei Stühlen, und schauten ihnen erwartungsvoll entgegen.

„Lauter so alte Haudegen wie ich einer bin“, stellte Hubert Wolfsegger sie vor.

Allesamt waren sie also hier einmal als Lehrer beschäftigt gewesen. Hubert war geblieben, als man das Kloster schloss. Die anderen hatten sich später wieder hierher zurückgezogen, als man ihre Behausungen abbrannte oder in ihren Heimatorten die Pest ausgebrochen war. Zwei stammten aus dem nahe gelegenen Oettisheim, einer aus dem Badischen, einer aus der Pfalz und Hubert ursprünglich aus einem kleinen Ort an der Enz, der sich Dürrmenz nannte.

Die Männer forderten die beiden Gäste auf, sich zu ihnen zu setzen und mitzuessen.

Kurz darauf war vom Hof her Pferdegetrappel zu vernehmen. Die alten Lehrer hoben die Köpfe. Der am Fenster saß, reckte neugierig den Hals und wischte die beschlagene und teilweise mit Eisblumen bedeckte Fensterscheibe sauber.

„Wer besucht uns an diesem Tag? Und vor allem: Wie konnte er unser Tor passieren?“, fragte der Oettisheimer und ging zur Tür, die er einen Spalt breit öffnete. „Es ist der Herr von Lindenbergh!“, rief er dann und trat vor das Haus.

„Der Herr von Lindenbergh?“, fragte Hubert überrascht. Zu den beiden Neuankömmlingen gewandt erklärte er: „Der war hier mal einer der Studiosi, ist dann nach Tübingen zum Studieren und jetzt …“ Er zucke die Schultern. „Hat der tatsächlich seinen Schlüssel zum Tor behalten, der Kerl, der! Leckt mich doch am Arsch."

Johannes folgte dem Oettisheimer auf dessen Wink hin in den Hof. Der Reiter war bereits abgestiegen und stand unschlüssig neben seinem Pferd.

„Stellt Euer Tier in den Stall. Ihr kennt ja den Weg!", rief Hubert ihm zu, der ebenfalls an die Tür getreten war.

Der Herr von Lindenbergh warf den Männern einen schnellen Blick zu, lachte, nickte, griff nach den Zügeln und verschwand zwischen den anderen Häusern.

Als er kurz darauf vor der Eingangstür den Schnee von seinen Stiefeln klopfte und dann in die Stube trat, wurde er von den fünf alten Männern freudig begrüßt. Sie baten ihn zu sich an den Tisch, stellten Johannes und Anselm als Gäste vor, und bestürmten ihn mit Fragen, die er geduldig beantwortete.

So erfuhren die Männer, dass er Tübingen bereits vor einem halben Jahr verlassen und sich einem Trupp Soldaten angeschlossen hatte, um die Protestanten in ihrem Kampf gegen die Katholischen zu unterstützen. Er hatte sich aber bereits nach kurzer Zeit wieder von ihnen getrennt, weil ihm weder das Lagerleben, noch der Einsatz im Feld zugesagt hatten. Das war ihm anders beschrieben worden. Lustiger, fröhlicher. Da war nicht von Hauen und Stechen und Meucheln und Rauben die Rede gewesen. Als Feldpfarrer hatte er sich verdingen wollen, als berittener Soldat war er letztendlich mitgezogen. Inzwischen graute ihm vor dem, was er erlebt hatte, und er schwor sich, nie wieder eine Waffe in die Hand zu nehmen.

Das Morgenmahl war längst beendet, die Reste des Karpfens an eine der herumlungernden Katzen verfüttert und das Geschirr vom Tisch geräumt worden. Die anfänglichen Fragen und Antworten waren betretenem Schweigen gewichen. Alle am Tisch wussten um die Gräuel des Krieges und deren Auswirkungen auf die Bevölkerung. Sie waren nicht umsonst hierher geflüchtet.

„Und ihr stammt aus Österreich?“, hakte von Lindenbergh schließlich nach, der sich nur noch Konrad nennen lassen wollte. Auf das ‚von‘ lege er keinen Wert. Der Adel sei ihm inzwischen zur Last geworden und nütze im schlimmsten Fall gar nichts. Tod und Teufel scherten sich nicht darum, wes Geblüt man war, wenn sie einen am Kragen packten. Die beiden hieben und stachen auf jeden ein, der sich ihnen in den Weg stellte.

Anselm berichtete von ihrem weiten Weg aus dem Ennstal bis hierher. Alle lauschten gebannt. Als er geendet hatte, entrang sich einigen von ihnen ein tiefer Seufzer.

„Ihr habt viel erlebt“, stellte Hubert nach einem kurzen Schweigen fest.

„Das ist wohl war. Aber, mein Freund, ist dir schon einmal eine Hexe begegnet?“, wollte Konrad unvermittelt an Johannes gewandt wissen.

Der schaute ihn stirnrunzelnd an.

„Nein. Ich kenne nur Leute, die an diesen Unsinn glauben.“

„An diesen Unsinn?“

„Dass es Hexen gibt.“

„In weiten Teilen des Herzogtums Württemberg und im Badischen hat man Frauen aufgelesen, denen man Hexerei vorwirft. Dort glaubt man dran.“ Konrad schüttelte den Kopf. „Überall ist durch Missernten und schlechtes Wetter die Hungersnot ausgebrochen. Und jetzt macht man diese Weiber dafür verantwortlich.“

Als ob Menschen Unwetter und Missernten herbeirufen könnten, dachte Johannes, dem das Gespräch mit jenem Henker vor Enns wieder einfiel. Er schwieg aber.

„In Knittlingen hat man eine junge Frau aufgegriffen, die der Stadtwache verdächtig schien. Sie ist wohl stumm und hat den Hauptmann nur wissen lassen, sie sei auf der Suche nach Arbeit", fuhr Konrad fort. „Da sie sich jedoch dagegen wehrte, von den Stadtwachen weiter befragt zu werden, ließ man sie über Nacht festsetzen. Sie muss sich aufgeführt haben wie eine Furie, weil sie sich das nicht gefallen lassen wolle. Jetzt will man sie wegen Hexerei anklagen."

Anselm schaute nachdenklich in die Runde, bevor sein Blick am ernsten Ausdruck in Huberts Gesicht hängenblieb.

„Weil sie sich gewehrt hat?", fragte er sein Gegenüber.

„Angeblich, weil man ein Band mit einem seltsamen Amulett um ihren Hals gefunden hat, das mit teuflischen Zeichen versehen war. Ein Tier soll darauf zu sehen sein. Vorne gestaltet wie ein Vogel, im hinteren Teil wie der Arsch des Teufels …"

Johannes hörte nicht mehr, was Konrad sagte. In seinen Ohren rauschte es.

Ein seltsames Amulett.

Ein Greif.

Teuflische Zeichen.

Sein Blick traf den Anselms, der ihm mit einer kleinen Geste bedeutete, es vorläufig auf sich beruhen zu lassen.

„Glaubt Ihr denn an diesen Unfug?", fragte er, weil Konrad auf eine Äußerung von ihm wartete.

„Ich weiß es nicht", antwortete jener und verschränkte die Arme vor der Brust.

„Dieses Amulett – er hat es beschrieben wie jenes, das meiner Mutter gehört hat. Glaubt Ihr, dass es ein zweites davon gibt?"

Sie waren ein paar Schritte im knirschenden Schnee über den weiträumigen Klosterhof gegangen, nachdem die

Männer sich in ihre Kammer zurückgezogen hatten und Konrad sich um sein Ross kümmern wollte. Jetzt wischte der alte Mann Schnee von einer steinernen Bank an der Außenmauer und ließ sich darauf nieder. Dann wies er Johannes an, sich neben ihn zu setzen. Die Sonne stand weiß am Winterhimmel und spendete ein klein wenig Wärme. Johannes wollte sich nicht setzen. Die Bank war ihm viel zu kalt.

„Ihr werdet krank, wenn Ihr darauf sitzen bleibt", ermahnte er Anselm, der jedoch nur den Kopf schüttelte.

„Ein zweites Amulett wie das deiner Mutter? Nein, das glaube ich nicht", beantwortete er die Frage seines ehemaligen Schülers, als dieser ihn an seine Frage erinnerte.

„Ich muss unbedingt mit Konrad reden", ließ Johannes den Oheim an seinen weiteren Gedanken teilhaben. „Denn wenn stimmt, was er gesagt hat, und nachdem Ihr daran zweifelt, dass es noch andere wie dieses Amulett gibt, würde es bedeuten, dass diese Frau ein Amulett wie jenes trägt, das einmal meiner Mutter gehört hat. Oder gar tatsächlich ihres. Ein Hexenamulett?"

Er schwieg. Seine leibliche Mutter war der Hexerei bezichtigt und angeklagt worden. Hatte dieses Amulett damit zu tun gehabt? Aber das Amulett gehörte doch der Anna!

„Das Amulett – sagt, gehörte es der Anna oder meiner leiblichen Mutter?", wollte er plötzlich wissen.

Anselm verstand nicht sofort, was Johannes mit dieser Frage bezweckte.

„Wo hast du es denn gefunden?", fragte er zurück.

„Sagtet Ihr nicht, meine Mutter sei der Hexerei bezichtigt worden? Gehörte ihr das Amulett? Hat es damals schon eine Rolle gespielt?", führte Johannes aus, was Anselm offenbar nicht verstanden hatte.

Dessen Augenbrauen fuhren nach oben.

„Was willst du damit andeuten?", wollte er wissen.

„Ich meine, habt Ihr der Anna das Amulett gegeben zum Pfand dafür, dass sie mich aufgenommen hat? War das ein Hexenamulett?", fasste Johannes in Worte, was ihm gerade durch den Kopf geschossen war.

Er war heiser geworden vor Aufregung, hatte sich mit beiden Händen in den Ärmel des Alten verkrallt und schaute ihn mit beinahe panischem Blick an. All das Unheil tauchte vor seinem inneren Auge auf, das er erlebt hatte, während das Amulett in seinem Besitz war.

„Aber nein, mein Sohn", beschwichtige ihn sein alter Lehrer. „Weder deine leibliche Mutter noch deine Großmutter hatten solch ein Schmuckstück." Er fasste Johannes streng ins Auge. Seine Stimme wurde lauter. „Außerdem sei dir gesagt, dass dich die Anna bedingungslos aufgenommen hat. Und jetzt beruhige dich wieder!"

Johannes war so durcheinander, dass er nach Luft schnappte. Langsam ließ er den Ärmel des Alten wieder los.

„Johannes?"

Anselm rüttelte den jungen Mann vorsichtig am Ärmel.

„Verzeiht. Ich war in Gedanken."

„Das habe ich gesehen. Du hast über deine Mutter nachgedacht, stimmt's? Was der junge Herr über die Hexe erzählt hat, hat dich aufgewühlt, das kann ich verstehen. Es ist schlimm, was mit diesen Menschen geschieht, mein Sohn, aber wir werden nicht viel daran ändern können."

„Da mögt Ihr recht haben", seufzte Johannes. „Allerdings geht mir etwas nicht aus dem Kopf: Es ist doch möglich, dass es sich bei dem Amulett der angeblichen Hexe um jenes handelt, das mir in Grieskirchen gestohlen wurde. So viele wird es nicht davon geben. Sagtet Ihr selber."

„Möglich, ja."

Anselm erhob sich ächzend. Das Alter steckte deutlich in seinen Knochen. Da halfen Beinwellumschläge und andere Kräuterbehandlungen nur für kurze Zeit über die schlimmsten Schmerzen hinweg. Besorgt legte Johannes eine Hand auf den Arm seines alten Lehrers.

„Ihr hättet Euch nicht auf den kalten Stein setzen sollen."

„Du hast recht", gab Anselm zu. Dann zeigte er über den weitläufigen Hof. „Ich werde zu den anderen Alten in die Mühle hinüber gehen und mich an ihrem Herd aufwärmen. Vorher will ich allerdings noch den Apotheker aufsuchen, der gleich beim Tor seine Unterkunft hat. Hubert scheint ein kleines Männerleiden zu haben, gegen welches das eine oder andere Kräutlein gewachsen ist. Ich werde es ihm bringen."

„Es gibt hier eine Apotheke?", fragte Johannes überrascht und schaute in die Richtung, die Anselm angedeutet hatte.

„Ja, gibt es. Der Apotheker ist nach der Schließung der Schule hiergeblieben, weil er sich im Kloster sicher fühlt. Die fünf Alten brauchen hin und wieder ein Tränklein oder eine Salbe von ihm, und die Bauern aus dem Umfeld kommen auch, wenn ihnen etwas fehlt. Einen Medicus findest du weit und breit nicht, da findet ein Apotheker schon sein Auskommen."

Er tippte Johannes nachdenklich auf die Brust. Dann humpelte über den Hof, während Johannes mit gesenktem Kopf zum Stall trottete. Dort traf er auf Konrad, der damit beschäftigt war, sein Pferd mit Heu zu versorgen.

„Das habe ich vorsichtshalber mitgebracht", erfuhr Johannes, als er neben den jungen Adeligen getreten war und ihn neugierig dabei beobachtete. „Morgen muss ich allerdings zusehen, dass ich noch etwas dazu bekomme, bevor mein treuer Begleiter hungern muss. In Brettheim kenne ich einen Bauern, der gutes Heu verkauft.“ Er musterte Johannes nachdenklich. „Was ist mit dir?“

„Diese Hexe“, begann Johannes zögernd. „Hast du sie gesehen?“

Konrad lachte leise.

„Nein, natürlich nicht. Man wird sie erst sehen, wenn sie freigelassen oder bestraft wird“, antwortete er und begann, sein Pferd zu striegeln. „Aber man wird sie nicht freilassen. Sie wird auf dem Scheiterhaufen verbrannt werden, denke ich.“

Johannes war fassungslos. Verzweifelt hielt er Konrads Arm fest, um ihn am Striegeln zu hindern. Er wollte mit ihm reden, Antworten auf Fragen bekommen, die Bilder in ihm heraufbeschworen, die ihm fast den Atem raubten.

„Du sagst das, als wäre es so normal wie das Aufstehen am Morgen!“, entrüstete er sich. „Da wird ein Mensch womöglich wegen etwas lebendig verbrannt, das er niemals getan haben kann! Das mit der Hexerei ist purer Aberglaube!“

Konrad schüttelte die Hand ab und striegelte sein Pferd weiter.

„Ich verstehe dich“, sagte er. „Aber dieser Aberglaube breitet sich ganz schnell und unüberlegt dort aus, wo man sich nicht traut, eine höhere Gewalt für den Schaden verantwortlich zu machen, den diese Geißeln der Menschheit anrichten, verstehst du? Eine höhere Gewalt: Das ist Gott. Und Gott würde so etwas doch niemals tun. Der würde keine Hungersnöte ausbrechen, kein Vieh qualvoll verenden lassen und auch nicht zulassen, dass so viel Elend über sein Volk kommt. Da muss der Teufel im Spiel sein, und den kann nur jemand gerufen haben, der aus nur für ihn verständlichen Gründen Schaden anrichten will und sich mit ihm verbündet hat."

Johannes schüttelte betrübt den Kopf. War der Krieg, waren die ganzen Aufstände und Kämpfe, Krankheiten und Siechtum nicht schon schlimm genug? Mussten Menschen einander auch noch so etwas antun?

„Was weißt du noch über diese Frau?", fragte er schließlich leise.

„Angeblich war sie in Gesellschaft einiger Leute, die aus Österreich geflüchtet sind und sich eine neue Heimat suchen."

Exulanten also wie er selbst, dachte Johannes. Einige von ihnen schafften es aufgrund ihrer Ausbildung oder ihrer adeligen Herkunft innerhalb kurzer Zeit, in die Räte der Stadt- und Marktgemeinden aufgenommen zu werden. Was manchmal recht einfach war, da nicht mehr viele Einheimische für diese Ämter zur Verfügung standen. Andere wiederum kümmerten sich um aufgelassene bäuerliche Anwesen und entlockten dem brachliegenden Boden wieder, was sie zum Leben brauchten. Wieder andere waren gute Handwerker und verdienten sich ihren Lebensunterhalt mit ihrer Arbeit. Das bewirkte bei einigen der ursprünglichen Gemeindemitglieder, dass sie missmutig auf jene schauten, die aus dem Land ob der Enns hereintröpfelten. Dabei war es ihnen einerlei, dass sie ohne die Bauern und Handwerker, die das Land vor weiteren Nöten zu bewahren suchten, in absehbarer Zeit selber auswandern müssten, wollten sie überleben.

Aber nicht alle dachten so, das wusste Johannes. Viele schätzten die Neuzugezogenen, da sie sehr schnell für eine Wiederbelebung geschundener Ortschaften oder ganzer Landstriche sorgten. Nur in diesem Fall waren die Menschen anderer Ansicht.

Er wollte etwas sagen, aber Konrad bedeutete ihm mit einer kleinen Geste, weiter zuzuhören.

„Nachdem sie sich wie eine Wilde gegen ihre Inhaftierung gewehrt hat, widmete man ihr mehr Aufmerksamkeit als vorgesehen. Dabei fand man dieses seltsame Amulett. Sie trug es unter ihrem Hemd, habe es von ihrem Ehemann zur Hochzeit geschenkt bekommen, wie sie ihre Bewacher wissen ließ."

„Kennst du den Namen des Weibes?", fragte Johannes.

„Regine Langmeyer, soweit ich mich erinnere", antwortete Konrad, der sein Pferd fertig gestriegelt hatte, ihm eine löcherige Decke überlegte und sich anschickte, den Stall zu verlassen.

„Warum interessiert dich diese Frau eigentlich so?", wollte er wissen und musterte Johannes stirnrunzelnd.

„Und woher weißt du das alles?", fragte Johannes anstelle einer Antwort. Konrad zog das Tor hinter sich zu und schob die Fäuste in seine Jackentasche.

„Ein alter Freund aus unserer Studienzeit hier im Kloster hat es mir erzählt. Er ist einer der Stadträte in Knittlingen und befasst sich jetzt mit dem widerspenstigen Weib."

Er stapfte durch den Schnee hinüber zur ehemaligen Mühle, aus deren Tür Anselm getreten war und den beiden entgegensah.

„Feine Freunde", maulte Johannes und folgte ihm. „Ich wundere mich darüber, wie jemand in Zeiten von Hungersnöten, Seuchen und verheerenden Überfällen feindlicher Soldaten auf die Idee kommt, sich mit so einem Unsinn zu befassen."

Johannes warf ihm einen grimmigen Seitenblick zu, doch Konrad schüttelte nur den Kopf. Er wollte nicht weiter darüber sprechen.

„Ich kann einfach nicht glauben, dass sogar im protestantischen Württemberg solcherlei Dinge geschehen!" Johannes ließ nicht locker.

„Ha! Selbst Martin Luther war überzeugt davon, dass man Zauberinnen und Hexen verbrennen müsse, um sich vor ihnen zu schützen und ihre Seele zu reinigen!", brauste Konrad auf. „Wusstest du das nicht?"

Johannes blieb entsetzt stehen. Nein, das hatte er nicht gewusst.

„Die Zauberinnen schaden mannigfaltig. Also sollen sie getötet werden, nicht allein weil sie schaden, sondern auch, weil sie Umgang mit dem Satan haben", zitierte Konrad den ehemaligen Augustinermönch.

„Protestantisch oder nicht", wandte Anselm ein, der den beiden zugehört hatte. „Die Leute wollen ihren Zorn und ihr Unvermögen, nichts gegen das Schicksal ausrichten zu können, an jemandem auslassen. Dabei ist ihnen oftmals das grausame Schauspiel wichtiger als der gesunde Menschenverstand, der so etwas keinesfalls zulassen würde."

Dem war nichts hinzuzufügen. Die beiden gingen an Anselm vorbei ins Haus. Er hielt Johannes am Ärmel fest.

„Der Apotheker hat mir gesagt, dass man in Ortenberg, zwei Tagesmärsche von hier, eine Frau auf den Scheiterhaufen gebracht habe, die man als Hexe zu erkennen glaubte", sagte er. „Es ist dort das siebente oder achte Weib gewesen, das im vergangenen Jahr verbrannt wurde. Die Offenburger ein Stück weiter zum Rhein hin haben allerdings noch schlimmer gewütet. Es heißt, dort hielten sie wenigstens noch sechs oder sieben Frauen im Turm gefangen, die man hochnotpeinlich befrage. Man hat denjenigen zwei Schilling-Pfennige Fanggebühr versprochen, die weitere Hexen aufstöbern und ihnen übergeben. Das wird noch einige andere dazu anregen, nach

Hexen Ausschau zu halten! Bislang waren es dort an die hundert Frauen, die man als Hexen angeklagt und gerichtet hat.“

„Ich weiß auch, dass man in Ortenberg vor drei Wochen eine Hexe auf dem Scheiterhaufen verbrannt hat. Es ist wie Offenburg badisch. Und katholisch“, ließ Konrad die beiden noch wissen, bevor er in die Küche ging und nachschaute, ob es etwas zu essen gab.

Johannes sagte nichts dazu. Konrads Worte gingen ihm im Kopf um, denen zufolge auch Martin Luther solche Hexenverbrennungen gut geheißen hatte. Eine Aussage, die Johannes zutiefst erschütterte. Er hatte den ehemaligen Mönch wohl völlig falsch eingeschätzt. Das schmerzte ihn.

Sie folgten den anderen in die Küche und ließen sich auf der Bank hinter dem Tisch nieder. Anselm schaute müde auf seine Hände, die gefaltet auf der Tischplatte lagen.

„Wunderst du dich noch immer darüber, was mit dieser Frau in Knittlingen geschieht?“, fragte er.

„Ja“, gab Johannes zurück, der sich neben ihn gesetzt hatte. „Ich wundere mich vor allem darüber, dass solche Männer im Rat einer Gemeinde sitzen.“

„Warum?“, wollte Anselm wissen. „Hast du nicht oft genug erfahren müssen, dass es nicht die gelehrtesten und überlegtesten Männer sind, die hohe Posten einnehmen?“ Er lachte bitter. „Viel zu oft sind sie einfach nur reich oder skrupellos oder beides.“

Zwei der alten Lehrer gesellten sich zu ihnen an den Tisch. Sie brachten eine Schüssel mit Haferbrei mit, die sie in die Mitte stellten, damit jeder sich etwas daraus nehmen konnte. In ihrem Gefolge tauchte Konrad auf, der einen Laib Brot mitbrachte und neben die Schüssel auf den Tisch legte. Hubert folgte ihm und brachte Wasser und Wein mit.

„Und wo ist die Frau mit dem Amulett jetzt?“, wollte Johannes wissen, der vor lauter Aufregung keinen Hunger verspürte. „Ich muss das Amulett unbedingt sehen. Vielleicht gehörte es meiner Mutter. Dann möchte ich es wiederhaben.“

„Deiner Mutter?“, fragten alle wie aus einem Munde und schauten ihn überrascht an.

„Meine Mutter hatte auch so ein Amulett. Als sie verstarb, habe ich es als Andenken mitgenommen.“

Er warf einen Seitenblick zu Anselm, der kurz die Augen schloss und ihm auf diese Weise zu sagen schien: Mehr gibt es hier nicht über diese Geschichte zu erzählen.

Als Johannes in Konrads skeptisches Gesicht schaute, fügte er noch beschwichtigend hinzu: „Es hat nichts Magisches.“

Wobei er sich da selber nicht mehr so ganz sicher war. Hatte Anna das Kleinod nicht getragen, als die Mühle überfallen wurde? Er hatte es nie zuvor an ihr gesehen. Hatte sie es an diesem Tag getragen und damit das ganze Unheil auf sich und ihre Familie gezogen? Seitdem er es an sich genommen hatte, war er mehrmals nur knapp dem Tod entronnen. Hing auch das mit dem Amulett zusammen?

Allerdings – auch nachdem es ihm gestohlen worden war, hatte es viel Unheil gegeben. Doch diese Überlegung klang nur ganz leise in seinem Kopf an, wurde von allem anderen überlagert. Er merkte, wie der Aberglaube mit eisernen Krallen nach ihm griff, und hatte eine düstere Ahnung davon, wie es einfacheren Gemütern damit erging.

„Wo ist diese Frau jetzt?“, wiederholte er seine Frage und scheuchte damit seine düsteren Gedanken weg. Er ignorierte die unmissverständliche Geste Anselms, es jetzt dabei zu belassen.

„Im Knittlinger Rathaus“, antwortete Konrad. „Man

hat beschlossen, sie nach Epiphanias einer ordentlichen Befragung zu unterziehen."

Er musterte Johannes nachdenklich.

„Ordentliche Befragung?"

„Ja, noch ist es kein peinliches Verhör."

Johannes musste unbedingt herausfinden, was es mit dieser Frau und dem Schmuckstück auf sich hatte. Da er wie Anselm nicht glaubte, dass es mehr als ein Exemplar davon geben konnte, gehörte es einstmals Anna. Er wollte es wiederhaben. Und er wollte wissen, wem es jetzt zum Verhängnis werden sollte. Denn diese Frau war unschuldig, das wusste er.

Anselm hatte ihnen mit besorgtem Gesichtsausdruck zugehört.

„Wenn du nicht selbst Opfer dieses Hexenwahns werden willst, solltest du vorsichtig mit deinen Äußerungen sein", sagte er bestimmt.

„Bei mir muss er nichts befürchten", sagte Konrad und erhob sich. „Das letzte Weib, das bislang in einer Ortschaft ganz in der Nähe der Hexerei bezichtigt wurde, war meine Schwester. Sie starb, nachdem man sie beinahe einen Tag lang auf dem Hexenstuhl hat sitzen lassen." Er sah von einem zum anderen. „Davor unterzog man sie drei Mal innerhalb einer Woche dieser Tortur. Sie war gerade einmal 13 Jahre alt. Als sie immer noch nicht gestehen wollte, was man ihr vorwarf, zündeten sie ein Feuer unter dem Stuhl an. Man erwies ihr nach ihrem qualvollen Tod die Gnade, unter dem Galgen begraben zu werden, da sie bis zuletzt ihre Unschuld beteuert hatte und ohne Geständnis blieb."

Johannes hatte die Hand vor den Mund geschlagen, und auch Anselm verharrte in sprachlosem Entsetzen.

„Hattest du nicht gesagt, deine Familie kam durch Typhus um?", fragte er heiser, sich an ein Gespräch erinnernd, das Konrad mit Hubert geführt hatte.

„Alle, außer meiner Schwester. Ich habe erst davon erfahren, als ich vor ein paar Wochen nach Hause zurückkehren wollte und niemanden mehr angetroffen habe. Nachbarn haben unser Anwesen angezündet, weil die Seuche für sie der sichere Beweis dafür war, dass meine Familie zu Recht unter Verdacht stand. Gott hatte ihrer Meinung nach sein eigenes Urteil gefällt und meine Eltern und Geschwister auf seine Weise bestraft. Dies ist auch der Grund dafür, warum ich jetzt nach Maulbronn gezogen bin. Ich hoffte, hier Unterschlupf zu finden, bis sich etwas anderes für mich anbietet“, erklärte Konrad ihm und den übrigen. „Solltest du die Frau kennen, die man in Knittlingen gefangen hält, kann ich dir nur raten, den Dingen ihren Lauf zu lassen“, fuhr er fort. „Man hat meine Familie von Amts wegen nur in Ruhe gelassen, weil es den Herren peinlich war, ein mögliches Fehlurteil an meiner Schwester gefällt zu haben. In anderen Fällen sterben die Angehörigen solcher Delinquenten meist auf dem Scheiterhaufen, weil sie den Richtern zufolge zur selben Teufelsbrut gehören und ausgerottet werden müssen.“

Keiner sagte etwas. Konrad wandte sich um und verließ den Raum, völlig entsetzte Männer zurücklassend.

„Was hast du vor?“

Anselms Stimme riss Johannes aus seinen Gedanken. Er hatte den jungen Mann völlig falsch eingeschätzt.

„Ich weiß es nicht.“

Das stimmte. Aber eines wusste er genau: Wie auch immer das gehen sollte, er musste dieses Amulett sehen und sicher sein, dass es seines war. Oder auch nicht.

Eines wollte er auf keinen Fall: daran glauben, dass es irgendetwas gab, das eine Frau zur Hexe machen konnte. Nein, diesem Wahn wollte er nicht verfallen.

Und stand doch schon vor dem Abgrund.

Als sie am Abend mit den Bewohnern des Klosters in der Küche saßen und ihre Vorräte miteinander teilten, kam einer der alten Lehrer auf das Gespräch vom Mittag zurück. Sofort waren alle in eine heftige Diskussion darüber verwickelt, in der sie ihre Meinungen zu diesem elenden Hexenwahn austauschten, der immer wieder irgendwo aufflammte. Man war sich einig darüber, dass man sich auch in Knittlingen an die „Constitutio Criminalis Carolina" aus dem Jahr 1532 hielt, die sehr genau beschrieb, welche Untaten verfolgt und wie sie bestraft werden sollten.

Schadenszauber stand dort ganz oben an, wusste der Dürrmenzer zu berichten. Und die Hexenkunst der Verschwiegenheit stand nicht weit dahinter.

„Das ist eine Hexenkunst?", fragte Johannes ungläubig.

„Davon spricht man, wenn die Delinquenten sich weigern, bei den Verhören etwas zu sagen. Manche schreien nicht einmal, wenn sie gefoltert werden", gab ein anderer Auskunft. „Die Angst lässt sie verstummen."

„Dann hat es diese Frau in allen Punkten nicht leicht", ließ Konrad sich vernehmen, der sich zurückgelehnt und eine Pfeife angezündet hatte. Er machte einen ruhigen Eindruck. Aber Johannes sah, wie seine Hände zitterten. „Sie hat der Anklage zufolge den Schadenszauber angewendet und bislang nicht ein einziges Wort von sich gegeben."

Bis in die späte Nacht hinein saßen die acht Männer zusammen, dann war die Glut im Herd erloschen und sie zogen sich auf ihre Schlafstellen zurück. Anselm, Johannes und Konrad breiteten ihre Strohsäcke und Wolldecken vor dem Herd aus, wo es deutlich wärmer war als in den kalten, feuchten Gesindestuben.

# 28

Am Tag nach Epiphanias, einem eisig kalten Donnerstag im Jahr 1628, war Anselm im ganzen Kloster nicht auffindbar. Keiner der Männer wusste etwas über seinen Verbleib. Der Apotheker, den Johannes schließlich fragte, wusste nur, dass Anselm aufgebrochen war, um sich mit einem ehemaligen Klosterbruder zu treffen. Wo das war und was er mit dem zu schaffen hatte, konnte ihm der Mann nicht sagen.

Johannes war enttäuscht. Zu gerne hätte er sich mit seinem alten Lehrer darüber besprochen, was sie im Hinblick auf das tun sollten oder konnten, was sie von Konrad erfahren hatten. Am Dreikönigstag hatte sich dazu keine Gelegenheit geboten, und da Johannes auch den jungen Herrn nicht mehr zu Gesicht bekommen hatte, der sich nach Futter für sein Pferd und eventuell auch nach Arbeit umsehen wollte, musste er sich bis zu diesem Freitag gedulden. Was Johannes äußerst schwergefallen war.

Der Apotheker nahm ihn mit in den hinteren Raum, wo er ihn bat, sich um die Beschriftung von Gläsern und Flaschen zu kümmern, die mit frischer Ware aufgefüllt werden sollten.

Johannes setzte sich an einen Tisch in Fensternähe. So sehr er sich darüber freute, in der Apotheke etwas Ablenkung zu finden und sich nützlich machen zu können, so wenig war er jetzt in der Lage, sich auf das zu konzentrieren, was ihm der Apotheker aufgetragen hatte. Dennoch schaffte er es, Flaschen, Tiegel und Gläser sauber und korrekt zu beschriften. Als er abends den Laden verließ, war er so müde wie glücklich – und dennoch besorgt, was Anselm betraf. Denn ihm war inzwischen der Gedanke gekommen, der alte Mann könne sich auf den Weg nach

Knittlingen gemacht haben, um sich nach dem eingesperrten Weib zu erkundigen. Das Treffen mit dem Mönch nahm er ihm jedenfalls nicht ab. Das galt einzig und allein zur Beruhigung der Gemüter, so viel war sicher. So gut kannte er seinen alten Lehrmeister.

Johannes legte sich nach dem Abendmahl mit vor Aufregung klappernden Zähnen auf sein Lager vor dem Küchenherd. Er fror trotz der sanften Wärme, die der Herd noch ausstrahlte, und konnte lange Zeit nicht einschlafen.

Als er am nächsten Morgen aus dem Haus trat, stand er knöcheltief im frisch gefallenen Schnee. Johannes, der keine Stiefel hatte, überlegte gerade, wie er zur Apotheke kam, ohne allzu nasse Füße dabei zu bekommen, als jemand seinen Namen rief. Es war Konrad, der vom Stall herüber kam.

„Dein Oheim lässt dir ausrichten, es gehe ihm gut", sagte er. „Hier, ein Brief für dich."

Johannes nahm den Umschlag mit zitternden Händen entgegen und schaute den jungen Herrn fragend an.

„Er hat ihn mir am Abend vor dem Erscheinungsfest mit der Bitte gegeben, ihn dir erst heute zu überreichen, wenn er nicht bereits vorher schon zurückgekehrt sei", erklärte ihm Konrad und trat ins Haus, wo bereits ein wärmendes Feuer im Herd knisterte. „Ich soll dir ausrichten, dass es ihm in jedem Fall gut gehe und du dir keine Sorgen um ihn machen sollst."

„Und wo warst du die ganze Zeit über?", wollte Johannes wissen, der ihm gefolgt war.

„Heu für mein Pferd kaufen und mich nach Arbeit umsehen", antwortete Konrad und schüttelte den Kopf dabei. „Habe ich dir aber gesagt."

Johannes öffnete mit klammen Fingern den Umschlag und zog ein mit wenigen Sätzen beschriebenes Blatt Papier heraus.

*Mein lieber junger Freund,*
*ich weiß um deine Unruhe und habe deshalb beschlossen, mich nach jener angeblichen Hexe und dem Amulett zu erkundigen, von denen Konrad von Lindenbergh gesprochen hat. Ich kenne ein paar einflussreiche Leute, die ich aufsuchen und wegen der Frau mit dem Amulett befragen werde. Der Apotheker hat versprochen, sich während meiner Abwesenheit um dich zu kümmern. Ihm und Konrad kannst du dich bedenkenlos anvertrauen.*
*Gottes Segen für dich!*

Johannes las die Zeilen mehrmals, bevor er ihren Sinn völlig erfasst hatte. Er schob den Brief unter sein Hemd und machte sich auf den Weg zur Apotheke, nachdem er sich bei Konrad für dessen Botendienst bedankt hatte. Während er sich seinen neuen Aufgaben widmete, kreisten seine Gedanken immer wieder um Anselm und die Frau, derentwegen der alte Mann sich auf den beschwerlichen Weg gemacht hatte.

*

Es dauerte eine knappe Woche, bis der Apotheker seinen Helfer nach vorne in den Laden rief, der dort nachmittags Dienst tat. Da Johannes sich sehr geschickt und gelehrig anstellte, betraute er ihn gerne mit kleineren Aufgaben, die jener zu seiner vollen Zufriedenheit erledigte. Johannes war froh, etwas tun zu können anstatt herumsitzen und den Tag totschlagen zu müssen. Außerdem war ihm die Arbeit mit Kräutern und Elixieren vertraut und machte ihm keine große Mühe.

Konrad von Lindenbergh stand mit vor Kälte gerötetem Gesicht vor dem Ladentisch. Als Johannes in der Tür auftauchte, strahlte der junge Mann.

„Dein Oheim ist zurück", sagte er beinahe atemlos. „Du sollst umgehend zu ihm kommen."

Johannes warf dem Apotheker einen fragenden Blick zu, den dieser mit einem Nicken erwiderte.

Anselm saß am Küchentisch in der ehemaligen Mühle und betrachtete interessiert etwas, das er vor sich liegen hatte. Als Johannes eintrat, wandte er sich zu ihm um und winkte ihn zu sich.

Das Gesicht des alten Mannes war von den Anstrengungen der vergangenen Tage gezeichnet. An seiner Haltung erkannte Johannes, dass er Schmerzen hatte, die er jedoch zu überspielen versuchte.

„Grüß dich Gott, mein Sohn!", begrüßte er seinen Neffen mit kratziger Stimme. Ein dicker Schal um seinen Hals zeigte deutlich, woher das kam: Anselm hatte sich übel erkältet.

Johannes ließ sich auf einen der Stühle sinken, die um den Tisch standen.

„Es geht Euch nicht gut", stellte er fest und legte seine Hand auf die Stirn seines Oheims. Sie glühte.

„Ich habe mich unterwegs ein wenig erkältet", gab Anselm zu und schob die Hand des jungen Mannes weg. „Aber viel wichtiger ist, was ich herausgefunden habe."

Und so erfuhr Johannes, dass der ehemalige Mönch auf dem Wagen eines Händlers bis Knittlingen mitfahren konnte, wo er auch gleich ein Nachtquartier fand. Man ließ ihn nach einigem Hin und Her in die Ratsstube bitten, wo man ihm zuerst skeptisch, dann immer aufmerksamer zuhörte. Und Anselm hatte ihnen viel zu berichten, was sie interessierte. Vor allem über einen Schatz, den er im sogenannten Karlsgraben verborgen glaubte, und der demjenigen unermesslichen Reichtum versprach, der ihn zu heben vermochte. Es gebe da ein Amulett, das den Weg zu diesem Schatz zeige und von dem er gehört habe, es sei in den Händen jener Delinquentin, die man in Knittlingen eingesperrt halte.

„Gold ist immer ein gutes Mittel, zum Ziel zu kommen“, stellte Anselm fest. Johannes pflichtete ihm bei.

„Und weiter?“

Anselm öffnete die Hände, die bislang schützend etwas umschlossen gehalten hatten.

Johannes stieß einen leisen Schrei aus.

Das Amulett der Anna.

Bevor er das Schmuckstück an sich nehmen konnte, schloss Anselm jedoch seine Hände wieder darum.

„Die Frau im Gefängnis konnte ich nicht besuchen“, fuhr der Alte fort. „Es ist eine Regine Langmeyer, wie Konrad schon sagte. Sie ist eine Exulantin, die über Linz und Regensburg ins Badische gekommen ist. Soweit man aus ihr herausbekommen konnte, hat sie das Amulett von ihrem Ehemann zur Hochzeit geschenkt bekommen, der es wiederum bei einem Pfandleiher entdeckt und gekauft hat. Sie wollte mit dieser Aussage wohl beweisen, dass es sich dabei keinesfalls um ein Zauberamulett handelt. Mehr konnte man nicht von ihr erfahren.“ Anselm schaute von einem zum anderen. „Sie ist stumm und kann sich nur durch Handzeichen und ein paar ungelenke Buchstaben verständigen, die sie niederschreibt, die aber keinen Sinn zu ergeben scheinen.“

Regine Langmeyer. Der Name sagte keinem etwas. Aber die Geschichte mit dem Pfandleiher kam Johannes sehr bekannt vor.

„Heißt das, Ihr habt das Amulett gegen den Hinweis bekommen, wo der Awarenschatz vergraben ist?“, fragte er ungläubig.

Ein Hustenanfall schüttelte den alten Mann, bevor er wieder sprechen konnte. Dabei drückte er die Faust gegen seinen Unterleib, was Johannes nicht entging. Hustenanfälle schmerzen vielleicht im Brustbereich, aber nicht da, wo Anselm jetzt seine Faust liegen hatte.

„Nicht ganz“, sagte jener und ein verschmitzter Ausdruck flog über sein Gesicht. Johannes vergaß, was ihn gerade noch beschäftigt hatte. „Sagen wir mal, es ist versehentlich in meinen Taschen verschwunden, bevor es jemand gemerkt hat. Ich habe ihnen das sorgfältig wieder verschlossene Kästchen zurückgegeben, in dem sie es zuvor verwahrt hatten, und in das ich einen wertlosen Rosenkranz gelegt habe.“

Einen Rosenkranz.

Johannes ahnte trotz der Ironie, die hinter Anselms Worten steckte, in welcher Gefahr sich sein Oheim befunden hatte. Er konnte nur den Kopf schütteln über dessen offenbar unüberlegtes Handeln.

„Sie werden den Schatz heben wollen“, vermutete Johannes und Anselm nickte schmunzelnd.

„Werden sie. Können sie aber nicht.“

Anselm öffnete seine Hände erneut und ließ das Kleinod in die vor Aufregung schweißnasse Hand seines Neffen gleiten.

Es fühlte sich so gut an, auf diese Weise seine Familie wieder um sich zu spüren.

Am Abend kam ein aufgeregter Hubert in die Küche gelaufen. Jemand sei am Tor und wolle den Herrn Johannes sprechen, den Mühlhäusler.

Johannes runzelte die Stirn. Den Herrn Johannes? Den Mühlhäusler? Wer nannte ihn so?

Neugierig schlitterte er über den mit vereistem Schnee überzogenen Hof zum Tor, vor dem zwei der alten Lehrer standen und die draußen Stehenden daran zu hindern suchten, einfach in das Anwesen hineinzulaufen.

„Vinzenz!“

Johannes wäre beinahe ausgerutscht und gestürzt, als er mit weit ausgebreiteten Armen auf das Tor zulief. Er schob die beiden verdutzt dreinblickenden alten Männer einfach beiseite und stand vor dem Kameraden, den er zuletzt in Treuchtlingen gesehen hatte.

„Was macht ihr denn hier?“

Das erfuhren Johannes, Anselm und die anderen Männer, als sie alle in der inzwischen für sie beinahe schon zu klein gewordenen Stube um den Tisch saßen und heißen Kräutertee tranken. Mit Vinzenz waren noch drei weitere Burschen gekommen, die Johannes nicht kannte.

Vinzenz erzählte, dass sie noch eine kurze Zeit in der Gegend des Karlsgrabens geblieben waren und versucht hatten, den Schatz zu finden. Ein unmögliches Unterfangen, das sie schnell aufgaben. Sie zerstritten sich wohl dieser Entscheidung wegen und trennten sich schließlich. Vinzenz zog allein weiter. Er traf unterwegs seine drei neuen Kameraden, die nach Esslingen ziehen wollten, wo einer der drei einen Onkel vermutete. Er schloss sich ihnen an, bis sie in Esslingen erfuhren, dass der Onkel längst verstorben und die übrige Verwandtschaft kein Interesse daran hatte, die heruntergekommenen Burschen aufzunehmen. So hatte es sie irgendwann in die Nähe von Maulbronn verschlagen. Vinzenz, der sich daran erinnerte, woher er den Namen des Klosters kannte, wollte nachsehen, ob Johannes es tatsächlich bis dahin geschafft hatte.

Sie saßen bis in die späte Nacht hinein in der Küche, teilten die wenigen Vorräte, die noch da waren, und legten sich lange nach Mitternacht in der Nähe des Herdes auf die notdürftig hergerichteten Strohlager.

Am nächsten Morgen saßen Johannes, Konrad und

Vinzenz zusammen mit Anselm am Tisch, um darüber zu entscheiden, wer sich wo um Nahrungsmittel für die kommenden Tage kümmern sollte. Jeder steuerte ein wenig Geld dazu bei, und Vinzenz schickte seine drei Kameraden kurz darauf los, im nicht allzu weit entfernten Nachbarort das Notwendigste einzukaufen. Konrad begleitete sie auf seinem Pferd, für das er noch ein wenig Heu auftreiben wollte und das auf dem Rückweg als Lasttier dienen sollte.

Johannes war besorgt um Anselm, für den er beim Apotheker ein Fläschchen mit fiebersenkender Arznei erstanden hatte. Der gab es ihm als Lohn für seine Hilfe in den vergangenen Tagen mit und wünschte dem alten Mann schnelle Besserung.

„Ich habe zur Zeit leider auch keine Möglichkeit, seinen Trunk gegen Schmerzen zusammenzustellen, und keine Kürbiskerne mehr für ihn“, sagte er bedauernd, als Johannes schon an der Tür stand.

„Schmerzmittel? Kürbiskerne?“

„Gegen sein Prostataleiden“, antwortete der Apotheker.

Johannes runzelte verwirrt die Stirn. Nicht Hubert hatte also das ‚kleine Männerleiden‘, wie Anselm ihm gesagt hatte, sondern er selber. Jetzt verstand er auch, weshalb der alte Mann immer wieder die Faust auf seinen Unterleib presste: Er hatte höllische Schmerzen. Dann allerdings war es keinesfalls mehr ein ‚kleines‘ Leiden. Johannes ging sorgenvoll über den Hof zurück zur Mühle.

Anselm saß am Tisch und schlürfte seinen Tee.

„Was ist mit Euch?“, fragte ihn Johannes, als sich Vinzenz kurz verabschiedet hatte, um den Abtritt aufzusuchen. Die alten Lehrer hatten sich in ihre Kammer zurückgezogen, wo sie an irgendwelchen Schriften arbeiten wollten.

„Ich muss mit dir reden“, sagte Anselm und legte seine

eiskalten Hände um den warmen Becher, der vor ihm stand. „Das mit dem Amulett …“

Johannes hatte gedacht, mit seinem alten Lehrer über dessen Leiden sprechen zu können. Als er jedoch in dessen Gesicht schaute, überlegte er es sich anders.

„Ja?“

„Als ich den Keller neben meiner Hütte aushob, in dem ich meine Vorräte aufbewahren wollte, habe ich ein gut erhaltenes Skelett gefunden. Es muss schon sehr lange Zeit dort vergraben gewesen sein und wurde in der Erde gut konserviert. Zunächst habe ich mich darüber gewundert, weshalb jemand an diesem Platz fernab jeglicher Behausung begraben worden sein soll. Dann entdeckte ich dieses Amulett, das du jetzt wieder um den Hals trägst. Ich wollte unbedingt herausfinden, was all das zu bedeuten hatte.“

Johannes hatte seinem Oheim mit angehaltenem Atem zugehört.

„Aber warum …“

Anselm legte ihm beschwichtigend die Hand auf den Arm.

„Ich habe die Stelle wieder zugeschüttet, um der Toten ihre Ruhe zurückzugeben“, fuhr er fort.

„Der Toten?“

„Der Toten. Es war ein weibliches Skelett, das konnte ich einwandfrei feststellen“, erklärte Anselm. „Den Keller habe ich ein Stück weiter weg ausgehoben und dabei immer befürchtet, erneut auf Knochen zu stoßen. Aber da war nichts mehr. Also dachte ich mir, dass es eine besondere Bewandtnis mit diesem einen Grab haben musste, und begann, vorsichtig nachzuforschen, wer denn im Tälchen gehaust haben mochte und so einen Schmuck getragen haben könnte. So kam es zu den Informationen, die ich über Anna und ihren Großvater aus dem Stift in Admont bekommen habe.“

Johannes schluckte.

„Wie kam das Amulett dann zur Anna?“

„Ich habe es lange Zeit bei mir behalten, weil ich hoffte, jemanden zu finden, der die Schriftzeichen auf der Rückseite entziffern und mir vielleicht sagen konnte, wem das Amulett gehört hat. Ich habe es sicher in der Hütte verwahrt und nicht wieder angerührt. Dann bekam ich den Befehl, die Einöde zu verlassen und ins Kloster zurückzukehren. Beim Ausräumen der Hütte fiel mir das Amulett wieder in die Hände, und ich habe es der Anna gegeben, die es für mich aufbewahren sollte.“

Johannes starrte ihn an.

„Ihr habt meinen Eltern gesagt, dass Ihr nach Graz zurückkehrt?“, fragte er beinahe tonlos. „Ich habe nichts davon gewusst.“

„Ich habe ihnen gesagt, dass ich nach einer gewissen Zeit wieder in meine Einsiedelei zurückkehren würde, was dann ja auch so kam“, korrigierte ihn Anselm. „Vielleicht haben sie vergessen, es dir zu erzählen, weil ich ja öfter für längere Zeit verreist bin.“

Johannes kämpfte mühsam seinen Zorn nieder. Wenn er das gewusst hätte, wäre ihm ein Tag voller Angst und Schrecken erspart geblieben.

„Heißt das, dass meine Mutter, ich meine, die Anna, dass sie eine Nachfahrin dieser Leute gewesen sein könnte?“ Seine Gedanken darüber, weshalb sie und seine Schwester so anders aussahen als alle anderen weit und breit, tauchten wieder auf.

„Es ist durchaus möglich, dass die Leute im Tälchen Nachfahren dieser Frau sind. Über Annas Familie weiß ich, dass sie schon seit sehr vielen Generationen dort gelebt hat“, beschwichtigte Anselm seinen Neffen, als er dessen unglückliches Gesicht sah und ahnte, was in ihm vorging.

„Ich verstehe nur nicht, warum Ihr mir das alles nicht schon früher erzählt habt“, schmollte Johannes.

Anselm zuckte mit den Schultern.

„Es schien mir nicht wichtig zu sein.“

„Nicht wichtig?“, brauste Johannes auf. „Ihr wisst sehr wohl, dass es zumindest für mich wichtig war!“

Anselm zuckte nur mit den Schultern.

„Dann hat Anna das Amulett also erst kurz vor ihrem Tod von Euch erhalten“, stellte Johannes schließlich fest, weil er keine Antwort bekam.

„So ist es. Ich habe auch erst im Laufe der weiteren Zeit mehr über die Geschichte der Awaren und diesen möglichen Überfall auf den geraubten Schatz erfahren, von dem niemand weiß, ob es ihn tatsächlich gegeben hat. Ich weiß nur eines ganz sicher: Die versprengten Awaren lebten nach ihrer versuchten Ausrottung durch Karls Männer tatsächlich versteckt und unbehelligt in den beinahe unzugänglichen Seitentälern des Gesäuses. Entweder hatte die Frau, deren Skelett ich gefunden habe, das Kleinod auf ihrer Flucht bei sich behalten können, oder …“

„Oder?“

„Oder der Neffe Karls des Großen hat es ihr gebracht, nachdem er einen Teil des Schatzes geraubt und versteckt hatte. Falls diese Sage stimmen sollte.“

Johannes schaute seinen Oheim fragend an.

„Es könnte doch sein, dieser Neffe wusste, wo diejenigen lebten, denen das Gold ursprünglich gehörte, und dass er mit ihnen zusammen seinen Kampf gegen den damaligen König aufnehmen wollte. Er würde sie zu ihrem geraubten Schatz führen, hat er sich vielleicht gedacht, denn sie hätten gemeinsam einen guten Grund gehabt, Karl zu schlagen und sich für das durch ihn erlittene Unrecht zu rächen.“

Johannes nickte. Das klang einigermaßen logisch.

„Vielleicht hat dieser Neffe das Amulett als Beweis mitgenommen, um die Leute besser motivieren zu können. Wer die Frau in dem Grab war, wird sich nicht mehr feststellen lassen. Genauso wenig, wie wir herausfinden werden, ob der Schatz von seinen ursprünglichen Besitzern gehoben wurde und was aus dem Neffen des Königs geworden ist."

Als er in Johannes' gerötetes Gesicht schaute, schmunzelte er.

„Ab hier kannst du deine Geschichte zur Familie Annas gern weiterspinnen", sagte er und nahm die Hand vom Arm seines Neffen, die er die ganze Zeit über dort liegen hatte.

In diesem Augenblick tauchte Vinzenz mit seinen drei Kameraden in der Küche auf. Sie hatten genügend Vorräte kaufen können, die sie jetzt unter lautstarken Berichten darüber auf dem Tisch ausbreiteten. Auch die fünf Lehrer gesellten sich dazu, und kurz darauf köchelte eine schmackhafte Hühnersuppe über dem prasselnden Herdfeuer.

„Wo ist Konrad?", wollte einer der Lehrer an Vinzenz gerichtet wissen, als die Suppe dampfend auf dem Tisch stand und jeder sich davon nahm.

„Der ist sicherlich wieder zu einem Bauern geritten, bei dem er um Arbeit nachfragen will", antwortete der Gefragte. „Wird bald auftauchen, der hat auch Hunger!"

Aber Konrad kam erst am späten Abend ins Kloster zurück. Nachdem er sein Pferd versorgt hatte, tauchte er in der Küche auf, in der die Männer sich um den Tisch versammelt hatten.

„Ich war in Knittlingen", sagte der junge Herr. „Sie haben die angebliche Hexe inzwischen peinlich befragt, der sie zu allem Übel jetzt noch unterstellen, das fragliche Amulett in einen Rosenkranz verwandelt zu haben."

Johannes fuhr erschrocken auf und starrte auf Anselm,

der an einem Becher heißen Weins nippte. Anselm hob den Kopf und schaute wie ein Unschuldsengel drein.

„Die Frau soll dieser Tage auf dem Scheiterhaufen verbrannt werden“, fuhr Konrad aufgeregt fort. „Das hat mir einer der Stadtknechte erzählt.“

„Das können die doch nicht machen!“, entfuhr es Johannes, der seine Hand auf die Stelle gelegt hatte, an der er das Amulett unter seinem Hemd spürte. „Anselm!“

Er zog das Amulett an seinem Lederband aus dem Kragen.

„Dieses Amulett“, rief er aufgebracht und zeigte es den übrigen. „Dieses Amulett hatte meine Mutter um den Hals, als sie starb. Warum man es ihr nicht weggenommen hat, kann ich nur vermuten: Weil die Mordbrenner geflüchtet sind, als die Mühle brannte. Sie mussten befürchten, dass das Mehl explodieren würde. Also hatten sie keine Zeit mehr, sich meine Mutter genauer anzusehen oder – oder sich anderweitig um sie zu kümmern.“

Dafür um Elisabeth, fuhr ihm durch den Kopf, und er hatte Mühe, seinen Schmerz darüber hinunterzuschlucken, was er über das Schicksal seiner Schwester erfahren hatte. Außerdem tauchte ein Gedanke auf, der ihn immer wieder gequält hatte: dass Anna vielleicht noch lebte, als er in seine Höhle geflüchtet war, und erst starb, als das Mehl und damit die ganze Mühle in die Luft flog.

Niemand würde diese Frage jemals beantworten können.

„Anselm hat das Amulett einst gefunden, als er einen Keller ausheben wollte. Das Schmuckstück gehörte einer Frau, die vor hunderten von Jahren verstorben und in unserem Tälchen begraben worden ist. Es hat nichts mit Zauberei zu tun!“ Er hielt kurz inne und warf Anselm einen zornigen Blick zu. „Wir können nicht zulassen, dass diese Frau in Knittlingen als Hexe verbrannt wird, nur weil sie dieses Amulett bei sich hatte. Angeblich ein Hochzeitsgeschenk ihres Ehemannes, über dessen Schicksal wir nichts wissen! Zumindest scheint er seine Frau nicht bis hierher begleitet zu haben."

Weiter kam er nicht, denn ringsum entstand ein Tumult, dass man sein eigenes Wort nicht mehr verstehen konnte.

„Wie auch immer diese Frau an das Amulett gekommen sein mag", übertönte Konrads Stimme schließlich die Stimmen der anderen, „sie ist keine Hexe, weil es keine Hexen gibt! Wir müssen alles tun, um sie vor dem Scheiterhaufen zu retten."

„Das sehe ich auch so", pflichtete Johannes ihm bei.

„Wie stellt ihr euch das vor?", fragte Vinzenz und schüttelte dabei den Kopf. „Es ist eine Sache, einen Haufen Wegelagerer zu überfallen", meinte er dann in Johannes' Richtung, als er dessen nachdenklichen Blick auf sich ruhen fühlte. „Aber eine gefangene und bereits vorverurteilte Hexe zu befreien – unmöglich!"

Das fanden die anderen auch, blieben aber bei ihrer Meinung, etwas unternehmen zu müssen.

Spät in der Nacht rüttelte Konrad Johannes an den Schultern.

„Wenn wir in aller Frühe losziehen, sind wir rechtzeitig in Knittlingen, bevor die Frau auf dem Scheiterhaufen landet", raunte er ihm zu. „Dein Freund Vinzenz hat sich etwas ausgedacht, wie wir verhindern können, dass man sie verbrennt. Er würde das regeln können, hat er gesagt."

Johannes schloss einen Augenblick die Augen. Natürlich wollte auch er, dass dieses schreckliche Urteil nicht vollzogen wurde. Aber er kannte auch die Art, in der Vinzenz solche Sachen zu ‚regeln' pflegte, wie er es nannte. Sehr vertrauenerweckend erschien ihm die ganze Sache nicht, egal, wie sich Vinzenz das dachte.

„Ihr könnt die Frau nicht mit Gewalt da wegholen", flüsterte er erregt zurück. „Das ist viel zu gefährlich! Außerdem wird sie sicherlich streng bewacht. Man wird …"

Konrad versuchte ihn hochzuziehen. Aber Johannes sträubte sich mit Händen und Füßen dagegen.

„Nicht mit Gewalt, das würde nichts bringen, stimmt." Konrad grinste breit, was Johannes im Schein einer blakenden Unschlittlampe sehen konnte, die auf dem Tisch stand. „Los, steh auf! Es sei denn, du hast es dir anders überlegt und bist der Meinung, es geschehe Recht in dieser Angelegenheit!"

Inzwischen war auch Anselm wach geworden, hatte sich halb aufgerichtet und schaute die beiden stirnrunzelnd an.

„Was habt ihr vor?", fragte er heiser. Sein Husten war zwar besser geworden und das Fieber gesunken, aber seine Stimme zeigte noch an, dass er beileibe nicht gesund war.

„Wir kümmern uns um die angebliche Hexe", sagte Konrad. „Es kann nicht sein, dass immer wieder solche Urteile gefällt und vollzogen werden, nur weil ein paar Gaffer zusehen wollen, wie jemand auf dem Scheiterhaufen jämmerlich zu Tode kommt! Man kann sehr wohl etwas dagegen tun." Er hatte ihn fest ins Auge gefasst. „Manchmal ist jedes Mittel recht."

Inzwischen waren auch Vinzenz und seine drei Kameraden in die Küche getreten. Sie waren alle fest entschlossen, den Verstand der Leute wachzurütteln, die der Hinrichtung dieser angeblichen Hexe beiwohnen wollten.

Es gab noch eine kurze Diskussion darüber, bevor sich auch Johannes davon überzeugen ließ, dass es nie ein Ende mit diesen schrecklichen Hexenverfolgungen gebe, wenn niemand etwas dagegen unternahm. Allerdings zweifelte er ernsthaft daran, dass ihr Auftreten in diesem Fall weitreichende Folgen in dieser Richtung haben würde.

Er befürchtete dagegen Folgen in ganz anderer Hinsicht. Denn es stand zu erwarten, dass der Plan der jungen Kerle scheiterte und sie im Loch landeten. Es fiel ihm allerdings auch ausgesprochen schwer, darüber nachzudenken, ob er damit würde leben können, es nicht wenigstens versucht zu haben.

Anselm war aufgestanden und unterhielt sich halblaut mit Vinzenz, der ab und zu den Kopf schüttelte und ihm schließlich nach draußen folgte. Johannes vermutete, dass der alte Mann ihn davon abhalten wollte, eine Dummheit zu begehen.

Wie falsch er mit dieser Vermutung lag, würde Johannes kurz darauf erfahren.

# 29

Wenig später standen alle zusammen im Hof und warteten auf Konrad, der sein Pferd aus dem Stall führte. Er duldete keine Widerrede, als er Anselm aufforderte, sich auf den Rücken des Tieres zu setzen. Vinzenz und einer seiner Kameraden hatten Fackeln mitgebracht, die sie entzündeten, um dem kleinen Trupp den Weg zu leuchten. Da Konrad den Weg nach Knittlingen kannte, führte er sie an.

Sie brauchten über zwei Stunden für ihren Marsch über gefrorene oder zugeschneite Wege, bis sie die Dächer von Knittlingen im Dämmerlicht dieses winterlichen Morgens erkannten.

Die Bürger von Knittlingen waren bereits unterwegs zum Marktplatz, wo es bei Schlag neun von der Kirchturmuhr die Hinrichtung der Hexe Regine Langmeyer zu sehen geben sollte. Auch Leute von außerhalb drängten zum Richtplatz, da der Ort als Poststation einigen Übernachtungsgästen Platz bot.

Johannes und seine Begleiter mischten sich unter das erwartungsvoll dem bevorstehenden Schauspiel entgegenströmende Volk. Sein Herz schlug ihm bis zum Hals, da er das Vorhaben der übrigen Männer noch immer für undurchführbar und äußerst gefährlich hielt.

Es dauerte auch nicht lange, da hörte man Trommelwirbel vom Rathaus her. Die Anwesenden reckten die Köpfe, um besser sehen zu können, was von dort auf sie zukam.

Vier mit Speeren bewaffnete Stadtwachen traten aus der Rathaustür und ließen einige in Schwarz gekleidete Herren passieren. Die wiederum gingen erhobenen Hauptes und mit vor der Brust gefalteten Händen zu einem sorgfältig aufgeschichteten Holzhaufen, von dem ein Pfahl aufragte, an den die angebliche Hexe gebunden und dann verbrannt werden sollte. Die Schwarzgekleideten waren der Bürgermeister und seine Räte mitsamt einem Vertreter des Klerus.

Johannes schüttelte sich. Er konnte nicht glauben, dass die vielen Menschen nur gekommen waren, um die Qualen dieser Frau zu sehen. Wussten sie denn nicht, dass einige unter ihnen die Nächsten sein konnten? Dass die ‚Hexe' in ihrer Not andere denunziert und in absehbarer Zeit in die Hände ihrer Peiniger geschickt haben mochte?

Er schaute sich nach seinen Begleitern um, die sich jedoch zwischen den Gaffern verteilt hatten. Er konnte keinen von ihnen ausmachen. Konrad, das wusste er, stand mit seinem Pferd bereit. Er wollte die Frau aus dem Ort und nach Maulbronn bringen, sollte ihr Vorhaben gelingen. Woran Johannes nach wie vor zweifelte.

Ein Raunen ging plötzlich durch die Menge. Johannes folgte den Blicken der Leute und sah, wie die vier Bewaffneten eine nur in ein helles, langes Hemd gekleidete Gestalt aus dem Rathaus zerrten. Man hatte ihr den Kopf geschoren, die Hände auf dem Rücken zusammengebunden, und schob und stieß sie mehr als sie ging zum Scheiterhaufen.

Ein paar Leute begannen, sie zu beschimpfen und anzuspucken. Sofort folgten andere ihrem Tun.

Elender Pöbel, dachte Johannes, hirnloser, verfluchter Pöbel.

Die Frau humpelte und stolperte mit gesenktem Kopf zwischen ihren Bewachern dem Scheiterhaufen zu. Einmal strauchelte sie und wäre beinahe gefallen, wenn nicht einer der vier Bewaffneten sie aufgefangen und grob wieder auf ihren letzten Weg gebracht hätte.

Johannes suchte erneut mit hochgerecktem Kopf nach seinen Begleitern. Am liebsten wäre er davongelaufen und hätte die ganze Sache einfach auf sich beruhen lassen. Aber das nachdrängende Volk machte es ihm unmöglich, sich davonzustehlen. Im Gegenteil, er wurde immer weiter nach vorne geschoben, bis er nur noch wenige Schritte von den Stadtknechten entfernt stand, die in einem weiten Bogen den Holzstoß von den Schaulustigen trennten.

Die in Schwarz gekleideten Männer hatten sich einander gegenüber aufgestellt und bildeten auf diese Weise eine kurze Gasse, durch welche die Delinquentin von ihren Bewachern auf den Scheiterhaufen zugeschoben wurde. Johannes konnte sehen, dass sie schwer verletzt war, denn ihr helles Hemd war voller Blutflecken und ihr kahlgeschorener Schädel und das Gesicht waren mit roten und blauen Flecken übersät. Die auf dem Rücken zusammengebundenen Hände waren blau angelaufen. Vermutlich saßen die Stricke viel zu eng oder man hatte ihr Gelenke oder Finger gebrochen.

Tiefes Mitleid erfasste Johannes, das in gnadenlosen Zorn umschlug. Jetzt hoffte er nur noch, der von seinen Kameraden gefasste Plan mochte gelingen.

Als er sich kurz umschaute, sah er in vor Neugier und blanker Lust am Zusehen gerötete Gesichter. Es ekelte ihn an. Diese grausamen Menschen hatten noch nicht genug Leid und Elend gesehen. Dabei weigerte er sich, die alten Bilder vor seinem inneren Auge wieder Gestalt annehmen zu lassen, die sich wie so oft in ihm heraufdrängten. Und nicht nur sie. Auch die Erinnerung an eine andere Geschichte kam wieder in ihm hoch.

*

*Es war an einem der letzten Abende, die Johannes bei seinem Lehrer verbrachte. Der Junge hatte Bruder Anselm die Frage gestellt, die ihm seit Wochen auf der Seele lag.*

*„Woran ist meine Mutter gestorben?“*

*Bruder Anselm starrte ihn einen Augenblick lang verwundert an. Er hatte wohl schon lange auf diese Frage gewartet, trotzdem schien sie ihn zu überraschen.*

*„Gut, sprechen wir darüber“, sagte er schließlich. „Ich glaube, du bist alt und reif genug, die Wahrheit zu erfahren.“*

*Johannes runzelte die Stirn. Das klang nicht gerade nach einem Tod im Kindbett.*

*„Deine Mutter, also meine Schwester Barbara, war eine unbescholtene Protestantin, deren Familie seit Generationen in der Stadt lebte“, begann Anselm zögernd. „Eines Tages fiel sie bei einem Pfaffen in Ungnade, weil eine Nachbarin behauptete, sie sei an der Missgeburt schuld, die sie zur Welt gebracht hatte. Das Kind wurde verkrüppelt geboren und starb kurz danach. Die Frau behauptete, deine Mutter habe ihr während der Schwangerschaft ein Mittelchen gegen einen üblen Hautausschlag gegeben, das in Wirklichkeit eine Hexensalbe gewesen sei. Mit der habe die Protestantische absichtlich die Frucht in ihrem Leib so übel zugerichtet, weil sie ihr, einer Katholischen, Schaden zufügen wollte.“*

*Johannes sprang auf und stützte sich schwer atmend auf den Tisch. Mit funkelnden Augen starrte er Bruder Anselm an.*

*„Was sagt Ihr da? Meine Mutter soll eine Hexe gewesen sein? Das ist doch damit gemeint, nicht wahr?“*

*„Warte!“, beschwichtigte ihn der Mönch. „Man verhörte deine Mutter, die selber hochschwanger war, konnte ihr aber nichts nachweisen, weshalb sie zwei Tage später wieder freigelassen wurde. Als du geboren wurdest, kam die Nachbarin, angeblich, um das Kindlein zu sehen und über seiner Wiege mit deiner Mutter zum Frieden zu kommen. Dann aber beschimpfte sie deine Mutter, eine üble Ketzerin und Hexe zu sein, die mit dem Teufel gebuhlt haben musste, der wohl*

*sogar seine Schergen bei der Obrigkeit hätte. Anders wäre es doch wohl kaum möglich, dass eine wie sie so schnell wieder freikomme. Dabei nahm sie das Neugeborene aus der Wiege. Weil deine Mutter fürchtete, sie könne dem Kind etwas antun, wollte sie es wieder an sich nehmen. Vielleicht ist sie ausgerutscht, vielleicht wurde sie von der Nachbarin gestoßen, das weiß niemand so genau. Jedenfalls stürzte deine Mutter so unglücklich und schlug dabei mit dem Kopf gegen eine Tischkante, dass sie wenige Stunden später an ihrer Verletzung starb. Das böse Weib aber, das alles verursacht hatte, verbreitete überall, sie hätte selber gesehen, dass der leibhaftige Teufel in deine Mutter gefahren sei und sie zu Fall gebracht hätte, um sich ihrer Seele zu bemächtigen. So ginge es am Ende doch allen Ketzern, wenn sie nicht von ihrem Irrglauben abkämen. Das Kindlein habe nur überlebt, weil sie, eine wahre Katholikin, es vor dem bösen Zauber bewahrt habe, als es unschuldig schlummernd in der Wiege lag."*

*„Das ist nicht wahr! Dann musste also meine Mutter sterben, weil ..."*

*„Die Nachbarin kam wenige Wochen später elend ums Leben. Ein Stier, an dem sie auf ihrem Weg zum Markt vorbeigehen wollte, erschrak und drückte sie so unglücklich gegen eine Wand, dass ihr niemand mehr helfen konnte."*

*„Geschah ihr recht", entfuhr es Johannes.*

*„Es gab wochenlang Gerüchte darum, dass hinter diesem Unfall der Fluch deiner Mutter stecken mochte." Anselm kniff die Lippen zusammen.*

*„Und das mit der Salbe? Hat das gestimmt?"*

*Bruder Anselm wiegte nachdenklich den Kopf.*

*„Deine Mutter kannte sich sehr gut mit allerlei Kräutern und ihrer Wirkung aus. Das haben wir Kinder allesamt von unserer Großmutter gelernt. Sie hat oft Salben und Säfte gemacht und sie ohne Entgelt an Kranke und Verletzte verteilt, wenn diese sie darum baten. Es kann sehr gut sein, dass deine Mutter der Nachbarin eine Salbe gegeben hat, wie diese behauptete, aber niemals eine Hexensalbe.*

*Deren Herstellung kannte sie gar nicht. Ich vermute allerdings, dass die andere Frau ihre Medizin in einem ungeeigneten Behältnis aufbewahrte, in dem es verdarb. Das passiert öfter, wie du weißt."*

*„Davon bekam sie eine Missgeburt?"*

*„Kaum. Bestenfalls einen Hautausschlag, den sie allen zeigte. Den behandelt man allerdings nicht an Stellen, wo es dem ungeborenen Kind schaden könnte. Das hatte andere Ursachen, die ich nicht kenne."*

*Der Ältere schob den Jungen wieder auf dessen Hocker zurück und stand auf. Er ging hinüber zu seinem Schrank, holte einen weiteren Krug Wein, schenkte etwas von seinem Inhalt in die leeren Becher und nahm selber einen Schluck.*

*„Vielleicht verstehst du jetzt, weshalb meine zweite Schwester dich nicht behalten wollte und konnte. Es hätte bedeutet, dass sie das Kind einer stadtbekannten angeblichen Hexe an ihrem Busen nährte. Sie fürchtete sich insgeheim auch vor dem weit verbreiteten Gedanken, ihr eigenes Kind, das dieselbe Brust bekam, könne eines Tages auch vom Teufel geholt werden. Dass genau dieses mit dir passieren könnte, hatten die fleißigen Waschweiber schon längst verbreitet. Der Teufel holt sich irgendwann seine Brut, erzählten sie sich untereinander, und meine zweite Schwester schenkte den Schauergeschichten schließlich Glauben."*

*„Ein Wunder, dass sie mich nicht totgeschlagen haben", sagte Johannes und starrte in die Flamme des Talglichts.*

*

In dem Augenblick, als die arg geschundene Frau den Scheiterhaufen erreicht hatte, trafen sich ihre Blicke. Johannes fuhr erschrocken zusammen.

Auch die Frau schien einen Augenblick zu zögern, bevor sie sich abwandte und eher traurig als panisch auf die Menschen starrte, die ihretwegen gekommen waren.

Aber Johannes hatte etwas gesehen, das ihn mit einem Schlag aufrüttelte.

Diese Augen.

Er hatte sie nie vergessen, so oft nach ihnen gesucht.

Elisabeths Augen.

Da wandte sie den Kopf noch einmal in seine Richtung, und er glaubte, sie erkenne ihn ebenfalls.

„Johannes!", schienen ihre Lippen lautlos zu formen.

„Elisabeth!"

Sein Schrei ließ die Köpfe der Umstehenden zu ihm herumfahren.

„Die heißt Regine, nicht Elisabeth, du Glufenmichl!", geiferte eine Frau ihn an, die neben ihm stand. „Regine – die Königin der Hexen!", höhnte sie dann und schlug sich lachend auf die Schenkel.

Die Frau bei dem Holzstoß richtete sich kurz so weit auf, wie ihr möglich war, und schaute erneut zu ihm herüber. Ihr Gesicht war verschwollen. Johannes konnte sich gut vorstellen, dass sie kaum etwas sehen konnte.

Dennoch: Ihre aufgeplatzten Lippen bewegten sich, als sie zu erkennen schien, wer ihren Namen gerufen hatte.

Ihren richtigen Namen.

Elisabeth.

Ein winziger Hoffnungsschimmer erhellte ihre gepeinigte Seele, und ihr Mund formte erneut tonlos seinen Namen: Johannes!

Im selben Augenblick brach ein unglaublicher Tumult los, in das erwartungsvoll den Scheiterhaufen umringende Volk kam Bewegung.

Zunächst verstand Johannes nicht, was gerufen wurde. Dann aber hörte er deutlich Vinzenz' Stimme:

„Sie ist unschuldig! Ihr richtet eine Unschuldige!"

Johannes hatte vor lauter Schreck völlig vergessen, was

mit den Kameraden ausgemacht war. Jetzt riss er sich vom Anblick seiner wiedergefundenen Schwester los. Denn er war sich ganz sicher, dass es sich bei dem Häuflein Elend dort vor dem Scheiterhaufen um Elisabeth handelte.

Aus mehreren Richtungen erscholl derselbe Ruf. Einige Zuschauer wandten sich zu den Schreihälsen um, weil sie sehen wollten, wer sich auf diese Weise in das Schauspiel einmischte, dessentwegen sie gekommen waren. Sie wollten sich den Spaß auf keinen Fall nehmen lassen, den man ihnen versprochen hatte. Zumal sich hier ein Schauspiel ganz anderer Art anzubahnen schien.

Plötzlich aber mischte sich eine andere Stimme in das Geschrei ein, die Johannes einen Schauer über den Rücken jagte. Er warf einen schnellen Blick zu Elisabeth und ihren Bewachern hinüber und erhaschte zwischen den Menschen einen weiteren Blick auf die schwarz gekleideten Männer.

Sie waren vor Entsetzen erstarrt und schauten in die Richtung, aus der diese andere Stimme kam.

Die Stimme gehörte Anselm.

Für sein Alter und trotz der noch nicht überstandenen Erkältung erstaunlich laut, übertönte er alles andere. Eine Gasse bildete sich, als er sich einen Weg durch die Menge bahnte und schließlich auch die überraschten Wachen auseinanderschob, die den Mob von der Delinquentin und dem dahinter aufgeschichteten Holzstoß trennten. Er stellte sich vor Elisabeth und breitete die Arme aus. Es war mit einem Schlag so still, dass man eine Nadel hätte fallen hören können.

Johannes war außer Stande, sich zu rühren. Davon war nicht die Rede gewesen! Was nur machte Anselm da?

„Ihr habt recht daran getan, dieses Weib gefangen zu nehmen und sie als Hexe zu erkennen!“, rief der alte Mann jetzt zum Entsetzen seines Neffen. „Denn sie ist mein Werk!“

Ein Raunen ging durch das Volk. Die Schwarzgekleideten hatten die Hände vors Gesicht geschlagen und versuchten, zwischen den Fingern hindurch zu verfolgen, was da geschah. Die Wachen schauten irritiert, und Elisabeth war zwischen ihnen erschöpft auf die Knie gesunken. Sicherlich hatte sie den alten Mönch erkannt, der ihre Kindheit begleitet hatte und sie an ihre Eltern erinnerte. Was in ihr vorging, konnte Johannes nur erahnen.

„Ja, sie ist mein Werk!", ließ Anselm seine mächtige Stimme verlauten. „Denn ich habe ihr beigebracht, wie sie alle nur denkbaren Schadenszauber anwenden kann. Von mir stammt das Amulett, das sie heimlich aus seiner Verwahrung entwenden konnte. Wie?" Er schaute sich um. Ließ seine Arme sinken. Wies mit einer Hand auf die Schwarzgekleideten. „Sie hat es in einen alten Rosenkranz verwandelt!"

Johannes erschrak und griff an seine Brust. Das Amulett war noch da.

Was hatte Anselm vor?

„Ich bin es, der es wert gewesen wäre, von euch gefangen zu werden und dort auf dem Scheiterhaufen sein Ende zu finden! Auf dass ich hinabfahre zu dem, der seit Anbeginn der Zeit mein Herr und Meister ist!" Er lachte ein teuflisches Lachen, das Johannes fast das Blut in den Adern gerinnen ließ. „Ja, fasst mich und ihr werdet sehen, dass ich euch entkomme, bevor ihr euer Urteil an mir vollziehen könnt!" Wieder lachte er dieses teuflische Lachen. „Damit ihr seht, dass ich recht gesprochen habe. Denn ich will, dass ihr diesen Tag und die Macht des Teufels niemals vergesst."

Johannes konnte nicht fassen, was er da hörte. Was sollte das? Bevor er jedoch einschreiten konnte, hörte er wieder die bekannten Stimmen seiner Begleiter.

„Ja, fasst ihn! Er hat in Wahrheit den Schaden über euch gebracht! Er hat sie verstummen lassen, damit sie ihn nicht verraten kann! Aber jetzt hat er sich endlich zu erkennen gegeben …“

Johannes konnte dem Ganzen nicht mehr folgen. Denn aus den Augenwinkeln sah er zwei dunkle Gestalten hinter Elisabeth auftauchen, die sie hochrissen und sofort mit ihr verschwanden. Niemand war eingeschritten. Niemand hatte die Szene beobachtet. Zu sehr waren aller Augen auf den alten Mann gerichtet, der höhnisch lachend vor dem Scheiterhaufen stand, die Arme hoch aufgereckt, die hinter ihm kniende Elisabeth mit seinem weiten Umhang verdeckend.

Im losbrechenden Tumult hatte Johannes keine Möglichkeit mehr, zu Anselm vorzudringen und ihn irgendwie herauszuziehen. Er konnte noch einen Blick von seinem alten Lehrer erhaschen, in dem Trauer und Triumph gleichermaßen zu sehen waren.

„Scher dich weg!“, formten seine Lippen, und Johannes gehorchte mechanisch. Jemand packte ihn am Arm und zog ihn mit sich. Es war Vinzenz.

Als sie sich aus der tobenden Menge herausgeschält hatten, sah Johannes einen Reiter mit seinem Pferd Richtung Landstraße verschwinden. Konrad.

„Ist der alte Mann wahnsinnig geworden?“, schrie Johannes seinen Retter an. „Die werden ihn aufknüpfen!“

Vinzenz hob bedauernd die Schultern.

„Das war sein Plan.“

„Was?“

„Sie werden vielleicht nie verstehen, dass er ihnen einen Spiegel vorgehalten hat, als er von der Macht des Teufels gesprochen hat, mein Freund. Denn sie sind es, sie alle, die vom Teufel besessen sind. Nicht Frauen wie diese angebliche Hexe.“

Johannes krallte sich an den Ärmeln des Burschen fest.

„Vinzenz! Diese Frau ist meine Schwester! Das ist Elisabeth!“, schrie er ihn an.

„Was? Deine Schwester?“, fragte Vinzenz überrascht. „Sie heißt doch …“

„Sie wird uns das selber erklären“, heulte Johannes verzweifelt.

Einerseits war er froh über ihre Errettung, andererseits hatte er panische Angst um Anselm.

„Wir müssen weg hier“, befahl Vinzenz, der über Johannes' Schultern hinweg die anderen drei Kameraden auftauchen sah.

„Aber wir können ihn doch nicht diesen Leuten überlassen, diesem elenden Pöbel“, heulte Johannes und begann, Vinzenz mit den Fäusten zu traktieren. Vinzenz fing seine Hände ein und schob Johannes vor sich her in die Richtung, in der Konrad verschwunden war.

„Es war die einzige Möglichkeit, diese Frau zu retten“, sagte er ruhig.

„Aber er wird umkommen! Die bringen ihn um!“

Johannes wollte und konnte sich nicht vorstellen, was mit dem alten Mann geschehen würde, den man an Elisabeths Stelle verhaften und töten würde.

„Sie sagen, er habe sie weggezaubert“, keuchte einer der drei aus Vinzenz' Gruppe atemlos. „Niemand hat gesehen, dass wir sie entführt haben.“

„Ihr habt das heimlich hinter meinem Rücken ausgemacht, nicht wahr?“

„Du hättest dem nie zugestimmt“, wandte Vinzenz ein.

„Mit Recht nicht!“, schrie Johannes ihn an. „Mit Recht nicht! Das ist der Wahnsinn!“

„Du wirst es noch verstehen“, sagte Vinzenz ruhig, aber Johannes hörte es nicht. Er wehrte sich noch eine Zeit lang dagegen, aus dem Ort und über die Landstraße Richtung Maulbronn geschleppt zu werden, bis er schließlich aufgab und mit hängendem Kopf mittrottete.

Sie mussten einen Umweg gehen, weil sie befürchteten, dass man sie verfolgte. Aber niemand lief ihnen nach. Zu sehr waren die Menschen gefesselt von dem, was sich da vor ihren Augen auf dem Marktplatz abspielte.

Zu sehr waren Wachen und Stadtknechte damit beschäftigt, sich um den Alten zu kümmern, der sich immer wieder teuflisch lachend zwischen ihnen auf den Weg zum Rathaus machte.

Anselm schien wahnsinnig geworden zu sein.

Es war später Nachmittag, als Johannes mit den übrigen Burschen völlig außer sich im Kloster ankam. Hubert schloss sorgfältig das Tor hinter ihnen, als sie den Hof betreten hatten.

„Wo ist Elisabeth?", fragte Johannes heiser. Er hatte sich unterwegs die Seele aus dem Leib geheult. Zu ungeheuerlich war, was er erleben musste. Wenn er den genauen Plan gekannt hätte, den Anselm ganz offenbar heimlich mit Vinzenz vereinbart hatte, er hätte ihn verhindert. Darin stimmte er Vinzenz uneingeschränkt zu.

Aber er hätte auch nie erfahren, wer die angebliche Hexe in Wahrheit war.

Hätte ihr nicht helfen können.

Hätte sich mit Sicherheit ein Leben lang Gedanken darüber gemacht. Gedanken, die denen nicht nachgestanden hätten, die ihn seit jenem Tag quälten, als er das Tälchen für immer verlassen hatte: Ob er seine Mutter, ob er Anna hätte retten können, wenn er nicht so feige gewesen wäre, sich in seiner Höhle zu verkriechen.

„Beim Apotheker", beantwortete Hubert seine Frage und lotste ihn in den Laden neben dem Tor.

Johannes lief am ganzen Körper zitternd in den hinteren Raum. Jemand hatte ein klappriges Bettgestell mit einem Strohsack und Wolldecken hereingeschoben, auf das man eine kleine, zusammengekrümmte Gestalt gebettet hatte. Konrad, der Apotheker und zwei der alten Lehrer saßen bei ihr. Der Apotheker hatte ihr mühsam etwas Johanniskrauttee eingeflößt, den sie hustend wieder erbrochen hatte. Auf einem kleinen Feuer köchelte ein weiteres Getränk, das der Apotheker aus Baldrianwurzeln, Melissenblättern und Hopfenblüten angesetzt hatte, die er ihr zur Beruhigung einflößen wollte.

Johannes kniete neben ihrem Lager nieder. Er wollte ihre Hand halten. Als er sah, dass sie beinahe schwarz angelaufen und dick geschwollen war, zog er seine wieder zurück. Das kannte er nur zu gut. War seine Hand vermutlich nur verstaucht gewesen, so hatte man ihr tatsächlich die Finger gebrochen. Das bestätigte ihm auch der Apotheker, der sie vorsichtig untersucht hatte.

„Elisabeth“, flüsterte Johannes und strich vorsichtig über ihre Stirn, die zum Glück nur schmutzig, sonst aber unverletzt schien. Ihren Kopf hatte man grob rasiert und einige üble Schnitte hinterlassen, die der Apotheker vorsichtig mit Lavendelöl betupfte.

Er bedeutete den Männern, den Raum zu verlassen, da er sich den geschundenen Körper seiner Patientin ansehen und ihre Verletzungen behandeln wollte. Als alle bis auf Johannes gegangen waren und sich leise in der Apotheke unterhielten, öffnete Elisabeth die Augen. Tränen standen darin, die Johannes vorsichtig abtupfte, während der Apotheker die vielen Prellungen und Brandwunden mit einer Arnikatinktur und Lavendelöl behandelte.

„Johannes.“

Es war ein heiseres Flüstern. Aber Johannes vernahm

es und hätte seine Schwester am liebsten umarmt. So aber strich er ihr nur immer wieder über die fieberroten Wangen und redete leise auf sie ein.

Dass sie in Sicherheit sei und unter den kundigen Händen des Apothekers bald wieder gesund werde, versprach er. Und wie sehr er sich freue, sie wiedergefunden zu haben.

Elisabeth schaute ihn aus großen, blauen Augen an und schüttelte langsam den Kopf, als er geendet hatte.

„Johannes."

Der Apotheker war mit seiner Behandlung fertig und goss von seinem Tee in einen Becher, den er Johannes reichte.

„Ich bin in der Apotheke vorne, wenn du mich brauchst", sagte er. „Ich werde Umschläge vorbereiten, damit ihr Fieber nachlässt, weil ich nicht weiß, ob sie den Fiebertee drin behält."

Johannes stellte den Becher neben sich auf den Boden, um seinen Inhalt etwas abkühlen zu lassen, während der Apotheker zu den anderen nach draußen ging und die Tür leise hinter sich zuzog.

„Elisabeth!"

Johannes zog die warmen Decken über den immer noch zusammengekrümmt daliegenden Körper seiner Schwester. Sie versuchte ein kleines Lächeln und schloss dann erschöpft die Augen. Als der Tee etwas abgekühlt war, holte Johannes einen der Strohhalme, die der Apotheker für solche Fälle bereitliegen hatte. Mit seiner Hilfe brauchte Elisabeth sich nicht zu bewegen und konnte im Liegen trinken.

Mühsam sog sie Schluck für Schluck in den Mund. Johannes freute sich, dass ihr wenigstens das gelang. Er streichelte noch eine Zeit lang ihre Wangen, bis er sicher sein konnte, dass sie eingeschlafen war. Dann ging er leise hinaus zu den anderen. Der Apotheker gab ihm ein Zeichen, dass er sich weiter um die Patientin kümmerte, und verschwand mit einer Schüssel voll feuchter Tücher im hinteren Raum.

„Was habt ihr euch nur dabei gedacht?", fauchte Johannes seine Kameraden an. „Wir waren in allerhöchster Gefahr!"

„Wir?", fragte Vinzenz zurück. „Immer wenn ich dich getroffen habe, warst du in allerhöchster Gefahr", erinnerte Vinzenz ihn an diese Begegnungen. Es sollte aufmunternd klingen, verfehlte aber seine Wirkung meilenweit. „Außerdem haben wir das Leben deiner Schwester gerettet, wenn ich das richtig verstanden habe. Ein wenig Dankbarkeit wäre nicht fehl am Platz."

Johannes befand sich in einem schrecklichen Zwiespalt.

„Das ist wahr, dafür danke ich euch. Aber jetzt ist Anselm in ihren Händen. Wollt ihr den auch retten?"

Vinzenz drängte den aufgebrachten Freund auf einen Stuhl. Konrad, der neben ihm stand, legte beschwichtigend eine Hand auf seine Schulter.

„Hör zu", begann Vinzenz. „Dein Oheim ist schwer krank. Er sagte, er habe bestenfalls noch eine, zwei Wochen zu leben, was ihm auch der Apotheker bestätigt hat." Er hob abwehrend die Hand, als Johannes etwas einwenden wollte. „Glaub mir, er wusste sehr genau, wie es um ihn stand."

„Wie denn?", fauchte Johannes ihn an. Das Prostataleiden fiel ihm ein. Der alte Mann hatte schreckliche Schmerzen gehabt. Dann war es also doch schlimmer, als sich Anselm den Anschein gegeben hatte und als Johannes sich vorstellen konnte. Der alte Mann hatte sich beim

Apotheker mit Schmerzmitteln versorgt und sie alle über seinen wahren Zustand getäuscht.

„Warum hat er dir das erzählt? Warum mir nicht?“, fragte Johannes aufgebracht, der die Welt nicht mehr verstand.

„Das weiß ich nicht. Ich kann es nur vermuten. Johannes, er hat es mir auch erst gestern Abend gesagt, als wir über unseren Plan gesprochen haben, die angebliche Hexe zu befreien und er es zufällig mitgehört hat. Er sagte, dass unser Vorhaben auf diese Weise nicht gelingen würde. Nachdem wir dich geweckt und in unseren Plan eingeweiht hatten, hat er mich beiseite genommen und mir erklärt, wie er vorgehen will. Es war alles seine Idee.“

Johannes wischte sich mit dem Ärmel seiner Joppe übers Gesicht.

„Seine Idee? Er hat seine Idee mit euch geteilt und nicht mit mir?“ Johannes keuchte vor Zorn. „Ihr wusstet genau, was der Alte vorhatte?“

„Ja. Er sagte, dass wir es auf diese Weise zumindest versuchen könnten und dass du niemals damit einverstanden wärst, würdest du vorher etwas davon wissen.“ Er schaute ihn eindringlich an. „Vergiss nicht, dass wir zuvor alle nicht wissen konnten, wen wir da befreien. Trotzdem wollte er es, und es ist gut so.“

„Ha, und wenn es nicht geklappt hätte, was dann?“

Johannes erinnerte sich zu gut an einen anderen Plan, der zumindest für ihn und seinen Freund Mattes gerade noch glimpflich ausgegangen war.

„Der wusste genau, wie man auf sein Schauspiel reagieren würde, glaub mir. Und er hat recht gehabt. Er kennt die Menschen nur zu gut.“

Vinzenz zog einen Schemel vor Johannes, fasste ihn an beiden Schultern und schaute ihm in die Augen.

„Johannes, glaubst du, dein Oheim hätte sich nicht bewusst auf das vorbereitet, was jetzt mit ihm geschehen wird?“

„Wie meinst du das?“

„Was auch immer die sich für ihn ausdenken werden: Er hat vorgesorgt. Erinnere dich daran, was er ihnen prophezeit hat.“

Der Apotheker trat in den Raum.

„Deine Schwester schläft tief und fest, Johannes“, sagte er und scheuchte Vinzenz vom Schemel, um selber darauf Platz zu nehmen. Jetzt war er es, der Johannes fest ins Auge fasste. „Sie ist schwer verletzt. Man hat sie mit Feuer zum Reden zwingen wollen. Ihr Körper ist mit Brandmalen übersät. Außerdem hat man ihre Finger gebrochen, wie du selber gesehen hast, und innere Organe mit Faustschlägen traktiert und verletzt. Sie hat den Tee wieder erbrochen, den sie getrunken hat. Es war viel Blut dabei. Wie sie das alles bisher überlebt hat, weiß ich nicht. Dass aber ein Wunder geschehen muss, damit sie weiterleben kann, weiß ich sicher.“

Johannes war außer Stande, etwas darauf zu sagen. Er hielt den Kopf gesenkt und hoffte darauf, aufzuwachen und alles nur als bösen Traum erlebt zu haben. Aber es war kein Traum, und es würde, wenn überhaupt, nur ein böses Erwachen geben.

Auch er hatte erkannt, wie übel man seine Schwester zugerichtet hatte, wenngleich er nicht alles gesehen hatte wie der Apotheker.

„Geh zu ihr, und wenn sie aufwacht, gib ihr etwas von dem Holunderblütentee, damit ihr Fieber nachlässt“, empfahl der Apotheker ihm. „Vielleicht bleibt er wenigstens drin und hilft ein wenig. Ich habe auch noch ein paar feuchte Tücher für sie bereitgelegt, damit du ihr Gesicht und die Hände ein wenig kühlen kannst.“

Sehr hoffnungsvoll klang das nicht, aber Johannes würde es trotzdem versuchen.

„Ich habe kühlende Wickel um ihre Waden gelegt, um das Fieber zu senken“, sagte der Apotheker. „Sei vorsichtig, wenn du sie wieder abnimmst. Die Haut an ihren Beinen ist völlig verbrannt.“

Johannes stand auf und ging auf die Tür zum hinteren Raum zu.

„Wenn jemand etwas von Anselm hört, lasst es mich sofort wissen!“

Elisabeth schlief ein paar unruhige Stunden, trank ein wenig von ihrem Fiebertee, und versank dann in eine tiefe Ohnmacht. Der Apotheker setzte sich neben Johannes an ihr Lager und tat sein Bestes, um ihr zu helfen.

Gegen Morgen hatte er seinen Kampf um ihr Leben verloren. Elisabeth verstarb in den Armen ihres Bruders, ohne das Bewusstsein wiedererlangt zu haben.

„Elisabeth!“

Johannes’ Schrei gellte durch die Nacht.

Dass es für sie das Beste sei, wie die anderen sagten, wollte Johannes nicht hören. Nicht jetzt, nachdem er sie endlich gefunden hatte. Auch wenn der Apotheker ihm beteuerte, dass sie ihr Leben lang elend an dem zu leiden gehabt hätte, was man ihr seit jenem Überfall im Tälchen angetan hatte, wollte er lieber seine Vorstellung pflegen, dass sie es geschafft hätte, wieder das fröhliche Mädchen zu werden, als das er sie gekannt hatte. Wobei er tief im Innersten wusste, dass es niemals so gekommen wäre.

Als er dem Apotheker half, sie für ihre Beerdigung herzurichten, sah er erst, wie übel man sie tatsächlich zugerichtet hatte. Die unmenschliche Behandlung, der man sie unterzogen hatte, stand in keinem Verhältnis zu den Vorwürfen, die man ihr gemacht hatte – und die nicht beweisbar waren. Niemals. Schon deshalb nicht, weil sie unmöglich für das verantwortlich sein konnte, was man ihr vorwarf. Sie nicht und alle die Menschen nicht, die man solcher Unsäglichkeiten beschuldigte.

Frauen, Männer, Kinder.

Trotzdem trauerte er um die junge Frau, die er gerne anstelle des geschundenen Wesens angetroffen hätte, das er jetzt in ein Tuch gewickelt auf dem Küchentisch in der Mühle aufbahrte. Er hatte sich überlegt, ihr das Amulett umzulegen, das letztendlich für ihr Unglück verantwortlich war, schaffte es aber dann doch nicht.

Johannes hatte die kleine Schelle aus seinem Bündel geholt, die er in Efferding erhalten hatte, und schüttelte sie leise.

„Deine Totenglocke, kleine Schwester", sagte er und legte sie in ihre gefalteten Hände.

Tränen liefen über sein Gesicht.

So viel lieber hätte er die Schelle geläutet, um seine Freude darüber zum Ausdruck zu bringen, dass er das Mädchen mit den blauen Augen und den dunklen Zöpfen wiedergefunden hatte, dessen Lachen und fröhliche Stimme das Tälchen erfüllt hatte. Die Prädikant Mitterer ein Dorn im Auge gewesen war mit ihrer wissbegierigen, lebhaften Art. Der Augenstern ihrer Eltern. Seine geliebte Schwester.

Der liebe Herrgott hatte ihn endgültig verlassen. Er und alle Menschen, die er in seinem Leben liebgewonnen hatte.

Das war kein lieber Herrgott. Das war ein grausamer alter Mann, der seinen Spaß daran zu haben schien, unschuldige Menschen zu quälen und in den Tod zu treiben.

Der wohl selber ein Römischer war. Das würde zumindest alles erklären.

Die fünf alten Lehrer, Konrad und der Apotheker hielten Totenwache, während Johannes versuchte, mit grimmigem Willen den inzwischen etwas angetauten Boden auszuheben, um seine Schwester ordentlich begraben zu können. Vinzenz und seine drei Kameraden halfen ihm schweigend dabei.

Am frühen Abend war es soweit. Konrad, Vinzenz und der Apotheker trugen zusammen mit Johannes die Tote zu dem alten Friedhof, auf dem das frisch ausgehobene Grab auf ihre sterblichen Überreste wartete. Dahinter standen stumm, Fackeln in der Hand haltend, die fünf alten Lehrer und die drei Burschen, die Johannes inzwischen als Gottlieb, Jeremias und Ferdinand kannte.

Als man den in Ermangelung eines Sarges nur fest in Tücher eingewickelten Leichnam in die Grube sinken ließ, stimmten die Lehrer einen leisen Gesang mit Worten aus dem 62. Psalm an:

*Bei Gott allein kommt meine Seele zur Ruhe;*
*denn von ihm kommt meine Hoffnung.*
*Nur er ist mein Fels, meine Hilfe, meine Burg;*
*darum werde ich nicht wanken.*
*Bei Gott ist mein Heil, meine Ehre;*
*Gott ist mein schützender Fels, meine Zuflucht.*
*Vertrau ihm, Volk Gottes, zu jeder Zeit!*
*Schüttet euer Herz vor ihm aus!*
*Denn Gott ist unsere Zuflucht.*

Vertrau ihm?

Diesem gnadenlosen Gott, den wohl niemand mehr verstand?

Johannes schluchzte leise vor sich hin, während die vier Kameraden Erde in das Grab schaufelten. Er hatte sich so lange gewünscht, seine Schwester wiederzusehen. Dass es auf diese Weise geschehen sollte, daran hatte er nicht im Traum gedacht.

Diese Gedanken marterten ihn die ganze Nacht, bis er von dem Baldriantee trank, den der Apotheker ihm mitgegeben hatte, und der ihn langsam beruhigte. Johannes hatte sich nicht neben den Herd legen wollen, wo Anselm noch zwei Nächte zuvor neben ihm darauf gewartet hatte, dass Vinzenz kam und begann, den von ihm selber geschmiedeten Plan auszuführen. Er verkroch sich mit seinem Strohsack und den Decken in einer der eiskalten Gesindekammern und bereitete sich dort auf dem Boden ein Nachtlager.

Anselm!

Johannes konnte noch immer nicht glauben, dass sich sein alter Lehrer für Elisabeth geopfert hatte. Denn genau das hatte er getan, das war allen bewusst. Elisabeth, das fröhliche Mädchen mit den dicken Zöpfen, das Johannes' Gedanken seit Jahren wie magisch begleitet hatte. Dessen Stimme, dessen Lachen er hörte, sobald es still um ihn wurde. Es machte ihn glücklich und todtraurig zugleich.

Er hatte alle verloren, die ihm im Leben wichtig gewesen waren. Niemand war übrig geblieben aus seiner Kindheit, seiner Jugend, seinem Leben auf der Flucht vor Krieg und Elend. Nichts war mehr da, das ihm Halt geben konnte, für das es sich zu leben lohnte.

Hier im Kloster konnte er nicht bleiben. Er musste sich eine andere Möglichkeit suchen, wenn er weiterleben wollte.

Mechanisch umfasste er das Amulett, das er an einem Lederband um den Hals trug. Es mochte der Auslöser für so vieles gewesen sein. Aber dass es magische Kräfte hatte und demjenigen Unglück brachte, der es besaß, konnte er sich trotz allem nicht vorstellen.

Es war das Einzige, was ihm geblieben war.

Johannes versank in einen tiefen Schlaf, aus dem er erst erwachte, als die Wintersonne bereits im Zenit stand.

*

„Was wirst du jetzt tun?", fragte ihn Vinzenz, der neben seinem geschnürten Bündel stand und darauf gewartet hatte, sich von Johannes verabschieden zu können. Er wollte nach Norden weiterziehen und dort sein Glück versuchen. Gerüchte habe er gehört, wonach sich Soldaten bereits auf den Weg in den Süden gemacht hatten, und mit Sicherheit auch das Württembergische bald heimsuchen würden. Weshalb er glaubte, im Norden sein Glück zu finden, konnte er auch nicht sagen. Seine drei Freunde würden ihn begleiten, das sei ihm genug, sagte er nur.

„Ich erinnere mich daran, dass die Familie Langhuebmer, bei der ich in Grieskirchen gearbeitet habe, in die Nähe gezogen ist. Nach Schützingen, wenn ich mich recht besinne. Vielleicht finde ich sie und kann bei ihnen bleiben und arbeiten." Das war Johannes' Plan.

„Und wenn nicht?"

Johannes zuckte die Schultern. Er hatte aufgehört, sich um die Zukunft Gedanken zu machen. Wie es kam, kam es. Er würde nichts daran ändern können.

„Außerdem kann ich von dort aus immer wieder das Grab meiner Schwester besuchen", sagte er leise. „Zum Grab meiner Eltern werde ich so wenig gehen können wie zum Grab meines alten Lehrers Anselm, den sie mit Sicherheit verbrannt und dessen Asche sie in alle Winde verstreut haben."

Vinzenz verstand. Er legte Johannes beide Hände auf die Schultern, drückte sie leicht, wandte sich dann wortlos um und verließ zusammen mit den drei anderen den Hof. Sie winkten ihm vom Tor aus noch einmal zu, ohne sich umzudrehen, dann verschloss Hubert es hinter ihnen.

„Wo ist Konrad?", wollte Johannes wissen, nachdem er einen Blick in den leeren Stall geworfen hatte.

„Er sagte nur, er habe etwas zu erledigen, sei aber am Abend wieder zurück", beschied ihn der alte Mann. „Komm mit in die Mühle, du musst eine Kleinigkeit essen."

Johannes wusste zwar nicht recht, warum er das tun sollte, aß dann aber doch ein paar Löffel von der Gerstensuppe, die man in einer Schüssel vor ihn hinstellte. Dann ließ er die fünf alten Lehrer von seinem Plan wissen, nach den Langhuebmers zu suchen. Er erinnerte sich jetzt wieder sehr deutlich daran, dass der Ort, in den sie ziehen wollten, Schützingen hieß. Einer der Lehrer beschrieb ihm den Weg dorthin.

„Vielleicht kann ich bei ihnen Arbeit finden."

Johannes presste die Lippen aufeinander. Es war eine Hoffnung, nicht mehr. Nach allem, was er bisher erlebt hatte, wagte er kaum, sich auszumalen, wie er von seinen ehemaligen Dienstleuten aufgenommen würde, falls er sie überhaupt antreffen sollte.

Als Johannes Anselms Schlaflager aufräumen wollte, entdeckte er hinter dem Strohsack die Ledertasche seines alten Lehrers, in der jener stets seine wichtigsten Medikamente und das Verbandszeug mit sich getragen hatte. Jetzt erst fiel Johannes auf, dass Anselm nichts davon mitgenommen hatte, als sie nach Knittlingen gezogen waren. Also stimmte das, was die anderen ihm immer wieder zu verstehen hatten geben wollen: dass der alte Mann sehr genau wusste, er kam nie wieder zurück. Denn diese Tasche ließ er keine Sekunde aus den Augen, so lange Johannes zurückdenken konnte. Er hätte sie niemals ohne Absicht irgendwo zurückgelassen.

Nachdenklich hielt er sie vor sich hin. Dann brachte er sie zum Tisch hinüber und öffnete sie, zum ersten Mal in seinem Leben und voller Ehrfurcht.

Tinkturen in fest verschlossenen Fläschchen, Salben in verkorkten Tiegeln, Beutel mit getrockneten Heilpflanzen befanden sich darin. Nichts war zerbrochen, alles sorgfältig in Leinentüchern geschützt aufbewahrt und sauber beschriftet. Johannes wickelte eins nach dem anderen aus und breitete es auf dem Tisch aus. Anselms Vermächtnis. Er würde die Tasche behalten und ihren Inhalt im Sinne ihres ehemaligen Besitzers verwenden.

Am Abend kam Konrad zurück. Er kam aus Knittlingen und hatte schlechte Nachrichten. Der Mob hatte Anselm noch auf dem Marktplatz ergriffen, zu Fall gebracht und ihn so übel zugerichtet, dass die Wachen Mühe hatten, ihn lebend zum Rathaus zu bringen. In der Nacht verstarb der alte Mann, was seine selbst ernannten Richter nicht daran hinderte, seinen Leichnam anderntags auf den Scheiterhaufen zu zerren, am für Elisabeth vorbereiteten Pfahl aufrecht festzubinden und ihn zu verbrennen.

Er war ihnen und der Vollstreckung ihres Urteils tatsächlich entkommen, wie er angekündigt hatte. Wenngleich auch auf andere Weise als der abergläubische Pöbel annahm.

Johannes hatte etwas in Anselms Tasche vermisst, als er sie ausräumte: die Hexensalbe, die der alte Mann immer in ein bestimmtes Gefäß gefüllt hatte. Dieses Gefäß war mit einer stehenden Mondsichel gekennzeichnet, damit nicht versehentlich etwas anderes eingefüllt und eventuell mit den Resten der Salbe vermischt wurde. Diese Mondsichel stand für den Planeten Lilith, den dunklen Zwilling des Mondes. Für Anselm war es ein Symbol für die doppelte Wirkkraft seiner Salbe – und nötigenfalls als Abschreckung gegen Neugierige gedacht, die es nicht einzuordnen wussten.

Dieses Gefäß war samt Inhalt verschwunden. Vor Johannes' innerem Auge tauchte das Bild auf, wie Anselm ihm von der Köhlerfrau erzählt hatte, die er mit seiner Salbe von ihren schweren Leiden erlöste. Und vermutlich auch Annalisa.

Johannes ahnte, dass Anselm die Salbe mitgenommen und bei sich in überhöhter Dosis angewendet hatte, um einem grausamen Tod zu entgehen. Dass er den gesamten Vorrat dieser Salbe mitgenommen hatte, lag vielleicht auch daran, dass er sie nicht in andere Hände geraten lassen wollte. Auch nicht in die seines Neffen.

Johannes hatte das medizinische Vermächtnis seines Oheims sorgfältig wieder verpackt und in der Tasche verstaut. Als er sie schließen wollte, fiel ihm eine versteckt eingenähte Seitentasche im Inneren auf, die er vorher nicht gesehen hatte. Sie war auch kaum erkennbar gewesen. Überrascht ertasteten seine Finger ein zusammengefaltetes Stück Pergament, das er vorsichtig herauszog und auf den Tisch legte. Noch einmal tastete er die Innentasche ab, fand aber nichts mehr.

Pergament! Kein Papier.

Was für ein altes Schriftstück hatte Anselm in seiner Tasche versteckt?

Stirnrunzelnd faltete er es auseinander.

Überrascht stellte er fest, dass es sich um eine Landkarte handelte, auf der sich quer von der Mitte oben zur linken Seite unten ein Fluss oder Bachlauf zog. Stilisierte Bäume kennzeichneten einen Wald, kleine, mit kurzen Strichen gezeichnete Bögen vermutlich Hügel; Quadrate und Rechtecke konnten Häuser oder andere Anlagen sein. Verwundert betrachtete Johannes die seltsamen Schriftzeichen, die das Blatt übersäten. Es waren Runen, wie die auf seinem Amulett.

Völlig verblüfft ließ er sich auf einem der Hocker nieder, die man für Vinzenz und seine Kameraden hereingestellt und bislang nicht wieder entfernt hatte. Er zog das Lederband mit dem Amulett über den Kopf und verglich die Zeichen miteinander.

Kein Zweifel: Es war dieselbe Schrift, wenngleich auch anders angeordnete Zeichen.

Er rief nach Konrad, der sich am Herd zu schaffen gemacht und versucht hatte, aus ein paar spärlichen Resten ein Abendmahl zuzubereiten.

„Siehst du das?“, fragte er ihn und deutete auf das Pergament und sein Amulett, das er darauf gelegt hatte.

Konrad setzte sich ebenfalls, nahm das Amulett in die Hand und verglich die Schriftzeichen darauf lange mit jenen auf dem Pergament.

„Ich sehe, was du meinst. Aber ich weiß nicht, was das alles bedeutet“, gestand er und legte das Amulett wieder zurück auf den Plan. „Vielleicht kann uns Hubert helfen. Er hat früher Sprachen unterrichtet und kennt sich mit alten Schriften aus“, schlug er vor. „Ob er die hier allerdings kennt, kann ich dir auch nicht sagen.“

„Fragen wir ihn“, beschloss Johannes und machte sich auf die Suche nach dem alten Lehrer.

# 30

„Das sind tatsächlich Runen“, bestätigte Hubert, was schon der Goldschmied in Nürnberg herausgefunden hatte. Er und seine ehemaligen Kollegen hatten sich zusammen mit Konrad und Johannes um den Tisch gesetzt. Hubert hatte eine Lupe mitgebracht, der Oettisheimer ein rundes Wasserglas, hinter das er eine Kerze stellte. Jetzt hatten sie genügend Licht, um die seltsame Karte und die Schriftzeichen besser sehen zu können.

Johannes hatte ihnen erzählt, wo er das Pergament entdeckt hatte. Während sich Hubert mit den Zeichen beschäftigte, diskutierten die anderen über das Schicksal des ehemaligen Mönchs. Sie redeten sich fast die Köpfe darüber heiß, was in ihm vorgegangen sein musste, um diesen barbarischen Plan in Knittlingen durchzuführen. Johannes beruhigte ihre Gemüter wieder, indem er von der fehlenden Hexensalbe erzählte, die Anselm immer bei sich geführt und regelmäßig durch neue ersetzt hatte. Dass er vermute, der alte Mann habe sie heimlich bei sich angewendet, um dem ganzen Spuk und sich selbst ein würdiges Ende zu bereiten, da er an einer unheilbaren, sehr schmerzhaften Krankheit litt. Als er in ihre entsetzten Gesichter sah, ließ er sie wissen, dass die Salbe nichts mit Hexerei zu tun hatte und wofür und wie Anselm sie immer verwendete. Eine Überdosis davon führte zu einem Tod, den der ehemalige Mönch immer mit einer Art ‚sanftem Entschlafen‘ bezeichnet hatte.

„Es gehörte einer Fürstentochter“, ließ sich Hubert mitten in die Diskussion hinein vernehmen.

Alle Köpfe fuhren zu ihm herum.

Hubert hatte das Amulett so hingelegt, dass alle die Schriftzeichen gut sehen konnten. Zeichen für Zeichen erklärte er und kam stolz zu dem Schluss, dass dieses Amulett für die Tochter eines angesehenen Fürsten angefertigt worden war.

Der Awarenschatz.

„Und wie hieß diese Fürstentochter?", wollte Konrad wissen.

Der alte Lehrer schüttelte bedauernd den Kopf.

„Ihr Name steht hier nicht mit drauf", sagte er.

Johannes schoss das Blut in den Kopf. Er zeigte auf die Karte, die vor ihnen ausgebreitet auf dem Tisch lag.

„Und was steht hier?"

Hubert lachte und legte eine Hand auf die seine.

„Junge, das schaffe ich heute nicht mehr", sagte er bedauernd. „Ich verspreche dir, dass ich bis morgen Abend herausgefunden haben werde, was auf deinem Pergament verzeichnet steht."

Er erhob sich und rieb sich dich Augen.

„Ich bin müde und kann kaum noch etwas erkennen. Lasst uns schlafen gehen. Morgen ist auch noch ein Tag."

Als die Männer das Haus verlassen hatten, faltete Johannes den Plan zusammen und steckte ihn unter sein Hemd. Das Amulett hatte er sich bereits wieder umgehängt.

Konrad pustete das Licht aus, und kurz darauf lagen beide auf den Strohlagern vor dem Herd und waren eingeschlafen. Nach der vergangenen ruhelosen Nacht in der eiskalten Dienstbotenkammer hatte Johannes beschlossen, mit seiner Schlafstelle wieder in die Küche umzuziehen.

Jetzt lag Johannes auf seiner, Konrad auf Anselms Matratze. Der hatte seinen Freund nicht allein lassen wollen.

Ungeduldig wartete Johannes anderntags darauf, dass Hubert herüberkommen und ihm endlich sagen würde, was auf dem Pergament zu lesen war. Er hatte geträumt, mithilfe des Plans den Awarenschatz zu finden. Zusammen mit einem Haufen heruntergekommener Burschen, die ihn an die ehemaligen Freunde um Mattes und Vinzenz erinnerten, grub er den sandigen Boden eines ausgetrockneten Bachbettes um. Aber sobald sie ein Stück weit gegraben hatten, rutschte der Aushub wieder zurück und machte ihre Arbeit zunichte. Dabei verschwand einer seiner Helfer nach dem anderen mit stummem Aufschrei im trockenen, wabernden Sand.

Schweißgebadet war er aufgewacht und musste sich von Konrad sagen lassen, dass er sich die halbe Nacht auf seinem Lager herumgewälzt und immer wieder gestöhnt habe, als würde er einen ganzen Acker umpflügen.

Johannes erzählte ihm, was er geträumt hatte. Ganz so daneben lag jener mit der Pflügerei denn doch nicht.

Hubert kam zusammen mit den anderen vier Männern in die Küche. Einer hatte einen Karpfen gefangen, den er ausnahm und zu einem schmackhaften Mahl zubereitete. Während sich der Duft des gebratenen Fischs in der Küche ausbreitete, setzte sich Hubert erneut mit der Karte an den Tisch und begann, die Schriftzeichen zu entziffern.

Das dauerte den ganzen Vormittag und schließlich auch den Nachmittag über. Hubert konnte nur mithilfe dessen an dem Aufgezeichneten arbeiten, woran er sich noch aus alten Zeiten erinnerte. Es gab nichts mehr in der Schule, worin er nachschlagen oder womit er hätte arbeiten können. Seine ehemaligen Kollegen halfen ihm, so gut sie konnten, aber es dauerte eben seine Zeit. Da viele Zeichen auf dem Plan vermerkt waren, war das Entziffern mühsamer als das Lesen des Amuletts.

Als es bereits dämmerte, legte Hubert seine Feder zur Seite und strich das Blatt Papier glatt, das er beschrieben hatte. Sofort waren alle um den Tisch versammelt und schauten ihn gebannt an.

„Das Original ist eine sehr alte Karte“, begann Hubert. „Sie stammt wohl noch aus der Zeit von Kaiser Karl dem Großen.“ Ein Raunen ging durch die Küche. Johannes rutschte ungeduldig auf seinem Hocker hin und her. *Kaiser* Karl der Große, hatte Hubert gesagt. „Er wurde an Weihnachten 800 in Rom zum Kaiser gekrönt“, ergänzte Hubert das Gesagte, als er in Johannes fragendes Gesicht sah.

„Jemand hat den Verlauf eines künstlichen Grabens darauf gezeichnet, den er Fossa Carolina nennt“, fuhr er fort.

Johannes zuckte zusammen, als er das Wort hörte. Er hatte bereits vermutet, dass es sich bei dem eingezeichneten Fluss oder Bach um diesen Kanal handeln konnte. Da er aber weder wusste, wie genau jener verlaufen war, noch die Zeichen lesen konnte, hielt er sich mit seinen Mutmaßungen zurück.

„Fossa Carolina“, murmelte er. „Karls Graben.“

Anselm! Da hatte der alte Mann diese Karte bei sich gehabt, hätte den Schatz finden können, aber immer so getan, als wisse er nicht genügend darüber. Dabei wäre es ihm mit Sicherheit ein Leichtes gewesen, jemanden aufzutreiben, der die Runenzeichen für ihn übersetzen konnte. Denn dass es sich bei dieser Karte um mehr als nur einen Lageplan des vermaledeiten Grabens handelte, glaubte Johannes, nachdem er um ihre Bedeutung wusste.

Dieser Mann wurde ihm immer fremder, je mehr sich über ihn offenbarte. Hatte er ein Leben lang andere belogen, an der Nase herumgeführt? Wer war er, den Johannes so sehr geschätzt und bewundert hatte, in Wahrheit gewesen?

Als ob das nicht genug wäre, hörte Johannes den alten Lehrer nun sagen:

„Die Karte selber ist wie gesagt uralt. Die meisten Schriftzeichen darauf ebenfalls. Sie zeigen bestimmte Merkmale an, die diesen Graben begleiten. Markierungen, anhand derer man sich orientiert hat, und wie lange an dem Graben gearbeitet wurde beispielsweise. Etwas später hat jemand neue Zeichen dazugesetzt, die sich in der Art, wie sie geschrieben wurden, von den übrigen ein wenig unterscheiden."

Wenn dieser Plan aus der Zeit stammte, als die Fossa Carolina gegraben wurde – weshalb hatte der Zeichner Runen und keine karolingischen Minuskeln genommen, von denen Johannes wusste, dass sie zur damaligen Zeit Anwendung fanden?

War der Plan eine Fälschung?

„Hier steht, dass ein gewisser Bertulf, Sohn des Karlaman, einen Teil des Schatzes aus den Händen seines Onkels, König Karl der Franke, geraubt und im Nebel der Nacht in diesem Graben versenkt hat." Hubert schaute von einem zum anderen. Alle hielten ihren Blick gebannt auf den Plan gerichtet, auf dessen Mitte der Finger des alten Lehrers lag. „Weiter ist zu lesen, dass der Schatz nur für jene zu finden sei, denen er rechtmäßig gehöre. Zuallervorderst der Tochter dessen, den man mit Waffengewalt gezwungen habe, sich den Machtgelüsten des fränkischen Königs zu ergeben. Ein awarischer Fürst also."

Hubert legte seine Hände flach auf den Plan und schaute erneut in die Runde. Keiner sagte etwas, alle saßen nur da und versuchten, das zu verarbeiten, was sie soeben gehört hatten.

„Ich nehme an, es handelt sich dabei um den Vater jener Fürstentochter, der das Amulett um deinen Hals gehört haben dürfte", fuhr er fort.

„Das alles steht hier drauf?", wunderte sich Johannes,

der seine Hand über das Amulett unter seinem Hemd gelegt hatte.

Hubert schmunzelte.

„Ja. Allerdings nicht in der Ausführlichkeit, wie ich es beschrieben habe. Eher in einzelnen Worten, die aber zusammengenommen mit Sicherheit das aussagen, was ich daraus erschließen konnte."

„Die Sache mit dem Schatz wurde später und dann noch in einer uralten Schrift hinzugefügt, die man damals vermutlich nicht mehr lesen konnte?", fragte Konrad zweifelnd, dem nicht einleuchten wollte, warum das jemand gemacht haben sollte. Auch er wusste, dass man eine andere Schrift als die Runen verwendete, als die ursprüngliche Karte angefertigt wurde. Und noch später erneut? „Wer sollte das denn gemacht haben? Und weshalb?"

„Dafür gibt es eine Erklärung, die auch hier drauf zu finden ist", beantwortete Hubert seine Frage. „Der Plan war ursprünglich als Unterlage für die Grabung gedacht. Es sind noch Bezeichnungen darauf zu finden, die in karolingischen Minuskeln geschrieben, sorgfältig weggekratzt worden und nur mit der Lupe erkennbar sind. Jemand hat den Plan wohl später dazu benutzt, mit diesen Runen Hinweise darauf zu verzeichnen, die zu allen Zeiten nicht für jedermann verständlich waren und sind. Dann kam noch der Wunsch hinzu, dass all dies geheim bleiben und nur für jene zugänglich sein möge, denen zusteht, das Geheimnis zu lüften." Er hielt kurz inne. „Mit anderen Worten: Es sollten nur diejenigen verstehen, die diese Zeichen kennen und zu lesen imstande sind. Wenn ihr mich fragt: Gemeint waren damit diejenigen, denen der Schatz ursprünglich gehörte. Sie sollten ihn finden können, wenn sie nach ihm suchten. Sonst niemand."

„Woher hatte dein Oheim diesen Plan?", fragte der Oettisheimer.

„Er hatte Zugang zu vielen Bibliotheken“, antwortete Johannes leise, der mutmaßte, die Karte könne aus diesem zerstörten Kloster in der Pfalz stammen, von dem Anselm erzählt hatte: Lorsch. Oder aus Graz? Aus Admont?

„Wer auch immer das geschrieben hat, wollte das Geheimnis des Verstecks wahren, aber denjenigen auch die Möglichkeit geben, den Schatz zu finden, die diese Schrift lesen konnten und demzufolge ein Anrecht darauf hatten, das Gold zu heben“, überlegte Johannes laut. „Was aber, wenn niemand aus diesem Volk mehr übrig geblieben war und es nur noch wenige gab, die diese Zeichen lesen können?“

Aller Augen waren auf Hubert gerichtet. Der brauchte einen Augenblick, bis er verstand.

„Oh nein! Damit war und bin nicht ich gemeint“, wehrte er ab. „Es bezieht sich eindeutig auf die ehemalige Besitzerin des Amuletts, das unser Freund hier bei sich trägt. Für die awarische Fürstentochter war der Plan bestimmt. Bekommen hat sie ihn vermutlich nicht, sonst läge das Pergament mit Sicherheit nicht auf diesem alten Küchentisch.“

Wer auch immer den Plan gezeichnet, beschriftet und später erneut mit Hinweisen versehen hatte, und wie auch immer er in die Hände Anselms geraten war, würde für alle Zeiten ein Geheimnis bleiben, dachte Johannes. Er machte sich aufgrund all dessen, was sein Oheim erzählt hatte, seinen eigenen Reim darauf.

Kopfschüttelnd faltete er das Pergament zusammen und schob es erneut unter sein Hemd.

„Wo genau der Schatz vergraben liegt, ist aus dem Plan nicht zu ersehen, oder?“, fragte er mit einem Blick auf Hubert.

„Nein, leider nicht, oder ich habe es nicht richtig

verstanden." Hubert grinste breit. „Wenn du allerdings zum Morgenmahl allein an diesem Tisch sitzt, weißt du, wo du uns findest."

Die Lehrer erhoben sich lachend und zogen ihre Wollmäntel über. Johannes bedankte sich bei Hubert für seine Mühe, für die er ihn nicht entlohnen konnte.

„Das ist auch nicht notwendig", beruhigte der ihn. „Es war mir ein Vergnügen, mein angestaubtes Gehirn wieder einmal zu beschäftigen und etwas zu tun, das mir Spaß macht."

„Woher kennt Ihr diese Zeichen eigentlich?"

„Ich habe mich schon immer für alte Schriften interessiert, und hatte darüber auch ein sehr schönes Buch in einer inzwischen aufgelösten Bibliothek gefunden und gekauft. Leider habe ich es einem meiner ehemaligen Kollegen ausgeliehen, der es bei seinem Auszug vermutlich mitgenommen hat. Deshalb musste ich auch vieles aus dem Gedächtnis übersetzen. Zusammen mit dem, was ich auf diese Weise herausgefunden habe, schlossen sich die Lücken dann aber von ganz allein."

Damit verabschiedete er sich von Johannes und machte sich mit den anderen auf den Weg hinüber zu ihren Stuben.

„Ein aufregender Abend", stellte Konrad fest, als sie auf ihren Strohlagern endlich ein wenig Ruhe fanden. „Willst du immer noch nach Schützingen gehen, um deinen ehemaligen Dienstherrn zu finden? Oder machst du dich auf die Suche nach diesem Schatz, der ja irgendwie dir gehört?"

Johannes dachte kurz darüber nach.

„Ich werde nach Schützingen gehen", antwortete er. „Der Schatz gehört mir nicht."

Konrad hatte beschlossen, nach Tübingen zurückzukehren und an der Universität Arbeit zu finden. Schließlich habe er ein abgeschlossenes Studium und sei durchaus in der Lage, Unterricht abzuhalten. Zumal die Lehrerschaft wie überall recht ausgedünnt sei. Falls er kein Glück habe, würde er zurückkommen und im Kloster darauf warten, dass die Schule wieder eröffnet und er hier Arbeit finden könnte. Oder er wollte für seine alten Lehrer sorgen. Ein wenig Geld habe er noch, um sich und sie für einige Zeit durchzufüttern.

„Eines möchte ich dir noch mit auf deinen Weg geben", sagte Konrad, als sie auf ihren Strohsäcken lagen. „Verliere niemals deinen Glauben."

„Was?"

„Ich weiß, dass du sehr oft an unserem lieben Herrgott zweifelst, und glaube mir: Damit bist du nicht allein. Und noch eines glaube mir: Er zweifelt nie an dir."

Johannes hatte sich halb aufgerichtet. Im Schein der letzten Glut im Herd schaute er Konrad an, der mit ernstem Gesicht neben ihm lag.

„Wie kommst du darauf?"

„Ich habe eine theologische Ausbildung", erinnerte Konrad ihn. „Ich bin ein Prädikant, ein protestantischer Pfarrer. Auch wenn das in der ganzen Aufregung der vergangenen Tage völlig in Vergessenheit geraten ist."

Er ist ein wahrer Seelsorger, ging Johannes durch den Kopf. Dieses Wort bekam gerade eine völlig neue Bedeutung für ihn.

„Gott steht auf niemandes Seite. Er hat seinen eigenen Plan."

„Verstehst du ihn, diesen Plan?", wollte Johannes wissen.

„Nein. Ich hoffe aber, dass ich ihn eines Tages verstehen lerne", gab Konrad zurück. „Bis dahin ist es auch für mich nicht einfach, mit all dem leben zu müssen, was um uns herum geschieht, und dabei weiter auf Gott zu vertrauen. Wir werden unseren Glauben nicht verraten, hörst du?“

„Ich werde darüber nachdenken“, versprach Johannes leise und ließ sich auf sein Lager zurücksinken.

In dieser Nacht träumte er von seinem alten Lehrer. Er sah ihn ganz deutlich vor sich, wie damals, als sie zwischen Treuchtlingen und Graben überfallen wurden. Jetzt verstand er plötzlich, was er ihm damals sagen wollte. Was er ihm ein langes Leben lang beibringen wollte.

Als er aufwachte, beschloss er, gründlich über vieles nachzudenken.

Auch darüber.

# 31

Konrad und Johannes brachen am folgenden Tag auf, jeder in seine Richtung. Die fünf alten Männer verabschiedeten sich sichtlich bewegt von ihren beiden Gästen und wünschten ihnen viel Erfolg bei ihrer Arbeitssuche. Johannes versprachen sie, sich um das Grab seiner Schwester zu kümmern, sobald die Möglichkeit dazu bestand. Beide seien herzlich willkommen, sollte ihr Weg sie über kurz oder lang wieder nach Maulbronn führen.

Johannes umarmte seinen neugewonnenen Freund Konrad zum Abschied, bevor jener auf sein Pferd stieg und sich auf den Weg nach Tübingen machte. Er selber marschierte die beschriebene Route Richtung Schützingen, wo er nach einem etwas über zweistündigen Marsch auf recht mühsam zu bewältigenden Wegen ankam.

Schützingen präsentierte sich ihm als kleiner Ort, der nur noch von wenigen Menschen bevölkert wurde. Pest und Typhus hatten die Einwohnerschaft dezimiert, die Landwirtschaft war beinahe völlig zusammengebrochen, Hunger und Elend herrschten in den wenigen noch bewohnten Häusern.

Er fand das Haus der Langhuebmers erstaunlich schnell, denn es war weit und breit eines der wenigen, das einen wohnlichen Eindruck machte.

Die Langhuebmers hatten das Anwesen ihres verstorbenen Verwandten bezogen und so gut es ging hergerichtet. Die Fenster waren ausgetauscht worden, die Fassade notdürftig renoviert, der Garten hinter dem Haus umgegraben und der Stall samt Heuschober befand sich in einem akzeptablen Zustand.

Als der Hausherr seinen ehemaligen Gehilfen erkannte,

rief er die ganze Familie zusammen und bat Johannes in die Wohnstube. Ein riesiger Kachelofen strahlte wohlige Wärme aus, um einen blankgescheuerten Tisch luden eine Bank und sechs Stühle zum Verweilen ein. Alles erinnerte ein wenig an die Behausung der Langhuebmers in Grieskirchen, und Johannes fühlte sich augenblicklich zu Hause.

Die Hausherrin tischte eine dicke Bohnensuppe und Brot auf, und während sie gemeinsam aßen, musste Johannes erzählen, wie es ihm ergangen war. Die Familie lauschte fassungslos, als sie erfuhren, was ihr ehemaliger Lagerverwalter dem Jungen angetan hatte. Dass er ab und zu rabiat werden konnte, hatten sie gewusst. Aber dass er sich an Johannes für etwas rächte, das ihm selber zu Recht widerfahren war, konnten sie kaum fassen. Wenigstens hatte ihr alter Kontorist Samuel Wollner Wort gehalten und dem jungen Mann das Geld ausgehändigt, das sie ihm anvertraut hatten.

Es war bereits früher Abend, als Johannes geendet hatte und schließlich damit herausrückte, warum er im Grunde genommen nach Schützingen gekommen war.

Adam Langhuebmer biss sich auf die Unterlippe. Er hatte bei seinem Weggang aus Österreich gehofft, auf diesem ruhigen Fleckchen Erde eine neue Existenz aufbauen und seine Familie weiter ernähren zu können. Allerdings lief das alles recht mühsam an, und sie kamen gerade mal so über die Runden.

„Du hast selber gesehen, dass ganze Landstriche beinahe entvölkert sind“, erklärte er die Situation. „Krankheiten, Hunger und völlig sinnlose Überfälle von umherziehendem Gesindel haben viele Menschen hinweggerafft. Die wenigen Überlebenden haben andere Sorgen als die um ihre Kleidung.“

Das konnte Johannes gut verstehen. Auch er musste

zusehen, wie er mit dem Wenigen, das er noch besaß, wenigstens genug zu essen kaufen konnte. Seine Kleidung kümmerte ihn dagegen gar nicht. Sie war ein bisschen zerschlissen und überall notdürftig geflickt, aber besser in Lumpen herumlaufen als zu verhungern.

„Allerdings habe ich gerade erst vor Weihnachten am Hof unseres Herzogs Ludwig Friedrich in Stuttgart Kontakt zu einigen Hofschranzen aufgenommen, die mir zwar in der Seele zuwider sind, über die ich mir andererseits gute Geschäfte erhoffe", berichtete Adam Langhuebmer weiter.

Ludwig Friedrich, das wusste Johannes, war zum Vormund des gerade einmal vierzehnjährigen Herzogs Eberhard ernannt worden, dessen Vater Johann Friedrich vor Kurzem verstorben war.

„Die Verträge mit diesen Leuten stehen kurz vor ihrer Unterzeichnung, und wenn alles so läuft, wie ich mir das vorstelle, sind wir spätestens ab Mai wieder fest im Handel." Er rieb sich sorgenvoll das Kinn und Johannes ahnte, auf welch wackeligen Beinen das alles stand. Deshalb überraschte ihn ungemein, was Langhuebmer ihm vorschlug:

„Wenn du magst, kannst du trotzdem hierbleiben. Wir müssen noch so viel herrichten, bis die Tuche kommen. Der Stall ist dafür kaum geeignet. Ich habe bereits Pläne für die Errichtung eines kleinen Lagergebäudes ..."

Er berichtete Johannes ausführlich, was er sich vorstellte, und schlug am Ende vor, dass Johannes dabei helfen könne, das Vorhaben umzusetzen.

Die ältere seiner beiden Töchter war verlobt und würde in den kommenden Wochen zu ihrem zukünftigen Mann ziehen. Die jüngere half der Mutter im Haushalt. Die beiden Söhne hatten die Aufgabe übernommen, sich zusammen mit dem Vater um die Arbeiten im Kontor zu kümmern. Es fehlte nur noch jemand, der tatkräftig zupacken konnte.

Johannes sagte hocherfreut zu. Rasch hatten die beiden per Handschlag festgelegt, mit welchen Aufgaben er zunächst betraut sein würde.

Als er zu später Stunde seine Kammer aufsuchte, die recht spärlich eingerichtet, aber über den Kamin vom im Raum darunter befindlichen Kachelofen geheizt wurde und angenehm warm war, fiel die ganze Anspannung von ihm ab, die ihn in den vergangenen Tagen fast zu Boden gedrückt hatte.

Am nächsten Tag begannen die beiden Männer, sich um die Umsetzung von Langhuebmers Plänen zu kümmern. Es würde nicht einfach werden, Handwerker oder gar Baumaterial aufzutreiben. Aber Langhuebmer hatte bereits im Vorfeld ausgekundschaftet, wo er fündig werden konnte. Obwohl es noch recht kalt war und immer wieder heftig schneite, waren beide emsig bei der Arbeit.

Adam Langhuebmer hatte sich wenig später aufgemacht, um die Verträge für seine Tuchlieferungen festzumachen, und war einen Tag danach glückstrahlend zurückgekommen. Es war mehr geworden, als er sich erhofft hatte, da nicht nur die engen Vertrauten um die beiden Herzöge, sondern inzwischen auch einige der restlichen Bediensteten und deren Familien Gefallen an den Tuchen gefunden hatten. Erstaunlich, fand Johannes, dass diese Leute tatsächlich daran interessiert waren, sich neu einzukleiden, während andere um sie herum Hunger litten und an Krankheiten starben, die daraus resultierten. Andererseits war er natürlich froh darüber, denn es sicherte ihm und seiner Arbeitgeberfamilie zunächst ein gutes Einkommen. Wenngleich das Geld auf sich warten lassen würde. Erst einmal musste der Stoff eingekauft und vorfinanziert werden. Wie Langhuebmer das bewerkstelligen wollte, entzog sich Johannes' Kenntnissen. Aber er vertraute auf die Erfahrung und den Erfolg dieses Mannes, den er in Grieskirchen zu schätzen gelernt hatte.

Herzog Ludwig hatte in Aussicht gestellt, die Ausstattung seiner Soldateska überprüfen zu lassen und gegebenenfalls deren Uniformen durch neue zu ersetzen. Eine Handvoll Schneider kamr deshalb zu den Langhuebmers nach Schützingen, um über Preise und Lieferzeiten zu verhandeln.

Johannes vergaß über dem ganzen geschäftlichen Treiben völlig, sich weiter Gedanken um seine Vergangenheit zu machen. Die Gegenwart war so interessant, machte ihm so viel Freude und erfüllte ihn mit unglaublich starkem Lebenswillen, dass er nur selten an das dachte, was ihn jahrelang wie eine dunkle Wolkenwand begleitet hatte.

Eines Tages drang die Kunde in den Ort, dass Kaiser Ferdinand die Absicht habe, durch sein Restitutionsedikt den geistlichen Besitzstand wieder auf den Stand von 1552 zu bringen. Was bedeutete, dass Württemberg einen großen Teil seiner Güter verlieren würde. Das, so erklärte Langhuebmer seiner aufgeschreckten Familie, sei des Kaisers Interpretation des Augsburger Religionsfriedens von 1555. Keiner verstand so recht, was das letztendlich für sie selber bedeuten würde, aber jeder wusste genau, dass Ferdinand nicht aufgeben würde, seine Vorstellungen durchzusetzen. Und die lagen nach wie vor darin, seine Vision von der vollständigen Rekatholisierung seines Volkes umzusetzen, koste es, was es wolle. Vor allem: Koste es das Volk, was es wolle. Von den Protestanten ganz zu schweigen.

Außerdem verbreitete sich das Gerücht wie ein Lauffeuer, demzufolge sich sowohl katholische als auch evangelische Heere dem Süden näherten. Es war abzusehen, wann sie plündernd und mordend über Württemberg und Baden herfallen und das Land verwüsten würden wie zuvor bereits andere Landstriche im Norden, Osten und Westen.

Es war egal, wer wen überfiel. Nach wie vor wurden katholische Dörfer von kaiserlichen Truppen überfallen, ausgeplündert und dem Erdboden gleichgemacht. Oder protestantische Siedlungen von Truppen ihrer eigenen Glaubensbrüder. Chaos herrschte im Land. Und die Bevölkerung litt.

Langhuebmer ließ sich jedoch nicht von seinen Plänen abhalten. Bereits Anfang Mai stand sein neues Lagergebäude, in dem kurz darauf die angelieferten Tuche sortiert und sauber in Regalen aufgereiht auf Käufer warteten.

Zum Glück maßen die Kunden am Hof des Herzogs den Gerüchten um eine Ausweitung der Kämpfe bis in den Süden wenig Bedeutung bei und hielten an ihren Bestellungen fest. Da Langhuebmer seine Ware nur gegen Bargeld abzuliefern bereit war, gab es in der Hinsicht nur ganz kurz ein Problem. Die Schneider hatten kein Geld, und die hohen Herrschaften keine Lust, die Tuche zu bezahlen. Da der Herzog seine Soldaten zum Teil neu mit Uniformen ausstatten lassen wollte, setzte er dem Geplänkel und Gehandele schließlich durch sein Machtwort ein Ende.

Noch herrschte Ruhe im Land.

Aber düstere Wolken zogen am Horizont herauf und kündigten neues Unheil an.

Eine Zeit lang konnten sie ihre Geschäfte ausdehnen. Die gute Qualität der Ware überzeugte ihre Kunden, die Langhuebmer in den höheren Gesellschaftsschichten gefunden hatte. Johannes übernahm die Aufgabe, sich um Lager und Bereithaltung bestellter Waren zu kümmern, während Langhuebmer unterwegs war, um sie auszuliefern und neue Kunden zu finden.

Eines Tages kam er völlig aufgelöst wieder zurück. Der Krieg hatte Württemberg erreicht. Plünderungen, Mordbrennen, Hungersnöte, Pest, Cholera und Typhus waren die Folge. Nachts lag Johannes mit über seinem Amulett gefalteten Händen auf seinem Lager und dachte lange nach.

Wie wäre es, wenn er das nach Anselms Ansicht mögliche Ansinnen dieses Prinzen übernehmen würde, nach dem jener den Schatz der Awaren dafür verwenden wollte, Soldaten anzuheuern, um gegen König Karl zu ziehen?

König Karl.

Kaiser Karl.

Karl der Große.

Ferdinand stand diesem Mann in nichts nach. Das Unglück und Elend, das er mit seinem Rekatholisierungswahn über das Volk brachte, war mit Sicherheit keinen Deut anders als das, was jener Kaiser Karl über Land und Leute gebracht hatte. Denn auch jener hatte mit Feuer und Schwert versucht, anders gesinnten Völkern seine Religion aufzudrängen: die katholische.

Wenngleich auch einige auf perfide Art und Weise davon profitierten, damals wie heute, blieb es ein Verbrechen an der Menschheit, so viel stand für Johannes fest.

Den Plan mit der Fossa Carolina hielt er in der Tasche seines ehemaligen Lehrers versteckt. Es musste möglich sein, anhand der Zeichnung herauszufinden, wo das Gold vergraben lag. Kurz dachte er daran, die Lehrer im Kloster Maulbronn noch einmal aufzusuchen und sich alles erläutern zu lassen, was er zu der Zeit gar nicht so genau wissen wollte, als Hubert den Plan erklärte. Es war ihm viel zu unwahrscheinlich vorgekommen, dass er tatsächlich eine Schatzkarte vor sich haben sollte.

Aber das Kloster Maulbronn war inzwischen nicht mehr bewohnt. Man hatte die alten Männer aus dem ehrwürdigen Anwesen gewiesen und sie einem unbestimmten Schicksal überlassen. Das Anwesen sollte wieder an die katholische Kirche zurückfallen, die dort keinen Protestanten duldete.

Niemand wusste, wo die Männer verblieben waren. Auch der Apotheker war verschwunden. Das Kloster lag verlassen und die alten Mauern begannen, an allen Ecken und Enden zu bröckeln.

Johannes war noch einmal dort gewesen, um nach dem Grab seiner Schwester zu sehen. Ein einfaches Holzkreuz hatte die Stelle markiert, an der man sie begraben hatte. Über das Grab waren Gras und Unkraut gewachsen.

Als er jetzt im Bett lag und überlegte, wie er das Vorhaben jenes Prinzen in die heutige Zeit übertragen und sich gegen einen Kaiser auflehnen konnte, der sein Leben und das vieler anderer gnadenlos zerstört hatte, wurde ihm erneut bewusst, dass sein Plan undurchführbar war. Er war weder ein Kämpfer noch ein Stratege. Er wusste nicht einmal, wie er es anstellen sollte, die notwendigen Männer dafür zu finden. Wobei – wenn er den Herzog von Württemberg mit einbezöge? Der wollte doch gerade seine Soldaten neu ausrüsten, und über Langhuebmer hätte er die passenden Verbindungen.

Andererseits – wer wollte das Gold denn heben?

Er allein konnte das nicht schaffen.

Außerdem: Wem konnte er das Geheimnis denn schon anvertrauen?

Seine alten Kameraden um Mattes oder Vinzenz wären dafür geeignet gewesen, aber die waren tot oder in alle Winde zerstreut.

Seine Finger tasteten über das Amulett, das so vertraut und gleichzeitig so fremd auf seiner Brust lag. Es erinnerte ihn an die vielen Gräber, die seinen Weg begleiteten. An die vielen Menschen, die er liebgewonnen, geschätzt und an seinem Leben hatte teilhaben lassen, und die letztendlich diesem Tyrannen in Wien und seinem sturköpfigen jesuitischen Berater zum Opfer gefallen waren. Jener Kaiser, der in dem Augenblick zu seinem Feind geworden war, als Johannes die verkohlten Leichen seiner Eltern fand.

Elisabeth kam ihm in den Sinn.

Geliebte kleine Schwester.

Auch ihr Schicksal war dem Hass dieses Mannes geschuldet, der sein angeblich gottgewolltes Ziel darin sah, Unschuldige abschlachten oder in ihr Verderben schicken zu lassen. Nur weil sie seinen Befehlen nicht gehorchten und seine Vorstellungen nicht erfüllten. Befehle, die nur jene verstanden, die dachten und handelten wie er.

Am frühen Morgen hatte Johannes einen Entschluss gefasst. Adam Langhuebmer war am Abend zuvor von einer Geschäftsreise zurückgekommen und hatte erneut schlechte Nachrichten mitgebracht. Dass nämlich die Gerüchte stimmten, wonach Württemberg inzwischen überall brannte und sich teils wehrlos zwischen den Fronten der verfeindeten Lager aufreiben lassen musste. Es war längst auch hier gleichgültig geworden, ob es Katholische oder Lutherische waren, die über das Land und seine Bevölkerung herfielen. Beide Seiten sahen ihre Aufgabe nur noch darin, möglichst viel verbrannte Erde für die gegnerische Seite zurückzulassen. Das Leiden der Menschen interessierte sie wenig.

Johannes bat um ein paar Tage Urlaub. Er wolle das Grab seiner Schwester noch einmal besuchen und habe außerdem noch das eine oder andere zu erledigen.

Langhuebmer runzelte die Stirn. Er ahnte, dass Johannes mehr vorhatte als das, was er ihm erzählte. Da er seinen inzwischen zum Partner gewordenen ehemaligen Gehilfen jedoch sehr schätzte und ihm vertraute, ließ er ihn schließlich ziehen.

Johannes erreichte das Kloster Maulbronn am späten Nachmittag dieses erstaunlich warmen Oktobertags. Das Tor war verschlossen, und so konnte er nicht zum Friedhof gehen und das Grab seiner Schwester besuchen, wie er es vorgehabt hatte.

Nachdem er in einer Taverne in Knittlingen Unterkunft gefunden und sich zu einem abendlichen Mahl am Wirtshaustisch eingefunden hatte, erzählte man ihm, was sich zugetragen hatte, damals, als man die Hexe verbrennen wollte.

Seine Tischnachbarn erzählten eifrig davon, wie jener alte Mann aufgetaucht sei, den man sofort als den wiedergeborenen Doktor Faustus erkannte. Ja, der sei es gewesen! Blass sei er gewesen, alt und gebeugt, aber unverkennbar der alte Doktor.

Der Magier habe die Arme ausgebreitet und eine Salve unverständlicher Worte über die zur Salzsäule erstarrten Menschen ausgegossen. Daraufhin sei die Hexe in stinkendem Nebel verschwunden und dem Scheiterhaufen entkommen. Man habe ihn, der sich inzwischen Anselm und mit diesem Namen unter dem Schutz der Götter stehend nannte, ergriffen und eingesperrt, um ihm den Prozess zu machen. Es seien jedoch keinesfalls die Götter gewesen, unter deren Schutz er stand. Eher der Leibhaftige mit seinen finsteren Gesellen.

Aber der Alte sei in der Nacht verstorben. Man habe ein kleines tönernes Behältnis bei ihm gefunden, in dem sich allem Anschein nach eine Hexensalbe befunden habe. Markiert sei es mit den Hörnern des Teufels gewesen. Mithilfe dieser Salbe habe sich der teuflische Zauberer der Gerichtsbarkeit entzogen. Dem Feuer sei er allerdings nicht entkommen: Er wurde noch am selben Tag auf dem Scheiterhaufen festgebunden und mitsamt seiner verfluchten Salbe verbrannt. Seine Asche habe man in alle Winde zerstreut.

Wie das alles im Einzelnen geschah, erfuhr Johannes in mehreren Versionen von seinen Tischnachbarn. Dass sich der Leichnam in grünen Rauch aufgelöst und auf diese Weise verschwunden war, sagte der eine. Bei anderen löschte ein plötzlich einsetzender, stinkender Regen das Feuer, der nur auf den Scheiterhaufen fiel. Als man nachsah, war nichts mehr von der Leiche übrig. Eine weitere Version lief darauf hinaus, dass die Leiche des wiedergeborenen Doktor Faustus sich plötzlich am Pfahl aufgerichtet und die Umstehenden mit Hohngelächter bedacht habe, bevor er mit lautem Knall verschwunden sei.

Johannes schüttelte ein ums andere Mal den Kopf über die Fantasie der Leute. Jedenfalls wusste er jetzt sicher, dass Anselm nicht den Feuertod hatte erleiden müssen. Jener hatte nach allem, was Johannes gehört und sich zu einer vernünftigen Version zusammengereimt hatte, tatsächlich genau geplant, wie alles verlaufen sollte. Er wusste ja, dass Anselm schwer krank gewesen war. So hatte er die Rettung der jungen Frau genutzt, um sein Leben auf eine Weise zu beenden, die eben nur Anselm einfallen konnte. Nutz- und sinnlos wollte er nicht sterben.

Johannes grollte zwar insgeheim nach wie vor, von seinem vermeintlichen Freund und ehemaligen Lehrer immer wieder im Ungewissen über Dinge gelassen worden zu sein, von denen er wissen musste, wie wichtig sie seinem

Neffen waren. Auf der anderen Seite bewunderte er Anselm für seine Art, sein Leben zu führen und seine Ziele zu verfolgen. Ihn beschlich das Gefühl, dass jener genau gewusst hatte, warum er ihm einiges vorenthalten hatte. Er schien geahnt zu haben, was im Kopf seines Neffen vorging, und wollte ihn mit seiner Art, bestimmte Dinge auf sich beruhen zu lassen, vor unbedachtem Handeln schützen. So musste Johannes trotz seines Grolls ab und zu über die verborgene Weisheit des Alten schmunzeln.

Tage später erreichte Johannes Treuchtlingen und von dort aus Graben, die kleine Ortschaft, die einstmals von den Arbeitern an der Fossa Carolina errichtet worden war. Anhand seiner Karte fand er schnell heraus, wie dieser Kanal verlaufen sein musste. Überrascht stellte er fest, dass der nach wie vor erkennbare Wall links und rechts des vermuteten Grabens inzwischen von tiefen Wasserlöchern begleitet wurde, die bei seinem letzten Aufenthalt noch nicht da gewesen waren. Er konnte sich gut vorstellen, woher sie stammten: Schatzgräber hatten hier ihr Glück versucht, waren aber am selben Umstand gescheitert, der das Graben-Projekt schon vor Jahrhunderten zum Stillstand gebracht hatte. Die Bodenbeschaffenheit hatte sich kaum verändert seit jener Zeit. Oder sie hatten ihre Suche aufgegeben, weil sie einsehen mussten, dass sie ohne eine genaue Bezeichnung des Verstecks nichts finden würden. Vielleicht, so mutmaßte Johannes, waren an der Schatzsuche auch einige Burschen aus Vinzenz' Gruppe beteiligt gewesen. Sie hatten den Grund bestimmt nicht vergessen, weshalb Johannes und sein Begleiter damals überfallen worden waren.

Eine Zeit lang stand Johannes vor einem der Wasserlöcher und starrte auf die dunkle Oberfläche, die sich leise im Wind kräuselte. Von Ferne hörte er Kanonendonner und wusste, dass es nicht lange dauern würde, bis der Krieg auch dieses Fleckchen Erde heimsuchte. Der Gedanke flammte erneut in ihm auf, den Schatz mithilfe seiner Karte zu finden, auszuheben und mit dem Erlös ein Heer aufzustellen, das endlich Frieden bringen sollte.

Mit Kanonen, Spießen, Büchsen, Musketen und Morgensternen?

Mit Gewalt und Elend?

Er war ins Gras gesunken und hatte die Karte auf seinen Knien ausgebreitet. Lange betrachtete er die Linien und Zeichen darauf und fuhr sie mit dem Zeigefinger nach. Immer wieder folgte er der weitläufigen Aue mit den Augen und malte sich aus, wie dieser Kanal einst entstanden war. Er konnte beinahe sehen, wie die Arbeiter den Sand aushoben und auf die seitlichen Wälle schaufelten. Und wie sie morgens erzürnt feststellen mussten, dass ein Teil ihrer Arbeit über Nacht wieder zunichte gemacht worden war. Jene neblige Nacht sah er vor sich, als ein Trupp Bewaffneter einige der schwer beladenen Ochsenkarren überfiel und mit seiner Beute wie im Nichts verschwand.

Einer davon behielt ein Amulett zurück, das er jener Fürstentochter brachte, die in einem kleinen Seitental der Enns vielleicht auf ihn wartete. Vielleicht traf er sie nicht mehr lebend an und legte das Kleinod auf ihren Leichnam, als man ihn in der Nähe der Quelle der Erde anvertraute, die ihr zur Heimat geworden war. Die Quelle eines kleinen Seitenbachs der Enns.

Vielleicht auch ehelichte er die fremde Fürstin und machte ihr das Amulett zum Geschenk.

Vielleicht war er zusammen mit ihr der Begründer jener Familie, in der Johannes lange Zeit später wohlwollend aufgenommen wurde.

Vielleicht handelte es sich bei diesem Mann um jenen Bertulf, von dem auf dem Pergament die Rede war. Ein Neffe Kaiser Karls des Großen. Ein Prinz. Wer würde es jemals herausfinden?

Beinahe geistesabwesend sammelte er Holzstückchen zusammen und schichtete sie zu einem kleinen Haufen auf. Dann schlug er mit einem Feuerstein Funken darunter und zündete sie an. Johannes zerknüllte das Pergament, legte es darauf und schaute zu, wie die Flammen auffraßen, was damit für immer verloren sein würde.

Diesen Schatz sollte niemand finden, der nicht dazu berufen war. Wie es auf dem Pergament zu lesen stand.

Als auch das letzte Restchen Glut erloschen, das letzte Stückchen verbranntes Pergament auf die Erde zurückgesunken war, stand Johannes auf. Er ging zu dem Wasserloch hinüber, vor dem er noch vor wenigen Minuten gestanden und nachgedacht hatte. Dort zog er das Amulett unter seinem Hemd hervor und hielt es lange nachdenklich in der Hand.

Wie viel Elend, wie viel Unglück, wie viele schmerzhafte Erinnerungen waren mit dem Schmuckstück verbunden. Wie viele Hoffnungen hatten sich nicht erfüllt, die seine Träger gehegt hatten, seitdem Anselm es im Grab der Unbekannten gefunden hatte. Oder vielleicht schon lange Zeit davor.

War es vielleicht doch ein magisches Amulett? Hatte seine ehemalige Besitzerin einen Fluch für diejenigen darauf gelegt, die ihre Ruhe stören, es ihr entreißen und für sich beanspruchen würden?

Johannes liefen Tränen über die Wangen, als er seine Lippen auf das seltsame Tier drückte, das die Vorderseite des Amuletts schmückte. Er dachte an Anna, die es nur kurze Zeit getragen hatte, bevor man sie umbrachte. Er dachte an Elisabeth, der es zum Verhängnis geworden war. An seinen Vater. An seine leibliche Mutter, die Großmutter, die er nie kennengelernt hatte.

An Anselm, an Johannes Kepler und seine Familie, an den späteren Henkersgehilfen Georg in Schärding, an den alten Korbmacher-Michl, an Mattes, Vinzenz, den jungen Herrn Konrad, die fünf alten Lehrer in Maulbronn …

Liebevoll legte er seine Handflächen um das Amulett. Dann nahm er das Lederband ab, an dem es befestigt war, und ließ es langsam über seine Handflächen in das Wasserloch gleiten. Gedankenvoll sah er zu, wie das schimmernde Gold in der dunklen Tiefe versank. Einen Augenblick lang streckte er die Hand aus, überlegte, ob er sein Tun rückgängig machen sollte. Dann aber wandte er sich um, schob das Lederband in seine Jackentasche und machte sich auf den Weg zurück nach Schützingen.

***

# Nachwort

Die Entstehung dieses Buches verdanke ich in erster Linie Ernst Kehrwecker: Es ist ihm trotz aller Anstrengung nie gelungen, mehr über die Wurzeln seiner Familie herauszufinden, als ihm einige dünne Informationen vermittelten. Was er erfahren konnte, war, dass zur Zeit des Dreißigjährigen Krieges ein Häuflein Protestanten aus Österreich westwärts in eine ungewisse Zukunft floh. Unter ihnen waren seine Vorfahren, die sich der protestantenfeindlichen Haltung Ferdinands II. nicht beugen wollten. Wie so viele andere nahmen auch sie im durch Krieg und Pest ausgedünnten Deutschland die Lebensbereiche jener Menschen ein, deren Haus und Hof verlassen lagen. In diesem Fall im württembergischen Schützingen. Dieser bis heute verträumt wirkende Ort liegt in der Nähe von Maulbronn in Baden-Württemberg. Den Dreißigjährigen Krieg und die grassierende Pest hatte alten Unterlagen zufolge nur ein einziger Bewohner des Dorfes überlebt, das schließlich von Exulanten aus dem ‚Ländchen ob der Enns', dem Landl, neu besiedelt wurde. Was für einen Beruf das Familienoberhaupt der Kehrbeckhers oder Kherbeggers ausgeübt hat und wann genau er mit seiner Familie die alte Heimat verließ, ist kaum noch nachzuvollziehen. Sie erscheinen im Jahr 1634 mit der Geburt eines Sohnes in den Annalen Schützingens. Eines aber ist sicher: dass sie diese Heimat verließen, weil sie auf keinen Fall konvertieren und damit ihren protestantischen Glauben verraten wollten.

Ernst Kehrwecker war mein Großvater, und damit ist seine Geschichte und die seiner Vorfahren auch die meiner Familie.

Die Zeit und das Leben Karls des Großen wurden hauptsächlich durch die Aufzeichnungen Einhards in der *Vita Karoli Magni* überliefert. Einhard war ein fränkischer Gelehrter und Verfasser vieler Schriften über die Zeit des ersten deutschen Kaisers. Er begann beinahe zwanzig Jahre nach dem Tod Karls das Leben seines ehemaligen Herrn aufzuschreiben. Heute vermutet man, dass einiges dabei zugunsten des Kaisers idealisiert wurde. Wissenschaftliche Untersuchungen belegen, dass Urkunden und Briefe aus Karls Umfeld gefälscht worden sind oder aus den Archiven verschwanden. Das sollte wohl dazu dienen, das Bild eines Mannes entstehen zu lassen, der seinen Beinamen nicht nur seiner beeindruckenden Körpergröße zu verdanken hatte.

Um den mysteriösen Tod seines königlichen Bruders Karlaman rankt sich ein finsteres Geheimnis, das bis heute niemand zu enthüllen vermochte. Auch über dessen Erben und ihr Schicksal schweigt sich die Geschichtsschreibung beharrlich aus. Bis heute weiß man nicht, was aus den Kindern Karlamans geworden ist, nachdem sie mit ihrer Mutter Gerberga zum Langobardenkönig Desiderius geflohen sind. Ihre Spur verliert sich nach der unerfüllt bleibenden Bitte an Papst Hadrian I., Karlamans Söhne zu Königen zu salben, damit sie ihr rechtmäßiges Erbe antreten konnten.

Vielleicht hat ihr Onkel sie umbringen lassen, damit er unangefochten ihr Erbe antreten konnte, wie einige vermuten.

Vielleicht sind sie auch in einem Kloster untergekommen und haben dort unerkannt gelebt, wie andere glauben.

Niemand weiß es genau. Wie man nicht einmal genau weiß, wie viele Kinder Karlaman hatte, und ob sie alle männlich waren. Sicher bekannt ist nur ein ‚Pippin', der schon seinem Namen nach der älteste Sohn Karlamans gewesen sein dürfte. Weniger sicher ist, ob Ida von Herzfeld eine Tochter des Königs war, wie einige Historiker vermuten. Bertulf und Ada hat es in der hier erzählten Form hingegen nie gegeben.

Der sagenumwobene Schatz der Awaren fiel Karl dem Großen nach einer vernichtenden Schlacht gegen dieses Volk um 796 n. Chr. in die Hände. Einen Teil der Beute verwendete Karl angeblich als Zahlungsmittel für den Ausbau des Aachener Hofes zur Kaiserpfalz. Mit einem anderen Teil erkaufte er sich weiteren Berichten zufolge unter anderem die Gunst des Papstes. Die kunstvoll aus purem Gold getriebenen und herrlich verzierten Gegenstände wurden vermutlich von ihren neuen Besitzern eingeschmolzen, denn nur sehr wenig davon ist erhalten geblieben. Eine spärliche Anzahl wertvoller Objekte, die im Aachener Domschatz zu bewundern sind, könnten aus diesem Schatz stammen. Genau weiß das heute niemand mehr.

Seit über einem Jahrtausend hält sich darüber hinaus hartnäckig das Gerücht, dass ein ansehnlicher Teil der Beute irgendwo versteckt wurde und nie wieder aufgetaucht ist. Ob, wo, warum und von wem bleibt ebenso wie das Geschick der um ihr Erbe betrogenen Kinder Karlamans ein ungelöstes Rätsel.

Als am 23. September 1974 zum ersten und bislang letzten Mal einer handverlesenen Gruppe Abgeordneter und Journalisten Zutritt zu Fort Knox gewährt wurde, war dies Anlass genug für immer wieder auftauchende Gerüchte um den ‚wahren Nutzen' dieser Anlage. Unter anderem sollen darin unermessliche Schätze aus aller Welt, Teile von außerirdischen Flugobjekten, die konservierten Überreste ihrer Passagiere und nicht zuletzt Schriftstücke aufbewahrt liegen, in denen bislang ungeklärte, teilweise mysteriöse, welt- oder religionspolitisch brisante Details dokumentiert sind.

Es ist kaum verwunderlich, dass es auch Gerüchte gibt, Hinweise auf den Verbleib des Schatzes der Awaren oder gar der Schatz selber seien nach Amerika verbracht und in einer der geheimen Kammern von Fort Knox eingelagert worden.

Sollte das der Fall sein, bleibt die Frage: Warum?

Es wird für uns kaum möglich sein, eine Antwort darauf zu finden. Vielleicht liegt sie in dem, was Johannes dazu bewogen hat, seine Karte zu vernichten und das Amulett in jenes Wasserloch fallen zu lassen: der Wunsch, mit einer Vergangenheit abzuschließen, die bestenfalls neue Fragen aufwerfen könnte, würde man ihr aus der Sicht derer nachgehen, die mit ihr und für sie leben und sterben mussten.

Wenn dem so ist, ziehe ich den Hut vor diesen weisen Entscheidungen.

FELDKIRCHEN-WESTERHAM

## Historische Personen zur Zeit Karls des Großen

**Karl der Große**

- geboren am 2. April 747 oder 748
- Sohn Pippin des Jüngeren und Bertrada
- 28. Juli 754 von Papst Stephan II. zum König gesalbt, ab 9. Oktober 768 König des nordwestlichen Teils des Frankenreiches
- ab 771/772 nach dem Tod seines Bruders Karlaman Herrscher über das gesamte Frankenreich
- 796 Feldzug gegen die Awaren
- 25. Dezember 800 von Papst Leo III. zum Römischen Kaiser gekrönt
- gestorben am 28. Januar 814 in Aachen

**Karlaman I.**

- Sohn Pippin des Jüngeren und Bertrada
- geboren am 28. Juni 751, Bruder Karls des Großen
- am 28. Juli 754 von Papst Stephan II. zum König gesalbt
- ab 9. Oktober 768 König des südöstlichen Teils des Frankenreichs
- gestorben am 4. Dezember 771 in der Königspfalz Samoussy, begraben in Reims

**Gerberga**

- geboren um 750
- Ehefrau Karlamans I.
- nach dessen plötzlichem Tod Flucht zu König Desiderius in die Lombardei
- später Flucht mit dessen Sohn Adelchis nach Verona
- ab 774 gibt es keine weiteren Aufzeichnungen mehr über sie

**Pippin**

- geboren um 770
- vermutlich ältester Sohn Karlamans I.
- nach 774 keine weiteren Aufzeichnungen

**Desiderius**

- geboren in Brescia
- ab 757 bis 774 lombardischer König
- ab 774 auf Veranlassung Karls in Klosterhaft
- gestorben nach 786 in Corbie

**Adelchis**

- Sohn des Desiderius
- ab 759 Mitregent seines Vaters
- 774 nach Byzanz geflüchtet
- gestorben nach 788

## Die Päpste:

Zur Zeit Karls des Großen:

| | |
|---|---|
| **Stephan II.** | Papst ab Ende März 752 bis zu seinem Tod am 26. April 757 |
| **Paul I.** | Papst ab 29. Mai 757 bis zu seinem Tod am 28. Juni 767 |
| **Stephan III (IV.)** | Papst von 768 bis 772 |
| **Hadrian I.** | Papst ab 1. Januar 772 bis zu seinem Tod am 25. Dezember 795 |
| **Leo III.** | Papst ab 26. Dezember 795 bis zu seinem Tod 816 |

**Zur Zeit des Dreißigjährigen Krieges:**

| | |
|---|---|
| **Paul V.** | Papst ab 16. Mai 1605 bis zu seinem Tod am 28. Januar 1621 |
| **Gregor XV.** | Papst ab 9. Februar 1621 bis zu seinem Tod am 8. Juli 1623 |
| **Urban VIII.** | Papst ab 6. August 1623 bis zu seinem Tod am 29. Juli 1644 |
| **Innozenz X.** | Papst ab 15. September 1644 bis zu seinem Tod 1655 |

**Die Awaren** gehörten neuesten Erkenntnissen zufolge zur herrschenden Oberschicht in einem Bündnis aus verschiedenen östlichen Reiter- und Nomadenvölkern. Schwerpunkt ihres Lebensbereichs war die Pannonische Tiefebene. Sie bevölkerten aber auch weite Teile des heutigen Österreichs. Ihre natürliche westliche Grenze bildete die Enns in Oberösterreich. Nach den Eroberungs- und Vernichtungskriegen Karls des Großen zwischen 791 und 796 verschwanden sie nach und nach spurlos aus der Geschichte.

## Historische Personen während des Dreißigjährigen Krieges

**Ferdinand II.**

- geboren am 9. Juli 1578 in Graz
- erzogen 1590 bis 1595 von den Jesuiten des Gym nasiums und der Universität in Ingolstadt
- Verfechter des Absolutismus und der Gegen-reform
- von 1619-1637 Kaiser des Heiligen Römischen Reiches Deutscher Nation
- gestorben am 15. Februar 1637 in Wien

**Ferdinand III.**

- geboren am 13. Juli 1608 in Graz
- Sohn Ferdinand II.
- 1637 bis zu seinem Tod 1657 Kaiser des Heiligen Römischen Reiches Deutscher Nation und maß geblich am Westfälischen Frieden 1648 beteiligt

**Herzog Maximilian I.**

- geboren am 14. April 1573 in München
- ab 1623 Kurfürst des Heiligen Römischen Reiches
- 1619 Vertrag von München mit Kaiser Ferdinand II. zur Verpfändung Oberösterreichs an Bayern (Magna Charta der großen katholischen Allianz)
- gestorben am 27. September 1651 in Ingolstadt

**Herzog Eberhard III.**

- geboren am 16. Dezember 1614 in Stuttgart als achter Herzog von Württemberg
- Protestant
- gestorben am 2. Juli 1674 in Stuttgart

**Johannes Kepler**

- geboren am 27. Dezember 1571 in Weil der Stadt
- 1586 Evangelische Klosterschule Maulbronn
- Mathematiker, Astronom, Astrologe, Optiker, evangelischer Theologe
- (Studium am evangelischen Stift Tübingen)
- Linzer Zeit: 1612-1627
- gestorben am 15. November 1630 in Regensburg

**Albrecht Wenzel Eusebius von Wallenstein**

- geboren am 24. September 1583 in Hermanitz/Böhmen
- unter anderem Oberbefehlshaber der kaiserlichen Armee im Dreißigjährigen Krieg
- gestorben am 25. Februar 1634 in Eger/Böhmen

**Gottfried Heinrich Graf zu Pappenheim**

- geboren am 8. Juni 1594 in Treuchtlingen
- unter Wallensteins Oberbefehl General in der Katholischen Liga
- gestorben am 17. November 1632 in Leipzig nach schwerer Verwundung während der Schlacht bei Lützen

**Adam Graf von Herberstorff**

- geboren am 15. April 1585 auf Schloss Karlsdorf bei Ilz/Österreich
- zwischen 1621 und 1628 bairischer Statthalter im Land ob der Enns mit Sitz im Linzer Schloss
- ab 1623 Reichsgraf
- ursprünglich Protestant, dann gnadenloser Verfolger und Unterdrücker protestantischer Bauernaufstände in Oberösterreich

- gestorben am 11. September 1629 auf Schloss Ort am Traunsee

**Abraham Grünpacher**

- Oberpfleger im Khevenhüller-Frankenburger Herrschaftsgebiet

**Stefan Fadinger**

- geboren 1585
- Bauernführer während der Aufstände im Land ob der Enns
- gestorben am 5. Juli 1626 in Ebelsberg an einer Blutvergiftung

# Glossar

**Alcmona**
die Altmühl
**Ackerbürger Bauern**
Bauern, die als Bürger in der Stadt leben und vor deren Mauern Ackerbau betreiben
**Arkebusen**
Vorderlader, Hakenbüchsen
**Baiern**
alte Schreibweise für Bayern, die erst unter König Ludwig I. ab 1825 verwendet wurde
**Bibliotheca Palatina**
Pfälzer Bibliothek in Heidelberg
**Brettheim**
das heutige Bretten
**Codices**
Vorläufer des heutigen Buches
**Cuius regio, eius religio**
Wes Fürst, des Glaub'
**Efferding**
heutige Schreibweise: Eferding
**Eidam**
süddeutscher Ausdruck für Schwiegersohn
**Enisa**
der Fluss Enns
**Exulanten**
(zumeist) protestantische Flüchtlinge
**fürnehm**
alter Ausdruck für vornehm
**Gefrorene**
vermeintlich Unverwundbare. Sie wurden auch

‚Feste' genannt und konnten angeblich nur mit einer silbernen Kugel oder einer geweihten Waffe getötet werden

**Geldige**
mundartlich für Leute mit Geld, Reiche

**Geseis, Gseis**
mundartlich für das Gesäuse, dem wilden Teil der Enns zwischen Admont und Hieflau

**Goldwerda**
das heutige Goldwörth

**Hafner**
Töpfer

**Hexenstuhl**
ein mit spitzen Eisen versehener Stuhl, auf dem die Angeklagten festgebunden wurden. Darunter wurde oft ein Feuer entfacht, um die Qual zu erhöhen

**Hochnotpeinliches Verhör**
Folter (Pein = Schmerz)

**Holzschlag**
Waldgebiet, in dem Holz geschlagen wird

**Krabaten**
Krawaten oder Krobaten – kroatische Reiterei, die aus Österreich unterstehenden östlichen Ländern stammte (nach ihren Halstüchern wurden später die Krawatten benannt)

**Lammersheim**
das heutige Lomersheim

**Laurisham**
das heutige Lorsch in Südhessen

**Oettisheim**
das heutige Ötisheim

**Passauer Zauberzettel**
Wer ihn verschluckte, war angeblich für 24 Stunden unverwundbar, und konnte nur durch eine silberne Kugel oder geweihte Waffe verletzt oder getötet werden.

**Passen**
Gruppe von meistens sechs Holzknechten

**Prädikanten**
protestantische Prediger, Pfarrer, oftmals ehemalige katholische Priester

**Robot**
unbezahlte Dienstleistung unfreier Bauern in Form von körperlicher Arbeit

**Seebacher Moos**
heute Hinzenbach, Gemeinde Eferding

**Silberne Kugeln**
auch Freikugeln genannt. Sie sollten gegen Werwölfe eingesetzt werden können und galten als unfehlbar. Mit zwei dieser Kugeln soll der Schwedenkönig 1632 in Lützen tödlich getroffen worden sein

**Wassersucht**
Ansammlung von Körperflüssigkeit, meist hervorgerufen durch Herzinsuffizienz

**Zeitlag**
süddeutscher Ausdruck für Heimweh

**Zisselgasse**
in Nürnberg, heute Albrecht-Dürer-Straße

## Danksagung

Hinweise über die Zeit Karls des Großen fand ich unter anderem bei Wikipedia, in den Dokumentationen von Discovery Channel und GEOEPOCHE, zu weiteren historischen Personen bei Genealogie Bohrer und in Einhards Jahrbüchern (Phaidon Verlag). Außerdem haben mich die Romane von Martina Kempff begeistert, in denen sie das Leben der Frauen um Karl den Großen auf unnachahmliche Weise nachzeichnet.

Über die Zeit zwischen 1618 und 1648 wurde ich in den Auszügen aus Hans Heberles ‚Zeytregister' und im ‚Tagebuch aus dem 30jährigen Krieg' von Maurus Friesenegger, in ‚Der Dreißigjährige Krieg' von C.V. Wedgwood sowie in GEOEPOCHE fündig. Außerdem habe ich wertvolle Informationen zum Thema ‚Exulanten' in Georg Rusams Buch ‚Österreichische Exulanten in Franken und Schwaben' gefunden. Nicht zu vergessen den 1. Band von ‚Frankenburg am Hausruck und Redleiten' von Konrad Kaiser.

Auf der Reise in die Welt der Awaren (hier sei noch das Buch von Walter Pohl erwähnt: ‚Die Awaren') und des Johannes hatte ich Gefährten, die mich mit ihren Denkanstößen und ihrem Wissen begleitet haben:

Vielen Dank an die Damen des Stadtmuseums Eisenerz für eine tolle Führung, die Mädels vom Tourismusbüro und der Bücherei in Admont für ihre Unterstützung mit Büchern und Adressen.

Bei Manfred Aster, Mitautor einer Admonter Chronik bedanke ich mich dafür, dass er den Johannes virtuell und dünn besohlt über die Reichensteingruppe geführt hat.

Vielen Dank in dem Zusammenhang an Günther Posch, Bürgermeister von Admont, weil er seinen Mitarbeiter während der Arbeitszeit von mir interviewen hat lassen.

Dem Köhlerzentrum Hieflau danke ich für die bereitwilligen Auskünfte zu allem rund um die Köhlerei und die Holzarbeiten.

Dr. Reinhardt Harreither vom Museum Lauriacum in Enns danke ich ganz herzlich für seine Zeit und dafür, dass er mich an seinem umfangreichen Wissen zum Dreißigjährigen Krieg teilhaben ließ.

Bei Walter Zauner vom Stadtamt Grieskirchen bedanke ich mich für seine ‚Grabungen' in alten Unterlagen, die mir sehr viel geholfen haben.

Danke auch an Ingeborg Birnbaumer vom Gemeindeamt Frankenburg: Sie hat mich mit ihrem Wissen und mit hervorragender Literatur rund um Frankenburg und dem Frankenburger Würfelspiel unterstützt.

Ein weiteres Dankeschön an die Museumsführerin in Schärding, die mir unter anderem die Schellen gezeigt hat, die wie im Buch erwähnt anstelle von Glocken verwendet wurden.

Herzlichen Dank auch für die Informationen, die ich bei Ausstellungen in Grieskirchen (Oberösterreichische Landesausstellung auf Schloss Parz zum Thema Renaissance und Reformation), Rutzenmoos (Evangelisches Museum Oberösterreich) und Ortenburg (Ausstellung und Themenweg 450 Jahre Reformation in Ortenburg und Niederbaiern) erhalten habe.

Darüber hinaus bedanke ich mich bei Gunter Hackel, Mitglied der Altstadtfreunde Nürnberg für seine Unterstützung in Fragen über Nürnberg zur Zeit des Dreißigjährigen Krieges, sowie Fragen zum Militär in jener Zeit; Roland Peter Marchart von War Chunni, der mir Einblicke in das Leben der Awaren gewährt hat.

Vielen Dank an Gunther Wiendl, Pfarrer der evangelisch-lutherischen Kirche in Bayern; Magister Günter Merz, evangelische Pfarrgemeinde Linz; Frau Dr. Christel Gottfriedsen vom Evangelisch-Lutherischen Kirchenarchiv in Regensburg; meine Kräuterfee Dagmar Latuski und allen anderen, die mich in der Zeit während der Entstehung dieses Romans mit wertvollen Hinweisen, aufmunternden Worten, viel Geduld und Verständnis begleitet haben.

Lieben Dank vor allem an meinen Mann Rudi, der mich auf den Spuren meines Protagonisten geduldig und aufmerksam begleitet, mir während meiner Arbeit an diesem Buch oft den Rücken freigehalten und mich mit wertvollen Tipps unterstützt hat. Ohne ihn hätte ich nicht so viele interessante Menschen getroffen, die uns begeistert an ihrem Wissen teilhaben ließen.

Und ein dickes Dankeschön geht an meine beiden Testleserinnen Sabine Funk und Jutta Dexl, deren Überlegungen zu diesem Buch ich sehr zu schätzen weiß, und an zwei meiner Enkeltöchter, die einige meiner Recherchefahrten begeistert begleitet haben.

Ein besonderer Dank geht last but noch least an den Verlag MAXIMUM, der es dem Johannes ermöglicht hat, seinen Weg weiter zu gehen.

Zum Schluss noch ein dickes Dankeschön allen Leserinnen und Lesern, die dieses Buch bis zur letzten Zeile begleitet und dem Buch die Chance gegeben haben, ihnen zu gefallen.

Was wären wir AutorInnen ohne sie?

Ich freue mich, wenn die Geschichte des Johannes Sie berührt, beschäftigt, vielleicht sogar dazu gebracht hat, sich näher mit jener Zeit und vielleicht sogar mit Ihrem eigenen Stammbaum zu beschäftigen, Und wenn nicht, freue ich mich, wenn ich Ihnen ein paar unterhaltsame Stunden bereiten konnte.

In diesem Sinne und mit herzlichen Grüßen!

Ihre Carmen Mayer

P.S.: Wenn Sie wissen möchten, wie es mit Johannes weiterging, und was seine Schwester auf ihrem langen Weg aus ihrer österreichischen Heimat erlebt hat, lege ich Ihnen dieses Buch ans Herz:

Carmen Mayer

**DIE TROSSFRAU**

ISBN 978-3-948346-10-2

# Carmen Mayer

© Foto: Christine Olma

Carmen Mayer, geboren und aufgewachsen im württembergischen Mühlacker, lebt seit über vierzig Jahren mit ihrem Mann, ihrer Tochter und deren Familie in Ingolstadt/Bayern. Sie arbeitete nach ihrer kaufmännischen Ausbildung zunächst als au pair in Paris, anschließend in den Bereichen Verkauf, Export und im Sekretariat größerer Industriebetriebe, und bereiste als Einkäuferin für deutsche Unternehmen Asien und Amerika.

Ihre ersten Veröffentlichungen als Autorin waren Kurzgeschichten, die über verschiedene Literaturforen im Internet erfolgreich den Weg zu ihren Leserinnen und Lesern fanden. Inzwischen hat sie eine immer größer werdende Fangemeinde, hauptsächlich durch ihre historischen Romane, Krimis und mundartlichen Theaterstücke. Sie ist aktives Mitglied bei den Mörderischen Schwestern e.V. und bei HOMER - Historische Literatur.

Den Impuls, historische Romane zu schreiben, bekam sie von ihrem Großvater. Er hatte herausgefunden, dass ihre Vorfahren während des Dreißigjährigen Krieges als österreichische Glaubensflüchtlinge nach Württemberg gekommen waren. Nach gründlicher Recherche hat sie versucht, das Schicksal der Menschen jener Zeit in ihren Büchern nachzuvollziehen. Daraus hat sich im Laufe der Zeit nicht nur ihre ständig wachsende Leidenschaft fürs Schreiben historischer Romane entwickelt, sondern auch für Lesereisen zu den Orten, die sie zusammen mit ihrem Mann auf den Spuren ihrer ProtagonistInnen kennengelernt hat.

Carmen Mayer engagiert sich darüber hinaus mit großer Begeisterung in einem Vorlese- und Mitspieltheater für Kinder, arbeitet ehrenamtlich beim Bayerischen Roten Kreuz, und genießt so oft es geht dankbar die Zeit mit ihrer großen Familie, bei der sie für alle ihre Interessenbereiche Unterstützung findet.

Wenn Sie mehr über sie und ihre Bücher erfahren möchten, können Sie sich hier informieren:

https://www.autorin-carmen-mayer.com/
https://maximum-verlag.de/
https://literaturradiohoerbahn.com
https://www.kulturkanal-ingolstadt.de/